Barbara Bickmore

Im Jahr des Elefanten

Barbara Bickmore

Im Jahr des Elefanten

Roman

Aus dem Amerikanischen
von Karin Dufner

KNAUR

Titel der Originalausgabe: West of the Moon

Bitte besuchen Sie uns im Internet:
www.knaur.de

Die Folie des Schutzumschlags sowie die Einschweißfolie
sind PE-Folien und biologisch abbaubar.
Dieses Buch wurde auf chlor- und säurefreiem Papier gedruckt.

Umschlaggestaltung: ZERO Werbeagentur, München
Umschlagabbildung: Zefa, Düsseldorf
Gestaltung und Herstellung: Josef Gall, Geretsried
Satz: Ventura Publisher im Verlag
Druck und Bindung: Ebner & Spiegel, Ulm
Printed in Germany
ISBN 3-426-66089-X

2 4 5 3 1

TEIL I

Simbabwe, Afrika
1991

1

Courtney McCloud streckte sich. Nach zwei Operationen – eine simple Blinddarmentfernung und ein Leistenbruch – schmerzten ihr die Schultern, denn wie immer hatte sie seit halb acht Uhr morgens Patienten behandelt. Anfangs hatte sie die Leitung der Klinik als ziemlich anstrengend empfunden, doch dank ihrer zehnjährigen Erfahrung war inzwischen alles nur noch Routine.
Wenn kein Notfall anstand, operierte Courtney zweimal wöchentlich und verbrachte die restliche Zeit mit ihren dutzenden von Patienten. Die Kranken wandten sich mit Masern, Lungenentzündung, Skorbut, Cholera, Malaria, Gelbsucht, Durchfall und Schlangenbissen oder Skorpionstichen an sie; hin und wieder litt auch jemand an Kinderlähmung oder Schwarzem Fieber. Sogar AIDS kam, wie Courtney leider feststellen musste, in letzter Zeit immer häufiger vor.
Trotz des stets gleichen Ablaufs waren Courtneys Tage niemals langweilig. Jeden Abend saß sie mit Mara, Raoul und Fannie beim Essen; sie besprachen die täglichen Vorkommnisse, gaben einander Kraft und tauschten Erfahrungen aus. Courtney führte ein erfülltes Leben, und sie war stolz darauf, dass sie die Klinik ganz allein aus dem Boden gestampft hatte. Inzwischen wurde sie von drei tüchtigen Freunden und Mitarbeitern unterstützt, die ihr beim Tagesgeschäft halfen.
Am meisten liebte Courtney die Abende, wenn sie sich von der Verantwortung des Tages erholen und mit Raoul und

Fannie Halma oder Dame spielen konnte, während Mara auf ihrer Gitarre zupfte. Wenn ihr Vater neuen Lesestoff mitgebracht hatte, setzte sie sich mit einem Buch in die Ecke und hörte im Hintergrund die leisen Stimmen der anderen, ihr Lachen und ihr Singen. Courtney lächelte. Ein Außenstehender konnte sich zwar kaum vorstellen, wie angenehm das Leben hier war, aber sie hätte es um nichts in der Welt aufgegeben.

Courtney ging in die Küche, wo ihr köstliche Gerüche in die Nase stiegen. Wie immer war Mara schon an der Arbeit und rollte Teig aus. Eine Weile betrachtete Courtney ihre Freundin. Sie war eine ausgesprochen schöne Frau, und jeder, der ihr begegnete, wunderte sich, dass sie Nonne war. Mit ihrem zerzausten rotbraunen Haarschopf, der ihr über die Schultern fiel, der goldenen Nickelbrille und dem hauchdünnen Kleid, das trotz seiner Formlosigkeit ihre üppigen Kurven nicht verbergen konnte, erinnerte sie eher an einen aus den Sechzigern übrig gebliebenen Hippie. Courtney wusste, welches Glück sie hatte, Mara gefunden zu haben. Wie war sie nur im ersten Jahr ohne sie zurechtgekommen?

Als Mara aufblickte, sah sie Courtney in der Tür stehen. »Noch eine halbe Stunde«, verkündete sie.

»Hetz dich nicht. Deine Kochkünste sind es wert, dass man darauf wartet. Brauchst du Hilfe?«

»Nein, Fannie hat den Tisch schon gedeckt. Was grinst du denn so?« Mit dem Rand eines Marmeladenglases stanzte sie Kreise aus dem Teig aus.

»Ich habe gerade an deinen ersten Tag hier gedacht.«

Mara lächelte ebenfalls. »Wenn wir damals geahnt hätten, was uns erwartet.«

»Du bist in einem Jeep angekommen und hast behauptet, du hättest keine besonderen Fähigkeiten. Ha!«

Schmunzelnd legte Mara die Plätzchen auf einem Backblech aus.

»Ich weiß noch fast wortwörtlich, was du gesagt hast.«
»Tja, ich nicht mehr.« Obwohl Mara die letzten zwanzig Jahre in Afrika verbracht hatte, hatte sie ihren irischen Akzent nicht verloren.
»Schauen wir mal«, begann Courtney. »›Ich kann fast alles‹, hast du verkündet – ein Sinnbild der Bescheidenheit.« Die beiden Frauen lachten. »›Ich habe handwerkliches Geschick und koche so gut, dass ihr die besten Restaurants der Welt vergessen könnt. Im Bettpfannenausleeren bin ich Weltmeisterin, und außerdem bin ich eine prima Schützin.‹«
»Und habe ich dir zu viel versprochen?«
»Du hast nicht erwähnt, was für eine ausgezeichnete Krankenschwester du bist.«
»Ich wollte, dass du von selbst dahinter kommst.«
»Und dazu die beste Freundin der Welt.«
»Ach du meine Güte, was sind wir heute wieder sentimental.«
Courtney zuckte mit den Schultern. »Als ich dich gerade angesehen habe, habe ich mir gedacht, was für ein Glück ich hatte.«
Mara schmunzelte erneut. »Raus mit dir. Verschwinde aus der Küche, bis es Essen gibt.«
»Ich bin draußen auf der Veranda. Sag mir Bescheid, wenn das Essen fertig ist.« Sie hatte Lust auf einen Drink. Ihr Vater brachte stets genug Wein mit, sodass jeder abends vor dem Essen ein Glas trinken konnte. Für Courtney und ihre Mitarbeiter war es zu einem Ritual geworden, auf das sie sich täglich von neuem freuten.
Ein himmelweiter Unterschied zu der Zeit, als Courtney und ihre Großmutter hier ganz allein in Zelten gehaust hatten.
Als sie sich umdrehte und den Flur entlangging, erhaschte sie einen Blick auf ihr Spiegelbild. Sie sah aus wie fünfunddreißig; ihre kurzen kastanienbraunen Locken lagen eng am Kopf an. Mara und sie schnitten sich gegenseitig die Haare,

wobei Courtney fand, dass sie selbst die bessere Friseurin war, da das Ergebnis bei Mara stets um einiges ansehnlicher wirkte. Sie spähte in den Spiegel. Ihrer Ansicht nach waren die grauen Augen ihr größter Vorzug, und sie wusste, dass sie im Gegensatz zu Mara keine Schönheit war. Allerdings spielte das auch keine große Rolle. Schließlich lebten sie hier in der Einöde und bekamen oft monatelang außer ihrem Vater, der an jedem zweiten Wochenende einflog, niemanden zu Gesicht.

In Courtneys Kleiderschrank herrschte keine große Abwechslung, und sie trug meistens Shorts. Ihr Vater besorgte ihr in Harare sechs Stück pro Jahr in Hellbraun und in Khaki, die sie mit kurzärmligen Baumwollblusen kombinierte. Ein Kleid hatte sie schon seit Jahren nicht angehabt. Hier draußen war Mode unwichtig, und Courtney verschwendete nur selten einen Gedanken daran.

Sie ging hinaus auf die Veranda, von wo aus die Hügel im Westen und das Ufer eines Sees zu sehen waren, in dem sich nun die goldenen Strahlen der Sonne spiegelten. Bald würde das Wasser lilafarben und grellrosa leuchten.

Courtney liebte die Abendstunden. Bei Dämmerung kamen dutzende von Gazellen, Zebras und Impalas an den See, um dort zu trinken. Vor einigen Jahren hatte ihr Vater ihr zu Weihnachten ein Fernglas geschenkt, und es machte ihr Spaß, auf der Veranda zu sitzen und die Tiere in der Ferne zu beobachten. Wieder räkelte sie sich und wollte sich schon auf den Stufen niederlassen, als sie sah, dass sich auf der behelfsmäßigen Straße die Scheinwerfer eines Wagens näherten.

Nachdem das Auto dicht genug herangekommen war, stellte sie fest, dass es sich um einen Jeep handelte. Sie hatten nur selten Besucher, die mit dem Auto eintrafen, vor allem nicht um diese Uhrzeit, denn um sieben würde es so dunkel sein, dass man die Straße kaum noch erkennen konnte.

Vermutlich jemand, der sich verirrt hatte.
Schützend hielt Courtney sich die Hand vor die Augen und fragte sich, wer das wohl sein mochte.
Der Mann stoppte den Wagen und kletterte langsam hinaus. Er war hoch gewachsen und schlank und wirkte, als wäre er einem Western entstiegen oder würde zumindest aus Laramie, Wyoming, stammen. Er trug Cowboystiefel und nahm seinen Stetson ab, als er auf sie zukam. Eindeutig ein Amerikaner. Sein blondes Haar war ein wenig zu lang und lockte sich im Nacken. Außerdem hatte er sich ein paar Tage lang nicht rasiert. Er lächelte Courtney zu, und als er vor ihr stand, bemerkte sie, wie blau seine Augen waren.
Er stellte sich zwar vor, doch da sie sich überrumpelt und befangen fühlte, verstand sie seinen Namen nicht. Dennoch gelang es ihr, ihm die Hand hinzuhalten. »Ich bin Courtney McCloud«, sagte sie. Als er ihr die Hand schüttelte, begann ihr Herz zu klopfen. »Wie war noch mal Ihr Name?«
»Quentin Coopersmith«, erwiderte er. »Dr. Quentin Coopersmith aus Seattle, Washington, USA. Aber alle nennen mich Coop.«
»Ich habe mir schon gedacht, dass Sie Amerikaner sind.«
Er lachte. »Ist das so offensichtlich?«
»Ich fürchte schon.« Sie grinste. »Ich nehme an, Sie haben sich verirrt.«
»Nein, ich kann mit Stolz behaupten, dass ich genau dort angekommen bin, wo ich hinwollte.«
»Und wohin wollten Sie?«
»Zu Ihnen.«
»Zu mir?«
»Zu Dr. Courtney McCloud.« Seine Augen funkelten.
»Ist meinem Vater etwas zugestoßen?«, erkundigte sie sich mit einem besorgten Stirnrunzeln.
»Nein, mit ihm hat es nichts zu tun.«
»Gott sei Dank.« Courtney hatte keine Ahnung, was er sonst

von ihr wollen könnte. »Nun, Sie haben mich gefunden, Doktor. Und warum suchen Sie mich?«
»Ich möchte eine Klinik gründen und brauche Ihren Rat. Man sagte mir, dass sie eine Expertin sind.«
Sie lächelte. »Das mit der Expertin weiß ich nicht so genau, aber ich habe die nötige Erfahrung.«
»Abendessen!«, rief eine Stimme.
»Es gibt jetzt Essen. Möchten Sie sich uns nicht anschließen?«
»Vielen Dank. Ich habe gehofft, dass Sie mich einladen.«
Er lächelte sie an. Seine blauen Augen hatten die Farbe des afrikanischen Himmels zur Mittagszeit.
»Also kommen Sie mit. Dann können Sie uns ja erzählen, was Sie in den abgelegensten Teil der Welt geführt hat.«
Er folgte ihr ins Haus und sah sich um. »Ich bin beeindruckt. Ich hätte nicht gedacht, dass ich hier draußen so ein komfortables Haus vorfinden würde.«
»Es hat zehn Jahre gedauert, und mein Vater hat viel Arbeit hineingesteckt. Anfangs haben meine Großmutter und ich in Zelten gelebt.«
»Sprechen Sie von Mother Lili?«
»Offenbar wissen Sie über mich Bescheid. Sie haben wohl Erkundigungen eingezogen.«
Gerne wäre sie stehen geblieben und hätte weiter mit dem Mann geplaudert, der einfach aus dem Nichts aufgetaucht war. Doch sie drehte sich um und ging ihm voraus in die Küche. Sie vermutete, dass er sie deshalb so ansprach, weil sie schon seit Ewigkeiten keinem weißen Mann in ihrem Alter begegnet war – jemandem, der so männlich und gleichzeitig so charmant wirkte.
»Riecht köstlich«, stellte er beim Gehen fest.
»Mara ist unsere Köchin, unser Mädchen für alles, eine ausgezeichnete Krankenschwester, meine beste Freundin und außerdem eine weltliche Nonne.«

»Klingt zu gut, um wahr zu sein.«
»Warten Sie, bis Sie sie gesehen haben.«
Sie kamen ins Esszimmer, einen großen kahlen Raum, in dem zwei große Holztische standen. »Fannie, das ist Dr. Quentin Coopersmith. Fannie ist unsere zweite Krankenschwester.«
Fannie, eine zierliche dunkelhaarige Frau mit Pferdeschwanz, blickte lächelnd auf.
»Fannie und ihr Mann Raoul, der Arzt ist, arbeiten seit zwei Jahren hier. Ich weiß nicht, was ich ohne sie anfangen würde.«
Courtney ging weiter durch den großen Türbogen, der in die Küche führte.
Mara stand am Herd. Ihr kastanienbraunes Haar kräuselte sich in der Hitze, und sie rührte in einem großen Eisentopf, dem ein köstlicher Duft entstieg.
Auf dem einzigen Küchenstuhl saß ein dunkelhaariger Mann mit braunen Augen, einem gezwirbelten Schnurrbart und müdem Blick.
»Darf ich vorstellen: Das ist Dr. Quentin Coopersmith aus Amerika«, verkündete Courtney, während sie neugierig auf Maras Reaktion wartete. »Coop, das ist Raoul, unser schwer arbeitender, unermüdlicher Arzt. Und das da am Herd ist die Küchenchefin, Schwester Mara. Aber wir sparen uns die Formalitäten und sind alle per du. Hier bei uns geht es locker zu.«
Mara hörte auf zu rühren und sah den Besucher an. »Bist du Arzt?«
Coop nickte.
»Schön, dich kennen zu lernen«, meinte Raoul in einem Akzent, den Coop kaum verstehen konnte.
Raoul griff in einen Schrank und holte fünf nicht zusammenpassende Marmeladengläser heraus.
Dann reichte er Courtney, Mara und seiner Frau, die in die

Küche gekommen war, ein Glas Weißwein. »Unser einziger Luxus«, verkündete er, als er auch dem Gast eines anbot.
»Hoffentlich bist du bereit, dich beim Essen von uns ausfragen zu lassen«, meinte Mara und verteilte den Inhalt des Topfes in Schälchen. »Wir kriegen nur selten Besuch.«
Sie sah Courtney an. Ihre Blicke trafen sich, und beide Frauen lächelten.
»Hier, nehmt eure Schälchen. Die Plätzchen stehen auf dem Tisch.«
Courtney sorgte dafür, dass Coop neben ihr saß. Sie stellte fest, dass Mara sie neugierig beobachtete.
»Du bist also Arzt«, sagte Mara. »Bist du etwa hier, um uns zu helfen?«
»Ich fürchte, nein«, antwortete er. Seine Stimme hatte einen hübschen Klang.
»Du bleibst sicher über Nacht.« Bei Mara hörte es sich an wie eine Feststellung, nicht wie eine Frage.
Während alle den Eintopf verspeisten, den Mara in die Schälchen gefüllt hatte, sagte Coop: »Mich würde interessieren, wie das mit eurer Klinik angefangen hat.«
Alle Blicke ruhten auf Courtney, die schließlich die Gründerin war.
»Ich wollte schon immer im Busch eine Klinik für die Eingeborenen eröffnen, die keine medizinische Versorgung haben. Wahrscheinlich lag das am Einfluss meiner Großmutter, doch über sie weißt du ja schon Bescheid.«
»Erzähl es trotzdem«, forderte Coop Courtney auf und nickte dann Mara zu. »Was immer das ist, jedenfalls schmeckt es prima.«
Mara lächelte.
Courtney fuhr fort: »Nach meinem praktischen Jahr in Kapstadt wollte ich nach Simbabwe zurückkehren, denn ich bin hier geboren. Mein Vater und ich suchten ein Gebiet, wo viele Stämme zur Behandlung zu uns kommen konnten.

Meine Großmutter, die damals schon achtzig war, begleitete mich. Ich dachte, es würde schwierig werden, unsere Klinik bekannt zu machen. Außerdem befürchteten wir, die Einheimischen würden die Medizin des weißen Mannes ablehnen. Doch schon nach einem Monat hatten wir mehr zu tun, als wir uns je hätten träumen lassen. Mein Vater kaufte Baumaterial und stellte uns zwei Wochen lang Arbeitskräfte zur Verfügung. Das meiste, was du hier siehst, wurde damals gebaut. Er unterstützt uns immer noch. Jede zweite Woche bringt er uns mit dem Flugzeug Reis und Bananen ...«

»... und Wein«, ergänzte Mara.

»Und alle notwendigen und überflüssigen Dinge, damit wir hier weitermachen können. Als Mara kam, waren wir bereits ein knappes Jahr hier. Sie war ein Geschenk des Himmels.«

»Eine Freundin und ich bereisten schon seit ein paar Jahren Afrika«, unterbrach Mara, »und machten uns überall im Land nützlich, wo wir gebraucht wurden. Dann erzählte uns jemand von dieser Klinik, weit draußen, wo es sonst keine Weißen gab, und wir beschlossen, uns auf die Suche zu machen. Es war nicht leicht, denn damals gab es hier noch keine Straße.«

»Sofern man diesen Trampelpfad als Straße bezeichnen möchte«, witzelte Coop.

Alle lachten.

»Meine Freundin verabschiedete sich nach einem Jahr, aber ich bin geblieben. Inzwischen fühle ich mich hier wie zu Hause.«

»Du klingst, als würdest du ursprünglich aus Irland stammen.«

»Den Akzent verliere ich vermutlich nie.«

Coop nickte Courtney zu und ließ sich noch eine Portion Eintopf geben.

»Erzähl weiter.«

»Tja, das war's eigentlich. Vor zwei Jahren kamen Raoul und Fannie.«
»Und jetzt sind wir alle eine glückliche Familie«, fügte Raoul hinzu. »Ich glaube, das Schicksal hat uns hierher geführt, das Karma, die Vorsehung oder wie man es auch immer nennen will.«
»Ja«, stimmte Courtney zu. »Nach dem Tod meiner Großmutter war ich hier schrecklich einsam. Sie war der Mittelpunkt meines Lebens. Aber plötzlich tauchten all diese wunderbaren Leute hier auf. In der zivilisierten Welt glaubt man sicher, dass wir große Opfer bringen, doch ich finde, dass ich großes Glück habe, hier sein zu dürfen.«
»Aber es gibt doch sicher auch Rückschläge«, wandte Coop ein.
Die anderen wechselten Blicke und lachten.
»Eigentlich jeden Tag«, erwiderte Courtney. »Unser Wissen genügt einfach nicht, und wir besitzen nicht die nötigen Geräte, nicht einmal einen Röntgenapparat. Außerdem operieren wir unter primitiven Bedingungen und sind medizinisch nicht auf dem neuesten Stand. Viele Patienten sterben. Manche kommen erst, wenn es zu spät ist. Epidemien breiten sich aus, bevor wir überhaupt davon erfahren. Die Cholera zum Beispiel … ach, es ist ständig etwas Neues los.«
»Und was bringt dich überhaupt zu uns, Dr. Coop?«, fragte Mara.
»Ich bin im Auftrag von HEAL hier.«
Alle sahen ihn erwartungsvoll an.
»Das ist eine Organisation, die um die Welt fliegt, jeden Monat ein anderes Land aufsucht und medizinische Hilfe leistet, wo sie nötig ist. In den nächsten beiden Jahren sind wir schon ausgebucht, obwohl wir für Notfälle einen Monat jährlich zur freien Verfügung halten.«
»Was für Notfälle?«, erkundigte sich Mara.
»Kriege, Erdbeben, die unerwarteten Tragödien auf der Welt

eben. Wir haben einen festen Stamm von vier Krankenschwestern und werben jeden Monat weltweit Ärzte an, Spezialisten wie Onkologen, Kinderärzte, Augenärzte, Zahnärzte, Kardiologen oder Chirurgen wie mich. Jeden Monat sind fünf Ärzte im Einsatz, was heißt, dass wir es schaffen, jährlich sechzig Mediziner einen Monat lang für unser Projekt zu gewinnen. Dann fliegen wir in die abgelegenen Gegenden der Welt und versuchen in etwa dasselbe, was ihr hier tut.«

Während Coop die Arbeit von HEAL schilderte, wurde er von Aufregung ergriffen. Zu Hause in Seattle fühlte er sich nie so, nur in dem von Armut geplagten, von Traditionen geprägten und von Stammeskultur beherrschten Afrika. Allerdings nicht in den Städten, sondern nur draußen in der Wildnis, der prachtvollen Landschaft, die man schon seit vielen Jahren als den Schwarzen Kontinent bezeichnete. In den Savannen mit ihren fremdartigen Bäumen, umgeben von einer Ehrfurcht gebietenden Tierwelt und von Menschen, die noch so lebten wie vor hunderten von Jahren.

»Ich habe einen Sommer lang für HEAL gearbeitet«, sagte Raoul mit starkem belgischem Akzent. »Deshalb bin ich auch hier. Eigentlich wollte ich nur einen Monat in Tansania verbringen, doch als ich wieder zu Hause war, hielt ich es dort nicht mehr aus. Mir wurde klar, dass ich ohne Raucherkrankheiten und den Zipperlein von Rentnern kaum noch etwas zu tun gehabt hätte, und so beschloss ich, zurückzukommen und hier wirklich kranke Patienten zu behandeln. Als ich mich auf die Suche nach einer Klinik machte, erzählte mir jemand von dieser hier. Ich setzte mich mit Courtney in Verbindung, und wir fuhren hin. Das war vor zwei Jahren.«

»Seitdem macht das Leben viel mehr Spaß«, ergänzte Courtney und prostete ihm mit dem inzwischen leeren Glas zu.

»Bei so vielen Komplimenten müssen wir wohl den Rest unseres Lebens hier verbringen«, meinte Raoul grinsend.

»Und was genau führt dich hierher, Coop?«, fragte Courtney. Doch eigentlich war es ihr egal. Sie empfand es einfach als willkommene Abwechslung, ihn anzusehen, ihm zuzuhören und in seiner Nähe zu sein. Auch wenn sie wusste, dass er morgen oder übermorgen wieder abreisen würde, beschloss sie, die Gelegenheit zu nutzen und ihn ein wenig anzuschwärmen.
»Eigentlich wollte ich mit dir allein sprechen, doch da ihr alle davon betroffen sein werdet, habe ich ... ich möchte noch vorausschicken, dass HEAL plant, zum ersten Mal ein dauerhaftes Krankenhaus an einem festen Ort zu finanzieren. Selbstverständlich werden wir auch weiterhin mit unserem als Hospital ausgerüsteten Flugzeug um die Welt fliegen und jeweils einen Monat an verschiedenen Orten Station machen.«
»Warum denkst du an eine dauerhafte Klinik in diesem Teil von Afrika?«, erkundigte sich Raoul. »Hier wird HEAL nicht gebraucht.«
»Nun, für alle Ewigkeit ist dieses Krankenhaus auch nicht geplant. Außerdem soll es nicht hier gegründet werden. Wir möchten ein Lager für die Flüchtlinge aus Mosambik eröffnen, die jede Woche zu hunderten ihr Land verlassen. Sie überqueren die Grenzen nach Malawi und Simbabwe und haben medizinische Hilfe zumeist bitter nötig. Obwohl sie nicht wissen, wohin sie sich wenden sollen, müssen sie Mosambik verlassen. Deshalb beabsichtigen wir, an der Grenze ein Flüchtlingslager einzurichten, damit die Leute, nachdem sie sich in Sicherheit gebracht haben, versorgt werden können, ehe sie weiterziehen.«
Alle sahen ihn neugierig an und fragten sich, was sie das wohl anging.
»Wir würden jeden Monat drei Schwestern und mindestens einen Arzt schicken, vielleicht auch zwei. Außerdem wird HEAL einen Röntgenapparat zur Verfügung stellen ...«

»Ach, was würden wir für so ein Ding geben«, seufzte Raoul.
»Weiterhin Impfstoffe, Medikamente und Verbandsmaterial. Wir bauen ein Krankenhaus, statten es aus …«
»Und was sollen wir dazu beitragen?«, erkundigte sich Courtney. Warum war dieser Mann hier?
Coop sah sie an. »Wir möchten dich als Leiterin des ganzen Projekts.«
Die Anwesenden schwiegen.
»Wir brauchen eine erfahrene afrikanische Ärztin, die bereits eine Klinik geführt – in deinem Fall sogar gegründet – hat und weiß, was die Leitung so eines Hauses bedeutet. Ärzte, die jeden Monat wechseln, können so etwas nicht organisieren und planen …«
»Besorg dir doch einen Verwaltungsfachmann. Einen Geschäftsführer«, sagte Courtney. Sie hatte nicht das geringste Interesse an diesem Posten.
»Nein, wir brauchen einen Arzt, der sich mit afrikanischen Krankheiten auskennt und die Eingeborenen versteht, jemanden, dem das Leben hier vertraut ist.« Coop blickte sich um. »Einen Arzt, der eine Klinik aus dem Nichts aufzubauen in der Lage ist und dem das schon einmal geglückt ist.«
»Ich kann hier nicht weg. Ich habe diese Klinik gegründet.« Und dafür die Liebe meines Lebens geopfert, dachte Courtney. »Sie ist mein Werk. Ich habe Blut, Schweiß und Tränen in dieses Stück Land investiert. Und die Leute brauchen mich«, fügte sie laut hinzu.
»Tausende von anderen Menschen brauchen dich auch.«
»Warum ausgerechnet mich?«
Er lächelte ihr zu, obwohl er das Gefühl hatte, durch ein Minenfeld zu gehen. Gleich als er sie auf der Veranda hatte stehen sehen, hatte er die Gefahr gewittert.
»Warum dich, Dr. McCloud? Die Frage sollte eher lauten, warum nicht?«
»Weil ich hier lebe.«

»Du hast dein Leben denen gewidmet, die ohne deine Hilfe verloren wären, und das verstehe ich. Ich tue das nur einen Monat im Jahr, was verglichen mit deiner Leistung nichts ist. Aber ich verstehe dich. Du verleihst deinem Dasein einen Sinn, indem du anderen hilfst.«
Sie musterte ihn nachdenklich.
Die anderen saßen schweigend da und blickten zwischen Courtney und Coop hin und her.
»Hier kannst du hunderte von Menschen retten – in einem Flüchtlingslager wären es zehntausende. Denk daran – zehntausende.«
Sie starrte ihn an.
»Du könntest zurückkehren, wenn der Krieg vorbei ist.«
»Nicht wenn, sondern *falls* er jemals vorbei ist«, wandte Raoul ein; alle waren überrascht, dass er sich einmischte.
»Jeder Krieg endet irgendwann«, entgegnete Coop.
»Wie der Hundertjährige Krieg zum Beispiel?«, fragte Raoul leise.
»Du hast dich umsonst herbemüht«, sagte Courtney. »Ich bin nicht interessiert.«
Doch Coop wusste, dass er Zweifel in ihr gesät hatte. Da ihm noch ein paar Tage blieben, hatte er nicht vor, sie zu drängen.
»Überleg es dir«, bat er sie nur und wandte sich dann an Mara. »Ich habe heute eine lange Fahrt hinter mir. Könntest du mir bitte meinen Schlafplatz zeigen? Und vielen Dank fürs Essen, es war köstlich.«
Er würde sich Mühe geben müssen, denn er merkte Courtney an, dass sie wütend auf ihn war, weil er sie in ihrer Ruhe aufgerüttelt und sie vor eine Entscheidung gestellt hatte. Deshalb musste er so behutsam wie möglich zu Werke gehen, und er wünschte sich, er hätte mehr als drei Tage Zeit dafür gehabt.
Während Mara ihn zum Gästehaus brachte, blieben die anderen schweigend am Tisch sitzen.

Nach einer Weile kehrte Mara zurück und nahm wieder Platz. »Uff, das war aber ein Schock.«
»Eigentlich nicht«, erwiderte Courtney. »Uns geht das nämlich überhaupt nichts an. Zerbrecht euch also nicht den Kopf darüber.«
Bald verabschiedeten sich alle und gingen zu Bett, doch niemand konnte schlafen.
Auch Courtney lag wach und starrte in die Dunkelheit. In der Ferne heulte eine Hyäne. Die nächtlichen Geräusche gehörten so sehr zu ihrem Leben, dass sie sie meistens gar nicht mehr wahrnahm – und dennoch hätte sie nicht darauf verzichten wollen.
Als sie Coops Gesicht vor sich sah, schloss sie die Augen – doch das Bild blieb. *Verdammter Mistkerl!*
Alles hatte sie aufgegeben, um hierher zu kommen. Und es war das Opfer wert gewesen, auch wenn sie nach all diesen Jahren immer noch an David dachte und sich fragte, was er jetzt tat, wo er lebte und ob er wohl glücklich geworden war. Sie hatte gehört, er sei nach England zurückgekehrt. Er brauchte die hellen Lichter, das Menschengewühl, gute Restaurants und all die anderen Annehmlichkeiten der Zivilisation und hätte sich deshalb niemals an der Verwirklichung ihres Lebenstraums beteiligt. Courtney jedoch hatte ihren Traum wahr gemacht, ein Ziel, das ihr wichtiger gewesen war als die große Liebe ihres Lebens.
Und nun verlangte dieser Mann von ihr, dass sie all das aufgab.
Courtney drehte sich zur Seite und schloss die Augen. Doch schon kurz darauf hörte sie ein leises Klopfen an der Tür, und Mara flüsterte: »Courtney, ich bin's.«
»Komm rein«, murmelte sie.
Sie lächelte, als Mara eintrat, langsam durch die Dunkelheit schlich, sich zum Fußende von Courtneys Bett vortastete und sich darauf niederließ.

»Ich wusste, dass du noch nicht schläfst.«

Courtney setzte sich auf und schlang die Arme um die Knie. »Wieso?«

»Na, so einen Schock kriegt man schließlich nicht alle Tage.«

»Ich finde gar nicht, dass es so ein Schock war. Es kommt sowieso nicht in Frage.«

»Aber Courtney, das stimmt nicht.« Sie hörte Mara nach Luft schnappen.

»Pass auf, ich gehe hier nicht weg. Ich habe zu viel aufgegeben ...«

»Sei doch mal still und hör mir zu. Du hast dich von David getrennt, mehr nicht. Du hast einen Mann für eine größere Sache geopfert, die ich Gott nenne und die du als Dienst an der Menschheit bezeichnest. Also spiel nicht die Märtyrerin. Dein ganzes Leben lang wolltest du den Eingeborenen helfen. Zehn Jahre hast du in dieses Projekt investiert. Wir haben Gebäude, eine Organisation, ja, sogar einen anderen Arzt und eine Krankenschwester, die beide sehr fähig sind. Also brauchst du nicht dein ganzes Leben an einem einzigen Ort zu verbringen; du solltest dich weiterentwickeln und sehen, was du sonst noch bewirken kannst. Nur weil deine Großmutter dreißig Jahre lang in derselben Mission gearbeitet hat, musst du es ihr nicht nachmachen. Courtney, was dieser Mann dir vorschlägt, ist eine große Herausforderung.«

»Ich habe eher den Eindruck, dass er von mir verlangt, meinen Lebenstraum wegzuwerfen.«

»Ich habe schon befürchtet, dass du eine andere Betrachtungsweise gar nicht zulassen wirst. Aber du darfst deine Existenz nicht an dieses Stück Land, an diesen einen Ort binden. Warum hast du kein Interesse daran, so vielen Menschen wie möglich zu helfen, und zwar ganz egal, wo das ist?« Als Courtney schwieg, fuhr Mara fort: »Er hat dich nur gebeten, es dir zu überlegen. Gut, dann überlegen wir jetzt mal gemeinsam. Denn wenn du gehst, komme ich natürlich mit.«

»Und was wird dann aus dieser Klinik? Ich habe zu viel investiert, um zu riskieren, dass alles kaputtgeht.«

»Raoul und Fannie.«

Courtney schüttelte den Kopf. »Raoul ist ein ausgezeichneter Arzt, aber er kann diese Klinik nicht leiten. Weißt du überhaupt, wie viel Zeit und Kraft und ...«

»Mach mal 'nen Punkt, Courtney. Du bist nicht die Einzige, die hier etwas leistet.«

»Und was ist mit den Sachen, die mein Vater uns bringt?«

»Die kann er doch auch weiterhin bringen, oder?«

»Ich weiß nicht«, widersprach Courtney. »Schließlich tut er es für mich.«

»Vielleicht solltest du mal mit ihm reden«, schlug Mara vor. Sie vertraute darauf, dass Andrew alle Probleme lösen konnte.

»Er würde mir raten, mich erst zu entscheiden und dann die Einzelheiten zu klären.«

Mara stand auf. »Tu einfach, worum dieser Dr. Coop dich bittet. Überleg es dir. Und denk daran, dass ich mitkomme. Du würdest auch weiterhin das tun, was du dein Leben lang gewollt hast, nämlich den Eingeborenen helfen, nur in viel größerem Rahmen. Coop hat gesagt, du könntest tausende von Menschen retten, deren einzige Hoffnung du bist.«

»O mein Gott«, sagte Courtney lachend, »sei doch nicht gleich so dramatisch.«

»Ich habe versucht zu schlafen, aber ich sah ständig flüchtende Menschen vor mir, die ihre vom Krieg zerstörten Städte verlassen müssen. Sie hungern, haben Angst und schweben in Gefahr, erschossen zu werden. O Courtney, diese Bilder, die mir im Kopf umhergingen, haben mich wach gehalten.«

»Und jetzt soll ich wohl dieselben Albträume kriegen wie du?«

»Wir werden gebraucht, Courtney. Ich denke, Gott hat uns diesen Coop geschickt.«
Courtney glaubte nicht an Maras Gott.
»Jedenfalls hat Coop von dir gehört und hält dich für das Wunder, das diese Leute brauchen.«
»Ach, Mara, ich soll ein Wunder sein?«
»Dann eben wir beide, wenn das nicht zu unbescheiden klingt.«
Trotz der Dunkelheit spürte Courtney, dass Mara grinste.
»Lass uns morgen mit Raoul und Fannie reden, damit wir erfahren, was sie davon halten.«
»Ich überlege es mir«, versprach Courtney. »Deinetwegen kann ich jetzt sowieso nicht mehr schlafen.«
»Du hast doch ohnehin wach gelegen.«
»Und jetzt bleibt das vielleicht die ganze Nacht so.«
»Außerdem«, sagte Mara auf dem Weg zur Tür, »ist er als Mann nicht zu verachten.«
Als Mara fort war, verschränkte Courtney die Arme hinter dem Kopf und starrte an die Decke. Genau das war der Nachteil an Männern. Man begegnete ihnen, und innerhalb von wenigen Minuten stellten sie einem das ganze Leben auf den Kopf.
Zum Teufel mit diesem Kerl, schließlich hatte sie ihm dieses Dilemma zu verdanken.

2

Da Courtney nur drei oder vier Stunden geschlafen hatte, waren ihre Augen verquollen. Als sie sich das Gesicht wusch und ins Esszimmer schlenderte, fragte sie sich, ob Mara wohl mehr Schlaf gefunden hatte als sie.

Nicht nur Mara, sondern auch Raoul und Fannie saßen an dem großen Tisch und waren bereits mit dem Frühstück fertig. Sie alle wirkten ziemlich übernächtigt.

»Wo steckt denn unser Gast?«, erkundigte sich Courtney.

»Er hat schon gegessen und will sich jetzt ein wenig umsehen.«

Courtney hielt Ausschau nach ihren Frühstücksflocken. Während sie sich dem Tisch näherte, stellte sie fest, dass sie aus drei Augenpaaren gemustert wurde.

»Was habt ihr denn?«, knurrte sie. »Wird das etwa ein Tribunal?«

»Wir haben uns unterhalten«, begann Fannie.

»Ja, Fannie und ich haben die halbe Nacht geredet«, ergänzte Raoul. »Und heute Morgen haben wir noch mal mit Mara darüber gesprochen. Offenbar sind wir alle einer Ansicht.«

»Darüber, was ich mit meinem Leben anfangen soll?« Courtney spürte, wie Wut in ihr aufstieg. Sie setzte sich an den Tisch und griff nach dem Milchpulver.

Fannie berührte sie am Arm. »Nein, nein, du musst selbst entscheiden, was du tust. Wir wollten dir nur sagen, was wir davon halten.«

Courtney trank einen Schluck Kaffee. Sie fühlte sich, hundemüde, wie sie war, von diesem schwierigen Thema überfordert. Denn obwohl es ihr nicht gelungen war, eine Entscheidung zu fällen, hatte sie sich fast die ganze Nacht herumgewälzt.

Mara schwieg.

»Uns ist klar, wie sehr du an dieser Klinik hängst«, begann Raoul. »Aber auch wir haben eine Menge in das Projekt investiert. Wenn du glaubst, dass du mehr bewirken kannst, wenn du diesen Coopersmith begleitest, werden wir das Kind bis zu deiner Rückkehr schon schaukeln. Wir würden eine weitere Krankenschwester brauchen …«

»Ihr habt das wohl alles schon geplant.« Noch nie hatte Courtney so barsch mit ihnen gesprochen.

»Nein, Courtney. Hör einfach nur zu. Gib dir Zeit zum Nachdenken«, bat Mara.

»Ich habe die ganze gottverdammte Nacht ununterbrochen nachgedacht.«

Die anderen erkannten das deutlich an ihren blutunterlaufenen Augen.

»Ich finde, du solltest dir die Sache mal ansehen und vielleicht mit deinem Vater darüber sprechen«, schlug Mara vor.

»Ich bin erwachsen.«

Raoul und Fannie wechselten Blicke. Sie hatten Courtney noch nie in dieser Stimmung erlebt.

»Mein Herz und meine Seele hängen an dieser Klinik«, sagte sie.

Raoul und Fannie nickten, denn ihnen ging es genauso, auch wenn sie im Gegensatz zu Courtney keine zehn Jahre damit verbracht hatten, das Projekt aufzubauen.

»Ich kann das nicht alles aufgeben«, fügte Courtney hinzu, und es klang fast wie ein Schluchzen. »Es ist schließlich mein Leben.«

»Es gibt mehr im Leben als einen winzigen Winkel der Erde«, widersprach Raoul.

»Die Klinik ist kein winziger Winkel der Erde«, protestierte Courtney, »sondern der Mittelpunkt meines Universums.«
»Courtney, denk nur daran, wie vielen Menschen du das Leben retten könntest«, meinte Fannie. »Eine solche Gelegenheit bietet sich nicht so schnell wieder.«
»Warum meldest du dich dann nicht freiwillig? Du kannst jederzeit gehen. Niemand zwingt dich zu bleiben.«
»Aber er will dich, Courtney. Du besitzt die Qualifikationen, die er und HEAL brauchen.«
»Möchtest du noch zu Lebzeiten zur Legende werden?«, sagte eine Stimme von der Tür her. »Offenbar bist du schon auf dem besten Weg dazu. Ich habe überall in Simbabwe und sogar in Malawi von dir gehört. Willst du so vielen Menschen helfen, wie du es in deiner Lebenszeit schaffen kannst? Es wird dir das Äußerste abverlangen. Und manchmal kann es sogar gefährlich werden. Es würde die schwierigste Aufgabe sein, der du dich je gestellt hast.«
Courtney drehte sich zu Quentin Coopersmith um und sah, dass Mara lächelte. Hatte ihre Freundin etwa mit ihm geredet und ihm Tipps gegeben?
Alle schwiegen. Courtney wandte sich an Raoul und fragte: »Kannst du heute den Laden übernehmen, während ich mit Dr. … mit Coop hinfliege und mir alles ansehe?«
Sie hörte, wie Mara nach Luft schnappte. Courtney drehte sich zu ihr um. »Versuch meinen Vater am Funk zu erwischen und frage ihn, wann er herkommen kann. Ich habe ein Flugzeug«, sagte sie dann zu Coop, »mit dem ich zu Notfalleinsätzen in den Busch fliege.«
Immer noch herrschte Schweigen. Courtney stand auf. »Findest du die Stelle aus der Luft?«, fragte sie Coop.
»Ich habe eine Karte«, antwortete er.
»Aber eines möchte ich klarstellen«, sagte sie zu ihm und den anderen. »Ich will mir die Sache nur anschauen. Und ich fliege nicht über Mosambik.«

»Das brauchst du auch nicht. Das Gebiet liegt in der Nähe des Bulanga-Nationalparks, und es gibt dort eine Landepiste.«
Courtney kannte den Ort von der Karte, obwohl sie selbst noch nie dort gewesen war. Der Nationalpark hatte nur wenige Besucher, weil er sich zu weit entfernt von der Straße und gleichzeitig zu dicht am gefährlichen Grenzgebiet befand. Bis dorthin waren es etwa zweihundert Meilen.
Der Ausflug würde den ganzen Tag dauern.
»Also«, meinte sie, »wir packen etwas Essbares ein, und dann geht es los.« Ihr Flugzeug stand immer bereit. Danach drehte sie sich zu ihren drei Freunden um. »Das alles ist nur eure Schuld. Ihr solltet heute mal in euch gehen.« Denn tief in ihrem Herzen wusste sie, dass sie es nur um des lieben Friedens willen tat. Niemals würde sie ihre Klinik aufgeben. Das kam überhaupt nicht in Frage.

Courtney war wütend auf den Mann, der neben ihr Platz nahm, und sie warf ihm einen ärgerlichen Blick zu. Warum hatte sie nicht einfach abgelehnt und das Thema ad acta gelegt? Schließlich hatte sie sowieso nicht vor, auf sein Angebot einzugehen. Oder sollte sie es lieber als Herausforderung bezeichnen?
»Ich habe zehn Jahre meines Lebens investiert, um diese Klinik aufzubauen«, sagte sie, nachdem sie etwa eine Stunde lang wortlos geflogen waren.
»Und jetzt«, erwiderte er lässig, »ist es Zeit für eine Veränderung. Zeit, dass du anderswo hingehst, wo du ebenfalls gebraucht wirst.«
Sie schmunzelte. »Du lässt wohl nicht locker, was, Dr. Coop?« Dann seufzte sie. »Ich war noch nie in diesem Teil des Landes. Als Kind habe ich einmal zwei Wochen Ferien in den Bergen im Osten gemacht, das ist ein Stück nördlich von der Gegend, in die wir fliegen. Warum richtest du dein Lager

nicht dort ein? Das Gebiet liegt auch an der Grenze zu Mosambik, und es ist so schön dort, dass es heißt, die grünen Hügel sähen aus wie die in England. Außerdem gibt es dort viele Flüsse, Täler und Berge.«

»Ich war zu Anfang dieses Monats auf unserer Suche nach einem Standort da. Es ist traumhaft. Aber es überqueren nicht viele Flüchtlinge aus Mosambik in dieser Region die Grenze, weil sie zu gebirgig ist.«

»Eine wunderbare Gegend zum Bergwandern. Es stehen dort ein paar kleine Hütten, und ich erinnere mich, dass wir in einer ausgesprochen hübschen übernachtet haben. Damals lebte meine Mutter noch, also muss ich etwa zehn gewesen sein.«

»Wie alt warst du, als deine Mutter starb?«

»Zwölf. Es ist seltsam, aber ich entsinne mich kaum noch an sie, denn sie war dauernd unterwegs. In dieser Zeit stand ich meiner Großmutter viel näher, und ich vermisse sie immer noch. Sie starb vor acht Jahren, während sie mir in der Klinik half.«

»Sie war Krankenschwester im Kongo, richtig?«

Courtney lächelte. »Ja. Sie kam 1921 aus Buffalo, New York, hierher und ist geblieben. Erst der Bürgerkrieg Anfang der sechziger Jahre hat sie aus dem Kongo vertrieben. Sie glaubte, dass alles, was sie aufgebaut hatte, zerstört worden sei, doch sie nahm mich mit dorthin, als ich etwa elf war. Die Leute, mit denen sie zusammengearbeitet und die sie ausgebildet hatte, betrieben inzwischen die Klinik. Sie war sehr modern und ganz anders, als sie sie in Erinnerung hatte. Meine Großmutter meinte, das sei ihr Weg in die Unsterblichkeit.«

»Ich habe so viel von ihr gehört. Doch das hat wahrscheinlich jeder, der sich ein bisschen mit Afrika beschäftigt.«

»Sie und mein Vater waren meine großen Vorbilder. Ohne sie wäre ich vermutlich verheiratet, hätte ein paar Kinder und würde leben wie eine Durchschnittsfrau.«

»Gibt es heutzutage überhaupt noch Durchschnittsfrauen?«, fragte Coop, während er die Landschaft unter ihnen betrachtete. Sie warf ihm einen Blick zu.
»Vermutlich nicht.«
»Afrika fasziniert mich«, meinte Coop nach einer Weile. »Ich habe das Gefühl, hier so lebendig zu sein, wie ich es schon lange nicht mehr war.«
»Vielleicht solltest du diese Klinik am besten selbst leiten.«
»Das kann ich nicht.« Er seufzte. »Ich habe andere Verpflichtungen.«
»Ich auch, und das weißt du ganz genau«, erwiderte sie in deutlich gereiztem Ton.
Ohne auf ihren Einwand zu achten, beugte er sich vor. »Das sind Akazien, nicht?« Er wies auf die regenschirmförmigen Bäume.
Courtney nickte. »Ja, die sind typisch für die Savanne. Sie sind Hülsen tragend, wusstest du das? Ihre bohnenähnlichen Samen sind sehr nahrhaft, und die Elefanten lieben sie besonders.« Sie lachte auf. »Wenn Safaris ihr Lager in einem Akazienhain aufschlagen, werden sie häufig von Elefantenbullen, die an die Akaziensamen heranwollen, in ihrer Ruhe gestört. Auch Nashörner und Paviane haben eine Schwäche dafür. Nun nähern wir uns dem Elefantengebiet. Der Bulanga-Park ist für diese Tiere berühmt.«
Er deutete nach unten. »Schau nur!«
Courtney sah eine Elefantenherde, die sich unten durch die Landschaft schlängelte. »Elefanten ziehen in von Weibchen geführten Herden von nicht mehr als zwölf Tieren umher. Männchen sind nur zur Paarungszeit gestattet und leben sonst in Kleingruppen zusammen.«
»Ach, das wusste ich gar nicht.« Die Männchen taten ihm Leid.
»In Simbabwe werden die Tiere besser als anderswo geschützt, und man geht mit Wilderern nicht zimperlich um.

Sie werden ziemlich hart angepackt, denn die Regierung weiß, dass ein großer Teil der Einkünfte von den Touristen kommt. Und die wollen nun einmal sehen, was von der größten Artenvielfalt der Welt übrig geblieben ist.«
»Irgendwann muss ich mal einen Nationalpark besichtigen.«
»Ich würde Mana Pools nördlich des Sambesi oder Hwange an der Grenze zu Botswana vorschlagen.«
Schweigend betrachteten sie die Landschaft unter sich.
»Warum bist du eigentlich Ärztin geworden?«, fragte er schließlich.
»Bestimmt liegt es am Einfluss meiner Großmutter, die glaubte, dass wir die Pflicht haben, den Benachteiligten zu helfen. Allerdings war sie keine Märtyrerin. Sie liebte das Leben und gehörte zu den wenigen Menschen, die es in vollen Zügen ausgekostet haben.«
Noch während Courtney diese Worte aussprach, fiel ihr auf, dass sie sich selbst in eine Falle manövrierte. Schließlich hatte ihr dieser Mann ja das Angebot gemacht, ihre Lebenszeit so gut wie möglich zu nützen.
»Außerdem habe ich jeden Sommer einige Zeit mit meinem Vater in der Savanne verbracht. Er ist Ingenieur und hat die Hälfte der Straßen im Land gebaut.« Lächelnd sah sie Coop an. »Vielleicht ist das ein bisschen übertrieben, aber damals kam es mir so vor. Außerdem zeichnete er für den Großteil der Gleisanlagen in Simbabwe und einige Regierungsgebäude in Bulwayo und Harare verantwortlich. Im Sommer erkundete er das Terrain. Er hat auch ganze Städte gebaut, und er nahm mich häufig mit. Die Sommer mit ihm waren sehr idyllisch, denn er ist der beste Vater, den ein Kind sich wünschen kann. Wir besuchten Eingeborenendörfer, und ich habe miterlebt, wie Frauen bei der Geburt oder an Infektionen starben, weil sie beschnitten worden waren. Ich sah Menschen mit gebrochenen Knochen herumhinken und andere, die an Malaria und ständiger Er-

schöpfung litten. Malaria ist die Geißel Afrikas. Viele Kinder werden schon damit geboren und quälen sich ihr ganzes viel zu kurzes Leben damit. Wusstest du, dass die durchschnittliche Lebenserwartung hier bei nur achtunddreißig Jahren liegt?«

»Achtunddreißig?«, stieß er hervor.

»Wenn ich nach einem Monat im Busch nach Harare zurückkehrte, stand ich in einer völlig anderen Welt. Ich war fest dazu entschlossen, diesen Menschen zu helfen und ihnen das Leben zu erleichtern. Ich wollte, und das will ich immer noch, dafür sorgen, dass gesunde Kinder zur Welt kommen. Ich habe mir geschworen, den Leuten die Grundbegriffe der Hygiene beizubringen, ihre Wunden zu heilen und so viele der am häufigsten auftretenden Krankheiten wie möglich auszurotten.«

Er schluckte, und es schnürte ihm die Kehle zu. Diese Frau war so anders als Sarah, die nicht das geringste Verständnis für sein Engagement für HEAL hatte. »Bis hin zur Selbstaufopferung?«

Courtney lachte. »Opfer?« Gut, da war David. »Ich denke, ich möchte mich eher wichtig und gebraucht fühlen. Und ich räume ein, dass es auch Rückschläge gibt. Ich schaffe es nicht, jeden zu retten. Auch kann ich mir den Mund fusselig reden, die Leute glauben mir nicht, dass sie sich Würmer holen, wenn sie barfuß laufen, wo sie gehen und stehen ihre Notdurft verrichten und anschließend hineintreten. Cholera und etwa sechstausend weitere Krankheiten bekommen sie, weil sie das Wasser nicht abkochen. Und wie soll ich sie dazu bringen, Schutzmaßnahmen gegen AIDS zu treffen, wenn sogar in den reichsten und fortschrittlichsten Ländern die Aufklärungskampagnen kaum etwas fruchten? Aber normalerweise habe ich beim Zubettgehen das Gefühl, etwas bewirkt zu haben. Und ich finde, dass ich so in meinem Leben etwas Wichtiges erreiche.«

»Ich auch. Deshalb haben wir beide uns vermutlich für diesen Beruf entschieden.«

»Nach dem zu urteilen, was ich über Amerika gehört habe, werden die meisten Arzt, um vermögend zu werden und kranken Menschen die Ersparnisse aus der Tasche zu ziehen.«

»So schlimm ist es nun auch wieder nicht.«

Coop dachte an die Samstagabende im Club, die Sonntage auf dem Golfplatz und die Ausflüge in die Cascades. Sein Haus stand auf einem Hügel über dem Puget Sound und hatte eine Terrasse ringsherum, sodass man im Westen die Olympics und an klaren Tagen im Osten den malerischen Mt. Rainier sehen konnte. Im Sommer verbrachte Coop die Wochenenden auf seiner zweimastigen Jacht. Der Arztberuf hatte ihm zu großen Reichtümern verholfen, doch es war schon eine Weile her, dass er sie zuletzt zu schätzen gewusst hatte.

Anfangs hatte er die Lustlosigkeit und das Gefühl, auch inmitten anderer Menschen allein zu sein, für die Anzeichen einer Midlife-Crisis gehalten, die sich mit der Zeit schon wieder legen würden. Dann jedoch war er auf HEAL gestoßen. Wenn er sich irgendwo in der Wildnis aufhielt, vielleicht sogar der einzige Arzt war, den die betroffenen Menschen je gesehen hatten, und wenn er es schaffte, etwas in ihrem Leben zu bewirken, begann er sich selbst wieder zu spüren.

Und er empfand nie einen Kulturschock, wenn er im Auftrag von HEAL in Ländern wie Nigeria oder Sambia unterwegs war. Nach der Rückkehr in die Vereinigten Staaten allerdings fühlte er sich stets fremd und fehl am Platz.

»Schau nur!«, rief er aus und betrachtete weiter die in der Landschaft verstreuten Akazien. »Giraffen!«

Er kam sich vor wie ein kleiner Junge. Drei Giraffen, eine davon ein Jungtier, stoben, ziemlich anmutig für Tiere mit so

seltsamem Körperbau, davon. »Mein Gott«, seufzte er ehrfürchtig.
Er bemerkte nicht, dass Courtney ihm zulächelte, denn er beobachtete wieder die Tiere, während das Flugzeug über sie hinwegflog.
»Du wolltest mir doch etwas erzählen.«
Coop schüttelte den Kopf, um seinem Gedächtnis auf die Sprünge zu helfen. »Ach ja. Bis vor drei Jahren wusste ich kaum etwas über Simbabwe, nur dass es irgendwo in Afrika liegt. Von der Revolution und der Unabhängigkeit hatte ich keine Ahnung, und dabei hielt ich mich für einen ziemlich gebildeten Menschen.«
»Für amerikanische Verhältnisse«, meinte sie lachend. »Meiner Ansicht nach sind Amerikaner sehr auf sich bezogen und nehmen Dinge, die sich nicht in ihrem eigenen großen Land abspielen, meistens gar nicht wahr.«
Er nickte zustimmend. »Und wir sind sicher, dass man nirgendwo sonst auf der Welt existieren kann. Wir denken, dass jeder Mensch nach Amerika kommen will und dass man bei uns alles findet, was das Leben lebenswert macht. Ich habe jedoch festgestellt, dass das nicht stimmt.«
»Vielleicht lerne ich dein Land auch einmal kennen«, sagte Courtney. »Wahrscheinlich weißt du, dass die meisten Ausländer in Amerika zuerst Disney World besuchen möchten.«
»Puh! Einmal hat mir gereicht«, erwiderte er. »Aber meinem Sohn hat es mit zwölf sehr gut gefallen.«
Seinem Sohn?
»Und hast du viel über Simbabwe gelernt?«
»Nur ein bisschen. Ich beschäftige mich mit der Geschichte des Landes, wenn ich wieder zu Hause bin. Die Bibliothek in Seattle ist ausgezeichnet. Das ganze letzte Jahr habe ich da alles über Mosambik nachgelesen, bis ich genug erfahren hatte, um zu wissen, dass ich den Menschen dort helfen

möchte. Ist dir klar, dass es im ganzen Land keinen einzigen Arzt gibt?«
Courtney schüttelte den Kopf. Über das Nachbarland war sie schlechter informiert als über Amerika oder England. »Ich habe nur gehört, dass jeder Weiße, der es wagt, einen Fuß über die Grenze zu setzen, Kanonenfutter ist. Und da Weiße nicht einreisen dürfen, bleiben wir eben weg.«
»Ich werde dir verraten, was ich gelesen habe. Als Portugal nach großem Druck Mosambik 1972 endlich in die Unabhängigkeit entließ, gab es dort mehr als zweihundert Ärzte und die beste Impfrate in ganz Afrika. Auch die Wirtschaft war verhältnismäßig gut entwickelt. Es existierten gebildete, weltgewandte und relativ europäisch geprägte Kreise, sodass der Lebensstandard recht hoch war. Viele Männer gingen über die Grenze, um jahrelang in den südafrikanischen Diamantenminen und den Goldfeldern von Simbabwe zu arbeiten, das damals noch Rhodesien hieß. Außerdem bauten sie das südafrikanische Gold in Witwatersrand ab. Mosambik war eine blühende Nation. Doch die europäischen Mächte haben ein Talent dafür, die Einheimischen jedes Landes zu unterdrücken, in das sie kommen, richtig?«
Courtney sah starr geradeaus. »Weißt du was?«, sagte sie. »Ich glaube, ich werde etwas tun, das ich eigentlich gar nicht will. Genau wie du.«
»Warum genau wie ich?«
»Ich mag dich.«
»Das trifft sich prima«, meinte er. »Dann werden wir ja gut zusammenarbeiten.«
»He, nicht so schnell. Lass uns nichts überstürzen.«
Doch sie würde es tun. Sie hatte gar keine andere Wahl.

3

»Gleich sind wir am Bulanga-Park.«

»Jetzt müssen wir nur noch die Landepiste finden.« Coop hatte sich bereits über Funk mit der Parkverwaltung in Verbindung gesetzt, und der Wildhüter hatte zugesagt, sie mit dem Jeep von der Landepiste abzuholen und sie herumzufahren.

Coop hatte Josh Harrison während seiner Suche nach einem Standort für das Krankenhaus kennen gelernt. »Er ist sehr nett und hat immer alle Hände voll zu tun. Der Park ist schon seit Jahren für Besucher geschlossen. Durch den Krieg, der nur ein paar Meilen entfernt tobt, und die Trockenheit wurde der Tierbestand stark dezimiert. Doch vor kurzem hat es endlich angefangen zu regnen.

Harrison und einige seiner Kollegen überwachen das ganze Gebiet. Aber wegen der Personalknappheit nimmt die Wilderei überhand, und er weiß nicht mehr, wo ihm der Kopf steht. Dieser Park ist viel ursprünglicher als die anderen, weil seit so vielen Jahren keine Touristen mehr hier gewesen sind.«

Obwohl der Park nur zweihundert Meilen von ihrem Zuhause entfernt war, wusste Courtney doch fast nichts darüber.

»Du hast dir das Gebiet genau aus diesem Grund ausgesucht, nicht? Weil dort fast keine Menschen leben und man wenig Rücksichten nehmen muss.«

»*Bingo*.« Coop grinste.

Courtney war nicht sicher, was er damit meinte. Es klang jedenfalls sehr amerikanisch.
Sie betrachtete die einsame, wilde, bewaldete Landschaft. »Das Gelände liegt sehr tief. Bestimmt ist es dort heißer, als mir lieb ist.« Vermutlich kaum zu ertragen, fügte sie in Gedanken hinzu.
»Nur im Januar und im Februar.« Coop grinste wieder.
Dann regnete es, und die Luftfeuchtigkeit betrug hundertzehn Prozent.
»In dieser Zeit regnet es in Seattle auch ständig, nur mit dem Unterschied, dass dort Winter ist.«
»Sieht interessant aus«, murmelte sie, als sie in der Ferne die Landepiste entdeckte.
Schroffe Sandsteinfelsen mit rosafarbenen, orangefarbenen und ockergelben Streifen ragten jenseits eines träge dahinplätschernden Flusses empor. Drei Flusspferde wälzten sich im Schlamm. »Lange her, dass ich meinem letzten Flusspferd begegnet bin«, meinte Courtney.
»Ich kenne sie nur aus dem Zoo.« Coop beobachtete die Tiere, die unter ihm herumtollten.
»Sie sind sehr gefährlich«, fügte sie hinzu.
»Das glaube ich dir gern.« In seinem Ton schwang Begeisterung mit.
Courtney bereitete die Landung vor. Die Landepiste war zwar ziemlich heruntergekommen, aber ebener als das umliegende Terrain. Die Teerdecke wies Schlaglöcher auf. Am Ende der Piste bemerkte sie einen Jeep. »Mach dich auf eine holprige Landung gefasst«, warnte sie.
Er sah sich vorsichtig nach etwas zum Festhalten um. Bis jetzt war er nur in einer gewöhnlichen Linienmaschine geflogen.
Die Landung war recht unsanft, allerdings weniger dramatisch, als er es sich nach der Begutachtung der Piste aus der Luft vorgestellt hatte. Etwa hundertfünfzig Meter vor dem

Jeep stoppte Courtney die Maschine. »So schlimm war es ja gar nicht.«
Courtney hielt sich für eine ziemlich gute Pilotin. Coop öffnete seinen Sicherheitsgurt.
Der Wildhüter kam ihnen entgegen und begann zu laufen, als sie aus der Maschine stiegen. Während Courtney über die Tragfläche kletterte, schüttelten die beiden Männer einander die Hand. Dann wandten sie sich zu ihr um. Der Wildhüter war nicht so groß wie Coop und um einiges jünger als er oder Courtney. Obwohl seine Augen im Schatten der Hutkrempe lagen, trug er zusätzlich eine dunkle Sonnenbrille.
»Dr. McCloud, Wildhüter Harrison.« Der Wildhüter hielt Courtney die Hand hin und nahm gleichzeitig die Brille ab. Courtney blickte in die braunsten Augen, die sie je gesehen hatte.
»Eigentlich war ich nicht begeistert davon«, gab Harrison zu. »Aber ...«
»Sie sind ja Australier«, stellte Courtney erstaunt fest.
Er grinste. »Ich bin zwar schon seit fünfzehn Jahren weg von zu Hause, doch ich kann es einfach nicht verheimlichen.«
Allerdings war es nicht nur sein Akzent, der ihn verriet. Auf seinem Kopf saß ein großer Hut mit seitlich nach oben gebogener Krempe, wie er bei den Männern im australischen Busch üblich war. Nirgendwo sonst auf der Welt trug man solche Hüte.
»Also gefällt Ihnen der Gedanke nicht, dass wir hier ein Krankenhaus einrichten?«
Sie gingen zum Jeep.
»Es liegt nicht am Krankenhaus.« Courtney fand, dass er eine angenehme Stimme hatte. »Es wäre mir nur lieber, wenn Coop sich einen anderen Standort ausgesucht hätte, denn inzwischen habe ich mich ziemlich an die Einsamkeit gewöhnt. Natürlich kommen ab und zu ein paar Flüchtlinge aus Mosambik vorbei, doch die sind nur auf der Durchreise,

sodass ich ihnen selten begegne. Sobald sie wissen, dass sie in Sicherheit sind, legen sie sich hin, schlafen ein paar Stunden und ziehen dann weiter. Die Vorstellung, dauerhafte Nachbarn zu haben ... tja ...« Er zögerte. »Aber man wird das Krankenhaus ja ein paar Meilen entfernt von hier bauen. Coop hat mir versichert, dass der Park nicht davon betroffen ist.«

»Wir planen, die Kranken und Verwundeten zu versorgen, bevor sie sich wieder auf den Weg machen«, sagte Coop.

»Ihr Wort in Gottes Ohr.«

Courtney fragte sich, was das zu bedeuten hatte. »Sind hier viele Flüchtlinge?«

»Wenn man von jedem, der die zweitausend Quadratmeilen dieses Parks durchquert, Eintritt verlangen würde, könnte man ein Vermögen verdienen. Doch es gibt immer wieder Schwierigkeiten. Auf der anderen Seite der Grenze ist das Gelände stark vermint, und außerdem lauern dort Banditen und Guerillakämpfer und bringen die fliehenden Menschen um. Ständig finden wir Leichen.«

Josh stieg in den Jeep und wartete, bis Courtney neben ihm Platz genommen hatte. Coop sprang auf den Rücksitz.

»Mir gefällt der Gedanke nicht, dass sich so viele Menschen in unserer Nähe niederlassen sollen«, gestand Harrison, während er den Gang einlegte. »Aber ich halte mir viel auf meine humanitäre Einstellung zugute. Wer nur einen Fuß über die Grenze setzt, bringt sich in Lebensgefahr. Doch Dr. Coopersmith will sein Krankenhaus ja in acht bis zehn Meilen Abstand zur Grenze einrichten. Also dürfte Ihnen nichts passieren.«

Coop beugte sich vor. »Vergraulen Sie sie nicht. Im Park ist noch nie jemand erschossen oder von einer Kugel verwundet worden. Das müssen Sie ihr auch sagen.«

»Er hat Recht«, bestätigte Harrison nickend.

Geschickt lenkte er den Wagen über eine holprige Staubstraße. »Ich bringe Sie jetzt an die einzige Stelle, die für den Bau eines Krankenhauses geeignet ist. Sie befindet sich direkt an dem Weg, den die meisten Flüchtlinge benutzen. Inzwischen hat sich die Route in einen sichtbaren Trampelpfad verwandelt, und überall liegen Müll und manchmal sogar Leichen herum.«

»Wie ist es hier im Sommer?«, fragte Courtney.

»Sommer? Gelegentlich kriegen wir hier bis zu hundertfünfzehn Grad Fahrenheit. Das wären in Celsius über fünfundvierzig Grad. Die Umrechnerei fällt mir immer noch schwer. Außerdem wird es ein bisschen schwül. Das Wetter zieht vom Indischen Ozean heran. Aber die Winter – nun, eigentlich alle anderen Jahreszeiten – entschädigen einen dafür.«

Harrison zeigte mit dem Finger und stoppte ruckartig den Wagen. »Schauen Sie.« Jenseits der Akazien kamen drei Elefanten in Sicht, die im Gänsemarsch einherspazierten. Einer von ihnen war ein wahrer Riese.

Als Courtney sich umblickte, erkannte sie in Coops Gesicht einen Ausdruck, den man nur noch als Verzückung bezeichnen konnte.

Harrison senkte die Stimme. »Weil es jetzt wieder regnet, kehren sie in den Park zurück. Während der Dürreperiode, die beinahe fünf Jahre gedauert hat, waren fast alle verschwunden. Man konnte nichts dagegen tun. Sie sind nach Süden in den Krüger …«

»Das ist Südafrikas größter Nationalpark«, unterbrach ihn Courtney, um es Coop zu erklären.

»Wahrscheinlich sind sie auf der Nahrungssuche in einem Umkreis von einigen hundert Meilen herumgezogen, und jetzt kommen sie wieder. So wie alle anderen Tiere. Irgendwann werden wir hier die größte Elefantenpopulation von Simbabwe haben. Und wenn der Park jemals wieder eröffnet, werden die Elefanten Touristen anziehen.«

»Hört sich fast so an, als wäre Ihnen das nicht recht.«

Harrison grinste. »Sie glauben wohl, ich sei ein Menschenfeind. Doch das stimmt nicht ganz. Mir ist klar, dass Touristen die Nationalparks am Leben erhalten und meinen Verdienst finanzieren. Aber ich habe diesen Posten übernommen, weil ich die Tiere schützen wollte. Ich habe keine Lust, mich mit Touristen herumzuschlagen.«

»Wahrscheinlich«, meinte Courtney, als sie wieder losfuhren, »werden die meisten Leute zuerst die berühmteren Parks besuchen. Der hier ist ja ziemlich abgelegen.«

»Hoffentlich«, erwiderte Harrison, während er einige Schlaglöcher umfuhr. »Allerdings wimmelt es im Krüger-Park ständig von Touristen, und der ist nur knapp hundert Meilen entfernt.«

»Südafrika hat aber ein gutes Autobahnnetz«, wandte Coop ein. »Hier gibt es in einem Umkreis von fünfundsiebzig Meilen keine richtig ausgebauten Straßen.«

»Sind Dörfer in der Nähe?«, erkundigte sich Courtney.

»Ein paar verstreute Siedlungen. Die nächstgelegene größere Stadt heißt Mbula, und bis dorthin sind es fünfundzwanzig Meilen. Bevor wir mit dem Sprühen anfingen, war dieses Gebiet mit Tsetsefliegen verseucht. Doch da hier inzwischen kaum noch Rinder gehalten werden, ist die Enzephalitis fast ausgestorben. Sehen Sie diesen Pfosten? Jetzt verlassen wir den Park. In ein paar Minuten kommen wir zu der Stelle, wo Coop sein Krankenhaus bauen möchte.«

Nach einer Weile entdeckte Courtney einige schmale, festgestampfte Pfade, die im Laufe von fünfzehn Jahren von unzähligen nackten Füßen ausgetreten worden waren. Kleiderfetzen hingen in den Dornbüschen.

»Wenn die Flüchtlinge erst einmal hier sind, haben sie schon eine lange Strecke zurückgelegt. Einige kommen sogar von der Küste oder aus dem Norden, obwohl es an der Grenze zu Malawi am Seeufer ein paar Flüchtlingslager gibt«, erklärte Coop. »Meistens sind die Leute völlig entkräftet.«

Courtney wusste nicht, warum sie plötzlich den unvernünftigen Wunsch hatte, die Hand auszustrecken und ihn am Arm zu berühren. »Woher wissen Sie das alles?«, fragte sie ihn.

Coop wies auf Harrison. »Er hat es mir erzählt.«

»Seit ich hier bin, habe ich ein paar Brocken Portugiesisch gelernt«, erklärte Josh. »Da der Park nicht eingezäunt ist, haben die Flüchtlinge keine Ahnung, ob sie durch den Park oder durch Privatgelände ziehen; allerdings hat das Land neben dem Park ohnehin keinen Besitzer. Wir begegnen ihnen häufig, aber wir unternehmen nichts gegen sie. Gelegentlich finden wir den Kadaver eines Impala oder einer Antilope, die sie getötet haben, um sie zu essen. Da der Großteil von ihnen keine Waffen besitzt, erlegen sie die Tiere vermutlich mit Messern. Wir versuchen uns rauszuhalten. Diese Leute wissen nicht einmal, wo sie sich befinden, nur, dass sie jetzt endlich frei und mit dem Leben davongekommen sind und dass sie mit ein wenig Glück auch ihre Familien retten konnten.«

»Ohne Schlepperorganisationen würden sie es sicher nicht so weit schaffen«, meinte Coop.

»Vergessen Sie nicht, dass der Krieg schon fünfzehn Jahre dauert.« Josh schüttelte den Kopf. »Das ist eine lange Zeit. Die Routen sprechen sich herum. Wir sind da«, sagte er zu Coop. »Das ist die Stelle, wo Sie unbedingt bauen wollen.«

In den Vereinigten Staaten hätte man das Terrain als Wiese bezeichnet, nur mit dem Unterschied, dass amerikanisches Gras nicht braun, sondern grün war. Zu ihrem Erstaunen bemerkte Courtney einen schmalen Bach, der über glatte Felsen plätscherte.

»Er trocknet nie aus«, erklärte Josh.

Mit funkelnden Augen drehte sie sich zu Coop um. »Offenbar hast du deine Hausaufgaben gemacht.«

Er wusste nicht, warum er plötzlich von Stolz ergriffen

wurde. Vielleicht war es das Gefühl, kurz vor dem Ziel zu stehen. Jedenfalls merkte er ihr an, dass ihr Interesse für das Projekt erwacht war – aber reichte das, um sie von der Klinik loszueisen, die sie als ihr Zuhause ansah?

Den Großteil der Fahrt verbrachte er damit, nicht die Umgebung, sondern ihren Nacken zu betrachten. Er musterte den Schwung ihrer Schultern und ihr Profil, während sie sich mit Harrison unterhielt. Beim Reden gestikulierte sie. Wahrscheinlich war es das Beste für sein Seelenheil, wenn er Ende der Woche abreiste.

Er fragte sich, warum eine Frau wie Courtney keinen Mann hatte. Ganz sicher war sie aus freier Entscheidung allein, denn wenn ihr der Sinn danach gestanden hätte, hätte sie sicher mühelos einen Partner gefunden. Dennoch schien sie ein sehr ausgeglichener Mensch und nicht im mindesten verschroben zu sein, und sie empfand Männer offenbar auch nicht als Bedrohung. Coop hatte den Eindruck, dass sie sich in seiner und in Harrisons Gegenwart unbefangen fühlte. Außerdem wirkte sie sehr tüchtig. Natürlich hatte er sie noch nie im Umgang mit Patienten erlebt, doch er wusste, dass sie eine kompetente Ärztin und vermutlich auch eine ausgezeichnete Diagnostikerin war. Aller Wahrscheinlichkeit nach war sie auch eine ebenso gute Chirurgin wie er selbst. Er war überzeugt, dass ihr alles, was sie anpackte, gelang.

Coop war erleichtert, dass er bald abreisen würde. Er würde das Projekt in ihre fähigen Hände geben und die organisatorischen Einzelheiten zu Hause in seinem Arbeitszimmer mit Aussicht auf den Puget Sound und die Olympics regeln. Abhängig von Bewölkung und Nebel konnte man manchmal auch den Regenwald sehen. Allerdings war das Wetter so anders als das in dieser afrikanischen Savanne, die seine Fantasie beflügelte. Aus sechzehntausend Meilen Entfernung würde er sämtliche Vorbereitungen treffen, damit Courtney Medikamente, Impfstoffe, einen Röntgenapparat, genug Krankenschwestern und jeden Monat einen Arzt bekam. Auf diese Weise würde er alle Hände voll zu tun haben und so beschäftigt sein, dass er sich in sein Arbeitszimmer verkriechen konnte, wenn er aus dem Krankenhaus nach Hause kam. Er würde so wenig Zeit haben, dass Sarah bestimmt wieder zu nörgeln anfing. Er würde Noel ein schlechter Vater und in Gedanken immer in Afrika sein – nicht am North Spruce Drive 1019 am Stadtrand von Seattle, Washington.

Coop hoffte nur, dass ihm nichts Wichtiges entfallen würde, wenn er sich die blaue Vene vorstellte, die an Courtneys Hals pulsierte. Wie sollte er die meergrauen Augen dieser Frau vergessen, die er erst seit knapp vierundzwanzig Stunden kannte?

Als sie sich umdrehte und ihn ansah, ahnte er nicht, wie sehr auch sie es bedauerte, dass er in wenigen Tagen abreisen würde. Wie hätte er auch wissen sollen, dass sie sich, seit sie ihn aus seinem Jeep steigen und näher kommen gesehen hatte, zum ersten Mal wieder richtig lebendig fühlte?

Josh stoppte in einem Gebiet, wo weder Mopane-Bäume noch Akazien oder Affenbrotbäume wuchsen. Die Gegend erinnerte Courtney an Simbayo, wo sie mit elf Jahren zuletzt gewesen war. Dort hatte ihre Großmutter vierzig Jahre ihres Lebens damit verbracht, die Eingeborenen des Kongos medizinisch zu versorgen. Doch während man damals im Kongo eine Lichtung in den Dschungel hatte schlagen müssen, handelte es sich hier um offene Savanne und Waldland.

»Die Stelle eignet sich großartig für ein Krankenhaus«, sagte sie, ohne zu bemerken, dass sie die Worte laut ausgesprochen hatte. Und in diesem Augenblick wurde ihr klar, dass ihr Schicksal besiegelt war. Nun wusste sie, dass dieses Stück Land auf sie gewartet hatte. Courtney betrachtete den Boden, der bald ihr gehören sollte, und zeigte mit dem Finger. »Schaut, frisches Blut.«

»Die Eingeborenen der umliegenden Stämme gehen hier auf die Jagd«, erwiderte Josh. »Wahrscheinlich ist es das Blut eines Impala.«
Courtney und Coop gingen in die Knie; Coop betastete die Blutlache. »Noch warm«, stellte er fest, und ihre Blicke trafen sich.
»Müsste dann nicht ein Kadaver in der Nähe liegen?«, erkundigte sich Courtney bei Josh.
»Ja, außer die Jäger haben das Tier nur verwundet.«
Sie stand auf und blickte sich um.
»Da.« Coop deutete auf die Bäume am Rande der Lichtung. Auf dem von menschlichen Füßen ausgetretenen Pfad waren kleine Blutstropfen zu sehen.
Wortlos folgten Courtney und Coop dem Pfad ins Gebüsch am Rand der Savanne. Aber sie brauchten nicht weit zu gehen. Etwa fünfzig Meter jenseits der Bäume stießen sie auf einige Dutzend Eingeborene, von denen viele schwer verletzt waren. Als die Leute die drei Weißen bemerkten, wichen sie erschrocken zurück.
»O Gott!«, rief Courtney aus.
Einem Mann, der auf einer grob gezimmerten Trage aus Zweigen und Blättern lag, floss das Blut aus dem Bein. Ein anderer blutete aus dem Bauch, und sein Atem ging rau und stoßweise. Die Erschöpfung stand den Menschen ins Gesicht geschrieben. Die meisten waren Männer, aber da waren auch Frauen, von denen eine ein schreiendes Kleinkind auf dem Arm hielt.
Einer der Eingeborenen, der zusammengekrümmt auf der Seite lag, stieß ein Stöhnen aus. Sein linker Arm war ausgekugelt und gebrochen und stand in einem grotesken Winkel ab.
»Er hat noch eine Kugel im Körper«, stellte Coop, der sich neben ihn gekniet hatte, fest. »Ich könnte sie mit einem Messer rausholen.«

Josh betrachtete die Szene. »Ich habe ein Taschenmesser und ein Feuerzeug dabei. Können Sie es damit sterilisieren?«

»Ich muss wohl«, antwortete Coop und streckte die Hand danach aus. »Aber es wird höllisch wehtun.«

Eine Frau lehnte mit weit gespreizten Beinen an einem Baum. Sie gab zwar keinen Mucks von sich, hatte aber offenbar große Schmerzen.

Josh sprach mit einem der Männer. »Sie sind gestern Abend über die Grenze gekommen«, übersetzte er für Courtney und Coop. »Soldaten haben sie verfolgt, auf sie geschossen und einige von ihnen verwundet. Nachdem sie Mosambik endlich hinter sich hatten, haben sie nur lange genug Rast gemacht, um die Trage zu bauen. Dann sind sie weiter bis zu diesem Wäldchen gegangen, wo sie sich in der Mittagshitze ausruhen wollten.«

Coop warf Courtney einen Blick zu, woraufhin sie sich an Josh wandte. »Ich habe immer einen Arztkoffer im Flugzeug. Könnten Sie ihn holen? Er steht hinter dem Pilotensitz. Und bringen Sie steriles Wasser und alles mit, was man zum Verbinden benützen kann.« Die Aufforderung, sich zu beeilen, erübrigte sich.

»Bin schon unterwegs«, meinte er, machte auf dem Absatz kehrt und rannte zum Jeep.

Coop hielt das Taschenmesser an die Flamme des Feuerzeugs. »Vielleicht solltest du die Kugel rausholen, während ich ihn festhalte«, sagte er zu Courtney. »Dazu braucht man nämlich ziemlich viel Kraft.«

Sie nickte. »Kannst du ihn vorher nicht bewusstlos schlagen?«

»Daran habe ich gar nicht gedacht«, erwiderte Coop und reichte ihr Messer und Feuerzeug. Dann kniete er sich neben den Mann, der ihn aus verängstigten Augen anstarrte, und versetzte ihm einen Kinnhaken, sodass er die Besinnung verlor.

Als einige der Männer erschrocken zurückfuhren, erklärte Courtney ihnen auf Bantu, warum Coop zugeschlagen hatte.
»Hier«, sagte sie und gab ihm das Messer. »Jetzt kannst du die Kugel selbst rausholen. Ich sehe mal nach der Frau.«
»Hoffentlich reicht das Material in deinem Arztkoffer, um diese Wunden zu desinfizieren und zu nähen. Als Nächstes kümmere ich mich um den Mann mit dem Bauchschuss.«
Josh hatte den Flüchtlingen versichert, dass Courtney und Coop Ärzte und gute Menschen seien, die ihnen helfen wollten. Aber dennoch wichen die Eingeborenen mit Todesangst im Gesicht zurück, als sie sahen, was Coop mit ihrem Kameraden angestellt hatte.
»Sie hat letzte Nacht ein Baby geboren«, antwortete ein etwa zehnjähriges Mädchen auf Courtneys Frage.
»Wo ist es?« Courtney blickte sich um.
»Es war tot.«
Als die Frau etwas murmelte, übersetzte das Mädchen. »Sie sagt, ihr Bein tut weh.«
Courtney kauerte sich hin und untersuchte das Bein der Frau. Der Knöchel war geschwollen und gerötet, und sie saß in einer Blutlache. Aber wenigstens war das Blut schon getrocknet, was bedeutete, dass die Blutung aufgehört hatte.
Es dauerte nicht lange, bis Coop die Kugel entfernt hatte. »Verdammt, jetzt würde ich etwas zum Desinfizieren brauchen.« Er eilte zu dem Mann hinüber, dem die Gedärme aus der Wunde quollen.
»Hast du Äther im Arztkoffer?«
»So etwas Ähnliches.«
»Das werden wir brauchen. Solange er bei Bewusstsein ist, kann ich nicht viel unternehmen. Wahrscheinlich ist es sowieso zu spät. Er hat zu viel Blut verloren, und sieh dir an …«
Die Eingeweide hingen nur noch an Fäden und krümmten sich wie Schlangen in einer Blutlache.

Courtney wandte sich dem Mann mit dem gebrochenen Arm zu.
Eine Frau mit grauem verfilztem Haar, zerlumpten Kleidern und schwieligen, zerschundenen Füßen beugte sich über den Mann, den Coop versorgte, und tätschelte ihm wortlos die Schulter. Er hob die Hand und legte sie auf ihre, obwohl Courtney ihm so viel Kraft gar nicht mehr zugetraut hätte. Dann sah der Kranke seine Frau an und schloss die Augen. Sie saß schweigend da, hielt seine Hand und wiegte sich hin und her.
»Coop«, sagte Courtney leise.
Als er sich zu ihr umwandte, wies sie mit dem Kopf auf den Toten.
»Verdammt«, zischte Coop.
Courtney fragte sich, ob es wohl schon seit fünfzehn Jahren so ging, solange der Krieg in Mosambik dauerte. Wie hatte sie diesen Krieg so viele Jahre nicht wahrnehmen können? Sie überlegte, ob die ganze Welt nichts von der Tragödie ahnte, die sich hier abspielte, oder ob nur sie in ihrer abgelegenen Einöde nichts davon gehört hatte.
Courtney musterte die erschöpften, ausgemergelten Menschen. Woher stammten sie? Wie würden sie weiterkommen? Wohin wollten sie sich flüchten? Was sollten sie essen?
»Ich wünschte, Josh wäre endlich zurück«, meinte Coop mit Angst in der Stimme.
»Weißt du eigentlich, warum diese Leute kämpfen? Fünfzehn Jahre sind eine lange Zeit für einen Krieg.«
»Ich habe keine Ahnung.«
»Glaubst du, dass sie es selbst wissen?«
»Hoffentlich.«
»Wenn ich seinen Arm einrenke, während er bei Bewusstsein ist, kippt er mir vor Schmerzen um. Er wird es schon aushalten, bis Josh wieder da ist.«
Coop nickte. Da saßen sie nun, zwei Ärzte, umgeben von ei-

nem Dutzend Menschen, die dringend Hilfe brauchten, und waren ohne Betäubungsmittel und medizinische Geräte völlig machtlos.

Da hörten sie, wie sich der Jeep näherte. Gott sei Dank, dachte Courtney.

Beim Anblick der Tasche, die Josh bei sich hatte, hätte Coop fast laut aufgelacht. Es war absurd. In dieser Notsituation mussten sie sich mit einer kleinen schwarzen Tasche behelfen.

4

»Was geschieht mit diesen Menschen?«, fragte Courtney. Doch Coop wusste, dass sie keine Antwort erwartete – am allerwenigsten von ihm. Sie saß am Steuer des Flugzeugs und starrte geradeaus, während er sie betrachtete.

Als sie seinen Blick bemerkte, sah sie ihn an. »Ja, ja, schon gut. Die Frage müsste eher lauten, wie bald ich wieder hier sein kann. Ich habe schon verstanden.«

Er schwieg immer noch und überlegte, wann er selbst würde zurückkehren können. Warum flog er nicht einfach nach Hause, schloss seine Praxis, packte seine Sachen und kam wieder her? Aber eigentlich kannte er den Grund. Und dennoch war es das, was er am liebsten getan hätte. Hier wurde er viel mehr gebraucht als in Seattle.

Außerdem wollte ihm nicht aus dem Kopf, dass er Courtney stärker begehrte als Sarah seit vielen Monaten – vielleicht sogar seit Jahren, wenn er ehrlich mit sich war. Möglicherweise hatte er sie ja nie richtig geliebt.

»Gut«, meinte sie. »Jetzt wird verhandelt.«

»Schieß los«, erwiderte Coop.

»Ein Röntgenapparat.«

Er nickte, als sie sich wieder zu ihm umwandte.

»Und einen weiteren für meine Klinik. Und einen leistungsfähigen Generator.«

Er nickte erneut. »Ich kümmere mich darum.«

»Impfstoffe. Antibiotika. Und zwar ohne dass ich jeden Monat darum betteln muss. Ich will diese Sachen genauso zur

Verfügung haben wie du an deinem Arbeitsplatz.« Wieder blickte sie ihn an. »Ich verlange ein komplett ausgerüstetes Krankenhaus.« Seit ihrem Abschied aus Kapstadt vor zehn Jahren hatte sie kein solches mehr betreten. Jetzt konnte sie endlich einmal Forderungen stellen, und sie war fest entschlossen, diese Gelegenheit zu nützen. »Außerdem schaffe ich das nicht allein. Ich brauche Mitarbeiter.«

»Ich habe dir ja bereits gesagt, dass du einen Arzt pro Monat bekommst. Leider sind es keine festen Kräfte, aber so hast du wenigstens Hilfe. Der betreffende Arzt wird wissen, dass du die Leitung innehast, also dürfte es deshalb keine Probleme geben. Und sie sprechen alle Englisch.« Er grinste. »Auch wenn man sie nicht immer versteht.«

»Du hast mir auch Schwestern zugesagt.«

»Ja.« Er würde es versuchen. »Zwei pro Monat.« Falls er es schaffen würde, welche anzuwerben.

»Drei«, sagte sie. »Eine für meine Klinik, die Mara und mich ersetzt. Du musst Raoul und Fannie eine Krankenschwester schicken.«

Er nickte, war aber nicht sicher, ob er ihr nicht zu viel versprach.

»Und wenn du das nächste Mal herkommst, musst du mir ein Geschenk mitbringen.«

Das nächste Mal. In einem Jahr. Er sah sie erwartungsvoll an.

»Ich will einen Computer. Ein Akku-Ladegerät und einen Laptop. Und du wirst mir zeigen, wie man ihn bedient.« Courtney lächelte.

Er lachte. »Das schaffe ich gerade noch.« Inzwischen kannte er sich ziemlich gut mit Computern aus. Sarah beschwerte sich schon, dass er mehr Zeit mit seinem Laptop als mit ihr verbrachte.

»Eines musst du mir verraten«, sagte Coop. »Warum bist du eigentlich in die Wildnis gezogen, anstatt zu heiraten und

Kinder zu bekommen? Warum gibt es keinen Mann in deinem Leben?«

»Als ich herkam, war ich verliebt«, erwiderte sie träumerisch. »Bis über beide Ohren verliebt. Aber es war schon immer mein Lebensziel, nach Afrika zurückzukehren und den Eingeborenen zu helfen, die sonst keine medizinische Versorgung gehabt hätten. Für den Mann, den ich liebte, kam das nicht in Frage. Er war nicht bereit, auf die Annehmlichkeiten der Zivilisation zu verzichten.«

»Und wie hast du das verkraftet?«

Sie seufzte. »Kann man so etwas überhaupt verkraften? Ich denke immer noch an ihn und frage mich, wo er lebt und ob er wohl sein Glück gefunden hat. Ich weiß nur, dass er verheiratet und Vater eines Sohnes ist. Er ist wieder nach England gegangen. Aber das ist schon lange her. Ich bin hier sehr beschäftigt.«

»Hast du keine Sehnsucht nach Liebe?«

Warum zum Teufel sprach er mit einer Frau, die er kaum zweiundsiebzig Stunden kannte, über so ein Thema?

Sie schmunzelte. »Hin und wieder ein bisschen Sex wäre schon nett. Aber Liebe? Jemand, der Besitzansprüche an mich stellt und mich zwingt, Kompromisse zu machen? Ich glaube, ich könnte nicht so leben, wie ich es tue, und freie Entscheidungen fällen, wenn ich verliebt wäre.«

Tja, und was Sex betraf, war hier draußen sicher nicht viel zu holen.

»Außerdem neigen wir Frauen dazu, Liebe und Sex durcheinander zu bringen. Deshalb ist es vielleicht das Beste, dass ich mich vor der Zivilisation zurückgezogen habe.«

»Bist du nicht manchmal einsam?«

Sie überlegte. »Normalerweise bin ich so beschäftigt, dass ich keine Zeit zum Nachdenken habe. Und außerdem habe ich Mara, die beste Freundin, die man sich wünschen kann. Mein Vater kommt alle zwei Wochen und bringt uns

Wein, ein paar Bücher und Reis … ach ja, du musst dafür sorgen, dass meine Klinik weiterhin Reis, Bananen und Tee bekommt. Bis jetzt hat mein Vater sich darum gekümmert, und ich glaube, dass er beschließen wird, mich an meinem neuen Posten zu unterstützen.«

»Okay.« Wahrscheinlich war es das Beste, eine Liste anzulegen.

»Du bist ein sehr netter Mensch«, meinte sie lächelnd, und sein Herz krampfte sich zusammen.

»Dasselbe gilt für dich. Du bist eine sehr nette Frau. Ich bin Frauen oder überhaupt Menschen nicht gewöhnt, die sich für andere aufopfern.«

»Ich opfere mich nicht …«

»Jemand, für den Geld und der äußere Schein nicht an erster Stelle stehen und der kein Interesse daran hat, seine Mitmenschen zu beeindrucken und mit Männern zu flirten …«

Courtney lachte. »Weißt du, die Kunst des Flirtens habe ich schon als Schulmädchen nicht beherrscht. Ich hätte es gern gekonnt, aber wahrscheinlich war ich einfach zu ernsthaft. Und was mein Aussehen betrifft, nun, ich besitze nur einen kleinen Spiegel …«

»Damit wollte ich nicht sagen …«

»Es ist ein Handspiegel, den mein Großvater meiner Großmutter vor vielen, vielen Jahren aus Saigon geschickt hat. Das einzige Erinnerungsstück, das ich noch an sie habe, bis auf einen Kamm, den er ihr auch geschenkt hat. Aber ich vergesse häufig, ihn zu benutzen.«

»Ich wollte nicht andeuten … Ich finde, dass du fantastisch aussiehst. Ich meinte nur, dass du nicht ständig an dein Aussehen denkst. Du …«

»Du solltest besser aufhören, bevor du dir selbst dein Grab schaufelst.«

»Damit ich nicht noch in ein Fettnäpfchen trete? Ich wollte bloß sagen, dass ich dich bewundere. Nach alldem, was ich über dich gehört habe, habe ich es fast erwartet, doch ich hatte mir dich ganz anders vorgestellt. Eher so wie Fannie.«

»Und du«, entgegnete sie mit einem raschen Blick auf ihn, »bist wahrscheinlich verheiratet.«

»Ja.«

Sie verzog das Gesicht. »Glück muss der Mensch haben. Zum ersten Mal seit zehn Jahren begegne ich einem Mann, der meine Interessen teilt und der außerdem noch unverschämt gut aussieht …«

Er lachte auf. »Unverschämt?«

»Und dann bleibt er nur für zwei oder drei Tage und ist zu allem Überfluss verheiratet.«

»Soll ich das als Kompliment verstehen?«

»Bitte tu das.«

Am liebsten hätte er sie auf der Stelle geküsst. »Hat das Flugzeug einen Autopiloten?«, fragte er stattdessen.

Sie lachte. »Nein. Aber trotzdem danke. Ich bin schon seit zehn Jahren nicht mehr geküsst worden. Daran hast du doch gerade gedacht, richtig?«

»Seit zehn Jahren! Ach, du meine Güte. Was würdest du tun, wenn ich nicht verheiratet wäre?«, fügte er hinzu.

Courtney dachte darüber nach und lächelte dann. »Vermutlich versuchen, dich zu verführen, obwohl ich schrecklich aus der Übung bin.«

Er schwieg eine Weile, und sie wagte nach ihrer kühnen Bemerkung nicht mehr, ihn anzusehen.

»Du müsstest dich nicht sehr anstrengen«, meinte er leise. »Ich begehre dich, seit ich vor deiner Klinik aus dem Wagen gestiegen bin und dich auf der Veranda gesehen habe.«

»Wirklich?« Das Kompliment löste in ihr ein Hochgefühl aus.

»Ich bin noch nie einer Frau wie dir begegnet.«

Wie gerne hätte sie ihn berührt, seine Lippen auf ihren gespürt und sich eng an ihn geschmiegt. Sie seufzte. »Wahrscheinlich ist es das Beste, dass du abreist.«

»Ach, weißt du, ich hatte schon keine Lust dazu, bevor ich dich kennen gelernt habe. Und jetzt möchte ich noch lieber bleiben.«

»Du bist gut für mein Selbstbewusstsein.« Wieder seufzte sie. »Du sagtest, du hättest einen Sohn. Wie alt ist er?«

»Siebzehn. Nächstes Jahr geht er aufs College. Er möchte Geschäftsmann werden und in der Computerindustrie arbeiten.«

»Und was hast du dagegen?«

»Er interessiert sich nur fürs Geldverdienen.«

»Was ist denn so schlimm daran?«

»Dass das nicht als Lebensinhalt ausreicht.«

»Vermutlich würden mehr Leute deinem Sohn zustimmen als dir. Bist du denn nicht Arzt geworden, um Geld zu verdienen?«

»Ich gebe zu, das ist ein angenehmer Nebeneffekt, aber Glück kann man sich nicht kaufen.«

»Bist du nicht glücklich?«

»In diesem Moment bin ich es. Eigentlich bin ich es schon in den letzten sechs Wochen, seit ich hergekommen bin, um einen Standort für das Krankenhaus zu suchen, und seit ich dich getroffen habe. Vielleicht war es ein Omen, dass ich bereits wochenlang von dir gehört habe, bevor ich beschloss, dass du die Ärztin bist, die wir brauchen. Es klang zu schön, um wahr zu sein.«

»Du darfst nicht alles glauben«, sagte sie. »So gut kennst du mich nicht.«

»Ich möchte dich aber kennen lernen. Ich will alles über dich wissen.«

»Wirst du mir schreiben?«, fragte sie. »Ach, das musst du ja ohnehin. Du musst mich über alles auf dem Laufenden halten und mir mitteilen, welche neuen Ärzte eintreffen. Und ich muss dir sagen, wie viel Geld ich brauche und welche Impfstoffe und …«

»Ja«, erwiderte er.

»Kommst du wirklich nächstes Jahr zurück und zeigst mir, wie ein Computer funktioniert?«

»Ehrenwort«, beteuerte er. Er war nicht sicher, ob er es schaffen würde, so lange zu warten.

»Ich lebe seit zehn Jahren hier und gehe nur ungern fort. Wie lange wird dieser Krieg wohl dauern? Ich habe jetzt schon Heimweh.«

»Du kannst es dir immer noch anders überlegen.«

»Nein.« Sie sah ihn an. »Ich weiß, dass ich es tun muss. Es ist notwendig. Aber ich werde alles verlieren, was mir im Leben wichtig ist.«

»Das stimmt nicht ganz. Mara hat gesagt, sie würde dich begleiten.«

»Und Daddy. Aber …« Courtney seufzte. »Es ist ein gewaltiges Projekt.«

»Ich weiß nicht, ob ich es mir zutrauen würde«, räumte er ein.

»Das solltest du aber wissen. Schließlich wirst du maßgeblich daran beteiligt sein. Das hast du mir versprochen. Den restlichen Nachmittag können wir Pläne schmieden. Ich setze mich mit meinem Vater wegen der Bauarbeiten in Verbindung. Wusstest du, dass er meine ganze Klinik mit seinem eigenen Geld gebaut hat? Er hat die Arbeiter aus eigener Tasche bezahlt und sie am Wochenende hergebracht. Ich weiß nicht, wie ich das alles ohne ihn geschafft hätte. Er hat meine Klinik immer finanziell unterstützt.«

»Er muss ein wunderbarer Mensch sein.«

»Stimmt. Schau mal nach unten, da ist eine ganze Herde Zebras und Gnus.«

Als Coop aus dem Fenster spähte, setzte sein Herz einen Schlag aus.

»Es sind hunderte! So viele habe ich noch nie auf einmal gesehen.«
Auch Courtney hatte große Freude daran, die wilden Tiere zu beobachten. Nachdem sie Coop eine Weile betrachtet hatte, fragte sie: »Wie ist deine Frau denn so?«
»Das ganze Gegenteil von dir«, antwortete er, ohne den Blick von der Herde abzuwenden.
»Mich kennst du doch kaum. Wie lange ist es jetzt? Knapp zweieinhalb Tage.«
Er lehnte sich in seinem Sitz zurück und blickte sie an. »Ihr ist es wichtig, in einem großen Haus zu wohnen, teure Autos zu fahren und auszusehen wie auf dem Titelbild der *Vogue*.«
Courtney hatte keine Ahnung, was die *Vogue* war. »Noel soll mit Mädchen aus guter Familie ausgehen, die Gnade vor ihren Augen finden. Sie flirtet gerne, wenn am Samstagabend im Club getanzt wird.«
»Was für ein Club?«
»Country Club.«
»Spielst du Golf?«
»Früher einmal. Seit einiger Zeit habe ich die Lust daran verloren.« Er schwieg eine Weile. »Offen gestanden interessieren mich, seit ich HEAL entdeckt habe, die meisten Dinge nicht mehr, die mir sonst etwas bedeutet haben. Aber du hast ja nicht nach mir gefragt. Sarah ist sehr elegant. Zumindest sagen das die Leute von ihr.«
Courtney wusste, dass sie alles andere als elegant war, doch sie empfand Coops Äußerung dennoch als kleinen Schlag für ihr Selbstbewusstsein.
»Sie gibt ein Vermögen für Kleider aus. Sie ist eine ausgezeichnete Gastgeberin und liebt Partys, Dinnerpartys im Besonderen. Sie tanzt gerne, und es macht ihr Spaß, Männer zu umgarnen und mir dann über den Raum hinweg Blicke zuzuwerfen. ›Ich kann es noch‹, will sie mir offenbar damit sagen. ›Auch wenn du es mir nicht mehr zutraust.‹

Außerdem setzt sie Noel Flausen in den Kopf und redet ihm ein, was im Leben wirklich wichtig ist. Sex ist nur erlaubt, wenn keine Gefahr besteht, dass ihre Frisur ramponiert werden könnte, außer … ach, ist schon gut. Sie tut nie etwas Unüberlegtes und hält mich für bescheuert, weil ich auf ein Monatshonorar verzichte, um mich in Afrika herumzutreiben – ihre Worte – und heidnische Eingeborene zu retten. Das Wort ›heidnisch‹ benutzt sie immer, wenn ich Afrika erwähne. Jeden Sonntag geht sie, sorgfältig zurechtgemacht, zum Gottesdienst. Sie spendet der Kirche beträchtliche Summen und ist wütend auf mich, weil ich sie nicht begleite. Ich schütze meistens eine Visite im Krankenhaus vor, aber sie weiß genau, dass ich ihre Heuchelei nicht billige. Das habe ich ihr unmissverständlich mitgeteilt.«

»Hört sich ganz so an, als wärt ihr nicht auf derselben Wellenlänge.«

»Du hast den Nagel auf den Kopf getroffen. So geht es schon jahrelang.«

»Warum hast du sie dann geheiratet?«

Er seufzte. »Dasselbe frage ich mich seit achtzehn Jahren. Wir wurden in der Woche nach unserem Collegeabschluss getraut, bevor ich mit dem Medizinstudium begann. Wahrscheinlich wollte sie mich heiraten, weil ich einmal Arzt werden würde. Mich hingegen reizte es, wie beliebt sie war. Immer stand sie im Mittelpunkt, und sie hatte ein Talent, anderen Menschen die Befangenheit zu nehmen. Sie besitzt auch heute noch die Fähigkeit, dafür zu sorgen, dass jeder sich bei uns wie zu Hause fühlt. Ich hingegen komme mir in meinen eigenen vier Wänden vor wie ein Gast. Nur in meinem Arbeitszimmer habe ich die Möglichkeit, auch mal die Füße hochzulegen. Es ist mein liebster Raum im Haus, und ich habe dort eine traumhafte Aussicht auf die Olympics.«

Als Courtney ihn fragend ansah, fügte er hinzu: »Das ist eine Bergkette im äußersten Nordwesten der Vereinigten Staaten.

Die schroffen, schneebedeckten Gipfel sind beeindruckend. Während ich dir Briefe schreibe, werde ich mir die Berge ansehen.«

Courtney musterte ihn, konnte seinem Gesichtsausdruck jedoch nichts entnehmen.

»Ich glaube«, sagte sie, »dass es wirklich das Allerbeste ist, wenn du abreist.«

Coop griff nach ihrer Hand.

5

»Mein Vater ist hier!«, jubelte Courtney.

»Woher weißt du das?«, fragte Coop und spähte durch die Bäume.

»Dieses Pünktchen da drüben ist seine Cessna. Ich wette, Mara hat ihn angefunkt und ihm erzählt, was passiert ist.« Ob ihre Stimme vor Anspannung oder vor Vorfreude lauter wurde, konnte Coop nicht sagen.

Er hoffte, dass er seine Einmischung in ihr Leben nicht einmal bereuen würde. Außerdem hatte er nicht damit gerechnet, dass ihn solche Gedanken überhaupt beschäftigen könnten, zumindest nicht schon nach drei Tagen. Er vermochte sich des Gefühls nicht zu erwehren, dass auch in seinem Leben einschneidende Veränderungen anstanden. Am liebsten wäre er einfach in Afrika geblieben, und zwar ohne Sarah und Noel überhaupt Bescheid zu geben. Allerdings war das nicht möglich, denn es wäre nur eine Flucht und keine positive Lösung seiner Probleme gewesen. Schließlich konnte er nicht wegen der Geschehnisse der letzten zweiundsiebzig Stunden sein ganzes bisheriges Leben hinter sich lassen.

Coop beobachtete Courtney, während sie zum Landeanflug ansetzte. Wie gerne hätte er sie in die Arme genommen und ihr gesagt, dass er sich Hals über Kopf in sie verliebt hatte – obwohl er eigentlich gar nicht an Liebe auf den ersten Blick glaubte. Gewiss war diese plötzliche Anziehung nur körperlicher Natur und würde sich vermutlich wieder legen, wenn er mit ihr ins Bett ging. Liebe entstand nicht über Nacht, sondern entwickelte sich Schritt für Schritt aus gemeinsamen Interessen und gegenseitiger Achtung – daraus, dass man zusammen lachte und den Alltag bewältigte. Die Liebe brach nicht ohne Vorwarnung und nach einer kurzen Zufallsbegegnung über einen herein. Deshalb konnte das, was er gerade empfand, gar nichts anderes sein als sexuelle Begierde. Sicher, es war romantisch, mehr aber auch nicht. Er benahm sich albern, wie ein Vollidiot, und er war sich dessen bewusst. Wenn er Afrika – diesen verführerischen Kontinent – erst einmal verlassen hätte, würde er wieder praktisch und vernünftig denken. Er übergab das neue Projekt von HEAL in fähige Hände, sodass die vielen hundert Flüchtlinge, die der in Mosambik herrschenden Gewalt entrannen, die nötige Hilfe bekommen würden. Courtney würde jede Woche unzählige Menschenleben retten. Und er selbst wusste, dass sein Engagement für dieses Ziel in diesem Teil der Welt etwas bewirken würde, tausende von Meilen von dem Ort entfernt, wo er seinen Alltag lebte.

Er bemerkte kaum, dass das Flugzeug den Boden berührte.

»Mein Vater und seine Männer haben diese Landebahn gerodet«, sagte Courtney.

Plötzlich war es Coop ungeheuer wichtig, dass ihr Vater sein Projekt billigte. Oder würde er versuchen seiner Tochter diesen kühnen Schritt auszureden? Schließlich würde sie ihr sicheres Leben hier aufgeben, um in einem Gefahrengebiet zu arbeiten.

Er sah einen Mann, der sich von den Hauptgebäuden der Landebahn näherte.

»Er gefällt dir bestimmt«, meinte Courtney und schaltete die Triebwerke ab.

Ein hoch gewachsener, sonnengebräunter Mann, der viel zu jung wirkte, um Courtneys Vater zu sein, stand neben dem Flugzeug. Er war kräftig gebaut, hatte rotes Haar und Koteletten, die bereits die ersten grauen Strähnen aufwiesen, und trug Khakihosen, ein offenes Hemd und ein locker geknotetes blaues Halstuch. Seine Augen waren hinter einer Sonnenbrille verborgen. Als er lächelnd die Arme ausbreitete, warf Courtney sich hinein. Dann griff Andrew um seine Tochter herum, um Coop die Hand zu schütteln.

»Wie ich gehört habe, sind Sie schuld an der ganzen Aufregung.«

Coop spürte einen warmen, energischen Händedruck. Außerdem fiel ihm auf, wie nah sich Vater und Tochter offenbar standen.

»Hat Mara dich angefunkt?«, fragte Courtney, nachdem sie sich losgemacht hatte.

»Ja. Sie sagte, es könnte vielleicht angebracht sein, dass ich mich hier blicken lasse.« Andrew grinste. »Offenbar hat sie stark untertrieben. Kommt mit.« Er bedeutete ihnen, ihm zu folgen. »Als wir das Flugzeug hörten, hat Mara angefangen Eistee zu machen.« Er wandte sich an Coop. »Ich weiß nicht, ob es an mir oder am Eis und am Wein liegt, dass sich alle hier so über meine Ankunft freuen.«

Mara erwartete sie an der Tür. »Trinken wir unseren Tee unter dem Okoume-Baum«, schlug sie vor. »Raoul und Fannie platzen zwar beide vor Neugier, aber sie haben in der Klinik zu tun. Also wirst du es ihnen wohl noch einmal erzählen müssen. Aber Andrew und ich können einfach nicht mehr warten.«

Unter dem ausladenden Baum standen grob gezimmerte schwere Holzstühle.

Courtney berichtete von ihren Erlebnissen, der Begegnung mit den Flüchtlingen und von Josh Harrison. »Er ist nicht gerade begeistert darüber, dass sich Menschen in seinem Park herumtreiben und alles durcheinander bringen werden, aber er macht trotzdem gute Miene zum bösen Spiel.« Dann wandte sie sich an Coop. »Erklär Daddy bitte, was HEAL ist.«

Coop fasste sich so kurz wie möglich und hoffte, dass er überzeugend geklungen hatte.
Mara, die bis jetzt geschwiegen hatte, meinte: »Ich sitze wie auf Kohlen. Ziehen wir jetzt um oder nicht?«
Courtney sah ihren Vater an. »Was hältst du davon, Daddy?«
»Erstens finde ich, dass es keine Rolle spielt, was ich denke. Es ist schließlich dein Leben. Und zweitens sollte jeder, der dich kennt, wissen, wie die Antwort lautet.« Er warf einen Blick auf Mara. »Natürlich gehst du.«
»Oh, damit habe ich schon gerechnet, als du losgeflogen bist!«, rief Mara aus. »Ich war nur nicht sicher. Wahrscheinlich lag es daran, dass ich noch darüber nachgegrübelt habe, wie ich zu einem Umzug stehe.«
»Und hast du dich inzwischen entschieden?«, erkundigte sich Courtney.
»Ich bin bereit für einen Tapetenwechsel. Zehn Jahre an einem Ort sind für mich eine ziemlich lange Zeit. Bis gestern wusste ich nicht, dass ich Luftveränderung brauche. Doch während du weg warst, ist mein Adrenalinspiegel vor lauter Vorfreude zum ersten Mal seit langem wieder gestiegen.«
»Daddy, du wirst uns doch helfen, oder? Genauso wie hier? Du wirst weiter Spenden sammeln müssen, um diese Klinik am Laufen zu halten. Doch ohne deine Mitarbeit schaffe ich es nicht, eine neue zu gründen.«
»Natürlich.« Er fragte sich, wie er die Zeit finden sollte, um beide Kliniken zu beliefern. Und woher sollte er das Geld nehmen, da nun die doppelte Menge an Lebensmitteln benötigt werden würde?
»Ich habe von Coop verlangt, dass HEAL eine Krankenschwester einstellt, die Mara und mich hier ersetzt. Ich werde Raoul und Fannie nicht allein zurücklassen. Außerdem wird er der Klinik einen Röntgenapparat zur Verfügung stellen und darüber hinaus auch den Reis und die Bananen, die du bis jetzt geliefert hast. Weiterhin bekommen wir von ihm

Impfstoffe und Medikamente. Wenn ich gehe, wird er nicht nur die neue Klinik unterstützen, sondern auch diese hier. Aber ich brauche trotzdem deine Hilfe.«

»Ich war zwar schon in Bulanga, aber diesen Harrison kenne ich nicht. Wahrscheinlich war es vor seiner Zeit.« Andrew war erleichtert, dass HEAL sich an den Lieferungen von Lebensmitteln, Impfstoffen und Medikamenten für beide Kliniken beteiligen würde. »Mara und ich haben uns unterhalten. Mir steht noch ein Monat Urlaub zu, weil ich das ganze letzte Jahr keinen genommen habe. Ich könnte ihn jetzt einreichen und helfen, ein Krankenhaus und ein Wohngebäude zu errichten …«

»Ihre Tochter hat anscheinend Ihre Arbeitsmoral geerbt.«

Andrew lächelte Coop zu. »Nicht nur meine, sondern auch die ihrer Mutter, ihrer Großmutter …«

»Er wird eine ganze Armee von Arbeitskräften mitbringen«, meinte Mara, »und sie aus eigener Tasche bezahlen. Mit ihrer Hilfe wird die Klinik innerhalb weniger Wochen stehen und einsatzbereit sein.«

Coop fiel ihr Blick auf, während sie diese Worte aussprach, und auch, dass sie Andrew die ganze Zeit betrachtete.

Obwohl er das Gefühl hatte, mehr versprochen zu haben, als er halten konnte, wusste er, dass er großes Glück gehabt hatte. Eigentlich hatte er nur gehofft, Courtney in das Projekt einbinden zu können. Dass Mara und Andrew mit von der Partie sein würden, war mehr, als er je zu träumen gewagt hätte.

»HEAL wird die Baumaterialien finanzieren, Sir.«

Courtney warf den Kopf in den Nacken. »Wir müssen dafür sorgen, dass hier alles reibungslos weiterläuft. Und doch hätte ich gar nicht mehr zurückkommen sollen. Ich hätte dort bleiben müssen, bei diesen Leuten, denn einige von ihnen werden sicher sterben, bevor sie die nötige Hilfe erhalten.«

»Auf dem Rückflug werde ich in unserer Zentrale in London vorsprechen und alles in die Wege leiten«, meinte Coop. »Darf ich einen Vorschlag machen?«

Courtney sah ihn an. Zum ersten Mal in ihrem fünfunddreißigjährigen Leben begegnete sie einem Mann, der ihre Träume teilte. »Wir werden deine Vorschläge bitter nötig haben«, antwortete sie. »Also schieß los.«

Coop wandte sich an Andrew. »Courtney und ich haben gesehen, wie dringend ein sofortiges Eingreifen ist. Vielleicht würden Raoul und seine Frau ja allein hier zurechtkommen, bis die Krankenschwester eintrifft. Ich verspreche, dass innerhalb eines Monats eine da ist.« Wenn er Glück hatte. »Die beiden kennen sich hier aus und werden einen Monat lang vielleicht ein bisschen überarbeitet sein. Jedenfalls finde ich, dass ihr unverzüglich nach Bulanga kommen solltet.«

Courtney nickte. »Es hat mir fast das Herz gebrochen, die Leute dort zurückzulassen. Ich denke, er hat Recht. Aber wir haben keine Zelte mehr, und für den Anfang brauchen wir welche.«

»Wir haben ein ganzes Lagerhaus voll damit. Da wir häufig draußen das Terrain erkunden«, erklärte Andrew Coop, »müssen wir Zelte mitbringen, denn vor Ort gibt es oft keine Unterkünfte. Wenn das Wetter schön ist, stellen wir meistens nur Feldbetten auf. Aber man darf die wilden Tiere nicht vergessen.« Er drehte sich zu Courtney um. »Ich glaube, ich kann dir bis Ende der Woche ein paar Zelte beschaffen.«

»Wenn's geht, früher«, sagte Coop.

Andrew musterte ihn eine Weile. »Dann werde ich übermorgen ein paar hinfliegen.«

»Klingt schon viel besser.« Coop grinste. Er hatte nicht erwartet, dass die Dinge in einer solchen Geschwindigkeit voranschreiten würden, sondern eher mit einem Zeitraum von zwei Monaten gerechnet.

»Dann fliege ich am besten noch heute Nachmittag ab«, sagte Andrew.

»Bitte warten Sie bis morgen, Sir. Wir schicken diese beiden Frauen hinaus in die Wildnis, und ich werde Sie alle erst nächstes Jahr wiedersehen. Geben Sie mir Zeit bis morgen früh. Wir haben noch viel zu besprechen. Dann reise ich ab und kümmere mich in der Zentrale um alles Nötige. Natürlich werde ich von zu Hause aus, wo ich die meiste Verwaltungsarbeit und die Anwerbungen erledige, ständig Kontakt zu Ihnen halten.«

Verwaltungsarbeit. Darauf würde sich sein Beitrag zum Großteil beschränken, während diese Menschen ihr Leben aufs Spiel setzten, um Flüchtlingen zu helfen. Wie gerne wäre er mit nach Bulanga gekommen und hätte sich dem Team angeschlossen.

Er wollte sich gebraucht fühlen und sehnte sich – wie er sich selbst eingestand – danach, Seite an Seite mit Courtney zu arbeiten. Er wollte die Eingeborenen behandeln, die ihr so viel bedeuteten, und sich von Maras Kochkünsten verwöhnen lassen. Er wollte mit den anderen am Tisch sitzen oder neben Courtney im Bett liegen und die Fälle des Tages, die gemeinsamen Probleme, die kleinen Freuden und die Triumphe mit ihr besprechen.

Inzwischen war er zu dem Schluss gekommen, dass Courtney ihn nicht nur körperlich anzog. Zum ersten Mal in vierzig Jahren hatte er den Eindruck, einem Menschen begegnet zu sein, der so fühlte und dachte wie er selbst. Vielleicht kannten sie einander in gewisser Hinsicht besser als viele Paare, die seit vierzig oder fünfzig Jahren zusammenlebten. Sie waren seelenverwandt. War es möglich, so etwas in gut zweiundsiebzig Stunden herauszufinden? Und er hatte um die halbe Welt reisen müssen, um ihr zu begegnen.

»Ja, natürlich bleibe ich bis morgen. Wir haben eine Menge zu bereden.«

»Und viele Fragen, die beantwortet werden müssen.« Courtneys Blick traf den von Coop.

Andrew sah Mara an, und diese zuckte mit den Schultern. »Raoul und Fannie ahnen schon etwas«, meinte sie. »Es ist ihnen klar, dass sie noch härter werden arbeiten müssen. Aber vielleicht ist das Wissen, dass sie eine Krankenschwester und einen Röntgenapparat bekommen werden, ja ein Ansporn für sie. Dann fällt es ihnen bestimmt nicht so schwer.«

Es kostete Courtney Mühe, den Blick von Coop abzuwenden. »Am besten hole ich jetzt Block und Bleistift, damit wir Listen aufstellen können. Es gibt so viel zu tun, und wir haben wenig Zeit.«

»Wir haben alle Zeit der Welt«, wandte Andrew beschwichtigend ein. »Die Kriegsopfer sind schon seit fünfzehn Jahren auf der Flucht. Also spielt eine Woche mehr oder weniger jetzt auch keine Rolle.«

»Nur für die, die im Moment in Not sind.«

»Wohin fliehen diese Leute eigentlich?«, erkundigte sich Mara.

Coop schüttelte den Kopf. »Ich weiß nicht. So gut kenne ich mich in Simbabwe nicht aus. Sie verteilen sich in den Wäldern und Hügeln; manche gehen in die Städte oder auf die Goldfelder. Soweit wir es feststellen konnten, bedeuten sie keine Belastung für die Wirtschaft von Simbabwe. Einige sterben vermutlich. Viele landen in Flüchtlingslagern. Aber niemand kann mit Sicherheit sagen, wo die restlichen bleiben.«

»Mich würde interessieren, wie wir Post verschicken und empfangen können. Wahrscheinlich mithilfe der Parkverwaltung.«

Andrew nickte. »Schickt sie an mich nach Harare. Ich leite sie dann weiter.«

»Ich möchte Sie über die neuen Ärzte und Schwestern auf dem Laufenden halten.«

»Ich kann sie aus Harare einfliegen, wenn ich weiß, wann sie kommen«, meinte Andrew zu Coop. »Diese Aufgabe würde ich gerne übernehmen.«
Courtney stand auf, stellte sich hinter Andrew, legte ihm die Arme um den Hals und bückte sich, um ihn auf den Scheitel zu küssen. »O Daddy, du bist der wunderbarste Vater der Welt. Nein, ich verbessere mich, nicht nur der beste Vater, sondern auch einer der besten Menschen überhaupt.«
»Ganz deiner Ansicht«, pflichtete Mara ihr bei.
Andrew wandte sich erneut an Coop. »Ich kann weiterhin Lebensmittel beschaffen – zumindest dieselbe Menge Reis und Bananen wie bisher. Selbst wenn HEAL die Kosten übernimmt, müssen die Sachen ja irgendwie geliefert werden.«
»Und Wein?«, fragte Mara grinsend.
»Ich glaube nicht, dass HEAL den bezahlen wird«, erwiderte Andrew lächelnd. »Aber mach dir keine Sorgen.«
»Bring mir Saatgut mit«, sagte Mara, »damit ich einen Garten anlegen kann. Ich habe drei oder vier Jahre gebraucht, bis der Garten hier in Schuss war«, erklärte sie Coop. »Jetzt ist die Erde fruchtbar, eine Ernte folgt auf die nächste, und ich muss fort. Ohne einen Garten kann ich einfach nicht leben.«
»Machen Sie eine Liste von allem, was Sie brauchen. In Harare hat man mir versichert, dass die Lieferungen aus den USA normalerweise pünktlich eintreffen. Und vielleicht kommen manche Dinge auch aus näher gelegenen Ländern wie zum Beispiel Italien. Ich hoffe, Sie sind telefonisch erreichbar«, sagte Coop zu Andrew.
»Ja, bei uns ist alles ganz modern«, erwiderte Andrew. »Sie können sicher sein, dass ich Sie anrufe, wenn hier etwas schief geht.«
»Ich habe nicht vor, das zuzulassen«, entgegnete Coop. »Ich werde dafür sorgen, dass alles klappt wie am Schnürchen. Sie investieren Ihr Leben in dieses Projekt. Also kann ich

mich zumindest darum kümmern, dass alles so glatt läuft wie möglich.«
»Viel Spaß dabei«, meinte Courtney. »Hier muss man immer mit Rückschlägen rechnen.«
Am liebsten hätte sie die Hand ausgestreckt und ihn am Arm berührt. So lange hatte sie dieses Gefühl nicht gehabt, dass ihr vor Sehnsucht schwindelte. Bei dem Gedanken, dass sie – wenn auch getrennt durch sechzehntausend Meilen – mit ihm zusammenarbeiten würde, wurde ihr warm ums Herz. Sie betrachtete sein Haar, das sich – ein wenig lang nach den in der Wildnis verbrachten Wochen – um seinen Hals lockte, und hätte sich so gerne eine Strähne um den Finger gewickelt. Sie war neugierig, ob es sich genauso anfühlte, wie es aussah – golden.
In den Bäumen zwitscherten Vögel.
Als Raoul und Fannie aus der Klinik zurückkehrten, sagte Mara: »Ich sehe besser nach dem Essen. Es kocht schon den ganzen Nachmittag vor sich hin.«
»Also, was haben wir verpasst?«, begann Raoul.
Nachdem Courtney einen Blick mit Coop gewechselt hatte, berichtete sie den beiden alles.
Coop lehnte sich auf dem Stuhl zurück, lauschte und musterte Raoul und Fannie. Das Ehepaar schien weder erstaunt noch verärgert zu sein, und ihm wurde klar, dass auch sie die Veränderung in gewisser Hinsicht als Abenteuer betrachteten. Bis jetzt waren sie nur Mitarbeiter gewesen, nun würden sie das Projekt leiten, eine Aussicht, die sie offenbar begeisterte. Es war eine Herausforderung. Und ein Mensch, der sich in diesem Gebiet niederließ, musste zwangsläufig eine Schwäche für neue Aufgaben haben.
Während Courtney den beiden schilderte, welche Veränderungen sie erwarteten, entschuldigte sich Andrew und schlenderte den Pfad entlang zur Klinik. Coop vermutete, dass er in die Küche wollte.

Obwohl er eigentlich unter dem Vorwand losgegangen war, Gläser und die Weinflasche zu holen, trat er in die Küche, wo Mara in einem köstlich duftenden Gericht rührte. Sie bemerkte seine Anwesenheit erst, nachdem er schon eine Weile auf der Schwelle gestanden hatte. »Ach, da bist du ja«, sagte sie und strich sich eine Haarsträhne aus der Stirn. »Woher weißt du nur immer, wann das Essen fertig ist?«
»Ich habe mir gerade überlegt, wie schön du bist und wie gerne ich dich jetzt in diesem Augenblick malen würde.«
Sie errötete. »Los, raus mit dir.«
»Kommst du mit oder soll ich dir hier ein Glas einschenken?«
»Wenn du den Tisch deckst, kann ich mich ein paar Minuten freimachen.«
»Wird erledigt.« Doch er verharrte und musterte sie. »Was hältst du von der ganzen Sache?«
Ohne ihn anzuschauen, zerkleinerte sie ein paar Paprikaschoten und Zwiebeln auf einem Schneidebrett. »Siehst du das denn nicht?«
»Doch.« Er wusste, dass er die meisten ihrer Gefühle erahnen konnte. »Du freust dich darauf.«
Sie lächelte. »Richtig. Ich brauche einen Tapetenwechsel. Im Gegensatz zu deiner Tochter bin ich mit dieser Klinik nicht verheiratet. Ich könnte es nicht ertragen, Courtney zu verlassen, aber ich sehne mich danach, mich für ein neues Ziel zu engagieren. Menschen vor einem Krieg zu retten, hat etwas Dramatisches an sich. Es wird sicher nicht hübsch und außerdem ziemlich hektisch, aber ...«
»Aber du hättest das Gefühl, dass diese Menschen ohne deine Hilfe nicht überleben könnten.«
»Richtig«, gab sie zu. »Komm, ich trage auch ein paar Gläser. Ich habe Zeit für einen kleinen Schluck.«
»Vielleicht bin ich auch reif für eine Veränderung«, meinte er, als sie ihm die Marmeladengläser reichte. Er nahm die

Weinflasche aus dem Schrank, den er und seine Männer vor neun Jahren gezimmert hatten.
»Fühlst du dich in letzter Zeit unruhig?«, fragte Mara.
Ihre Blicke trafen sich. »Ja«, antwortete er. »Wahrscheinlich habe ich deshalb mit der Malerei angefangen. In meine Bilder kann ich mich richtig vertiefen. Doch wenn ich wieder in Harare bin, sind die Abende sehr lang, und ich weiß nicht, was ich mit mir anfangen soll.«
»Tja, du bist eben viel zu selten hier. Ich habe noch nie einen Menschen kennen gelernt, der so beschäftigt ist wie du.«
»Vielleicht liegt es ja daran. Vielleicht bin ich unruhig, weil ... ach, keine Ahnung. Komm, bringen wir den anderen etwas zu trinken.«
Sie folgte ihm aus der Küche und durch den Garten, wo die übrigen plaudernd unter dem Okoume-Baum saßen.
Mara verteilte die Gläser, und Andrew schenkte ein. Dann hob er sein angeschlagenes Glas und prostete allen zu. »Auf die Zukunft«, verkündete er. »Auf dass wir ihr gewachsen sein mögen.«
Sie tranken darauf.
Coop hatte keine Zweifel daran, dass sie es schaffen würden – nur was ihn selbst betraf, war er sich unsicher. Würde er diese Menschen enttäuschen, nachdem er ihr Leben auf den Kopf gestellt hatte?

6

Noch ehe Courtney ihn gesehen oder gehört hatte, erahnte sie seine Gegenwart. Die Luft veränderte sich. Gerade noch war sie warm, mild und ruhig gewesen, nun begann sie plötzlich zu knistern, sodass sie es auf der Haut spürte.
Doch eigentlich hatte sie fest mit Coop gerechnet.
»Ich habe mir gedacht, dass ich dich hier draußen finden würde.«
Der Mond war nur eine silberne Sichel, und die Sterne schienen zum Greifen nah. Courtney erkannte Coop erst, als er dicht vor ihr stand und die Hand ausstreckte, um ihr von der Bank aufzuhelfen, auf der sie saß.
Wie im Traum stand sie auf, sank in seine Arme, lehnte sich an ihn und spürte seinen Herzschlag durch sein Hemd, als er sie näher an sich zog. Seine Augen konnte sie in der Dunkelheit nicht sehen, aber sie fühlte seinen Atem, denn sein Mund näherte sich, und er presste die Lippen in einem leidenschaftlichen Kuss auf ihre.
Es war so lange her. Courtney schloss die Augen, als ihre Zungen einander trafen. Die aufgestauten Gefühle der vergangenen drei Tage brachen sich endlich Bahn, und das Herz hämmerte ihr wie wild gegen den Brustkasten.
»O Gott«, murmelte er, die Lippen an ihren Hals geschmiegt.
Ihr Atem ging stoßweise.
Als er sie wieder küsste, drehte sich alles um sie, und sie fragte sich, ob sie je etwas so Schönes empfunden hatte. Während seine Zunge sie erkundete, schlang sie die Arme

um seinen Hals und zog ihn an sich. Sie sanken zu Boden. Courtney begehrte ihn wie noch niemanden vor ihm.
Er hielt inne und rückte ein Stück von ihr ab. Nun konnte sie ihm in die Augen blicken.
»Stört es dich, dass ich verheiratet bin?«
Sie wollte ihn so sehr, dass nichts mehr zwischen ihnen stehen durfte. »Wenn du bleiben und mit mir zusammenleben würdest, würde es mich stören. Aber ich werde dich ein Jahr lang nicht sehen ...« Vielleicht auch nie wieder, man musste sich den Tatsachen stellen. »Hör nicht auf, bitte hör nicht auf«, flüsterte sie.
Er öffnete die Knöpfe ihrer Bluse.

Lange Zeit später lagen sie erschöpft nebeneinander. Das geisterhaft bleiche Licht der Nacht liebkoste sie, als sie, die Arme hinter dem Kopf verschränkt, die Sterne betrachteten.
»Ich habe nicht daran geglaubt, aber es ist wahr«, sagte Coop.
Sie wusste, was er damit meinte. »Ich hätte auch nie damit gerechnet, dass es so schnell geschehen könnte. Ich dachte immer, Liebe entwickle sich aus gemeinsamen Interessen und Erfahrungen und daraus, dass man viel Zeit miteinander verbringt und ...«
Er drehte sich zur Seite und beugte sich über sie, um sie zu küssen. »Das mit den gemeinsamen Interessen stimmt tatsächlich. Allerdings ist es nicht zwingend, dass man sich ständig sieht, auch wenn ich von jetzt an bis in alle Ewigkeit dauernd mit dir zusammen sein möchte, um das, was ich für dich empfinde, zu vertiefen. In den letzten Tagen habe ich gelernt, dass ich eigentlich gar nicht wusste, was das Wort Liebe wirklich bedeutet. Ich habe mich oft gefragt, ob ich eben nicht in der Lage bin, das zu fühlen, was die Dichter beschreiben. Nun aber ist mir klar, dass ich einfach nur mit der falschen Frau verheiratet bin. Courtney, ich habe mich in

dich verliebt. Ich liebe dich. Vom heutigen Tag an bis zu meinem Tod werde ich dein Bild in meinem Herzen tragen, wohin ich auch gehe.«

»Ja«, flüsterte sie. »Bei mir ist es genauso.«

Sie legte den Arm um ihn, und er beugte sich über sie, um ihre Brüste zu küssen. Als er sie mit der Zunge liebkoste, spürte sie, wie sie wieder von Erregung ergriffen wurde.

»Ja«, sagte sie und glitt auf ihn. »Lass uns uns lieben, damit wir es nie wieder vergessen. Wenn du zu Hause in deinem Arbeitszimmer sitzt und aus dem Fenster schaust, wirst du an mich denken. Du wirst dich erinnern, wie du dich in mir gefühlt hast und …«

Sie begann sich auf ihm hin und her zu wiegen. Er drang in sie ein und passte sich ihren Bewegungen an, während sie sich hinunterbeugte, um ihn zu küssen. Sie hörte ihre eigene Stimme, und es war ein Schrei der Lust, der die Vögel in den Bäumen weckte und die Löwen im Tal jenseits der Hügel aus dem Schlaf riss.

Irgendwann, lange nach Mitternacht, zog er ihre Hand an die Lippen und küsste sie. »Ich will nicht fort. Ich möchte dich und Afrika nicht verlassen, um in mein bisheriges Leben zurückzukehren.«

»Erzähl mir von deinem Leben«, sagte sie. Sie genoss das Gefühl, ihre Hand in seiner zu spüren, und seine sanften Küsse.

»Es klingt so banal«, erwiderte er. »Missverstandener Ehemann landet in den Armen einer anderen Frau. Sarah und ich haben verschiedene Vorstellungen vom Leben. Ich finde sie oberflächlich, sie hält mich für zu ›idealistisch‹, wie sie es ausdrückt, und vermutlich auch für langweilig. Keiner von uns erfüllt mehr die Ansprüche des anderen, und wahrscheinlich war es noch nie so. Während ich Medizin studierte, verdiente sie das Geld, um die Miete zu bezahlen und Lebensmittel zu kaufen. Ich weiß, dass es für sie schwierige Jahre waren, und möglicherweise glaube ich, ihr für

diese Zeit etwas schuldig zu sein. Doch Leidenschaft gab es zwischen uns nie. Unser einziges gemeinsames Ziel war, dass ich Arzt werden sollte. Und das dauerte natürlich eine Weile. Es schweißte uns acht Jahre lang zusammen, und auch Noel wurde während dieser Zeit geboren. Deshalb hatten wir viel zu kämpfen, und sie sagt, sie hätte das nur durchgestanden, um danach ein Leben als Arztgattin genießen zu können. Inzwischen fährt sie die Ernte ein, und ich habe den Verdacht, dass unsere Sprachlosigkeit sie längst nicht so sehr stört wie mich – auch wenn ich das schwer nachvollziehbar finde. Wir reden kaum über etwas Bedeutsames, und wenn wir gleichzeitig zu Hause sind, sitze ich für gewöhnlich oben in meinem Arbeitszimmer.
Sie und mein Sohn stehen sich sehr nah, und ich bin eifersüchtig darauf. Während er aufwuchs, arbeitete ich in Dreißig-Stunden-Schichten als Assistenzarzt. Anschließend war ich so mit dem Aufbau meiner Praxis beschäftigt, dass ich nie Zeit für ihn hatte. Ich bin kein guter Vater«, sagte er, und Courtney hörte Trauer aus seiner Stimme heraus. »Und ich bin eindeutig ein miserabler Ehemann. Allerdings bin ich ein ausgezeichneter Chirurg, und ich schufte mich für HEAL krumm. Meine ganze Leidenschaft stecke ich in diese Organisation. Zu Hause habe ich das Interesse an allem verloren, womit wir uns früher so die Zeit vertrieben haben – am Segeln, am Golf, am Tennis, ja, sogar am Zelten. Ich wandere immer noch gerne in den Olympics und den Cascades, um mich wieder aufzumuntern. Doch inzwischen gelten meine Gedanken und Träume der Rettung winziger Gebiete dieser Welt, von deren Existenz ich bis vor kurzem gar nichts ahnte.«
Courtney drehte sich zu ihm um, zog ihn an sich und küsste ihn. Sie erschauderte.
»Mein Gott«, murmelte er. »Apropos Leidenschaft.«
»Erzähl mir mehr«, forderte sie ihn auf.

»Ich ertrage es nicht, dich zu verlassen«, sagte er. Er wusste, dass er die Erinnerung an sie mit nach Hause nehmen würde. Es würde sein, als läge eine dritte Person bei ihm und Sarah im Bett. Immer wenn er in seinem Büro sitzen und auf den Hafen und die schneebedeckten Bergkuppen hinausblicken würde, die ihn sonst stets so begeistert hatten, würde er Courtneys Gesicht vor seinem geistigen Auge sehen.
»Kann man sich so schnell verlieben?«, fragte sie.
»Ich glaube, ich hatte so eine Vorahnung, als ich dich am ersten Abend auf der Veranda stehen sah.« Er küsste sie auf die Nase. »Ich bin jetzt zweiundvierzig, doch ich habe noch nie so etwas empfunden.«
»Ich bin fünfunddreißig, und bei mir ist es schon zehn Jahre her.« Sie setzte sich auf und begann ihre Kleider zusammenzusuchen. »Am liebsten würde ich jede Minute mit dir auskosten, aber du musst morgen früh nach Harare fahren, und ich habe einen langen Tag vor mir. Wir sollten besser schlafen gehen.«
Er legte ihr die Hand auf den Arm und sah sie an. »Ich werde dich vermissen«, sagte er.
»Ich dich auch«, erwiderte sie.
»Aber wir werden zusammenarbeiten, auch wenn viele Meilen zwischen uns liegen.« Er setzte sich auf und streifte sein Hemd über. »Jeden Tag.« Er zog sie an sich. »Ich will nicht weg. Das weißt du doch hoffentlich.«
Sie nickte. »Aber du musst. Vor uns liegt eine gewaltige gemeinsame Aufgabe, und wenn du deinen Teil nicht erfüllst, schaffe ich meinen auch nicht.«
»Ich reise ab«, entgegnete er, »weil wir andernfalls nicht tausenden von Menschen das Leben retten könnten. Zusammen jedoch wird es uns gelingen.«
»*Zusammen*. Das klingt sehr schön.«
»Wir. Eine Einheit. Du und ich. Wir.«
Er erhob sich und half ihr beim Aufstehen.

»Du bist ein wunderbarer Liebhaber, nur für den Fall, dass dir das in letzter Zeit niemand gesagt haben sollte«, sagte sie. »Bei dir fühle ich mich schön und lebendig.«

»Nein, das habe ich schon länger nicht gehört«, erwiderte er kichernd. »Und wenn du an deinen eigenen Fähigkeiten zweifeln solltest, melde ich dich beim Guinness-Buch der Rekorde als beste Liebhaberin der Welt an.«

»Der Welt?« Courtney fing an zu lachen.

7

»Hier sieht es ja noch wilder aus als rings um unsere Klinik vor zehn Jahren«, sagte Mara und blickte hinunter auf die Landschaft, die sie gerade überflogen.
»Es gibt eine Straße, die von Norden her in den Park führt, und dann noch die, die du unter dir siehst. Mbula liegt fünfundzwanzig Meilen westlich von hier. Und ich glaube, da hinten im Osten, jenseits der Wolken, ist die Grenze zu Mosambik.«
»Wahrscheinlich hält der Wildhüter uns für total übergeschnappt, weil wir herkommen, bevor die Ausrüstung da ist und die Gebäude stehen.«
»Daddy hat versprochen, uns morgen Zelte und Lebensmittel zu bringen. Hoffentlich hat er auch ein paar medizinische Gerätschaften dabei. Da bei uns sowieso nur das Minimum vorhanden ist, konnte ich Raoul kaum etwas abknöpfen. Schau, die Wiese da unten ist unser neues Zuhause.«
Als Mara die wenige Quadratmeter große, von Gebüsch umgebene Lichtung betrachtete, wurde sie von Aufregung ergriffen. Hier lag also ihr zukünftiges Heim. Eine unbewohnte Einöde, fünfundzwanzig Meilen vom nächsten Dorf entfernt, sechs Meilen weit weg von einem Kriegsgebiet, menschenleer und einsam.
Courtney setzte zum Landeanflug an. »Da unten ist die Landepiste des Nationalparks, wenn man sie so bezeichnen möchte.«
Jenseits der Palmen, die am nördlichen Ende der Landebahn

standen, erkannte Mara ein paar strohgedeckte Hütten. Allerdings wusste sie von Courtney, dass die Zentrale knapp sechs Meilen von hier im Norden lag.
Sie hatte schon vom Bulanga-Nationalpark gehört. Früher hatte es hier die größten Wildtierbestände des Landes gegeben, doch die Population war wie auch in Tansania und Kenia durch die Wilderei stark dezimiert worden. Simbabwe hatte sich jedoch klüger verhalten als andere Länder. Da sich die Regierung darüber im Klaren war, was für einen Reichtum die Tierwelt bedeutete, hatte sie die Wilderei zum Kapitalverbrechen erklärt. Die Wildhüter durften auf Wilderer schießen und diese sogar töten, sofern sie sie auf frischer Tat ertappten. Wer des Wilderns verdächtigt wurde, kam vor Gericht. Diese Vorgehensweise hatte sich recht gut bewährt. Courtney hatte Mara erzählt, dass die Tiere nach einer fünfjährigen Dürreperiode inzwischen in den Bulanga-Park zurückkehrten.
Obwohl Mara fast zwanzig Jahre in Afrika verbracht hatte, hatte sie bis jetzt kaum ein Dutzend Elefanten gesehen und war überglücklich, nun in einem Gebiet zu leben, wo sie die Dickhäuter beobachten konnte. Dasselbe galt für Löwen. Als Kind hatte sie davon geträumt, einen Löwen als Haustier zu haben, allerdings einen, der eher an die Katze erinnerte, die ihre Mutter täglich an der Hintertür fütterte, und der schnurrte, wenn er gestreichelt wurde.
»Da sind wir«, sagte Courtney, als sie die Maschine auf der Rollbahn aufsetzte. Sie lächelte und streckte sich, als das Flugzeug zum Stehen kam. Ein Jeep raste über die Rollbahn. »Das ist bestimmt Wildhüter Harrison. Ein netter junger Mann, aber nicht gerade begeistert über unsere Anwesenheit.«
Sie hatte Mara bereits alles erklärt und fragte sich, ob Harrison wohl Schwierigkeiten machen würde. Hoffentlich nicht, denn sie waren auf seine Landebahn, auf sein Telefon für

Notfälle, auf seinen Rat und auf sein Wissen über dieses Gebiet angewiesen. Courtney hoffte, ihn mithilfe von Maras Kochkünsten um den Finger wickeln zu können. Mara hatte sie gesagt, dass sie sich unbedingt bei ihm und seinen Mitarbeitern – insgesamt fünf – einschmeicheln mussten. Doch da der Park ein gewaltiges Terrain war, um es mit so wenigen Männern zu überwachen, würden sie ihnen vermutlich nur selten über den Weg laufen.

»Also, sei nett zu ihm«, warnte sie Mara, bevor sie aufstand und die Tür öffnete.

»Als ob ich je anders wäre.«

Ein hoch gewachsener, gut aussehender junger Mann stand neben dem Flugzeug.

»Prima gemacht«, meinte er. »Das war eine tolle Landung. Ich könnte das nicht.«

Als Courtney aus der Maschine sprang, fing er sie auf. Sie lächelte ihn an. »Josh, das ist meine Freundin, Schwester Mara.«

Er half auch ihr beim Aussteigen. »Schwester? Krankenschwester oder Nonne?«

»Beides.« Mara grinste. Ach du meine Güte, seit einer Woche begegnete sie so vielen attraktiven Männern wie schon seit einem Jahr nicht mehr. Früher einmal hätte sie das befangen gemacht, doch nach fünfundzwanzig Jahren als Nonne, die sich von der Liebe abgewandt hatte, konnte sie das nicht mehr schrecken. Sie dachte eher, dass sich hier für Courtney eine neue Chance bot – und zwar eine, die nicht gleich wieder abreisen würde.

Nachdem Josh Mara abgesetzt hatte, starrte er sie an. In Irland war sie daran gewöhnt gewesen, und auch hier, auf diesem riesigen Kontinent, war es ihr ein paarmal passiert. Vermutlich gehörte das zu den Gründen, warum sie sich entschieden hatte, bei Courtney im Busch zu leben – und den Zölibat zu wählen.

Du verschwendest deine besten Jahre, hieß es häufig. Wie kann eine Frau, die aussieht wie du, ihr Leben so wegwerfen? Ganz als ob ein Dasein, das man nicht an der Seite eines Mannes verbrachte, nur halb so viel wert gewesen wäre. Mara fand, dass sie ihr Leben besser nützte als die meisten anderen Menschen auf der Welt. Sie liebte das Abenteuer und stellte sich begeistert jeder neuen Herausforderung – so wie dieser hier.

Außerdem wusste sie, dass sie viel von ihrer Unternehmungslust Courtney zu verdanken hatte. Seit neun Jahren arbeiteten, lachten und lebten sie nun schon zusammen. Und trotz einiger Meinungsverschiedenheiten hatten sie sich noch nie ernsthaft gestritten. Courtney – und Andrew, der netteste Mann, dem sie je begegnet war.

Mara schüttelte den Kopf. Warum musste sie nur immer wieder an Andrew denken?

»Ich bin überrascht, dass Sie schon so bald zurückgekommen sind. Sie haben doch sicher noch keine Vorräte. Außerdem gibt es hier keine Unterkünfte ...«

»Mein Vater bringt uns morgen mit dem Flugzeug Lebensmittel, ein paar medizinische Gerätschaften und Zelte«, erwiderte Courtney. »Natürlich ist das nur eine Grundausstattung, aber wenigstens schon einmal ein Anfang. In ein paar Wochen fliegt er einige seiner Arbeiter ein, um Unterkünfte zu bauen, Generatoren aufzustellen, und so weiter und so fort. Auf die komplizierteren Geräte müssen wir noch warten, aber Coop« – ihr Herz krampfte sich zusammen, als sie seinen Namen aussprach – »hat gesagt, er würde sie uns so schnell wie möglich besorgen. Vielleicht kann man sie in Italien oder sogar in Kapstadt beschaffen. Mein Vater hofft, uns nächste Woche möglicherweise einen Operationstisch bringen zu können.«

»Sie verlieren wirklich keine Zeit.« Josh sah sich um. »Kann ich Ihnen beim Ausladen helfen?«

»Mein Vater stellt uns bald einen Landrover zur Verfügung. Aber bis dahin sind wir auf Ihre Großzügigkeit angewiesen.«
»Ich habe veranlasst, dass meine Männer eine der Hütten sauber machen, damit Sie vorübergehend darin wohnen können«, sagte Josh. »Allerdings ist sie nur zum Schlafen und Essen gedacht, nicht um darin Patienten zu behandeln. Heute Abend habe ich mich um das Essen gekümmert. Doch ich bin Dinnerpartys nicht gewöhnt und hatte auch noch nie zwei so gut aussehende Frauen zu Gast. Die Ehefrau eines meiner Wildhüter ist eine ausgezeichnete Köchin und bereitet gerade etwas zu.«
»Ein richtiger Luxus.« Mara sah sich langsam um. Die Landschaft war so völlig anders, als sie es gewöhnt war. Es gab hier viel mehr Bäume, und das Gelände war nicht so eben. Ein grellgrüner Papagei mit roten Schwanzfedern flog vorbei.
»Hier wird es mir gefallen«, meinte sie.
»Kommen Sie«, sagte Josh. »Nehmen Sie mit, was Sie brauchen, und dann zeige ich Ihnen die Hütte.«
»Sind hier Flüchtlinge durchgekommen, seit ich weg bin?«
»Ich habe keine bemerkt«, antwortete er. »Aber es heißt, dass hier jede Nacht welche herumirren. Sie haben den ausgetretenen Pfad ja gesehen. Oft höre ich nachts Trommeln schlagen, obwohl meine Hütte einige Meilen entfernt flussaufwärts steht. So verständigen sie sich miteinander. Geschossen wurde in letzter Zeit nicht, wenigstens nicht im Park, und ich hatte hauptsächlich an der nördlichen Grenze zu tun. Natürlich gibt es dort oben auch Flüchtlinge, aber ich versuche ihnen aus dem Weg zu gehen. Wir können nichts für sie tun.«
Wollte er damit andeuten, dass ihre Arbeit so sinnlos war wie die berühmte Suche nach einer Nadel im Heuhaufen? Nichts als ein Tropfen auf den heißen Stein? Doch das spielt

keine Rolle, dachte Mara. Es ist immerhin besser, als die Hände in den Schoß zu legen.
Die strohgedeckte Lehmhütte hatte – anders als die, in denen die Eingeborenen lebten – zwei Fenster. »Das ist unsere VIP-Hütte«, verkündete Josh grinsend.
Der Boden war gefegt, und es gab zwei Feldbetten mit weißen Laken. Am Fußende jedes Bettes befand sich eine Waschschüssel. Zwei Handtücher lagen ordentlich gefaltet auf zwei nicht zusammenpassenden Stühlen, die an der Wand standen. Auf dem einzigen Tisch im Raum befand sich eine Öllampe und eine Streichholzschachtel.
»Kopfkissen haben wir keine«, entschuldigte sich Josh. »Ich warte, bis Sie sich frisch gemacht haben. Dann gehen wir ins Esszimmer.« Er lachte. »Esther und Ruella haben einfach einen Tisch unter die Bäume gestellt. Sie sind die Ehefrauen von zweien meiner Wildhüter. Während Sie sich waschen, kümmere ich mich um die Drinks. Möchten Sie Scotch oder Gin?«
Mara schmunzelte. »Ich habe seit etwa zwölf Jahren keinen harten Alkohol mehr getrunken. Ich glaube, ich nehme Scotch.«
Josh sah Courtney an.
»Mir ist es egal«, erklärte sie. Nachdem er fort war, sagte sie zu Mara: »Wenigstens ist er gastfreundlich zu uns. Denn eigentlich ist es ihm nicht recht, dass wir hier sind.«
»Das hast du schon mal erwähnt. Aber man merkt es ihm gar nicht an. Er ist sehr freundlich und außerdem ein ausgesprochen sympathischer Mensch.«
»Natürlich ist er Gesellschaft nicht gewohnt. Doch der Park ist so groß, dass wir ihn sicher nicht stören werden. Ab und zu wird vielleicht ein Dutzend Menschen hier durchziehen. Jedenfalls möchte ich es mir nicht mit ihm verscherzen.«
»Wir benehmen uns doch immer gut.«
»Das meine ich nicht. Wir müssen darauf achten, dass die

Flüchtlinge, die durch den Park wandern, nicht eines seiner Tiere töten. Schließlich wissen sie nicht, welche dieser Tiere Eigentum des Parks sind.«
»Und wie sollen wir das unterscheiden?« Mara blickte sich um und kauerte sich dann vor das Wasserbecken, um sich die Hände zu waschen. »Es ist das erste Mal, dass wir zum Essen eingeladen werden, seit wir in Simbabwe arbeiten.«
Sie schlenderten zum Tisch hinüber, der mit einem weißen Leinentuch gedeckt war und im Schatten eines Mopane-Baums stand. »Hier gibt es eine Menge Bäume«, stellte Mara fest. »Eine hübsche Landschaft. Viel malerischer, als ich es mir vorgestellt habe. Wo wir herkommen, ist alles bretteben und kahl. Eine erfrischende Abwechslung.«
»Du wirst es sicher nicht lange erfrischend finden. Hier ist es häufig tagelang über vierzig Grad heiß.«
»Aber der Tapetenwechsel wird uns wieder in Schwung bringen«, fuhr Mara mit leuchtenden Augen fort. »Wir müssen ganz von vorne anfangen, um Patienten werben ...«
»Das sehe ich nicht so. Schließlich liegt unsere Klinik an einer Fluchtroute, wo ständig Flüchtlinge vorbeikommen.«
»Hm«, murmelte Mara, doch Courtney war nicht ganz klar, was sie damit meinte.
Josh stand von seinem Campingstuhl auf und nahm zwei Gläser mit einer gelblichen Flüssigkeit vom Tisch. Sein eigenes Glas befand sich im Gras neben seinem Stuhl. »Die letzte Party ist schon lange her«, sagte er lächelnd und reichte ihnen die Gläser. »Ein festliches Ereignis.« Er erhob sein Glas. »Auf die neuen Nachbarn.«
»Das ist wirklich sehr nett von Ihnen«, erwiderte Courtney.
Josh senkte die Stimme. »Ich stelle Sie jetzt den beiden Frauen vor. Esther ist keine gewöhnliche Eingeborene, sondern war Lehrerin in Bulwayo, als Nkrumah sie kennen lernte. Also ist sie gebildet und hier in der Gegend sehr beliebt. Sie hat angeboten, die Kinder, die im Park oder wenigs-

tens in einem Umkreis von ein paar Meilen zu unserem Basislager leben, zu unterrichten. Ständig ist sie auf der Suche nach neuen Aufgaben, und wahrscheinlich betrachtet sie Ihren Besuch als Gelegenheit, Frauen kennen zu lernen, mit denen sie mehr gemeinsam hat als mit den Ehefrauen der anderen Wildhüter und Parkmitarbeiter. Deshalb habe ich sie und Nkrumah zum Essen eingeladen.«

Mara und Courtney wechselten einen raschen Blick. Vielleicht war dieser Mann doch zugänglicher, als sie gedacht hatten.

»Sie hat so viel Energie, und ich hatte schon Angst, dass sie sich hier zu Tode langweilen würde. Aber sie hilft uns, die Tiere, die wir überwachen wollen, zu markieren, und führt außerdem die Listen, womit sie mir eine Menge Zeit spart.«

»Offenbar ist sie ein sehr interessanter Mensch«, sagte Mara.

»Das ist noch milde ausgedrückt.« Er bedeutete den beiden Frauen, sich zu setzen, und nahm dann selbst Platz. »Macht Ihnen die neue Aufgabe Angst?«, fragte er Mara.

»So leicht lasse ich mich nicht ins Bockshorn jagen«, antwortete sie und trank einen Schluck. »Und mit zwei von diesen Gläsern intus fühle ich mich jeder Herausforderung gewachsen.« Sie grinste ihn an. »Das bilde ich mir wenigstens ein. Also geben Sie mir bloß kein zweites.«

»Sie sind Krankenschwester?«

Mara nickte.

»Mara und ich arbeiten schon seit fast zehn Jahren zusammen«, sagte Courtney. »Wir können praktisch unsere Gedanken lesen.«

Und jetzt dachte sie, dass sie einen sehr gut aussehenden Mann mit einem gewissen Charme vor sich hatte. Vielleicht nicht ganz so atemberaubend wie Coop, aber freundlich und offen. Und sehr jung, um einen so großen Park zu leiten.

»Wie lange sind Sie schon hier?«, erkundigte sich Mara.

»Im vierten Jahr.«
In diesem Moment kam eine Afrikanerin in einem langen grellgelben Kleid auf sie zu.
Courtney erhob sich und hielt ihr die Hand hin.
»Soweit ich informiert bin, haben wir diese Party Ihnen zu verdanken.«
Lächelnd schüttelte die junge Frau Courtney die Hand. »Ich bin Esther.«
»Ich heiße Courtney. Und das ist Mara.«
»Wer von Ihnen ist die Ärztin?«
»Ich«, antwortete Courtney.
Esther lachte. »Wenn ich in der Stadt zum Arzt gehe, spricht er mich immer mit Vornamen an, verlangt aber, dass ich ihn Doktor nenne.« Sie nickte vergnügt. »Wir grillen gerade Antilopensteaks. Hoffentlich mögen Sie das.«
»Darf ich mitkommen und Ihnen beim Kochen zuschauen?«, fragte Mara, die aufgestanden war.
»Wir sind fast fertig, aber natürlich, gerne. Kommen Sie.«
Nachdem Mara Esther gefolgt war, sagte Josh: »Sie hat ein Geheimrezept für eine Sauce, die sie nicht einmal den anderen Ehefrauen verrät, obwohl die sich ohnehin nicht so viel Mühe machen würden. Wenn ich nach Mbula fahre, muss ich ihr die Zutaten mitbringen. Sie ist ein wirklicher Gewinn für unsere kleine Gemeinschaft. Als Nkrumah sie letztes Jahr aus dem Urlaub mitbrachte, war ich zunächst besorgt. Doch das ist vorbei.«
Esther und Ruella trugen Platten mit Speisen.
»Das riecht ja köstlich«, begeisterte sich Courtney.
Sie rückten mit den Stühlen an den Tisch und genossen die ausgezeichnete Mahlzeit. Als alle Esther mit Komplimenten überschütteten, strahlte sie übers ganze Gesicht. Ihr Mann war offenbar irgendwo im Park unterwegs. »Er hätte sowieso nicht mit uns gegessen«, erklärte Josh. »Aber er ist sehr stolz auf seine Frau.«

Lächelnd nahm Esther das Glas Scotch, das Josh ihr hinhielt, während ihre Freundin den Drink dankend ablehnte.
Dann schilderten Courtney und Mara ihre Pläne für ein Flüchtlingslager und sprachen auch über ihre Sorge, wie sie sich mit den Flüchtlingen verständigen sollten.
»Ich spreche Portugiesisch«, meinte Esther. »Vielleicht könnte ich Ihnen helfen.«
Nach dem Essen räumten Esther und Ruella den Tisch ab und spülten das Geschirr.
Josh begleitete Courtney und Mara zu ihrer Hütte und verkündete, dass es am nächsten Tag ein Frühstück geben würde. Sie merkten ihm an, dass er nicht an Andrews rechtzeitiges Eintreffen glaubte.
Doch am kommenden Morgen war Andrew da. Er hatte Zelte und so viel medizinische Ausrüstung mitgebracht, wie er so kurzfristig hatte auftreiben können. Außerdem hatte er einen Lebensmittelvorrat für zehn Tage bei sich und versprach, später weiteren Proviant zu liefern.
Mit dem Jeep fuhr Josh die beiden Frauen zu der Lichtung, wo sie ihr Krankenhaus errichten wollten. Er half Andrew beim Aufstellen der Zelte und sicherte zu, bis zu dessen Rückkehr täglich nach Courtney und Mara zu sehen.
Die große Lieferung von Vorräten erfolgte fünf Tage später. Die Lastwagenkolonne war mit Lebensmitteln beladen, die laut Andrew genügten, um »eine Armee durchzufüttern«. In zehn Tagen errichteten einige Männer nicht nur Operations- und Behandlungsräume, sondern auch ein Büro für Courtney, ein separates Gebäude mit vier Schlafzimmern und einen Schlafsaal für die Patienten, die zu krank waren, um weiterzuziehen.
Obwohl HEAL eine vollständige Finanzierung zugesagt hatte, wusste Courtney, dass ihr Vater den Lohn für die Bauarbeiter aus eigener Tasche vorschoss. Coop hatte Andrew gebeten, ihm die Rechnungen für Baumaterial und Arbeitskos-

ten zuzusenden, damit er ihm den Betrag zurückerstatten könne. Allerdings vermutete Courtney, dass Andrew daran zweifelte. Coop hatte sogar ihr selbst und Mara ein Gehalt versprochen, das sie jedoch abgelehnt hatten. Sie und Mara verlangten nichts weiter als eine Grundversorgung, Lebensmittel und genug medizinische Ausrüstung. Doch Coop hatte ihr daraufhin versichert, dass HEAL über die Mittel verfüge, sie zu bezahlen. Schließlich handle es sich um eine Organisation, die das ganze Jahr über Spenden sammle und sich der Aufgabe verschrieben habe, mit diesem Geld kleine Regionen der Welt zu unterstützen. Das Flüchtlingsprojekt, das Coop so am Herzen lag, stand ganz oben auf der Liste, und er beteuerte, dass HEAL alle seine Entscheidungen mittrug.

Die ersten Flüchtlinge trafen ein, noch ehe die Gebäude fertig waren. Coop hatte Recht behalten. Da die Klinik an einer viel benutzten Route stand, schleppten sich die Menschen mit letzter Kraft dorthin. Sie waren völlig erschöpft und hatten Schusswunden oder litten an Cholera, Durchfall und Wundbrand. Hinzu kamen die in Afrika üblichen Krankheiten, die sich unter mangelhaften hygienischen Bedingungen, bei Lebensmittelknappheit und ohne medizinische Versorgung rasch ausbreiteten. Die Flüchtlinge wurden von Malaria und Tuberkulose geplagt, sie zitterten vor Schüttelfrost oder standen kurz vor einer Geburt. Die Kinder hatten vor Hunger geschwollene Bäuche und einen stumpfen Blick.

Jeden Abend grübelten Courtney und Mara darüber nach, wie sie die vielen Menschen nur versorgen sollten, die sich ihrer Obhut anvertraut hatten.

»Man kann sich kaum vorstellen, wie schrecklich die Lebensumstände sein müssen, die einen Menschen dazu bringen, die Heimat zu verlassen und ins Unbekannte aufzubrechen«, sagte Mara. »Schließlich sind diese Leute ungebildet und haben keine Ahnung, was sie erwartet.«

»Du siehst ja, was man mit ihnen gemacht hat. Denk nur an die, die heute Nachmittag angekommen sind. Es ist eine Schande.«

Mara fragte sich, warum Gott sich abgewandt hatte, als diese Menschen gefoltert worden waren. Viele der Opfer hatten Brandwunden an den Genitalien, ein kleines Mädchen war sogar geblendet worden. »Sie ist doch noch ein Kind! Ich ertrage das nicht. Was bringt einen Menschen nur dazu, anderen derartige Grausamkeiten anzutun?« Natürlich wusste Mara auch keine Antwort darauf. »Kein Wunder, dass sie nicht weiterziehen wollen«, meinte sie. »Wenn sie erst einmal hier sind, fühlen sie sich mehr oder weniger in Sicherheit. Sie bekommen etwas zu essen, ihre Wunden werden versorgt, ihre Cholera behandelt, und sie glauben, sie wären im Himmel.«

»Oder wenigstens frei von Verfolgung.«

»Das kommt doch auf dasselbe hinaus«, murmelte Mara. »Sie haben uns gefunden und sind zu erschöpft, um weiterzuziehen und sich Dingen zu stellen, die sie nicht kennen.«

»Aber wir sind nicht in der Lage, sie alle zu ernähren«, seufzte Courtney. Sie war froh über die Gelegenheit, sich jeden Abend aussprechen zu können. Sie und Mara tranken in Maras Zimmer ein Glas Wein, bevor sie sich zu den Mitarbeitern gesellten, die HEAL ihnen geschickt hatte. »Ich weiß nicht, wie wir mehrere hundert Menschen versorgen sollen.«

Inzwischen war eine Art Dorf entstanden. Die Flüchtlinge bauten Hütten aus Stroh und blieben einfach. Täglich wurden es mehr.

Im ersten Monat waren über vierhundert Menschen eingetroffen, und mindestens die Hälfte von ihnen hatte sich hier niedergelassen. Die Jüngeren und Stärkeren, die auf Arbeitsplätze, eine bessere Zukunft und ein neues Zuhause hofften, waren weitergezogen. Die Kranken und Erschöpften, die froh waren, dass man sich endlich um sie kümmerte, schlugen an Ort und Stelle ihr Lager auf. Sie verharrten schicksalsergeben und hofften, dass der Krieg irgendwann zu Ende sein würde, damit sie nach Hause zurückkehren konnten. Und während sie warteten, zeugten sie nicht nur Kinder, sondern sorgten auch für die Ausbreitung von Seuchen, sodass Cholera und Malaria sich einfach nicht ausrotten ließen.

Inzwischen kam Andrew einmal pro Woche. Er brachte Reis, Bananen und andere Lebensmittel mit, die er erbettelt oder gekauft hatte. Jede Nacht brannten auf der Wiese die Lagerfeuer.

Hin und wieder gab es sogar Fleisch – zwar nicht für jeden Lagerbewohner, aber zumindest für den Jäger und seine Familie und Freunde. Courtney wagte nicht zu fragen, woher dieses Fleisch stammte. Doch mit der Zeit gingen die Flüchtlinge immer häufiger auf die Jagd.

Eines Nachmittags erhielt sie Besuch von Josh, dem der Ärger ins Gesicht geschrieben stand.

»Courtney, diese Leute töten unsere Tiere. Sie müssen ihnen klar machen, dass es verboten ist, im Park zu jagen.«

»Okay«, erwiderte Courtney müde. »Jetzt müssen Sie mir nur noch verraten, wie ich das anstellen soll.«

»Verdammt, Courtney«, knurrte er gereizt, »wir haben hart gearbeitet, um diesen Wildpark aufzubauen. Und jetzt werden Ihre Leute uns innerhalb kürzester Zeit alles wieder kaputtmachen.«

»Können Sie den Park denn nicht einzäunen?«

Er starrte sie entgeistert an. »Mein Gott, Courtney, es sind über zweitausend Quadratmeilen!«

»Oh«, seufzte sie erschöpft. »Das war mir nicht klar.«

Sie sahen einander an. »Wir haben nicht genug Lebensmittel, um die Menschen durchzufüttern, Josh. Ich weiß nicht, was ich tun soll.«

»Ich auch nicht«, brummte er zornig. »Dann müssen Sie sie

eben dazu bringen, weiterzuziehen. Erlauben Sie ihnen nicht zu bleiben. Die Stämme in der Umgebung haben allmählich auch die Nase voll von ihnen.«

»Die Einheimischen kriegen wir kaum zu Gesicht.«

»Mit gutem Grund. Die Neuankömmlinge, also auch Sie, sorgen für Aufruhr in ihren Jagdgründen. Bald fangen die Flüchtlinge sicher an, auch im Park zu jagen. Sie zerstören alles, was wir jahrelang erarbeitet haben.«

»Mein Vater hat vorgeschlagen, die Flüchtlinge auf die Gebiete der Stämme zu verteilen, zu denen sie gehören. Sie kennen doch die verschiedenen ethnischen Gruppen und ihre Anführer. Vielleicht würde das etwas nützen ...«

»Es gibt keine Lösung, solange die Menschen nichts zu essen haben. Verstehen Sie mich bitte nicht falsch, Courtney. All die Flüchtlinge tun mir wirklich Leid, und ich weiß, dass sie hungern. Aber ich darf einfach nicht untätig zusehen, wie einer der größten Wildparks in Afrika vernichtet wird.«

Hilflos sah Courtney ihn an. »Ich lasse mir etwas einfallen.«

»Zeigen Sie den Leuten, wo die Grenze zum Park verläuft, und verbieten Sie ihnen, diese zu übertreten, auch wenn das vermutlich nichts nützen wird. Schlimmstenfalls werde ich meine Wildhüter entlang dieser Grenze postieren und sie anweisen, auf jeden zu schießen, der versucht im Park zu jagen.«

»Aber Josh, würden Sie das wirklich tun?«

Er zuckte mit den Schultern. »Nun, man muss jedenfalls etwas unternehmen.«

Doch sie waren beide ratlos und sich darüber im Klaren, dass vierhundert hungernde Menschen bis zum Äußersten um ihr Überleben kämpfen würden.

Nach sieben Wochen trafen endlich ein Arzt und zwei Schwestern von HEAL ein. Inzwischen erstickten Mara und Courtney in Arbeit. Aber trotz der Überlastung fand Mara noch die Zeit, für sich selbst und Courtney – und später auch für die Freiwilligen von HEAL – zu kochen. Allerdings forderte die ständige Plackerei allmählich ihren Tribut. Courtney konnte sich kaum noch auf den Beinen halten und machte sich schon Sorgen, dass ihre Urteilsfähigkeit darunter leiden würde. Deshalb war sie ungeheuer erleichtert über die Ankunft des von HEAL zugesagten Arztes, da sie hoffte, ihm die Operationen übertragen zu können. Aber der Mann entpuppte sich leider als Allgemeinmediziner, der seit seinem Praktikum vor zwölf Jahren nicht mehr operiert hatte.

»Wissen Sie«, sagte er, nachdem der Monat vorbei war, »das Beste an dieser Erfahrung war, dass ich mir selbst wieder näher gekommen bin. Ich bin wirklich bis an meine Grenzen gegangen.«

Leider brachte der nächste Monat nur einen Kieferorthopäden, der zwar einigen Patienten die Zähne zog und sie von ihren Schmerzen befreite, aber nichts zur allgemeinen medizinischen Versorgung beitragen konnte.

Courtney schrieb an Coop und flehte ihn an, ihr anstelle der Fachärzte, die HEAL normalerweise anwarb, nur Chirurgen oder Allgemeinmediziner zu schicken. Da sie nicht wusste, ob seine Frau seine Post las, wagte sie nicht, ihm mitzuteilen, was wirklich in ihr vorging. Sie verschwieg ihm, wie sehr sie sich wünschte, ihn hier in ihrer Nähe zu haben, und schrieb ihm stattdessen, dass das Dorf rings um sie herum ständig wachse und sie nicht wisse, wie sie all die vielen Menschen satt bekommen solle. Die Vorräte reichten nur für die Patienten im Krankenhaus, weshalb Courtney den Flüchtlingen, die jeden Tag eintrafen, erklärt hatte, dass sie in andere Dörfer und Städte weiterziehen müssten, wo es Arbeit und Lebensmittel gab. Sie, Mara und die Ärzte und Schwestern, die jeden Monat kamen, könnten zwar ihre Krankheiten heilen, sie jedoch nicht ernähren. Dennoch blieben die Flüchtlinge

in Scharen. Courtney und Mara waren mit ihrem Latein am Ende.
Nur wenige Bewohner der nahe gelegenen Dörfer ließen sich in der Klinik behandeln. Das machte Courtney ein bisschen zu schaffen, denn schließlich war sie es gewöhnt, die Eingeborenen in einem Umkreis von vielen Meilen zu betreuen. Die Einheimischen von Simbabwe bekamen sie kaum zu Gesicht. Nur einmal war ein Mann, dem ein Speer im Bein steckte, zu ihr gebracht worden. Courtney fragte sich, wo die Stämme waren und warum sie sich nie blicken ließen. Manchmal hörte sie nachts ihre Trommeln. Sie überlegte, warum sie das Krankenhaus wohl mieden – auch wenn Mara und sie schon jetzt alle Hände voll zu tun hatten.
Courtney vermisste die Abende mit Raoul und Fannie und sehnte sich nach der Zeit zurück, als sie – ein Glas Wein vor sich – in der Küche gesessen und die Patienten und Ereignisse des Tages erörtert hatten. Inzwischen fehlte ihr die Muße, bei Sonnenuntergang die Hügel im Osten zu betrachten. Hier fühlte sie sich ständig gehetzt. Die Ärzte und Schwestern, die jeden Monat eintrafen, brachten zum Glück ein wenig frischen Wind in ihren Alltag und berichteten ihr, was sich in der Welt außerhalb von Bulanga tat. Courtney war froh darüber, doch die Zeit reichte nie, um wirklich enge Freundschaften zu schließen.
»Wir sind müde«, schrieb sie an Coop. »Trotz der Ärzte, der Schwestern und der Hilfslieferungen von HEAL sind wir völlig erschöpft. Wenn die Flüchtlinge nur nicht bleiben würden! Warum ziehen sie nicht weiter, nachdem wir sie versorgt haben?«
Natürlich gab es auch einige, bei denen jegliche Hilfe zu spät kam. Einer war von einer Kugel ins Herz getroffen worden, und manche litten an Cholera in einem so weit fortgeschrittenen Stadium, dass sie wenige Tage nach ihrer Ankunft starben. Einige waren beim Grenzübertritt schwer verwundet

worden und hatten so viel Blut verloren, dass sie nicht mehr zu retten waren. Und wieder anderen hatten die Minen entlang der Grenze Arme und Beine abgerissen.
Jeden Tag mussten Gräber ausgehoben werden. Die Männer, die diese Arbeit erledigten, erhielten dafür Lebensmittel – mit etwas Essbarem ließ sich hier fast alles erkaufen.
Gelegentlich aber fand sich sogar ein Freiwilliger, der bereit war, sich für die Gemeinschaft einzusetzen, ohne dafür zusätzliche Verpflegung zu fordern. Dann schickten Courtney und Mara den Betreffenden sofort an die Arbeit, damit er ihnen bei der gewaltigen Aufgabe half, das Leben für die hunderte von Menschen, die aus ihrer Heimat geflohen waren, ein wenig erträglicher zu gestalten. Mittlerweile waren es tausende geworden.

8

»Die Ringer-Lösung reicht noch für etwa zwei Tage«, verkündete Mara.
»Ringer-Lösung?«, fragte Andrew.
»Das braucht man zur intravenösen Verabreichung von Flüssigkeit«, erklärte Courtney und starrte durch das unverglaste Fenster in den Regen hinaus. Es regnete jetzt schon seit siebzehn Tagen. Die Straße war unpassierbar, und alles versank im Schlamm.
»Und«, ergänzte Mara, »die Päckchen mit der Lösung zur oralen Flüssigkeitsgabe werden auch gefährlich knapp.«
Courtney schlang fröstelnd die Arme um den Leib. Es regnete ohne Unterlass; mittlerweile traten jeden Tag dreißig bis vierzig neue Cholerafälle auf.
»HEAL hätte uns eigentlich einen Lastwagen schicken sollen. Seit Wochen müsste der schon hier sein«, sagte Courtney, wandte sich von dem trägen Nieselregen ab und sah Mara an.
»Man kann zurzeit nichts transportieren«, meinte Andrew. Alle wussten das. Auch er hatte nicht abfliegen können.
»Das Wetter verschärft die Seuche noch«, stellte Mara fest. Das größte Problem waren die hygienischen Verhältnisse, da man bei diesem Regen nicht einmal Latrinen graben konnte. Die drei sahen aus wie getaufte Mäuse; ihre Haare waren klatschnass, und die Kleider klebten ihnen am Körper. Kein Wunder, dass Courtney fror.
Trotz aller intravenöser und oraler Flüssigkeitsgaben war es

in den letzten drei Wochen jeden Tag zu zwei bis drei Todesfällen gekommen. Und wenn ihnen jetzt auch noch die Medikamente ausgingen, würde sich die Sterberate mindestens verzehnfachen.
Außerdem war zurzeit kein zweiter Arzt verfügbar. Der von HEAL geschickte Mediziner hätte zwar mit der Medikamentenlieferung eintreffen sollen, doch jetzt saß er wahrscheinlich in Harare fest und wartete darauf, dass der Regen nachließ – wonach es allerdings ganz und gar nicht aussah. Vor drei Wochen hatte Andrew Dr. Anderson und eine der Krankenschwestern ausgeflogen, und er hatte eigentlich fünf Tage später nach Harare zurückkehren wollen, um die nächste Mannschaft abzuholen. Zum Glück waren zwei der Krankenschwestern noch hier, doch das vierköpfige Team war mit der Epidemie völlig überfordert.
»Dann mischen wir uns doch aus Salz, Zucker und Bikarbonat selbst eine Orallösung«, schlug Mara vor.
»Und wie lange würde die reichen?«, fragte Andrew. »So viel Bikarbonat haben wir nicht.« Er wusste das, denn schließlich brachte er die Lieferungen.
»Jedenfalls gewinnen wir so ein paar Tage, denn das Haemacell wird auch knapp.«
Andrew stand auf. »Ich gehe mal in die Küche und sehe nach, was Celia noch dahat.«
Weil so viele Patienten zu pflegen waren, hatte Mara das Kochen aufgegeben, und Celia, die angeblich Köchin in einem Restaurant in Maputo gewesen war, hatte die Küche übernommen. Obwohl sich ihre Kochkünste nicht mit Maras vergleichen ließen, war sie in der Lage, die Patienten in der Krankenstation zu versorgen – und zwar hauptsächlich mit Reisgerichten. Reiseintopf, Reissuppe, Reis…
Und selbst der Reis ging jetzt allmählich aus, da Andrews Flugzeug während der verregneten Wochen nicht hatte starten können.

In diesem Moment hörten sie das Knallen einer Autotür, und Josh kam hereingestürmt. Er trug einen nassen Regenmantel und schwere Stiefel. Nachdem er sich geschüttelt hatte wie ein Hund, grinste er breit. »Endlich habe ich es geschafft, hierher zu fahren und nach Ihnen zu sehen. Mein Gott, was haben Sie denn inzwischen hier getrieben? Eine Stadt gegründet? Wo kommen denn all die vielen Leute her?«
»Es werden täglich mehr«, antwortete Courtney, die sich freute, ihn zu sehen. »Sie sind entweder zu krank oder zu müde, um weiterzuziehen, und deshalb bleiben sie einfach. Mittlerweile sind es hunderte.«
»Können Sie überhaupt so viele Menschen versorgen? Mein Gott! Haben Sie vielleicht eine Tasse Tee für mich?«
Mara nickte, rührte sich aber nicht von der Stelle.
»Brauchen Sie Hilfe? Ich weiß, dass Sie von der Außenwelt abgeschnitten sind. Alles versinkt im Schlamm.«
Sie hatten ihn nicht mehr gesehen, seit der Regen vor knapp drei Wochen begonnen hatte.
»Oben im Norden geht es ziemlich hoch her«, sagte er, »aber wenigstens ist die Straße noch mehr oder weniger offen.« Er grinste breit. »Ja, bei uns ist ebenfalls Schlammwüste.«
»Und wir haben eine Choleraepidemie«, verkündete Courtney. Josh zog die Augenbrauen hoch. »Jeden Tag sterben Menschen, und es kommt zu mindestens dreißig bis vierzig Neuerkrankungen. Die Medikamente reichen noch bis Mittwoch.«
Josh starrte sie fassungslos an.
»Danach werden es bis zu hundert Todesfälle täglich sein«, fuhr sie fort.
»O mein Gott«, stöhnte er. »Was kann man da tun?«
»Wir warten auf eine Lastwagenlieferung und außerdem auf einen neuen Arzt und auf Schwestern, aber sie kommen nicht durch«, sagte Andrew. »Entweder sitzen sie noch in Harare, oder sie stecken irgendwo unterwegs fest. Wenn es

so weitergeht, ist der Dienstmonat des Arztes vorbei, noch ehe der Mann eintrifft.«

»Haben Sie es schon bei den Schwestern der Gnade versucht?«, erkundigte sich Josh.

Die drei starrten ihn an.

»Die könnten noch Medikamente haben«, fügte er erklärend hinzu.

»Bis dahin sind es fünfundsechzig Meilen, und die Straße ist sicher genauso unpassierbar wie die nach Mbula.«

»Außerdem hat so eine kleine Missionsstation, wenn überhaupt, bestimmt nicht genügend Medikamente vorrätig, um uns zu helfen.«

»Woher wollen Sie das wissen?«, gab er zurück. »Ich war gerade ein paar Wochen oben im Norden. Die Straße ist befahrbar, zwar nicht gut, aber es geht so einigermaßen. Mit meinem Land Cruiser würde ich es schaffen.« Er grinste erneut. »Nun, vielleicht nicht auf dieser Schlammpiste nach Mbula, aber im Norden müsste es klappen. Ich war ganz in der Nähe des Missionskrankenhauses. Wir könnten es versuchen.«

Mara, Andrew und Courtney wechselten Blicke. »Es wäre die Sache wert«, murmelte Andrew. »Ich fahre.«

»Nein«, widersprach Courtney, ich erledige das, denn ich weiß, welche Substanzen man als Ersatz benützen könnte.«

Allerdings hielt sie es für ziemlich sinnlos, fünfundsechzig Meilen auf gefährlichen Straßen durch den gnadenlosen Dauerregen zu fahren, nur um ein kleines, von zwei Nonnen betriebenes Missionskrankenhaus zu erreichen. Wenn die Nonnen überhaupt Infusionslösung vorrätig hatten, würde diese vermutlich für höchstens zehn Cholerakranke reichen. Doch zehn Menschenleben waren und blieben eben zehn Menschenleben.

»Wenn wir sofort aufbrechen, schaffen wir es bis zum späten Nachmittag. Besorgen Sie sich etwas Warmes zum Anziehen, und dann fahren wir los.« Er musterte die klatschnasse

Courtney. »Ich habe zu Hause noch einen Regenmantel. Wir könnten ihn rasch holen.«

»Ich packe etwas zu essen ein«, schlug Mara vor und eilte aus dem Zimmer. »Und Ihnen bringe ich Tee mit«, rief sie Josh zu.

»Das brauchen Sie nicht. Dafür haben wir keine Zeit.«

»Mir wäre es lieber, wenn ich fahren würde«, sagte Andrew. Der Gedanke an die nassen Straßen und die Schluchten, die sie durchqueren mussten, behagte ihm gar nicht.

»Daddy, jemand muss hier das Kommando führen, und das kannst du doch am besten.« Sie wandte sich an Josh. »Geben Sie mir drei Minuten, damit ich etwas Trockenes anziehen kann.« Sie lächelte ihm zu. »Das ist wirklich sehr nett von Ihnen.«

»Beeilen Sie sich«, erwiderte er.

Courtney beschloss, ihre Arzttasche mitzunehmen. Auch wenn sie sie auf dieser Fahrt vermutlich nicht brauchen würde, fühlte sie sich ohne ihre Ausrüstung nackt.

»Keine Sorge, Sir«, sagte Josh zu Andrew, nachdem Courtney fort war. »Ich kenne diese Straßen und bin erst vor zwei Tagen dort herumgefahren. Sie sind lange nicht so schlammig und rutschig wie die Straße nach Mbula.«

Andrew nickte wortlos.

Josh entschuldigte sich für den äußeren Eindruck des Land Cruisers. Werkzeuge, Hämmer, Sägen, eine Sichel und zwei Schaufeln türmten sich in einem wirren Durcheinander im Kofferraum. »Tut mir Leid«, sagte er und warf ihre Taschen darauf. »Zum Aufräumen hat die Zeit nicht gereicht. Wir mussten das Gestrüpp ein wenig ausdünnen. Zuerst wollten wir es abbrennen, aber dann befürchteten wir, das Feuer könnte außer Kontrolle geraten.« Er lachte auf, als er an den Dauerregen dachte.

Da sie schreien mussten, um das Prasseln des Regens zu

übertönen, sprachen sie unterwegs nicht viel. Nach einer knappen Stunde erreichten sie Joshs Haus, das, wie er gesagt hatte, auf dem Weg lag. Courtney war noch nie hier gewesen und riss erstaunt die Augen auf. Sie hatte es sich wie die Hütte vorgestellt, in der Mara und sie übernachtet hatten, bevor die Zelte eingetroffen und die festen Gebäude mit Schlafzimmern fertiggestellt worden waren. Sie hatte gedacht, dass Josh in einer kleinen, spartanisch ausgestatteten, kahlen Bretterbude wohnte.

Doch sie hielten vor einem geräumigen Bungalow, an dessen Vorderfront eine überdachte Veranda verlief. »Kommen Sie rein«, forderte Josh sie auf und öffnete die Fliegengittertür. »Ich packe ein paar trockene Kleider und Thermosflaschen mit Tee ein. Außerdem habe ich noch etwas Proviant hier, den wir mitnehmen können.«

Mara hatte ihnen zwei Thermosflaschen Kaffee mitgegeben. »Bestimmt waren Sie früher mal Pfadfinder«, sagte Courtney.

»Ich bin immer auf alles vorbereitet«, erwiderte er, während sie durch den Regen zur Veranda rannten. »Mein Gott, ist das ein scheußliches Wetter. So etwas habe ich schon seit Jahren nicht mehr erlebt. Ich würde sagen, die Dürreperiode ist eindeutig vorbei.«

Die Veranda war mit bequem wirkenden handgezimmerten Holzmöbeln ausgestattet. »Nachts sitze ich gerne hier, belausche die Tiere und beobachte die Sterne«, sagte Josh. An einem Ende der Veranda stand ein Teleskop. »Kommen Sie rein.«

Während er im hinteren Teil des Hauses verschwand, betrachtete Courtney das Wohnzimmer. Sehr männlich, dachte sie. Obwohl alles blitzblank und ordentlich war, sah man auf den ersten Blick, dass hier keine Frau lebte. Auf einem Tisch neben dem leicht abgewetzten rostroten Sofa türmten sich Zeitschriften. An einer Wand hing ein Waffenständer mit zehn Gewehren, und Courtney fiel sofort auf, dass sie gut geölt waren. Ein batteriebetriebener CD-Spieler stand neben einem gemütlichen Sessel, der zum Sofa passte. Ein Schreibtisch mit ordentlichen Papier- und Zeitschriftenstapeln nahm eine Ecke des Raums ein.

Als sie plötzlich über sich ein Geräusch hörte, drehte sie sich um und bemerkte einen Affen, der an der Deckenlampe hin und her schwang.

»He«, rief sie. »Sie haben mir gar nicht gesagt, dass Sie ein Haustier haben.«

»Oh, er ist vor ein paar Jahren einfach hier reinspaziert und geblieben.« Josh kehrte ins Zimmer zurück. Er trug einen braunen Rollkragenpullover und eine trockene Hose und hatte eine Reisetasche in der Hand. »Okay, ich koche jetzt Wasser und bereite noch ein paar Dinge vor. Kommen Sie mit in die Küche. Das hier ist übrigens Jimmy. Er hält Abstand, bis er sich an Sie gewöhnt hat. Sie fürchten sich doch nicht vor ihm?«

»Fürchten? Ich finde ihn einfach niedlich. Seit Jahren wünsche ich mir schon einen Affen – einen Schimpansen oder einen Pavian –, doch meine Wohnverhältnisse waren nie dafür geeignet. Eigentlich wäre mir jedes Haustier recht. Sogar ein Elefant.« Sie lachte. »Ich vermisse es, einen Hund zu haben.«

»Hunde und Katzen würden hier in ständiger Gefahr schweben. Es ist nicht richtig, ein zahmes Tier in die Wildnis zu verpflanzen.«

»Josh, Ihr Haus ist wunderschön.«

»Als ich vor vier Jahren herkam, war es eine verwahrloste Bruchbude. Aber jetzt fühle ich mich hier zu Hause. Es hat mir Spaß gemacht, alles genau nach meinem Geschmack herzurichten.«

»Sind Sie hier nicht manchmal einsam?« Coop hatte das auch von ihr wissen wollen. Aber Josh lebte schließlich wirklich ganz allein.

»Anfangs schon. Doch Sie wissen ja, dass ich gerne frei und ungebunden bin. Wenn ich nach Harare, einmal im Jahr nach Nairobi oder ganz selten einmal während meines Urlaubs nach Europa komme, kaufe ich fünfzig Bücher und rationiere sie auf eines pro Woche, damit sie ein Jahr lang reichen.«

»In Australien waren Sie nie wieder?«

Er schüttelte den Kopf und zündete den Herd an. »Ich kenne dort keine Menschenseele mehr. Meine Eltern sind weggezogen und haben mich nach Nairobi mitgenommen, als ich zwölf war. Mein Vater ist dort Redakteur bei einer Tageszeitung. Damals hat er als Reporter angefangen und ist mit der ganzen Familie, mit Kind und Kegel also, ins Unbekannte aufgebrochen.«

»Dann sind Sie auch in Afrika aufgewachsen.«

Er nickte und suchte in den Schränken nach den Thermosflaschen. Nachdem er drei von unterschiedlicher Größe gefunden hatte, stellte er sie auf die Anrichte. Auf dem Gasofen kochte das Wasser rasch. Courtney hatte seit Jahren keinen solchen Luxus mehr gesehen.

»Ja, ich bin wohl eher Afrikaner als Australier.«

»Und was hat Sie hierher geführt?«

»Der Job. Ich habe drei Jahre lang bei der Parkverwaltung in Kenia gearbeitet, doch dort gibt es Wildhüter im Überfluss. Also habe ich sofort zugegriffen, als diese Stelle ausgeschrieben wurde. Ich ahnte nicht, dass ich als einziger Wildhüter für den ganzen Park zuständig sein und in meinem Alter schon so viel Verantwortung würde tragen müssen. Doch inzwischen kann ich mir nichts Schöneres mehr vorstellen und möchte nirgendwo anders leben.«

»Sie haben Glück gehabt.« So jung, wie er aussah, konnte er gar nicht sein.

Er goss das Wasser in einen Topf und ließ die Teeblätter ziehen.

»Wahrscheinlich hält uns der Großteil der Welt für übergeschnappt, weil wir hier draußen ohne die Annehmlichkeiten der Zivilisation leben.«

Plötzlich stand der Affe in der Tür. Dann rannte er durchs Zimmer und stürzte sich in Joshs Arme. Während er Courtney musterte, stieß er leise Geräusche aus.

»Versuchen Sie bloß nicht, ihn zu streicheln«, warnte Josh. »Ich glaube zwar nicht, dass er Sie beißt, aber lassen Sie ihn den Anfang machen.«

»Wer versorgt ihn, wenn Sie wegfahren, so wie jetzt?«

»Er kann Türen öffnen und kommen und gehen, wie er will. Wenn ich weg war, schimpft er mich. Ich bin erst seit zwei Nächten zurück, und er spürt, dass ich gleich wieder aufbreche. Das gefällt ihm gar nicht.«

Josh füllte den Tee in die Thermosflaschen und nahm außerdem eine Dose mit Keksen, zwei Vier-Liter-Beutel Getreideflocken und eine Flasche Wasser mit. »Jetzt besorge ich nur noch Benzin, und dann fahren wir. Es wird erst in etwa sieben Stunden dunkel, bis dahin müssten wir es längst geschafft haben.«

Die Straße war einspurig und von Schlaglöchern durchsetzt, sodass Josh nur langsam fahren konnte. Außerdem herrschte wegen des Regens stark eingeschränkte Sicht. Courtney war froh, dass Josh ihr einen Regenmantel geliehen hatte, auch wenn dieser ihr viel zu groß war. »Vermutlich ist es zwecklos«, sagte sie. »Ich kann mir nicht vorstellen, dass die Schwestern viel Ringer-Lösung oder eine zur oralen Flüssigkeitsgabe vorrätig haben. Wir sind jetzt seit fünf Monaten hier, und bis jetzt hat alles einigermaßen geklappt. Die Lastwagen sind durchgekommen, und die Ärzte und Schwestern sind rechtzeitig eingetroffen.« Sie lachte auf. »Mehr oder weniger zumindest. Schließlich sind wir hier in Afrika.«

»Haben Sie je anderswo gelebt?«

Courtney schüttelte den Kopf. »Weiter als bis Südafrika bin

ich nicht gekommen. Ich habe in Johannesburg Medizin studiert und mein Praktikum in Kapstadt abgeleistet. Anschließend bin ich hierher zurückgekehrt.«
»Haben Sie sich nie gefragt, wie es sonst auf der Welt aussieht?«, erkundigte sich Josh.
Courtney musste eine Weile überlegen. »Wissen Sie, ich glaube, ich war immer viel zu beschäftigt, um mir darüber Gedanken zu machen. Ich glaube, für Großstädte habe ich nicht viel übrig. Johannesburg und sogar Harare sind mir inzwischen viel zu groß.«
Josh nickte. »Das kann ich verstehen.«
Der Land Cruiser geriet ins Rutschen, sodass Courtney sich unwillkürlich am Armaturenbrett abstützte. Josh ging vom Gas. Er konnte kaum vier Meter weit sehen.
»Da drüben«, er wies eine zurzeit im Schlamm versunkene Staubstraße entlang, »haben wir unsere Pferche.«
»Pferche? Käfige? Wozu denn?«
»Für verwundete und verwaiste Tiere. Außerdem bewahren wir dort die Halsbänder für die Tiere auf, die wir markieren wollen. Und wir haben da auch einen Stützpunkt.«
»Sind Sie der einzige Weiße hier?«
»Ja, aber ich habe fünf ausgezeichnete, gut ausgebildete, fleißige und engagierte Wildhüter. Wir sind ein klasse Team.«
»Was unternehmen Sie gegen Wilderer?«
Sie sah, wie sich sein Blick verfinsterte. »Wir tun unser Möglichstes.«
»Soweit ich weiß, dürfen Sie Wilderer nötigenfalls erschießen.«
»Wenn wir sie auf frischer Tat ertappen.«
»Ist das je passiert?«
»Nur beinahe. Es ist hier ziemlich schwierig«, gab Josh zu. »Wir müssen Detektivarbeit leisten. Unserer Ansicht nach gibt es einen Händlerring, eine Organisation, die die Eingeborenen mit Geld ködert. Zwei Elefantenstoßzähne für

fünf Dollar pro Stück bedeuten, dass eine Familie mehrere Monate lang Lebensmittel kaufen kann. Natürlich töten die Eingeborenen hin und wieder ein Tier, um es zu essen, was verständlich ist. Sie haben nur die Wahl, zu verhungern oder verbotenerweise auf die Jagd zu gehen. Außerdem ergeben unsere Gesetze keinen Sinn für sie. Sie halten es mit Impalas, Gazellen und den meisten anderen Wildtieren wie die ›zivilisierte‹ Welt mit Kühen und Schafen, betrachten sie also als Nahrungslieferanten. Und da sie sich vor Rhinozerossen und Elefanten fürchten, empfinden sie es nicht als Verbrechen, sie zu töten und ihre Stoßzähne zu verkaufen.«
Josh fuhr mit gut zwanzig Meilen pro Stunde weiter, saß vornübergebeugt am Steuer und starrte geradeaus, um trotz des heftigen Regens die Straße zu erkennen.
»Aus Elefantenstoßzähnen gewinnt man Elfenbein. Aber was macht man mit den Hörnern von Rhinozerossen?«, fragte Courtney.
»In Asien gibt es einen Markt dafür. Man schreibt den Hörnern dort lustfördernde Kräfte zu und ist bereit, viel Geld dafür zu bezahlen.«
»Das Horn eines Rhinozeros als Aphrodisiakum? Wie albern.«
»Das kommt auf die Betrachtungsweise an und ist eine Frage des Glaubens. Wer will das Gegenteil beweisen?«
Sie starrte ihn an. »Halten Sie es etwa für ein Aphro…«
»Nein, natürlich nicht. Und ich bin stinksauer, weil habgierige Menschen Tiere zu ihrem Vergnügen töten. Nur, um sich die ausgestopften Köpfe an die Wand zu hängen oder die Hörner zu Pulver zu zermahlen, damit sie wieder einen hochkriegen.« Er warf Courtney einen Blick zu. »Entschuldigen Sie.«
»Schon gut.«
»Es macht mich einfach wütend.«
Josh konzentrierte sich wieder aufs Fahren, und als der Re-

gen ein wenig nachließ, konnte er das Ende der Straße vor sich erkennen. Auf beiden Seiten wuchs dichtes Gebüsch, schlammige Rinnsale flossen über den Asphalt.
»Das schwarze Nashorn ist in Tansania und Kenia ausgestorben. Wussten Sie das?«
»Nein«, antwortete Courtney. »Eigentlich habe ich keine Ahnung von Tierschutz. Natürlich habe ich gehört, dass der Elefantenbestand bedroht ist, denn das ist schließlich allgemein bekannt. Als ich ein Kind war und mit meinem Vater den Sommer über durch Simbabwe gereist bin, wimmelte es überall von wilden Tieren. Heutzutage begegnet man kaum noch welchen.«
»Ich bin mir so gut wie sicher, wer dahinter steckt. Aber ich kann ihm einfach nichts nachweisen.«
»Ein einzelner Mann?«
Josh nickte und beugte sich vor, um durch den Sturzbach zu spähen, der sich über die Windschutzscheibe ergoss. »Der Kerl heißt Lloyd Brackenhurst.«
Courtney lachte, als sie den Namen hörte.
»Ein ziemlicher Brocken, etwa einsneunzig groß und knapp hundertfünfzig Kilo schwer. Sie lernen ihn sicher mal kennen. Es wundert mich, dass er Ihnen noch nicht seine Aufwartung gemacht hat. Abgesehen von mir selbst sind Sie und Mara die einzigen Weißen in einem Umkreis von vielen Meilen. Warten Sie nur, bis Sie sein Haus zu Gesicht kriegen.«
»Wohnt er ständig hier?«
Wieder nickte Josh und kniff die Augen zusammen, in der Hoffnung, etwas durch den Wasserfall vor sich erkennen zu können. Als er auf die Bremse trat, rutschten sie durch den Schlamm über die Straße. »Wir sollten besser anhalten, bis ich etwas sehen kann«, meinte er, ließ aber den Motor laufen.
»Ja, er besitzt eine richtige Villa, ein altes Gutshaus mitten in der Einöde. Er lebt schon seit über zwanzig Jahren hier.«

»Und warum?«
»Das habe ich mich früher auch gefragt. Inzwischen jedoch glaube ich, dass er der Hintermann der Wilderer ist. Angeblich ist er ein Graf, und man sagt, er sei als Beamter im Auftrag der Regierung hergekommen, als das Land noch Rhodesien hieß. Nachdem es in Simbabwe umbenannt und von England unabhängig wurde, ist er einfach geblieben. Er hat sich hier niedergelassen und sich ein prunkvolles Sinnbild britischer Eleganz errichtet, bevor das willkürliche Töten von Tieren verboten wurde. Seine Wände werden von den einbalsamierten Überresten afrikanischer Tiere geschmückt. Er hat sogar einen Elefanten. Außerdem ein Nashorn, Antilopen, einen männlichen und einen weiblichen Löwen, einen Leoparden und noch vieles mehr. Sein Haus sieht aus wie in einem Roman von Hemingway. Offenbar glaubt er – obwohl er es ständig abstreitet –, dass er sich einfach nehmen kann, was ihm gefällt.«
»Und wer lebt sonst noch in dieser Villa?«
»Niemand. Das heißt, kein Mensch, der ihm nahe steht. Natürlich hat er jede Menge Personal – einen Koch, Diener und einen Stallburschen. Er besitzt etwa ein halbes Dutzend prächtiger Tiere und bewegt sich am liebsten zu Pferde fort. Außerdem hat er etwa eine Meile vom Haus entfernt ein kleines Dorf mit ungefähr zwanzig Hütten gebaut, wo seine Dienerschaft untergebracht ist, und gebärdet sich dort wie ein König. Allerdings behandelt er sein Personal gut, auch die zwei oder drei Frauen, die er sich vermutlich als Gespielinnen hält. Es gibt in dem kleinen Dorf vier oder fünf Mischlingskinder, und alle scheinen glücklich und zufrieden zu sein. Warum auch nicht? Sie werden nicht ausgebeutet, bekommen genug zu essen und Kleidung und erhalten außerdem einen bescheidenen Lohn. Brackenhurst weiß, dass man zu anderen Menschen höflich sein muss und sie nicht gegen sich aufbringen darf, wenn man will, dass sie für einen arbei-

ten. Oh, der Regen lässt etwas nach.« Langsam fuhr er auf der schlammigen Straße weiter, die nun ein wenig anstieg. »Er ist ein faszinierender Mann mit einer Menge Ausstrahlung. Und ein ausgezeichneter Gastgeber. Ich habe einige Male bei ihm gegessen. Außerdem scheint er sehr weltgewandt und gebildet zu sein, zumindest um einiges belesener als ich. Ich leihe mir häufig Bücher von ihm, da er eine umfangreiche Bibliothek besitzt. Doch ich würde ihm nicht weiter über den Weg trauen, als ich ihn werfen könnte. Und wie Sie feststellen werden, wenn Sie ihn sehen, wäre das wirklich nicht sehr weit. Vergessen Sie seinen Namen nicht.«

»Lloyd ... ?«

»Brackenhurst«, sagte Josh. »Lloyd Brackenhurst.«

»Lloyd Brackenhurst«, wiederholte Courtney.

9

Gegen drei Uhr ließ der Regen nach. »Hier sieht es aus, als hätte es überhaupt nicht geregnet«, sagte Courtney um vier. Die Straße war trocken und sehr steil. Sie warf einen Blick auf ihre Fingerknöchel, um festzustellen, ob sie wirklich weiß waren, so fest hatte sie sich an die Armlehnen geklammert. Auf ihrer Wagenseite lag ein tiefer Abgrund, in der Schlucht unter ihnen tosten Wasserfälle. »Bin ich froh, dass es hier nicht schlammig ist. Mir war nicht klar, dass wir so nah am Gebirge sind. Die Landschaft ist hier völlig anders als bei uns.«

»Ja, wenn man sich die Umgebung und das Klima ansieht, fühlt man sich wie in einem fremden Land«, stimmte Josh zu. »In einer halben Stunde müssten wir da sein. Die beiden Nonnen, die die Mission betreiben, sind wirklich reizend. Ich habe keine Ahnung, wie sie es schaffen, aber sie sind schon seit einer Ewigkeit dort. Immer wenn ich hier vorbeikomme, besuche ich sie, und sie bestehen darauf, mich mit Tee und Kuchen zu bewirten. Offenbar backen sie ständig.« Er lachte. »Die Klinik ist sehr klein und hat nur zwei Betten. Auf große Patientenzahlen sind sie nicht eingerichtet, doch sie behandeln ein paar Dutzend Menschen täglich, manchmal auch mehr. Die Landschaft dort oben ist sehr rau. Die beiden haben keinen elektrischen Strom, nur einen kleinen Generator, den sie in Notfällen benutzen. Das Wasser müssen sie aus einem Teich holen, doch ihre Tracht sieht immer aus, als hätten sie sie gerade erst ausgekocht und frisch gestärkt. Es ist mir ein Rätsel, wie sie das hinkriegen. Sie sind, wie gesagt, sehr nett und wirken absolut arglos. Aber sie sind ausgesprochen tüchtig. Sicher werden sie Ihnen sympathisch sein.«

»Ich glaube nicht, dass sie in ihrer kleinen Klinik etwas für uns tun können.«

»Man kann nie wissen«, erwiderte Josh. Doch Courtney teilte seine Zuversicht nicht. »Schauen Sie, da vorne ist es schon.«

Als er anhielt und Courtney die Wagentür öffnete, kam eine weiße Gestalt aus der Tür des Steinhauses gestürmt, das sich zwischen die Bäume schmiegte. Die zunächst gerunzelte Stirn der Frau glättete sich, und ein Lächeln breitete sich auf ihrem Gesicht aus, als sie Josh erkannte.

»Hallo, Schwester Theresa«, begrüßte er sie. »Das ist Dr. McCloud.«

Die Nonne verzog erstaunt das Gesicht. »Haben Sie Doktor gesagt? Eine richtige Ärztin?«

Courtney nickte und hielt der Klosterfrau die Hand hin. Diese ergriff sie, umfasste sie fest mit beiden Händen und musterte Courtney.

»O mein Gott, eine richtige Ärztin. Schwester Louisa hat gesagt, der Herr würde uns schon beistehen, und jetzt hat er es wieder getan. Kommen Sie. Schnell.« Sie lief so rasch zum Haus zurück, dass Courtney kaum Schritt halten konnte. Als sie sich umdrehte, stellte sie fest, dass Josh ihr folgte.

Im vorderen Teil des Hauses lag ein Mann, kaum noch bei Bewusstsein, auf dem Untersuchungstisch. Neben ihm stand ein anderer Mann und betrachtete ihn.

»Er wurde vor einer knappen halben Stunde eingeliefert«, erklärte Schwester Theresa und zeigte auf den Patienten. »Ein Löwe hat ihn angegriffen.«

Der Verwundete stieß ein schreckliches Stöhnen aus.

»O mein Gott«, flüsterte Courtney.

Der Ellbogen des Mannes war aufgerissen, und die Nerven baumelten lose herab. Aus den verletzten Gefäßen floss das Blut über Tisch und Boden. Auch der Oberarmmuskel war herausgerissen und hing aus der Wunde. Offenbar hatte der Freund des Verletzten ihm den Arm mit Schlingpflanzen abgebunden.

»Um Himmels willen«, hörte Courtney Josh hinter sich murmeln.

Der Mann, der neben dem Tisch stand, sah Courtney an, woraufhin die Schwester ihm etwas in einer für Courtney unverständlichen Sprache erklärte.

Sie näherte sich dem Patienten, um ihn zu untersuchen, doch als sie ihn berührte, stieß er einen Schmerzensschrei aus. Seine Augen verdrehten sich in den Höhlen.

Courtney sah die Schwester an und fragte sich, was diese von ihr erwartete. »Sie müssen amputieren«, sagte sie zu der Nonne.

»Nein«, protestierte eine Stimme von der Tür aus. Als Courtney sich umdrehte, bemerkte sie eine gebrechlich wirkende ältere Frau, die ebenfalls Nonnentracht trug. »Wir nehmen hier keine Operationen vor. Wir verabreichen nur Medikamente, helfen hin und wieder bei einer Geburt, nähen Wunden und impfen die Leute, wenn sie uns lassen. Aber vom Operieren verstehen wir nichts.« Sie bekreuzigte sich. »Sind Sie Ärztin?«

Courtney nickte, und Schwester Theresa machte sie mit Schwester Louisa bekannt.

Diese nickte Josh zu. »Deus ex Machina.«

»Was bedeutet das?«, fragte er.

»Ungefähr dasselbe wie Hilfe vom Himmel«, erwiderte Courtney.

Schwester Theresa lächelte.

»Was brauchen Sie?«, erkundigte sich Schwester Louisa. »Das heißt, für den Fall, dass Sie operieren.«

Courtney überlegte eine Weile. »Wahrscheinlich haben Sie keine Barbiturate ...«
»Doch, ziemlich viele.«
»Und Lachgas?«
Die Schwestern sahen einander an und schüttelten gleichzeitig die Köpfe.
»Damit ließen sich die Schmerzen lindern, aber wir können stattdessen auch Morphium nehmen, wenn sie welches haben.«
Schwester Theresa nickte. »Ja, eine ganze Menge.«
»Dann geben Sie ihm sofort etwas davon gegen seine Schmerzen.«
Schwester Louisa ging hinaus.
»Äther? Haben Sie Äther?«
Die Nonne nickte.
»Eine lange, scharfe Schere?«
»Oh, ich denke schon. Ja.« Sie wartete ab, was Courtney sonst noch brauchen würde.«
»Und eine Säge.«
»Eine Säge?«
Nach einem verständnislosen Blick zeigte sich Panik im Gesicht der Schwester. »Nein, solche Werkzeuge besitzen wir nicht. Nur einen Hammer, einen Schraubenzieher ...«
»Was für eine Säge?«, fragte Josh. Er befürchtete, dass ihm gleich übel werden würde.
»Eine Baumsäge, Sie wissen schon. Eine gebogene Handsäge, wie man sie zum Beschneiden von Bäumen benutzt.«
»Was hat sie vorhin gesagt? Deus ex Machina?«
Courtney nickte.
»Ich habe so eine Säge in meinem Toyota. Aber sie ist nicht sauber.«
»Wir können sie sterilisieren.«
Er lief los.
Für Courtney war eine Amputation der schlimmste medizi-

nische Eingriff überhaupt. Die meisten Menschen gewöhnten sich nur schwer an den Verlust eines Arms oder Beins, doch dieser Mann würde in wenigen Stunden sterben, wenn es nicht gelang, die Blutung einzudämmen.
»Haben Sie etwas zum Veröden?«, fragte Courtney, als Schwester Louisa mit dem Morphium zurückkam.
»Wir haben einen Lötkolben, der schon ewig im Regal herumliegt. Ohne Strom funktioniert er nicht, doch der Generator hat seine Mucken.«
Courtney fragte sich, wie um alles in der Welt diese beiden Frauen nur allein hier zurechtkamen. Aber dennoch waren sie in einem größeren Umkreis bekannt.
Josh stand in der Tür und hielt ihr die Säge hin. »Genügt die?«
Als sie nickte, sagte er zu der Nonne: »Zeigen Sie mir den Generator. Ich habe noch nie einen erlebt, den ich nicht in Gang gekriegt hätte.«
»Er ist ziemlich launisch.«
»Dann macht es noch mehr Spaß.« Er folgte grinsend der Nonne.
Schwester Theresa kam zurück und erkundigte sich durch ein Hochziehen der Augenbrauen, ob sie dem Patienten Morphium verabreichen solle. Als Courtney nickte, sagte sie etwas zu dem Mann, der immer noch am Tisch stand und alles aufmerksam beobachtete. Er durchquerte den Raum und wartete an der Wand, während die Schwester seinem Freund eine Spritze gab. »Er möchte bleiben. Er will seinen Freunden erzählen können, was hier geschehen ist, denn er weiß, dass sein Kamerad sterben wird.«
»Nicht, solange ich etwas dagegen unternehmen kann.« Courtney hielt ihr die Säge hin. »Ich brauche kochendes Wasser, um dieses Ding zu sterilisieren, und außerdem eine Möglichkeit, mich zu waschen. 4-O Ethilon habe ich selbst dabei.«

»Was ist das?«, fragte Schwester Theresa.
»Nahtmaterial. Ich hole meine Tasche, während Sie das Wasser kochen.«
Das Morphium wirkte bereits. Der Mann auf dem Tisch atmete stoßweise. Immer noch floss das Blut zwischen Sehnen und Muskeln hervor.
»Wo ist die Schere?«, fragte Courtney, als sie mit ihrer Tasche zurückkam. »Die müssen wir nämlich auch noch sterilisieren.«
Es war unmöglich, das Blut einzudämmen, das auf den Boden tropfte. Der Arm musste so schnell wie möglich amputiert werden.
Als das Wasser kochte und Säge und Schere eingelegt waren, kehrte Schwester Louisa zurück. »Es ist nur eine provisorische Lösung, aber der Generator läuft.«
Allmählich dämmerte es, und Courtney wollte fertig werden, solange noch ein wenig Tageslicht herrschte.
»Ich mache jetzt Tee«, verkündete Schwester Louisa. »Das beruhigt die Nerven.«
Courtney starrte sie entgeistert an. Aber vielleicht war das ja die Methode der beiden Nonnen, mit ihrer Machtlosigkeit zurechtzukommen.
»Besorgen Sie mir einen kleinen Tisch«, sagte sie.
Nachdem die Nonnen ein Tischchen neben den Operationstisch geschoben hatten, legte Courtney den Lötkolben, das Nahtmaterial, die Nadel, die große Schere, die hoffentlich scharf genug war, und die Säge auf ein sauberes Handtuch. Sie musste darauf vertrauen, dass die Gerätschaften ausreichend steril waren. »Haben Sie einen Eimer?«, fragte sie.
Schwester Louisa lief los und kehrte mit einem gelben Eimer zurück. »Stellen Sie ihn dorthin«, Courtney deutete mit dem Finger, »neben den Tisch. Und jetzt«, sagte sie zu Josh, »müssen Sie den Arm festhalten und ihn in den Eimer legen. Sonst

spritzt das Blut überall herum. Fangen Sie die Sehnen und Muskeln auf, es wird eine ziemliche Schweinerei.«

Die besorgten Mienen der Nonnen verrieten ihr, dass sie mit dem Schauspiel, das sie gleich miterleben würden, offenbar überfordert waren. Wahrscheinlich hatten sie schon viele Jahre lang nichts weiter getan, als Medikamente zu verabreichen.

»Fangen Sie an, ihm den Äther zu geben«, sagte sie zu Schwester Theresa. »Wissen Sie, wie das geht?«

Die Nonne nickte. Ihre Hände zitterten.

»Beginnen Sie jetzt. Immer nur einen kleinen Tropfen auf einmal.«

Dann drehte sie sich zu Josh um, der wirkte, als müsste er sich jeden Moment übergeben. »Stellen Sie sich dort hin, wo ich den Arm abtrennen werde, und fangen Sie das Blut auf«, wies sie ihn an. Sie fragte sich, ob er wohl dabei in Ohnmacht fallen würde.

Dann machte sie sich daran, langsam und geschickt die Haut, die zerrissenen Muskeln und das Bindegewebe zu durchtrennen. Ihre letzte Amputation – ein Bein – lag schon lange zurück. Courtney überlegte, wie sie am besten vorgehen sollte. Sie würde den Arm unterhalb der Schulter amputieren müssen. Mit der Schere schnitt sie das Fleisch bis zum Knochen durch und stellte fest, dass die Nervenreizleitung zur Haut unterbrochen war. Der Löwe hatte kräftig zugebissen.

Als Courtney zur Säge griff, hörte sie, dass Josh ein leises Stöhnen ausstieß. Er hatte die blutigen Hautfetzen im Eimer gesammelt und war kreideweiß im Gesicht.

Das Knirschen der Säge hallte durch den Raum, als Courtney den Knochen durchtrennte. Schließlich brach der Knochen ab, und die Überreste des Arms fielen in den Eimer, den Josh darunter hielt. Courtney band die großen Blutgefäße ab und und verödete die blutenden Stellen mit dem Lötkolben. Der

Geruch nach verbranntem Fleisch breitete sich im Raum aus. Dann bedeckte sie den Stumpf mit Hautschichten, griff zum 4-O Ethilon und brachte eine lange Naht aus Einzelstichen an. Josh nahm den Eimer und stürmte hinaus.

Courtney spürte, wie die Anspannung in ihrer Brust langsam nachließ. Sie sah sich um. Der Mann, der an der Wand lehnte, hatte die Augen weit aufgerissen. Schwester Theresa sammelte bereits die Gerätschaften ein, um sie zu reinigen.

Schwester Louisas Hände zitterten. »Oh, ich danke Ihnen, Doktor«, sagte sie. »Ich weiß zwar nicht, warum Sie hier sind, aber ich bin sicher, dass Gott Sie geschickt hat. Sie bleiben doch sicher über Nacht. Das Essen reicht für zwei Gäste.«

»Dieser Mann muss die ganze Nacht beaufsichtigt werden«, erklärte Courtney.

»Vielleicht können wir uns abwechseln.«

Courtneys Schultern waren verkrampft.

Josh kehrte zurück. »Wir sollten das Zeug vergraben. Wenn ein Löwe ihn angefallen hat, ist er sicher noch in der Nähe und ...«

Der Mann, der an der Wand gelehnt hatte, ging zur Tür und drängte sich an Josh vorbei, der ihm erstaunt nachblickte. Dann bückte sich der Mann, griff nach dem Eimer und verschwand zwischen den Bäumen.

»Offenbar versteht er doch Englisch.«

»Bestimmt legt er sich mit dem Arm auf die Lauer und wartet, bis der Löwe kommt, um ihn sich zu holen. Und dann erschießt er ihn, um seinen Freund zu rächen.«

»Er hat doch gar kein Gewehr.«

»Dann eben mit einem Pfeil.«

»Was halten Sie von einem Drink?«

»Einem Drink?« Courtney lächelte ihn an. »Gibt es hier so etwas?«

»Ich habe ein bisschen Gin dabei. Meinen Sie, die Schwestern möchten auch einen?«

»Ich denke schon. Der Patient ist noch mindestens eine Stunde bewusstlos. Schauen wir mal, wo die beiden sind, und fragen wir sie, ob sie ein Glas mittrinken. Sie sind ein Geschenk des Himmels.«

»Ich bin auch mächtig stolz auf mich. Schließlich habe ich es geschafft, mich nicht zu übergeben. Ich hole jetzt den Gin, und dann machen wir uns auf die Suche nach den Ladys.«

»Sie haben uns zum Abendessen eingeladen.«

»Das ist doch wohl das Mindeste. Hoffentlich können sie uns geben, was wir brauchen.«

»Und was wäre das?«, erkundigte sich eine leise Stimme. »Ich habe ganz vergessen, Sie zu fragen, was Sie zu uns führt – abgesehen von Gott natürlich.«

Während Josh zum Wagen ging, erwiderte Courtney: »Ich leite ein Krankenhaus fünfundsechzig Meilen südlich von hier. Bei uns ist eine Choleraepidemie ausgebrochen, und hunderte von Flüchtlingen …«

»Ah, das Flüchtlingslager. Ich habe davon gehört.«

»Eigentlich sollte es kein Flüchtlingslager werden, aber es hat sich dazu entwickelt. Jedenfalls regnet es dort schon seit knapp drei Wochen in Strömen, und deshalb ist unsere Lieferung Ringer-Lösung und Salze für die Orallösung noch nicht eingetroffen. Wenn wir nicht bald Medikamente bekommen, werden nicht nur zwei oder drei Patienten täglich sterben, so wie jetzt, sondern noch viel mehr. Aber ich nehme nicht an …«

»Seien Sie doch nicht so pessimistisch.« Die Nonne grinste. »Sie kriegen von uns alles, was wir hier haben. Unsere Lieferung kommt etwa alle zwei Monate, und wir haben die Medikamente, die man uns schickt, schon lange nicht mehr gebraucht. Also können wir Ihnen zwanzig Kartons mit je zwölf Portionen Ringer-Lösung und außerdem noch ungefähr fünfhundert Päckchen Salze geben.«

Courtney sah Schwester Theresa an und brach in Tränen aus.

10

Courtneys zerknitterten Brief in der Hand, saß Coop in seinem Arbeitszimmer im dritten Stock des Türmchens, das er zu seinem Revier erklärt hatte. Durch das Fenster des großen runden Raums sah man die schroffen schneebedeckten Gipfel der Olympics und außerdem den Puget Sound und die hohen Douglastannen, die den am Pazifik gelegenen Nordwesten der Vereinigten Staaten prägten.

Er hatte den Brief bereits zweimal gelesen, allerdings immer in Eile, und da er nun endlich ungestört war, hatte er das Schreiben wieder hervorgeholt. Sarah war in der Oper, Noel erledigte irgendwo unten seine Hausaufgaben und hörte dabei Musik – allerdings nicht so laut wie damals mit fünfzehn oder sechzehn. Inzwischen hatte Sarah es aufgegeben, ihn zum Mitkommen zu bewegen, und bestellte ihr jährliches Opernabonnement, ohne ihn zu fragen.

Coop lehnte sich in dem bequem geschwungenen schwarzen Ledersessel zurück und griff nach dem Glas Cabernet Sauvignon, das er sich eingeschenkt und mit nach oben genommen hatte. Er warf einen Blick auf seine Rolex, ein Geschenk von Sarah zu Weihnachten vor drei Jahren. Dieses Jahr hatte Noel ebenfalls eine Rolex zu Weihnachten bekommen. Eine Uhr im Preis von dreitausendfünfhundert Dollar für einen Siebzehnjährigen!

Er strich den Brief auf seinem alten abgeschabten Schreibtisch glatt. Der Schreibtisch hatte schon seinem Vater und davor seinem Großvater gehört, und Coop hing sehr an dem

Möbel. Sarah war froh gewesen, dass er den Schreibtisch in den dritten Stock geräumt hatte, wenn er ihn schon unbedingt behalten musste.
Nach einem Schluck Wein zog Coop den Brief näher zu sich heran.

»Lieber Coop,
ich fange ja nur ungern zu nörgeln an, und noch dazu schon nach knapp sieben Monaten, aber die Dinge geraten allmählich immer mehr außer Kontrolle. Bei der Gründung der Klinik planten wir, die Menschen medizinisch zu versorgen, die auf der Flucht vor Tragödien und Schicksalsschlägen und auf dem Weg in eine bessere, wenn auch vielleicht unbekannte und beängstigende Zukunft bei uns Station machen würden. Oder habe ich da etwas falsch verstanden? Bitte sag mir, dass das nicht so ist.
Inzwischen haben wir fast tausend Flüchtlinge hier. Sie treffen in Gruppen von drei bis zwölf Personen ein und sind verängstigt und erschöpft. Einige von ihnen sind verwundet und haben blutig gelaufene Füße. Und fast alle sind ausgemergelt, halb verhungert und leiden am Schwarzen Fieber, vermutlich an AIDS und an starkem Husten. Sie besitzen nur das, was sie am Leibe tragen, haben kein Geld und sprechen außer Portugiesisch lediglich eine Sprache, die ich nicht verstehe. Wir hatten eine Choleraepidemie …«

Sie berichtete Coop von ihrer und Joshs Fahrt zu den Schwestern der Gnade, von der Amputation und davon, dass das Auto auf dem Rückweg fast von der schlammigen Straße abgekommen und in den Abgrund gestürzt wäre.

»Dass wir erleichtert waren, als wir endlich ankamen, wäre eine Untertreibung. Der Lastwagen mit unserer Lieferung traf drei Tage später ein. Wir haben noch immer zwei Todesfälle täglich und dreißig bis vierzig Cholera-Neuerkrankungen pro Woche. Ich kann dir nicht verhehlen, dass ich fast am Ende meiner Kräfte bin.

HEAL liefert zuverlässig alles, was du uns zugesagt hast. Aber da wir nicht mit so vielen Menschen gerechnet haben, haben wir weder genügend Vorräte noch die nötigen Arbeitskräfte. Wahrscheinlich kannst du auch nichts unternehmen, denn HEAL verfügt sicher nicht über unerschöpfliche Mittel und genügend Ärzte, die bereit wären, in diese abgelegene und vom Schicksal benachteiligte Region zu kommen.
Es ist ein Kampf gegen Windmühlen, Coop. Mara und ich (und die Ärzte und Schwestern von HEAL) schuften rund um die Uhr. Wir haben sogar Probleme, die Kranken zu verpflegen, und obwohl wir versuchen an alle Patienten Reis auszugeben, reicht es hinten und vorne nicht.
Wir brauchen unbedingt mehr Morphium, Äther, Antibiotika, Gaze, Klebepflaster, Infusionsbeutel und so weiter und so fort. Du kannst es dir sicherlich vorstellen. Außerdem hätten wir einen Zahnarzt bitter nötig (du würdest dich wundern, wie viele Menschen hier Zahnschmerzen haben). Weiterhin wäre es schön, einen ständigen Chirurgen hier zu haben. Es fehlt an allen Ecken und Enden ... Hoffentlich kann HEAL etwas für uns tun.
Josh hat mich überredet, zwei Tage freizunehmen. Eigentlich kann ich es mir nicht leisten, aber Mara und Daddy haben mich davon überzeugt, dass es gut für meine körperliche und psychische Verfassung wäre, und ich werde ihren Rat befolgen. Josh wird mit mir über den Park fliegen. Er hat versprochen, mir ein paar der größten Elefantenherden im ganzen Land zu zeigen (das heißt natürlich, auf der ganzen Welt). Außerdem auch Flusspferde und Nashörner und andere Tiere, die ich seit Jahren nicht mehr gesehen habe. Wir werden in seinem Hubschrauber fliegen, sodass wir auch landen können, wenn wir wollen. Ich war noch nie in einem Hubschrauber, ein echtes Abenteuer also.
Eigentlich ist es Josh gar nicht recht, dass wir hier sind, da die Flüchtlinge sich nicht um die Grenzen des Parks scheren und seine (seine?) Tiere töten, obwohl wir ihnen ständig deswegen Vorträge halten. Allerdings ist er für einen Menschen, der es nicht mag,

wenn man ihm auf die Pelle rückt, wirklich nett zu uns. Die Eingeborenen vor Ort beschweren sich, dass die Flüchtlinge ihnen die Nahrungsmittel streitig machen und die Tiere vertreiben. Ich weiß nicht, was ich dagegen tun soll.

Ich fand es prima von Josh, dass er sich freiwillig erboten hat, mich zu den Schwestern der Gnade zu fahren, und auch dass er mich jetzt zu einem Kurzurlaub überredet hat. (Offenbar treibe ich meine Mitmenschen in den Wahnsinn, sonst würden sie mich nicht alle in Urlaub schicken wollen.) Und jetzt nimmt er mich noch im Hubschrauber mit. Mara hat versprochen, uns ein Picknick zusammenzupacken. Sie arbeitet zwar genauso hart wie ich, aber es scheint sie nicht so zu belasten.

Ach, weißt du, was sonst noch Wunderbares passiert ist? Nein, das kannst du ja gar nicht. Als mein Vater uns letzte Woche besucht hat, meinte er, er spiele mit dem Gedanken, sich zur Ruhe zu setzen.

Na, du kennst Daddy ja als Arbeitssüchtigen, und ich habe ihm geantwortet, er sei doch noch viel zu jung für die Rente. ›Ich habe nicht vor, mich aufs Altenteil zurückzuziehen‹, erwiderte er. ›Ich möchte nur meinen Beruf aufgeben. Ich mache diesen Job jetzt seit sechsunddreißig Jahren und kann darin nichts mehr bewirken. Ich brauche einen Tapetenwechsel. Deshalb habe ich mir überlegt‹ – dabei sah er mich fragend an – ›ob ich nicht zu dir und Mara hierher kommen sollte. Ich finde, es ist sicherer, wenn ihr immer einen Mann im Haus habt (warum sicherer? Mara und ich können beide gut mit dem Gewehr umgehen), und ich könnte euch bei der Arbeit helfen. Ihr braucht weitere Gebäude. Ich weiß, was du jetzt denkst, aber obwohl ich viel Geld dafür ausgegeben habe, deine Kliniken zu unterstützen, habe ich eine ganze Menge gespart und gut angelegt. Also kann ich euch weiter durchfüttern und nach Harare fliegen, um die Ärzte und Schwestern von HEAL abzuholen. Und ich wette, ich würde es mit der Zeit auch lernen, wie man Bettpfannen ausleert.‹ Das ist wirklich eine Überraschung!

Ich habe mich oft gefragt, warum Daddy nie wieder geheiratet hat.

Als ich ihn einmal darauf ansprach, sagte er nur: ›Ich habe keine Frau mehr kennen gelernt, die deiner Mutter hätte das Wasser reichen können.‹ Ich wette, dass er wieder einer Frau begegnet wäre, wenn er seinen Freundeskreis gepflegt hätte, anstatt ständig im Auftrag der Klinik hin und her zu fliegen. Er und Mara sind gute Kumpel. Kumpel ist Maras Wort. Er hilft ihr abends im Garten, wenn er hier ist, und sie denkt sich für ihn kulinarische Köstlichkeiten aus. Ich glaube, sie bedeuten einander sehr viel.
Obwohl du eine halbe Welt und ein ganzes Universum weit weg bist (wie weit ist es eigentlich genau?), hoffe ich, dass du an mich denkst und verstehst, wie sehr ich auf deine Unterstützung angewiesen bin, um den tausenden von Menschen zu helfen, die sich auf uns verlassen. UNS. Ja, auf dich genauso wie auf mich. Sag HEAL, wir wüssten ihre Zuverlässigkeit und die Ausrüstung und das Personal, das sie uns schicken, zu schätzen, aber es reicht inzwischen nicht mehr. Schau bitte, was du tun kannst. Wenigstens, was die Medikamente und Lebensmittel angeht.
Ich denke immer an dich.«

Kein »mit freundlichen Grüßen«. Kein »dein«. Kein »in Liebe«. Nur ihr Name.
Coop überlegte, ob es wohl genug Geld für Lebensmittel für die nächsten Jahre einbringen würde, wenn er seine Jacht verkaufte. Sarah hatte ohnehin nichts für das Boot übrig. Früher hatte sie gern Gäste an Bord bewirtet, um mit ihrem Reichtum zu protzen, doch im letzten Jahr hatten weder sie noch er das Boot auch nur ein einziges Mal betreten. Ja, genau das würde er tun. Gleich morgen würde er sich mit einem der Jachthändler am Lake Union in Verbindung setzen. Coop war sehr erleichtert darüber, dass Andrew nun ständig vor Ort sein würde. Allerdings war ihm der Gedanke nicht geheuer, dass Josh sich so häufig dort blicken ließ und Courtney nun sogar zu einem Kurzurlaub verhalf. Doch dann sagte er sich, dass er keine Besitzansprüche an sie

hatte. Aus einer Liebesnacht mit einem Mann, der darüber hinaus mit einer anderen verheiratet war, ließen sich keine Verpflichtungen ableiten.

Coop starrte aus dem geteilten Fenster hinaus in die Winternacht. Eine silbrige Mondsichel stand am Himmel.

Auf der südlichen Erdhalbkugel hatte derselbe Mond vor vierzehn Stunden auch Courtney beschienen. Hatte sie sich die Zeit genommen, ihn zu betrachten? Hatte der Mond sie an ihn erinnert?

Würde Sarah wissen wollen, was aus der Viertelmillion Dollar geworden war, die der Verkauf der Jacht einbringen würde? Würde sie wütend werden, wenn er ihr eröffnete, dass er das Geld nach Afrika gespendet hatte?

Spielte das überhaupt eine Rolle?

Coop legte Courtneys Brief weg, beugte sich vor, griff nach einem Blatt perlgrauen Briefpapiers und begann zu schreiben. Doch er begann den Brief nicht so, wie er eigentlich gewollt hatte, denn er schrieb nicht das, was er wirklich fühlte: Allerliebste Courtney, du Mittelpunkt meines Lebens und meiner Gedanken.

»Liebe Courtney«, lautete stattdessen kurz und bündig die erste Zeile.

11

»Ich verbinde es mit einem Erkundungsflug, um mir die Gebiete anzusehen, in denen ich ein Jahr oder länger nicht gewesen bin. Mir fehlt immer die Zeit, mich überall umzuschauen, wo es nötig wäre«, sagte Josh. »In unseren Parks versuchen wir alles möglichst im Naturzustand zu belassen und den Einfluss des Menschen so gering zu halten, wie es geht. Dennoch müssen wir die Herden kontrollieren, damit sie sich nicht zu sehr vermehren und alles kahl fressen. Hin und wieder zünden wir Feuer …«

»Feuer?«, fragte Courtney und blickte auf den scheinbar undurchdringlichen Wald hinab.

Er sah sie an. »Ich dachte, als Einheimische wüssten Sie, was eine Savanne ist.«

»Ein Mischmasch aus Grünpflanzen, Waldland, Wiesen und Busch, was viele verschiedene Tierarten anzieht.«

»Ja, sozusagen ein Flickenteppich der Vegetation. Natürlich ist die typische Savanne ein leicht bewaldetes, aber offenes Grasland.«

Courtney nickte. Es störte sie nicht, dass er ihr etwas erklärte, was sie längst wusste, denn irgendetwas Neues würde sie dabei schon erfahren. Dieses Gebiet war so ganz anders als die Gegend, in der sie die letzten zehn Jahre verbracht hatte.

»Schon seit vielen Jahren legen afrikanische Farmer Brände, damit bei Beginn der Regenzeit das junge Gras schneller schießt.« Josh überlegte kurz. »Ich stelle es Ihnen mal anhand eines Beispiels dar, das mit dem Menschen nichts zu tun hat. Vielleicht verstehen Sie es dann besser. Sagen wir mal, eine Elefantenherde zieht in ein bewaldetes Gebiet, wo es außerdem viel Gras gibt. Die Elefanten fressen das Gras. Wenn es verspeist ist und ihnen in der Trockenzeit die Nahrung ausgeht, machen sie sich mit ihren Rüsseln über die Bäume her. Einige Bäume fallen dabei um, andere gehen ein, weil die Elefanten die Rinde abschälen und verzehren. Nach ein paar kargen Jahren sieht es in dem betreffenden Gebiet aus wie auf einem Schlachtfeld. Überall liegen abgebrochene Zweige herum, kahle Baumskelette halten Wacht, und natürlich stößt man auf Schritt und Tritt auf Termitenhügel. In manchen Gegenden stehen sie so dicht an dicht, dass man kaum dazwischen hindurchgehen kann. Das Ganze macht zwar einen ziemlich desolaten Eindruck, doch die Setzlinge und kleinen Büsche wachsen rasch nach, weil die Bäume keinen Schatten mehr werfen. Mit der Zeit verwandeln sie sich in ein undurchdringliches Dickicht. Und wenn dieses Gestrüpp ein paar Jahre lang gewuchert hat, wird es resistent gegen Feuer. Es erreicht eine Größe, in der es dem Gras Schatten bietet, das nun gedeihen kann. Und früher oder später entwickeln sich wieder richtige Wälder.«

»Und was hat das mit dem Feuer zu tun?« Courtney hatte aufmerksam zugehört, während sie die Bäume überflogen. In einem Hubschrauber war es ganz anders als in ihrem Flugzeug, weil man zum Beispiel in der Luft stehen bleiben konnte. Während Josh erzählte, verharrte er immer wieder über dem einen oder anderen Gebiet, offenbar auf der Suche nach etwas.

»Wir legen absichtlich Feuer, denn manche Bäume brauchen sie, um wieder zu wachsen. Ihre Samen sind so hart, dass man sie verbrennen muss, damit sie sprießen. Allerdings ist das nicht der Hauptgrund. Wir legen Feuer, um Waldbrände zu verhindern. Ich weiß, dass das widersinnig klingt, doch viele der Bäume in der Savanne haben eine Rinde entwickelt, die resistent gegen Feuer ist. Das bedeutet, dass große Bäume einem ›kühlen‹ Brand widerstehen können, den man erhält, wenn man das Gras am Anfang der Trockenzeit anzündet. Da das Gras dann noch ziemlich viel Feuchtigkeit hat, verbrennt es nicht vollständig, um es einmal so auszudrücken. Darum bewegt sich das Feuer weiter, bevor es heiß genug wird, um die Wipfel der hohen Bäume zu versengen. Und deshalb besteht auch keine Gefahr. Später im Jahr, wenn das Gras verdorrt und strohtrocken ist, bedeutet ein Feuer eine Katastrophe. Doch je weniger Unterholz in Brand geraten kann, desto mehr sinkt die Wahrscheinlichkeit eines Waldbrandes.

Natürlich richten die Elefanten im Wald jede Menge Schaden an.«

»Ich weiß.«

»Dennoch sind wilde Tiere die besten Bewahrer des Landes, wenn man sie sich selbst überlässt. Sie fressen Samen und scheiden sie mit genügend Dung wieder aus, sodass sie keimen und über das Land verteilt werden. Bevor der Mensch hierher kam, war die Natur im Gleichgewicht.«

Courtney blickte nach unten. »Mir war gar nicht klar, dass es hier so viel Wasser gibt. Unten auf dem Boden ist man sich all dieser Flüsse gar nicht bewusst.«

»Dieser Park ist eine Schatzkammer. Zum Glück liegt er so weit abseits, dass selbst die Wilderer hier weniger Schaden anrichten konnten als in Kenia und Tansania. Allerdings liegt mir die Wilderei auch weiterhin schwer im Magen, und es wird täglich schlimmer.«

»Und was unternehmen Sie dagegen?«

»Ich halte die Augen offen, brumme den Eingeborenen Geldstrafen auf oder sperre sie für eine Weile ins Gefängnis. Außerdem versuche ich Arbeit für sie zu finden. Das ist das größte Problem. Von dem Erlös eines Stoßzahns kann sich eine Familie mehrere Monate lang ernähren. Wenn die Leute Arbeit hätten, müssten sie nicht wildern. Und natürlich begreifen sie nicht, dass Afrika ohne die wilden Tiere kein Anziehungspunkt für Touristen mehr wäre, was die wichtigste Einkommensquelle dieser Länder ist. Nicht die Exporte bringen das Geld, sondern die Umsätze in der Tourismusbranche. Der Elfenbeinhandel hingegen ...«

»Das verstehe ich nicht. Der Verkauf von Elfenbein ist doch international verboten.«

Josh schüttelte den Kopf. »Dasselbe gilt auch für Kokain und Marihuana, und trotzdem ...«

»Schon kapiert.«

»Wenn es um Profit geht, spielt das Gesetz offenbar keine Rolle mehr.«

Sie flogen ein paar Minuten lang weiter. »Oh, schauen Sie, was für ein hübscher Fluss.«

»Der von Krokodilen und Nilpferden wimmelt«, ergänzte Josh. »Abends und bei Morgendämmerung kommen tausende von Tieren hierher, um zu trinken. Seit ich hier bin, ist er nicht ein einziges Mal ausgetrocknet.«

Plötzlich hörte Courtney ihn nach Luft schnappen. »O mein Gott«, flüsterte er.

Sie sah ihn an und versuchte dann zu erkennen, worauf sein Blick gerichtet war.

»O mein Gott«, wiederholte er mit heiserer Stimme.

»Was ist los?«, fragte sie. Unter sich auf einem Feld zwischen den Bäumen bemerkte sie einige Gegenstände, die an große Badewannen erinnerten.

»Besser, wenn Sie es nicht wissen«, erwiderte er. »Wir landen.«

Ohne eine weitere Erklärung begann er das Feld langsam zu umkreisen. Courtney spähte aus dem Fenster.

»Das darf doch nicht wahr sein!«, rief sie aus.

»Ist es aber. Sie sollten lieber nicht so genau hinschauen.«

Er landete, riss die Tür auf und sprang aus dem Helikopter, ohne auf Courtney zu warten.
Nicht sehr anmutig kletterte sie aus der Maschine. Josh stand da, starrte geradeaus und näherte sich dann langsam den gewaltigen Kadavern von fünf großen Tieren. »Elefantenschädel«, sagte er, als ob Courtney es nicht mit eigenen Augen hätte sehen können. Er wies auf die übrigen Haufen. »Beckenknochen, Rippen …« Courtney betrachtete die Skelettreste der toten Elefanten, die überall herumlagen, und zählte sie. Von ihrem Beobachtungspunkt aus konnte sie dreizehn erkennen. Dreizehn Schädel. Josh ging von einem zum anderen. Bei allen waren die Gesichter entfernt und die Stoßzähne abgehackt worden.
»Wie in einem Schlachthaus«, stöhnte Courtney, der vom bloßen Anblick übel wurde.
»Eher wie im Krieg«, meinte Josh.
»Wie lange ist es her?«
»Vor einem Jahr waren sie noch nicht da. Damals bin ich das letzte Mal hier drübergeflogen. Aber die Haut und die Eingeweide sind schon verschwunden, wahrscheinlich von Geiern und Hyänen aufgefressen. Jeder Schädel weist ein Loch auf, was heißt, dass die Tiere erschossen wurden. Offenbar hat sich eine Bande von Wilderern hier postiert und jeden gottverdammten Elefanten innerhalb der nächsten Meilen abgeknallt. Diese Leute schert es einen Dreck, ob sie eine Tierart ausrotten. Schließlich werden sie selbst den Tag nicht mehr erleben, wenn alle wilden Tiere Afrikas ausgestorben sind.«
»Das wäre das Ende von Afrika, wie wir es kennen.«
Josh fragte sich, ob Courtney in Tränen ausbrechen würde. Er drehte sich um und sah sie an.
Am liebsten hätte Courtney ihn in die Arme genommen. Sie war entsetzt über den Anblick, der sich ihnen bot, und sie merkte Josh an, wie sehr er litt.

»Es ist unmöglich«, sagte er mehr zu sich selbst als zu ihr, »den gesamten Park zu überwachen. Ich habe fünf Wildhüter, die mir dabei helfen, und drei Stützpunkte, von denen aus wir den Wilderern nachspüren. Aber die Regierung gibt mir nicht genug Geld, um den Männern ein ordentliches Gehalt zu zahlen oder ausreichend Munition für ihre Gewehre zu kaufen. Also lassen sie sich, wie ich genau weiß, von den Wilderern bestechen. Mein Gott, was für ein Gemetzel!« Er wurde von ohnmächtiger Wut ergriffen und hätte die Wilderer ohne eine Spur von Reue erschossen, wenn sie ihm vor die Flinte gelaufen wären. »Eigentlich ärgere ich mich weniger über die Eingeborenen, die diese Chance nützen, um ihre Familien zu ernähren, was schließlich das Allerwichtigste ist, als über die Drahtzieher im Hintergrund. Die Männer, die sie bezahlen, das Elfenbein außer Landes schmuggeln und dafür tausende von Dollars einstreichen. Vielleicht sogar Millionen.«

Er hörte Courtney aufseufzen.

»Verschwinden wir hier.«

Er griff nach ihrer Hand. »Eigentlich wollte ich Ihnen so etwas ersparen. Ich habe für uns eine Stelle zum Übernachten ausgesucht, die Ihnen den Atem verschlagen wird. Vielleicht hilft Ihnen das, diesen Anblick zu vergessen.«

»Kann man das überhaupt?«, erwiderte sie, während er sie in den Helikopter hievte.

»Manche Dinge in Afrika vergisst man nie, sie prägen sich für den Rest des Lebens ins Gedächtnis ein.«

»Ich weiß«, entgegnete sie.

»Hier ist es wunderschön«, sagte Courtney ganz begeistert. Josh hatte am Ufer eines Flusses das Lager aufgeschlagen und bestand darauf, das Essen zu kochen. »Ich halte mich für einen Feinschmecker«, meinte er. »Und an den meisten Tagen freue ich mich schon darauf, das Abendessen zu kochen. Ich sitze auf der Veranda, beobachte den Sonnenuntergang, trinke einen Gin Tonic und warte darauf, dass das Essen fertig ist.«

»Haben Sie keinen Koch?«

»Nur für mich alleine?« Er schmunzelte. »Das wäre ein überflüssiger Luxus, finden Sie nicht? Außerdem macht mir das Kochen Spaß. Meistens wenigstens.«

»Ich hasse es wie die Pest und schaffe es gerade, einen Topf Wasser heiß zu machen.«

»Dann haben Sie ja ein Riesenglück, dass Mara schon so lange bei Ihnen ist.«

»Dass Mara mit mir zusammenarbeitet, ist wirklich ein Geschenk des Himmels. Und das nicht nur, weil sie so gut kocht. Sie ist außerdem eine wundervolle Krankenschwester und eine sehr gute Freundin.«

»Sind Sie auch katholisch?«

»Nein.« Courtney schüttelte den Kopf.

Josh reichte ihr einen Gin Tonic, den ersten seit langer Zeit.

»So werden die Teilnehmer von Safaris bedient. Ich fühle mich wie ein Luxusgeschöpf.«

Josh grinste. Er stand vom Feuer auf und ließ sich neben Courtney auf einem Klappstuhl nieder. »Vermutlich sind Sie an afrikanische Sonnenuntergänge gewöhnt und halten sie für etwas Selbstverständliches.«

»So etwas kann einem nie langweilig werden.«

Er streckte die Beine aus und betrachtete die Landschaft mit dem gewundenen Fluss und dem von Klippen gesäumten Flusstal, das sich weit vor ihnen erstreckte.

»Sie sind genau das, was ich jetzt brauche«, sagte sie zu ihm.

»Bis auf die Sache mit den Elefanten heute Nachmittag.«

»Stimmt. Doch ich bin schon viel entspannter, und dieses Gefühl hatte ich lange nicht mehr. Ich brauche mir über nichts Gedanken zu machen.«

Er strich mit dem Finger über den Rücken ihrer Hand, die auf der hölzernen Armlehne des Stuhls aus Segeltuch lag.

»Tja, und ich hatte seit Jahren keine Gesellschaft mehr, vor allem nicht die einer attraktiven Frau.«

Sie lächelte ihn an.

»Können wir heute Nacht Tiere beobachten?«

»Selbstverständlich. Deshalb habe ich diese Stelle ja ausgesucht, abgesehen davon, dass es hier sehr hübsch ist.«

»In der Nähe meiner Klinik gab es ein freundliches Löwenrudel, das jedes Jahr neue Junge bekam und immer ziemlich in unserer Nähe blieb. Sie haben uns nie bedroht. Allerdings zogen bei uns keine Elefanten oder Leoparden vorbei, und es gab weder Flusspferde noch Nashörner. Aber viele Elenantilopen und Zebras.«

»Dann steht Ihnen ein einzigartiges Erlebnis bevor. Und jetzt«, er erhob sich, »ist das Essen fertig.«

Er hatte alles so geplant, dass das Essen auf dem Tisch war, bevor die Sonne unterging. Anschließend nahm er Courtney an die Hand und führte sie zum Ufer, wo lilafarbene, goldene und violette Sonnenstrahlen den Himmel erleuchteten wie Nordlichter. Im Wasser tanzten Funken, als hätte jemand einen Stein hineingeworfen. Als Courtney nach Luft schnappte, sah Josh sie lächelnd an.

Aus allen Richtungen strömten tausende von Tieren herbei, um auf den Überflutungsflächen zu grasen und aus dem Fluss zu trinken.

»Schauen Sie.« Josh zeigte mit dem Finger. »Hier sind Kaffernbüffel; in Kenia und Tansania sind sie beinahe ausgestorben.«

Es waren hunderte, vielleicht sogar tausende, die unter ihnen auf der Ebene wimmelten. Unweit von ihnen grasten Impalas in den Wäldern. Einige hundert Zebras standen aufgereiht am Ufer und tranken gierig. Die wilden Tiere drängten sich dicht an dicht und stillten friedlich Hunger und Durst. Auf den Sandbänken an der Flussbiegung lagen Wasserbüffel und kühlten sich.

Courtney hörte ein Prusten, und Josh führte sie am Ufer entlang weiter bis zu einer Flussbiegung. Direkt unter sich bemerkten sie Flusspferde, deren Grunzen und Brüllen sich zu einem seltsamen Chor verband. Noch nie hatte Courtney so viele auf einmal gesehen. »Es müssen einige hundert sein«, meinte Josh.
Der Himmel verdunkelte sich schlagartig. Nur ein paar schwache rosige Streifen zeigten den Horizont an. Obwohl es noch warm war, bekam Courtney eine Gänsehaut.
Sie standen in der Dunkelheit und lauschten den Geräuschen der Tiere. In der Ferne brüllten Löwen.
Dann gingen sie zurück zu den Klappstühlen. »Es ist sicherer, wenn wir wieder ins Flugzeug steigen«, sagte Josh.
»Lassen Sie uns doch gefährlich leben und noch ein bisschen hier sitzen bleiben«, erwiderte Courtney.
Am liebsten hätte er sich hinübergebeugt und sie geküsst. Doch stattdessen ließ er sich auf dem Stuhl neben ihr nieder.
»Waren Sie schon mal verheiratet?«, fragte sie ihn.
»Fast zwei Jahre. Aber das ist lange her«, antwortete er.
»Und?«, hakte Courtney nach, als er nichts hinzufügte.
»Sie ist gestorben.«
»Oh, das tut mir Leid.«
»Bei der Geburt. Das Baby auch; es wurde tot geboren.«
Courtney wusste nicht, was sie dazu sagen sollte.
»Nicht hier draußen. Ich war damals in Nairobi stationiert.«
Nachdem sie eine Weile schweigend dagesessen hatten, fragte Josh: »Und Sie?«
»Nein, ich war nie verheiratet.«
Wieder herrschte Stille.
»Aber doch bestimmt nicht deshalb, weil sich kein Mann für Sie interessiert hätte.«
Sie schmunzelte. »Danke. Während meines Praktikums in Kapstadt war ich verliebt. Doch es war schon immer mein Lebenstraum gewesen, hierher zurückzukehren und

die Menschen zu behandeln, die sonst keinen Zugang zu medizinischer Versorgung haben. Er hat sich geweigert, es auch nur in Erwägung zu ziehen.«

»Also haben Sie Ihren Traum mehr geliebt als ihn?«

»Schließlich bin ich deshalb Ärztin geworden.«

»Wahrscheinlich haben Sie ihn nicht genug geliebt, um Ihren Traum aufzugeben.«

Sie schwieg eine Weile. »So habe ich das noch nie betrachtet. Ich glaubte ihn leidenschaftlich zu lieben. Aber vermutlich haben Sie Recht. Es reichte nicht, um meinen Traum für ihn zu opfern. Allerdings habe ich etliche Jahre jede Nacht an ihn gedacht. Inzwischen jedoch sind zehn Jahre vergangen, und ich kann mich kaum noch erinnern, wie er aussieht.«

»Wissen Sie, was aus ihm geworden ist?«

Sie nickte. »Er ist verheiratet und hat mindestens ein Kind. Jahrelang hat er in Kapstadt gelebt, aber ich glaube, er ist nach England zurückgekehrt. Ich habe nie wieder von ihm gehört.«

Erneut schwiegen sie.

»Ich fand«, fuhr sie schließlich fort, »dass er, wenn er mich so sehr liebte, wenigstens hätte mitkommen, sich alles ansehen und darüber nachdenken können. Damals war ich überzeugt, dass ich ihm nicht wichtig genug war. Aber vielleicht haben Sie Recht. Möglicherweise habe ich ihn nicht richtig geliebt.«

»Sind Sie glücklich?«

Sie nickte. »Ja, das bin ich. Natürlich auch häufig frustriert und hin und wieder enttäuscht. Doch trotzdem bin ich glücklich. Das heißt nicht, dass ich mir keine Verbesserungen wünsche. Aber ich habe das Gefühl, etwas für die Welt und für die Menschen in Afrika zu tun, und das war schon immer mein Wunsch. Auch wenn es ein wenig eitel klingt, hat meine Anwesenheit in diesem Winkel der Erde sicher etwas Positives bewirkt.«

»Das können nicht viele von sich behaupten.«
Sie lächelte in die Dunkelheit. In der Ferne trompetete ein Elefant.
»Kommen Sie«, sagte er, »gehen wir rein.«
Als sie nur wenige Meter entfernt voneinander in ihren Schlafsäcken lagen, sagte Courtney: »Danke für alles. Es ist wirklich nett, Sie zum Nachbarn zu haben.«
Er schwieg eine Weile. »Sie wissen ja, dass ich anfangs über Ihr Kommen nicht begeistert war.«
»Ja.«
»Und es gefällt mir nicht, wie sich die Sache entwickelt. Es sind zu viele Menschen. Unter den Stämmen braut sich Ärger zusammen, und im Park wird das natürliche Gleichgewicht durcheinander gebracht. Aber ... ich gebe zu, es freut mich, dass Sie hier sind.«
Am liebsten hätte sie nach seiner Hand gegriffen, doch sie verkniff es sich. Es war besser, Distanz zu wahren – auch wenn sie sich eingestehen musste, dass sie sich von ihm angezogen fühlte.
In dieser Nacht träumte Josh von Courtney. In seinem Traum schlenderte er durch Wolken, hielt ihre Hand und blickte auf den afrikanischen Kontinent hinunter. In den Flüssen tanzten Sonnenfunken.
Auch Courtney träumte – allerdings von Quentin Coopersmith und seinen Küssen.

12

Als Courtney aufwachte, war Josh nirgendwo zu sehen.
Sie musste dringend zur Toilette und spähte durch die offene Tür des Helikopters – aber keine Spur von ihm.
Sie kletterte aus der Maschine und sah sich um. Von der Klippe, auf der der Helikopter stand, blickte sie auf den Fluss hinab, in dem sich die frühmorgendlichen Wolken spiegelten. Hunderte von Tieren tranken am Ufer. Courtney ging auf die Bäume zu, die rings um den Helikopter wucherten.
Als sie gerade unter einem Baum kauerte und ihre Blase erleichterte, erzitterte plötzlich die Erde.
Ein Erdbeben ist unmöglich, dachte sie. So etwas gibt es nicht mitten in Afrika.
Und dann hörte sie plötzlich ein Geräusch. Es setzte ganz unvermittelt ein, ein Rumpeln, so als käme ein Zug vorbei. Dazu erklang ein lautes Schnauben. Als Courtney hinter ihrem Baum hervorlugte, sah sie eine Herde von hunderten von Kaffernbüffeln, die dicht vor ihr stehen geblieben waren. Binnen weniger Minuten hatten die Tiere das Flugzeug eingekreist. Allerdings achteten sie nicht auf die Maschine, sondern trotteten immer dichter heran, bis sie Courtney umringten.
Courtney wusste, welche Bedrohung Büffel darstellten, die vielleicht sogar die gefährlichsten Tiere Afrikas waren. Häufig hörte man Geschichten von leichtsinnigen Menschen – auch Fremdenführern –, die von einem Büffel aufgespießt

worden waren. Aber Courtney war sich auch darüber im Klaren, dass die Tiere, obwohl sie dicht vor ihr standen, sie vermutlich nicht sehen würden, solange sie sich nicht bewegte.

Friedlich weidend rückten die Büffel näher heran, bis Courtney der feuchte, schwere Moschusgeruch in die Nase stieg. Ganz vorsichtig richtete sie sich hinter ihrem Baum auf.

In diesem Moment hob die Leitkuh den Kopf und blähte die Nüstern. Speichel tropfte ins hohe Gras, und die Kuh schien Courtney direkt in die Augen zu sehen. Dann hörte sie auf zu kauen. Ihr Schwanz zuckte. Ein Tier der Herde nach dem anderen hielt im Fressen inne und reckte aufmerksam den Kopf.

Fliegen krochen Courtney übers Gesicht, aber sie wagte nicht, eine Hand zu rühren. Die Insekten stachen sie in den Hals, summten ihr in den Ohren und setzten sich sogar auf ihre Augenlider.

Die Kuh schwenkte die Hörner, und Courtney krampfte sich der Magen zusammen. Seitlich von der Herde, am Bug des Helikopters, sah sie Josh starr wie eine Statue dastehen. Sie wusste, dass er Angst hatte, ihr zuzurufen oder ihr auch nur zuzuwinken. Allerdings bemerkte sie, dass er mit der Flinte in seiner Hand auf die Leitkuh zielte, um nötigenfalls zu schießen, wenn das Tier angriff.

Die Kuh beruhigte sich wieder, begann erneut zu grasen, und die Herde folgte ihrem Beispiel. Ganz langsam, Millimeter um Millimeter, hob Courtney die Hand, um die Fliegen von ihren Augen zu verscheuchen. Es juckte so entsetzlich, dass sie sich die Haut vom Gesicht hätte kratzen können.

Die Kuh trottete weiter, aber zwei Bullen starrten Courtney im Vorbeigehen an. Josh hielt zwar weiterhin die Flinte im Anschlag, aber allmählich wagte Courtney wieder Luft zu holen. Mit polternden Hufen folgten die Büffel der Leitkuh; die Herde zog weiter und weidete dabei die gesamte Umge-

bung kahl. Als sich die Büffel nach einer halben Stunde endgültig aus dem Staub gemacht hatten, war kein Grashalm mehr übrig.
Da Courtney noch nie Büffel aus nächster Nähe erlebt hatte, hatte sie dem Schauspiel sogar etwas abgewinnen können. Sobald die Tiere verschwunden waren, stürmte sie auf Josh zu, der ihr bereits entgegenlief.
»Alles in Ordnung?«, rief er.
»War das nicht beeindruckend?«, hauchte sie ehrfürchtig.
»Mein Gott, Sie sind ja ganz ruhig«, stellte er fest.
»Nun, am Anfang, bevor sie weitergezogen sind, hatte ich ziemliche Angst. Wie viele waren es denn schätzungsweise?«
»Mindestens dreihundert«, antwortete er grinsend. »Alle Achtung. Ich bin noch nie einer Frau begegnet, die jetzt nicht zittern würde wie Espenlaub.«
Sie lächelte ihn an. »Ich muss zugeben, dass mir recht mulmig war. Aber als ich dastand und die Büffel weitergingen, hat es mir richtig Spaß gemacht. Wissen Sie, was Safaritouristen für so ein Abenteuer bezahlen würden?«
»Ich kann mir nicht vorstellen, dass es viele gibt, die je so etwas gesehen haben«, sagte Josh. »Ich jedenfalls nicht.«
»Wo waren Sie?«
Er grinste erneut. »Ich habe wahrscheinlich dasselbe gemacht wie Sie, allerdings auf der anderen Seite des Helikopters.«
»Ich sterbe vor Hunger.«
»Das kommt von der überstandenen Gefahr. Wir haben Instantkaffee da oder Tee, falls Sie ...«
»Nein, Kaffee ist in Ordnung. Wunderbar, um genau zu sein.«
»Und natürlich Eier.«
»Mein Vater hat vor ein paar Monaten ein Dutzend Hühner gekauft und uns noch weitere versprochen. Eier wären eine

willkommene Ergänzung unseres Speisezettels. Womit füttern Sie die Hühner denn?«
»Ich füttere sie gar nicht, sondern lasse sie frei herumlaufen und picken.«
»Wenn wir das täten, wären sie in ein paar Tagen alle geschlachtet.«
»Sie haben vielleicht Probleme. Ich mache jetzt Feuer.«
»Und ich gehe die Tiere angucken, die am Fluss trinken.«
Nachdem sie das Fernglas aus dem Helikopter geholt hatte, schlenderte sie zum Ufer. Er blickte ihr nach.
Dann zündete er rasch ein kleines Feuer an, setzte Wasser auf und holte eine Bratpfanne hervor. Während er vor dem Feuer kauerte und die Flammen anfachte, beobachtete er Courtney. Er betrachtete ihren schlanken Körper und ihr zerzaustes kastanienbraunes Haar, das so kurz war, dass er ihren Nacken sehen konnte. Und er kam zu dem Schluss, dass er noch nie einer Frau wie ihr begegnet war.
Vielleicht hatte ihre Angst nachgelassen, als sie bemerkt hatte, wie ruhig er war. Dass er mit der Flinte auf die Büffel zielte, hatte sie gewiss beschwichtigt – auch wenn er nichts für sie hätte tun können, wenn sie von der ganzen Herde angegriffen worden wäre oder wenn zwei der Tiere beschlossen hätten, sie aufzuspießen oder niederzutrampeln.
Als sie in sein Gebiet gekommen war, hatte er eigentlich beschlossen, sie zu hassen. Schließlich störte sie die Ruhe und den Frieden dieses Reservats, das in den letzten Jahren ihm allein gehört hatte. Er hatte das immer größer werdende Flüchtlingslager abgelehnt, den Müll und den Schmutz, die sich zunehmend im Gelände ausbreiteten. Und wenn er festgestellt hatte, dass wieder eines seiner wilden Tiere getötet und verspeist worden war, hatte ihn Zorn ergriffen. Allerdings hatte er Courtney irgendwann nicht mehr darauf angesprochen. Und anstatt ihr wegen der Einmischung in sein Leben und das, was ihm am meisten bedeutete – der Park,

seine Tiere und die unberührte Wildnis –, böse zu sein, ertappte er sich dabei, dass sie ihm immer sympathischer wurde. Diese Frau, dieses unvergleichliche menschliche Wesen.
Josh fragte sich, ob er im Begriff war, sich zu verlieben. Oder ob es sogar bereits geschehen war.
Es machte ihm Spaß, sie zu betrachten – sogar von hinten –, und es erfüllte ihn mit Freude, dass sie jeden Moment dieses Ausflugs genoss und seine Liebe zur Natur teilte. Warum also wagte er nicht, die Hand auszustrecken und sie zu berühren?

»Um Himmels willen!«, keuchte Josh.
Courtney stieß einen Schrei aus.
Sie waren um die Kurve eines Waldwegs gebogen. Seit etwa zwanzig Minuten stiegen ihnen Rauch und ein widerlicher metallischer Geruch in die Nase: Blut! Und nun sahen sie vor sich eine etwa dreißig Meter lange Reihe verrottender, schwelender Kadaver von sechs toten Elefanten.
Nachdem Josh aus der Luft den hohen Stapel Elfenbein bemerkt und Männer und ein Feuer gesehen hatte, hatte er den Helikopter gewendet und einen Landeplatz gesucht. Mit Flinten bewaffnet, pirschten sich Courtney und er an die Stelle heran, wo er die Wilderer beobachtet hatte. Wegen des zwanzigminütigen Fußmarschs war seit der ersten Sichtung aus der Luft über eine Stunde vergangen.
»Wir kommen zu spät«, seufzte Josh bedrückt. »Sie haben sich mit dem Elfenbein aus dem Staub gemacht. Als sie uns bemerkten, haben sie die Beine in die Hand genommen.«
Beim Anblick der toten Tiere musste Courtney die Tränen unterdrücken.
Blutlachen sickerten in den Waldboden.
Josh näherte sich den runzligen Kadavern und schloss einem der Tiere die offenen Augen. Am liebsten hätte er es in die

Arme genommen. Sechs tote Elefanten bedeuteten, dass die Wilderer zwölf Stoßzähne erbeutet hatten. All dieses Gemetzel nur für zwölf Stoßzähne aus Elfenbein. Sechs gewaltige Tiere. Sechs prächtige Angehörige einer bedrohten Art.

Vor zehn Jahren hatten im Park noch hundertzwanzigtausend Elefanten gelebt – inzwischen waren es nur noch fünfzehntausend; 14 994, um genau zu sein.

Wegen des süßlichen Gestanks band Courtney sich ihr Halstuch vor die Nase.

Ein Stück stromaufwärts ertönte ein leises Schnauben, gefolgt von einem Wimmern. Courtney und Josh sahen einander an und liefen dann auf das Geräusch zu. An der Flussbiegung im Wasser trottete ein kleiner Elefant im Kreis herum und weinte fast wie ein Baby.

»O mein Gott«, flüsterte Courtney.

»Der ist höchstens ein paar Monate alt«, sagte Josh und blieb stehen.

»Seine Stoßzähne sind noch so klein, dass es die Mühe nicht wert war, ihn zu töten«, überlegte Courtney laut.

Langsam näherte sich Josh dem verängstigten Tier, das weiter im Kreis herumlief.

Als der kleine Elefant Josh bemerkte, verharrte er auf der Stelle, schien sich aber nicht zu fürchten. Er stand einfach da und starrte Josh an, während ihm die Tränen aus den Augen flossen. »Ich habe schon einmal einen Elefanten weinen sehen«, sagte Josh. »Und ich habe auch erlebt, dass sie lachen, tanzen und einander liebkosen.«

Elefanten zogen für gewöhnlich in Herden von sechs bis zwölf Tieren herum, die von Weibchen angeführt wurden. Die Männchen ließen sich nur zur Paarungszeit blicken. Im Alter von zwölf Jahren verließen die jungen Bullen normalerweise die Familie, schlossen sich anderen männlichen Tieren an oder wanderten allein umher. Die getöteten Elefanten waren Weibchen gewesen, vielleicht war auch ein heran-

wachsendes Männchen dabei, aber so genau hatte Josh sie sich nicht angesehen.
Das Elefantenbaby rührte sich nicht, während Josh sich vorsichtig anpirschte. Als er dicht genug herangekommen war, streckte er die Hand aus und streichelte das Ohr des Elefanten. Er glaubte zu bemerken, wie das Jungtier ihn fragend musterte.
»Er wird nicht lange durchhalten«, verkündete er.
»Woher wissen Sie das?«, fragte Courtney.
»Elefanten, insbesondere Babys, brauchen die Wärme eines anderen Lebewesens, Liebe, Aufmerksamkeit und Berührungen, sonst sterben sie. In Einzelhaltung kümmern Elefantenbabys meistens dahin und gehen ein.«
»Können wir ihn nicht mitnehmen?«, erkundigte sich Courtney.
»Mitnehmen?«
»Sie haben doch gerade gesagt, dass er hier draußen sterben wird. Außerdem hat er eine Schnittwunde am Bein. Er würde in den Propellervogel passen.«
»Propellervogel?« Josh lachte.
»Das würde er doch, oder?«
Josh überlegte. »Ich denke schon, wenn wir es schaffen, so viel Gewicht durch die Tür zu schieben. Aber was sollen wir mit einem verwaisten Elefanten anfangen?«
Courtney wusste es nicht.
»Womit sollen wir ihn füttern?«, fügte er hinzu.
»Das müssten Sie mir eigentlich sagen können, schließlich sind Sie der Tierarzt.« Sie stand neben ihm und vor dem Elefanten und lächelte ihn an.
Wenn sie es sich so sehr wünschte, würden sie es eben versuchen. Aber wie sollten sie das Tier zum Flugzeug bringen. Der Fußmarsch dauerte auch ohne ein Elefantenbaby mindestens zwanzig Minuten.
Josh griff unter den Rüssel, hob ihn an und öffnete das Maul

des kleinen Elefanten. »Etwa vier Monate alt, denn er hat schon die ersten Backenzähne.« Dann betrachtete er Courtney. »Ich habe keine Ahnung, was ein Elefantenbaby frisst.«

»Sie erforschen diese Tiere jetzt schon seit vier Jahren. Vielleicht fällt uns ja etwas ein«, erwiderte sie und streichelte die runzlige Stirn des Jungtiers.

»Zuallererst braucht er Flüssigkeit. Ich denke, das müssten wir hinkriegen, obwohl es nicht leicht sein wird.«

Courtney unterbrach ihn nicht in seinen Überlegungen.

Er erkannte an ihrem Blick, dass sie sich in das Waisenkind verliebt hatte.

»Ich werde jemanden finden, der sich um ihn kümmert und sogar bei ihm schläft. Schließlich gibt es hier hunderte von Leuten, die nichts zu tun haben. Ich besteche jemanden, damit er vierundzwanzig Stunden am Tag mit diesem Tier verbringt.«

»Gut, versuchen wir es. Aber zuerst müssen wir ihn zum Flugzeug führen.«

Der kleine Elefant folgte ihnen bereitwillig bis zu den brennenden Leichen, wo die Geier bereits ein Festmahl abhielten. Dort blieb er wimmernd stehen, um das Blutbad zu beobachten.

»Sie warten hier«, sagte Josh. »Ich hole ein Seil aus dem Flugzeug. Ich habe den Eindruck, dass wir den Kleinen ziehen müssen.«

»Nein«, entgegnete Courtney. »Er kommt sicher mit. Sie werden schon sehen.«

Courtney behielt Recht. Das Tier blieb in ihrer Nähe und folgte Courtney, die es immer wieder streichelte.

»Wir bauen einen Pferch«, sagte sie zu Josh. »Wir kümmern uns um ihn.«

Josh grinste sie an. Ihnen würde schon etwas einfallen. Doch eines stand fest, sie mussten einen Weg finden, den Wilderern das Handwerk zu legen. Dem Abschlachten der Elefanten musste Einhalt geboten werden, wenn sie nicht aussterben sollten wie das schwarze Nashorn. Er, Josh, würde dafür sorgen, dass diese stolzen Tiere nicht dasselbe Schicksal erlitten wie die Dinosaurier.

»Die Einheimischen begreifen einfach nicht«, meinte Courtney, »warum es falsch ist, diese Tiere zu töten. Sie finden es seltsam, dass wir uns so aufregen, wenn sie Elefanten und Nashörner umbringen, obwohl wir gleichzeitig Kühe und Schafe schlachten. Wie kriegen wir ein hundertfünfzig Kilo schweres Elefantenbaby in den Frachtraum?«, fügte sie hinzu, nachdem sie das Flugzeug erreicht hatten.

»Ich habe schon Traktoren verladen, die viel größer und schwerer waren, obwohl mir zum Heben natürlich Winden zur Verfügung standen. Aber unser Baby wiegt ja nur so viel wie zwei Durchschnittsmenschen. Ich sag Ihnen was«, fuhr er fort und kratzte sich am Kopf. »Wenn wir uns beide auf alle viere unter den Kleinen kauern, könnten wir ihn auf unsere Schultern hieven …«

Courtney starrte Josh entgeistert an und begann zu lachen. »Das meinen Sie wohl ernst, was? Okay, dann versuchen wir es. Bloß hundertfünfzig Kilo? Ach, so schwer ist das gar nicht!«

Sie ging auf alle viere und krabbelte unter den Elefanten. »Los«, sagte sie kichernd, »bevor das liebe Tierchen einfach davonspaziert.«

»Das wird es schon nicht.« Der Kopf des Elefanten zeigte auf die offene Ladeluke. Josh kniete sich neben Courtney und kroch ebenfalls unter das Tier. »Hören Sie auf zu lachen«, meinte er grinsend.

Courtney lachte immer weiter. »Ich versuche es.« Sie hielt die Luft an.

»Zugleich«, rief Josh, der sich seinerseits ein Lachen verkneifen musste. »Halten Sie die Schultern gerade. Nehmen Sie meine Hand … und jetzt, eins, zwei, drei, ganz langsam …«

Gleichzeitig erhoben sie sich. Courtney keuchte. Der Elefant wirkte so gelassen, als wäre er an derartige Experimente gewöhnt. Als ihre Schultern auf einer Höhe mit der offenen Tür waren, sagte Josh: »Jetzt lassen wir ihn hineinrutschen und geben ihm einen Schubs.«

Das Elefantenbaby spazierte in den Helikopter, als hätte es nie etwas anderes getan. Josh und Courtney sahen einander an und begannen zu lachen, bis ihnen die Bäuche wehtaten. Der Elefant drehte sich um und betrachtete sie.

Josh nahm Courtney in die Arme und hob sie neben das Elefantenbaby. Die beiden lachten immer noch, als er in den Helikopter stieg, die Tür schloss und auf dem Pilotensitz Platz nahm. Er ließ den Motor an

Der kleine Elefant begann zu zittern. Courtney kniete sich neben ihn und legte ihm die Arme um den dicken Hals.

Trotz des Ratterns des Motors hörte Josh, wie sie dem Elefantenbaby das Wiegenlied von Brahms ins Ohr summte.

Er dachte an das Kind, das er verloren hatte.

13

Der kleine Elefant bebte auf dem ganzen Rückweg ins Flüchtlingslager, wo Courtney – anders als in ihrer alten Klinik – nicht zu Hause war. Ihr fehlte das Gefühl des Verwurzeltseins, und sie vermutete, dass Frauen wahrscheinlich einen natürlichen Nestbauinstinkt hatten.

»Halten Sie durch«, rief Josh, »gleich landen wir.«

Gott sei Dank. Courtney hatte während des gesamten Flugs gekniet und die Arme um das Elefantenbaby gelegt, das sie aus traurigen Augen betrachtete. Sie fragte sich, wie sie sich so rasch in den Kleinen hatte verlieben können. Ob es wohl daran lag, dass er völlig hilflos war?

Josh landete auf der Piste, und der Motor des Helikopters verstummte. Sichtlich verdattert blickte der kleine Elefant sich um. Offenbar vermisste er den Lärm, das Surren und das Brummen.

Josh stand auf und ging in den Frachtraum. »Wir haben ihn zwar in die Maschine gehievt, aber wie sollen wir ihn wieder rauskriegen?«, fragte er grinsend. »Wenn wir ihn einfach schubsen, fällt er uns auf die Nase.«

Courtney hatte keine Antwort darauf.

»Geht es noch ein bisschen?«, erkundigte er sich.

»Klar.«

»Mein Jeep steht da drüben.« Er wies mit dem Kopf darauf. »Am besten fahre ich los und hole Ihren Vater und noch ein paar Männer. Dann schaffen wir es vielleicht, den Kleinen durch bloße Muskelkraft aus der Maschine zu heben.«

»Gute Idee.« Courtney erhob sich und streckte die steifen Knie. »Hoffentlich ist Ihnen schon eingefallen, womit wir den kleinen Kerl füttern sollen.«
Josh betrachtete sie und kratzte sich am Kopf. »Ich habe ein paar Bücher zu dem Thema, die uns weiterhelfen könnten. Aber zuerst müssen wir ihn hier rausholen. Dann braucht er dringend Wasser. Ich laufe rasch nach Hause, besorge Nährlösung und sehe nach, was wir sonst noch benötigen. Okay?«
»Okay.« Als Josh die Tür öffnete, sagte Courtney: »Ich muss zugeben, dass es ein sehr interessanter Ausflug war.«
Josh kletterte hinaus. »Ja, da stimme ich Ihnen zu. Abenteuerlich, aufwühlend, spannend, und was sonst noch alles so dazugehört.«
Sie lächelte ihm zu und wusste, dass er sie für übergeschnappt hielt, weil sie darauf bestanden hatte, den Elefanten mitzunehmen und zu retten, ohne zu wissen, ob sie ihn überhaupt durchbringen würden. Allerdings war ihr klar, dass auch er es nicht übers Herz gebracht hätte, das Tier allein in der Wildnis dem sicheren Tod zu überlassen.
»Bitten Sie Mara, mitzukommen und Ihnen zu helfen. Sie hat eine Schwäche für Elefanten und wird wegen eines Elefantenbabys ganz aus dem Häuschen sein.«
Kaum war Josh verschwunden, als der Elefant beschloss, dass es nun ungefährlich sei, sich hinzulegen. Der Helikopter erbebte, und Courtney hoffte, dass das Tier sich nicht mehr von der Stelle rühren würde, bis Hilfe kam. Der Elefant schloss die Augen, sie setzte sich und lehnte den Rücken an ihn. Mit dem ruhigen Leben war es nun endgültig vorbei, aber dafür würde ihr sicher nie wieder langweilig werden.
Courtney machte die Augen zu und erinnerte sich an die letzten zehn Jahre. Sie vermisste ihre Großmutter immer noch, denn sie war einer der interessantesten Menschen gewesen, die Courtney je gekannt hatte. Als sie sich gerade das

Gesicht ihrer Großmutter ins Gedächtnis rief, hörte sie Maras Stimme: »Ach du meine Güte, schaut euch das an!«
Courtney fuhr hoch. »Oh«, murmelte sie und rieb sich die Augen. »Ich muss eingeschlafen sein.«
In der offenen Tür standen Mara, ihr Vater und drei im Lager angeworbene Eingeborene. Dahinter parkte Andrews Landrover.
»Das Schönste daran, dein Vater zu sein, ist, nie zu wissen, was du als Nächstes ausheckst«, sagte Andrew.
»Es war keine Absicht«, erwiderte sie grinsend.
Mara kletterte in die Maschine. »Ist der süß! Einen so jungen Elefanten habe ich noch nie gesehen. Ach, bist du niedlich.«
Andrew lachte. »Wenn er ein Hund wäre, würde er jetzt mit dem Schwanz wedeln. Schau nur, wie er sich über dein Liebesgeflüster freut.«
Das Elefantenbaby hatte wohlig die Augen aufgerissen. Mara schlang ihm die Arme um den Hals.
»Offenbar haben wir uns richtig entschieden«, sagte Josh.
»Haben Sie je daran gezweifelt?«
»Während des gesamten Flugs.«
»Wie kriegen wir ihn hier raus?«, fragte Mara.
»Ich schlage vor, wir machen es wie Sargträger«, erwiderte Andrew. »Wir stellen uns in zwei Reihen auf, heben ihn hoch und lassen ihn langsam runter.«
Gesagt, getan. Es funktionierte so reibungslos, als ob sie es geübt hätten. Andrew hatte ein Seil mitgebracht. Das eine Ende band er locker um den Hals des Tiers, das andere befestigte er am Heck seines Landrovers.
Während Andrew in Schrittgeschwindigkeit fuhr, gingen Courtney und Mara zu Fuß neben dem Elefanten her. »Andrew«, rief Mara, »du musst etwas für uns bauen.«
Er nickte, drehte sich um und ließ den Wagen langsam weiterrollen. »Sucht euch einen Platz aus, dann fange ich noch heute Abend an.«

»Das ist auch nötig«, meinte Courtney, sonst ist unser Elefantenbaby nämlich morgen verschwunden.«
»Morgen zimmern wir einen richtigen Pferch. Wenigstens wird einem das Leben mit dir nie langweilig.«
»Das liegt nicht an mir«, entgegnete Courtney, sondern an Afrika. Eintönigkeit gibt es hier nicht.«
»Bist du nicht froh, dass wir hier sind?«, sagte Mara grinsend und tätschelte den Elefanten, der ruhig zwischen den beiden Frauen herging.
»Ich vermisse die Ruhe«, erwiderte Courtney.
»Ich nicht. Ich liebe die Aufregung, auch wenn ich deshalb nie genug Schlaf bekomme.«
»Und außerdem«, fügte Andrew hinzu, »bin ich ja auch noch da. Wegen der Klinik hätte ich mich nie zur Ruhe gesetzt. Dort habt ihr mich nicht gebraucht.«
»Wir sind froh, dass wir dich haben«, rief Mara ihm zu. »Sonst wäre alles nur halb so schön.« Erschrocken über ihre eigene Kühnheit, zuckte sie zusammen.
Courtney starrte ihre Freundin an. Dann betrachtete sie ihren Vater und stellte fest, dass sein Nacken sich langsam scharlachrot verfärbte. Ach du meine Güte, dachte sie, das kann ja noch heiter werden.

Ein elfjähriger Junge namens George wurde der Pfleger und Begleiter des Elefanten.
Mara nannte das Elefantenbaby Sabu, nach einem Film, den sie als kleines Mädchen gesehen hatte.
George gehörte zu den Waisenkindern, die vor einem Monat von einer Gruppe von Männern im Stich gelassen worden waren. Die Männer waren nur zwei Nächte geblieben und am Morgen des dritten Tages in aller Früh aufgebrochen.
George war allein zurückgeblieben. Im Lager gab es dutzende von Waisen, die herumzogen und um Lebensmittel-

reste bettelten. Sie waren halb verhungert, ihre Bäuche vor Unterernährung aufgequollen.
Courtney und Mara hatten nicht genug zu essen für die vielen verlassenen Kinder. Die Köchin verteilte zwar Reisbrei an die Waisen, aber es reichte nur für eine Portion am Tag.
»Das Problem mit uns Katholiken ist«, jammerte Mara, »dass wir so leicht ein schlechtes Gewissen kriegen.« Wenn sie an die hungernden Kinder dachte, die hinter ihrem Haus lagerten, bekam sie kaum ihr Abendessen herunter.
Am ersten Abend bastelte Andrew einen provisorischen Pferch für Sabu. Doch Josh warnte sie, dass man den Kleinen nicht allein lassen dürfe. »Elefanten unterscheiden sich von anderen Säugetieren. Sie sind so sensibel, dass die ganze Familie ein Jungtier tröstet, wenn es bedrückt wirkt.«
Mara und Courtney hörten aufmerksam zu.
»Sie trauern, wenn ein Baby tot geboren wird oder wenn ein Familienmitglied stirbt. Elefanten können vor Einsamkeit eingehen. Heute Nacht muss jemand bei Sabu bleiben und ihm Gesellschaft leisten. Ich übernehme das«, bot Josh an.
»Danke«, sagte Andrew. »Und ich sorge dafür, dass ein paar Männer morgen einen richtigen Pferch bauen.«
Als Josh am Morgen aufwachte, sah er einen mageren dunkelhäutigen Jungen, der dalag und den Kopf an Sabus runzlige Haut schmiegte. Nachdem er den Jungen eine Weile beobachtet hatte, kroch er langsam aus seinem Schlafsack und zog die Schuhe an. Während er auf Zehenspitzen zu dem kleinen Jungen hinüberschlich, stellte er fest, dass dieser nur ein Lendentuch trug. Josh kauerte sich neben ihn.
Der Junge fuhr erschrocken hoch, doch bei Joshs Anblick breitete sich ein Grinsen auf seinem Gesicht aus.
»Ich heiße George«, stellte er sich vor.
Josh nickte. Allerdings vermutete er, dass das nicht der Geburtsname des Jungen war. Auf Portugiesisch fand er heraus, dass George keine Eltern mehr hatte, Elefanten liebte

und sich mit diesem hier anfreunden wollte. »Ich bin ganz allein«, erklärte George. »Ich brauche einen Freund.« Josh hatte den Verdacht, dass er in Wirklichkeit etwas zu essen brauchte.

Er nahm ihn mit ins Esszimmer, wo Mara und Andrew schon ihren Tee tranken.

Eine Hand auf Georges Schulter gelegt, machte Josh sie mit dem Jungen bekannt. »Das ist George. Er will sich um Sabu kümmern.« Er zwinkerte den anderen zu. »Aber ich glaube, zuerst muss er frühstücken.«

Und so wurde George zum Familienmitglied. Er lebte in dem Pferch, den Andrew gemeinsam mit vier kräftigen Stammesmitgliedern baute. Wenn er Hilfe brauchte, fanden sich stets Freiwillige, denn jede Art von Arbeit war willkommen, um die Eintönigkeit der Tage zu bekämpfen. Ansonsten saßen die Leute nur herum, warteten auf das Ende des Kriegs, fragten sich, woher die nächste Mahlzeit kommen sollte, oder hatten Angst um das Leben eines Angehörigen, der im Krankenhaus lag.

George schlief nicht nur bei Sabu, sondern spielte auch mit ihm, fütterte ihn und führte ihn an einem langen Seil spazieren.

Mara hatte den Jungen in die Wanne gesteckt und ihm eine kurze Hose geschenkt, die nicht rutschte. Nun sorgte sie dafür, dass er zum Abendessen Gemüse aß und jeden Morgen Frühstücksflocken mit Milch und eine Tasse Tee bekam. Wenn sie ihn abends nach dem Essen hinaus zum Pferch begleitete, tätschelte sie ihm den Scheitel und küsste ihn auf die Stirn. Sabus Wohlbefinden war ihr sehr wichtig, und sie sagte George, sie alle seien froh darüber, dass er sich um den Elefanten kümmerte.

Mara bemutterte George, wie er es in seinen elf oder zwölf Lebensjahren noch nie erfahren hatte. Nach einer Weile begann er sie Mumu zu nennen.

TEIL II

Rom, Italien

14

»Ich habe den Krieg satt.«

Ben Burgess musterte die Frau, die ihm gegenübersaß. »In den sechs Jahren, die wir uns jetzt kennen, hast du das noch nie gesagt.«

Sie betrachtete ihn. »Ich kann die Verzweiflung nicht mehr ertragen, den Anblick verblutender junger Männer, abgehackter Gliedmaßen und verhungernder alter Frauen und Kinder. Ich halte es nicht mehr aus, dass um mich herum Bomben explodieren. Ich bin erschöpft.«

»Also würdest du lieber ein ruhigeres Leben führen?«

Tina O'Rourke zuckte mit den Schultern. »Am liebsten würde ich mich hinlegen und achtundvierzig Stunden lang schlafen. Und anschließend möchte ich Rosen züchten.«

Ben lachte auf. Das konnte er sich bei Tina überhaupt nicht vorstellen. »Du bist nur urlaubsreif.«

»Nein«, widersprach sie, »ich bin reif für einen anderen Job.«

Das gefiel Ben gar nicht. Keine Tina O'Rourke in den Sechs-Uhr-Nachrichten? Keine Tina O'Rourke, wenn irgendwo auf der Welt ein Krieg ausbrach? Keine Berichte, die menschliche Schicksale inmitten des Blutvergießens behandelten? Immer wenn es Krieg gab – selbst an Orten, von denen die meisten Amerikaner noch nie gehört hatten –, war Tina O'Rourke sofort zur Stelle, um der Öffentlichkeit diesen Wahnsinn zu erklären.

Ben musterte sie. Ihre dunklen Augen blickten stets einfühlsam. Ihrer Urgroßmutter, einer Sioux, hatte sie die leicht orientalisch angehauchten Gesichtszüge zu verdanken. Und ihren Familiennamen hatte sie von einem irischen Abenteurer, der sich in Indianapolis niedergelassen und dort das größte Möbelgeschäft des Mittleren Westens gegründet hatte.

»Willst du nach Paris?«

Sie sah ihn an und lachte. »Ich war doch schon so oft in Paris ...«

»Und wo möchtest du dann hin? Vielleicht auf eine griechische Insel. Was hältst du von Santorin?«

»Das klingt verlockend. Am Strand liegen und den Wellen beim Plätschern zuhören. Aber nein«, sie schüttelte den Kopf, »ich will nach Hause.«

»Du würdest dich zu Tode langweilen.« Ben trank einen Schluck Cabernet Sauvignon.

»Findest du nicht, dass es allmählich Zeit wird? Schließlich bin ich sechsunddreißig Jahre alt und habe die letzten sechs Jahre in Kriegsgebieten verbracht. Was ist das für ein Leben für eine Frau? Was ist mit ...«

»... einem von Rosen umrankten Häuschen und einem Stall voller Kinder?«

»Nun, das mit dem Häuschen muss nicht sein.« Sie lächelte. »Aber gegen Kinder hätte ich nichts einzuwenden. Endlich ein normales Leben.«

Soweit er wusste, hatte sie bis jetzt nur ein paar flüchtige Liebschaften gehabt, und er fragte sich, ob ein Leben in ständiger Gefahr ihre Leidenschaft beflügelte und erregend auf sie wirkte. Außerdem hätte es ihn interessiert, ob sie je verliebt gewesen war.

»Du bist sicher nicht den ganzen Weg nach Rom gekommen, um dir von mir anzuhören, dass ich aussteigen will«, sagte sie. »Doch genau das will ich – und ich werde es tun. Allerdings bist du nun mal mein Chef, und da du so weit gereist bist, um mich zu sehen, werde ich dir mein Ohr leihen.«

»Vielleicht hatte ich nur Sehnsucht nach deinem Gesicht«, erwiderte er. Ihr Gesicht gefiel ihm wirklich. Tina war zwar keine Schönheit, ja, wahrscheinlich nicht einmal hübsch, aber sie hatte Charakter und Ausstrahlung. Sie verfügte über das gewisse Etwas, das sie stets im Mittelpunkt stehen ließ. Ihr Haar wirkte zerzaust, doch nicht ungepflegt, sondern eher, als wäre der Wind hineingefahren. Obwohl sie sich nicht groß um ihr Äußeres zu kümmern schien, trug sie stets Ohrringe. Jeden Tag. Es war, als wollte sie die Zuschauer – und möglicherweise auch sich selbst – daran erinnern, dass sie inmitten der schrecklichsten Kriegsgräuel eine Frau geblieben war.

Wenn Ben erfuhr, dass irgendwo ein bewaffneter Konflikt ausgebrochen war, war Tina schon längst vor Ort, und ihre Reportagen erschienen in den Abendnachrichten des Senders, den er gegründet hatte und der nun weltweit seine Programme ausstrahlte.

Sie hob das Weinglas. »Auf den Grund, der dich zu mir geführt hat. Da das so selten passiert, ist es offenbar wichtig.«

Er stieß mit ihr an. »Es ist wirklich viel zu selten.«

»Woran liegt es nur, dass ich dich nie sehe, wenn du gerade mal zufällig nicht verheiratet bist?«, fragte sie mit einem Lächeln auf den Lippen. Doch ihre Augen blickten ernst.

»Das hättest du wohl gern«, neckte er sie, aber auch sein Blick wirkte nachdenklich.

Sie zuckte mit den Schultern. »Keine Ahnung. Jedenfalls ist es noch nie passiert.«

Der Kellner servierte sein Kalbfleisch Scallipione und ihre Pasta Marinara.

»Weißt du, wie selten ich so gut esse?«, fragte sie.

»Du hast dich für dieses Leben entschieden.«

»Ja. Ich sehnte mich nach Ruhm und Abenteuern und danach, Dinge zu tun, die anderen Frauen verwehrt bleiben.«

»Und das hast du auch geschafft.«

Sie nickte und machte sich über ihre Spaghetti her. »Und jetzt bin ich mir nicht mehr sicher, ob mir das genügt, ob ich für immer so weiterleben will.«
»Ist das eine verfrühte Midlife-Crisis?«, erkundigte sich Ben.
»Nein, ich habe es bloß satt, die Menschheit immer nur von ihrer schlimmsten Seite zu sehen. Ich vergesse, dass es auch Leute gibt, die ganz normal leben, die zur Arbeit fahren und nach Hause kommen, ohne dass ihnen tagsüber etwas Schreckliches zugestoßen wäre. Leute, die abends schlafen gehen, ohne sich vor dem Tod zu fürchten.«
Ben legte die Gabel weg.
»Du machst mir ein schlechtes Gewissen.«
»Es ist nicht deine Schuld.«
»Jetzt traue ich mich gar nicht mehr, dir zu sagen, worum ich dich eigentlich bitten wollte.«
Sie trank einen Schluck Wein. »Ich wusste doch, dass da etwas im Busch ist. Okay, raus mit der Sprache, damit wir darüber reden können. Aber ich weigere mich, wieder in ein Kriegsgebiet zu gehen.«
Er wagte kaum, das Thema anzuschneiden. Am liebsten hätte er sie in die Arme genommen, ihr angeboten, nach Hause zurückzukehren, und ihr versprochen, für sie zu sorgen, damit sie sich nie wieder bedrohlichen Situationen aussetzen musste. Allerdings war er quer über den Atlantik geflogen, um sie zu einem neuen Einsatz zu überreden.
»Was weißt du über Mosambik?«, fragte er deshalb.
Sie lachte laut auf. »Mosambik? Das soll wohl ein Witz sein.«
Er schüttelte den Kopf. »Dort wird seit vierzehn oder fünfzehn Jahren gekämpft, ohne dass es dich interessiert hätte.«
Sie starrte ihn an.
»Anfang 1975«, fuhr er fort, »gab es dort zweihundert Ärzte und die höchste Impfrate in Afrika. Im Dezember desselben Jahres wurde das Land unabhängig von Portugal; alle Intellektuellen, also sämtliche Ärzte, Lehrer und andere Perso-

nen, die einen Beruf gelernt hatten, sowie alle Weißen wurden hingerichtet. Ein Weißer, der den Fuß über die Grenze setzt, ist so gut wie tot. Ausnahmen werden nicht gemacht.«
Tina nickte. Als sie ihn ansah, wich er ihrem Blick nicht aus. Sie legte die Gabel weg. »Und du willst, dass ich dorthin gehe?«
»Nicht ganz«, erwiderte er. »Doch der Krieg dauert schon fünfzehn Jahre. Fünfzehn Jahre! Und nie kommt darüber etwas in den Nachrichten.«
»Natürlich nicht. Es ist das ärmste Land der Welt.«
»Wie viel weißt du darüber?«
Sie griff zur Gabel und aß einen Bissen Pasta. »Kaum etwas. Unter der portugiesischen Feudalregierung herrschten ziemlich moderne Verhältnisse, doch seit der Unabhängigkeit geht dort alles den Bach runter.«
»Aber warum? Was unterscheidet dieses Land von denen, die sich gegen die britische und belgische Besatzung gewehrt haben? Und was kann man tun, um diesem Völkermord Einhalt zu gebieten?«
Tina betrachtete ihn. »Unter anderem liebe ich an dir«, sagte sie und legte die Hand auf sein Handgelenk, »dass du immer in großen Zusammenhängen denkst. Glaubst du wirklich, du könntest ganz allein einen Krieg stoppen?«
Habe ich gerade das Wort »liebe« gehört?, hätte er beinahe gefragt, doch er verkniff es sich. Er wollte ihre Freundschaft auf keinen Fall gefährden oder riskieren, dass Tina ihren Job hinwarf, weil sie sich von ihm bedrängt fühlte.
»Natürlich nicht. Allerdings denke ich, dass wir etwas über diesen Krieg erfahren und die Welt darüber informieren können. Warum kämpfen die Kriegsparteien so lange, bis alles zerstört ist, wenn es sich um einen Bürgerkrieg handelt? Offenbar kennt niemand die Antwort«, fügte er hinzu.
»Und es interessiert auch niemanden. Jetzt hast du mich neugierig gemacht.«

Offenbar hatte er ihr Interesse geweckt, und Ben war ziemlich zufrieden mit sich.
Er winkte den Kellner herbei und bestellte einen Kaffee.
»Ich möchte auch einen.« Nachdem sie ihn eine Weile betrachtet hatte, sagte sie: »Ich hatte noch nie einen Grund, ins südliche Afrika zu fahren. Nicht einmal Somalia kenne ich.«
»Da du nicht nach Mosambik einreisen kannst, musst du dich an den Grenzen umhören und herausfinden, was dort wirklich vor sich geht. Vielleicht stößt du ja auf Flüchtlingslager. In Simbabwe und Malawi gibt es sicher welche.«
»Du hast mich schon wieder erwischt. Ich weiß nicht einmal, wo Malawi liegt.«
»Früher hieß es Njassaland.«
Tina sah ihn fragend an. »Von einem Njassasee habe ich mal irgendwo gehört.«
Ben nickte. »Ich habe eine Karte in meinem Koffer.«
Tina seufzte. Würde sie es denn nie schaffen, nach Hause zurückzukehren? Sie wusste, dass sie sehr wichtig für den Sender war. Ben bezahlte ihr ein astronomisches Gehalt, damit die Konkurrenz sie nicht abwarb. Tina blickte ihm in die Augen. Wie oft hatte sie sich im Laufe der Jahre ausgemalt, wie es wohl sein mochte, ihn zu küssen? Sie fragte sich, ob sein Schnurrbart kitzelte.
»Warum hast du eigentlich nie mit mir geflirtet?«, fragte sie.
Er lachte so laut, dass sich die Leute an den anderen Tischen umdrehten. »Hätte ich riskieren sollen, dass du kündigst?«
»Eine diplomatische Antwort, um mir mitzuteilen, dass ich als Frau nicht auf dich wirke.«
»He, das habe ich nicht gesagt.«
»Und woran liegt es dann, dass du, wenn du gerade mal nicht verheiratet bist, nie …«
»Im Moment bin ich praktisch nicht verheiratet.«
Sie lächelte ihn an, und ihr Herz klopfte schneller. »Möchtest du mir etwas sagen?«

»Susan und ich lassen uns scheiden. Wir haben es letzte Woche bekannt gegeben.«
»Warum sind deine Ehen eigentlich immer so schnell zu Ende?«
Er schüttelte den Kopf. »Darauf weiß ich auch keine Antwort. Wahrscheinlich bin ich zu sprunghaft und außerdem zu selten zu Hause, dauernd beschäftigt und ständig auf Reisen. Keine Ahnung, Tina. Wenn ich die Scheidung vorhersehen könnte, würde ich sicher nicht heiraten.«
»Meinst du, du müsstest eine Frau heiraten, um mit ihr ins Bett zu gehen?«
Ben grinste sie an. »So ein persönliches Gespräch haben wir noch nie geführt.«
»Nicht, so weit ich mich erinnere.«
»Und das werden wir auch jetzt nicht tun. Ich weigere mich, dir in einem Restaurant in Rom von meinem Liebesleben und meinen privaten Beziehungen zu erzählen.«
»Mist«, sagte sie lachend. »Und ich dachte schon, ich hätte es endlich geschafft.«
»Oder verrätst du mir etwa, wie viele Männer es in deinem Leben schon gegeben hat?«
Ihr Blick verdüsterte sich, und sie schwieg eine Weile. »Wie wichtig ist es dir, dass ich nach Afrika gehe?«, fragte sie dann.
»So wichtig, dass ich eigens hierher geflogen bin, um dich zu überreden.«
»Was bist du bereit zu tun, damit ich zustimme?«
»Eine ganze Menge. Wie viel mehr möchtest du denn?«
Sie betrachtete ihn. »Du redest von Geld, richtig?«, sagte sie schließlich.
»Und du? Wovon redest du?« Erstaunt stellte er fest, dass sein Herz einen Sekundenbruchteil aussetzte.
»Du hast mir gerade einen Urlaub auf einer griechischen Insel angeboten.«

»Klar, den kannst du haben.«
»Aber ich will nicht nur, dass du mir die Kosten für eine Woche auf einer idyllischen Insel erstattest. Komm mit«, sagte sie. Ihr Blick war ernst.
Darauf wollte sie also hinaus. Sie nahm kein Blatt vor den Mund und sprach ihre Wünsche einfach aus, ohne Zeit mit Spielchen zu vergeuden.
»Wenn du willst, dass ich nach Afrika gehe, komm mit mir nach Santorin.«
Er zögerte. »Drei Tage«, sagte er. »Mehr als drei Tage kann ich mich nicht freimachen.«
»Hast du Angst, es könnte unserer Freundschaft schaden? Dass es uns anschließend peinlich sein könnte, zusammenzuarbeiten?«
»Die Befürchtung, unsere Arbeitsbeziehung zu zerstören, hat mich unter anderem immer zurückgehalten.«
»Oh.« Tina lächelte glücklich. »Also hast du dir schon früher überlegt, ob aus uns beiden etwas werden könnte?«
»Seit ich dich das erste Mal in Chicago im Fernsehen gesehen habe, und seitdem jede Nacht.«
Erstaunt riss sie die Augen auf. »Ach du meine Güte.« Damit hatte sie nicht gerechnet.
»Genügt dir das?«
Als sie die Hand auf den Tisch legte, berührte er sie nicht.
»Für den Anfang bin ich sehr zufrieden. Warum buchst du nicht den Flug und reservierst die Hotelzimmer?«
»Moment mal«, protestierte er. »Was ist mit dir? Zuerst will ich wissen, ob du schon mal von mir geträumt hast?«
»Oh, hin und wieder.« In diesem Augenblick sah sie wunderschön aus. »Gelegentlich.«
»Ich muss am Wochenende wieder in New York sein.«
Er würde seine Sekretärin bitten, die beiden Besprechungen in London abzusagen. Dann würde es genügen, wenn er am Freitagabend nach Hause kam.

Das Leben war aufregend, weil man morgens beim Aufwachen nie wusste, was der Tag bringen würde.
Als er am Morgen Heathrow verlassen hatte, hatte er nicht geahnt, dass er heute Tina O'Rourke näher kommen würde.
Drei Tage mit Tina O'Rourke. Und drei Nächte.

15

Tina schlang die Arme um den Leib. Sie stand auf dem Balkon, von dem aus man auf das blaue Meer blickte, und dachte, dass sie für drei Tage mit Ben Burgess auch bis ans Ende der Welt geflogen wäre. Tja, das war doch eigentlich schon sehr viel versprechend, denn schließlich konnte man Mosambik mit Fug und Recht als das Ende der Welt bezeichnen.

Das kleine griechische Hotel lag auf halber Höhe eines Hügels und hatte viel Charme. Aus dem Dorf unter ihr konnte Tina Musik hören. Sonnenfunken tanzten auf dem Wasser, das sich am Horizont mit dem Himmel traf. Einen so blauen Himmel hatte Tina noch nie gesehen. In Griechenland war der Himmel anders als sonst auf der Welt, und zwar auf eine Weise, die man selbst erleben musste, um sie zu verstehen.

Die Tür hinter ihr öffnete sich, und sie drehte sich um, als Ben, eine riesige Hibiskusblüte in der Hand, hereinkam. Er lächelte.

»Ich habe mich schon gefragt, was du hier zu erledigen haben könntest.«

Er reichte ihr die Blume, und ihre Hände berührten sich.

»Du meine Güte, ich hatte ja keine Ahnung, dass du so ein Romantiker bist.«

Ben berührte ihre Wange mit dem Handrücken und strich ihr eine dunkle Haarsträhne aus dem Gesicht.

»Ich verhungere«, meinte er. »Der Portier sagt, dass es gleich in der Nähe eine Taverne gibt. Hast du Lust?«

Sie lächelte ihn an. »Ich bin zu allen Schandtaten bereit.«
Er beugte sich hinunter und küsste sie auf die Wange. Das hatte er schon sehr oft getan, wenn einer von ihnen abreiste oder irgendwo ankam – mit der Bahn, dem Flugzeug, dem Auto und einmal sogar mit dem Kamel. Sie waren wie Schiffe, die nachts aneinander vorüberfuhren.
Er nahm ihr den Hibiskuszweig aus der Hand und steckte ihn ihr hinters Ohr. »So. Glaubst du, er hält dort? Er passt zu deinem Kleid.«
Gleich nach ihrer Ankunft hatte sie sich das leichte Baumwollkleid gekauft, denn nichts, was sie bei sich hatte – eigentlich nichts, was sie besaß –, eignete sich für einen Urlaub in Griechenland. Außerdem hatte sie ein Paar Sandalen erstanden, kitschige mit goldenen Riemchen, die sie ganz sicher nie wieder tragen würde.
»Ich weiß nicht, wie ich mich verhalten soll«, sagte sie. »Ich hatte so lange keinen Urlaub mehr, dass ich mich gar nicht daran erinnern kann. Ich glaube, der letzte war, bevor ich bei deinem Sender angefangen habe.«
»Gib nicht mir die Schuld«, erwiderte er schmunzelnd.
Sie steckte sich die Blume fester hinters Ohr. Zum Teufel mit dem Abendessen, hätte er beinahe gesagt, als sie sich zu ihm umdrehte. Doch stattdessen griff er nach ihrer Hand. »Gehen wir.«
Hand in Hand schlenderten sie die gewundene kopfsteingepflasterte Straße entlang und beobachteten, wie die untergehende Sonne den Himmel mit leuchtend blauen und dunkelvioletten Streifen überzog.
»Hier«, sagte er, »das muss es sein.« In dem kleinen Lokal gab es ein paar eng gestellte Tische und eine große Tanzfläche. Die meisten Gäste waren Griechen, doch es waren auch zwei andere Touristenpärchen darunter. Der Kellner war sehr freundlich und sprach hervorragendes Englisch mit einem kaum merklichen Akzent.

Er führte sie an einen Tisch in der Nähe der Tanzfläche, wo ein Paar tanzte, und schenkte ihnen ohne zu fragen zwei Gläser Retsina ein.

Ben prostete Tina zu. »Auf einen denkenswerten Urlaub.« Doch schon nach dem ersten Schluck verzog er angewidert das Gesicht. »Mein Gott, das schmeckt ja wirklich scheußlich.«

Tina lachte. »Es gibt bestimmt auch etwas anderes. Hier ist man auf Touristen eingestellt.«

»Trinkst du das etwa?«

»Nicht, wenn ich eine Alternative habe.«

Ben winkte den Kellner heran, der diese Reaktion von Ausländern offenbar gewohnt war. Er brachte eine Flasche Vouvray.

»Eigentlich trinke ich lieber Rotwein«, sagte Ben, aber ein Vouvray tut es auch.«

Ein Kellner in schwarzer Hose und weißem Hemd und mit einer bunten handgewebten Schärpe um die Taille nahm ihre Bestellung entgegen. Ben entschied sich für Lamm, Tina für Tyropitta.

»Das war eine prima Idee«, sagte er. »Ich hatte auch schon lange keinen Urlaub mehr.«

»Fährst du nicht öfter auf deine Ranch in Wyoming?«

»Nicht so häufig, wie mir lieb wäre. Weißt du was? Wenn du nach Hause kommst, nehme ich dich dorthin mit.« Er beugte sich über den Tisch und fuhr leise fort: »Ich weiß noch, wie ich dich zum ersten Mal gesehen habe. Mel kam völlig aufgeregt aus Chicago zurück und sagte, ich müsse mir unbedingt das Band anschauen, das er mitgebracht habe. ›Du wirst begeistert sein‹, jubelte er. ›Du wirst ihr ein kleines Vermögen bezahlen, um sie aus Chicago abzuwerben.‹«

Tina betrachtete ihn. Sie erinnerte sich an den Anruf, der sie aufgefordert hatte, am nächsten Tag nach New York zu kommen.

»Er hatte Recht. Ich wollte dich auf Anhieb. Und das hat sich seitdem nicht geändert.«
»Und du hattest Erfolg«, erwiderte sie. »Um ehrlich zu sein«, fügte sie grinsend hinzu, »hättest du mich auch für viel weniger Geld kriegen können.«
»Das sagst du jetzt!« In gespielter Empörung schlug er sich auf die Stirn.
»Ich hatte mich auf schwierige Verhandlungen eingerichtet«, gestand sie und trank einen Schluck Vouvray. »Schließlich hatte ich gehört, was für ein harter Brocken du bist.« Sie lächelte. »Aber eigentlich stimmt das gar nicht. Du bist der netteste Arbeitgeber der Welt.«
Er grinste. »So denken nicht alle.«
»Dann habe ich eben Glück gehabt. Du gibst mir das, was ich brauche.«
»Und ich würde dir noch viel mehr geben. Weißt du, dass ich mich richtig vor dir gefürchtet habe?«
Tina lachte auf. »Vor mir? Warum? Was habe ich dir getan?«
»Ich habe mich nach dir gesehnt, Tina, seit ich dich kenne.«
»Und warum hast du nie die Initiative ergriffen?«
Er zuckte mit den Schultern. »Auch wenn es altmodisch klingen mag, bin ich treu, während ich verheiratet bin. Wenn nicht in Gedanken, dann wenigstens körperlich.«
»Vielleicht ist das der Grund für deinen Ruf?«
»Was für einen Ruf habe ich denn?« Der Kellner servierte Salat aus Gurken, Cocktailtomaten, Schafskäse und Spinat.
»Dass du aufrichtig bist und man sich auf deinen Handschlag verlassen kann.«
Er lächelte ihr zu. »Und darauf bin ich stolz.«
Pass auf, dachte sie, sonst bricht er dir das Herz.
Er legte die Gabel weg. »Komm«, sagte er und stand auf. »Fangen wir diesen Urlaub richtig an. Lass uns tanzen.«
Er nahm ihre Hand und begleitete sie zur Tanzfläche. »Aller-

dings weiß ich nicht, ob ich zu dieser Musik tanzen kann«, gab er zu, »aber das spielt keine Rolle.«
Es war ein schönes Gefühl, in seinen Armen dahinzugleiten. Er hielt sie locker, zog sie aber dicht an sich, sodass sie sich, ohne nachzudenken, von ihm führen lassen konnte.
»Wie lange muss ich am Ende der Welt bleiben, bis ich zu dir auf die Ranch kommen kann?«
Er drückte sie an sich. Der Gedanke, dass er sie in ein Kriegsgebiet schickte, gefiel ihm gar nicht. Wie leicht wäre es gewesen, ihr einfach zu sagen, dass sie nicht gehen, sondern mit ihm nach Hause kommen solle. Nach Hause auf seine Ranch.
»Du riechst gut«, murmelte er.
»Das ist selten bei mir«, erwiderte sie. »Normalerweise rieche ich nach Leder, Schweiß und Pulverdampf.«
»Nicht sehr weiblich«, sagte er. Es erregte ihn, sie so nah bei sich zu haben und ihren weichen Körper zu spüren.
Als der Kellner ihr Essen servierte, hörten sie auf zu tanzen und kehrten an ihren Tisch zurück.
Tina bohrte die Gabel in das Tyropitta. »Es sieht köstlich aus.«
Beim Essen lächelten sie sich an. Auch wenn sie einen Schluck Wein tranken, wendeten sie den Blick nicht voneinander ab. Tina streifte eine Sandale ab und ließ den Fuß Bens Bein hinaufgleiten. »Nichts als leere Versprechungen«, neckte er sie grinsend.
»Weißt du, dass heute Vollmond ist?«, fragte Tina.
Er sah sie an. »Als ich mir ausgemalt habe, wie es zwischen uns sein würde, habe ich mir dich immer abweisend vorgestellt.«
»Hättest du das aufregender gefunden?«
Lächelnd griff er nach seinem Weinglas. »Meinst du damit, dass die Jagd der größte Spaß ist? Ich verrate dir was, Tina. Nichts könnte es aufregender machen, als es gerade ist.«

»Komisch, nicht? Ich habe nie gedacht, dass ich je mit dir allein sein würde.«
»Wir waren in Singapur allein.«
»Ja, und wir haben in getrennten Hotels übernachtet.« Sie nahm eine Olive und biss hinein. »Mmm. Es gibt auf der ganzen Welt keine besseren Oliven als Calamatas.«
»Im Kosovo waren wir auch allein.«
»Aber du hast nie einen Annäherungsversuch unternommen.«
»Damals war ich, wie du es so gern ausdrückst, wieder mal verheiratet.«
Sie verspeiste die Olive. »Hast du je daran gedacht, einen längeren Zeitraum allein zu bleiben?«
»Offen gestanden, und jetzt wirst du mir wahrscheinlich nicht glauben, lebe ich gern allein. Ich genieße das Alleinsein, zwar nicht ständig, aber wenn ich von der Arbeit nach Hause komme und niemand etwas von mir will.«
»Hm.« Tina fand, dass Männer keine Ahnung vom wirklichen Alleinleben hatten.
»Ich nehme an, du kaufst mir das nicht ab. Genauso wenig wie ich dir abnehme, dass du es schaffen würdest, nicht ständig durch die Kriegsgebiete der Welt zu ziehen.«
»Damit ist Schluss, Ben. Mosambik ist mein letzter Einsatz. Sag nicht, ich hätte dich nicht gewarnt. Ich wollte drei Tage Abstand gewinnen, lachen, im Meer schwimmen, nicht an Landminen denken ...«
»Landminen?«
»Das ist das Allerschrecklichste. Ich möchte nicht darüber reden, sondern drei ganze Tage lang glücklich sein. Ich will ...«
»Liebe machen?«
»Oh, das geht in deinem Kopf herum.«
Er nahm ihre Hand.
»Ich habe es gern, wenn du mich berührst«, sagte sie.

»Du möchtest doch sicher auch keinen Nachtisch. Lass uns gehen. Dein Baklava bekommst du morgen Abend.«
»Ich bin bereit. Und du?«
»Seit du mich eingeladen hast.«
Nachdem er ein Trinkgeld auf den Tisch gelegt hatte, traten sie hinaus in die nach Blumen duftende milde Nachtluft. Als sie den Hügel hinaufgingen, legte er ihr die Hand auf die Schulter, sodass sie stehen blieb. Er drehte sie zu sich herum, nahm sie in die Arme, und ihre Lippen trafen sich.
O Gott, dachte sie, noch nie im Leben habe ich so etwas geschmeckt.
»Das war das Warten wert«, sagte er und nahm ihre Hand. Sie schlenderten weiter. »Mein Gott, schau dir die Sterne an. Und den Mond. Du hattest Recht. Er ist schon voll.«
»Sind Ferien nicht was Wunderbares?«
»Wenn ich das gewusst hätte, hätte ich mich schon früher gezwungen, Urlaub zu machen.«
»So schön ist es aber nicht immer.«
»Das ist mir klar. Ich glaube, ich habe noch nie einen Urlaub so genossen. Und dabei hat er erst angefangen.«
»Küss mich noch mal«, sagte sie und blieb stehen. »Küss mich, bis ich nicht mehr klar denken kann.«
Er drückte ihr einen Kuss auf die Stirn. »Das tue ich, wenn wir in unserem Zimmer sind. Oder glaubst du, ich schleppe dich den Hügel hinauf?«
Sie fing an zu rennen. Er lachte zwar, versuchte aber nicht, sie einzuholen. »Du bist jünger als ich«, meinte er.
»Ja«, rief sie zurück. »Acht Jahre.«
»Woher weißt du, wie alt ich bin?«
»Alles über dich ist bekannt.« Sie wurde langsamer und wartete auf ihn. »Schließlich bist du einer der berühmtesten Männer der Welt, also tu nicht so.«
»So berühmt wie du bin ich nicht. Die Leute haben zwar meinen Namen gehört, aber sie erkennen mich im Gegensatz zu

dir nicht. Du könntest eine Straße in China, Saigon, Rumänien oder sogar in Ägypten entlanggehen ...«
Sie lachte auf. »Ach, ist das nicht toll. Wir beide gehören zu den berühmtesten Leuten der Welt, und niemand weiß, wo wir sind.«
»Und sie haben keine Ahnung, was wir im Schilde führen.«
»Meinst du, sie wären überrascht?«
Als er nicht antwortete, fragte sie: »Glaubst du, es wird uns Spaß machen?«
Er blieb stehen, packte ihre Hand und zog sie an sich. »Hast du wirklich ernsthafte Befürchtungen, du könntest es nicht schön finden?«
Sie blickte zu ihm auf, doch da sein Gesicht im Schatten lag, konnte sie seine Augen nicht sehen. »Küss mich noch einmal«, sagte sie. »Und dann schauen wir, dass wir nach oben kommen.«

16

Am Morgen war Ben nach New York geflogen; Tina wollte am nächsten Tag nach Afrika aufbrechen. Sie verbrachte den Tag mit Einkäufen und den Vorbereitungen auf ein Leben in einer anderen Klimazone und erstand Landkarten und Reiseführer.

Dann starrte sie aus dem Fenster. Alles war gepackt und – wie immer auf ihren Reisen rund um die Welt – in einer Tasche verstaut, die sie als Handgepäck mit an Bord nehmen konnte.

An diesem Morgen hatte sie am Flughafen von Rom Bens Flugzeug nachgeblickt, bis es nur noch ein Pünktchen am dunstigen Himmel gewesen war. Anschließend hatte sie weiter dagestanden und auf die anderen Flugzeuge gestarrt, die unbekannten Zielen entgegensteuerten, so lange, bis jemand sie sanft am Ellbogen berührt und sie gefragt hatte, ob alles in Ordnung sei.

»Ja, ja, natürlich«, hatte sie erwidert.

Wie benommen hatte sie sich auf den Weg zu einem Ausgang gemacht und draußen ein Taxi herangewunken. Sie bat den Fahrer, sie zu einem Laden zu bringen, der Landkarten verkaufte.

Tina griff nach ein paar Karten des afrikanischen Kontinents, von Mosambik, Simbabwe, Malawi und sogar Südafrika, ohne auch nur einen Blick darauf zu werfen. Mit ihrer Einkaufstüte kehrte sie zum wartenden Taxi zurück und ließ sich zu einem Kaufhaus chauffieren, wo sie durch die verschiedenen

Abteilungen schlenderte und Shorts, Baumwollhemden und bequeme Schuhe erwarb. Sie durfte nicht vergessen, dass in Afrika der Sommer anfing, wenn hier der Winter begann.
In ihrem Zimmer angekommen, warf sie die Landkarten auf einen Sessel, sank aufs Bett und kuschelte sich an das Kissen, das noch den Abdruck von Bens Kopf trug. Dann ging sie hinunter ins Restaurant, wo sie die vermutlich letzte anständige Mahlzeit für die nächsten Wochen zu sich nahm und zwei Gläser Wein trank.
Nachdem sie geduscht hatte und ruhelos im Zimmer auf und ab ging, läutete das Telefon. »Ich vermisse dich«, sagte eine vertraute Stimme.
Ihr Herz setzte einen Moment aus.
»Steve?«, neckte sie ihn mit einem Grinsen.
Er lachte auf.
»Die gerechte Strafe für meine Sentimentalität«, meinte Ben. »Ich bin gerade angekommen und habe die letzten zwölf Stunden damit verbracht, an dich zu denken. Also wollte ich noch mal deine Stimme hören, bevor du ans andere Ende der Welt fliegst.«
»So lange hat es gedauert?«
»Ich habe auf dem Heimweg noch mal im Büro vorbeigeschaut. Hör zu.« Er hielt inne.
»Ich höre.«
»Du musst nicht gehen.«
»Ich habe es dir versprochen.«
»Ich weiß, doch ich wollte dir trotzdem sagen, dass du nicht musst.«
»Das ist aber nett von dir, nachdem ich dich erpresst habe, fünf Tage mit mir zu verbringen.«
»Du hast mich nur zu drei Tagen gezwungen, die anderen beiden waren freiwillig. Ich habe jede Minute genossen. Und jetzt fällt es mir schwer, in die Wirklichkeit zurückzukehren.«

Wie gerne hätte sie ihm gestanden, dass er ihr fehlte. So sehr, dass es ihr einen Stich in die Brust versetzte. Aber stattdessen erwiderte sie: »Ich habe mir ein paar Karten beschafft, die ich mir im Flugzeug ansehen kann. Ich starte morgen früh um acht. Allerdings weiß ich nicht, wohin ich nach meiner Ankunft in Harare fahren soll. Bevor ich das entscheide, werde ich mit ein paar Leuten reden müssen. Vielleicht bin ich ein oder zwei Wochen lang nicht erreichbar, also mach dir keine Sorgen.«

»Das tue ich jetzt schon.«

Tina holte tief Luft und nahm all ihren Mut zusammen. »Ich muss dir etwas sagen, aber anschließend lege ich sofort auf.«

Schweigen entstand.

»Außerdem höre ich nach diesem Auftrag auf. Ich steige aus. Also brauchst du mich nie wieder zu sehen, wenn dir nicht gefällt, was ich dir jetzt erkläre.«

»Da lachen ja die Hühner.« Sie merkte an seinem Tonfall, dass er grinste.

»Ich liebe dich.« Zu ihrer Überraschung blieben ihr die Worte nicht in der Kehle stecken. »Ich liebe dich seit dem Tag, an dem ich zum ersten Mal dein Büro betreten habe. Und die letzten fünf Tage … Noch nie im Leben bin ich so glücklich gewesen. Ich werde diese Worte nicht wiederholen, wenn du es nicht willst, aber einmal muss ich es dir noch sagen. Dann lege ich auf. Ich liebe dich. Wahnsinnig, wie verrückt, bis über beide Ohren. Ich liebe dich.«

Sie knallte den Hörer auf die Gabel und fragte sich, ob er wohl immer noch lächelte. Oder runzelte er etwa inzwischen die Stirn?

Allerdings gestattete sie sich nicht, darüber nachzugrübeln. Es war ausgesprochen und erledigt. Die größte Heldentat ihres ganzen Lebens, obwohl ihr eigentlich tagtäglich großer Mut abverlangt wurde.

Das Telefon läutete.

Tina sank aufs Bett und zog sich ein Kissen über den Kopf. Vielleicht hätte ihr seine Antwort ja gefallen, aber sie wusste, dass sie eine erneute Zurückweisung nicht ertragen würde. Das eine Mal, damals auf dem College, war genug gewesen, und eigentlich hatte sie sich geschworen, sich nie wieder in eine solche Situation zu begeben. Und dennoch hatte sie Ben jetzt eine Möglichkeit eröffnet, sie abblitzen zu lassen: Tina, es war wunderschön mit dir, und ich habe dich sehr gern. Du bedeutest mir wirklich viel, doch leider liebe ich dich nicht ... Tut mir Leid, wenn ich mich missverständlich verhalten haben sollte. Aber glaub mir, Tina, ich habe dich gern.

Sie drückte sich das Kissen über die Ohren, bis das Läuten verstummte.

Als sie ein Taxi zum Flughafen nahm, war es noch dunkel. Sie hatte beschlossen, dort zu frühstücken. Während sie durch das Fenster die Flugzeuge beobachtete, wurde es allmählich hell. Auf dem Flughafen ging es geschäftig zu. Rom war Tinas Stützpunkt zwischen den Einsätzen, und sie hatte eine Schwäche für die italienische Mentalität und für italienisches Essen.

Tina gestattete sich nicht, an Ben und die fünf schönsten Tage und Nächte ihres Lebens zu denken. Schließlich, so sagte sie sich, gab es genug, worüber sie sich den Kopf zerbrechen musste.

Sie gehörte zu den ersten Passagieren, die in die Maschine stiegen. Ben bestand darauf, dass sie immer erste Klasse flog, seiner Ansicht nach nur eine kleine Vergünstigung als Ausgleich für die Einsätze, die er ihr zumutete.

Während sich das Flugzeug füllte, holte Tina die Karten aus ihrer Tasche und breitete eine davon auf dem kleinen Tisch vor sich aus. Es war die des gesamten afrikanischen Kontinents.

Afrika – der Name allein hatte einen exotischen Klang. Außerdem konnte Afrika auf eine unvergleichliche Geschichte zurückblicken. Hier hatte man die ältesten menschlichen Überreste gefunden. Die Sklaverei hatte hier gnadenlos gewütet, und arabische und portugiesische Sklavenhändler und schließlich die Amerikaner hatten Millionen von Menschen tausende von Meilen weit verschleppt.

Ein Kontinent, der so anders war als die anderen. Viele Ureinwohner lebten – wie seit Jahrhunderten und Jahrtausenden – immer noch in Stammesgesellschaften. Und man hatte nicht nur die Menschen versklavt, sondern ihnen darüber hinaus die Bodenschätze wie Gold und Diamanten gestohlen. Nun waren sie im Begriff, ihren letzten einzigartigen Reichtum zu verlieren – ihre Tierwelt.

Tina griff nach einem der Reiseführer, die sie gestern gekauft hatte. »Die durchschnittliche Lebenserwartung im Afrika südlich der Sahara«, las sie, »beträgt knapp vierzig Jahre.«

Sie starrte ins Leere. Als Durchschnittsafrikanerin hätte ich nur noch vier Jahre zu leben, dachte sie. Ich wäre eine alte Frau.

Mein Gott, in Afrika gab es Krankheiten, von denen Tina noch nie gehört hatte.

»In der Hauptstadt von Zaire« – sie erinnerte sich, dass das Land zur Kolonialzeit Kongo geheißen hatte – »existiert lediglich ein einziges Krankenhaus, das weder über elektrischen Strom noch über fließend Wasser oder einen Röntgenapparat verfügt und nur wenige Medikamente und Impfstoffe auf Lager hat. In diesem Krankenhaus arbeitet ein Arzt, die Stadt hat 2 159 000 Einwohner.«

Tina blätterte weiter, bis sie auf die Seiten über Simbabwe stieß. Aha, hier schienen die Zustände ein wenig besser zu sein. Zumindest besaß Harare, die Hauptstadt, ein anständiges Krankenhaus. Vielleicht lag es daran, dass der Übergang

zur Unabhängigkeit hier mit einem Minimum an Blutvergießen und Chaos bewältigt worden war.
Als sie die Karte von Mosambik aus der Tasche holte, stellte sie fest, dass das Flugzeug zur Startbahn rollte. Sie beugte sich über die Karte. Der Indische Ozean bildete die Ostgrenze des Landes.
Im Westen war die längste Grenze die zu Simbabwe, was Tina ein wenig erleichterte. So würde sie nicht in Sambia und Malawi herumirren müssen, wo die Zustände um einiges primitiver waren. Ihr wurde klar, dass sie fast nichts über Afrika wusste.
In Asien kannte sie sich ziemlich gut aus, und Europa war ihr zweites Zuhause. Außerdem hatte sie viele Monate im Nahen Osten verbracht, einer Region, die sie beinahe aufgegeben hatte. Sie hatte keine Hoffnung mehr, dass es dort während ihrer Lebenszeit zu Versöhnung und Frieden kommen würde.
Es machte Tina schwer zu schaffen, dass sie ihre Zuversicht und ihren Idealismus verloren hatte. In den vergangenen Jahren hatte sie immer wieder erleben müssen, welche Grausamkeiten Menschen einander antun konnten. Und inzwischen vermochte sie sich eine Welt ohne Krieg und Blutvergießen kaum noch vorzustellen.
Ihre Jugend in der amerikanischen Mittelschicht hatte Tina als langweilig empfunden. Sie hatte sich danach gesehnt, die Welt zu bereisen und berühmt zu werden. Und das hatte sie auch geschafft. Inzwischen, mit sechsunddreißig, waren ihre Träume längst wahr geworden. Und jetzt sehnte sie sich nach dem Leben, das sie vor zwanzig Jahren als junges Mädchen geführt hatte. Sie war sicher, dass sie sich nicht langweilen, sondern die Geruhsamkeit zu schätzen wissen würde. Sie würde den Nachbarn zunicken, wenn sie an einem Samstagnachmittag im Herbst das Laub zusammenrechte. Und am Freitagabend würde sie ins Kino gehen. Der gemütliche All-

tag in einer Kleinstadt erschien ihr auf einmal ungeheuer erstrebenswert.
Wieder betrachtete sie die Karte von Mosambik.
Würden die Flüchtlinge ihr etwas über die tatsächliche politische Situation erzählen können?
Vermutlich wussten diese Menschen nur, dass sie um ihr Leben liefen. Aber wovor flohen sie? Warum wurden sie getötet? Wer unterdrückte sie? Fünfzehn Jahre waren eine verdammt lange Zeit für einen Krieg.
Gab es überhaupt eine Hoffnung, ein Blutvergießen zu stoppen, für das sich niemand außerhalb von Mosambik interessierte?
Tina schob die Karten weg und sah aus dem Fenster. Die Sonne spiegelte sich im blauen Mittelmeer.
Während sie den Kaffee trank, den die Stewardess ihr hinstellte, fragte sie sich, wann sie wieder so ein Blau zu Gesicht bekommen würde – oder eine so gewaltige Wasserfläche.
Sie wusste, dass eine riesige verdorrte Einöde vor ihr lag. Wie weit sie sich erstreckte, konnte sie jetzt noch nicht sagen.

TEIL III

1991–1992
An der Grenze zwischen
Mosambik und Simbabwe

17

Er traf zu Pferde ein, was in dieser Gegend selten vorkam. Obwohl er ein wahrer Hüne war – weit über einsachtzig groß und fast hundertfünfzig Kilo schwer –, glitt er elegant aus dem Sattel, und sein Gang war so geschmeidig wie der eines Panthers. Als Andrew ihm die Hand hinhielt und sich vorstellte, umfasste der Fremde sie mit einem schraubstockartigen Griff.

»Lloyd Brackenhurst.«

»Ach ja, wir haben von Ihnen gehört.«

»Wenn ich ein besserer Nachbar wäre, hätte ich Sie schon viel früher besucht« – sie waren bereits sieben Monate hier –, »aber ich war meistens im Ausland.« Er sah sich um. »Sie haben ja praktisch eine Stadt aus dem Boden gestampft. Als ich im Juli abgereist bin, war hier noch eine Wiese.« Überall standen strohgedeckte Hütten.

»Ich habe nicht gedacht, dass sie so groß werden würde. Doch die Leute kommen einfach hier an und weigern sich, wieder zu gehen. Es sind nicht bloß Kranke, obwohl unser Projekt eigentlich nur für sie gedacht war. Wenigstens hatten wir es uns so vorgestellt.«

»Hm.« Brackenhurst verzog unwillig das Gesicht. »Mit so etwas hatte ich weiß Gott nicht gerechnet, als ich hierher zog.«

»Sind Sie schon lange hier?«

»So etwa zwanzig Jahre.«

»Tja, die Welt ändert sich«, erwiderte Andrew. »Kommen Sie

rein. Wir könnten uns auch ins Esszimmer setzen, wo der Kaffee warm gestellt ist.«

»Sie haben ja ziemlich schnell gebaut.« Brackenhurst blickte sich um. »Fünf Gebäude. Sieht aus, als wollten Sie bleiben.«

»Eigentlich nicht«, entgegnete Andrew. Sie standen vor dem Krankenhaus. »Sobald der Krieg in Mosambik vorbei ist und es keine Flüchtlinge mehr gibt, kehren wir nach Hause zurück.«

Brackenhurst erkundigte sich nicht, wo dieses Zuhause war.

»Sie sind nicht der Arzt«, stellte er fest. »Ich habe gehört, dass es eine Frau ist.«

»Meine Tochter. Ich mache die Drecksarbeit, während sie und die Krankenschwester den Menschen das Leben retten.«

»Darf ich mich mal umschauen?«

»Natürlich.« Andrew war sehr stolz auf das Projekt. Noch nie hatte er so schwer gearbeitet. Wie sich herausstellte, war das Rentnerdasein um einiges anstrengender als das Berufsleben. Doch die Schufterei machte ihm Freude.

Mara spähte aus dem Fenster, wischte sich die Hände ab und ging zur Tür, um den Besucher zu begrüßen, den sie aus Joshs Beschreibung erkannte. Josh war überrascht gewesen, dass Brackenhurst nicht schon früher erschienen war.

Brackenhurst stellte sich vor, machte eine leichte Verbeugung und schenkte Mara ein breites Lächeln. »Ich habe eine Schwäche für schöne Frauen«, meinte er. »Und ich habe nicht damit gerechnet, hier eine anzutreffen.«

»Er würde gern herumgeführt werden«, sagte Andrew.

Mara nickte.

»Ich zeige ihm alles. Schließlich weiß ich, wie beschäftigt du bist.«

»Wenn ich mir dieses Lager anschaue, haben Sie vermutlich alle Hände voll zu tun«, stellte Brackenhurst fest.

Sie nickte erneut und warf Andrew einen Blick zu. Dieser zwinkerte.

Mara verschwand den Flur entlang, um Courtney zu fragen, ob sie Hilfe brauche. Als sie in den Operationssaal kam, lag eine Frau auf dem Tisch. Courtney stand neben ihr.
»Ich warte auf Bernie«, sagte Courtney.
Bernie war der Arzt für diesen Monat, ein netter Bursche, der die anderen häufig zum Lachen brachte. Anders als sein Vorgänger, ein Orthopäde, der hier kaum gebraucht wurde, war Bernie Allgemeinmediziner und schien sich auf vielen Gebieten gut auszukennen.
Courtney wies mit dem Kopf auf die Frau, die schweißbedeckt auf dem Tisch lag. Sie sah aus, als wäre sie geschlagen worden. Doch die Blutergüsse waren größer als gewöhnlich und breiteten sich immer mehr aus. »Sehr merkwürdig«, murmelte Courtney.
Da kam Bernie hereinmarschiert. Er hatte gerade einige unterernährte Kinder untersucht.
»Ich glaube nicht«, sagte er, nachdem er sich die Frau angesehen hatte, »dass das Blutergüsse sind.« Als er die Frau berührte, zuckte sie zusammen.
»Sie ist es nicht gewöhnt, dass ein weißer Mann sie anfasst«, meinte Courtney.
»Außerdem tut es ihr offenbar weh. Diese Flecken scheinen von irgendeinem Virus oder Bakterium herzurühren, das Blutungen unter der Haut auslöst. Das sind keine normalen Blutergüsse, sondern winzige Blutungen, die man Petechien nennt.«
Courtney und Mara wechselten Blicke.
»Bitten Sie sie, den Mund zu öffnen«, sagte Bernie.
Auf Maras Aufforderung hin öffnete die völlig verängstigte Frau den Mund. »Schauen Sie.« Bernie zeigte mit dem Finger, während Mara und Courtney sich über die Patientin beugten. Auf ihrer Zunge befanden sich münzgroße Blutergüsse. »Weitere Petechien«, stellte Bernie fest. »Offenbar beeinträchtigt das Virus die Blutgerinnung. Also unter-

suchen wir ihr Blut und sehen uns die weißen Blutkörperchen an.«
In diesem Moment begann die Frau zu husten und heftig aus der Nase zu bluten. »O mein Gott!«, rief Bernie aus.
HEAL hatte ihnen ein Labor zur Verfügung gestellt – obwohl Courtney vermutete, dass Coop es aus eigener Tasche finanziert hatte. Deshalb konnten sie eine Menge Tests durchführen, die in ihrer alten Klinik nie möglich gewesen wären.
»Ich erledige das«, sagte Bernie, obgleich er sich zu Hause nie mit solchen Tests befasste. Allerdings hatte er es dort auch nie mit derartigen Erkrankungen zu tun. Ein Fall von Schwarzem Fieber war ihm noch nie untergekommen, und er hatte noch nie eine beschnittene Frau gesehen oder gar einen Mann, der sich zu Schmuckzwecken Steinchen in die Brust hatte implantieren lassen.
»Wir haben Besuch«, verkündete Mara, nachdem Bernie ins Labor gegangen war.
Courtney neigte den Kopf zur Seite. »Besuch?«
»Lloyd Brackenhurst.«
»Oh«, sagte Courtney lächelnd. »Josh hat mir diesen Mann in so glühenden Farben geschildert, dass ich ganz neugierig bin, ihn kennen zu lernen.«
»Er ist ein Hüne.«
»Ein Hüne?«
»Ein Riese, wie ich noch nie einen gesehen habe. Er überragt sogar deinen Vater. Aber er ist nicht dick. Nun, jedenfalls sieht er nicht so aus, nur gewaltig.«
Courtney lachte auf. »Und was hat dich sonst noch an ihm beeindruckt?«
»Ich konnte nur einen kurzen Blick auf ihn werfen. Er ist auf einem Pferd gekommen und ganz in Weiß gekleidet. Außerdem trägt er einen breitkrempigen Hut wie ein Plantagenbesitzer im Film.«

»Im Film. Ich habe fast vergessen, was ein Film ist.«
Sie beide waren seit über zehn Jahren nicht mehr im Kino gewesen.
»Ich dachte, dass wir uns vielleicht bei ihm einschmeicheln und ihn heute Abend zum Essen einladen sollten.«
»Eine ausgezeichnete Idee.«

Natürlich war Brackenhurst von Maras Kochkünsten gebührend begeistert. »Das war ein unerwartetes Vergnügen«, sagte er zu ihr, nachdem er sich den Mund mit einer Serviette abgetupft hatte.
»Ich koche nicht jeden Tag«, erwiderte Mara, wie immer erfreut, wenn man ihre Küche lobte. »Früher schon, aber inzwischen haben wir so viel …«
»Dann habe ich ja Glück gehabt, dass ich heute gekommen bin.«
Tja, er hatte einen gewissen Charme, das musste Mara zugeben. Eigentlich war sie entschlossen gewesen, ihn nicht zu mögen.
»Woher nehmen Sie die Lebensmittel für all die vielen Menschen?«, erkundigte sich Brackenhurst bei Andrew.
»Wir können nur die Patienten im Krankenhaus ernähren. Die übrigen müssen für sich selbst sorgen. Die gesunden Männer, also die meisten, gehen auf die Jagd. Nach Dunkelwerden sehen wir die Feuer und riechen das gebratene Fleisch. Wir fragen nicht, woher es kommt …«
»Eines kann ich Ihnen verraten«, erwiderte Brackenhurst, »nämlich, dass die umliegenden Stämme ziemlich aufgebracht sind. Ihre Flüchtlinge töten die Tiere, die normalerweise von diesen Stämmen bejagt werden. Inzwischen müssen sie ein oder zwei Tage lang umherziehen, um Beute zu machen. Und sie sind gar nicht erfreut darüber.«
Andrew, Mara und Courtney wechselten Blicke. Schweigen entstand.

»Soll das heißen, dass sich Ärger zusammenbraut?«, fragte Andrew schließlich.
»Könnte sein«, antwortete der Brite. »Die Eingeborenen sind nicht damit einverstanden, dass sich so viele Leute in ihrem Gebiet breit machen.«
»Wir bekommen sie fast nicht zu Gesicht«, meinte Courtney. »In den sieben Monaten, die wir jetzt hier sind, haben wir kaum eine Hand voll gesehen.«
»Trotzdem sind Sie in der Gegend nicht sehr beliebt«, erwiderte Brackenhurst. »Und dasselbe gilt für die Menschen, mit denen Sie sich umgeben.« Dann wandte er sich an Andrew. »Sie spielen nicht zufällig Schach?«
Andrew schmunzelte erfreut. »Hin und wieder spiele ich gerne eine Partie.«
»Er hat jahrelang versucht, es mir beizubringen«, erklärte Mara, »aber ich kapiere es einfach nicht.«
»Dann, Sir«, sagte Brackenhurst, der bis jetzt nicht den Vorschlag gemacht hatte, ihn doch Lloyd zu nennen, »würde ich mich freuen, wenn Sie am nächsten Donnerstag bei mir essen würden.«
»Es wäre mir ein Vergnügen.«
»Und es wäre das Beste, wenn Sie über Nacht blieben, da ich Sie wahrscheinlich lange wach halten werde. Es ist schwierig, bei Dunkelheit den Rückweg zu finden. Natürlich nur, Ladys, wenn Sie ihn eine Nacht entbehren können.«
»Vergessen Sie bloß nicht«, sagte Bernie, der zu spät zum Essen kam, »dass Sie mich am Samstag nach Harare fliegen müssen. Ich reise ab.«
»O nein«, stöhnte Courtney. »Soll ich Sie wirklich schon wieder verlieren?«
»Es war eine wichtige Erfahrung für mich«, entgegnete der Arzt, »die mir mein Lebtag im Gedächtnis bleiben wird. Ich werde Sie alle sehr vermissen.«
Brackenhurst erhob sich. »Ich sollte jetzt aufbrechen, wenn

ich zu Hause sein will, bevor es stockdunkel ist. Ich freue mich auf den nächsten Donnerstag.«

»Wie komme ich zu Ihnen?«, fragte Andrew.

»Ich schicke Ihnen um fünf meinen Fahrer. Aber seien Sie auf der Hut, ich nehme das Schachspiel sehr ernst.«

»Dann muss ich Ihnen in aller Bescheidenheit mitteilen, dass ich es zwar nur als Spiel betrachte, aber ziemlich gut bin.«

»Ach, das trifft sich ja prima«, entgegnete Brackenhurst grinsend. »Ich freue mich schon auf einen starken Gegner.«

18

Andrew McCloud war ein verhältnismäßig gebildeter Mann, in London geboren und auch dort aufgewachsen. Seine Familie war zwar nicht wohlhabend gewesen, verfügte aber über ein ausreichendes Einkommen. Nach einem Studium in Cambridge und nach dem Krieg auch in Oxford war Andrew auf der Suche nach Abenteuern in das Land aufgebrochen, das damals noch Rhodesien hieß. Rasch hatte er eine Stelle gefunden und beteiligte sich am Bau der Stadt Kariba neben dem damals größten Staudamm der Welt.

An seinem zweiten Tag in Afrika war Andrew Carolyn Compson, der Tochter des bekannten Autors und Nobelpreisträgers Marshall Compson und der legendären Mutter Lili, die vierzig Jahre lang die Eingeborenen im Kongo medizinisch versorgt hatte, begegnet. Er hatte sich auf den ersten Blick in Carolyn, eine Immunologin, verliebt, und schon zwei Wochen später waren sie verheiratet und auf dem Weg von Kapstadt nach Rhodesien. Nach einem Monat waren sie an die abgelegene Nordgrenze weitergereist und hatten die nächsten fünf Jahre am Ufer des Sambesi-Flusses verbracht, wo ein Damm gebaut wurde.

Hier wurde Courtney gezeugt und geboren. In den darauf folgenden Jahren hatte Andrew Straßen, Regierungsgebäude und Bahnlinien erstellt und mit Ingenieuren aus der ganzen Welt zusammengearbeitet. Er kam mit den meisten Menschen gut zurecht.

Allerdings hatte er keine Erfahrung mit Menschen wie

Lloyd Brackenhurst. Der Engländer lebte knapp sechs Meilen vom Krankenhaus entfernt in einer Savanne, zu der auch tausende von Quadratmetern scheinbar undurchdringliche Wälder gehörten.
Sein Haus stand auf einer Anhöhe über dem Tal, durch das ein ganzjährig Wasser führender Fluss verlief. Um diese Jahreszeit war er stark angeschwollen; die braunen Fluten strömten durch die Schlucht, die sie selbst in den Fels gegraben hatten.
Andrew stieg aus dem Jeep und betrachtete die Szene, die unter ihm lag. Der Mann herrscht über alles, auf das sein Blick fällt, dachte er, bevor er sich zu dem gewaltigen Haus umwandte. Das Gebäude war einem englischen Herrensitz nachempfunden und erhob sich hoch und dunkel zwischen den Bäumen. Wenn es nicht so sonnig wäre, würde es fast gruslig wirken, sagte sich Andrew.
Der Fahrer des Jeeps ging voran zu der breiten doppelflügligen Tür, die sich lautlos öffnete, als hätte sie seine Ankunft erwartet. Jeder Türflügel wurde von einem pechschwarzen kleinen Jungen mit Turban aufgehalten, der dem Besucher entgegengrinste. »Oh, da sind Sie ja«, sagte Brackenhurst, der aus einem Raum links von der Tür kam, und streckte Andrew zur Begrüßung die Hand hin. »Pünktlich auf die Minute. Sicher möchten Sie einen Drink.«
Brackenhurst führte ihn in ein geräumiges Zimmer. Auf dem schimmernden Holzboden lagen orientalische Teppiche. Wandbehänge, die vermutlich aus italienischen Klöstern stammten, schmückten die Wände. Der Raum strahlte Eleganz und Pracht aus. Um zwei riesige Couchtische waren dunkle, schwere Ledersessel und zwei gewaltige Sofas gruppiert. Kerzenleuchter verbreiteten dezente Eleganz. Auf Tischchen überall im Raum waren Öllampen verteilt.
»Ein wunderschönes Haus!«, stellte Andrew fest, als Brackenhurst ihm einen Gin Tonic reichte.

»Ich habe fast zehn Jahre gebraucht, um es nach meinem Geschmack zu bauen und einzurichten. Es war eine Herausforderung und hat mir großen Spaß gemacht. Um all diese Dinge zu finden« – er vollführte eine ausladende Geste in den Raum hinein – »habe ich ganz Europa, hauptsächlich Frankreich und Italien durchkämmt. Die Sachen im Erdgeschoss kommen größtenteils aus Italien, doch die Schlafzimmer folgen nicht streng einer Epoche. Einige Einrichtungsgegenstände habe ich im Orient gefunden.« Er trank einen Schluck. »Nach Europa reise ich nicht mehr so häufig, aber ich fahre ein paarmal im Jahr nach Hongkong und Kuala Lumpur.«

Andrew fragte sich, woher der Mann bloß so viel Geld hatte.

»Mein Freund Josh Harrison ...«

»... hat mir erzählt, er sei einige Male bei Ihnen zu Gast gewesen. Er meinte, ich würde mich königlich amüsieren.«

»Das hat Josh gesagt? Wirklich?« Beim Lächeln zeigte Brackenhurst große, sehr weiße und fast makellose Zähne. »Je länger ich hier bin, desto mehr verliere ich die Lust am Reisen, obwohl ich, wie ich bereits erwähnte, hin und wieder nach Asien fliege. Aber Afrika hat etwas, das man jemandem, der noch nie hier war oder nur die großen Städte kennt, nicht erklären kann ...«

Andrew nickte.

»Wissen Sie, dass ich seit siebenunddreißig Jahren nicht mehr in England war? Als meine Mutter starb, lebte ich schon ein Jahr hier. Nun habe ich keinen Grund mehr, hinzufahren.«

Brackenhurst lächelte Andrew an, als hätte er einen lange vermissten Bruder wiedergefunden.

In diesem Augenblick verkündete ein kleiner schwarzer barfüßiger Junge, der eine schneeweiße Hose und ein hellgrünes Hemd trug, dass das Essen fertig sei.

Das Esszimmer wurde von Dutzenden von Kerzen in hohen,

schimmernden Kerzenleuchtern erhellt. Ein fast drei Meter langer Tisch aus Teakholz stand mitten im Raum.

»Handgeschnitzt in Mbula«, sagte Brackenhurst. »Waren Sie schon in der Stadt?«

Andrew schüttelte den Kopf. »Ich bin nur ein paarmal durchgefahren.«

»Es ist einen Aufenthalt wert. Es gibt dort Künstler, die wunderschöne Objekte aus Holz und Elfenbein ...«

»Ich dachte, Elfenbein ...«

»Nun ... ihre handgeschnitzten Tiere werden auf der ganzen Welt verkauft, sogar an Galerien. Ich sorge dafür. Vor mir hat sich niemand darum gekümmert.«

Das war also die Erklärung für seine Reisen in den Orient. Wahrscheinlich verschickte er die Schnitzereien von Hongkong aus. Nur die aus Holz – oder auch welche aus Elfenbein?

»Ich muss zugeben, dass ich der Wirtschaft in Mbula ganz allein auf die Beine geholfen habe.« Brackenhurst grinste. »Und jetzt setzen Sie sich, wir wollen essen.«

Obwohl Andrew keine der Speisen auf seinem Teller erkannte, schmeckte alles köstlich. »Ich habe meinen Koch in Äthiopien entführt«, erklärte Brackenhurst. »Er war Küchenchef in einem Restaurant, wo ich einige Male gegessen hatte. Eines Abends ging ich in die Küche und bot ihm das Fünffache seines bisherigen Gehalts an, wenn er von nun an nur noch für mich kochen würde. Er erwiderte, er wolle seine Freunde nicht verlassen. Also schicke ich ihn nach Hause und übernehme sämtliche Kosten, wenn ich auf Reisen bin. Das und weitere Vergünstigungen haben ihn überzeugt.«

»Zum Beispiel?«

»Ach, Sie wissen schon, Frauen, ein schnelles Auto und so weiter und so fort. Und ein eigenes Haus. Mein Pilot und mein Koch holen jede Woche frische Lebensmittel in Harare.

Sie bleiben den ganzen Tag fort, und nur der Himmel weiß, was sie dort treiben. Ich frage nicht nach.«
»Und woher haben Sie Ihr übriges Personal?«
»Einige sind schon seit zwanzig Jahren bei mir und haben alle eine eigene Hütte. Wenn einer gehen will, um zu heiraten, biete ich dem zukünftigen Ehegatten auch eine Stelle an. Oder sie schicken mir einen anderen Verwandten als Ersatz. Die Arbeit hier ist mehr oder weniger als Familienbetrieb organisiert. Und ich sorge dafür, dass es meinem Personal an nichts fehlt.«
»Aha, ein Menschenfreund.«
»Ganz im Gegenteil, ich bin ein schrecklicher Egoist. Ich möchte, dass in meinem Leben alles reibungslos läuft, und habe keine Lust, mich mit Alltäglichkeiten belästigen zu lassen. Also bezahle und behandle ich die Leute gut, damit ich meine Ruhe habe, nicht etwa ihnen zuliebe.«
Andrew fand, dass die Motive eine untergeordnete Rolle spielten. Ganz gleich, was auch der Grund war, jedenfalls ging Brackenhurst menschlich mit seinen Angestellten um.
»Falls Sie nichts dagegen haben, gibt es den Nachtisch später zum Kaffee, wenn wir ein paar Partien gespielt haben.«
Brackenhurst stand auf, wischte sich den Mund mit einer Damastserviette ab und ging voraus in die Bibliothek, die Andrew eher an eine Trophäensammlung erinnerte. Die Wände waren mit ausgestopften Tierköpfen bedeckt – ein Löwe, ein Leopard, ein Kaffernbüffel und sogar ein Elefant.
»Mein Gott!«, stieß Andrew unwillkürlich aus.
»Ja, ich habe sie alle selbst geschossen«, sagte Brackenhurst. »Natürlich war ich in den letzten Jahren nur selten auf der Jagd. Ich hatte mir vorgenommen, von jeder in dieser Region heimischen Tierart ein Exemplar zu töten. Doch eine Giraffe fehlt mir noch. Irgendwie habe ich es nie übers Herz gebracht, auf sie zu schießen. Ich hatte zwar ein paarmal die

Gelegenheit, aber wenn ich die langen, anmutigen Hälse sehe, schaffe ich es einfach nicht. Der Tiger ist natürlich nicht von hier. Aber das ist schon lange her. Heutzutage findet man in Indien kaum noch Tiger. Ein Besuch dort lohnt sich nicht mehr.«

Andrew schwieg. Brackenhurst wies auf das Schachspiel, das bereits aufgebaut auf einem Tisch stand. Zwei Stühle erwarteten sie.

»Wunderschöne Figuren«, sagte Andrew.

Brackenhurst nickte, er kannte ihren Wert. »Singapur«, erwiderte er, »vor etwa fünfzehn Jahren, ehe die Stadt so steril wurde. Früher konnte man sich in Singapur prima amüsieren, aber inzwischen fehlt dort die Atmosphäre.«

»Das habe ich auch gehört.« Andrew setzte sich und griff nach einer der Schachfiguren. Sie hatten sicher eine Stange Geld gekostet.

»Ich spiele gern um einen Einsatz«, sagte Brackenhurst, »aber nicht um Geld. Worum wollen wir spielen?«

Andrew zuckte mit den Schultern. Finanziell war dieser Mann eindeutig eine Nummer zu groß für ihn.

»Sollen wir einen Spielstand vereinbaren? So haben wir Zeit, uns einen Einsatz zu überlegen. Wie viele Spiele von hundert also?«

Andrew lachte. »Das könnte eine Weile dauern.«

»Ja, hoffentlich. Ich möchte mich nicht beeilen, denn ich hatte schon lange keinen ernst zu nehmenden Gegner mehr.«

»Vielleicht bin ich gar keine so große Herausforderung, wie Sie sich wünschen.«

»Wir werden sehen, wir werden sehen.« Brackenhurst ließ sich auf dem Stuhl nieder, verschränkte die Arme und lehnte sich an die Tischkante. »Wer fängt an?«

Um Mitternacht hatten sie erst zwei Partien gespielt, und Andrew hatte eine davon gewonnen. »Ich fürchte, ich muss

bald ins Bett«, verkündete er. »Meine Schlafenszeit ist längst vorbei.«
»Der Anfang war recht viel versprechend, und Sie sind ein spannender Gegner. Ich freue mich, wenn ich auch einmal geschlagen werde.« Brackenhurst schmunzelte. »Was halten Sie von einem Schlummertrunk?«
»Sehr gerne.«
Brackenhurst schenkte ihm einen Cointreau ein.
»Es geht mich zwar nichts an, aber was macht ein Mann wie Sie, was Frauen betrifft?«
»Ein Mann wie ich?«
»Kräftig. Sportlich. In den besten Jahren.«
Ach, er meinte sexuell. »Ich lebe meistens in der Erinnerung.« Andrew lächelte. »Ich war sehr glücklich verheiratet.«
»Wie lange ist Ihre Frau schon tot?«
»Seit vierundzwanzig Jahren.«
»Oh, Sie brauchen es mir nicht zu sagen ... Sie müssen mir nicht Ihre Seele offenbaren. Eigentlich wollte ich Ihnen nur eine Frau für heute Nacht anbieten.«
Andrew war verblüfft.
»Ich habe einige sehr nette Mädchen hier. Sauber, recht charmant und erfahren.«
»Nein, nein, danke.« Der Vorschlag hinterließ einen schalen Nachgeschmack.
»Gut, dann zeige ich Ihnen Ihr Zimmer. Daneben befindet sich das Bad. Alle Annehmlichkeiten der Zivilisation. Für gewöhnlich frühstücke ich um acht.«
»Oh, mitten am Tag.«
Die beiden Männer lachten.
Es war ein richtiges Bett mit glatten Leinenlaken und Daunenkissen, ein wahrer Luxus also. An den vier Pfosten war ein Moskitonetz befestigt. Auf dem Nachttisch daneben stand ein Glas Wasser.

Wie in seinem Haus in Harare. Oder in England.
Warum hatte sich Brackenhurst entschieden, ganz allein hier zu leben? Oder mit den »sauberen«, »erfahrenen« Frauen, die er ihm angeboten hatte? Bezahlte er sie? Waren sie Dienstmädchen, oder hielt er sie nur zu seinem Vergnügen?
Andrew überlegte, warum er so schnell Nein gesagt hatte. Lag es daran, dass er einer Frau erst nahe kommen konnte, wenn er sie besser kannte und Gemeinsamkeiten mit ihr feststellte? Man hatte ihm eine Fremde angeboten, und er hatte abgelehnt, ohne nachzudenken.
Es war schon lange her.
Als er die Augen schloss, sah er ein sommersprossiges Gesicht und einen rotbraunen Wuschelkopf vor sich, dazu Augen, die so türkisblau waren wie ein tropisches Meer. Eine tiefe Sehnsucht ergriff ihn, denn er wusste, dass es nie wahr werden konnte.

19

»Was um Himmels willen ist denn mit Ihnen passiert?« Die Frage kam von Josh, der zerzaust und erschöpft vor ihr stand.
»Ich habe mir die Hand verbrannt«, antwortete Courtney. Sie war erstaunt, ihn um diese Zeit zu sehen, denn das Abendessen war längst vorbei.
»Wie?«
Sie zuckte mit den Schultern. »Ich habe versucht ein Feuer zu löschen. Dumm von mir.« Sie trug den rechten Arm in einer Schlinge. Die Hand pochte.
»Tut es weh?«
Sie nickte. »Das ist noch untertrieben.«
Unruhig lief er im Zimmer hin und her. »Und wo ist Mara?«
»Sie ist heute Nachmittag losgefahren, um einem Patienten zu helfen, der sich den Fuß abgetrennt hat und nicht transportfähig war. Da die Eingeborenen sich nur so selten an uns wenden, musste sie hin, denn ich war ja lahm gelegt.«
Josh schüttelte den Kopf. »Und wo steckt der Arzt dieses Monats?«
»Der ist noch nicht da. Daddy ist vor zwei Tagen abgeflogen, um ihn und die neuen Schwestern abzuholen. Wenn sie pünktlich eingetroffen wären, wäre er heute zurück gewesen. Aber natürlich ist in Afrika nie etwas pünktlich. Was können wir für Sie tun? Haben Sie einen Notfall?«
»Sie kennen doch Esther, Nkrumahs Frau. Sie bringt gera-

de ein Kind zur Welt. Jetzt liegt sie schon seit mindestens fünf oder sechs Stunden in den Wehen und hat schreckliche Schmerzen. Ich hätte sie ja hergebracht, aber ich konnte die Frau in diesem Zustand unmöglich in meinen Land Cruiser packen. Das ging einfach nicht. Also bin ich losgefahren, um Hilfe zu holen.«

Courtney blickte sich um. »Natürlich komme ich mit. Schließlich habe ich noch eine linke Hand.« Als Josh sie skeptisch ansah, fügte sie hinzu: »Oder wissen Sie eine bessere Alternative?«

»Ein Sturm braut sich zusammen. Es ist schrecklich windig da draußen.«

»Das höre ich selbst.«

»Also kommen Sie. Die Fahrt dauert fast eine Stunde.«

»Ich muss nur noch rasch meine Sachen packen«, sagte Courtney.

Als der Toyota über die unebene Straße holperte, bekam Courtney Rückenschmerzen. Windböen brachten das Auto zum Schwanken. Bäume waren auf die Straße gestürzt, sodass Josh dreimal anhalten musste, um Äste aus dem Weg zu räumen.

»Esther ist keine gewöhnliche Eingeborene«, erklärte Josh. »Nkrumah hat sie in Livingston kennen gelernt, wo sie als Lehrerin gearbeitet hat. Sie spricht Englisch und hält sogar für die drei Kinder meiner Mitarbeiter Unterricht ab. Eigentlich beklagt sie sich nie und ist immer guter Dinge, aber ich glaube, dass sie hier nicht ausgelastet ist. Vielleicht wird sie zufriedener, wenn sie Mutter ist.«

»Warum halten Sie sie für unzufrieden?«

»Würde es Ihnen als intelligenter Frau genügen, nur untätig herumzusitzen?«

Courtney schüttelte den Kopf.

Den Rest der Fahrt legten sie hauptsächlich schweigend zu-

rück, da es zu anstrengend war, ständig den Wind zu überschreien.
»Da sind wir«, verkündete Josh schließlich und näherte sich langsam einer kleinen Hütte.
Er nahm eine Taschenlampe und half Courtney aus dem Toyota. Als sie zur Hütte liefen, begann es zu regnen.
Im dämmrigen Licht der Öllampe, die den Raum erleuchtete, sahen sie Nkrumah neben Esthers Bett stehen. Sie umklammerte das eiserne Bettgestell, der Schweiß lief ihr übers Gesicht, und sie hatte die Beine weit gespreizt. »Ich zerreiße!«, schrie sie, als sie Courtney erkannte. Courtney streckte die linke Hand aus, und Esther griff danach.
»Ich werde sie jetzt untersuchen«, sagte Courtney zu den beiden Männern.
Sie gingen hinaus.
Esther ließ Courtneys Handgelenk los und warf sich wild auf dem Bett hin und her. »Es ist mir so peinlich. Die Frauen da draußen machen kein Theater, wenn sie ein Kind bekommen. Sie schreien auch nicht so.« Wieder stieß sie einen Schrei aus, der sogar das Tosen des Unwetters übertönte. »Es tut mir Leid«, flüsterte sie. »Aber ich halte es nicht aus.«
Courtney strich mit der linken Hand über den Bauch der Frau. O mein Gott, das Baby lag quer. Sie konnte die Füße auf der linken Seite ertasten, obwohl sie eigentlich nach oben oder bei einer Steißgeburt wenigstens nach unten hätten zeigen sollen. Mit einer Hand würde sie es nicht schaffen, das Baby herumzudrehen.
Esther krümmte sich zusammen. »Ich sterbe«, flüsterte sie.
»Josh«, rief Courtney, »gibt es hier Whiskey?«
Niemand antwortete. Doch wenige Sekunden später kehrte ein vom Laufen zum Wagen klatschnasser Josh zurück. »Hier«, sagte er, da er offenbar nicht wagte hereinzukommen.

Courtney ging ins Nebenzimmer, wo die beiden Männer schweigend warteten. »Das Baby hat Seitenlage.«
Die Männer sahen sie auffordernd an.
»Ich habe Erfahrung mit solchen Entbindungen«, fuhr Courtney fort. »Das Baby liegt falsch herum, sodass man wissen muss, welchen Körperteil man ertastet. Dann muss man die Arme des Babys herunterdrücken, das Kleine vorsichtig herausziehen und dabei die Schultern drehen, damit die Mutter nicht einreißt. Diesmal jedoch ist es noch schlimmer. Das Baby liegt quer und steckt fest.«
Als Esther wieder aufschrie, zuckte ihr Mann zusammen.
»Ich schaffe es nicht«, sagte Courtney zu Josh. »Dazu würde ich die rechte Hand brauchen.« Sie wandte sich an den Ehemann. »Kochen Sie für alle Fälle Wasser.«
Er ging zum anderen Ende des Raums, zündete ein Streichholz an und goss Wasser aus einem Krug in einen Topf, um es zu erhitzen.
»Was soll ich tun?«, fragte Josh.
Courtney lächelte ihn finster an. »Wird er Ihnen erlauben, das Zimmer zu betreten und sie anzusehen?«
Dass ein weißer Mann – oder ein Mann überhaupt – eine nackte Frau bei einer Geburt sah, war eigentlich streng verboten.
»Ich weiß nicht«, erwiderte Josh. »Warum?«
»Sie haben mir doch mal erzählt, Sie hätten während des Tiermedizinstudiums Ziegen entbunden.«
»Das war vor acht Jahren«, stammelte er.
Courtney kehrte zu Esther zurück. »Hier, trinken Sie das. Es ist Whiskey. Das lindert die Schmerzen.« Der Alkohol tropfte ihr übers Kinn, als Courtney ihr die Flasche an den Mund hielt.
»Bitte«, flehte sie und sank wieder aufs Bett. Als Courtney den Bauch der Frau berührte, erkannte sie, dass die Wehen nun alle drei Minuten kamen. Die grauenhaften Schmerzen

dauerten jedes Mal knapp fünfzig Sekunden, was Esther vermutlich wie eine Ewigkeit erschien.
»Muss ich sterben?«
»Nicht, wenn ich etwas dagegen tun kann«, antwortete Courtney. Aber würde sie es schaffen?
Sie ging wieder ins Nebenzimmer. »Also, lässt er Sie bei der Entbindung helfen?«
Schweigen entstand. Courtney wandte sich an den Mann, der wartete, dass das Wasser kochte, und dabei tat, als hätte er sie nicht gehört.
»Sie wird sonst sterben.«
Immer noch keine Antwort.
»Wir haben keine andere Wahl. Josh kann das Baby mit meiner Hilfe entbinden.«
»Er darf Ihnen die Erlaubnis nicht geben«, meinte Josh, der bei dem Gedanken, eine Seitenlage entbinden zu müssen, zitterte wie Espenlaub.
Als Courtney Nkrumah ansah, stellte sie fest, dass er schwitzte. »Sagen Sie es mir, wenn Sie nicht wollen, dass Josh bei der Geburt hilft. Wenn es in Ordnung ist, schweigen Sie einfach.«
Nkrumah sah Courtney nicht an, sondern starrte auf die Flammen, die unter dem Wassertopf brannten.
»Okay«, meinte Courtney. »Kommen Sie mit, Josh.«
»Was kann schlimmstenfalls passieren?«, flüsterte Josh.
»Dass das Baby stecken bleibt und sich nicht bewegen lässt und dass sie beide sterben.«
»Glauben Sie wirklich, ich könnte …«
»Wenn es seitlich liegt, wird sie die Schmerzen nicht aushalten. Also gebe ich ihr ein wenig Äther. Aber nicht so viel, dass sie völlig das Bewusstsein verliert.«
»Wozu ist das kochende Wasser da?«
»Damit wir uns die Hände waschen können.«
Courtney tätschelte Esther den Arm. »Wir sind gleich wieder

da. Wir werden Ihr Baby zur Welt bringen. Jetzt gebe ich Ihnen etwas, damit es nicht so weh tut.« Allerdings musste die Schwangere wach bleiben, damit sie pressen konnte.
Nachdem sie sich die Hände gewaschen hatten, kehrten sie zu Esther zurück. Diesmal stand Nkrumah in der Tür.
»Ich habe Angst. Was ist, wenn ich es nicht schaffe?«, fragte Josh.
»Es wäre schlimmer, wenn Sie mit dem Wissen leben müssten, dass sie gestorben ist, weil Sie es nicht versucht haben.«
»O mein Gott«, stöhnte er.
Der Wind heulte in den Bäumen, und der Regen prasselte aufs Dach.
»Jetzt gebe ich Ihnen dieses Medikament und erkläre Ihnen dabei langsam, was wir tun. Okay?« Sie hielt Esther die Maske über die Nase und goss ein wenig Äther darauf.
»Spreizen Sie die Beine«, wies Courtney die Schwangere an, in der Hoffnung, dass sie ausreichend bei Bewusstsein war, um sie zu hören.
»Und nun, Josh, schieben Sie die Hand in ihre Vagina ...«
»O mein Gott«, flüsterte er.
Esther stieß einen Schrei aus, als Josh vorsichtig Courtneys Instruktionen befolgte.
Seine Hand verschwand bis zum Gelenk in der Frau, aber er konnte nichts ertasten.
»Schauen Sie, ob sie den Kopf oder einen Fuß fühlen«, sagte Courtney.
»Ich glaube, ich spüre eine kleine Hand, die sich nach unten streckt«, meldete er nach etwa einer Minute. »Hoppla, Sie hatten Recht. Es liegt seitlich.«
Courtney wies ihn an, die Hand und die Schulter des Babys im Bauch nach oben zu schieben.
»Und jetzt drehen Sie das Baby langsam von außen. Drücken Sie mit der rechten Hand links und mit der linken Hand oben auf den Bauch und schieben Sie nach rechts.«

Der Schweiß lief Josh in Strömen hinab. Er fragte sich, ob er je im Leben solche Angst gehabt hatte. Ganz langsam drehte er das Baby.
»Sie machen das prima«, lobte Courtney.
»Ich glaube, ich fühle einen Fuß«, sagte er.
»Greifen Sie nach dem anderen Fuß, falls Sie ihn erwischen, und schieben sie mit der linken Hand von außen vorsichtig nach unten.«
»Meine Finger berühren die Füße.« Allmählich wurde er ruhiger.
»Und nun verändern Sie die Seitenlage, indem Sie die Füße nach unten ziehen«, wies Courtney an.
Er kramte in seiner Erinnerung nach allem, was er über die Seitenlage gelernt hatte.
Sie beugte sich vor, um ihm den Schweiß von der Stirn zu wischen.
»Lassen Sie sie nicht sterben«, flehte der Ehemann – die ersten Worte, die Courtney von ihm hörte.
»Jetzt umfassen Sie die Füße mit den Händen«, sagte Courtney zu Josh. »Ziehen Sie die Beine ganz, ganz langsam hinaus. Als Nächstes kommt der Po.«
Sie sahen, dass das Baby mit dem Gesicht nach unten herausrutschte. Die Nabelschnur kam in Sicht. Esther stöhnte.
»Wenn die Nabelschnur zwischen dem Baby und der Vagina eingeklemmt wird, kriegt das Kind keine Luft und erstickt.«
»Mist.«
»Ich habe sie nicht vollständig betäubt, damit sie noch pressen kann. Pressen Sie, Esther, pressen Sie.«
»Pressen Sie«, brüllte Josh. »Verdammt, pressen Sie!«
Esther presste. Josh zog. Die Brust des Babys war zu sehen.
»Und jetzt holen Sie ganz langsam die Ärmchen heraus, eines nach dem anderen.«
Der Kopf erschien. Josh wurde von Freude ergriffen.
Esther stieß einen zittrigen Seufzer aus.

Mit Stolz in den Augen sah Josh Courtney an. Sie lächelte ihm zu. »Gut gemacht, Doktor.« Dann nickte sie dem Ehemann zu, dessen Augen so weit aufgerissen waren wie Untertassen.

»Schneiden Sie die Nabelschnur durch«, sagte Courtney zu Josh. Nachdem dieser das getan hatte, reichte er das Baby Nkrumah, der nach einem Handtuch griff, um seinen Sohn einzuwickeln.

»Ist er gesund?«, fragte Nkrumah und drückte das Kind an sich.

Courtney griff nach dem Baby, hielt es an den Füßen hoch und klopfte es sanft ab. Der kleine Junge hustete ein paarmal leise und stieß dann einen kräftigen Schrei aus.

»Er ist kerngesund«, verkündete sie lächelnd und gab ihn dem Vater zurück. »Hoffentlich ist sie nicht allergisch gegen Penicillin«, sagte sie zu Josh. »Ein anderes Antibiotikum habe ich nämlich nicht dabei. Und nach dieser Notgeburt möchte ich keine Bauchfellentzündung riskieren.«

»Es waren die fürchterlichsten zehn Minuten meines Lebens«, erklärte Josh.

»Sie haben sich wacker geschlagen.«

Courtney holte eine Ampulle Penicillin aus ihrer Tasche, stach Esther die Nadel in den Arm und sagte: »Wenn man schon keine reinen Gedanken hat, muss man wenigstens positiv denken.« Sie grinste Josh an.

Eigentlich hatte Josh gehofft, dass es jetzt vorbei war, doch Courtney meinte: »Sie müssen sie nähen.« Sie griff nach dem Baby und betrachtete es.

Mit dem Kleinen schien alles in Ordnung zu sein. Fünf Finger an jeder Hand, fünf Zehen an jedem kleinen Fuß. Eine kräftige Stimme. Fast keine Haare, aber soweit sie feststellen konnte, ein wohlgeformter Körper.

Courtney ließ Josh Alkohol auf einen Wattebausch träufeln und auf den Nabel legen. Nachdem sie Nkrumah das Baby

zurückgegeben hatte, zeigte sie Josh, wie er Esther nähen musste. Als er fertig war, atmete er erleichtert auf und musterte das Baby.
»Er sieht aus wie ein Murmeltier.«
Courtney lachte. »Das tun sie alle.«
Sie legten Esther das Baby in den Arm.
Als Josh mit dem Kopf auf die Whiskeyflasche wies, griff Courtney danach, nahm einen kleinen Schluck und hielt die Flasche dann Josh an die Lippen. Seine blutigen Hände umfassten beim Trinken den Flaschenhals. »Es war zwar ziemlich knapp, aber wir haben es geschafft.« Er hielt Nkrumah die Flasche hin, doch dieser schüttelte den Kopf.
»Ich weiß gar nicht, wie ich Ihnen danken soll«, sagte der Wildhüter, seinen Sohn im Arm, zu Courtney. »Und Ihnen auch, Josh.«
Courtney und Josh zogen sich in eine Zimmerecke zurück, damit der Mann mit seiner Familie allein sein konnte. Josh wusch sich die Hände mit abgekochtem Wasser. Seine Kleidung war mit Blut bespritzt.
»Ich wusste, dass Sie es hinkriegen«, sagte Courtney zu Josh.
»Danke.« Er grinste.
Draußen wehte noch immer der Wind.
Josh legte den Arm um Courtney, und sie blickten gemeinsam hinaus in die regnerische Nacht.
Am nächsten Morgen verabschiedeten sie sich von Nkrumah und der noch immer benommenen Esther und stiegen in den Toyota. »Ich wollte dir letzte Nacht schon sagen, was ich empfinde, aber ich habe nicht die richtigen Worte gefunden«, sagte Josh. Dann nahm er Courtney in die Arme und küsste sie.
»Wenn ich immer so eine Belohnung kriege, müssen wir noch mehr Babys für dich finden, die du entbinden kannst«, erwiderte Courtney und lächelte ihn an.
Grinsend startete Josh den Motor.

20

Andrew beschloss, endlich Ordnung in das Chaos aus mehr als tausend Flüchtlingen zu bringen.
Courtney berichtete Coop alles in einem Brief.

»Mein Vater ist überzeugt, dass es wegen des Durcheinanders zu Seuchen kommen wird. Deshalb will er das Lager (inzwischen nennen wir es nicht mehr Krankenhaus) in Bereiche einteilen und jeden Stamm einen Sprecher und alle gemeinsam einen Oberhäuptling bestimmen lassen. Wenn die Bewohner sich an die Vorschriften und die Anweisungen ihres Häuptlings halten, werden vermutlich geregeltere Verhältnisse einkehren, da die Leute es gewohnt sind, einem Anführer zu gehorchen. Weil die Menschen hier nur untätig herumsitzen, beschäftigt Daddy sie und stellt Regeln auf. Zum Beispiel müssen sie jetzt vor jedem Betreten des Krankenhauses durch eine Chlorlösung gehen, damit sich Infektionen nicht so rasch ausbreiten können. Außerdem plant Daddy, für die AIDS-Kranken ein eigenes Gebäude zu errichten. Es werden immer mehr, und die Lage scheint aussichtslos, Coop.
Mara und ich beabsichtigen, ein paar der Eingeborenen als Helfer anzulernen. Wir brauchen mehr Arbeitskräfte, als HEAL uns zur Verfügung stellen kann. Selbst wenn wir nicht schlafen würden – was wir ohnehin immer weniger tun –, hat ein Tag nicht genügend Stunden, um alles zu schaffen. Eine junge Frau folgt Mara auf Schritt und Tritt, ja, sie schläft sogar vor ihrer Tür auf dem Holzboden. Sie heißt Rebecca und beobachtet Mara aufmerksam. Dann fängt sie einfach an, Bettpfannen auszuleeren oder den Schwer-

kranken kalte Kompressen auf die Stirn zu legen. Ein Junge, der sich George nennt, kümmert sich um die Elefanten. Ja, inzwischen haben sie sich vermehrt. Als wir Sabu, unseren ersten Schützling, mitbrachten, hatten wir viel über ihn zu lachen. Niemand hier wusste, wie man einen Elefanten, geschweige denn ein Waisenkind, pflegen sollte. Aber Josh hat eine Art Milchersatz aufgetrieben.

George wollte unbedingt in der Nähe des Elefanten bleiben, und inzwischen sind die beiden unzertrennlich. Dann, eines Tages, erschien Josh mit einem zweiten Elefantenbaby, das er, gefangen in einer Felsspalte, gefunden hatte. Mara nannte die Kleine sofort Boo Boo, und George und Sabu freundeten sich gleich mit ihr an. George hat Spaß daran, seinen Tieren Kunststücke beizubringen. Er spricht lieber mit ihnen – offenbar haben sie einen Weg gefunden, sich zu verständigen –, als mit den anderen Kindern zu spielen. Mara nennt er Mumu, ein Wort, das er, wie wir glauben, selbst erfunden hat. Er vergöttert sie. Mittlerweile hat er ein wenig Englisch gelernt, und Mara übt fleißig Portugiesisch. Daddy, der oft abends mit ihnen im Garten arbeitet, sagt, die beiden schwatzen wie zwei Äffchen.

Täglich treffen neue Flüchtlinge ein, weshalb Daddy darauf besteht, hier Ordnung zu schaffen. Er plant drei verschiedene Gebäude. Eines zur Beobachtung, damit wir feststellen können, was dem Patienten fehlt. So viele Kinder kommen mit ›Kwaschiorkor‹ und ›Marasmus‹ (beides Formen der Unterernährung) hier an, und nicht wenige leiden an Durchfall. Da letzterer sowohl auf Cholera als auch auf AIDS hinweisen kann, hält Daddy eine Beobachtungsstation für eine gute Idee. In gewisser Weise würde sie auch eine Quarantänefunktion erfüllen, sodass sich Krankheiten nicht so rasch ausbreiten könnten. Außerdem brauchen wir eine Intensivernährungsstation für all die Halbverhungerten – also die überwiegende Mehrheit. Aber wir können einfach nicht alle verpflegen, die zu uns kommen.

Weiterhin wären natürlich eine Ambulanz und eine Wöchnerin-

nenstation nötig – für die Frauen, die uns erlauben, ihr Baby zu entbinden, und für die Kinder, die unterernährt geboren werden. Es muss schrecklich sein, Coop, wenn Krieg, Gewalt und Zerstörung einen Menschen zwingen, das eigene Land zu verlassen und ins Unbekannte zu fliehen. Und zu allem Überfluss handelt es sich bei den Flüchtlingen um ungebildete Dorfbewohner, die keine Ahnung haben, was sie jenseits der Grenzen ihrer Heimat erwartet. Warum dauert dieser Krieg schon so lange? Die Menschen, die zu uns kommen, wissen es offenbar nicht. Einige von ihnen haben nie etwas anderes kennen gelernt als Krieg und Blutvergießen. So viele sind verstümmelt, blind oder entstellt. Was versprechen sich die Folterknechte davon? Hinzu kommen noch die Frauen, die beschnitten wurden. Beim bloßen Anblick wird mir übel. Du weißt ja, dass diese Unsitte den Zweck verfolgt, den Frauen die Freude am Sex auszutreiben, damit sie keine Lust auf einen Seitensprung haben. Deshalb schneidet man ihnen einfach die Klitoris ab. O Gott, schon beim Schreiben bekomme ich eine Gänsehaut.
Das Lager wird immer größer. Es würde mich nicht wundern, wenn wir bis Ende des Monats mehr als zwölfhundert Menschen hier hätten. Wir sind an den Grenzen unserer Möglichkeiten angelangt. Dennoch bin ich froh, dass ich hier bin. Was würde aus diesen Menschen ohne uns werden?
Ach, da wäre noch etwas. Endlich mal eine gute Nachricht. Erinnerst du dich noch an Esther, deren Baby Josh entbunden hat? Der Kleine ist jetzt zwei Monate alt. Vor ein paar Tagen war Esther mit dem Baby im Fahrradkorb hier. Bei diesen holprigen Straßen muss das eine ganz schöne Rüttelei gewesen sein. Sie ist wirklich eine reizende junge Frau, und ich habe sie sehr gern. Sie sagte, sie habe sich überlegt, wie sie mir danken solle, und sie würde sich gern nützlich machen. Sie möchte eine Schule für die Flüchtlingskinder eröffnen. Wie wundervoll! Daddy hat sich erboten, ein Gebäude mit Strohdach für sie aufzustellen – nun, kein richtiges Gebäude, weil es keine Wände hätte. Aber die Schüler wären jedenfalls vor der Sonne geschützt, sodass Esther dort Unterricht abhal-

ten könnte. Daddy schuftet so schwer wie noch nie in seinem Leben, doch er wirkt stets unternehmungslustig und guter Dinge. Ich weiß nicht, was wir tun würden, wenn er nicht beschlossen hätte, sich zur Ruhe zu setzen.
In fünf Monaten sehe ich dich wieder. Du wirst es doch einrichten können zu kommen, oder? Du wirst die Gegend nicht wiedererkennen. Keine Ahnung, ob du entsetzt oder freudig überrascht sein wirst. Bei mir wechseln sich diese Gefühle täglich ab. Ich freue mich schon auf dich, und ich muss zugeben, ich denke recht häufig an dich. Es wäre schön, wenn du noch mehr für uns tun könntest. Hier herrscht Knappheit an allen Ecken und Enden.
Courtney

Nie zärtliche Koseworte oder sonst etwas wirklich Persönliches.
»… ich denke recht häufig an dich.«
Coop starrte aus dem Fenster auf die majestätischen schneebedeckten Olympic Mountains, allerdings ohne sie richtig wahrzunehmen. *»… ich denke recht häufig an dich.«*
Nicht jeden Tag. Nicht jede Nacht. Auch nicht fast immer.
Heute hatte er sein Boot verkauft. Das Geld würde für Lebensmittel genügen – aber auch für zusätzliche Arbeitskräfte? Zwölfhundert Menschen und mehr strömten täglich über die Grenze. Coop hatte in einer medizinischen Fachzeitschrift eine Stellenanzeige geschaltet, in der er Ärzte, Schwestern und Laborkräfte suchte. Es handelte sich um bezahlte Festanstellungen für junge idealistische Menschen mit Fernweh. Oder vielleicht auch für zynisch gewordene Mediziner, die endlich etwas bewirken wollten, anstatt weiter Formulare für die Krankenkasse auszufüllen. Für Ärzte, die das amerikanische Gesundheitswesen gründlich satt hatten.
Wenn Coop ehrlich zu sich war, gehörte er selbst auch dazu. Wie gerne hätte er alles hier aufgegeben, um nach Afrika zu

gehen und sich dort für die notleidenden Menschen zu engagieren – nicht nur aus sozialem Gewissen, sondern auch sich selbst zuliebe, damit sein Leben wieder einen Sinn bekam. Außerdem sehnte er sich nach der einzigen Frau, mit der er Gemeinsamkeiten zu haben glaubte. Der Frau, deren Idealismus ihn begeisterte, deren Körper ihn erregte und deren Gesicht ihm seit ihrem Abschied täglich vor Augen stand.

»... ich denke recht häufig an dich.«

In fünf Monaten würde er nach Afrika zurückkehren. Fünf Monate. Eine Ewigkeit. Er wusste nicht, wie er es noch so lange aushalten sollte. Warum spazierte er nicht einfach am Freitagnachmittag aus seiner Praxis, nahm sich ein Taxi zum Flughafen und stieg in die erstbeste Maschine nach Nairobi, Harare oder Kapstadt?

Doch er wusste, dass er das nicht tun würde.

Er begann die Anzeige aufzusetzen, die im nächsten Monat in verschiedenen Fachzeitschriften erscheinen sollte. Wie sehr würde er die Bewerber um die Freiheit beneiden, nach Afrika fliegen und wenigstens einen Teil der Menschheit retten zu können.

21

»Lange her, dass wir uns richtig ausgesprochen haben.«

Als Courtney aufblickte, sah sie ihren Vater in der Tür stehen. Sie lächelte ihm zu.

»Wir finden einfach keine Zeit zum Reden, außer es geht ums Krankenhaus.«

»Als ich euch nur hin und wieder besucht habe, haben wir uns öfter unterhalten.«

Courtney seufzte. »Ich weiß, Daddy. Nachts liege ich im Bett und sehne mich nach der Klinik zurück. Damals glaubten wir, dass wir schwer arbeiten würden, aber wir hatten abends immer Zeit, zusammenzusitzen, zu plaudern, zu lesen oder einfach nur die Sterne zu beobachten.«

»Es waren glückliche Jahre.« Andrew kam herein und ließ sich auf dem anderen Stuhl nieder.

»Ich vermisse sie.«

Er lachte auf. »Nicht einmal dazu habe ich mehr die Muße.«

»Bedauerst du die Entscheidung?«, fragte sie.

»Nein, natürlich nicht. Ich habe so viel zu tun wie noch nie in meinem Leben, aber ich genieße die Herausforderung.«

»Ich frage mich, ob die Flüchtlinge je weniger werden.«

»Genau darüber wollte ich mit dir reden.«

Courtney zog die Augenbrauen hoch. »Über das Ende des Kriegs?«

»Nein, über dich.«

»Mich?«

»Dich.« Er schlug die Beine übereinander und lehnte sich auf dem wackligen Stuhl zurück. »Du musst auch ein wenig an dich selbst denken. Du kannst dein eigenes Leben nicht auf Eis legen und immer nur geben, geben und geben, ohne …«

»Daddy, Mara und ich haben das schon vor Jahren erörtert. Ich habe mein Leben lang darauf hingearbeitet, und ich möchte nichts anderes tun. Vor allem du solltest das verstehen.«

Er nickte. »Das tue ich auch. Aber … was ist mit Josh? Er ist ein netter junger Mann. Warum lässt du es nicht einfach zu?«

Courtney lachte. »Bei dir klingt es, als hinge es allein von mir ab.«

»Nun, Mara und ich haben uns unterhalten. Uns fällt auf, wie er dich ansieht. Wahrscheinlich traut er sich einfach nicht.«

»Er traut sich nicht?«

»Sicher befürchtet er, eure Zusammenarbeit könnte darunter leiden, falls du ihn zurückweist.«

Courtney starrte ihren Vater an. »Glaubst du das wirklich?«

Er nickte.

»Tja, aber ich habe keine Zeit …«

»Genau das ist es ja. Du musst dir die Zeit nehmen.«

»Wenn der Krieg vorbei ist, kehre ich in meine Klinik zurück. Dann habe ich Zeit.«

»Zeit für einen Mann, wenn keiner in der Nähe ist? Du brauchst nicht zurück. Du könntest auch hier bleiben.«

Schweigend sahen sie einander an, denn sie wussten beide, dass Courtney eine Rückkehr in die Klinik als einzige Zukunftsperspektive betrachtete.

»Und du glaubst, mein Leben hätte mit einem Mann mehr Sinn.«

»Offen gestanden, ja. Wenigstens wäre es erfüllter.«

»Hast du dich seit Mamas Tod je für eine andere Frau interessiert?«

»Deiner Mutter konnte keine das Wasser reichen.«

»Das hast du schon öfter gesagt. Aber, Daddy, hast du in diesen dreiundzwanzig Jahren nie Sehnsucht nach einer neuen Beziehung gehabt?«
»Ich hatte sogar ein paar Liebschaften, Courtney.« Andrew wusste, dass er sie damit überraschte. »Doch sie haben alle nicht lange gedauert und waren nicht sehr ernst. Allerdings bin ich ein normaler Mann mit normalen Bedürfnissen.«
Courtney blieb der Mund offen stehen, und sie starrte ihren Vater verwundert an.
»Und deshalb bin ich hier, nämlich um mit dir – wenn auch ein wenig verspätet – über Blümchen und Bienchen zu sprechen.«
Sie grinste. »Soll ich dir einen Rat geben?«
Auch er lächelte. »Ich wollte dir nur sagen, dass man heutzutage nicht unbedingt verheiratet oder sehr verliebt sein muss, um ... äh ... mit jemandem zu schlafen, wenn du meine Direktheit entschuldigst.«
Courtney lachte auf. »Also geht es doch um Aufklärungsunterricht.«
»Ich habe nicht einmal eine Ahnung, wie viel du darüber weißt. Natürlich bist du über die biologischen Tatsachen im Bilde, aber ...«
»David und ich waren ein Liebespaar«, sagte Courtney.
»Da bin ich aber erleichtert.« Andrew schmunzelte. »Wenigstens hast du diese Erfahrung schon gemacht.« Nach kurzem Zögern fuhr er fort: »Wahrscheinlich glauben die meisten Frauen, dass man verliebt sein muss, um mit einem Mann ins Bett zu gehen.«
»Nicht in meiner Generation«, erwiderte Courtney. »Obwohl es natürlich traumhaft war, weil ich David wirklich geliebt habe.«
Andrew hatte David gern gehabt, ihn sich als Schwiegersohn gewünscht und seine Tochter sehr bedauert, als der

junge Mann sich geweigert hatte, ihr in die Wildnis zu folgen.
»Du kannst dich auch wieder verlieben.«
»Hast du das denn getan?«
Er zögerte. »Ja.«
Erstaunt beugte Courtney sich vor. »Möchtest du mir davon erzählen?«
»Nein.«
Sie war überrascht, denn Andrew hatte ihr nie etwas von einer anderen Frau gesagt. War das in Harare gewesen? Oder hatte er die Frau in Bulwayo kennen gelernt und sich dort mit ihr getroffen?
»Coop hat mich in den drei Tagen, die er hier war, ziemlich um den Verstand gebracht.«
Nun starrte Andrew sie entgeistert an.
»Und am letzten Abend haben wir uns sogar geliebt.«
»Du hast ihn erst drei Tage gekannt.«
»Ich weiß. Außerdem ist er verheiratet. Kann sein, dass ich ihn Ende des Jahres für einen Monat sehe, vielleicht aber auch nie wieder.«
Wie vom Donner gerührt saß Andrew da. »Eigentlich wollte ich mit dir über Josh sprechen«, meinte er schließlich.
»Ich mag Josh. Sehr sogar. Aber ich liebe ihn nicht.«
»Manchmal muss die Liebe sich erst entwickeln. Er ist ein netter junger Mann«, entgegnete Andrew.
»Sehr jung«, stimmte Courtney zu. »Sechs Jahre jünger als ich, fast sieben.«
»Na und? Spielt das eine Rolle?«
Courtney zuckte mit den Schultern. »Ich weiß nicht.«
»Ich finde nur, du solltest dir ein wenig Zeit für … Gefühle zugestehen.«
»Schlägst du mir etwa vor, ich soll mit Josh schlafen?« Courtney grinste ihren Vater an.
»Vielleicht. Ja. Du brauchst dazu nicht verliebt zu sein; ihn

zu mögen, genügt völlig. Ich halte das für wichtig. Möglicherweise ist er ja in dich verliebt.«

»O Daddy, Josh und ich verstehen uns prima und haben eine Menge zusammen erlebt, aber …«

»Daraus entwickelt sich häufig Liebe. Schau, ich habe Coop auch gern. Er ist ein tüchtiger Mann, ein Arzt, dem Afrika viel bedeutet … und der dir in vielerlei Hinsicht sehr ähnlich ist. Ich verstehe, warum du dich sofort in ihn verliebt hast.«

»So weit ist es nicht gekommen. Ich hatte nur das Gefühl, dass es hätte passieren können, wenn er länger geblieben wäre.« Courtney überlegte eine Weile. »In etwa zwei Tagen wäre es so weit gewesen.«

Beide grinsten.

»Lass nicht zu, dass dein Gefühlsleben wegen der mehr als zehn Jahre alten Erinnerung an David oder der Sehnsucht nach Coop – einem verheirateten Mann – verkümmert.«

»Und was ist mit dir?«

»Ich bin fast sechzig.«

»Heißt das etwa, dass du keine Liebe brauchst? Dass sexuell bei dir nichts mehr läuft?«

Andrew lachte auf. »Ob es wohl viele Töchter gibt, die ihren Vätern solche Fragen stellen?«

»Wie viele Väter und Töchter haben ein Verhältnis wie wir? Komm schon, Daddy, warum verliebst du dich nicht auch einmal?«

»Das habe ich. Schon vor langer, langer Zeit.«

»Bedeutet das, dass du seit Jahren dieselbe Frau liebst?«

Er lächelte, doch seine Augen blickten ernst. »Ich fürchte, ja.«

»Und?«

»Und wir sind gute Freunde. Mehr ist nicht möglich.«

Courtney überlegte eine Weile. »Ach du meine Güte, Daddy, du bist in Mara verliebt!«

Andrew antwortete nicht und wich ihrem Blick aus.

»Und das schon seit Jahren.« Courtney verstand die Welt nicht mehr.
»Seit vielen Jahren«, sagte er. »Und ich bin froh, dass ich mit ihr befreundet sein kann und ihr etwas bedeute.«
Er stand auf und ging aus dem Zimmer.
Ein schöner Schlag ins Kontor, dachte Courtney. Zuerst riet er ihr, mit Josh zu schlafen, und dann gestand er ihr, er sei in ihre beste Freundin verliebt – eine Nonne.
Sie fragte sich, ob ihm seine Gefühle für Mara im Laufe der Jahre zur Qual geworden waren. Schließlich hatte Mara Keuschheit geschworen, und ihr Gelübde an Gott verbot ihr, sich an einen Mann zu binden.
Aber es geschahen noch Zeichen und Wunder.
Courtney ging in die Küche, traf dort aber niemanden an. Als sie in die Nacht hinaustrat, hätte sie schwören können, dass sie den Staub auf den Blättern roch, der der gesamten Umgebung eine braune Färbung verlieh. Schließlich kehrte sie in ihr Zimmer zurück und zog sich aus. Als sie in der Dunkelheit dalag, stellte sie sich vor, wie es wohl sein mochte, jemanden jahrelang zu lieben – immer in dem Wissen, dass man ihn nie besitzen konnte. Allerdings schien ihr Vater nicht darunter zu leiden. Courtney dachte an Coop. Schlief er in diesem Augenblick mit seiner Frau? Lachten sie, hielten sich an den Händen und betrachteten denselben Mond, den Courtney durch ihr Zimmerfenster sah?
Dann fiel ihr Josh ein. Seine Küsse waren sehr angenehm gewesen, hatten aber – ganz anders als die von Coop – kein Feuer in ihr entfacht. Ihr Vater vermutete, dass Josh in sie verliebt war. Vielleicht war es Zeit, dass sie beide sich aneinander heranwagten. Sie malte sich aus, wie es war, ihm so nah zu sein, dass sie ihn riechen konnte. Seinen Geruch kannte sie bereits – nach Seife und Gewehröl, denn er hielt seine Waffen stets gut in Schuss. Vielleicht sollte sie ihn so dicht an sich heranlassen, dass sie seinen Atem hörte und

ihn auf ihrer Haut spürte. Dass seine Zunge ihre berührte, und seine Hände über ihren Körper glitten.
Seine Hände auf ihrem Körper. Mit diesem Gedanken fiel Courtney in einen traumlosen Schlaf.

22

»Ich glaube, Landminen haben in diesem Krieg mehr Menschen verstümmelt als Gewehre«, rief Courtney bedrückt aus. »Offenbar ist das ganze Grenzgebiet mit diesen Dingern verseucht.«

Sie hatte gerade ein Bein vom Oberschenkel abwärts amputiert. Doch leider war niemand da, der ihren Verzweiflungsschrei gehört hätte. Der Arzt des Monats, ein italienischer Chirurg, befand sich in einem anderen Operationssaal. Dr. Davis hatte seinen freien Tag, und Courtney wusste nicht, wo er steckte. Die Krankenschwester, die ihr assistiert hatte, war gerade den Flur hinuntergeeilt, wo jemand um Hilfe rief.

Mara erschien in der Tür. Sie wirkte erschöpft. »Courtney, gerade ist wieder eine Horde von Leuten eingetroffen, und ich glaube, sie alle brauchen Hilfe. Wir müssen sie selektieren und die am schwersten Verletzten zuerst versorgen.«

»Wie sieht es mit Unterstützung aus?«

»Alle sind beschäftigt.«

»Wir brauchen etwa zwölf zusätzliche Leute.«

Mara schüttelte den Kopf. »Wenigstens hat dein Vater alles organisiert.«

Andrew hatte sich zu einem großartigen Geschäftsführer entwickelt und kümmerte sich darum, dass alles so reibungslos wie möglich lief. Jeden Monat flog er die Ärzte und Schwestern nach Harare und holte das neue Team ab.

Außerdem besorgte er in Harare so viele Ausrüstungsgegenstände und Lebensmittel, wie er – so drückte er selbst es aus – erbetteln, ausleihen oder stehlen konnte. Nie schien er müde zu sein, und die Herausforderungen, die sich ihm stellten, hatten offenbar eine belebende Wirkung auf ihn. Allerdings fehlte die Zeit für private Bedürfnisse. Courtney hatte zwar keine besonderen Pläne, doch sie sehnte sich danach, wie damals in ihrer alten Klinik auf der Veranda zu sitzen, die wilden Tiere und den Sonnenuntergang zu beobachten und die Sterne zu betrachten.

Abgesehen von den ersten wenigen Küssen unternahm Josh keine weiteren Annäherungsversuche, und Courtney kam zu dem Schluss, dass ihr Vater sich geirrt haben musste. Josh war nicht in sie verliebt. Sie war nur zufällig eine Frau, mit der er befreundet war und die ganz in der Nähe wohnte. Sie waren gern zusammen und hatten eine Menge Spaß miteinander. Doch inzwischen hatte sie ihn seit ein paar Wochen nicht gesehen.

»Ich bitte eine der Schwestern, nach dem Patienten zu schauen«, sagte Courtney zu Mara. »Er ist zwar noch bewusstlos, aber wenn er aufwacht und feststellt, dass sein Bein weg ist, sollte jemand bei ihm sein.«

»Dann beeil dich«, meinte Mara und lief hinaus.

Der Mann auf dem Operationstisch stöhnte.

Courtney sprach Nancy, eine der neuen Schwestern, an, die den Kopf schüttelte. »Am besten lasse ich mich klonen«, seufzte sie, aber sie war einverstanden, sich um den Patienten zu kümmern.

Als Courtney in den Raum kam, wo Mara ein Dutzend neuer Flüchtlinge versorgte, war einer von ihnen bereits gestorben. Courtney bemerkte unter den Verwundeten ein hoch gewachsenes junges Mädchen von etwa fünfzehn Jahren, das Mara mit aufmerksamen Blicken verfolgte. Mara ist eine Rattenfängerin, dachte Courtney nicht zum ersten

Mal. Sie wischte sich den Schweiß von der Stirn und kniete sich neben einen Mann, der stark blutete.
»Er ist angeschossen worden«, stellte sie fest. »Ich muss die Kugel rasch entfernen.«
Mara sagte etwas zu George, der aus dem Krankenhaus stürmte. »Ich habe ihn gebeten, sofort den anderen Arzt zu holen.«
Courtney nickte. »Du selektierst die Patienten und entscheidest, wer am dringendsten Hilfe braucht. Ich tue, was ich kann.« In letzter Zeit riss der Flüchtlingsstrom nicht mehr ab. Zum Glück beschlossen viele der Menschen, weiterzuziehen, denn das Lager hatte schon mehr als fünfzehnhundert Bewohner. Alle beteten, dass keine Epidemien ausbrechen würden, denn vor allem Typhus war eine allgegenwärtige Gefahr.
Die drei Schwestern und zwei Ärzte brauchten vier Stunden, um die zehn verwundeten Flüchtlinge zu operieren, zu nähen und zu bandagieren beziehungsweise ihre Blutungen zu stillen. Daneben lagen stöhnende Malariakranke, und während die Mediziner mit den anderen Patienten beschäftigt waren, brachte eine Frau unbemerkt ein Kind zur Welt. Besinnungslos lag sie da und hielt das Baby, das immer noch an der Nabelschnur hing, fest an ihre Brust gedrückt.
Am Abend war Courtney völlig erschöpft. »Ich kann kaum noch geradeaus sehen«, sagte sie.
Die anderen fühlten sich genauso.
Dennoch ging Mara nach dem Essen in ihren Garten hinaus. Kurz darauf folgte ihr Andrew. Nachdem er sie eine Weile beobachtet hatte, kniete er sich hin und zupfte das Unkraut rings um die Zwiebeln aus.
»Ohne Zwiebeln kann ich nicht kochen«, meinte Mara.
In diesem Augenblick kam George aus dem Haus gerannt. Er umarmte Mara und grinste Andrew an. Dann bückte er sich und half beim Unkrautjäten.

»Die anderen Waisen sind weg«, verkündete er.
»Was meinst du mit weg?«, erkundigte sich Andrew.
George kniete da und begutachtete das Unkraut wie unter einem Mikroskop.
»Normalerweise stecken sie immer zusammen, aber jetzt sind alle verschwunden. Die Jungen, die keine Eltern mehr haben, sind fort.«
Mara setzte sich auf die Fersen. »Wohin?«
George jätete weiter. »Vielleicht wollen sie neue Familien finden. Ich weiß es nicht«, antwortete er. Dann sah er Mara an. »Ich bleibe hier«, versicherte er ihr. »Ich bleibe bei dir und Boo Boo und Sabu. Keine Angst.«
»Waren die Jungen letzte Nacht noch da?«, fragte Mara.
George zuckte mit den Schultern. »Sie sind alle weg.«
Andrew und Mara wechselten Blicke. Ängstlich sah George sie an. »Ihr schickt mich doch nicht auch fort, oder? Ich will nicht gehen.«
»Ganz gleich, wo sie sind«, meinte Mara, »du bleibst.«
George stand auf, hüpfte auf sie zu und schlang seine Arme um ihren Hals. »Ich werde dich nie verlassen«, schwor er. »Niemals.«
Mara legte den Arm um ihn und küsste ihn auf die Stirn. Dann betrachtete sie Andrew ernst.
Als Mara Courtney Bericht erstattete, war deren erster Gedanke, dass sie nun ein paar Mäuler weniger zu stopfen haben würden. Sie wünschte, einige der Familien würden ebenfalls ihre Sachen packen. Die Leute, die in ihren strohgedeckten Hütten herumsaßen, sollten endlich weiterziehen, dorthin, wo es Arbeit und Lebensmittel gab, damit sie ihre Selbstachtung wiedergewannen. Sie sollten nicht länger auf Almosen warten oder Wildtiere töten oder … ach, Courtney hatte es einfach satt. Sie war so erschöpft, dass sie kaum noch klar denken konnte.
Als sie in jener Nacht im Bett lag, fragte sie sich, ob Josh über-

haupt zu Hause war. Vielleicht streifte er ja, nach Wilderern Ausschau haltend, durch abgelegene Gebiete des Parks und versuchte seine geliebten Elefanten zu retten. Sie sehnte sich nach jemandem, der sich um sie kümmerte.

»Lust auf ein bisschen Aufregung?«
Courtney blickte von dem Patienten auf, den sie gerade behandelte. Josh stand in der Tür. Er trug zerknitterte Khakishorts und wie immer seinen breitkrempigen australischen Hut. Um den Hals hatte er ein blau-weißes Tuch gebunden. Seine Augen konnte sie hinter den verspiegelten Gläsern seiner Sonnenbrille nicht erkennen. Er grinste sie an.
»Einen Moment«, erwiderte sie und wechselte den Verband des Verwundeten.
»Ich gebe dir vierundzwanzig Stunden. Jetzt kann ich nicht bleiben, weil ich auf dem Weg nach Mbula bin. Aber morgen fliege ich mit sechs Eingeborenen, die ich eingestellt habe, im Helikopter los. Ich werde sie ein paar Meilen entfernt von einer Stelle absetzen, wo Wilderer beobachtet worden sind. So bemerken diese den Hubschrauber nicht und sind nicht gewarnt. Ich warte ein Stück weiter weg, bis meine Männer die Kerle fassen und sie mir bringen. Dann transportiere ich die Wilderer mit dem Hubschrauber ab, und meine Leute fahren mit dem Lastwagen zurück. Ich dachte, du möchtest vielleicht mitkommen und mir in der Nacht, in der ich nur rumsitzen und warten muss, Gesellschaft leisten. Ich brate dir auch ein dickes Steak.«
»Als ob du mich bestechen müsstest.« Als sie den Mann auf der Trage angrinste, erwiderte er ihr Lächeln. Vor drei Tagen wäre er dazu noch nicht in der Lage gewesen.
»Hast du genug Leute hier, um ein paar Tage freizunehmen?«, fragte Josh, als sie aus dem Krankenhaus schlenderten.
»Das Personal ist bei uns immer knapp, aber wenigstens ha-

ben wir jetzt mehr davon. Diesmal ist nicht nur ein Arzt gekommen, sondern gleich zwei. Und einer wird mindestens drei Monate bleiben. Offenbar ist Coop klar, dass wir hier in der Klemme stecken. Auch drei Schwestern waren dabei. Und Diane, die Schwester, die letzten Monat hier war, hat versprochen, wiederzukommen. So viele Leute hatten wir noch nie. Außerdem merke ich Mara und Daddy immer an, wenn sie finden, dass ich ein paar Tage freinehmen sollte. Offenbar bin ich schon wieder ungeduldig und gereizt, denn sie machen ständig Andeutungen. Tja, ich glaube, sie werden sich über dein Angebot freuen.«

»Also kommst du mit?«

»Muss ich bis morgen warten?«, fragte sie. »Ich bin so müde, dass ich eine Woche lang schlafen könnte.«

»Aber ich muss nach Mbula. Ich wollte vor Dunkelwerden zurück sein, und ich habe für die Expedition morgen noch eine Menge zu erledigen. Allerdings ...« Er sah sie an. »Möchtest du jetzt gleich mitkommen? Du warst ja noch nie in Mbula. Anschließend fahren wir zu mir. Ich kann auf dem Sofa schlafen. Das habe ich auch schon früher getan. Wenn du nicht willst, brauchst du nicht einmal mit mir zu reden. Du kannst einfach nur schlafen.«

»Ich werde mich fühlen wie im Paradies. Schlafen, ohne gestört zu werden. Ich frage nur rasch Mara und Daddy. Schließlich ist er derjenige, der hier für einen reibungslosen Ablauf sorgt.«

Josh lachte auf. »Ein reibungsloser Ablauf in Afrika ist allein schon ein Wunder.«

Als sie in das Zimmer kamen, das Andrew als Büro benutzte, stand er auf und schüttelte Josh zur Begrüßung die Hand. »Ich habe gerade die Dienstpläne überprüft.«

»Dienstpläne? Daddy, wir arbeiten achtzehn Stunden am Tag, sieben Tage pro Woche.«

»Nicht mehr lange, wenn es nach mir geht. Wir haben jetzt

zusätzlich zu dem monatlichen Arzt einen, der mehr oder weniger fest hier arbeitet, und außer Mara noch drei Krankenschwestern für diesen Monat. Ihr beide wart zu müde, um noch viel zu leisten. Ich habe mir gedacht, dass wir eure Arbeitskraft besser ausnutzen können, wenn wir euch nur fünf Tage in der Woche arbeiten lassen und euch zwingen, zwei Tage freizunehmen.«

Courtney lachte auf. »Uns zwingen?«

»Mara meinte, sie wüsste nicht, was sie dann mit sich anfangen soll.« Andrew grinste. »Aber ich habe ihr gesagt, sie könnte dann zur Abwechslung unser Essen kochen, Gitarre spielen und ihren Süßkartoffeln beim Wachsen zusehen.«

»Kriegen die neuen Ärzte und Schwestern auch freie Tage?«

»Vielleicht Dr. Davis« – der Arzt, der mindestens drei Monate bleiben wollte –, »aber wenn, dann nur einen Tag pro Woche. Doch nicht die, die bloß für einen Monat hier sind. Schließlich haben sie sich freiwillig für diesen Einsatz gemeldet und werden die paar Wochen schon durchhalten. Wir müssen uns langfristig keine Gedanken über sie machen.«

»Tja, Sir«, sagte Josh, »wenn Sie nicht wollen, dass ich Courtney hier lasse, müssen Sie Ihren Plan noch einmal überarbeiten. Ich brauche sie für mindestens drei Tage.«

»Das ist kein Problem.« Wieder schüttelte Andrew Josh die Hand.

»Augenblick noch«, sagte Courtney zu Josh. »Ich packe nur schnell meine Zahnbürste und ein paar Sachen ein.«

»Sie war noch nie in Mbula«, meinte Josh.

»Mara und ich hätten dich mitnehmen sollen, als wir im letzten Monat dort waren«, erwiderte Andrew.

Courtney hatte fast vergessen, dass ihr Vater und Mara zusammen in der Stadt gewesen waren; allerdings hatte ihr auch niemand Einzelheiten von diesem Besuch erzählt. Und dabei hatte sie bis jetzt geglaubt, dass Mara alles, was sie dachte und tat, mit ihr besprach.

»Ich weiß nicht, wann wir zurück sind«, fuhr Josh fort. »Morgen brechen wir auf. Ich habe sechs Männer als Helfer eingestellt und ihnen für sechs Monate Lebensmittel für ihre Familien versprochen. Außerdem habe ich Gewehre und Munition an sie ausgegeben und ihnen Khakihemden besorgt. Esther hat Abzeichen darauf genäht.« Dass Afrikaner eine Schwäche für Uniformen hatten, war allgemein bekannt. »Wir haben gehört, dass im Nordosten, wo die Flüsse Ongahela und Lumbosi sich treffen, Wilderer ihr Unwesen treiben. Ich möchte nicht zu nah heranfliegen, um sie nicht zu warnen. Also werde ich meine Männer absetzen und einen halben Tagesmarsch entfernt auf sie warten. Nachdem sie die Gefangenen bei mir abgeliefert haben, bringe ich sie zurück. Nkrumah wird meine Männer mit dem Lastwagen abholen. Die Wilderer transportiere ich lieber nicht mit dem Laster, denn ihre Freunde würden sicher versuchen, sie zu befreien. Wenn sie erst in Mbula sind, kann der Richter sie verurteilen. Ich will in die Stadt, um sicherzugehen, dass er auch da sein wird.«

»Kann Ihnen und Courtney auch nichts passieren?«

»Es besteht keine Gefahr, Sir. Die Wilderer werden Handschellen tragen, und der Flug dauert nur eine Stunde. Spätestens am Donnerstag sind wir zurück. Wenn Sie nichts von uns hören«, meinte er grinsend, »schicken Sie einen Suchtrupp los.«

Als Courtney ihre Reisetasche in Joshs Jeep warf, kam Andrew ihr nach und drückte ihr ein paar Dollarnoten in die Hand. »Mara hat in der Stadt einen Stoff gesehen, der ihr gut gefallen hat. Die bunten Farben fand sie besonders schön. Sie braucht unbedingt ein neues Kleid.« Mara hatte schon seit Jahren kein neues Kleid mehr gehabt. »Kauf genug Stoff für drei Kleider. Eines davon muss blau sein.«

Courtney stellte sich auf die Zehenspitzen, um ihn zu küssen.

»Wir haben Löwen an der Westgrenze beobachtet«, sagte Josh, nachdem sie eine Weile gefahren waren. »Ich war fast zwei Wochen lang dort.«
»Ich habe mich schon gefragt, warum ich dich so lange nicht gesehen habe.«
»Hast mich wohl vermisst.« Er grinste.
»So weit würde ich nicht gehen«, erwiderte sie kichernd. »Ich habe nur gehofft, dass du nicht von einem Löwen gefressen worden bist. Schau, da oben in dem Mopane-Baum ist ein Storchennest.«
Josh blickte in die angegebene Richtung. »Woran erkennst du ein Storchennest?«
»Daddy hat sie mir als Kind gezeigt. In der Klinik gab es keine Störche. Hier ist die Artenvielfalt viel größer.«
»Zumindest jetzt noch. In zwanzig Jahren können wir uns glücklich schätzen, wenn wir überhaupt noch ein Tier zu Gesicht kriegen.«
»Ist die Lage wirklich so ernst?«
»Ich versuche, mich davon nicht entmutigen zu lassen, aber die Wilderer zerstören alles.«

»Ach, sieh mal.« Jetzt deutete er mit dem Finger. In den Bäumen über ihnen turnte eine Horde Paviane herum. Die Affen waren fast so schnell wie der Wagen und schwangen sich kreischend in zehn Metern Höhe von Ast zu Ast.
Ein leichtes Lüftchen wehte. Courtney lehnte sich zurück. »Ich wage kaum, die Augen zu schließen, aus Angst, dass ich etwas verpassen könnte. In den sieben Monaten, die wir nun hier sind, war ich nur zweimal mit dir weg. Einmal, als wir in den Bergen die Choleramedikamente geholt haben, und einmal im Wald, wo wir die vielen interessanten Tiere beobachten konnten.«
»Also pass auf, dass dir nicht die Augen zufallen.«
Schweigend fuhren sie eine Weile weiter. »Wie klappt es

eigentlich mit den neuen Ärzten, die jeden Monat kommen?«
»Wunderbar. Sie waren alle ausgesprochen fleißig. Wahrscheinlich ist es eine romantische Ader, die sie dazu auch bringt, sich für so einen Einsatz zu melden und ehrenamtlich den Benachteiligten dieser Welt zu helfen. Die meisten wussten nicht einmal, wo Mosambik ist. Über Simbabwe waren sie ein wenig besser informiert.« Courtney lachte auf. »Der neue Arzt, der sich für mindestens drei Monate gemeldet hat, Dr. Davis, ist sehr nett. Er ist zwar ein wenig schüchtern, aber ein ziemlich fähiger Chirurg. Ich habe keine Ahnung, warum er so lange hier bleiben will. Er sagt, er habe sich auf eine Anzeige in einer medizinischen Fachzeitschrift gemeldet. Gewiss hat Coop inseriert.« Sie vermutete, dass Coop auch das Gehalt des Arztes bezahlte.
»Und warum, meinst du, kommen sie noch?«, fragte Josh.
»Wahrscheinlich aus denselben Gründen wie Mara und ich.«
»Sie tut es für Gott und du, um ein Versprechen einzulösen, das du dir selbst gegeben hast.«
»Gewiss melden sich einige ebenfalls aus religiösen Gründen, aber den meisten geht es sicher darum, etwas zu bewirken. Eine der Schwestern will sogar wiederkommen und bleiben, bis der Krieg vorbei ist.«
»*Falls* er jemals vorbei ist.«
»Doch selbst danach werden die Menschen in Afrika Hilfe brauchen. Kannst du dir vorstellen, was in Mosambik alles nötig sein wird? Auch wenn wir zweihundert Kliniken überall in Simbabwe hätten, würden die nicht reichen. Außerdem gehen die meisten einheimischen Ärzte, die im Ausland studiert haben, früher oder später wieder fort, denn irgendwann können sie die miserablen Arbeitsbedingungen in den hiesigen Krankenhäusern nicht mehr ertragen. Keine Röntgengeräte, keine Intensivstationen, ja, nicht einmal Infusionen. Natürlich habe ich den Luxus eines gut ausgestat-

teten Krankenhauses auch nur während meines Praktikums in Kapstadt kennen gelernt. Deshalb weiß ich auch, wie verlockend es ist, in einer modernen Klinik zu arbeiten.«

»Und du hast nicht versucht reich zu werden, indem du Pillen verschreibst und unnötigerweise Gebärmütter entfernst.«

Courtney lachte auf. »Vielleicht habe ich ja was verpasst.«

Josh grinste sie an.

»Doch«, meinte sie und erwiderte seinen Blick, »wahrscheinlich war es besser so.«

23

Mbula hatte gut dreihundert Einwohner, die in strohgedeckten Hütten lebten. Die Gebäude hatten keine Fenster und nur eine niedrige Tür.
»Von Belüftung haben sie hier noch nie etwas gehört«, murmelte Josh.
Courtney nickte zustimmend. Die Luft in den Hütten war stets stickig und übel riechend. Nur ein einziges Fenster hätte schon eine Menge bewirkt.
In der Stadtmitte befand sich der Marktplatz, wo Frauen auf Decken oder hinter Verkaufsständen saßen und Tomaten, Kohl, Süßkartoffeln und Zwiebeln feilboten. Reis wurde aus Säcken verkauft, und mitten auf dem so genannten Platz trocknete Fisch auf einem großen Gestell. Die Marktfrauen trugen grellbunte, häufig bodenlange Tücher um die Taille und standen oder kauerten hinter ihren Waren. Einige hatten einen Turban auf dem Kopf.
Neugier glomm in ihrem gleichgültigen Blick auf, als Courtney aus dem Jeep stieg.
»Wahrscheinlich haben sie noch nie eine weiße Frau in Shorts gesehen«, sagte Josh. »Vielleicht sogar noch nie eine weiße Frau überhaupt.«
Courtney dachte daran, wie sehr sich die Kulturen doch voneinander unterschieden. Die nackten Brüste der Frauen wippten beim Gehen und hingen beim Bücken fast bis zum Boden herab. Und dennoch fanden diese Frauen es anstößig, dass Courtney ihre nackten Beine zeigte. Sie hatte vergessen,

für die Fahrt in die Stadt lange Hosen anzuziehen, wie es sich eigentlich gehört hätte. Doch wegen des überstürzten Aufbruchs hatte sie nicht mehr daran gedacht.

Josh ging von Stand zu Stand, betastete hier eine Melone, prüfte dort, wie hart die Zwiebeln waren, und kaufte gelegentlich etwas.

Courtney bemerkte eine alte, runzlige Frau, die neben einem Stofflappen kauerte. Darauf lagen nur getrocknete Raupen, drei Eier und eine Hand voll Kartoffeln, die fast ebenso verschrumpelt waren wie die Händlerin. Sie blickte nicht einmal auf, als sie vorbeigingen.

Die übrigen Frauen lächelten schüchtern und beobachteten jede von Courtneys Bewegungen. Doch wenn Courtney »hallo« oder »guten Tag« sagte, hielten sie kichernd die Hand vor den Mund.

»Ärztin«, verkündete Josh. »Weiße Ärztin.«

Courtney hörte ein Raunen über den Markt gehen. In der Ferne schrie ein Kind.

Als Josh seine Einkäufe erledigt hatte – er hatte zu seiner Freude sogar einen Sack Zucker und einen mit Reis auftreiben können –, kam eine Frau mit einem weinenden Kind auf dem Arm die Dorfstraße entlang. Sie war hoch gewachsen und eine Schönheit; stolz und aufrecht stand sie da und hielt sich das nackte Baby an die schimmernden schwarzen Brüste. Sie trug große runde Goldohrringe und ein goldenes Band um den Fußknöchel. Ohne Umschweife ging sie auf Courtney zu.

»Bist du die Ärztin?«

Courtney nickte und lächelte, um der Frau keine Angst zu machen.

»Mein Baby hat Ohrenschmerzen. Der Medizinmann kann nichts tun. Nun weint das Baby Tag und Nacht, hat Fieber und bewegt sich kaum noch. Und es greift immer nach seinem Ohr.« Sie streckte Courtney das Kind hin.

Courtney nahm es, sah sich nach etwas um, wo sie es zur Untersuchung ablegen konnte, und entschied sich für einen wackligen Tisch, auf dem einige Tomaten und Eier drapiert waren. Sie öffnete den Mund des Kleinen, den sie auf neun oder zehn Monate schätzte, und spähte hinein. Anscheinend war dort alles in Ordnung. Dann sah sie ihm ins linke und ins rechte Ohr.

»Eine Entzündung«, erklärte sie Josh, der ihr gefolgt war. Das Baby schrie wie am Spieß. Alle auf dem Markt beobachteten schweigend die Szene. »Ich steche sie auf. Holst du meine Tasche?« Es war ihr in Fleisch und Blut übergegangen, ihre Tasche überallhin mitzunehmen. Wieder einmal war sie dankbar dafür.

Josh näherte sich gerade dem Jeep, als hinter den Hütten der größte Mann hervortrat, den Courtney je gesehen hatte. Er trug einen gewaltigen Kopfschmuck; die bunten Federn schwankten wie im Wind, als er den Kopf schüttelte. Der Mann hatte einen langen Stab in der Hand und war nur mit einem Lendentuch und Muschelketten an den Knöcheln bekleidet, die beim Gehen klapperten.

»Aufhören!«, befahl er.

Man konnte das Schweigen fast mit Händen greifen.

Die Mutter des Kindes rührte sich nicht von der Stelle und stemmte trotzig die Hände in die Hüften.

Mit zornig blitzenden Augen riss der Mann das Baby vom Tisch und drückte es an seine Brust. Dann drehte er sich zu der Mutter um.

»Mein Baby stirbt«, sagte sie mit kräftiger Stimme. »Du hast es nicht geheilt. Es sind jetzt fünf Tage. Es wird immer magerer und hat Fieber und …«

Das Schreien des Babys übertönte den Rest des Satzes.

»Du wirst dir nicht von dieser Frau helfen lassen«, befahl der Mann verächtlich.

War er der Medizinmann oder der Häuptling des Stammes?,

fragte sich Courtney und wartete ab, was jetzt geschehen würde.
»Kannst du ihn retten?«, fragte die Mutter Courtney.
»Ich kann die Entzündung in seinem Ohr aufstechen.« Courtney wusste nicht, ob die Frau das Wort »aufstechen« verstand. Zum Glück war ihr Bantu besser als ihr Portugiesisch. »Dann fließt der Eiter ab, und die Schmerzen hören auf. Dein Baby wird gesund.«
Hasserfüllt sah die Mutter den Mann an. »Gib mir mein Baby.«
Er drückte das Kind so heftig an sich, dass Courtney schon befürchtete, es könnte ersticken. Mit einer Hand hielt er das Baby fest, mit der anderen drohte er der Mutter mit dem Stab. »Du hast mir schon zu oft nicht gehorcht. Beim nächsten Mal wirst du verflucht.«
Josh griff nach Courtneys Hand. »Gehen wir«, sagte er so leise, dass sie ihn kaum hören konnte. »Ganz langsam. Komm mit.«
Ohne sich umzudrehen, verließen sie den Schauplatz des Dramas.
»Wir nehmen diese Straße«, sagte Josh immer noch mit gedämpfter Stimme, »und suchen den Richter auf. Er ist nicht immer da, und ich möchte wissen, ob er in drei Tagen eine Gerichtsverhandlung abhalten kann, wenn ich ihm die Wilderer abliefere.«
Sie mussten den Richter suchen, der in der Dorfschänke saß, einem verfallenen Holzhaus, das über zwei Fenster und vier Tische verfügte. Sie spähten in die Dunkelheit. Der Richter saß mit drei anderen Männern am Tisch, spielte ein Würfelspiel und trank das hiesige Bier. Er versicherte Josh, er werde nicht nur in drei Tagen hier sein, sondern den ganzen nächsten Monat in Mbula verbringen. Josh verriet ihm den Grund seiner Frage nicht.
Inzwischen hatte er Courtneys Hand losgelassen und trug

seine Lebensmittelsäcke. »Geh langsam zum Jeep«, sagte er, »und tu so, als ob dich die Sache von vorhin überhaupt nicht interessiert hätte.«

»Ich habe Maras Stoff vergessen.«

»Den muss sie sich dann ein andermal besorgen. Geh weiter.«

Auf dem Markt waren wieder normale Verhältnisse eingekehrt. Der Medizinmann und die aufsässige Mutter waren verschwunden.

Josh ließ den Motor an, und sie rollten langsam aus der Stadt. Gerade waren sie um eine Kurve gebogen, wo der Wald begann, als ein kräftig gebauter Mann hinter einem Baum hervorsprang und sie mit einer Handbewegung zum Anhalten aufforderte.

»Na, das ist wirklich ein Abenteuer«, sagte Josh. Die Stelle war von der Stadt aus nicht einsehbar.

Der junge Mann wies auf jemanden zwischen den Bäumen. Die junge Mutter, deren Baby nicht weinte, weil es an ihrer Brust saugte, trat hinter einem Baum hervor. »Hilfst du mir?«, fragte sie.

Courtney holte ihre Tasche vom Rücksitz und reichte Josh eine Flasche Alkohol. »Hier.« Sie drückte ihm ein Wattestäbchen in die Hand. »Reib damit sein Ohr ein.« Dann kramte sie in ihrer Tasche, förderte ein Skalpell zutage, und übergoss es mit Alkohol. »Gib mir das Baby.« Sie drehte das Kind auf die Seite. »Halt seinen Kopf fest, damit es sich nicht bewegen kann«, forderte sie Josh auf.

Er nickte. »Deinetwegen werde ich noch zum Sanitäter.«

Das Baby schrie und strampelte. »Halt es gut fest; es darf sich nicht rühren, ganz gleich, wie laut es schreit und wie kräftig es sich wehrt. Ich verspreche dir, dass dein Kind gesund wird«, sagte sie zu der Mutter. Sie spähte in das Ohr des Babys und stach rasch die angeschwollene Beule auf. »Und jetzt lasst los.« Als die Mutter und Josh das Baby freigaben,

drehte Courtney es auf die andere Seite, und grünlicher Eiter floss aus dem Ohr.
Sofort hörte das Baby auf zu weinen.
»Ich muss ihm noch ein Antibiotikum verabreichen«, erklärte sie Josh. Sie nahm ein Röhrchen Penicillin aus der Tasche. Doch als sie dem Baby die Nadel in den Arm stechen wollte, hielt der Vater sie zurück. »Nein!«, rief er.
Courtney hob den Kopf, und ihre Blicke trafen sich. Dann jedoch senkte sie den Kopf und stieß dem Kind die Nadel in den Arm. Der Kleine schrie nicht einmal.
Sie hielt das Kind seiner Mutter hin, deren Augen vor Schreck geweitet waren.
»Dein Baby wird gesund«, sagte sie.
Die Augen der Mutter waren immer noch weit aufgerissen, doch ihre Stimme klang dankbar, als sie ihr Kind entgegennahm. »Danke«, flüsterte sie. »Danke.«
Der Mann stand nur wortlos da, offenbar verärgert, weil Courtney ihm nicht gehorcht hatte.
»Das Fieber wird bald verschwunden sein, und morgen läuft es wieder herum«, meinte Courtney, die ganz vergessen hatte, dass Babys in diesem Alter noch gar nicht laufen konnten.
»Okay«, wandte sie sich dann an Josh. »Lass uns verschwinden, bevor der Medizinmann uns findet. Hoffentlich verflucht er das Baby nicht. Oder die Mutter.«
»Jetzt kann er ihnen doch nichts mehr anhaben.«
Aber Courtney wusste es besser.

24

»Bis jetzt hat sich Jimmy nie sehr für mich interessiert«, meinte Courtney, als der Affe über den Hof gelaufen kam und sich ihr in die Arme warf, sobald sie aus dem Jeep gestiegen war.
Sie drückte ihn an sich und fühlte sich sehr geschmeichelt. Nachdem sie den Affen auf die Veranda getragen hatte, ließ sie sich in einen von Joshs mit Segeltuch bezogenen Sesseln sinken. »Hier ist es eindeutig bequemer als im Jeep«, sagte sie, während Jimmy an ihrem Hals leckte.
Als Josh die beiden betrachtete, war seiner Miene nichts zu entnehmen. »Bist du noch wach, wenn ich mit dem Abendessen fertig bin?«
»Brauchst du Hilfe?«
Er neigte grinsend den Kopf zur Seite. »Ich habe deine Kochkünste zwar noch nie selbst gekostet, aber eine Menge darüber gehört. Du kannst ja Jimmy Gesellschaft leisten.«
»Der kleine Teich war das letzte Mal aber noch nicht da.«
»Nein, ich habe ihn an den Abenden gebaut, in der Hoffnung, dass er Vögel anziehen wird. Ich möchte sie gerne beobachten, während ich hier draußen sitze.«
»Und warum willst du die Vögel beobachten?«
Er zögerte. »Ich werde die Arten malen, die es im Park gibt«, antwortete er dann fast schüchtern. »So wie Audubon.«
Courtney setzte sich auf und nahm Jimmy auf den Schoß. »Du malst? Ich wusste gar nicht, dass du künstlerisch begabt bist.«

»Vielleicht bin ich das ja auch nicht. Aber es gibt mir abends etwas zu tun und lenkt mich ab. Ich habe mir mit der letzten Post ein paar Wasserfarben schicken lassen.«

Als er im Haus verschwand, lehnte Courtney sich in den Sessel zurück. Jimmy war Josh gefolgt. Er malte. Und hatte einen Gartenteich gebaut. Sie hatte gedacht, dass er Tag und Nacht sehr beschäftigt war. Nie hatte sie sich überlegt, wie er seine einsamen Abende verbrachte, und ihr wurde klar, dass sie ihm bis jetzt kaum persönliche Fragen gestellt hatte. Seine Frau war bei einer Geburt gestorben. Er hatte Tiermedizin studiert und die Stelle bei der Parkverwaltung angenommen. Und es war sein größtes Anliegen, die afrikanische Fauna zu retten – ganz besonders die Elefanten.

Sie wusste, dass er zweiundfünfzig Bücher im Jahr las. Doch sie hatte sich nie nach den Titeln erkundigt, vermutlich deshalb, weil sie selbst kaum noch Zeit zum Lesen fand. Damals in der Klinik hatte sie sehr viel gelesen, doch in den letzten Monaten hatte sie kein einziges Buch zur Hand genommen. Sie hatte nicht einmal die Muße gehabt, sich zu fragen, was Josh in seiner Freizeit tat.

Sie sprachen nur über die Dinge, die unmittelbar anstanden. Einen Ausflug, um Tiere zu beobachten. Die Rettung verwaister Elefantenbabys. Den Zeitmangel, die dauernde Müdigkeit, den nicht zu bewältigenden Flüchtlingsansturm und den Kampf gegen unbekannte Krankheiten. Sie brauchten beide dringend Abstand.

Courtney wachte auf, als Josh sich neben ihr auf dem Sofa niederließ. »Na, du Schlafmütze. Das Essen ist fast fertig.« Er reichte ihr einen Scotch mit Soda.

»Mmmm«, murmelte sie.

»Beinahe hätte ich dich weiterschlafen lassen, aber ich konnte den Gedanken nicht ertragen, allein zu essen, nachdem ich mir so viel Mühe gegeben habe.«

Lächelnd griff sie nach ihrem Glas.
»Du verwöhnst mich«, sagte sie.
»Ich glaube, du musst ein bisschen verwöhnt werden. Du arbeitest zu viel.«
»Bin ich eigentlich sehr langweilig?«, fragte sie. »Ich rede ständig nur über meine Probleme.«
»Langweilig?« Er lachte. »So schlimm ist es nun auch wieder nicht.«
Sie streckte ihm die Zunge raus und schnitt eine Grimasse.
»Würde ich dich ständig auf Ausflüge mitnehmen, wenn ich dich langweilig fände?«
»Na, so häufig sehen wir uns ja nicht. Es liegen immer mehrere Wochen dazwischen.«
Er trank einen Schluck und betrachtete seinen Teich, in dem sich die Blätter der hohen Bäume spiegelten. Die Äste ragten über das Wasser. »Ich denke, dagegen ließe sich etwas tun.«
Courtney musterte ihn. Sie hatte ihn schon immer attraktiv gefunden, doch in diesem Moment erschien er ihr außergewöhnlich gut aussehend. Mit einem träumerischen Lächeln nahm sie einen Schluck von ihrem Drink. »Im Augenblick bin ich recht zufrieden.«
Er stand auf und streckte die Hand aus. »Komm, das Essen ist fertig.«
Er hatte den Tisch mit zwei bunt geblümten Tischmatten und passenden Servietten gedeckt. Das Besteck glänzte, und mitten auf dem Tisch stand eine hohe Kerze. »Ich habe nur selten Gäste«, meinte er lächelnd. In einer Schale schwamm eine große rotgelbe Blüte.
»Es ist sehr hübsch«, sagte Courtney.
Er ging in die Küche und holte die beiden Teller. »Ich habe vergessen, dich zu fragen, wie du dein Steak willst. Jetzt ist es medium.«
Courtney wusste, dass es besser war, sich nicht danach zu erkundigen, um was für ein Steak es sich handelte. Antilope,

Impala, es spielte keine Rolle. Sie hatte schon lange kein Fleisch mehr gegessen. Mit geschlossenen Augen kostete sie den ersten Bissen. »Es ist butterweich. Du bist wirklich ein ausgezeichneter Koch.«

»Was bleibt mir anderes übrig?«

Sie trank einen Schluck. »Es ist einfach paradiesisch, Josh.«

»Tja«, er lächelte ihr zu, »so schön hatte ich es schon lange nicht mehr.«

Jimmy stieß ein Quietschen aus.

»Er ist eifersüchtig«, stellte Josh fest, »weil jetzt jemand anders im Mittelpunkt steht.«

»Ich dachte, er mag mich.«

Als Antwort zupfte Jimmy an Courtneys Hemd. »Aha, vielleicht ist er ja eifersüchtig, weil ich mit dir rede und nicht mit ihm.«

Als sie mit dem Essen fertig waren, sagte Josh: »Ich brauche keine Hilfe in der Küche. Spiel du nur mit Jimmy. Ich bin gleich zurück.« Er verschwand mit dem Geschirr.

Courtney bückte sich und hob Jimmy in ihre Arme. »Komm, kuscheln wir ein bisschen, bis er wieder da ist.« Sie legten sich aufs Sofa. Courtney schloss die Augen, während Jimmy in ihren Armen leise Schnarchgeräusche ausstieß. Sie war glücklich und fühlte sich so entspannt wie schon seit Monaten nicht mehr.

Als Josh ins Zimmer kam, sah er, dass Courtney und Jimmy aneinander geschmiegt schliefen.

Am nächsten Morgen wachte Courtney auf. Jimmy war verschwunden, und sie stellte überrascht fest, dass sie die ganze Nacht durchgeschlafen hatte. Josh packte ein paar Taschen und sprach dabei mit sich selbst.

»Guten Morgen«, sagte sie und stützte sich auf die Ellbogen.

»Los, hoch mit dir«, meinte er. »In einer halben Stunde muss ich die Jungs abholen. Für sie ist es ein großer Tag, denn sie sind alle noch nie geflogen. Auf dem Küchentisch stehen

eine Mango und ein paar Frühstücksflocken. Bedien dich selbst.«
Courtney betrachtete ihn, setzte sich auf und stellte die Füße auf den Boden. »Kein Kaffee?«, neckte sie ihn.
»Doch, es ist noch welcher da.« Er hatte es eilig.
»Du hättest mich wecken sollen.«
»Du hast so niedlich geschlafen.«
»O Mann, du kannst einer Frau aber Komplimente machen. Ich weiß gar nicht, was ich tun soll, wenn ich wieder zu Hause bin.«
»Beeil dich«, entgegnete Josh, griff nach einer Tasche und lief hinaus.

Viele Meilen weit flogen sie über Wälder und offene Savanne hinweg, wo sich lilafarbene, grünliche und gelbe Gräser wellenförmig im Wind bogen, sodass sie an ein impressionistisches Aquarell erinnerten. Die Grashalme tanzten in der Brise, drehten sich und schienen dem Hubschrauber zu winken.
»Hier verbringen die wilden Tiere die Regenzeit«, erklärte Josh. »Diese Gräser und den wilden Reis, den wir jedes Jahr nachpflanzen, sind Nahrung für ... ach, schau mal!« Eine große Herde Impalas und Pukus grasten auf einem Feld. »Die Zebras, Gazellen und Elenantilopen, die die Gräser da unten abweiden, ziehen Löwen, Tüpfelhyänen und Leoparden an.«
Gebannt beobachtete Courtney die Szene unter sich. Ein alter Büffel watete durch den zähen grauen Schlamm. Auf seinem Rücken saßen wie immer Kuhreiher. »Es müssen tausende sein«, seufzte sie ehrfürchtig. Jüngere Büffel und Kälber grasten auf dem viele Quadratmeilen großen Terrain.
»Am Ende der Regenzeit«, fuhr Josh fort, »sieht es hier aus wie auf einem Schlachtfeld. Es ist eine ökologische Katastrophe. Nirgendwo ist auch nur eine lebendige Pflanze übrig.

Die Bäume haben keine Zweige mehr und wirken tot. Anfangs befürchtete ich, die Natur würde sich nie wieder erholen. Doch durch die Regenfälle herrscht hier bald wieder ein üppiges Grün, so wie du es jetzt siehst. Natürlich wissen die Wilderer das auch. Sie werden bald kommen, wenn sie nicht schon in den Wäldern lauern, wie meine Kundschafter es mir berichtet haben. Wir landen ein Stück nördlich von hier und setzen meine Jungs ab. Dann fliegen wir zu einer Stelle, die ich kenne und wo ich am liebsten die Vögel beobachte.«
Die Eingeborenen im Frachtraum kicherten wie die Schuljungen und zeigten mit abwechselnd vor Freude und Angst weit aufgerissenen Augen auf alles, was sie sahen. Am Ende der riesigen Savanne landete Josh und sprang aus dem Helikopter, um seinen Leuten beim Aussteigen zu helfen. Sie standen stramm und präsentierten stolz ihre Flinten. Josh erklärte ihnen, dass Nkrumah sie abholen würde. Wenn sie die Wilderer fingen, sollten sie sie mit Handschellen an Bäume fesseln. Er wolle am nächsten Morgen wiederkommen, um die Gefangenen nach Mbula zu bringen.
Weit entfernt in der Savanne sahen sie eine Elefantenherde im Gänsemarsch dahinziehen.
Josh stieg wieder in den Hubschrauber, und sie flogen zu einem Wasserloch, das er kannte. Umgeben von ägyptischen Gänsen, riesigen Reihern, Löfflern, Kiebitzen, Pelikanen und Kranichen mit majestätischen Kämmen, die um sie herum stolzierten, verspeisten sie ihr Abendessen.
Da Josh sich um das Essen gekümmert hatte, bestand Courtney darauf, den Abwasch zu erledigen. Dann schlenderte sie umher und beobachtete die Vögel, die sich in den Baumwipfeln niederließen, ein sicheres Zeichen dafür, dass es bald dunkel werden würde.
Courtney spürte, dass Josh dicht hinter ihr stand. Obwohl er sie nicht berührte, erahnte sie seine Gegenwart und fühlte seinen Atem in ihrem Nacken.

»Ich träume von dir«, sagte er zu ihr.
Sie betrachtete den rosafarbenen Himmel und die Akazien, die sich davor abhoben. Hunderte von Vögeln flogen zu ihren Nestern in den Bäumen.
»Auch wenn du es nicht weißt«, fuhr er fort, »bist du schon überall in diesem Park gewesen, denn ich trage dich immer in meinem Herzen.«
Als sie sich zu ihm umdrehte, nahm er sie in die Arme. Er drückte sie an sich und sah ihr in die Augen. »O Gott, Courtney«, murmelte er. »Ich will dich so sehr.«
Sie streckte ihm das Gesicht entgegen, und ihr schwindelte, als ihre Lippen sich berührten und seine Zunge leidenschaftlich ihren Mund erkundete.
Irgendwo in der Dunkelheit trompetete ein Elefant. Eine Hyäne kreischte.
Sie bemerkten den Stern nicht, der vom Himmel fiel und die Baumwipfel in einen silbrigen Schein tauchte. Courtney wusste nur, dass Joshs Hände zwar sanft waren, aber auf ihrer Haut glühten und ein Feuer in ihr entfachten.

25

Selbst mit geschlossenen Augen spürte sie, dass Josh sie betrachtete. Sie erwiderte seinen Blick.
Josh lächelte sie an. »Wie kommt es, dass du so schön bist?«
»Ich fühle mich aber gar nicht schön«, murmelte sie.
»Du müsstest beim Aufwachen eigentlich gute Laune haben und überglücklich sein. Die letzte Nacht war wundervoll.«
»Hm«, krächzte sie. Sie hatte Halsschmerzen.
»Du klingst ja nicht gerade begeistert«, beschwerte er sich.
»Doch, es war wirklich schön.« Sie zwang sich zu einem Lächeln. »Es geht mir nur nicht besonders. Ich habe Kopfschmerzen, und mein Hals …«
»Oh, ist das etwa meine Schuld?« Josh schmunzelte zwar, war aber ein wenig besorgt.
»Auch wenn ich mich im Moment nicht sehr wohl fühle, fand ich die letzte Nacht einfach traumhaft.«
Er küsste sie und strich mit der Hand über ihre Brust. »Weißt du, dass du einen wunderschönen Körper hast?« Er küsste ihre linke Brust und liebkoste sie mit der Zunge. »Das stimmt wirklich.« Er ließ die Hand ihr Bein hinabgleiten.
»Tut mir Leid«, sagte sie, »aber ich fühle mich einfach zu scheußlich.«
»Scheußlich?« Er grinste und versuchte sie mit einem Kuss auf den Nabel aufzumuntern. »Was hältst du von einer Tasse Tee?«
»Okay.«
Er stand auf und zog seine Hose an.

»Das Kompliment mit dem schönen Körper kann ich nur zurückgeben«, sagte sie.
Courtney blieb liegen, während er hinausging, um Feuer zu machen und Wasser zu kochen. Durch die Zeltklappe schien die Sonne hinein. Courtney war seit Jahren nicht mehr krank gewesen. Vielleicht hatte ja jetzt, da sie sich ein wenig Ruhe gegönnt hatte, die Erschöpfung endlich die Oberhand gewonnen. Offenbar forderte die ständige Hetze ihren Tribut. Sie lag da und dachte an das permanente Gefühl, die Arbeit nicht zu schaffen. Dauernd war sie müde, und der Berg der zu erledigenden Aufgaben schien täglich größer zu werden. Nun hatte sie sich ein paar Tage erholen wollen und sich fallen gelassen – und prompt fühlte sie sich krank. Bettruhe war zwar nicht nötig, aber irgendetwas war eindeutig nicht in Ordnung.
Sie erinnerte sich an die vergangene Nacht. Nie hätte sie Josh zugetraut, dass er ein so einfühlsamer Liebhaber war.
Als Josh mit dem dampfenden Tee zurückkam, sagte Courtney: »Ich finde, es passt, dass unser erstes Mal hier draußen stattgefunden hat.«
Im Schneidersitz ließ er sich neben ihr nieder. »Wegen der Wildnis, meinst du?« Er grinste. »Weil du und ich hierher gehören?«
Sie nickte, setzte sich mühsam auf und griff nach der Tasse.
»Ich würde jede Wette eingehen, dass noch kein Mensch in einer Stadt je dasselbe erlebt hat wie ich letzte Nacht.« Er beugte sich vor und küsste sie.
»Lieber nicht«, warnte sie ihn. »Wie es sich anfühlt, habe ich vermutlich eine Mandelentzündung.«
»Dann werden wir eben zusammen krank. Hört sich recht gemütlich an.« Er hielt ihr die Teetasse an die Lippen. »Du siehst so blass aus. Tut mir Leid, dass ich dir keine Ruhe gönnen kann, aber wir müssen los. Ich muss zurückfliegen und feststellen, ob meine Jungs mich schon mit den gefesselten

Wilderern erwarten. Womöglich haben sie die Gefangenen die ganze Nacht bewacht. Anschließend fliegen wir sofort nach Hause. Du brauchst nicht einmal aus dem Hubschrauber auszusteigen.«

Courtney ließ sich zurück aufs Kissen sinken. Obwohl sie blass aussah, fühlte sie sich erhitzt und fiebrig. »Ist meine Stirn heiß?«, erkundigte sie sich.

Josh legte die Hand drauf. »Ein bisschen verschwitzt. Du fühlst dich wirklich krank, was?«

»Ja, es geht mir nicht besonders.«

»Und dabei fühle ich mich einfach prima. So glücklich bin ich schon lange nicht gewesen. Vielleicht noch nie.«

»Du hattest einfach schon ewig keinen Sex mehr«, erwiderte Courtney.

»Das ist leider nur allzu wahr. Aber das letzte Mal war lange nicht so schön.«

Sie trank einen Schluck Tee. »Die vergangene Nacht war ziemlich aufregend«, stimmte sie zu.

»Oh, ein wahres Wort«, meinte Josh grinsend. »Es war wie ein Stromstoß. Wenn du dich nicht so elend fühlen würdest, würde ich dich jetzt leidenschaftlich lieben.«

Courtney lächelte und schloss die Augen. Sie wünschte, es würde ihr nicht so schlecht gehen. Wie gerne hätte sie jetzt mit Josh geschlafen, aber sie hatte einfach nicht die Kraft dazu. Seufzend strich sie sich über die Brüste. Es war so schön gewesen, als er sie letzte Nacht berührt hatte. Ihr ganzer Körper war unter seinen Händen zum Leben erwacht. Wie hatte sie sich nur all die Jahre einreden können, dass Sex keine Rolle spielte? Und wer hätte gedacht, dass Josh so ein ausgezeichneter Liebhaber war? Nie hätte sie vermutet, dass ein Kuss in die Kniekehlen so erotisch sein konnte. Oder dass sie kleine Schauder überlaufen würden, wenn er an ihren Zehenspitzen leckte.

Eigentlich hätte sie an diesem Morgen überglücklich sein

müssen. Doch stattdessen hatte sie Kopfschmerzen. In ihrem Arztkoffer hatte sie Aspirin, das sie jedoch nur selten einnahm. Das letzte Mal war vor vielen Jahren gewesen. Aber die Kopfschmerzen wurden von Minute zu Minute schlimmer.

»Frühstück!«, rief Josh.

Mühsam rappelte Courtney sich auf und fragte sich, ob sie es schaffen würde, das Zelt zu verlassen, so schwindlig und wacklig auf den Beinen fühlte sie sich. Sie stand da und befürchtete zu fallen.

Josh erschien im Zelteingang. »Fertig?«

»O Josh«, sagte Courtney, »ich kann nicht. Ich ...« Sie sank zurück auf den Schlafsack.

Er eilte zu ihr. »O Gott! Ich bringe dich zurück ins Krankenhaus.«

»Du musst doch deine Männer suchen und feststellen, ob sie die Wilderer erwischt haben.«

»Wir kreisen über der Stelle, und ich komme ein paar Stunden später zurück. Wir haben keine feste Zeit vereinbart.« Er sah auf die Uhr. »Ich lösche das Feuer, und dann starten wir sofort. So sind wir gegen halb zehn im Krankenhaus, und ich kann noch vor zwölf wieder hier sein. Das klappt schon. Du bist jetzt wichtiger.«

Courtney erbrach sich über ihr Laken. »O Josh, es tut mir Leid«, sagte sie, und es gelang ihr kaum, den Kopf zu heben. Sie begann zu zittern.

Josh nahm sie in die Arme und trug sie zum Hubschrauber. Schlaff hing sie in ihrem Sitz, während er sie anschnallte. Anschließend baute er eilig das Zelt ab und machte das Feuer aus. Nachdem er die Lebensmittel in eine Tasche gestopft hatte, warf er sie in den Frachtraum, schloss die Tür, nahm Platz und startete den Motor. Courtney verdrehte die Augen; Speichel tropfte ihr aus dem Mundwinkel.

»O mein Gott!«, flüsterte Josh, als sich der Helikopter in die

Luft erhob. Die Baumwipfel schwankten leicht im Luftzug des Rotors.
Josh flog über die Bäume hinweg und spähte zu dem verabredeten Treffpunkt hinunter. Keine Spur von seinen Männern oder anderen Menschen. Er beschloss, in ein paar Stunden wiederzukommen. Im Moment war Courtney wichtiger.
Sie stöhnte leise, während sie immer weiter im Sitz hinunterrutschte. Er hätte sie nach hinten auf eine Decke legen sollen. Verdammt, warum hatte er nicht besser nachgedacht?
Die Krankheit war ziemlich plötzlich gekommen. Lag es an ihrer Erschöpfung?
Das Motorengeräusch schreckte einen Vogelschwarm hoch, der aus einem Baum aufstieg und fast ins Triebwerk geraten wäre. Es war wohl besser, ein wenig zu steigen.
Courtney, die neben ihm in ihrem Sitz hing, wünschte verzweifelt, sie könnte einen Menschen noch von einem Tier unterscheiden. Zuerst hatte ein Mann sie angelächelt und sie zu sich gewinkt. Doch plötzlich verwandelte er sich in eine Giraffe, die auf sie hinunterblickte. Die Giraffe konnte sie verstehen, der Mann sprach eine ihr unbekannte Sprache. Sie wollte ihn bitten, ihr eine Decke zu holen, aber kein Ton kam aus ihrem Mund. Dabei zitterte sie am ganzen Leib. Noch nie hatte sie so gefroren.
Josh sah immer wieder zu ihr hinüber und dachte, dass es unmöglich zum zweiten Mal passieren konnte. Er durfte sie nicht verlieren. Gerade als er bereit gewesen war, sich selbst einzugestehen, dass er sie liebte. Als er ihr hatte sagen wollen, wie viel sie ihm bedeutete. Und nun war es wieder geschehen. Lass sie nicht sterben, schickte er ein Stoßgebet zum Himmel.
Was zum Teufel mag es bloß sein?, überlegte er. Doch da fiel es ihm wie Schuppen von den Augen – Malaria. Schlechte Luft nannte man es hier. Millionen Menschen in Afrika litten ihr ganzes Leben an dieser Krankheit, die immer wieder aus-

brechen konnte, wenn man sie sich erst einmal eingefangen hatte. Manchmal kam sie erst Jahre später wieder. Unzählige Menschen starben jedes Jahr daran. Andere lebten damit und mussten einige Wochen im Jahr das Bett hüten. Malaria gehörte zu Afrika.
Josh hatte so etwas schön öfter gesehen. Aber Courtney würde nicht daran sterben, denn er würde sie schon wenige Stunden nach dem Ausbruch der Krankheit zu Mara bringen. Es war schwer zu sagen, wann der Moskito sie gestochen hatte. Gestern? Letzte Woche? Im vergangenen Jahr?
Wenigstens kam Enzephalitis nicht in Frage, denn hier gab es keine Tsetsefliegen, die weiter im Norden, in Malawi und Sambia, häufig auftraten. In diesem Fall hätte Courtney den Abend vermutlich nicht erlebt.
Malaria bedeutete, dass sie eine Woche an Halluzinationen, Schüttelfrost und Fieber leiden würde. Mara würde ihr eine Infusion mit Salzlösung und einem Medikament verabreichen. Er wusste, dass diese Lösung stets bereitstand, weil Malaria hier noch häufiger vorkam als Cholera, weshalb man immer genug davon auf Lager haben musste.
Er tätschelte Courtneys Arm und stellte beruhigt fest, dass sie zumindest noch die Kraft hatte, nach ihm zu schlagen.
Die Wilderer waren jetzt nicht so wichtig. Er würde Courtney zu Mara bringen und alles tun, um ihr zu helfen. Dann wollte er umkehren und sich auf die Suche nach seinen Leuten machen. Er nahm Kurs auf Südwest und hörte, wie Courtney etwas von Löwen faselte.

Nach der Landung wickelte Josh die zitternde Courtney in eine Jacke, die er noch im Jeep hatte, und fuhr, so schnell er konnte, ins Krankenhaus. Courtney lag zusammenhanglos vor sich hin murmelnd auf dem Rücksitz. Sie war sogar zum Sitzen zu schwach und erkannte Josh nicht mehr. Immer wieder verlor sie das Bewusstsein.

O Gott, dachte Josh, lass es nicht zu spät sein. Die ersten Symptome waren doch erst vor knapp drei Stunden aufgetreten. So schnell starb man nicht an Malaria. Sicher würde Mara oder der neue Arzt sofort etwas dagegen unternehmen können.

Als Courtney den Arm hochreckte, drehte Josh sich um, um festzustellen, ob alles in Ordnung war. Sie sprach mit jemandem, den er nicht sehen konnte. Ihr Schweiß tropfte in Joshs Windjacke.

Vor dem Krankenhaus angekommen, drückte er auf die Hupe und trat auf die Bremse. Dann nahm er Courtney auf die Arme und rannte ins Gebäude. Andrew kam aus dem Büro gelaufen. »Um Gottes willen, was ist denn los? Was ist passiert?«

»Ich glaube, es ist Malaria. Sie halluziniert und hat hohes Fieber.«

Andrew hielt Josh zurück. »Bringen Sie sie besser in ihr Zimmer. Im Krankenhaus gibt es zu viele Keime. In ihrem Zimmer ist sie sicherer. Gehen Sie schon los, ich hole Mara.«

»Welches ist ihr Zimmer?«

»Das neben dem Büro am Ende des Flurs.«

Josh machte kehrt in Richtung Mitarbeiterwohnheim und eilte an der Köchin und einer Krankenschwester vorbei, die gerade eine Teepause machte. Die Schwester sprang auf. »Kann ich helfen?«

»Ich weiß nicht«, erwiderte Josh, ohne stehen zu bleiben. Die Schwester folgte ihm.

In Courtneys Zimmer angekommen, legte er sie vorsichtig aufs Bett, setzte sich daneben und starrte sie an, als könnte er sie mit seinem Blick heilen.

Kurz darauf trafen Andrew und Mara atemlos ein. »O mein Gott, was hat sie?« Mara ließ sich neben Courtney nieder. »Oh, Liebes, so krank habe ich dich ja in all den Jahren noch nie gesehen.« Courtneys Augen blieben geschlossen, doch

sie umklammerte Maras Hand. Mara untersuchte sie rasch und fühlte ihre Temperatur. »Ich hole Fansidar.«
»Was ist das?«, erkundigte sich Josh.
»Sulfametidin Pyrimethamin«, erwiderte Mara, als ob das eine Antwort gewesen wäre. »Das und Paracetamol sollten das Fieber rasch senken. Sie haben Recht, es ist Malaria.« Sie lief aus dem Zimmer.
Andrew setzte sich neben Courtney. »Sie zittert.«
Josh nickte. »Seit sie heute aufgewacht ist, friert und schwitzt sie abwechselnd.«
Courtney schlug die Augen auf. »Daddy?«, fragte sie.
»Ich bin da, Liebes. Alles wird gut.« Warum sagten Menschen das immer, auch wenn sie keine Ahnung hatten, ob es stimmte. Andrew wusste nur, dass jeden Monat drei oder vier Menschen im Lager an Malaria starben, allerdings meistens in fortgeschrittenen Stadien der Krankheit.
Mara kehrte mit den Medikamenten zurück. »Und nun raus mit euch«, sagte sie zu den Männern. »Ich ziehe sie jetzt aus und besorge ihr ein kühles Nachthemd.«
Als Josh und Andrew auf den Flur hinausgingen, erklärte Josh: »Ich muss zurück zu meinen Männern, aber ich komme noch vor Dunkelwerden wieder, um nach ihr zu sehen.«
Andrew nickte und hielt Josh die Hand hin, die dieser schüttelte. »Danke«, erwiderte er. »Ich weiß nicht, was ich tun soll, falls ihr etwas zustößt.«
Josh nickte ebenfalls. »Sie bedeutet mir sehr viel, aber das wissen Sie ja, Sir.«
»Ja, das weiß ich, mein Junge.«

26

Immer wieder verlor Courtney das Bewusstsein. Andrew stellte ein Feldbett in ihrem Zimmer auf und übernachtete dort. Wenn sie schwitzte, wischte er ihr mit einem kalten Waschlappen die Stirn ab, und wenn sie wirr vor sich hin murmelte, sprang er auf, um nach ihr zu sehen. Das Fansidar schien nicht zu wirken.

Courtney begann laut zu schreien und um sich zu schlagen und wollte aufstehen. Doch Andrew brauchte kaum Kraft, um sie festzuhalten, so geschwächt war sie.

Am dritten Tag legte Mara ihr eine Infusion, die Salzlösung und Chinin enthielt. »Weißt du, dass sie nichts Stärkeres erfunden haben, seit tausende von Soldaten während des Zweiten Weltkriegs im Dschungel an Malaria gestorben sind?«, sagte sie.

»Warum hast du es ihr dann nicht gleich gegeben?«, erwiderte Andrew. »Das sollte kein Vorwurf sein«, versicherte er ihr, »ich bin nur neugierig.«

»Der Erreger«, erklärte Mara, »ist inzwischen gegen einige Medikamente resistent geworden, unter anderem auch gegen die, die wir dahaben, also Fansidar und Chloroquin. Da sie jedoch in den meisten Fällen anschlagen, sparen wir uns das Chinin für die schweren Erkrankungen auf, um nicht noch mehr Resistenzen zu erzeugen.«

»Warum nimmt man eigentlich keine Malariaprophylaxe mehr ein so wie vor einigen Jahren?«, erkundigte sich Andrew.

Mara nickte, während sie zusah, wie die Chininlösung langsam durch den Schlauch in Courtneys Arm floss. »Das war Mefloquin. Es ist zwar sehr wirksam, hat aber so schreckliche Nebenwirkungen, dass man es nicht mehr einsetzt. Die Patienten bekamen Herzrhythmusstörungen, Depressionen und Bluthochdruck. Das Chinin müsste jetzt dafür sorgen, dass das Fieber sinkt und die Halluzinationen aufhören.«

Andrew nahm die Mahlzeiten in Courtneys Zimmer ein, las dort und erledigte seine Verwaltungsarbeit. Er verließ den Raum nur, um ins Bad zu gehen oder wenn Josh zu Besuch kam.

Josh erschien jeden Abend. Einmal hatte er den Eindruck, dass Courtney ihn erkannte. Doch meist saß er wie Andrew nur da und betrachtete sie. Sie warf sich im Bett herum, schwitzte und zitterte abwechselnd, klapperte mit den Zähnen oder versuchte sich das Nachthemd vom Leib zu reißen. Wenn sie schlief, litt sie offenbar an grauenhaften Albträumen.

Am vierten Tag jedoch war Courtney zu Joshs Erleichterung zwar noch ziemlich schwach, aber voll bei Bewusstsein. Das Fieber war abgeklungen. Erschöpft lächelte sie ihn an.

Es dauerte allerdings noch eine ganze Woche, bis Andrew es wagte, wieder in sein eigenes Zimmer überzusiedeln, und Courtney endlich in der Lage war, auf Joshs Frage nach ihrem Befinden zu antworten.

»Wie durch die Mangel gedreht.« Das Sprechen fiel ihr noch schwer.

»Du hast uns allen ziemliche Angst gemacht.«

»Ich habe gehört, du seist jeden Tag hier gewesen.«

Josh nahm ihre Hand, die heute zwar nicht feucht vom Schweiß, aber schlaff wie ein nasser Lappen war.

Courtney sah zum Fürchten aus. Das ungewaschene Haar klebte ihr strähnig am Kopf, und ihr Gesicht war so bleich, dass ihre Haut durchscheinend wirkte. Offenbar hatte sie in

dieser Woche mehr als fünf Kilo abgenommen. Mara hatte ihr ein frisches Nachthemd angezogen und die Kissen aufgeschüttelt, sodass sie, halb aufgerichtet, sitzen konnte.
»Wie viele Wilderer hast du erwischt?«, erkundigte sie sich, obwohl das Sprechen sie sehr anzustrengen schien.
Josh seufzte. »Keinen einzigen. Und meine Jungs habe ich seitdem auch nicht mehr gesehen. Einer hat sich zu mir zurückgeschleppt, und ich habe ihn hergebracht, um sein Bein behandeln zu lassen. Er behauptet, die anderen seien entführt worden, bevor Nkrumah mit seinem Laster eintraf. Ich glaube ihm kein Wort. Meiner Ansicht nach sind die Männer bestochen worden und haben wahrscheinlich sogar ihre Waffen verkauft. Eine weitere Möglichkeit ist, dass sie erschossen wurden. Aber dann wäre der, der zurückgekommen ist, wohl ein bisschen verängstigter gewesen. Vermutlich werden sie einer nach dem anderen heimlich wiederkommen und sich verstecken, wenn ich nach Mbula fahre. Es ist so verdammt frustrierend. Den Eingeborenen ist es egal, ob bedrohte Tierarten aussterben. Sie denken nur an den Augenblick.«
»Allerdings ist dieser Augenblick von der Frage bestimmt, ob sie selbst aussterben, weil sie nicht genug zu essen bekommen.«
Josh nickte. »Ich glaube, ich darf mich nicht mehr auf unerfahrene Leute verlassen, die ich nur mit neuen Hemden und Lebensmitteln bezahlen kann. Wahrscheinlich müssen meine Wildhüter und ich die Sache selbst erledigen.«
Aber es war ein großer Park. Josh und seine fünf Wildhüter waren zahlenmäßig unterlegen und außerdem offenbar nicht so schlau wie der Mann, der den Wilderern ihre Anweisungen gab. Darüber hinaus kannten die Eingeborenen das Gebiet mit seinen Pfaden besser, denn sie zogen schon seit unzähligen Generationen durch diese Gegend. Sie wussten, wo die Elefanten tranken, wo die Löwen und Zebras spielten

und auf welchem Weg die Tiere jedes Frühjahr in fruchtbare Regionen zogen. Außerdem hatten sie alle Zeit der Welt.

»Ich habe dir ein Geschenk mitgebracht.«

»Ein Geschenk?« Courtney lächelte. »Wie nett von dir. Vielleicht sollte ich öfter krank werden. Was ist es denn?« Sie blickte sich im Zimmer um, konnte aber nichts entdecken.

»Eigentlich ist es draußen. Ich habe es George übergeben.«

»George?« Dann grinste sie. »Oh, noch ein Elefantenbaby.« Das Geschenk war also nicht für sie allein.

»Nein, es ist ein kleines Nashorn. Von den vielen tausenden, die es früher hier gab, sind nicht mehr viele übrig. Ich habe keine Ahnung, wo seine Mutter ist, aber wir haben es in einer Falle gefunden. Die Eingeborenen graben ein Loch in den Boden, tarnen es und warten, bis ein Tier hineinstürzt. Die Mutter des Kleinen war nirgendwo zu sehen. Offenbar hat die Herde das Baby zurückgelassen, als die Tiere feststellten, dass sie es nicht retten konnten. Ich weiß nicht, wie es sich mit den Elefantenbabys vertragen wird, aber George schien sich über die Herausforderung sehr zu freuen. Vermutlich empfindet er es als Abwechslung.« Josh lachte. »Dein Vater wird noch einen zweiten Pferch bauen müssen. Allmählich wird der alte zu eng. Aber so weit ich informiert bin, sind Nashornbabys einfacher zu halten als Elefanten. Sie sind anspruchsloser.«

»Fressen sie dasselbe?«

»Seit wir ihn gestern gefunden haben, füttere ich ihn mit der Nahrung, die ich für die Elefanten zusammengemischt habe. Wenn das nicht klappt, bin ich ziemlich ratlos. Bis dein Vater nach Harare fliegt und sich dort erkundigen kann, was kleine Nashörner fressen, könnte das Baby schon verhungert sein.«

»Ich habe jedes Wort gehört«, sagte Andrew von der Tür aus. »Ich fliege morgen. Ich bringe Dr. Velarde und die beiden Schwestern weg und hole einen Dr. Burns, einen Dr. Evans und drei Schwestern ab. Wenn unser Personal weiter so anwächst, brauche ich ein größeres Flugzeug. Coop kümmert sich wirklich gut um uns. Ich soll also rauskriegen, womit man Nashornbabys ernährt. Ich habe mir den Kleinen gerade draußen angeschaut. Ein niedlicher Kerl.«

»Da haben Sie Recht«, erwiderte Josh. »Ich habe noch nie ein Nashorn aus nächster Nähe gesehen, was vermutlich mein Glück war. Ob er sich mit den Elefanten verstehen wird, weiß ich auch nicht.«

»Ein paar Männer sollen heute einen zweiten Pferch bauen. Bis morgen ist er sicher fertig. Eigentlich wollte ich dich fragen, ob du etwas essen möchtest, Courtney. Du solltest es versuchen, auch wenn du keinen richtigen Hunger hast. Die Köchin will es dir persönlich bringen.«

»Ich könnte wirklich etwas vertragen.«

»Ich gebe ihr Bescheid.«

»Hoffentlich schaffe ich es, einen Löffel zu halten«, murmelte Courtney, nachdem Andrew hinausgegangen war. »Ich fühle mich so schwach.«

»Ich füttere dich«, erwiderte Josh und beugte sich über sie, um sie zu küssen.

»Hm«, murmelte sie. »Es gibt offenbar verschiedene Methoden, um wieder zu Kräften zu kommen.«

Josh nahm ihre Hand. In diesem Moment bedeutete Courtney ihm mehr als alles auf der Welt.

27

Mara glaubte, dass es vielleicht das Stechen in der Brust – manchmal in der Mitte, hin und wieder auch links oben – war, das sie keinen Schlaf finden ließ. Sie ertappte sich dabei, dass sie die Hand darauf presste, als ob es möglich gewesen wäre, den Schmerz zu beseitigen, indem sie ihre glühende Haut berührte.

Seit sie in Afrika war, hatte sie nie an Schlafstörungen gelitten – bis auf die letzten Monate. Sie hatte immer so schwer gearbeitet, dass sie abends kaum noch die Augen offen halten konnte und einschlief, noch ehe sie richtig im Bett lag. Damals in der Klinik hatte sie gern mit Courtney vor dem Haus gesessen. Sie hatten versucht die einzelnen Sterne zu benennen, und oft hatte sie das Gefühl gehabt, sie anfassen zu können, wenn sie die Hand ausstreckte.

Sie hatte mit Courtney über die Ereignisse des Tages und über die Patienten gesprochen oder die Bücher erörtert, die sie gerade lasen. Manchmal hatte sie auf ihrer Gitarre gespielt. Die Akkorde schwebten in die Nacht hinaus und über die Savanne bis zum See, der westlich der Klinik lag. Hin und wieder, wenn der Mond hell schien, glaubte sie, dass die Tiere beim Trinken innehielten und die Köpfe nach den Klängen der Musik hoben, die sie zu ihnen hinüberschickte.

Inzwischen jedoch schlief Mara erst gegen Morgengrauen ein, wenn sie eigentlich ihren Garten hätte gießen und nachsehen sollen, ob ein neues grünes Blatt durch die Erde lugte. Anschließend machte sie für gewöhnlich eine Runde durch die Krankensäle, um festzustellen, ob sich vor dem Frühstück wieder eine neue Katastrophe anbahnte. Der ständige Schlafmangel laugte sie aus, und allmählich fragte sie sich, ob sie bereits in die Wechseljahre kam. Immerhin war sie schon siebenundvierzig. Ihr fiel auf, dass ihre Konzentrationsfähigkeit abnahm, dass ihre Gedanken abschweiften und dass sie immer häufiger etwas vergaß.

Wenn sie bemerkte, dass Courtney sie beobachtete, befürchtete sie sofort, sie könnte wieder etwas vernachlässigt oder verschludert haben. Doch Courtney tadelte sie nie, sondern bedachte sie stets nur mit diesem seltsamen Blick.

Manchmal hatte sie das Gefühl, Courtney nicht mehr so nahe zu stehen. Während sie sich früher ungezwungen unterhalten hatten, sprachen sie inzwischen nur noch über anstehende Probleme, die unzähligen Patienten und die neuen Ärzte und Schwestern. Mara verbrachte viel Zeit damit, den Neuankömmlingen alles zu erklären und sie in das Behandeln von Kranken im Busch einzuweisen. Courtney und sie schienen kaum noch die Muße zu haben, miteinander zu plaudern. Natürlich leitete Courtney das ganze Projekt und hatte offenbar keine freie Minute, auch wenn Andrew ihr viel Verwaltungsarbeit abnahm. Allerdings war Courtney dennoch längst nicht so gereizt, wie Mara es in letzter Zeit war.

Seit Andrew bei ihnen lebte …

Mara fuhr im Bett hoch.

Die Symptome – auch der stechende Schmerz in ihrer Brust – hatten kurz nach seinem Einzug angefangen. Selbst in den Nächten, in denen es zum Schlafen fast zu heiß gewesen war, hatte sie mit Gänsehaut wach gelegen. Auf Zehenspitzen, um ja kein Geräusch zu machen, war sie den Flur entlang auf die Veranda gegangen, hatte sich unter die Okoume-Bäume auf eine Bank gesetzt, in den Himmel hinaufgestarrt und auf ein Zeichen gewartet. Sie wusste nicht, wie sie sich von dem

gewaltigen Schuldgefühl befreien sollte, das jeden Tag zuzunehmen schien.
Nach gründlichem Nachdenken wurde ihr klar, wann die Schlaflosigkeit und das Stechen in der Brust angefangen hatten. Es war eines Abends im Garten gewesen. Mara war wie meistens nach dem Abendessen hinausgegangen, um Unkraut zu jäten und nach ihren Pflanzen zu sehen. Es ärgerte sie fürchterlich, dass es während der Regenzeit zu feucht und zu heiß war, um Kopfsalat anzubauen. Wie so häufig war George ihr gefolgt. Der kleine Junge rührte ihr Herz an und machte ihr viel Freude. Er war sehr redselig und plapperte ununterbrochen, als sie ihm erklärte, welches Unkraut er auszupfen sollte. Es machte ihm viel Spaß, die Gießkanne – eine alte Öldose – zu nehmen und die blühenden Pflanzen mit gerade der richtigen Wassermenge zu benetzen. Er redete wirklich ohne Punkt und Komma. An den meisten Abenden war Rebecca auch dabei. Dann sprach George mit Rebecca, aber Mara wusste, dass die beiden nur ihretwegen mitkamen. Es amüsierte sie, wenn Courtney sie als Rattenfängerin bezeichnete.
Es war wichtig für sie, jeden Abend im Garten zu arbeiten. Sie musste Abstand von den Sorgen des Alltags gewinnen, indem sie in der Erde grub. So schöpfte sie, wie sie Andrew erklärte, wieder neue Kraft.
Und wie meistens gesellte er sich kurz vor Dunkelwerden zu ihnen.
Er war in die Knie gegangen und hatte begonnen Unkraut zu zupfen. Als sie an jenem Abend aufgeblickt hatte, hatte sie zu ihrem Erstaunen festgestellt, dass er sie anstarrte. Und der Ausdruck in seinen Augen hatte sie verwundert.
Seit mehr als zehn Jahren war er ein guter Freund. Der Vater ihrer besten Freundin. Der Mann, mit dem sie Halma spielte und über Literatur sprach und der ihr Musikkassetten mitbrachte, die sie in ihrem Zimmer hören konnte. Nat King

Cole im wilden Afrika. Wenn sie ein anderes Paar auftreiben konnten, was nicht häufig vorkam, spielten sie Bridge.

Ein anderes Paar.

Seit sie diesen Blick bei ihm bemerkt hatte, war sie in seiner Gegenwart befangen gewesen. Doch sie hatte versucht es ihm zu verheimlichen und sich ganz normal zu benehmen. Allerdings ertappte sie ihn immer wieder dabei, wie er sie musterte, wenn er nicht damit rechnete, dass sie gerade in diesem Moment den Kopf heben und seine Miene bemerken würde.

Sie hatte zwar keine Erfahrung mit solchen Blicken, wusste jedoch, dass sie den Zustand ihrer eigenen Seele widerspiegelten. Und Mara wurde klar, dass sie häufiger an Andrew dachte als an Gott. Nun begriff sie, warum die Kirche Keuschheit von ihr verlangte: Kein Sterblicher sollte ihr wichtiger sein als ihr Glaube.

Sie hatte Liebe in Andrews Gesicht gesehen.

Seit Jahren schon ahnte sie, dass dieses Gefühl zwischen ihnen stand, aber sie hatte sich geweigert, es zur Kenntnis zu nehmen. Obwohl sie sich nichts anmerken ließ, wusste sie im Innersten ihrer Seele, dass ihr Puls schneller ging, wenn sie Andrew sah, wenn sie auf das Eintreffen seines Flugzeugs wartete oder wenn er vorschlug, nach Mbula zu fahren, und dabei zufällig mit der Hand ihren Ellbogen berührte.

In ihren siebenundvierzig Lebensjahren hatte sie noch nie einen Mann körperlich begehrt. Und sie hatte geglaubt, dass es überflüssig war, einen Mann zu berühren. Nun aber spürte sie, dass sich die Haare an ihren Armen sträubten, wenn Andrew in ihrer Nähe war.

Sie weinte sich in den Schlaf, denn es gab niemanden, an den sie sich in ihrer Not hätte wenden können. Sie verriet ihren Glauben und versündigte sich, weil sie sich nach einem Mann sehnte, den sie seit Jahren kannte. Sie wollte neben ihm liegen, seine Haut an ihrer spüren, und das trotz ihres

Keuschheitsgelübdes – trotz ihres Schwurs, nie einem Menschen mehr Bedeutung beizumessen als Gott.

Nacht für Nacht trommelte sie mit den Fäusten auf ihr Kissen ein.

Zum ersten Mal in ihrem Erwachsenenleben ertappte sie sich dabei, dass sie ihren Mitmenschen barsche Antworten gab. Sie war reizbar und unfreundlich, insbesondere Andrew gegenüber.

Und es half auch nicht gegen die Schlaflosigkeit, dass er sie eines Morgens – sie waren allein im Esszimmer – über den Tisch hinweg ansah und sagte: »Ich weiß, was du durchmachst.«

Was sollte das heißen? Wusste er, dass sie in ihn verliebt war? Begriff er überhaupt, was es bedeutete, dass sie eine Nonne war?

Mara hingegen verstand das sehr wohl. Nur eines verwirrte sie – sie war außerdem noch eine Frau.

28

Es war früher Nachmittag. Courtney und Mara schüttelten über Brennan Burns – der neue Arzt, hoch gewachsen, ausgesprochen gut aussehend und Mitte vierzig – die Köpfe. Sie fragten sich, warum er sich freiwillig zum Einsatz in einem Land der Dritten Welt gemeldet hatte, denn er schien nicht die geringste Achtung vor den Menschen zu haben, denen er eigentlich helfen sollte.

»Mittelalterlich« hatte er sie gestern beim Abendessen, seinem dritten im Lager, genannt, »abergläubisch«.

»Nennen Sie mir eine Religion, in der es keinen Aberglauben gibt«, wandte Andrew ein.

Courtney sah Mara an, aber diese ließ sich nichts anmerken.

»Die Leute haben keine Religion. Sie sind Heiden«, entgegnete Burns. »Sie haben höchstens einen Kinderglauben.«

»Viele ihrer Medikamente sind sehr wirksam«, wandte jetzt Mara freundlich ein. »Ihre Kräuterdoktoren wissen, wie man mit den hiesigen Pflanzen Krankheiten behandeln kann.«

»Sie können weder Krebs heilen noch ...«

»Können wir das denn?«, fragte Andrew. Obwohl seine Stimme ruhig war, merkten seine Tochter und Mara ihm die Verärgerung an. »Bis jetzt haben wir ja nicht einmal ein Mittel gegen eine einfache Erkältung gefunden.«

Burns zuckte mit den Schultern. »Verschonen Sie mich. Wir sind diesen Leuten um Lichtjahre überlegen.«

»Tun Sie die Wirksamkeit ihrer Heilmethoden nicht so ein-

fach ab«, sagte Courtney. »Eine meiner Patientinnen ist gestorben, weil sie mit dem bösen Blick belegt worden war.«
»Wodu«, erwiderte Burns herablassend.
»Wir kennen Medizinmänner, die Kinderlähmung geheilt haben ...« Aber Mara stand auf verlorenem Posten.
»Viele Poliokranke tragen keine Behinderungen davon.«
»Zu viele leider doch.«
»Tja, Jonas Salk hat die westliche Welt gerettet. Ich sehe, dass Sie Impfstoffe für Kinder ...«
»Und für Erwachsene, die noch nie geimpft worden sind. Ja, natürlich. Aber trotzdem haben Medizinmänner in Afrika verkrüppelte Patienten geheilt und ...«
»Das bezweifle ich.«
»Wir sind hier, weil sie medizinisch nicht auf dem neuesten Stand sind. Doch ihre Heilmethoden haben dennoch etwas für sich«, sagte Andrew.
Courtney war überzeugt, dass Burns gegen alles Einwände finden würde. Er war einfach ein Querulant.

Eines Nachmittags erschien die junge Mutter, die Courtney bei ihrem und Joshs Besuch in Mbula gebeten hatte, das entzündete Ohr ihres Babys zu behandeln. Ihr ausgemergeltes Kind im Arm, das Baumwollkleid schmutzig und zerknittert und die Beine mit Staub bedeckt, schleppte sie sich die Straße entlang. Offenbar war sie die fünfundzwanzig Meilen von der Stadt hierher zu Fuß gegangen. Die Tränenspuren auf ihren Wangen zeigten, wie elend sie sich fühlte.
Eine der neuen Krankenschwestern kam in die Station, wo Courtney gerade ihre Runde machte. »Eine Frau fragt nach Ihnen. Sie ist auf der Veranda zusammengebrochen.«
Courtney erkannte die junge Frau sofort. »Ach du meine Güte«, sagte sie und kniete sich neben sie.
»Ich sterbe und mein Baby auch.«
Courtney schüttelte den Kopf. Sie hatte seit Wochen mit

einem derartigen Zwischenfall gerechnet, aber gehofft, sie habe sich geirrt, als immer mehr Zeit vergangen war.

»Der Medizinmann?«

»Er hat mich und mein Baby verflucht. Nicht einmal mein Mann spricht mehr mit mir. Er hat uns verlassen. Wir sterben.«

In diesem Moment kam Dr. Burns heraus. »Kann ich etwas tun?«

»Nein.« Courtney schüttelte den Kopf. »Sie ist verflucht worden. Sie stirbt.«

Burns schnaubte verächtlich. »Unsinn. Haben die beiden irgendwelche körperlichen Beschwerden?«

»Ich glaube nicht.«

»Dann sagen Sie ihr doch, dass der Medizinmann irrt und dass Sie sie wieder gesund machen werden, damit sie nach Hause gehen kann.«

Schweigend sah Courtney ihn an. Dann hielt sie der jungen Frau die Hand hin. »Komm, du und dein Baby brauchen Essen und Wasser.«

Die Frau konnte kaum noch stehen. Courtney nahm ihr das Baby ab.

»Ich lasse dich nicht sterben«, sagte sie zu der Frau. »Und dein Baby auch nicht.«

»Du kannst mir nicht helfen«, erwiderte die Frau.

»Warum ist sie dann überhaupt gekommen?«, erkundigte sich Burns gereizt.

»Die Hoffnung ist es, die uns am Leben hält«, murmelte Courtney und brachte die junge Frau ins Gebäude. »Wir brauchen Wasser und eine Schale Reis«, wies sie die Krankenschwester an.

Sie führte die Frau mit ihrem Kind in ihr Büro, wo in einer Ecke ein Feldbett stand. Während Courtney das Baby fütterte, verschlang die Frau gierig ihre Portion. »Jetzt musst du schlafen«, sagte Courtney zu der jungen Mutter, was dieser

sicher nicht schwer fallen würde. »Bitte kümmern Sie sich um sie. Ich fahre in die Stadt«, wandte sie sich dann an die Krankenschwester.
»Was wollen Sie in der Stadt?«, fragte Burns.
»Den Medizinmann suchen.«
»Darf ich mitkommen? Ich habe ein paar Stunden frei.«
An sich wollte Courtney nicht, dass er sie begleitete. Sie wusste nicht einmal, was sie eigentlich vorhatte. Aber sie nickte zustimmend. »Ich bin gleich fertig«, sagte sie.
Burns redete ununterbrochen. Mein Gott, sei das heiß hier, wie hielten die Leute das nur aus? Kein Wunder, dass sie nichts zur Zivilisation beitrügen. Er lachte, als hätte er einen Witz gemacht. »Zivilisation. Sie würden sie nicht mal erkennen, wenn sie darüber stolpern würden.«
»Das macht sie nicht weniger menschlich«, erwiderte Courtney bemüht ruhig, aber sie trat kräftig aufs Gaspedal.
»Menschlich!«
Courtney sah ihn an. »Verraten Sie mir, Dr. Burns, warum Sie sich freiwillig bei HEAL gemeldet haben.«
»Wahrscheinlich wollte ich diesen Leuten den wirklichen Gott nahe bringen. Wer weiß, warum wir denen helfen wollen, die weniger Glück hatten als wir.«
»Aber wie können Sie ihnen den Weg zum wahren Gott zeigen, wenn Sie sie nicht einmal für Menschen halten?«
»Ich sagte, dass das wahrscheinlich anfangs mein Grund war. Doch nach meiner Ankunft habe ich den Gedanken rasch aufgegeben.«
»Warum wollten Sie mich begleiten?«
Er lachte und berührte sie an der Schulter. »Weil Sie hübsch sind und mich nicht leiden können und weil ich will, dass Sie mich mögen.«
»Warum ist Ihnen meine Meinung so wichtig? Ich weiß Ihre Hilfe zu schätzen. Sie sind ein guter Chirurg.«
Er nickte, als wäre das selbstverständlich.

Am liebsten hätte sie ihm mitgeteilt, dass er bei ihr keine Chance hatte, und wenn er der letzte Mann auf der Welt gewesen wäre. Außerdem wollte sie ihm beweisen, dass diese Menschen Respekt verdienten. Obwohl Burns immer weiter redete, hörte Courtney nur mit halbem Ohr zu und überlegte stattdessen, was sie dem Medizinmann sagen sollte.
Als sie nach einer holprigen Fahrt die Stadt erreichten, fragte Courtney eine der Marktfrauen, wo sie den Medizinmann finden könne. Die Frau zeigte auf den Wald und erklärte ihr, welchen Pfad sie nehmen müsse. Der Medizinmann wohnte nicht in der Stadt, sondern ein Stück außerhalb.
»Wir müssen zu Fuß gehen«, verkündete Courtney.
»Mein Gott, hier stinkt es wie auf einer öffentlichen Toilette«, beschwerte sich Burns.
Courtney drehte sich zu ihm um. »Hören Sie, Doktor, das hier ist mein Land. Sie sind Gast. Wenn es Ihnen nicht gefällt, wird mein Vater Sie nach Harare fliegen, damit Sie in Ihre heiß geliebte Zivilisation zurückkehren können. Wir brauchen zwar dringend Ärzte, aber nicht so dringend, um dieses ständige Genörgel zu ertragen. Wenn Sie helfen wollen, dann tun Sie es, und halten Sie den Mund. Aber wenn Sie ohne das, was Sie als Zivilisation bezeichnen, nicht auskommen, fliegen Sie nach Hause. Sie machen mich wahnsinnig, Sie machen Mara wahnsinnig, Sie machen meinen Vater wahnsinnig, und Sie machen die Schwestern wahnsinnig. Und mit Ihrer Einstellung sind Sie für die Patienten kein Nutzen.«
Er verzog erstaunt das Gesicht.
Courtney drehte sich um und marschierte den Pfad entlang. Sie fühlte sich unbeschreiblich erleichtert, wenn nicht sogar froh. Obwohl sie hoffte, dass er ihr nicht zum Medizinmann folgen würde, blickte sie sich nicht um, um sich zu vergewissern.
Etwa fünfzig Schritte jenseits einer Biegung im Pfad stand

eine leuchtend blau gestrichene Hütte. Wie alle anderen hatte sie ein kegelförmiges Dach, aber außerdem auch ein Fenster. Davor saß im Schneidersitz der Medizinmann, der aussah, als würde er von seinem federverzierten Kopfschmuck zu Boden gedrückt. Er starrte geradeaus.

Courtney baute sich seitlich von ihm auf, während er weiter ins Leere blickte. Er ließ sie zwanzig Minuten warten, bis er sie endlich ansah.

Courtney tat, als wären sie einander noch nie zuvor begegnet.

»Ich bin die Ärztin aus dem Flüchtlingslager, fünfundzwanzig Meilen von hier.«

Er nickte. Sein Blick war ausdruckslos, als würde auch er sie nicht wiedererkennen.

»Bei uns leben fast zweitausend Flüchtlinge.« Sie wusste nicht, ob er überhaupt begreifen konnte, was so viele Menschen auf engem Raum bedeuteten. »Viele von ihnen sind sehr krank. Wir versuchen alle zu heilen, aber das ist unmöglich. Bei einigen Fällen weiß ich nicht mehr, was ich tun soll. Da ist mir eingefallen, dass du mir einen Rat geben könntest. Ich habe gehört, dass du Wunder vollbringst.« Wenigstens nahm er selbst das an. »Ich brauche deine Hilfe.«

»Ich helfe der Menschheit, wann immer ich es vermag.«

»Ja«, erwiderte Courtney. »Das ist die Pflicht eines Arztes. Ich habe von deinen großen Erfolgen erfahren und mich gefragt, ob du mich in mein Krankenhaus begleiten und etwas für meine Patienten tun könntest.« Sie hoffte, dass er noch nie in einem Auto gesessen hatte, sodass sie ihn damit würde locken können. »Man wird dich mit dem größten Respekt behandeln. Du bekommst etwas zu essen, und wenn nötig, kannst du über Nacht bleiben. Wir werden alles tun, um dir einen angenehmen Aufenthalt zu bereiten. Für mich wäre es eine große Ehre, wenn du ein paar Tage zu uns kommen und uns helfen könntest.«

Der Medizinmann blieb stocksteif sitzen und dachte offenbar über Courtneys Einladung nach. Dann musterte er sie lange. Sie versuchte sich nicht von der Stelle zu rühren. Als er über sie hinwegblickte, wurde ihr klar, dass Brennan Burns ihr gefolgt war.

»Man nennt mich Lobengula.«

Courtney nickte, was er, wenn er wollte, als leichte Verbeugung verstehen konnte.

»Bei was für einer Krankheit brauchst du meine Hilfe?«, fragte er mit klarer, dunkler Stimme.

»Ich weiß nicht genau, und eben das ist ja das Problem. Obwohl ich mein ganzes Leben in Afrika verbracht habe, erkenne ich die Symptome nicht.«

»Warte«, sagte Lobengula und erhob sich, »ich hole meine Geräte.«

Er verschwand in der Hütte. Courtney drehte sich nicht um.

»Anscheinend haben Sie so eine Art Psychokurs gemacht«, meinte Burns. »Ich habe zwar kein Wort von dem verstanden, was Sie mit ihm geredet haben, aber er frisst Ihnen offenbar aus der Hand.«

Courtney musste grinsen. Auch sie kam sich sehr schlau vor. Nun musste sie sich nur noch überlegen, welche Patienten Lobengula behandeln sollte. Sie dachte an die Frau, die Bauchschmerzen hatte und glaubte, dass ein Fremdkörper von der Größe eines Fußballs in ihr wuchs. Eine Röntgenaufnahme hatte nichts ergeben. Oder den Mann, der nicht gehen konnte, obwohl mit seinem Bein alles in Ordnung war. Oder das kleine Mädchen, das kein Wort sprach, wahrscheinlich weil das erlebte Grauen ihm die Stimmbänder gelähmt hatte.

Einen kleinen Beutel um die Taille gebunden, trat Lobengula aus seiner Hütte, ging in den Wald und bückte sich hie und da, um eine Blüte oder einen Stein aufzuheben. Als er zurückkehrte, griff er nach einem Topf, der auf dem Boden

stand. Courtney vermutete, dass er darin seine Kräuter aufbewahrte.
»Das ist Dr. Burns aus Amerika«, sagte sie zu dem Medizinmann. »Er trägt den Topf für dich, wenn du es gestattest.«
»Pass auf, dass der Deckel nicht runterfällt«, meinte Lobengula und reichte Burns den Topf. Courtney schmunzelte, als dieser ihn sichtlich angewidert betrachtete.
Als sie das Auto erreichten, sagte sie zu Burns: »Sie setzen sich nach hinten, damit unser Ehrengast vorne bei mir Platz nehmen und alles sehen kann. Und geben Sie Acht, dass nichts aus dem Topf fällt.«
»Sonst fliegen wohl die Geister weg?«, erwiderte er lachend.
Courtney antwortete nicht. Stattdessen öffnete sie die Tür und zeigte dem Medizinmann, wo er sich hinsetzen sollte. Als er es bequem hatte, ging sie um den Wagen herum und ließ sich auf dem Fahrersitz nieder. »Bist du schon einmal in einem Auto gefahren?«, erkundigte sie sich und ließ den Motor an.
Lobengula nickte. »Einmal.«
Die Rückfahrt verlief schweigend, allerdings in entspannter Atmosphäre. Als sie ankamen, war es gerade Zeit zum Abendessen. Andrew und Mara sahen Courtney erstaunt an.
»Morgen hilft uns Lobengula mit unseren Patienten«, verkündete sie auf Bantu. »Heute isst er mit uns, und dann machen wir ihm ein Bett zurecht.«
Mara verstand das als Zeichen, den Esstisch zu dekorieren. Als sie das Esszimmer betraten, brannten an beiden Enden des Tisches Kerzen. Der Tisch selbst war mit dem einzigen bunten Tischtuch gedeckt, das sie besaßen. Es gab Hühnchen, Reis, Süßkartoffeln, Zwiebeln und kleine grüne Bohnen. Wahrscheinlich hatte der Medizinmann schon seit Wochen nicht mehr so viel Essbares gesehen.
Nachdem er Messer und Gabel neben seinem Teller gemustert hatte, beobachtete er Courtney, was davon sie be-

nutzen würde. Doch sie nahm das Hühnchen in die Hand und begann daran zu nagen. Der Afrikaner war sichtlich erleichtert.

Als Lobengula darauf bestand, seinen Kräutertopf neben sich auf den Tisch zu stellen, schnaubte Brennan Burns: »Aberglaube.«

Mit einem Blick forderte Courtney ihn auf, den Mund zu halten.

»Es ist ein Kinderglaube, der jeglicher Grundlage entbehrt.« Burns war sicher, dass der alte Mann ihn nicht verstehen konnte.

Später ging Courtney in ihr Büro, um der jungen Frau und dem Baby etwas zu essen zu bringen. »Morgen«, versprach sie ihr, »wird der Fluch von euch genommen.« Sie war sich zwar nicht ganz sicher, hatte aber ein gutes Gefühl dabei. Sie hatte heute eine Menge bewirkt und hoffte, dass sie morgen genauso erfolgreich sein würde.

29

Am nächsten Tag bei Morgengrauen wachte Lobengula auf, sah sich um und wusste im ersten Moment nicht, wo er war. Er hatte die Matratze auf den Boden gelegt, stundenlang ins Leere gestarrt und den Geräuschen der Patienten in den Nebenzimmern gelauscht, bis er endlich Schlaf gefunden hatte. Immer wenn er einen Schmerzensschrei gehört hatte, hatte er nach seinem Lederbeutel voller Amulette und Kräuter gegriffen und ihn sich an die Brust gedrückt.

Irgendwann war er dann doch eingenickt. Nach dem Aufwachen betrachtete er seine Umgebung, stand schließlich auf, rückte sein Lendentuch zurecht und ging, seinen kleinen Beutel in der Hand, aus dem Zimmer und hinaus auf die Veranda. Dann marschierte er zu den Bäumen an der Westgrenze des Areals und ließ sich mit dem Gesicht zu dem Hüttenmeer und den Krankenhausgebäuden im Schneidersitz auf dem Boden nieder. Die Hände auf die Knie gelegt, starrte er vor sich hin, und man hätte fast schwören können, dass er nicht einmal blinzelte.

Eine Stunde später, nach dem Frühstück, traf Courtney ihn dort an. Als sie bei ihrer letzten Tasse Kaffee gesessen hatte, war Brennan Burns ins Esszimmer gekommen.

»Mein Gott«, stöhnte er. »Haben die Trommeln Sie gestern Nacht auch so genervt?«

»Trommeln?«, fragte sie. Sie hatte schon seit einigen Wochen keine Trommeln mehr gehört.

»Wie konnten Sie das nicht mitkriegen. Ich dachte, ich würde

überhaupt nicht mehr einschlafen. Bis nach drei habe ich wach gelegen.«
Seine Augen waren blutunterlaufen.
Andrew kam mit einer Schale Frühstücksflocken und einer Tasse Tee herein, ließ sich seiner Tochter gegenüber auf der Bank nieder und nickte Burns zu. »Operieren Sie heute den kleinen Jungen, der gestern eingeliefert wurde?«
»Ja«, antwortete Burns.
»Sie sehen aus, als hätten Sie die ganze Nacht nicht geschlafen«, stellte Andrew fest.
»Habe ich auch nicht. Haben die Trommeln Sie nicht auch wach gehalten?«
»Trommeln?« Andrew blickte Courtney an, die mit den Schultern zuckte. Sie stand auf, um ihr Geschirr in die Küche zu tragen.
»Sie haben sie auch nicht gehört? Ein dauerndes Stampfen, kein richtiger Rhythmus, sondern einfach nur bumbum-bum. Wie die chinesische Wasserfolter.«
»Nein«, erwiderte Andrew und sah Courtney nach, die hinausging. »Ich habe keine Trommeln gehört.«
»Gütiger Himmel«, murmelte Burns wie zu sich selbst.
Courtney trat hinaus auf die Veranda und wollte eigentlich zum Krankenhaus, als sie Lobengula unter den Akazien bemerkte. Sie schlenderte zu den Bäumen hinüber und setzte sich ihm gegenüber. »Ich habe vier Patienten, denen ich nicht helfen konnte. Die erste ist eine Frau, die glaubt, dass etwas in ihrem Bauch wächst.«
»Bekommt sie ein Kind?«
»Nein, dazu ist sie zu alt. Und ich kann in ihrem Bauch nichts finden. Wir haben sie geröntgt.« Sie bezweifelte, dass er wusste, was röntgen war. Vielleicht würde es ihr ja gelingen, es ihm zu erklären. Würde er verstehen, dass eine Röntgenaufnahme ein Foto vom Inneren eines Menschen war? Oder würde ihn diese Vorstellung überfordern?

»Ich glaube, sie vertraut der Medizin des weißen Mannes nicht.«
Natürlich fühlte er sich geschmeichelt. »Ich habe gelernt, seit ich elf Jahre alt bin«, sagte er mit sanfter Stimme. »Ich wurde sehr krank und redete in Zungen, wie man mir erzählte. Damals wurde allen klar, dass ich ein *n'anga* werden würde.«
Courtney wusste, dass dieses Wort Heiler bedeutete. »Dafür muss man viele Jahre lang lernen.«
»Vielleicht«, sagte sie und lächelte ihn an, »werde ich auch etwas lernen, wenn ich dir heute zusehe. Und vielleicht gelingt es mir eines Tages auch, so zu heilen wie du.«
Er schüttelte den Kopf, als hielte er das für ausgeschlossen.
Lobengula spähte in seinen Lederbeutel und förderte eine rote Glasmurmel zutage. »Schauen wir uns zuerst die Frau mit dem Ball im Bauch an.«
Courtney holte George aus dem Elefantenpferch. Beladen mit dem Topf voller heiliger Kräuter, folgte er ihnen stolz und in kerzengerader Haltung und lächelte den Patienten zu, als sie zwischen den Betten hindurchgingen. Zu Courtneys Erstaunen riefen die Patienten Lobengula zu, sobald sie bemerkten, dass sich ein Medizinmann im Raum befand.
»Vielleicht wirst du ja noch länger bleiben müssen, wenn du allen helfen willst, die dich darum bitten.«
Er erwiderte nichts, aber sein Blick wurde sichtlich versöhnlicher.
Als sie zu der Frau mit dem »Ball im Bauch« kamen, hatte diese das Gesicht zur Wand gedreht. Ihr Leib war angeschwollen, allerdings ohne dass Courtney, Dr. Burns, Mara oder sonst jemand den Grund dafür hätte herausfinden können. Offensichtlich litt sie Schmerzen.
Lobengula betrachtete die Frau. Dann nahm er eine Schnur aus seinem Lederbeutel und vermaß ihren Hüftumfang. Nachdem er ihr die Schnur auf den Bauch gelegt hatte,

drehte er sich zu Courtney um. »Du musst uns allein lassen. Wenn andere dabei sind, schlägt die Behandlung nicht an.«
»Wie kann ich dann von dir lernen?«
»Indem du draußen vor der Tür stehen bleibst und die Ohren spitzt.«
Aber Courtney wusste, dass sie nichts hören würde.
Seufzend bedeutete sie George, ihr zu folgen. Er stellte den Kräutertopf auf einem Tisch ab.
Lobengula blieb über zwei Stunden bei der Patientin. Sie hörten ihn singen, eine Melodie, die ein wenig an ein Wiegenlied erinnerte. Dann herrschte Schweigen. Als er wieder erschien, sagte er: »Du wirst feststellen, dass die Bauchschmerzen verschwunden sind. Vielleicht isst sie jetzt etwas.«
Gerne hätte Courtney ihn gefragt, was er mit der Frau angestellt hatte. Vielleicht später.

»Die letzte Patientin«, sagte Courtney, »ist in meinem Büro. Sie hat jemanden gegen sich aufgebracht, der sie mit einem Fluch belegt hat. Dabei hat sie nur versucht ihr Baby zu retten. Eine Mutter tut alles für ihr Kind.«
Lobengula nickte und folgte Courtney durch den staubigen Hof in ihr Büro.
»Hoffentlich kannst du etwas gegen den Zauber tun«, sagte Courtney, während sie die Tür öffnete.
Lobengula betastete das Amulett an seinem Handgelenk. Beim Anblick der Patientin blieb er wie angewurzelt stehen. Entsetzt starrte die Frau ihn an.
Im ersten Moment wirkte der Medizinmann ein wenig verärgert, doch dann legte er lachend den Kopf in den Nacken.
»Du bist wirklich eine ausgesprochen kluge Frau«, stellte er fest und forderte Courtney mit einer Handbewegung zum Gehen auf.
»Nein«, flehte die junge Mutter.

Courtney verließ das Büro, schloss die Tür hinter sich, schlenderte den Flur entlang in die Küche, schenkte sich dort eine Tasse Kaffee ein und setzte sich damit ins Wohnzimmer. Die Hände um die Tasse geschlossen, blickte sie aus dem Fenster, wo sich die Palmen sanft im Wind wiegten. Alles wirkte heute so friedlich, und sie hoffte, dass es ihr gelungen war, sich mit dem alten Mann versöhnlich zu stimmen. Aber sie war nicht sicher.

Allerdings wusste sie, dass sie von ihm etwas lernen konnte, wenn er es zuließ. Doch was vermochte sie ihm als Gegenleistung anzubieten? Brauchte er vielleicht Desinfektionsmittel? Ein Medikament gegen Würmer? Sie würde ihn noch einmal darauf ansprechen, dass sie eine Menge voneinander profitieren konnten.

Als Lobengula aus Courtneys Büro kam, winkte sie ihm aus dem Esszimmer zu. Mit wippendem Federschmuck kam er barfuß den Flur entlang und nickte, als Courtney ihm eine Tasse Kaffee anbot. Was Kaffee war, war allgemein bekannt. Nicht sehr anmutig ließ er sich auf der Bank nieder und sah aus, als würde er gleich wieder hinunterrutschen.

Keiner von ihnen erwähnte die junge Frau, die er gerade behandelt hatte.

»Ich hätte gern, dass du noch eine Nacht bleibst. Dann könnte ich durch die Krankenstationen gehen und feststellen, ob weitere Patienten deine Hilfe brauchen. Und ich würde gerne von dir lernen. Alles, was du mir beibringen möchtest, wird mir sicher sehr nützen, und ich werde das Wissen mit Bedacht einsetzen.«

Wortlos trank er seinen Kaffee und umfasste die Tasse mit beiden Händen. Sie merkte ihm an, dass ihm das Getränk schmeckte.

»Außerdem möchte ich einen Weg finden, um dir zu danken.

Vielleicht kann ich dir etwas über die Medizin des weißen Mannes erklären. Wir könnten voneinander lernen.«

Er schwieg immer noch.

»Weißt du, was eine Röntgenaufnahme ist?«

»Röntgen.« Er ließ sich das Wort auf der Zunge zergehen. Offensichtlich kannte er es nicht.

»Von Fotografieren hast du doch bestimmt schon einmal gehört.«

Er nickte. »Kamera.«

»Richtig«, erwiderte sie. »Wenn dich jemand fotografiert, hast du dein Gesicht auf einem Stück Papier.«

Er trank wieder einen Schluck.

»Wir besitzen ein Röntgengerät, das Fotos vom Inneren eines Menschen macht, vom Bauch, von der Brust oder vom Kopf. Sogar von den Füßen. So können wir feststellen, ob der Mensch eine Kugel im Körper hat oder ob ein Tumor in ihm wächst. Möchtest du eine Röntgenaufnahme sehen oder zuschauen, wie sie gemacht wird?«

Wie es aussah, war Lobengula kein sehr neugieriger Zeitgenosse.

Nachdem er Courtney eine Weile gemustert hatte, blickte er aus dem Fenster. »Heute bekommen wir Vollmond. Wenn du möchtest, bleibe ich heute Nacht bei den Patienten. Vielleicht kann ich einigen von ihnen helfen.«

»Es wäre mir eine Ehre«, erwiderte Courtney.

»Hier gibt es so viele Kranke, wie mein ganzes Dorf Einwohner hat«, sagte er.

Sie nickte zustimmend. Er sollte wissen, dass sie wie er aus Afrika stammte.

»Ich wurde in Afrika geboren«, begann sie. »Genauso wie meine Mutter. Meine Großmutter kam als junges Mädchen aus Amerika hierher. Aber davon erzähle ich dir später. Jetzt muss ich los, um eine Blinddarmentfernung durchzuführen.« Als sie bemerkte, dass er sie nicht verstand, erklärte sie: »Ein junger Mann hat große Schmerzen in der Seite. Ihm ist übel, und er erbricht sich. Als ich ihn berührt habe, hat er aufgeschrien, und da wusste ich, was ihm fehlte. Also werde ich den Blinddarm herausschneiden, damit die Schmerzen aufhören. Andernfalls platzt er, und das Gift, das herausfließt, verteilt sich im ganzen Körper und bringt den Jungen um. Möchtest du mitkommen und zuschauen, wie ich operiere?«

Endlich zeigte sich Neugier in seinem Gesicht, denn er hatte dem menschlichen Körper bis jetzt nur Schnitte zugefügt, um den Betreffenden zu schröpfen – und selbst das erledigte er meistens mithilfe von Blutegeln.

Also nickte er und folgte Courtney wortlos in den Operationssaal.

30

Tina O'Rourkes erster Anblick bei ihrer Ankunft im Krankenhaus war eine ziemlich attraktive Brünette in beigen Shorts, einer hellgrünen Baumwollbluse und Sandalen, die in Begleitung eines hoch gewachsenen Schwarzen mit Lendenschurz, türkisfarbenem Federschmuck und beim Gehen klappernden Perlenketten aus dem Operationssaal kam. Die beiden waren in ein Gespräch vertieft, und Courtney fuchtelte beim Reden mit den Händen. Der Mann lauschte und nickte.

So sehr waren sie mit ihrer Unterhaltung beschäftigt, dass sie fast mit Tina zusammenstießen.

Courtney blickte auf. In ihrer Überraschung, plötzlich vor einer fremden weißen Frau zu stehen, lächelte sie ganz automatisch. »Hallo.«

»Hallo, ich bin Tina O`Rourke.« Ein wenig war sie doch enttäuscht, dass niemand ihren auf der ganzen Welt berühmten Namen erkannte. Selbst in Bangkok wusste man, wer sie war.

Courtney stellte sich vor und forderte Tina auf, sie ins Esszimmer zu begleiten. »Das Essen ist gleich fertig. Sie sind herzlich eingeladen.«

Tina stellte erstaunt fest, dass Courtney sich noch gar nicht nach dem Grund ihres Besuchs erkundigt hatte. Sie schien anderweitig beschäftigt zu sein.

»Sie haben aber viele Leute hier«, meinte Tina.

»Das können Sie laut sagen«, erwiderte Courtney. Sie über-

legte, wie sie Lobengula mit dieser fremden Frau bekannt machen sollte.
»Ich bin Reporterin«, erklärte Tina.
»Aus Amerika?«
»Woran merken Sie das?«, fragte Tina lachend. »Am Akzent?«
Courtney nickte und steuerte auf die Veranda zu. Sie fragte Lobengula, ob er auch mitessen wolle. Obwohl der Medizinmann normalerweise nicht dreimal täglich aß, nickte er mit Nachdruck.
Mara legte im Esszimmer Messer und Gabeln auf den Tisch. Lobengula beäugte argwöhnisch das Besteck, denn am Vorabend hatte er mit den Fingern gegessen.
»Sind Sie der große Boss hier?«, erkundigte sich Tina. »Dr. McCloud?«
»Das könnte man so sagen. Und das ist Schwester Mara.« Courtney nickte und stellte Tina ihrer Freundin vor. »Der größte Schatz der Welt. Unsere Gärtnerin, beste Krankenschwester, Rattenfängerin, Tierschützerin, Genie im Reparieren von geplatzten Benzinschläuchen und Generatoren, Meisterköchin, wenn ihre Zeit es zulässt …«
»Und eine ausgezeichnete Weinkennerin.«
Als sie sich umdrehten, stand Andrew in der Tür. Mara lächelte ihm zu, und Courtney fragte sich kurz, ob ihre Freundin wohl wusste, was Andrew für sie empfand.
Courtney machte ihn mit Tina bekannt.
»Ich habe in einem anderen Flüchtlingslager etwa zweihundert Meilen entfernt von Ihnen gehört«, sagte diese.
»Ich hatte gar keine Ahnung, dass es noch andere Lager gibt.«
»In dem, das ich meine, leben über zehntausend Flüchtlinge.«
»Ach du meine Güte«, stöhnte Mara. »Wie schaffen die das bloß?«

»Es wird von einer Organisation namens Ärzte ohne Grenzen betrieben. Das sind Franzosen, die überall auf der Welt Hilfsdienste leisten. Ich war wirklich sehr beeindruckt. Sie arbeiten schon seit Jahren in dieser Gegend. Doch hier unten, an der Südgrenze zu Mosambik, gibt es, so weit ich informiert bin, außer Ihnen niemanden.«
»Schreiben Sie für eine Zeitung?«, fragte Andrew, als Brennan Burns hereinkam. Der Arzt wischte sich den Schweiß von der Stirn, seine Augen waren blutunterlaufen.
»O Gott!«, rief er aus, als er Lobengula sah, und setzte sich. »Der ist ja immer noch da!« Dann fiel sein Blick auf Tina, und der Mund blieb ihm offen stehen. »Du heiliger Strohsack, Sie sind doch nicht etwa ... nein, das kann nicht sein.«
Sie grinste in an. »Ich bin es tatsächlich.«
Er starrte sie entgeistert an.
»Wer sollen Sie denn sein?«, erkundigte sich Courtney.
»Tina O'Rourke«, erwiderte Burns.
»Aber das wissen wir doch«, sagte Mara.
»Ja, kennen Sie sie etwa nicht?« Burns konnte den Blick nicht von ihr abwenden. »Sie ist eines der berühmtesten Gesichter im amerikanischen Fernsehen. Was machen Sie denn hier?«
»Ich berichte über Kriegsgebiete auf der ganzen Welt«, antwortete sie, mehr an alle als an Burns allein gewandt.
»O Gott!«, rief jetzt Mara aus.
»Aber warum sind Sie hier?«, wollte Courtney wissen.
»Ich suche nach Erklärungen«, antwortete Tina. »Worum geht es in diesem Krieg? Warum dauert er schon so lange? Was kann man tun, um ihn zu stoppen?«
Eigentlich wollte ich nur drei Wochen bleiben, dachte sie. Ich habe Ben versprochen, in drei Wochen zurück zu sein. Inzwischen sind es schon zwei Monate. Ich kann mich einfach nicht losreißen.
Und als sie die Menschen an dem rechteckigen, zerkratz-

ten Esstisch betrachtete, wurde sie den Eindruck nicht los, dass sie die Antworten hier finden würde.
Endlich war sie am richtigen Ort angekommen.
»Sie werden sicher miserabel schlafen«, meinte Burns. »Die ganze Nacht wird getrommelt. Es macht mich rasend. Allerdings«, er drehte sich zu Lobengula um, »muss ich ihm eines lassen. Ich weiß nicht, was er mit der Frau mit dem aufgedunsenen Bauch gemacht hat, aber die Schwellung ist weg, und sie kann wieder aufstehen.«
Nachdem Courtney übersetzt hatte, sah Lobengula Burns an und zwinkerte.
»Vielleicht ist an dem Geplapper dieser Wilden doch etwas dran. Der Kerl, der nicht laufen konnte – oder wollte –, hinkt wieder herum. Ich sollte einen Artikel darüber für eine Fachzeitschrift schreiben.« Er lachte auf.
Courtney war froh, dass der Mann Chirurg war, denn er hatte keine sehr glückliche Hand im Umgang mit Patienten.
Burns warf Tina einen Blick zu. »Ich habe gehört, man muss ein bisschen schräg drauf sein, um berühmt zu werden.«
»Bin ich das wirklich?«, fragte Tina lachend. »Ist ja reizend. Ich habe immer gefunden, dass es langweilig ist, ein netter, ausgeglichener Mensch zu sein.«
Courtney und Mara lachten ebenfalls. Als sie einander ansahen, waren sie sich einig, dass sie diese Frau mögen würden. Auf einmal erschien ihnen das Leben wieder interessanter.
Lobengula erhob sich und verkündete, er werde jetzt schlafen gehen. Er fügte hinzu, er werde die Nacht draußen unter den Bäumen verbringen, da er sich in einem Zimmer nicht wohl fühle. Damit war wenigstens die Frage nach einer Übernachtungsmöglichkeit für Tina geklärt.

Als Courtney am Morgen zu den Bäumen hinausspähte, um Lobengula zum Frühstück hineinzurufen, war er verschwunden. Sie ging zu dem Hain, konnte aber bis auf eine

türkisfarbene Feder keine Spur von ihm entdecken. Im Haus saßen Dr. Burns, Tina, Mara und Andrew bereits am Frühstückstisch und führten eine hitzige Diskussion.
»Was genau halten Sie eigentlich von diesen Leuten?«, wollte Tina von Dr. Burns in anklagendem Ton wissen. »Bei Ihnen klingt es, als wären sie in Ihren Augen alle Heiden.«
»Das verbitte ich mir!«, rief Dr. Burns, schleuderte seine Serviette auf den Tisch, sprang auf und stürmte aus dem Zimmer.
»Er ist nicht typisch für die Ärzte, die HEAL uns schickt«, sagte Courtney zu Tina. »Die anderen haben nicht so viele Vorurteile.«
»Mit wem soll ich denn über HEAL sprechen? Mit ihm oder mit Ihnen?«
»Mit mir natürlich.«
»Sind Sie auf Dauer hier?«
Courtney neigte den Kopf zur Seite. »Jedenfalls so lange, bis der Krieg vorbei ist.«
»Und dann?«
»Dann kehren wir vermutlich in unsere Klinik zurück«, antwortete Mara.
»Oh, offenbar haben Sie mir eine Menge zu erzählen. Das merke ich jetzt schon. Also bleiben Sie nicht hier?«
»Nach dem Ende des Kriegs wird es keine Flüchtlinge mehr geben, die Versorgung brauchen«, erklärte Courtney.
Sie stellte fest, dass ihr Vater ihr, Mara und Tina nur zuhörte, ohne selbst etwas zum Gespräch beizutragen. Er würde ihnen folgen, wohin sie auch gingen.
»Wer weiß, was die Zukunft bringt«, sagte Courtney und dachte dabei an die jüngste Wendung in ihrer Beziehung zu Josh.
»Wenn es Sie nicht stört, würde ich Ihnen morgen gern bei der Arbeit zuschauen.«
»Ich habe nichts dagegen. Verkraften Sie es, am Vormittag

ein oder zwei Operationen zu sehen? Anschließend ist Visite in der Cholerastation. Wir haben dreißig bis vierzig neue Cholerafälle pro Woche.«

»Vermutlich gibt es in Afrika viele kranke Kinder.«

»Ja, einige erleben den fünften Geburtstag nicht. Die durchschnittliche Lebenserwartung beträgt knapp vierzig Jahre.«

Tina seufzte. »Eigentlich wollte ich nur herausfinden, warum dieser Krieg immer noch andauert. Doch ich lerne noch eine ganze Menge mehr dazu.«

Brennan Burns war von Lloyd Brackenhurst zum Schachspielen eingeladen worden. Er hatte den Engländer zwar noch nicht kennen gelernt, doch Andrew hatte zwischen den beiden vermittelt, sodass Brackenhurst ihn zu sich gebeten und ihm einen Fahrer geschickt hatte.

Als Andrew nach dem Essen mit den drei Frauen zusammensaß, bemerkte er bald, dass er als einziger Mann überflüssig war. Also ließ er Tina, Mara und Courtney am Tisch sitzen und ging in sein Büro. Doch statt sich um die vielen anstehenden Arbeiten zu kümmern, holte er einen Roman von Tom Clancy heraus, den er vor einer Woche in Harare gekauft hatte.

Bevor er das Buch aufschlug, lehnte er sich in seinem Sessel zurück und erinnerte sich daran, dass er Tina, als er wieder einmal auf ein verspätetes Flugzeug wartete, auf dem Flughafen von Harare im Fernsehen gesehen hatte. Damals war sie während des kurzen Golfkriegs im Irak gewesen. Das Mikrofon in der Hand, hatte sie unter einem Tisch gekauert, während im Hintergrund Bomben explodierten und Lichter aufblitzten. Die Frau hatte wirklich Mut. Allerdings hatte Andrew sein ganzes Leben mit solchen Frauen verbracht – seiner Mutter, seiner Ehefrau, seiner Schwiegermutter, seiner Tochter, Mara …

Mara … Er riss sich aus seinem Tagtraum und vertiefte sich

in die von Männern geprägte Unterwasserwelt in der *Jagd nach dem Roten Oktober*.

Auf der Veranda – in drei nicht zusammenpassenden, ein wenig abgewetzten, aber recht bequemen Sesseln – saßen die drei Frauen, an die Andrew gerade gedacht hatte.

»Es ist lange her, dass ich Gelegenheit hatte, gemütlich mit anderen Frauen zu plaudern. Ist das schön!«, begeisterte sich Tina. Zu ihrer Überraschung hatte sie sich hier auf Anhieb wie zu Hause gefühlt. »Jetzt bin ich in der abgelegensten Gegend des ganzen südlichen Afrikas, und es ist, als wäre ich schon immer hier gewesen«, meinte sie erstaunt. »Es muss etwas mit Ihnen beiden zu tun haben.«

»Ein sehr angenehmes Gefühl«, stimmte Mara zu. Sie und Courtney waren ebenfalls verblüfft darüber, dass sie diese Weltenbummlerin schon ewig zu kennen glaubten.

»So ist es meiner Großmutter auch ergangen«, erwiderte Courtney. »Vielleicht bleiben Sie ja ebenfalls.«

»Erzählen Sie es mir«, sagte Tina, die darauf brannte, alles zu erfahren.

»Ach, Mara kennt das alles doch schon«, entgegnete Courtney.

»Ich habe es seit Jahren nicht gehört«, wandte Mara ein. »Es ist eine wunderschöne Geschichte, Tina.«

»Stimmt«, erwiderte Courtney. »Ich stamme von bemerkenswerten Menschen ab.«

Tina lehnte sich bequem zurück. »Ich weiß fast nichts über Afrika. In den Kriegsgebieten von Europa und dem Nahen Osten und auch in Asien kenne ich mich recht gut aus, aber von allen afrikanischen Ländern bin ich bis jetzt nur in Ägypten gewesen. In Somalia war ich nie, und die Krise in Uganda war vorbei, als ich mit der Kriegsberichterstattung anfing. Jetzt aber genug von mir. Courtney, erzählen Sie mir von Ihrer Großmutter.«

»Ihr Name war Liliane, und sie wuchs im Bundesstaat New

York auf. Ihr Vater war dort in den zwanziger Jahren Geistlicher. Lili besuchte die Schwesternschule. Sie wissen ja, dass eine Frau damals nur die Wahl hatte, Krankenschwester oder Lehrerin zu werden, und Lili war ziemlich emanzipiert. Schon ihre Mutter hatte für das Frauenwahlrecht gekämpft.

Eines Sommers bekamen ihre Eltern Besuch von einem berühmten Missionar namens Baxter Hathaway, der einen Vortrag halten und Geld für seine afrikanische Missionsstation im Kongo sammeln wollte. Er übernachtete bei der Familie meiner Großmutter im Pfarrhaus neben der Methodistenkirche in Buffalo.« Wie oft hatte sie diese Worte aus Lilis Mund gehört? »Baxter Hathaway, ein bekannter Stummfilmstar, entdeckte, nachdem er einen schweren Unfall nur knapp überlebt hatte, den Glauben und beschloss im Alter von zweiunddreißig Jahren, auf den Ruhm zu verzichten und Arzt zu werden. Nach Abschluss seines Studiums ging er nach Afrika, um den Menschen zu helfen, die ohne seine medizinischen Kenntnisse gestorben wären. Am Ufer eines Flusses im Kongo gründete er eine Missionsstation.

Obwohl er viel älter war als meine Großmutter, verliebte sie sich in ihn, und als er sich nach einem Wochenende bei ihrer Familie wieder verabschiedete, wollte er ihr nicht mehr aus dem Kopf. Also reiste sie, als sie ihr Schwesterndiplom in der Tasche hatte, zum Entsetzen ihrer Eltern in den Kongo. Sie brauchte einige Wochen, um den Atlantik zu überqueren und den Fluss hinunter zu seiner Missionsstation zu fahren, die Simbayo hieß.

Lili hatte gar nicht damit gerechnet, dass Hathaway ihre Liebe erwidern würde, und außerdem war er ein sehr wortkarger Mensch. Sie war einfach glücklich, in seiner Nähe sein zu können, und freundete sich mit den beiden anderen Krankenschwestern – einer Britin und einer Deutschen – an, die schon seit einigen Jahren mit ihm zusammenarbeiteten.

Anders als normale Missionare predigten sie nicht Gottes Wort, sondern taten gute Werke. Meine Großmutter knüpfte auch Freundschaften zu einigen Afrikanern und unterwies eine der Frauen in der Krankenpflege.
Inzwischen war die Missionsstation in der gesamten christlichen Welt berühmt, und Baxter Hathaway wurde in einem Atemzug mit Albert Schweitzer genannt. Deshalb schickte die *London Times* einen achtundzwanzigjährigen Reporter in die Wildnis, um dort Erkundigungen einzuziehen. Der Reporter verliebte sich bis über beide Ohren in meine Großmutter. Sie erwiderte seine Zuneigung, da Baxter, ihre große Liebe, in all den Jahren nicht das geringste Interesse an ihr gezeigt hatte. Allerdings konnte Marsh, der Reporter, Lili keine Zusagen machen, denn er war damals noch verheiratet – auch wenn er inzwischen viel weniger für seine Frau empfand als für Lili.
Seine Reportage brachte der Mission viele Spendengelder ein, mit denen sie sich jahrelang über Wasser hielt. Baxter machte Lili endlich einen Heiratsantrag, doch kurz vor der Hochzeit rief man ihn in den Dschungel zu einem Notfall. Auf dem Rückweg zur Mission wurde er von einem Python angegriffen und getötet.«
»O mein Gott!«, rief Tina aus und zog die Füße hoch.
»Marsh schrieb Lili weiterhin Briefe aus der ganzen Welt. Er schickte ihr aus Saigon einen mit Edelsteinen verzierten Kamm, den ich immer noch besitze, und einen Gedichtband aus Amerika. Immer wieder meldete er sich schriftlich von unterwegs, aber er ahnte nichts von Baxters Tod. Als er einige Jahre später in den Kongo zurückkehrte, hatte Lili eine zweijährige Tochter. Sie nannte sich Mrs. Baxter Hathaway und leitete, unterstützt von den beiden altgedienten Krankenschwestern, die Mission. Marsh hatte sich inzwischen scheiden lassen.«
»Und wer war der Vater des Babys?«, fragte Tina neugierig.

»Ich bin nicht sicher, ob Lili selbst wusste, wer der Vater von Carolyn, meiner Mutter, war. Marsh wollte sie heiraten, aber sie weigerte sich, den Kongo zu verlassen. Sie empfand es als ihre Pflicht, die Mission, die Baxter gegründet hatte, weiterzuführen. Außerdem wurde sie dort gebraucht und hatte das Gefühl, etwas bewirken zu können. Kurz und gut, sie blieb vierzig Jahre dort. Marsh hingegen vertrug das feuchtheiße Klima nicht und reiste bald wieder ab. Als Carolyn sieben war, bestand Marsh, der alljährlich zu Besuch kam, darauf, dass sie mehr von der Welt sehen und eine richtige Schulbildung erhalten sollte. Also schickte Lili meine Mutter in ein Internat in Kapstadt, doch sie fühlte sich dort sehr unwohl und kam sich vermutlich abgeschoben vor. Bestimmt glaubte sie, ihre Mutter hätte sie nicht weggegeben, wenn sie sie wirklich geliebt hätte. Sie fand, dass Lili die Mission im Dschungel verlassen und sie nach Kapstadt hätte begleiten müssen. Nachdem Marsh, der sich inzwischen vom Journalismus abgewandt hatte und Romane schrieb, Carolyns Elend ein Jahr mit angesehen hatte, beschloss er, sein Vagabundenleben aufzugeben, und kaufte ein Haus in Kapstadt. Ich besitze es immer noch, es ist wunderschön. Er nahm Carolyn dort bei sich auf. Die beiden standen sich den Rest ihres Lebens sehr nahe. Wahrscheinlich hatte Carolyn das Vertrauen zu Lili verloren, und so wurde Marsh für sie zum Mutter- und Vaterersatz. Sie unternahmen gemeinsame Urlaubsreisen. Jedes Jahr besuchten sie die Mission im Kongo, und zu Weihnachten kam Lili stets nach Kapstadt. Allerdings weigerte sie sich, dorthin umzuziehen. Sie brachte es wohl nicht übers Herz. Zu viele Menschen brauchten sie.
Nachdem meine Mutter an der Universität ihren Abschluss in Immunologie gemacht hatte, lernte sie meinen Vater kennen. Er war Ingenieur und aus England gekommen, um in Rhodesien eine Stelle anzutreten …«
»Der ehemalige Name dieses Landes?«, unterbrach Tina.

»Genau. Das war vor der Unabhängigkeit im Jahre 1956. Er begegnete ihr am zweiten Tag nach seiner Ankunft in Afrika. Sie lud ihn zu sich zum Essen ein, und schon zwei Wochen später waren sie verheiratet und auf dem Weg nach Rhodesien, wo er während der nächsten fünf Jahre die Stadt Kariba und den größten Staudamm der Welt baute.«

»Am Sambesi«, sagte Tina. Sie fragte sich, wie genau ihr weniges Wissen über diese Gegend war.

»Dort wurde ich in einem Zelt geboren«, fuhr Courtney lachend fort. »Lili und Marsh reisten mit dem Flugzeug an, und Lili half bei meiner Entbindung. Wahrscheinlich war ich ihr zweitausendstes Baby.

Dann jedoch lehnte sich der Kongo gegen die Unterdrückung durch die Belgier auf. Im Kampf für die Unabhängigkeit ließen die Einheimischen ihre Wut an den Weißen aus. Dabei spielte es keine Rolle, dass Lili und ihre beiden Kolleginnen ihr ganzes Leben damit verbracht hatten, die Einheimischen zu behandeln.

Doch ein Stammeshäuptling, dem sie das Leben gerettet hatte, verhalf ihr zur Flucht. Ihre beiden Freundinnen jedoch fanden den Tod. Eine wurde vor den Augen meiner Großmutter enthauptet. Danach verlor meine Großmutter für anderthalb Jahre das Gedächtnis, bis sie in einem katholischen Krankenhaus an der östlichen Grenze zwischen dem Kongo und Ruanda wieder zu sich kam. Sie hatte keine Ahnung, wo sie sich befand, denn ihre Erinnerung war durch den brutalen Mord an ihren Freundinnen ausgelöscht worden. Sie wusste nur noch, dass sie sich in einem Erdloch versteckt hatte. Anderthalb Jahre ihres Lebens waren einfach verschwunden.

Irgendwie gelang es ihr, sich nur mit den Sachen, die sie am Leibe trug, nach Nairobi durchzuschlagen; von ihrem Hotelzimmer aus rief sie Marsh an, der die nächste Maschine nach Kapstadt nahm. Während sie vermisst und für tot gehalten worden war, hatte man ihm bedeutende Literaturpreise verliehen.«

»O mein Gott, soll das heißen, dass Marshall Compson Ihr Großvater ist?«, fragte Tina ehrfürchtig.

Courtney nickte. »Lili sagte Marsh, sie wolle ihn nun heiraten, und versprach, ihn nach Kapstadt zu begleiten und mit ihm zusammenzuleben. Also wurden sie am nächsten Tag getraut. Marsh verließ das Hotel, weil er die Flugtickets besorgen wollte. Als er die Straße überquerte, blickte er nach oben, um Lili zuzuwinken, wurde von einem Auto erfasst und starb noch am Unfallort.«

Die drei Frauen schwiegen.

»Nach einer Weile bezog Lili Marshs Haus in Kapstadt und widmete ihre Zeit den Menschen in den schwarzen Siedlungen, wo es weder elektrischen Strom noch richtige Badezimmer gab, dafür aber offene Kloaken, aus denen sich Krankheitskeime verbreiteten. Sie impfte die Menschen und hielt einige Tage pro Woche Sprechstunden ab.«

»Sie war im Kongo und in Kapstadt als Mother Lili bekannt«, ergänzte Mara.

»Oh, das kann ich mir vorstellen«, sagte Tina.

»Nachdem ich das Medizinstudium abgeschlossen hatte, zog ich zu Lili nach Kapstadt, um dort am Krankenhaus mein Praktikum abzuleisten. Lili war für mich zum Mutterersatz geworden, schon während meine eigene Mutter noch lebte. Als ich etwa zehn oder elf Jahre alt war, nahm Lili mich in den Schulferien mit in den Kongo. Zu ihrer Überraschung standen das Krankenhaus und die Leprastation noch. Zwei der Eingeborenen, die sie ausgebildet hatte, hatten die Leitung übernommen. Die Einrichtung war in der ganzen Gegend berühmt. Ich glaube, Lili war sehr stolz darauf, dieses Projekt aufgebaut zu haben. Eigentlich war sie wegen eines Mannes nach Afrika gekommen, aber sie war um der Menschen willen geblieben.«

Die drei schwiegen erneut eine Weile.
»Gut«, sagte Tina schließlich. »Und was geschah dann?«
»Ich kehrte nach Simbabwe zurück und gründete ein paar hundert Meilen westlich von hier, unweit der Grenze zu Südafrika, eine Klinik. Lili begleitete mich. Damals war sie knapp achtzig. Doch nach zwei Jahren schaffte sie es nicht mehr, obwohl ich in den ersten beiden Jahren ohne ihre Hilfe und ihren Rat niemals zurechtgekommen wäre ...«
»Ich kam ein Jahr, bevor sie ging«, fügte Mara hinzu. »Sie war eine wunderbare Frau.«
»Das finde ich auch.«
»Vor sechs Jahren ist sie gestorben, und seitdem vermisse ich sie. Sie war das wichtigste Vorbild für mich. Ohne sie hätte ich nie den Mut, geschweige denn den Wunsch gehabt, Ärztin zu werden. Ich wollte immer wie Lili sein und denen helfen, die ohne mich keine Chance hatten. Allerdings hat Daddy mich ebenfalls beeinflusst. Jeden Sommer hat er mich einen Monat lang in die Savanne mitgenommen, wo er Straßen oder Eisenbahnlinien anlegte oder eine Stadt baute. In diesen Sommern habe ich mich in die afrikanische Wildnis verliebt – und auch miterlebt, wie Frauen bei Geburten starben, wie Krüppel herumgetragen werden mussten und wie viele Menschen, auch Kinder, an einer Unzahl von Krankheiten zugrunde gingen, die man in der Stadt leicht hätte heilen können. Durch diese Beobachtungen und Lilis Vorbild wurde mir klar, was ich mit meinem Leben anfangen wollte. Und nun bin ich hier.«
Tina sah Courtney an. »Mehr gibt es nicht zu erzählen?«
Courtney schüttelte den Kopf.
»Kein Mann in Ihrem Leben?«
Courtney schwieg.
»Ihre große Liebe war ein Kollege in Kapstadt«, erklärte Mara. »Ein junger Engländer. Aber er weigerte sich, die Annehmlichkeiten der Zivilisation aufzugeben und ihr in die

Wildnis zu folgen. Es kam für ihn überhaupt nicht in Frage. Also hat Courtney sich allein auf den Weg gemacht. Oder hätte ich das nicht sagen sollen, Courtney?«

Courtney blickte ins Leere. »Zehn Jahre lang glaubte ich, dass er mich nicht genug liebte, um es wenigstens einmal auszuprobieren. Doch in letzter Zeit haben mich zwei Männer auf den Gedanken gebracht, dass meine eigene Liebe vielleicht nicht stark genug war, um ihm den Traum meines Lebens zu opfern.«

»Zwei Männer?«, fragte Tina.

»Daddy und ...« Ihre Stimme erstarb.

Tina sah Mara an, doch diese zuckte mit den Schultern und verzog ratlos das Gesicht.

»Tja, das war's«, meinte Courtney schließlich.

»Noch nicht ganz«, hakte Tina nach. »Was ist mit Ihrer Mutter? Sie haben eine ganze Generation ausgelassen.«

»Ich erinnere mich kaum an sie. Sie starb, als ich zwölf war, und ich habe sie nur noch undeutlich im Gedächtnis. Am besten fragen Sie meinen Vater. Der kann Ihnen sicher mehr erzählen.«

31

Als Courtney am Morgen zum Frühstück in die Küche kam, hörte sie jemanden rufen: »Doktor, Doktor!«
Sie ging hinaus auf die Veranda, wo sie von einem völlig durchgeschwitzten Afrikaner erwartet wurde. Er sprach so schnell Portugiesisch, dass sie ihn kaum verstehen konnte. An seinen mageren Beinen und den hervorstehenden Wangenknochen sah sie, wie unterernährt er war – auch wenn er sich darin nicht von den meisten anderen Einheimischen unterschied. Während sie überlegte, ob sie ihm schon einmal begegnet war, wurde ihr klar, dass sie die meisten der zweitausend Lagerbewohner gar nicht kannte.
Mara, die den Tumult gehört hatte, kam auf die Veranda gelaufen.
»Schau mal, ob du ihn verstehst«, sagte Courtney. Ihre Freundin war viel sprachbegabter als sie.
Mara sah aus, als wäre sie nur rasch in ihr Kleid geschlüpft und hätte noch keine Zeit gefunden, sich zu kämmen. »Auf seine Gruppe wurde geschossen, als sie die Grenze überquerte«, erklärte sie Courtney. »Sie hatte es sehr eilig, und da es dunkel war, sind sie in ein Minenfeld geraten. Einige seiner Freunde sind tot, andere sind verletzt liegen geblieben und benötigen gewiss medizinische Versorgung. Nur er und drei weitere sind unversehrt entkommen. Sie brauchen Hilfe beim Tragen. Allein schaffen sie es nicht.«
Andrew erschien in der Tür. Er war bereits mit George beim Elefantenpferch gewesen, denn er hatte viel Freude an dem

kleinen Nashorn. »Ich komme mit«, sagte er zu Courtney, da er nicht vorhatte, sie allein in der Nähe der Grenze herumlaufen zu lassen. »Ich trommle nur ein paar Männer zusammen, die beim Transport der Verwundeten mit anpacken können.«

»Es sind sechs Meilen.«

Courtney fragte sich, was sie wohl an der Grenze zu Mosambik erwartete. Würden die Soldaten das Feuer auf sie eröffnen, oder nahmen sie sogar die Verletzten unter Beschuss? Woran erkannte man überhaupt den Grenzverlauf? Soweit Courtney wusste, gab es dort weder Grenzsteine noch Zäune oder Stacheldraht.

Minenfelder – es wurden ständig mehr. Wahrscheinlich würde sie wieder amputieren müssen. Courtney erschauderte. Mein Gott, wie sie Amputationen hasste. So viele wie hier hatte sie noch nie durchführen müssen. Wunden, die der Krieg schlug. Ein guter Titel für Tinas Autobiografie. Warum musste so etwas bloß geschehen? Die Flüchtlinge verstanden es offenbar selbst nicht. Würde es denn niemals aufhören?

»Darf ich mitkommen?«, fragte Tina, die den Lärm gehört hatte, obwohl sie mit einer abschlägigen Antwort rechnete.

»Es ist aber nichts für zarte Gemüter«, warnte Courtney und eilte zum Krankenhaus, um die benötigten Gerätschaften zu holen.

Andrew gelang es, in etwa fünfzehn Minuten mehr als zwanzig Männer zusammenzutrommeln. Im Gänsemarsch machten sie sich über den ausgetretenen Pfad auf den Weg. Die schmutzigen, zerlumpten Hosen der Afrikaner schlotterten, einer trug einen alten Panamahut, und keiner hatte Schuhe an. Courtney war überzeugt, dass sie selbst, barfuß auf dem scharfkantigen Gras, keine drei Meter hätte zurücklegen können. Doch die Männer schienen keinen Schmerz zu empfinden.

Courtney und Tina folgten ihnen. George trottete hinter ihnen her.
»Wer kümmert sich jetzt um die Tiere?«, erkundigte sich Courtney.
»Ich kann helfen«, erwiderte George, anstatt ihre Frage zu beantworten. »Ich war schon oft dort.«
»Wirklich?«, fragte Courtney verwundert.
»Ich kenne Minenfelder«, beteuerte er.
»Und dabei ist er erst elf«, sagte Courtney zu Tina.
»Als ich so alt war wie er, habe ich mich auch häufig überschätzt«, meinte Tina.
»George ist uns eine große Hilfe. Er ist Waise. Als Josh und ich das erste Elefantenbaby fanden und mitbrachten, tauchte George auf, und er bot sich an, sich um das Kleine zu kümmern. Inzwischen haben wir drei Tiere. Unsere neueste Errungenschaft ist ein Nashornbaby. Es ist wirklich niedlich. George versorgt sie alle. Er und Rebecca.«
»Wer ist Rebecca?«
»Eine junge Frau, die Mara folgt wie ein Schatten. Sie putzt für sie. Sie beobachtet alles, was Mara tut. Sie leert die Bettpfannen aus, wäscht die Patienten, sitzt bei den Sterbenden und hält ihnen die Hand. Ich wünschte, wir hätten mehr Helferinnen wie sie.«
»Woher nimmt sie die Zeit, auch noch George zu helfen?«
Courtney zuckte mit den Schultern. »Vermutlich ist Zeit ein relativer Begriff. Sie spielen zusammen, obwohl Rebecca fünf oder sechs Jahre älter ist als George. Aber sie sind beide Waisen und geben einander Geborgenheit.«
»Haben Sie viele Waisen hier?«
»Ja. Früher waren es noch mehr als jetzt. Häufig kommen Kinder mit Erwachsenengruppen an. Die Erwachsenen ziehen weiter, die Kinder bleiben. Einige lassen sogar ihre Kinder zurück, weil sie hier besser aufgehoben sind oder sie sie nicht ernähren können.«

»Und Sie füttern sie hier durch?«
»Für die meisten reicht es nicht. Den Patienten im Krankenhaus und den Waisen geben wir Reis, Bananen und Brühe. Aber wir haben nicht genug Lebensmittel für zweitausend Menschen.«
»Was essen sie dann?«
Wieder zuckte Courtney mit den Schultern. »Das fragen wir nicht. Natürlich jagen sie, was Josh in die Raserei treibt. Außerdem beschweren sich die Stämme in der Umgebung, weil ihnen die Nahrungsgrundlage entzogen wird. Bei den Einheimischen sind wir nicht sehr beliebt. Häufig bringt mein Vater eine Flugzeugladung Reis mit und verteilt ihn, aber das ist nur ein Tropfen auf den heißen Stein. An den angeschwollenen Bäuchen der Kinder können Sie erkennen, wie unterernährt sie sind. Doch wir haben einfach nicht die Möglichkeit, alle zu verpflegen.«
»Vielleicht kann ich etwas tun«, meinte Tina. »Was für einen Sinn hat es, berühmt zu sein, wenn man es nicht schafft, Lebensmittel für zweitausend Kriegsflüchtlinge aufzutreiben?«
Courtney sah sie an. »Das wäre wundervoll.«
»Schauen wir, was sich machen lässt. Mein Gott, dieser Pfad ist so ausgetreten, dass er fast schon eine Straße ist.«
»Die Minen sind eine wirkliche Bedrohung.«
»Ich weiß. Sie sind der Fluch der Kriegsgebiete. Nichts macht mir größere Angst als Minen«, erwiderte Tina. »Und nachdem dieser Krieg zu Ende ist, werden diese Minen immer noch tödlich sein. Ich kann den Krieg und alle seine Folgen nicht mehr ertragen. Und wenn ich die Menschen frage, warum eigentlich gekämpft wird, weiß niemand eine Antwort.«
»Liegt es nicht einfach daran, dass zwei Gruppen an die Macht wollen?«
»Bis jetzt bin ich noch niemandem begegnet, der eine Ahnung hatte, worum es geht.«

»Wir wissen nur«, meinte Courtney und beschleunigte ihren Schritt, um die Männer einzuholen, »wie grausam diese Menschen sein können. Ich habe Patienten behandelt, denen die Genitalien weggebrannt oder abgeschnitten wurden. Manche wurden geblendet, oder man hat ihnen die Hände abgehackt. Ich habe von Opfern gehört, denen mit kochendem Wasser Einläufe gemacht worden sind. Warum haben manche Leute Freude daran, ihren Mitmenschen Schmerzen zuzufügen? Das werde ich nie begreifen.«

»Wie habe ich das nur so lange ertragen können?«, entgegnete Tina. »Und warum? Vielleicht, um Dingen, die mir sinnlos erschienen, eine Bedeutung abzuringen.«

»Glauben Sie, dass hinter allem eine Geschichte steckt?«

»Selbstverständlich. Jede Idee, jedes Lied, jede …«

»Ich verstehe. Verdammt, ist dieses Gras scharf.«

»Möchten Sie ein paar Fakten über Landminen hören?«

»Nein«, antwortete Courtney.

»Die meisten Landminen, welche die Bevölkerung von Krieg führenden Ländern verstümmeln, töten und für den Rest ihres Lebens zeichnen, werden in den USA hergestellt. Alle anderthalb Minuten geht irgendwo auf der Welt eine Mine hoch. Es kostet drei Dollar, eine Mine zu produzieren, und einige tausend, um sie wieder loszuwerden.«

»Woher wissen Sie das alles?«

»Ich werde dafür bezahlt.«

»Warum sind Sie immer sofort vor Ort, wenn es einen Krieg gibt?«

Tina überlegte, während sie keuchend weitereilte. »Wahrscheinlich wegen der Menschen, die ich während meiner Reisen rund um die Welt kennen gelernt habe. Die Mehrheit aller Leute überall ist gut. So viele sind benachteiligt und leben in Armut, aber sie lassen sich nicht unterkriegen. Und manche schaffen es sogar, die Verhältnisse zu verändern.«

Hoch über ihren Köpfen jagten sich zwei Affen kreischend durch die Baumwipfel.

»Die gebildeten Schichten in den betroffenen Ländern halten uns für naiv, weil wir helfen wollen. In der Dritten Welt geht man nicht in die Politik, um etwas für die Menschheit zu tun, sondern um reich zu werden. Nur in demokratischen Ländern gilt Nächstenliebe als erstrebenswertes Ziel. Und sogar dort stirbt diese Haltung allmählich aus. Schauen Sie sich nur die Lehrer an – ihr Gehalt ist jämmerlich, da sie in ihrem Beruf nicht direkt zum Bruttosozialprodukt beitragen. Man bewundert zwar Einzelpersonen, die Gutes tun, aber man ermutigt sie eigentlich nicht. Und dennoch lassen sich Leute wie Sie nicht davon abschrecken. Eines Tages werde ich ein Buch über das Edle im Menschen schreiben.« Tina blieb kurz stehen und lächelte. »Habe ich Ihnen schon erzählt, dass ich aussteige, sobald ich weiß, worum es in diesem Krieg geht?«

Courtney drehte sich nach der verschwitzten, aber immer noch gut gelaunten Frau um.

»Obwohl Sie so erfolgreich in Ihrem Beruf sind?«

»Das stimmt zwar«, räumte Tina ein, aber ich halte es nicht mehr aus. Ich habe meinem Chef gesagt, dass ich aufhören möchte. Er meinte, er sei einverstanden, wenn ich noch diesen einen Auftrag erledige.«

»Kein sehr mitfühlender Chef, was?«

»Doch, eigentlich schon.« Tina dachte an ihn. »Außerdem ist er der aufregendste Mann, den ich je kennen gelernt habe, und dabei bin ich in den vergangenen Jahren vielen politischen Führungskräften auf der ganzen Welt begegnet. Er ist erfolgreich und intelligent und gut aussehend. Er hört mir zu, er unterstützt mich …«

»Klingt ja fast nach Liebe«, neckte Courtney.

»Er ist der einzige Mann, den ich je geliebt habe. Und ich könnte nie einen anderen lieben, da keiner an ihn heranreicht.«

Ohne stehen zu bleiben, drehte Courtney sich erneut zu Tina um.
»Das habe ich noch nie jemandem erzählt. Du bist die Erste.« Tina war über sich selbst erstaunt. Vielleicht hatte sie es aussprechen müssen, um es mit Leben zu füllen.
»Und was empfindet er für dich?«
»Ich amüsiere ihn. Ich bringe seinem Sender viel Geld ein. Und ich bin wahrscheinlich die unkonventionellste Frau, die er kennt.«
»Soll das heißen, es beruht nicht auf Gegenseitigkeit?«
»Genau das heißt es.«
»Ich weiß noch«, sagte Courtney, »dass ich schrecklich verliebt war und dachte, dass der Betreffende meine Gefühle erwidert. Ich war außer mir, als er sich rundheraus weigerte, mich zu begleiten und mir eine Chance zu geben. Ich glaubte, dass er mich nicht genug liebte.«
Sie trotteten weiter. Salziger Schweiß lief ihnen die Stirn entlang und brannte ihnen in den Augen. Ständig wurden sie von Moskitoschwärmen umschwirrt, die sich einfach nicht verscheuchen ließen. Eine Schlange mit rot gefleckten Schuppen glitt über den Pfad, doch keine der beiden Frauen achtete auf sie.
»Ich frage mich«, überlegte Courtney laut, »warum Frauen wie du und ich nicht damit zufrieden sind, ein ganz normales Leben zu führen, mit Ehemännern, Kindern und ...«
»Es gibt immer mehr Frauen, denen das nicht genügt«, erwiderte Tina. »Ich wurde so erzogen, dass ich dachte, keine Alternative zu haben. Ich glaubte wirklich, ich hätte nur die Möglichkeit zu heiraten, Kinder zu kriegen, zu kochen, zu putzen und in einem hübschen Haus mit einem Lattenzaun zu wohnen, ganz in der Nähe meiner Eltern, irgendwo im Mittleren Westen. Offen gestanden hätte ich nichts gegen einen Mann und Kinder einzuwenden«, fügte sie zu ihrer eigenen Überraschung hinzu, »wenn ich gleichzeitig frei sein

und meine eigenen Sehnsüchte und Bedürfnisse ausleben könnte. Aber ich weiß nicht, wie ich das miteinander vereinbaren soll.«

»Schaut!« George, der hinter ihnen herging, zeigte mit dem Finger.

Vor ihnen standen die Männer am Rande einer Lichtung. Sie waren auf ein Minenfeld gestoßen, wo sich zwei Afrikaner vor Schmerzen in einer Blutlache wanden, ohne einen Laut von sich zu geben. Überall lagen Leichen herum, Kleiderfetzen hingen in den Dornbüschen. Eine wimmernde junge Frau stand da wie gelähmt und wagte nicht, sich von der Stelle zu rühren oder sich zu setzen. Selbst aus der Entfernung war zu sehen, dass einem Mann ein Bein fast abgerissen worden war. Das Blut floss heraus, und Courtney fragte sich, wie er bei diesem Blutverlust überhaupt noch am Leben sein konnte. Zwei weitere Mitglieder der Gruppe starrten die Verwundeten an, hatten aber Angst, das Minenfeld zu betreten, um sie zu retten.

»O mein Gott!«, stöhnte Andrew und überlegte, wie er die Leute herausholen sollte, denn ein einziger falscher Schritt konnte den Tod bedeuten.

Courtney erschauderte. Obwohl sie schon viele Folteropfer behandelt hatte, hätte sie sich am liebsten übergeben.

Tina griff nach ihrer Hand.

32

Alle standen da wie erstarrt, und niemand wagte, sich dem Schauplatz der Tragödie zu nähern. Andrew warf Courtney einen Blick zu.

Die Frage war, ob man das Mädchen zuerst retten sollte. Schließlich würde sie mit Sicherheit überleben – sofern keine Mine sie und den Helfer in Stücke riss. Oder war es vielleicht doch besser, zuerst die stark blutenden Verwundeten zu bergen? Und wer war bereit, für diese Menschen sein Leben zu riskieren?

Courtney ging zu ihrem Vater hinüber. »Der Mann da drüben verliert so viel Blut, dass er kaum noch bei Bewusstsein ist. Wir sollten ihn als Ersten holen. Während die anderen gerettet werden, könnte ich ihn behandeln und die Blutung stoppen.«

Andrew nickte.

»Wie fangen wir am besten an?«, fragte sie.

»Ich glaube, ich werde es mal versuchen«, antwortete Andrew.

»O Daddy, was soll ich machen, wenn dir etwas zustößt?«

Er blickte sie an. »Würdest du es über dich bringen, einen unserer Helfer darum zu bitten? Du weißt ja, was sie durchgemacht haben. Sie sind nur hier, um die Verwundeten zu tragen.«

Courtney hatte noch gar nicht darüber nachgedacht, wer sich durch das Minenfeld tasten sollte, um die Gefangenen zu befreien.

»Zieh die Schuhe aus«, sagte sie.
Andrew lachte auf. »Das Gewicht spielt keine Rolle. Die Minen würden durch einen kleinen Hund von fünf Kilo genauso ausgelöst wie durch mich. Wir könnten Steine werfen und die Dinger so zur Explosion bringen.«
»Das wäre doch eine Möglichkeit. Wollen wir das nicht probieren?«
»Wenn die Minen in die Luft gehen, würden sie die Menschen da drüben und vermutlich auch einige von uns töten. Außerdem wäre da auch noch die Frage, wie wir uns verhalten sollen, wenn die Feinde kommen und auf uns schießen.«
»Das würden sie doch nicht tun, oder?«
Andrew sparte sich eine Antwort. Jeder Weiße, der in den letzten fünfzehn Jahren versucht hatte, die Grenze zu überqueren, war erschossen worden. Wenn ein Weißer die unsichtbare Grenzlinie überschritt, hatte er sein Leben verwirkt.
Vorsichtig tastete sich Andrew auf den Mann mit dem abgerissenen Bein zu. »Ich liebe dich mehr als alles auf der Welt, Daddy«, sagte Courtney.
Andrew setzte langsam einen Fuß vor den anderen. Allerdings nützte es auch nichts, sich heranzupirschen. Er hätte genauso gut die Augen schließen können, denn wenn er auf eine Mine trat, war es aus und vorbei mit ihm. Dennoch schlich er, gefolgt von den ängstlichen Blicken der anderen, auf Zehenspitzen weiter. Er versuchte, sich zu merken, wohin er den Fuß setzte, um später denselben Weg zurück nehmen zu können. Zu seiner Erleichterung hinterließen seine Füße Abdrücke im Staub.
Endlich hatte er den halb Bewusstlosen erreicht, dessen Augen ihn benommen anstierten. Andrew bückte sich, nahm den ausgemergelten Mann in die Arme, richtete sich auf und drehte sich langsam um. Noch ehe er sich in Bewe-

gung setzte, hatte ihm das Blut schon den linken Ärmel und das Hosenbein durchtränkt.

Während Courtney ihren Arztkoffer öffnete und wartend davor kniete, hoffte sie, dass ihr Vater es wohlbehalten zurück schaffen würde. Niemand gab einen Laut von sich. Courtney hatte ein hohles Gefühl im Magen, der sich jedes Mal zusammenkrampfte, wenn ihr Vater einen Schritt machte. Endlich hatte er sicheres Terrain erreicht, und sie schloss erleichtert die Augen. Er kam näher und legte den Verwundeten vor sie auf den Boden.

»War ein Kinderspiel«, flüsterte er.

Courtney lächelte verkniffen, dann band sie dem Mann das Bein ab. Sie würde die Wunde hier nähen und die Amputation im Krankenhaus vornehmen müssen. Das Bein hing zerfetzt herab. Sie wandte sich an Tina. »Hier, du gibst ihm jetzt Äther.«

»Frag bitte jemand anderen«, erwiderte Tina. »Ich muss mir das hier anschauen.«

Als Courtney sich verärgert umwandte, sah sie George durch das Minenfeld auf das vor Angst zitternde Mädchen zugehen.

»O mein Gott«, flüsterte Tina mit erstickter Stimme. »Um Himmels willen.«

Gebannt starrte Courtney hin. Durch das Abbinden war der Blutfluss des Verwundeten erst einmal eingedämmt, sodass sie zusehen konnte, wie sich ihr Vater und George durch das Minenfeld pirschten. Eine Gänsehaut lief ihr den Rücken hinab.

Andrew bückte sich und hob den anderen Mann auf, der reglos am Boden kauerte und nicht mehr wagte, sich zu rühren, nachdem seine Hand bis zur Unkenntlichkeit verstümmelt worden war.

Obwohl George viel kleiner war als das Mädchen, das er zu retten versuchte, bückte er sich, nahm sie auf die Arme und

trug sie mit vor Anstrengung gebeugten Knien über das Minenfeld, ohne zu Boden zu sehen.
Nachdem er sie unsanft abgesetzt hatte, grinste er Courtney an. »Ich kann Minen riechen«, meinte er.
Das Mädchen brach in Tränen aus.
Langsam tastete sich Andrew über das Minenfeld zurück und brachte den Mann zu Courtney, die ihm selbst Äther verabreichte und seine Wunde zu nähen begann. Sie wusste, dass sie ihm das Bein im Krankenhaus würde amputieren müssen. Doch für den Augenblick konnte sie nicht mehr für ihn tun. Zwei Amputationen! Beim bloßen Gedanken wurde ihr übel.
»Widert es dich nicht an?«, fragte Tina.
Courtney nickte. »Manchmal schon. Die Grausamkeit des Menschen gegen seinen Mitmenschen.«
Andrew legte George die Hände auf die Schultern. Der Junge stand hoch aufgerichtet da; er machte sich so groß, wie er konnte.
Courtney hatte die beiden Männer notdürftig versorgt. Die Eingeborenen, die sie begleitet hatten, legten die Hände – so wie Kinder es auf der ganzen Welt tun – zu Sitzflächen zusammen und trugen die Verwundeten die sechs Meilen zurück zum Lager.
»Ich bin nicht mehr in Form«, keuchte Tina. »Zwölf Meilen Fußmarsch ...«
»Es liegt auch an dem Schrecklichen, das du gesehen hast«, erwiderte Courtney, die kaum noch einen Fuß vor den anderen setzen konnte.
»Ich bin Kriege gewöhnt«, widersprach Tina.
»Kann man sich je daran gewöhnen, dass einem Schmerz und Tod ins Gesicht starren?«
»Am meisten hat mich das heldenhafte Verhalten von deinem Vater und von George beeindruckt.«
»Und dabei ist George, wie gesagt, erst elf.«

»Jugendlichen fallen Heldentaten normalerweise leichter. Deshalb schickt man sie auch so gerne in den Krieg. Sie sind ersetzbar und leichtsinnig genug, sich in Gefahr zu stürzen, weil sie sich für unsterblich halten«, meinte Tina. »Aber dein Vater ist ein wirklicher Held.«

»Kannst du dir vorstellen, wie verzweifelt diese Menschen gewesen sein müssen, um trotz dieser Bedrohung eine Flucht zu versuchen? Das Leben auf der anderen Seite der Grenze ist wahrscheinlich die Hölle.«

»Hast du einen Dolmetscher da, damit ich mit diesen Leuten sprechen kann? Mich würde interessieren, wie es auf der anderen Seite der Grenze wirklich aussieht und warum die Leute all diese Gefahren auf sich nehmen.«

»Mara ist sehr sprachbegabt. Auch George stellt sich recht geschickt an, obwohl ihm oft die Feinheiten fehlen.«

»Ich glaube, auf Feinheiten kommt es jetzt nicht an«, entgegnete Tina. »Schließlich geht es nicht um diplomatische Verhandlungen.«

In den vergangenen Monaten hatte sie Ben zwar Videobänder geschickt, ihm aber nicht verraten, wo sie sich aufhielt. Sobald sie ein Band auf den Weg gebracht hatte, war sie weitergezogen, denn sie wollte nicht, dass er sie bat, nach Hause zu kommen. Sie hatte ihm Reportagen zugesichert, und sie würde dieses Versprechen auch einlösen. Außerdem wollte sie sein Gesicht nicht sehen und auch nicht hören, wie er sagte: Tina, ich mag dich wirklich. Du bist der netteste Mensch, den ich kenne, eine sehr aufregende Frau und eindeutig die beste aller Kriegsberichterstatterinnen. Ich muss zugeben, dass du auch ziemlich gut im Bett bist, *aber* … Sie wusste nicht, was ihr im Augenblick wichtiger war – Ben nicht gegenübertreten zu müssen oder herauszufinden, worum es in diesem jahrzehntelangen Krieg ging. Wenn man die Leute im Westen danach fragte, antworteten sie: »Mosambik? Ist das nicht eine Insel, die zu Afrika gehört?« Oder:

»Das soll doch das ärmste Land der Welt sein.« Und deshalb interessierten die dortigen Vorgänge auch niemanden. Mosambik spielte für die Weltöffentlichkeit einfach keine Rolle, und es war gleichgültig, für oder gegen was die Bevölkerung dort kämpfte und wie viele Millionen Menschen dabei getötet oder vertrieben wurden.

Allerdings hatten solche Erwägungen für Courtney, Andrew und die anderen, die in den Krankenhäusern von Malawi und Simbabwe die Flüchtlinge versorgten, keine Bedeutung. Für sie zählte nur jedes gerettete Menschenleben. Ob nun Ideale oder Böswilligkeit schuld an dieser Verheerung waren, war völlig belanglos.

Es ging nur darum, den Menschen zu helfen. Und das war unter derartigen Bedingungen wirklich eine heldenhafte Leistung. Wer Tag für Tag seine gesamte Kraft aufbot, um anderen Menschen beizustehen, dem konnte die Politik den Buckel runterrutschen.

Tina betrachtete George, der vor ihr hermarschierte. Er tat etwas für die Rettung bedrohter Tierarten, ein kleiner Junge, dem die Zukunft der Welt am Herzen lag und der nichts von den politischen Machenschaften ahnte, die sein Leben bestimmten. Er fragte sich nicht nach den Gründen seines Handelns, sondern packte einfach mit an.

Als sie das Krankenhaus erreichten, brachte Courtney ihre neuen Patienten sofort in den Operationssaal. »Ich lasse dich jetzt allein«, sagte Tina, denn ich brauche mir nicht anzusehen, wie du sie wieder zusammenflickst oder ihnen die Beine abhackst. Ich kenne den Krieg. Also gehe ich lieber in mein Zimmer und schreibe. Vielleicht schlafe ich auch. Seit Afghanistan bin ich keine zwölf Meilen mehr zu Fuß gegangen, und damals war ich zwei Jahre jünger.«

Tina fiel aufs Bett und verschlief sogar das Mittagessen. Als sie aufwachte, war sie sicher, dass sie ohnehin nichts heruntergebracht hätte. In letzter Zeit aß sie immer weniger und

hatte schon einiges abgenommen. Warum nur setzte sie sich ständig den Gräueln auf dieser Welt aus?
Sie lag unter dem Moskitonetz auf dem Bett und dachte an die Holzschaukel auf der Veranda zu Hause. Zu Hause. Etwas, das sie seit achtzehn Jahren, der Hälfte ihres Lebens also, nicht mehr gehabt hatte. Als sie aus Chicago fortgegangen und nach New York gezogen war, war sie noch genug Kleinstädterin gewesen, um zu glauben, dass sie es jetzt geschafft hatte. Sie hatte sich eine elegante Wohnung mit Blick auf den Central Park ausgemalt und sich vorgestellt, wie sie ins Theater ging, interessante, witzige und hoch gebildete Freunde hatte, Restaurants mit ausgefallenen Namen besuchte und exotische Speisen aß. Dann jedoch hatte Ben Burgess sie jäh aus diesen Träumen gerissen und sie vor die Herausforderung ihres Lebens gestellt. Statt New York bot er ihr die ganze Welt und gab ihr sämtliche Freiheiten. Sie war ein weiblicher Kriegsberichterstatter – eine wahre Rarität.
»Nimm dir eine Wohnung in Rom als Stützpunkt. Oder in Paris, wenn dir das lieber ist. Von Rom aus hat man besseren Anschluss nach Asien und in den Balkan. Aber eigentlich ist es gleichgültig.«
Sie war einmal in Europa gewesen, und zwar während ihres Studiums an der Northwestern University. Sechs Wochen lang hatte sie einen Französischkurs besucht und ihr Französisch dadurch so verbessert, dass sie es jetzt praktisch ohne Akzent sprach. Da sie kein Italienisch konnte, hatte sie sich anfangs für Paris als Stützpunkt entschieden.
Paris! O Gott, was hatte sie für hochfliegende Träume gehabt. Mit fünfunddreißig hatte sie Sprecherin in den Sechs-Uhr-Nachrichten eines großen Senders sein wollen. Und jetzt, mit nur achtundzwanzig, sollte sie die ganze Welt bereisen! Die Abendnachrichten würden ihre sämtlichen Meldungen bringen. Es hing allein von ihr ab. Sie musste einfach nur vor Ort sein, wenn etwas geschah.

Bevor Ben sie in die Kriegsgebiete der Welt geschickt hatte, hatte er sie in die Obhut seiner Schwester Binkie Chater gegeben, die in Washington Gott und die Welt kannte. Binkies Mann war neunzehn Jahre lang Senator gewesen, und Binkie selbst galt als die berühmteste Gastgeberin der Stadt. Ben bat sie, Tina den Leuten vorzustellen, die bei ihrer Arbeit im Ausland wichtig für sie werden könnten. Also verabreichte Binkie Tina einen dreimonatigen Intensivkurs, in dem sie alles über die bedeutendsten Persönlichkeiten Washingtons erfuhr. Die beiden Frauen hatten sich angefreundet, auch wenn sie sich seit sieben Jahren nicht gesehen hatten. Anschließend hatte Ben selbst sie drei Wochen lang mit allen einflussreichen Leuten bei den Vereinten Nationen bekannt gemacht und ihr Einblicke hinter die Kulissen der Weltpolitik ermöglicht. Dann war er mit ihr nach London, Paris, Berlin, Stockholm und Rom geflogen, wo er sie den dortigen Botschaftern vorstellte und andeutete, er würde sich sehr freuen, wenn sie sich an Tina erinnern und ihr nötigenfalls unter die Arme greifen würden. Zwar drückte er das nicht so direkt aus, doch er nannte die Männer alle beim Vornamen, und Tina war sehr beeindruckt von seiner Weltgewandtheit. Als sie beschloss, sich doch in Rom niederzulassen, half er ihr bei der Wohnungssuche und bezahlte die ersten sechs Monatsmieten im Voraus. »Wenn dir die Möbel nicht gefallen«, meinte er, »kannst du sie auf meine Kosten austauschen.«

Zu guter Letzt ließ er Tina einfach ins kalte Wasser springen, indem er nach New York abreiste, sodass sie allein zurückblieb. Nach seinem Abflug kam ihr die Welt ein wenig grauer vor.

Es erstaunte sie immer noch, dass sie beim Publikum so beliebt war, obwohl sie in all der Zeit kein einziges Mal die Vereinigten Staaten besucht hatte. Sie war sicher, dass niemand sie erkennen würde, wenn sie durch die Straßen von New

York oder Washington schlenderte. Falls sie in eine amerikanische Kleinstadt zurückkehrte, würden die Leute sicher nur nicken, sagen, dass sie sie im Fernsehen gesehen hätten, und sie am Samstag zum Grillen oder zum Erdbeerpflücken einladen. Sie war überzeugt, dass sich die Welt dort nicht verändert hatte. Bitte, schickte sie ein Stoßgebet zum Himmel, mach, dass alles noch so ist wie früher. Damals hatte sie über die Kleinbürgerlichkeit gespottet und ihr um jeden Preis entrinnen wollen. Vermutlich war das der Grund, warum Männer Kriege anzettelten. Sie wollten eine Lebensweise bewahren, die sie geformt hatte und die sich nicht verändern sollte, auch wenn sie selbst längst weitergezogen waren und neuen Träumen anhingen. Sie wünschten sich, dass ihre Jugendzeit für immer weiterlebte.

33

Während Courtney Gliedmaßen amputierte, entdeckte Brennan Burns bislang unbekannte Freuden.

Die Mahlzeit, die Lloyd Brackenhurst ihm servieren ließ, hatte ihn sehr beeindruckt. Sie wurde nicht von Afrikanerinnen aufgetragen, sondern von zwei jungen Asiatinnen in Wickelröcken, die auf bloßen Füßen zwischen der Küche und dem Esszimmer hin- und herhuschten. Sie hatten riesige Blüten hinter dem Ohr und lächelten dem Gast freundlich zu.

Brackenhurst waren Burns' bewundernde Blicke nicht entgangen.

»Ich habe sie letztes Jahr aus Kuala Lumpur mitgebracht«, erklärte er, »und sie vor dem Hungertod gerettet. Sie sind mir sehr dankbar.«

Burns fragte sich, ob ihre Pflichten sich wohl auf das Servieren bei Tisch beschränkten. »Die Mädchen sind sehr schön«, murmelte er und kaute auf einem Fleischstück herum, das so zart war, dass man es mit der Gabel zerteilen konnte. Die Sauce dazu bestand aus Ananassaft und Kokosmilch. »Sie wissen offenbar, wie man das Leben genießt.«

»Meine Verwandten in England glauben, dass ich wie ein Eingeborener hause und zu bemitleiden wäre.« Brackenhurst schmunzelte.

»Waren sie denn schon mal hier?«, fragte Burns und nahm einen Schluck von einem unbeschreiblich milden Drink, der Alkohol, aber ansonsten ihm unbekannte Zutaten enthielt.

»Ich bezweifle, dass sie je das Bedürfnis danach hatten. Inzwischen sind so viele Jahre vergangen; vermutlich haben sie mich längst vergessen.« Er lächelte. »Ich fürchte, ich war ihnen immer ein wenig peinlich. Sie wissen schon, das schwarze Schaf, der Staatsbedienstete, der im Schwarzen Kontinent untergetaucht ist. In England habe ich mich nie richtig heimisch gefühlt, und ich glaube, das war mir von Anfang an klar. Ich war immer ein Außenseiter.«
Burns fragte sich, ob Brackenhurst wohl hier seinen Zufluchtsort gefunden hatte, aber wahrscheinlich spielte das keine Rolle. Seine Bibliothek umfasste hunderte von Bänden, und seine CD-Sammlung zeugte von einem breit gefächerten Geschmack. Woher mochte Brackenhurst bloß das Geld haben? Vielleicht versorgte seine Familie ihn mit einer hohen monatlichen Apanage, damit er sich nur nicht in England blicken ließ.
»Waren Sie je in Amerika?«, erkundigte sich Burns bei seinem Gastgeber.
»Ja, einige Male, aber das Land reizt mich nicht sehr.«
»Ich nehme an, Sie reisen viel.« Das schloss Burns aus den Möbeln und Einrichtungsgegenständen, die aus den unterschiedlichsten Ländern stammten. »Mögen Sie Asien?«
»Ja, sehr sogar. Ein Drittel des Jahres verbringe ich in irgendeinem asiatischen Land. Thailand. Malaysia.«
»Nicht in Indien oder China?«
Brackenhurst schüttelte den Kopf. »Nicht, wenn es sich vermeiden lässt. Ich habe einige Flüsse Borneos mit dem Floß befahren und war ein paar Wochen in Sri Lanka, aber dort ist man ja seines Lebens nicht mehr sicher.«
»Das gilt wohl für die meisten dieser Länder.«
»Wenn Sie wieder zu Hause sind, wird man Sie bestimmt fragen, ob Sie sich hier, im finstersten Afrika, nicht weit entfernt von einem Kriegsgebiet, bedroht gefühlt haben. Was werden Sie antworten?«

Burns schmunzelte. »Dass ich einen Luxus erlebt habe, wie ich ihn mir nie hatte vorstellen können.«
»Sehen Sie? Es gibt eben keine Pauschalantwort. Ich habe Gegenden bereist, die die meisten Menschen nie zu Gesicht bekommen werden. Und ich lebe dort, wo sonst fast niemand ist.«
»Mit einem Krankenhaus für Flüchtlinge in der Nachbarschaft.«
»Das wird früher oder später auch verschwunden sein.«
»Glauben Sie, dass der Krieg bald aufhört?«
Brackenhurst zuckte mit den Schultern. »Das wäre wirklich wunderbar. Es gefällt mir nicht, dass tausende fremder Leute praktisch auf meiner Türschwelle campieren.«
»Gibt es hier viele Stämme?«
Brackenhurst trank einen Schluck Wein. »Inzwischen nicht mehr. Die meisten sind weitergezogen, seit das Krankenhaus hier ist. Sie sind ohnehin Nomaden und gehen dorthin, wo sie etwas Essbares finden. Während der Dürreperiode, die erst seit kurzem zu Ende ist, haben sie die Grenze nach Südafrika überschritten, wo es keine Befestigungen im eigentlichen Sinne gibt. Es ist eine unbewohnte Einöde. Allerdings würde ich mich als Eingeborener nicht zu weit nach Südafrika hineinwagen. Wenn das Krankenhaus weg ist, werden sie zurückkommen, zumindest für eine Weile. Für den Geschmack der Stämme gibt es hier zu viele Leute – und auch für meinen.«
»Haben Sie keine Sehnsucht nach Gesellschaft, nach Menschen Ihresgleichen?«
Brackenhurst schmunzelte. »Deshalb lade ich Sie und Andrew ja zum Schachspielen ein. Aber ich habe meine Bücher, meine Musik, meine Reisen, durch die ich einen Teil des Jahres mit anderen Leuten verbringe. Ich genieße es, meine Ruhe zu haben. Einsamkeit und Alleinsein sind zwei völlig verschiedene Dinge.«

»So habe ich es noch nie betrachtet. Ich war noch nie gern allein.«
»So geht es den meisten Menschen.«
Als eine der jungen Asiatinnen Burns' Teller abräumte, berührte sie ihn, allerdings ohne ihn anzusehen.
»Sie können sie haben«, sagte Brackenhurst.
Burns starrte ihn an.
»Natürlich nur für heute Nacht.« Brackenhurst lachte. »Aber zuerst lassen Sie uns Schach spielen.«
Burns spürte, wie sein Puls schneller wurde.
»Wenn Sie möchten, bekommen Sie auch beide«, flüsterte Brackenhurst verschwörerisch. »Ich versichere Ihnen, dass Sie dieses Erlebnis nie wieder vergessen werden.«
Vermutlich lag es an dieser Aussicht, dass Brackenhurst alle drei Partien gewann. Brennan Burns konnte sich einfach nicht auf das Spiel konzentrieren.
Später, sehr viel später, fragte er sich, ob man ihn unter Drogen gesetzt oder ob er das alles nur geträumt hatte. Die beiden Asiatinnen hatten ihn ins Bett begleitet, ihn bis in die Morgenstunden hinein verwöhnt und Dinge mit ihm und auch mit sich selbst angestellt, die er noch nie zuvor erlebt oder gesehen hatte. Hin und wieder hatte er geglaubt, dass Lloyd Brackenhurst in der Tür stand und ihn beobachtete. Er fühlte sich wie in einem Strudel, der ihn umfing und in einen finsteren Abgrund hinunterzog.
Es war spät, schon fast Mittag, als er erwachte. Ein herzhaftes Frühstück erwartete ihn, aber Lloyd Brackenhurst war verschwunden. Sein Fahrer brachte Burns zum Krankenhaus zurück, wo er, von Muskelkater gepeinigt, eine Operation nach der anderen durchführte. Nach dem Essen saß er schweigend da und stocherte auf seinem Teller herum. Courtney und Tina musterten ihn neugierig.
Niemandem tat es Leid, ihn gehen zu sehen, auch wenn Courtney wünschte, er wäre da gewesen, als Lobengula nach

ihr hatte schicken lassen: Sie solle so schnell wie möglich nach Mbula kommen. Der Bote, der völlig durchgeschwitzt angelaufen kam, meldete, eine Frau habe Schwierigkeiten bei der Geburt. Wie sich herausstellte, handelte es sich bei der Schwangeren um Lobengulas eigene Tochter.

»Ich darf mir keinen Fehler erlauben«, sagte sich Courtney, während sie alle für eine Risikogeburt benötigten Gerätschaften in ihre Tasche packte.

»Darf ich mitfahren?«, fragte Tina.

»Wenn du möchtest«, antwortete Courtney. »Aber beeil dich.«

Nachdem sie dem Boten Wasser zu trinken gegeben hatten, nahm der Mann grinsend auf dem Rücksitz des Landrovers Platz.

»Ich komme einfach nicht dahinter, warum dieser Krieg stattfindet«, sagte Tina während der holprigen Fahrt. »Aber ich lerne viel Neues über das Leben. Und das Schönste ist, dass ich jetzt dich und Mara kennen gelernt habe. Apropos Mara, warum ist sie eigentlich Nonne geworden? Hat sie dir davon erzählt?«

»Wahrscheinlich, weil sie an Gott glaubt. Keine Ahnung. Warum gehen Frauen ins Kloster?«

»Ich bin nicht katholisch und kann deshalb nur Vermutungen anstellen, aber ich habe gehört, dass etwa achtzig Prozent aller Nonnen als Kinder sexuell missbraucht worden sind und sich durch das Keuschheitsgelübde vor Männern schützen wollen.«

»Ich bezweifle, dass das Maras Grund war. Sie macht nicht den Eindruck, als hätte sie etwas Schreckliches erlebt, und sie wirkt so absolut ausgeglichen.«

Tina lachte auf. »Ich sage es dir zwar nur ungern, Courtney, aber glaubst du wirklich, dass du das beurteilen kannst? Wie viele Durchschnittsmenschen hast du bis jetzt kennen gelernt? Du lebst in einer ganz besonderen Situation und außerdem ziemlich isoliert und kommst kaum mit anderen Menschen in Kontakt.«

»Als ich vor zehn Jahren in die Wildnis ging, war das nicht so.«

Tina schüttelte den Kopf. »Trotzdem ...«

»Warum fragst du Mara nicht selbst? Wahrscheinlich hat sie es aus irgendwelchen romantischen Gründen getan. Vermutlich wollte sie Gott dienen, nützlich sein und sich über die Gelüste und die Habgier gewöhnlicher Menschen erheben.«

»Hast du noch nie mit ihr darüber gesprochen?«

Courtney schüttelte den Kopf.

»Warst du denn nicht neugierig, warum eine wunderschöne Frau wie Mara sich von der Männerwelt abgewandt und sich für das Einsiedlerleben einer Nonne entschieden hat?«

»Muss man hässlich sein, um Nonne zu werden?«

»Nein, vermutlich nicht, obwohl es die Sache sicher erleichtert.« Nachdem sie eine Weile weitergefahren waren, sagte Tina: »Ich frage sie.«

»Aber lass mich bitte dabei sein.« Courtney schmunzelte. »Jetzt hast du mich doch neugierig gemacht.«

»Ist dir schon mal aufgefallen, wie sie deinen Vater ansieht, wenn sie sich unbeobachtet fühlt?«

Courtney warf Tina einen argwöhnischen Blick zu. »Sie sind gute Freunde, und zwar schon seit fast zehn Jahren.«

»Hm«, brummte Tina.

Courtney dachte daran, was ihr Vater für Mara empfand.

Während der restlichen Fahrt beobachtete Tina die roten, blauen, goldfarbenen und grünen Papageien, die zwischen den Bäumen umherflatterten. Sie lauschte dem Kreischen der Affen über ihren Köpfen und sah zu, wie sie sich an den Lianen durch die Baumwipfel schwangen, um mit dem Jeep Schritt zu halten. Den ganzen Weg nach Mbula lächelte sie.

»Es wundert mich, dass der Medizinmann mich holen lässt«, sagte Courtney. »Ich hätte nicht gedacht, dass er jemanden um Hilfe bittet, wenn es um seine eigene Tochter geht.«
Lobengula stand allein auf dem Marktplatz von Mbula und hob den Arm, als er den Jeep herankommen sah. Er verschwendete keine Zeit mit Höflichkeitsfloskeln.
»Farala versucht seit zwei Tagen, das Kind zur Welt zu bringen«, erklärte er, als Courtney aus dem Wagen stieg. »Du weißt, dass ich bei einer Geburt nicht dabei sein darf. Bitte rette meine Tochter.«
Courtney griff nach ihrer Tasche und folgte dem Medizinmann einen Pfad durch die Bäume entlang. Tina heftete sich an ihre Fersen.
Ein Schrei ertönte, als der alte Mann auf eine Baumgruppe zeigte. »Die Frauen hier schreien normalerweise nicht bei der Geburt«, erklärte Courtney Tina. »Also muss es etwas Ernstes sein.«
Courtney und Tina duckten sich unter einigen Ästen hindurch und gelangten auf eine Lichtung. Einige Frauen umringten die Schwangere, die sich vor Schmerzen wand. Als Courtney sich neben die Patientin kniete, machten sie ihr Platz. Courtney spreizte der Schwangeren die Beine und schnappte beim Anblick der Flüssigkeit, die aus ihrer Vagina trat, nach Luft. Sie war nicht klar wie Fruchtwasser, sondern Unheil verkündend grünbraun.
»Dem Baby geht es offenbar nicht gut«, sagte Courtney leise zu Tina. »Vielleicht ist es im Mutterleib erkrankt. Ich brauche deine Hilfe. Knie dich auf die andere Seite.« Courtney bedeutete den Frauen, Tina Platz zu machen. »Ich muss ihr auf jeden Fall Äther geben.«
Sie goss Alkohol über ihre Hände und schob die Finger vorsichtig in die Vagina der Frau, die vor Schmerzen aufschrie. Dann nahm Courtney Äther und Gaze aus ihrer Tasche. »Du musst den Äther Tröpfchen für Tröpfchen auf die Gaze träu-

feln«, sagte sie zu Tina. »Zu viel könnte die Frau umbringen.«
»Das ist aber aufmunternd«, erwiderte Tina.
»Pass auf, dass sie nicht völlig das Bewusstsein verliert«, fuhr Courtney fort, ohne auf den Einwand zu achten. »Vielleicht muss sie noch pressen.«
»Woher weiß ich, wann es zu viel ist?«
»Gib ihr nur ganz wenig, und ich sage dir, wenn du aufhören musst. Hier.« Sie streckte Tina die Baumwollgaze und das Fläschchen hin. »Sie liegt schon viel zu lange in den Wehen.«
Die Frauen, die die Schwangere umringt hatten, standen auf, damit Tina und Courtney Platz zum Arbeiten hatten. Doch sie gingen nicht und gaben auch keinen Laut von sich.
»Ich muss die Zange nehmen«, sagte Courtney mehr zu sich selbst.
Sie führte die Zange in die Vagina ein.
»O mein Gott!«, stöhnte Tina.
»Die Unterarme des Babys haben sich verkeilt … und die Händchen klemmen mit nach hinten gekippten Handgelenken zusammen. So bildet sich eine Art Korb, der sich mit dem Griff der Zange verkantet. Ich muss die Zange an den Fontanellen des Babys ansetzen.«
»Woran merkst du, dass du den Schädel gepackt hast?« Tina rechnete nicht mit einer Antwort.
»Der Schädel eines Babys besteht aus sechs Teilen, die bei ihm noch nicht fest miteinander verwachsen sind.« Während Courtney erklärte, tastete sie sich mit den Händen weiter. »Ich muss die Fontanellen finden, die an der Schädelbasis des Babys zusammenführen.« Geschickt und schweigend arbeitete sie weiter. Als Tina noch mehr Äther auf die Gaze träufelte, hörte die Frau auf sich zu krümmen. Nur noch ihr Keuchen war zu vernehmen.
Courtney setzte die eine Hälfte der Zange seitlich am Schädel an, sodass sich der Griff knapp drei Zentimeter entfernt

von der Schädelbasis des Babys befand. Dann positionierte sie die andere Hälfte auf der anderen Seite des Köpfchens, verriegelte den Griff und begann kräftig nach unten in Richtung Rektum zu ziehen und das widerstrebende Baby ans Licht der Welt zu holen.

Mit dem Gesicht nach unten kam das Baby heraus. Es atmete nicht.

Um es zum Atmen zu bringen, saugte Courtney den Schleim aus den Lungen ab. Sie klopfte es auf die Fußsohlen, frottierte es ab und versuchte es mithilfe eines kleinen aufblasbaren Beutels zu beatmen und Sauerstoff in seine Lungen zu pressen.

Doch alle Mühe war vergebens. »Du kannst mit dem Äther aufhören«, sagte sie zu Tina.

Nachdem sie eine Viertelstunde lang versucht hatte, die Atmung des Babys anzuregen, ließ sie sich, das Kind in den Händen, auf die Fersen sinken.

»Es hatte schon vor der Zangengeburt keine große Chance«, sagte sie.

Sie fragte sich, ob sie nun Schwierigkeiten mit Lobengula bekommen würde.

34

Tina war bereits seit zehn Tagen im Lager, als Josh eintraf. Da niemand viel über ihn gesprochen hatte, wusste sie nur, dass er Wildhüter im Park war. Tina wollte sich den Park ansehen, da sie vermutete, dass viele Flüchtlinge ihn als Fluchtroute benutzten. Außerdem war das eine Gelegenheit, die vielen wilden Tiere zu beobachten. Der neue Arzt, Jim Cummins, hatte sich inzwischen eingearbeitet; die Ankunft eines Augenarztes wurde noch erwartet. Und so sagte Courtney zu Mara: »Ich glaube, ich mache wieder einmal Pause und bitte Josh, Tina und mich auf einen Ausflug mitzunehmen.«

Mara nickte. »Zurzeit haben wir mehr Mitarbeiter als je zuvor.«

»Du scheinst unerschöpfliche Energie zu haben.« Courtney fragte sich, ob es der Glaube war, der Mara so viel Kraft gab.

»Ohne meinen Garten würde ich wahrscheinlich nicht durchhalten. Aber in letzter Zeit fühle ich mich trotzdem ziemlich angestrengt und ein bisschen verwirrt.«

Courtney legte den Arm um Mara. »Stell es nicht in Frage, sondern akzeptiere es und sei froh, dass es dich nicht zerreißt.«

Verwirrt sah Mara ihre Freundin an. Sie verstand kein Wort.

»Tina möchte wissen, warum du Nonne geworden bist.«

Mara betrachtete Courtney. »Das kann ich mir denken.«

»Hm.«

»Und was hast du ihr geantwortet?«

»Vermutlich aus Liebe zu Gott, aber ich hätte dich noch nie danach gefragt.«
Mara, die gerade Verbände zusammengerollt hatte, war mit der Arbeit fertig. »Ja, das hast du in all den Jahren nicht getan.«
»Nun, ich dachte, es ist kein so großes Geheimnis.« Mara schwieg. »Wir sehen uns beim Abendessen«, sagte Courtney und ging hinaus.

Josh erschien am nächsten Morgen kurz nach dem Frühstück. Im ersten Moment glaubte Courtney, er würde sie mit einem Kuss begrüßen, doch er verkniff es sich und grinste sie stattdessen breit an.
Bei Tinas Anblick blieb er wie erstarrt stehen und kratzte sich am Kopf. »Ich hatte gehofft, du kommst mit in den Wald, wenn ich dir vierundzwanzig Stunden vorher Bescheid gebe«, sagte er. Nur Courtney verstand, was er wirklich damit meinte. »Ich bin wieder hinter Wilderern her. Diesmal habe ich meine Männer schon vorausgeschickt. Sie müssten die vereinbarte Stelle morgen erreichen. Ich fliege im Helikopter los«, er lächelte Courtney an, »und ermittle, wo genau sich die Wilderer befinden. Wir wissen, dass sie da draußen sind, denn sie wurden bereits gesichtet. Willst du mit?«
»Ich möchte Tina gern die wilden Tiere im Park zeigen«, antwortete Courtney und merkte Josh sofort an, wie enttäuscht er war, weil sie nicht allein sein würden. »Sie ist Fernsehjournalistin und könnte dein Problem vielleicht an die Öffentlichkeit bringen.«
»Das wäre natürlich eine Hilfe«, erwiderte Josh, der seinen Traum von einer leidenschaftlichen Liebesnacht jäh zerplatzen sah. »Morgen um diese Zeit?«
Courtney warf einen Blick auf Tina, die begeistert nickte. »Das wäre wunderschön«, sagte sie. »Bis jetzt kenne ich Ele-

fanten nur aus dem Zoo. Oder die dressierten in Thailand. Ich bin einmal auf einem geritten, aber die ganze Sache kam mir schrecklich gekünstelt vor.«
»Indische Elefanten sind kleiner als afrikanische. Außerdem werden sie für die Arbeit abgerichtet. In Afrika ist das eher unüblich. Allerdings werden die Elefanten hier in unserem Waisenhaus in dem Glauben aufwachsen, dass sie Haustiere sind. Ich muss noch kurz nach ihnen sehen. Wie verträgt sich das Nashorn denn mit ihnen?«
»Es hält sich für einen Elefanten. George versucht ihm wie den Elefanten Kunststücke beizubringen, aber er ist damit nicht sehr erfolgreich. Ich vermute, es ist nicht so intelligent wie ein Elefant, allerdings wirklich niedlich. Natürlich nicht so süß wie die Elefanten, aber …«
»Mit ein wenig Glück finden wir bei unserem Ausflug nicht wieder ein Waisenkind.«
»Wie lange bleiben wir weg?«, fragte Courtney.
»Zwei oder drei Nächte, höchstens vier.«
»Ich begleite dich zum Pferch«, sagte Courtney.
»Mist«, schimpfte Josh, als sie um die Ecke bogen und vom Wohnhaus aus nicht mehr zu sehen waren.
Courtney grinste. »Ich weiß. Doch sie kann dir sicher helfen. Außerdem möchte ich ihr die wilden Tiere zeigen, für die Afrika berühmt ist, bevor sie ausgestorben sind. Tina ist eine wunderbare Frau. Du magst sie bestimmt.«
»Kann sein«, erwiderte Josh. »Aber ich habe dich vermisst. Ich will dich.«
»Ich weiß«, entgegnete Courtney und griff nach seiner Hand. »Wir müssen uns etwas einfallen lassen. Seit ich Malaria hatte, habe ich dich nicht mehr gesehen.«
»Ja, und ich denke jede Nacht an dich. Ganz gleich, ob ich im Bett oder irgendwo in meinem Schlafsack liege, wünsche ich mir, du wärst bei mir. Es ist fast drei Wochen her.«
»Ich war immer hier.«

»Und ich war überall im Park unterwegs. Wie läuft es bei dir?«
»Die Flüchtlinge werden täglich mehr.«
Sie hatten den Pferch erreicht und beobachteten, an den Zaun gelehnt, wie George seine Familie fütterte. Als er sie sah, winkte er ihnen lächelnd zu.
»George ist ein Schatz.« Sie erzählte Josh von dem Abenteuer am Minenfeld.
»Ein paar von ihnen« – damit meinte er die Flüchtlinge – »sind offenbar kürzlich durch den Park gekommen, denn wir finden immer wieder Überreste von Impalas und Antilopen, und es waren nicht die Löwen. Obwohl das Fleisch bis auf den letzten Rest aufgegessen ist, erkenne ich an der Art, wie die Tiere getötet wurden, dass es nicht auf das Konto von Raubkatzen geht.«
»Die Menschen verhungern«, erwiderte Courtney.
»Ich weiß. Aber ich stecke ganz schön in der Klemme. Wenn hin und wieder ein Tier erlegt wird, können wir das verkraften. Aber die Ausrottung einer ganzen Art dürfen wir einfach nicht zulassen. Egal, aus welchem Grund dies geschieht. Komm, begleite mich zum Jeep.«
Er blickte sich um, und als er niemanden bemerkte, legte er die Arme um Courtney und zog sie an sich. »Schon das Gefühl, dich in den Armen zu halten, bringt mich um den Verstand«, murmelte er und küsste sie. Dann ließ er sie los und stieg ins Auto. »Kommst du gegen acht zum Flugplatz?«, fragte er.
»Klar. Wir sind da. Es wird sicher interessant. Fliegen wir auch in die Gegend, in der wir die Tiere am Fluss beobachtet haben?«
Er schüttelte den Kopf. »Nein, aber zu einem Wasserfall, wo man eine traumhafte Aussicht auf ein Tal hat.«
»Ausgezeichnet.«
Sie beugte sich vor und küsste ihn sanft auf den Mund.

»Wenn ich daran denke, dass ich dich anfangs wieder loswerden wollte.«

Tina saß neben Josh, Courtney hatte sich auf der Rückbank niedergelassen. Sie flogen über einen dichten Wald.

»Erzählen Sie mir vom Verbot des Elfenbeinhandels«, sagte Tina. »Ich muss zugeben, dass ich mich mit dem Tierschutz nicht auskenne.«

»Wo soll ich anfangen?«, überlegte Josh laut. »In den fünfundzwanzig Jahren vor dem Jahr 1986 wurden siebzigtausend Elefanten jährlich wegen des Elfenbeins abgeschlachtet.«

»Siebzigtausend jährlich?«, wiederholte Tina entgeistert.

»Das sind mehr als achtzig Prozent aller afrikanischen Elefanten.«

»Und was geschah 1986?«, erkundigte sich Tina.

»Das CITES-Verbot ...«

»Das was?«

»Die United Nations Convention for International Trade in Endangered Species – also die UN-Konvention zum internationalen Handel mit bedrohten Arten –, kurz CITES, versuchte den illegalen Elfenbeinhandel zu verhindern. Allerdings hatte sie keine Möglichkeit, Strafen zu verhängen, weshalb das Gemetzel an den Elefanten weiterging wie gehabt. Wir müssen der Wirklichkeit ins Auge sehen, dass die Länder Afrikas nicht die Chance haben, den Wilderern das Handwerk zu legen. Dazu wären unzählige Mitarbeiter und gewaltige Mittel nötig, und es fehlt schlicht und ergreifend das Geld. Schließlich finanzieren diese Länder einen Teil ihres Staatshaushalts ausgerechnet mit dem Elfenbeinhandel. Korrupte Beamte beteiligten sich am illegalen Verkauf, um ihre kläglichen Gehälter aufzubessern. Der Elfenbeinpreis stieg auf einhundertsechsunddreißig US-Dollar pro Pfund. Ein einziger Stoßzahn kann über einhundert Pfund wiegen! Und jetzt rechnen Sie mal nach. Polizei, Wildhüter und Richter werden zwar bestochen, doch der wirkliche Profit fließt zumeist in die Taschen von Ausländern. Die betroffenen Länder selbst haben normalerweise nur sehr wenig davon.«

Tina lauschte aufmerksam und beobachtete dabei die Landschaft, wo riesige Schwärme grellrosafarbener langbeiniger Vögel am Ufer eines Flusses standen.

»Erzählen Sie weiter«, sagte sie zu Josh.

»1989, vor gerade einmal drei Jahren, erklärten sich acht Länder, die einsahen, dass sie im Begriff waren, ihren größten Reichtum zu verlieren, bereit, ein internationales Elfenbeinverbot zu unterstützen. Simbabwe gehört nicht dazu. Südafrika auch nicht. Die USA, Kanada und einige andere Nationen führten sofort ein Importverbot für Elfenbein ein.«

»Ich glaube, ich habe gehört, dass es verboten ist, Elfenbein nach Amerika, das heißt, in die Vereinigten Staaten, einzuführen.«

»CITES stufte den Elefanten als bedrohte Tierart ein. Der Verkauf aller Körperteile des Elefanten, nicht nur der Stoßzähne, wurde Anfang der neunziger Jahre für zwei Jahre verboten. Daraufhin fiel der Elfenbeinpreis von einhundertsechsunddreißig Dollar pro Pfund auf einen Dollar und sechsunddreißig Cent.«

»Dann müsste doch auch der Reiz des Wilderns ziemlich nachgelassen haben«, meinte Courtney vom Rücksitz aus. Josh hatte ihr das Problem mit dem Elfenbeinhandel nie so genau erklärt.

»Oh, schaut mal«, rief Tina, »da unten!« Über die Ebene galoppierte eine Herde Elenantilopen und verteilte sich im Gelände. »Das ist wirklich beeindruckend. Afrika lässt sich mit keinem anderen Kontinent vergleichen.«

»Jetzt fliegen wir fast unmittelbar über die Grenze von Mosambik«, verkündete Josh. »Rechts von euch.«

»Man kann den Unterschied nicht erkennen, oder? Man sieht nicht, wo Mosambik anfängt und Simbabwe endet? Haben Sie denn keine Angst, abgeschossen zu werden?«

Josh schüttelte den Kopf. »In Mosambik gibt es keine Artillerie. Außerdem passe ich auf, dass ich nicht in den dortigen Luftraum gerate. Aber da drüben ist es – ein anderes Land.«

»Wenn ich einfach rübergehe, würde es doch sicher niemand bemerken.«

»Das würde ich an Ihrer Stelle schön bleiben lassen«, warnte Josh.

»Aber Sie sind nicht ich«, überlegte Tina laut.

In der Ferne sah Josh Schwärme von Geiern kreisen.

»Zu spät«, murmelte er.

»Wofür?«, fragte Courtney und beugte sich vor.

»Um sie am Töten zu hindern. Schaut euch die Geier an.« Er steuerte auf die kreisenden Vögel zu und hoffte, dass sie nicht ins Triebwerk geraten würden. Der Gestank nach verbranntem Fleisch drang in die Kabine. »Verdammt.«

Unter jedem kreisenden Vogelschwarm erkannten sie den Kadaver eines Elefanten. Neben den nahe gelegenen Bäumen standen große Trockengestelle mit qualmenden Fleischbatzen.

»Sieh mal, da drüben.« Courtney zeigte mit dem Finger. Zwischen den Bäumen war ein Haufen blutroten Fleisches von etwa drei Metern Durchmesser zu erkennen. Nicht weit davon entfernt lag noch ein Elefant.

Als die Wilderer den Hubschrauber bemerkten, nahmen sie die Beine in die Hand.

Josh flog weiter. »Sie sollen nicht wissen, dass wir wiederkommen«, sagte er und machte kehrt in Richtung Südwesten. »Wer steckt bloß dahinter?«, fragte er sich. »Die Kerle haben Zelte, und so einen Luxus können sich nur wenige Wilderer leisten. So schnell schaffen sie es nicht,

ihr Lager abzubrechen. Außerdem haben sie sicher Maschinengewehre.«
»Hier.« Er reichte Courtney einen Block. »Schreib mit: ›Zweieinhalb Meilen nordöstlich, mindestens fünf oder sechs tote Elefanten. Die Wilderer verbrennen das Fleisch, ihr dürftet keine Probleme haben, sie zu finden. Durch den Wald führt eine Straße, man riecht das Fleisch meilenweit. Ich kreise direkt über ihnen, damit ihr wisst, in welche Richtung ihr fahren müsst, und beobachte sie, bis ihr da seid. Sie sind direkt unter dem Helikopter. Kommt, so schnell ihr könnt.‹«
Dann wandte er sich an Tina. »Binden Sie das an diese Stange.« Daran war ein weißes Laken befestigt. »Und werfen Sie sie raus, wenn ich es sage. Meine Leute müssten jede Minute in Sicht kommen. Lassen Sie die Stange fallen, wenn wir genau über ihnen sind.«
Kurz darauf erschien der Lastwagen mit den acht Wildhütern. Als Josh über ihnen kreiste, winkten sie ihm begeistert zu.
»Okay, fallen lassen«, sagte Josh zu Tina.
Sie war froh, dass sie fest angeschnallt war, als sie sich aus dem Hubschrauber beugte und die Stange zu den wartenden Männern hinunterwarf. Sie sahen, dass diese die Arme ausstreckten, um die Stange aufzufangen. Nachdem sie den Zettel gelesen hatten, besprachen sie sich kurz und winkten Josh dann wieder zu.
»Okay«, sagte er. »Jetzt fliegen wir zurück. Hoffentlich holen sie uns nicht mit ihren Maschinengewehren runter.«
»Ich fühle mich wie zu Hause«, meinte Tina. »Es ist zwar ein anderer Krieg, als ich ihn gewöhnt bin, aber trotzdem einer.«
Josh kehrte um und kreiste langsam über dem Lager. Er versuchte an Zelten und Lastwagen Einzelheiten zu erkennen, um die Wilderer zu identifizieren. »Ohne die Geier hätten wir sie nie bemerkt.« Das Lager war wirklich gut getarnt. Of-

fenbar kannten die Verbrecher sich ausgezeichnet im Wald aus.

Am Boden war eine Rauchwolke zu sehen, und sie bemerkten einen Mann, der offenbar gerade eine AK-47 abgefeuert hatte. Courtney bekam eine Gänsehaut.

Josh ließ den Helikopter steigen und kreiste in einem größeren Bogen. Courtney spürte, wie ihr Puls schneller wurde.

»Meine Leute sollten in einer knappen Stunde hier sein«, sagte Josh.

»Werden die Wilderer verschwinden und Fleisch und Elfenbein zurücklassen?«, fragte Tina, die lange nicht so nervös war wie Courtney. Sie war schon oft in lebensbedrohlichen Situationen gewesen.

»Wenn sie fliehen, werden meine Männer es kaum schaffen, sie durch den Busch zu verfolgen«, erwiderte Josh, anstatt ihre Frage zu beantworten. »Ich muss dafür sorgen, dass sie nicht abhauen.« Er stieg noch ein Stück, um den Wilderern zu zeigen, dass er sie nicht angreifen wollte. »Ich möchte nicht mit einem der Geier zusammenstoßen. Die Maschine könnte beschädigt werden, wenn ein Vogel gegen die Frontscheibe prallt oder in den Motor gerät.«

Sie hörten gedämpfte Schüsse, doch die Kugeln konnten sie in dieser Höhe nicht erreichen.

Dann sahen sie, dass sich die Wilderer wieder an die Arbeit machten.

»Wahrscheinlich wissen sie, dass sie uns überlegen sind, wenn wir landen. Ich wette, sie haben nicht einmal Angst vor uns«, meinte Josh und flog weiter Warteschleifen.

Nach einer Weile sah er auf die Uhr. »Meine Leute müssten schon längst hier sein.«

Er flog zu der Straße, wo die Wildhüter in Sicht kommen würden – doch keine Spur von ihnen. Dann kehrte er zu der Stelle zurück, wo er die Nachricht abgeworfen hatte. Die Männer waren nirgendwo zu sehen. Josh kreiste noch einmal

über den Wilderern, die weiter das Fleisch verbrannten. »Der Treibstoff wird knapp«, sagte er nach einer Weile. »Wir müssen dorthin fliegen, wo wir die Nacht verbringen wollen. Verdammt noch mal!«
»Wo sind denn Ihre Leute?«, erkundigte sich Tina.
»Sie warten vermutlich auf ihren Anteil«, antwortete Josh verbittert. »Wahrscheinlich sitzen sie irgendwo am Feuer, essen Elefantenfleisch und erzählen Witze. Wenn die Wilderer viel Geld haben, bekommen sie vielleicht sogar ein paar Dollar ab.«
»Du hast sie doch auch bezahlt«, meinte Courtney.
»Ich weiß«, erwiderte Josh.
Schweigend flog er eine Weile weiter. »Nun, wenn wir schon mal hier draußen sind«, sagte er dann, »wäre es vielleicht interessant für Tina, ein paar Löwen zu markieren.«
»Löwen?«, wiederholte Tina mit aufgeregt blitzenden Augen.
»Wir markieren sie, um sie weiter beobachten zu können. Wenn wir wissen, wo sie sind, können wir sie verfolgen und zählen. Es ist ein neues Projekt. Normalerweise brauche ich dazu die Hilfe eines meiner Wildhüter, aber Courtney ist eine gute Schützin.«
»Warum müssen Sie schießen, wenn Sie ihnen nur ein Halsband umlegen wollen?«
Josh sah sie an. »Nur für alle Fälle«, antwortete er. »Ich nehme das Betäubungsgewehr, und Courtney gibt mir mit der Flinte Deckung, falls ich daneben geschossen habe.«
Tina nickte. Sie überflogen in geringer Höhe einen Fluss. »Da.« Josh drehte sich zu Courtney um. »Ich glaube, wir schlagen da unten unser Lager auf. Hier gibt es sicher eine Menge Tiere zu beobachten.«
Courtney wusste, dass ihnen auf dieser Hochebene nichts zustoßen konnte.
Sobald Josh gelandet war, holten er und Courtney die Aus-

rüstung aus dem Frachtraum und begannen das Lager aufzuschlagen. Tina sah gebannt zu. Da jeder wusste, was zu tun war, mussten sie sich nicht einmal absprechen. Innerhalb weniger Minuten war ein Zelt aufgestellt, ein Campingherd aufgebaut, und die Klappstühle standen bereit.

Die Sonne schien durch die Baumwipfel, und bis auf das Rauschen des Flusses war nichts zu hören. Tina schlenderte zum Ufer hinüber. Unter sich sah sie zwei Gazellen, die halbherzig miteinander kämpften, bald müde wurden und in den Fluss hineinwateten.

»Kommt!«, rief Josh. »Ich würde mir gern die Beine vertreten.« Er schulterte seine Flinte. »In dieser Hitze sind keine Tiere unterwegs. Sie kommen erst abends zum Fluss. Doch wir können nach Spuren suchen und so feststellen, was für Arten es in dieser Gegend gibt. Auf Elefanten werden wir vermutlich nicht stoßen.«

Im Gänsemarsch gingen sie durch das hohe Elefantengras; bis auf das Summen der Fliegen und das Rascheln des Grases war es still. Josh führte sie das Ufer hinunter zum Fluss. Plötzlich hielt er inne und bedeutete Tina und Courtney, stehen zu bleiben. Dann wies er geradeaus. Das hohe Gras bewegte sich. Stocksteif stand er da. Courtney und Tina waren langsam neben ihn getreten.

»Büffel«, flüsterte Josh Courtney zu, die es für Tina wiederholte. Sie hörte, wie er seine Waffe entsicherte. Josh stellte sich schützend vor Courtney, als ein gewaltiger Bulle aus dem Schilf vor ihnen auf die kleine Lichtung hinaustrottete, schnaubte und auf den Boden stampfte.

Mit geblähten Nüstern glotzte er die drei Menschen an. Grasbüschel fielen ihm aus dem Maul. Seine Augen funkelten. Tina begriff sofort, warum der Büffel zu den gefährlichsten Tieren Afrikas gezählt wurde.

»Rührt euch nicht«, zischte Josh. »Keinen Millimeter.«

Eine Ewigkeit starrte der Bulle sie an. Dann trottete er mit ge-

senktem Schädel und wild schwingenden Hörnern auf sie zu.
Offenbar sieht er uns gar nicht, dachte Courtney, als der Bulle näher kam.
In etwa zwölf Metern Entfernung blieb das Tier stehen, hob den gewaltigen Kopf und schnaubte durch die Nase. Courtney wusste, dass er versuchte sie zu erschnuppern und festzustellen, was er vor sich hatte.
Tina drehte sich um und bemerkte einen hohen Baum, dessen Zweige bis zum Boden reichten.
»Ich laufe jetzt los«, zischte sie. Der Schweiß rann ihr den Rücken hinunter.
»Nein, das lässt du«, erwiderte Josh leise. »Du rührst dich nicht vom Fleck.«
Courtney wusste, dass Büffel nicht gut sehen konnten. Allerdings vermochte sie sich nicht vorzustellen, dass das Tier sie auf diese geringe Entfernung nicht bemerken würde. Sie hörte, wie Tina einen Schritt rückwärts machte.
Auch Josh hatte es bemerkt. »Ich sagte, du sollst dich nicht rühren.«
»Ich renne jetzt zu diesem Baum«, zischte Tina, die glaubte, dass der Bulle ihr direkt in die Augen starrte.
»Wenn du noch einen Schritt machst, schieße ich dir in den Rücken«, drohte Josh, ohne sich umzusehen und mit leiser Stimme.
Der Bulle kam immer näher. Speichel troff ihm aus dem Maul. Er stand da, stampfte mit dem linken Huf und wirbelte die Erde auf. Sein muffiger Geruch stieg ihnen in die Nase. Nur wenige Meter von ihnen entfernt beschnupperte er den Boden und tastete sich langsam heran, ohne aufzuschauen. Dann hob er sabbernd den Kopf, und sein Blick aus Knopfaugen fiel auf Courtney. Der Bulle schüttelte sich, machte kehrt, stolzierte an ihnen vorbei und verschwand im hohen Gras.

Tina wagte wieder Luft zu holen. Sie erschauderte und bekam eine Gänsehaut. Als sie später beim Antilopensteak saßen, fragte sie Josh: »Du hättest doch nicht wirklich auf mich geschossen, oder?«
»Das wirst du nie erfahren«, erwiderte er grinsend.

35

»Du scheinst es ja ganz locker wegzustecken, dass deine Männer nicht gekommen sind, um die Wilderer festzunehmen.«

Josh zuckte mit den Schultern. »Ich mache das jetzt schon seit so vielen Jahren …«

»Dazu bist du doch noch gar nicht alt genug.« Tina grinste ihn an.

»Ich bin neunundzwanzig«, erwiderte er. »Und ich habe diesen Job jetzt seit knapp fünf Jahren. Eigentlich rechne ich gar nicht mehr damit, dass ich Erfolg haben könnte, aber ich lasse mich davon nicht entmutigen. Am wichtigsten ist mir, dass ich mein Möglichstes tue, um ein Aussterben der Elefanten zu verhindern. Wenn es nicht klappt, ist es der Wille der Götter. Ich jedenfalls gebe mein Bestes.«

»Warum machst du dir diese Mühe, wenn du weißt, dass du sowieso verlierst?«

Josh betrachtete Courtney, die die ganze Zeit über ungewöhnlich wortkarg gewesen war. »Weil ich es wenigstens versuchen muss. Jemand muss es tun. Kennst du George Adamson?«

Tina schüttelte den Kopf.

»Er und seine Frau Joy haben jahrelang versucht die Gorillas und Elefanten Afrikas zu schützen. Sie haben alles Menschenmögliche unternommen, damit diese Arten nicht von Wilderern ausgerottet werden. Anderson wurde in Somalia von Wilderern ermordet. Das Verbrechen wurde nie geahn-

det. Aber ich hoffe, dass er in dem Bewusstsein gestorben ist, alles getan zu haben, was er konnte.«
»Hast du keine Angst, sie könnten dich auch umbringen?«
»Wenn ich ständig daran denken würde, würde ich meine Arbeit nie schaffen. Mich interessiert, wer hinter der Wilderei steckt. Die Eingeborenen, die die Tiere töten, sind nur kleine Fische. Sie verfügen nicht über die Mittel, um die Stoßzähne um die halbe Welt zu schicken, und haben weder das Wissen noch die nötigen Kontakte. Sie sind bloß Handlanger. Es gibt in dieser Gegend wohlhabende Männer, in deren Auftrag sie arbeiten. Ich schnappe immer wieder Namen auf. Diese Leute haben das Geld und die Macht, andere für sich schuften zu lassen. Doch auch sie werden von jemandem bezahlt. Jemandem, der die richtigen Leute kennt und der sich eine goldene Nase verdient.«
»Glaubst du, diese Leute wissen, dass sie unmoralisch handeln?«
Josh lachte auf. »Was ist schon Moral? Ein Wort für Leute mit vollem Magen, die selbst entscheiden können, welches Leben sie führen wollen. Hungernde Menschen, die nur für den Augenblick leben, können damit nichts anfangen. Diese Kultur unterscheidet sich von der unsrigen. Meine Wildhüter haben andere Werte als ich. Allerdings auch nicht dieselben wie die Angehörigen der Stämme in dieser Gegend. Meine Leute sind verhältnismäßig gebildet und verstehen, dass Afrika ohne uns seine Einzigartigkeit und seine Schätze verlieren würde, die es sonst nirgendwo auf der Welt gibt. So wie Amerika seine Bisons verloren hat und Indien im Begriff ist, seine Tiger zu verlieren.«
»Und auch seine Elefanten«, ergänzte Tina. »Die meisten Wildtiere, die es früher im Überfluss gab, findet man heutzutage nur noch zusammengedrängt in ein paar Reservaten.«
»Und hier wird sogar in diesen Parks gewildert.«
Von der kleinen Hochebene aus, wo sie neben dem Helikop-

ter ihr Zelt aufgestellt hatten, konnten sie die Tiere beobachten, die sich zum Trinken am Fluss versammelten. So weit das Auge blickte, strömten die Herden herbei.
»Bestimmt sind es tausend Stück«, sagte Tina.
»Eher einige tausende«, erwiderte Courtney, die wie immer gebannt die Szenerie betrachtete.
»Und am Morgen sind sie alle wieder verschwunden.«
»Kann man im Fluss baden?«
»Nur, wenn du nichts gegen Krokodile hast«, antwortete Josh lachend. »Da unten im Wasser halten sich hunderte von ihnen versteckt und beißen dir das Bein ab, bevor du sie überhaupt bemerkst.«
»Ach du meine Güte. Nun, meine Frage wäre damit wohl beantwortet.«
Schweigend betrachteten sie die Tiere, die sich dem Wasser näherten. Hufgetrappel, Schnauben, Grunzen und Wiehern hallten durch die Luft.
»Deshalb gibt es in Kenia so viele Safaris«, stellte Tina fest.
»In Kenia sieht man so etwas schon lange nicht mehr«, sagte Josh. »Einen solchen Anblick bekommt man dort nicht mehr zu Gesicht.«
»Wahrscheinlich werde ich das auch nie wieder erleben«, seufzte sie.
»Dann nütze die Gelegenheit und lass mich unhöflich sein. Wenn du nichts dagegen hast, gehe ich nun mit Courtney zwischen die Bäume und küsse sie, bis ihr Hören und Sehen vergeht. Ich habe jetzt lange genug gewartet.«
Tina machte so ein überraschtes Gesicht, dass Courtney auflachte.
»Warum hast du mir das verschwiegen?«
»Weil es nichts zu erzählen gibt«, antwortete Courtney und gab Josh die Hand, damit er ihr aufhelfen konnte. »Abgesehen davon, dass er ganz gut küsst und ich seine Einladung annehme.«

Josh und Courtney gingen Hand in Hand zu den Bäumen, wo er sie im Schutz der Dunkelheit an sich zog. »Nichts zu sagen?«, flüsterte er und küsste sie so leidenschaftlich, dass es ihr den Atem verschlug. »Küsst ganz gut?« Er biss sie in die Lippe. »Mehr nicht? Nur ganz gut?«
»Sehr gut«, seufzte Courtney.
»Wenn es nicht so gefährlich wäre, sich auf den Boden zu legen, was besonders bei Dunkelheit natürlich nicht zu empfehlen ist, würde ich auf der Stelle über dich herfallen.«
»Über mich herfallen?« Courtney lachte. Sie genoss es, seine Hände auf ihren Brüsten zu spüren. »Und was können wir im Stehen tun?«
Auch Josh lachte. »Daran hatte ich noch gar nicht gedacht. Wir können es ja mal ausprobieren.« Er küsste ihren Nacken.
»Vielleicht entdecken wir ja etwas Neues.« Sie schlüpfte aus Shorts und Höschen.
»O mein Gott!«, keuchte Josh und knöpfte ihr die Bluse auf. »Du bist viel zu schnell für mich.«
»Du holst bestimmt gleich auf«, erwiderte Courtney und öffnete seinen Reißverschluss, sodass seine Hose runterrutschte. Sie rieb sich an ihm.
»Du bist ja ein Schlangenmensch«, sagte er lachend.
»Ich will dich schon den ganzen Tag.«
»Ich liebe Frauen, die die Initiative ergreifen.« Er bückte sich, um ihre Brüste zu küssen.
Courtney seufzte auf. »Ich weiß nicht, wie ich es all die Jahre ohne Sex ausgehalten habe. Ich will dich, wenn ich dich bloß anschaue.« Sie spürte, wie das Blut durch ihren Körper strömte und wie sie feucht zwischen den Beinen wurde. Sie lehnte sich an einen Baum und spreizte die Beine. »Komm, Josh. Ich brauche dich so sehr.«
Er drang so mühelos in sie ein, als hätten sie es schon öfter auf diese Weise getan. Als er sie an sich drückte und in sie

hineinstieß, schrie sie leise und wollüstig auf und klammerte sich an ihn. In der Ferne hörten sie eine Hyäne heulen.
»O ja«, flüsterte sie und spürte, wie ein warmes Gefühl sie ergriff.
Er erbebte. »Mein Gott«, stammelte er.
Eng umschlungen und schwer atmend standen sie da.
Schließlich trennten sie sich wortlos und zogen sich an. Courtney lehnte sich an den Baum. »Wow«, sagte sie nach einer Weile. Sie konnten einander in der Dunkelheit kaum sehen.
Sie nahm Joshs Hand, folgte ihm aus dem Wald und hoffte, dass er den Rückweg zum Lager finden würde.
Tinas Umrisse waren noch auf der Klippe über dem Fluss zu erkennen. Im Osten ging eine Mondsichel auf. Eine Wolke trieb darüber hinweg.
Tina hörte sie kommen, drehte sich aber nicht um. »Ich fühle mich wie um Lichtjahre in die Vergangenheit zurückversetzt«, sagte sie, als Courtney sie an der Schulter berührte. »Vielleicht bleibe ich einfach hier. In Afrika, meine ich.«
»Das Land rührt einen an«, entgegnete Josh. »Und man kommt nicht mehr davon los.«
Wie von vielen anderen Dingen, dachte Courtney schmunzelnd.

Am Morgen wurden Courtney und Tina von Kaffeeduft geweckt. Sobald Josh bemerkte, dass sie aufgewacht waren, schlug er die Eier in die Pfanne. Dann saßen die drei im Schneidersitz da und balancierten ihre Teller auf dem Schoß.
»Als ich mich daran erinnert habe, wie wir über die Grenze zu Mosambik geflogen sind, konnte ich lange nicht einschlafen«, sagte Tina.
»Es bestand keine Gefahr«, beruhigte sie Josh.
Sie unterbrach ihn mit einer Handbewegung. »Nein, das

meinte ich nicht. Ich habe mir nur überlegt, wie ich jemanden finden könnte, der mir meine Fragen beantwortet, wenn ich es schaffe, die Grenze zu überqueren. Jemanden, der mir erklärt, warum gekämpft wird.«
»Meine Wildhüter sagen, Sergio Howanda, einer der Rebellenführer, habe sein Hauptquartier dicht hinter der Grenze. Aber du kannst da nicht hin, Tina. Du würdest sofort getötet. Wenn sie deine weiße Haut sehen, bringen sie dich auf der Stelle um.«
»Was ist, wenn sie die weiße Haut gar nicht bemerken?«, gab Tina zurück. »Ich könnte nachts mit dem Fallschirm in seinem Gebiet abspringen.«
»Schau mich nicht so an«, protestierte Josh. »Ich fliege dich nicht hin, um dich den Löwen zum Fraß vorzuwerfen.«
»Und wenn ich mir jemanden suche, der mich hinbringt?«
»Mein Gott, Tina!«, rief Courtney entsetzt aus. »So etwas darfst du nicht einmal denken.«
»Josh, könntest du mir helfen, diesem Sergio eine Botschaft zukommen zu lassen?«
»Er würde dich wahrscheinlich abknallen, sobald er dich sieht.« Courtney wusste nicht, wie sie Tina erreichen sollte. »Wir wissen ja nicht einmal, wer die Guten sind.«
»Vorausgesetzt, dass es überhaupt Gute gibt«, meinte Josh. »Esthers Mann Nkrumah kann dir sicher mehr sagen als ich. Du solltest mit ihm sprechen.«
»Wer ist Esther?«
»Josh und ich haben ihr Baby entbunden«, antwortete Courtney. »Sie leitet die Schule neben dem Krankenhaus. Ihr Mann ist einer von Joshs Wildhütern.«
»Zurzeit ist er oben im Norden, aber er müsste Ende der Woche zurück sein. Wenn du und Courtney am Samstag zum Essen kommt, kann ich euch miteinander bekannt machen.«
Tina klatschte begeistert in die Hände.
Courtney erschauderte.

36

Lloyd Brackenhurst kam auf seinem großen weißen Pferd angeritten, um eine allgemeine Einladung auszusprechen: Er hoffe, dass alle Ärzte und Schwestern Zeit hätten, sich am Sonntag zu einem mittäglichen Picknick bei ihm einzufinden.

»Mir ist klar«, sagte er zu Andrew, »dass es schwierig für Sie ist, alle gemeinsam frei zu nehmen. Aber ich dachte, dass ein paar Stunden an einem Sonntagnachmittag leichter einzurichten sind als am Abend.«

Da man bei Dunkelheit den Rückweg nicht finden konnte, schlossen Einladungen zum Abendessen stets auch eine Übernachtung ein, was allgemein als selbstverständlich galt.

»Ich habe gehört, Tina O'Rourke sei hier.«

Andrew nickte und bot dem Gast Eistee an, den Brackenhurst gerne annahm.

»Oh, das ist wirklich eine Ehre. Da hat sie sich aber eine der abgelegensten Gegenden der Welt ausgesucht. Bosnien oder Somalia wären doch viel besser für sie geeignet. Tja, über Geschmack lässt sich nun mal nicht streiten. Hoffentlich kommt sie auch.« Andrew vermutete, dass Brackenhurst das Picknick ihretwegen veranstaltete. »Und außerdem alle, die Sie hier entbehren können. Nur für ein paar Stunden. Wie viele sind Sie denn inzwischen?«

»Momentan zwei Ärzte und drei Schwestern.«

»Hm, das wären …« Brackenhurst rechnete nach. »Sie, Schwester Mara, Ihre Tochter, Miss O'Rourke. Also neun

Personen. Eine richtige kleine Gemeinschaft, wenn man sich überlegt, dass vor einem Jahr noch niemand hier war. Und wie viele Flüchtlinge haben Sie jetzt in Ihrem Lager?«

»Ich weiß nicht genau, schätzungsweise zweitausend. Es wechselt. Wir hatten eine ganze Gruppe von Kindern bei uns, doch sie scheinen sich anderen Flüchtlingen angeschlossen zu haben. Eines Tages waren sie verschwunden.«

»Verschwunden? Aber gilt das nicht für alle, die weiterziehen?«

»Ich finde es nur seltsam, dass alle Waisen gleichzeitig weg waren. Natürlich gelingt es uns nicht, den Überblick zu behalten, und wir fordern die Leute auf, sich in den Städten weiter westlich niederzulassen, wo es Arbeit und Lebensmittel gibt. Wir können sie unmöglich alle verpflegen.«

»Wissen Sie, dass die Stämme der Umgebung fortgegangen sind? Ihre Flüchtlinge haben ihnen die Nahrungsgrundlage entzogen. Doch sie sind ohnehin Nomaden. Eines Tages werden sie wiederkommen, in der Hoffnung, dass Ihre Leute verschwunden oder nach Hause zurückgekehrt sind.«

»Hängt davon ab, ob dieser Krieg jemals aufhört.«

»Brechen Sie dann Ihre Zelte ab?«

»Ich denke, dann hätten wir keinen Grund mehr zu bleiben.«

»Also geben Sie meine Einladung weiter, und sehen Sie zu, dass Sie sich alle ein paar Stunden freimachen können. Ich habe schon seit Jahren kein Picknick mehr veranstaltet. Ich glaube, seit England nicht mehr, und das ist schon eine Weile her.«

»Sofern es keinen Notfall gibt, kommen wir gerne. Ich denke, ich kann im Namen aller sprechen. Eine nette Abwechslung. Um wie viel Uhr?«

»Damit Sie auch sicher vor Dunkelwerden wieder zu Hause sind, sollten wir um zwei essen. Einverstanden? Und wer sofort wieder zurückmuss, kann das ruhig tun. Allerdings würde ich mich freuen, wenn die, die mehr Zeit haben, bis zur Dämmerung blieben. Ach, es wird sicher nett. Ich baue Hufeisen zum Werfen auf.« Er sparte sich die Ergänzung, dass lässige Kleidung genügen würde. »Wenn Sie Harrison sehen, laden Sie ihn doch auch ein. Ich bin ihm seit einer Weile nicht begegnet.«

»Ich kann Josh eine Nachricht zukommen lassen.«

»Tun Sie das.« Mit diesen Worten ritt Brackenhurst davon.

Es gab Gänseleberpastete, Belugakaviar und Wildschwein, zwei Nächte lang am offenen Feuer gegart, sodass den Gästen bei ihrer Ankunft köstlicher Bratenduft in die Nase stieg. Dazu halbierte Kokosnussschalen, gefüllt mit Ananasscheiben und Papayastückchen und verziert mit Kokosraspeln. Außerdem in Alufolie gebackene Süßkartoffeln. Champagnerflaschen standen in Wannen voller Eis.

Abgerichtete Äffchen, Brackenhursts liebste Haustiere, tollten zur Belustigung der Gäste im Garten herum. Brackenhurst trug wie immer Weiß, wirkte mächtig und beeindruckend und versprühte seinen Charme.

»Ich habe Sie in Bangkok, Delhi und Hongkong im Fernsehen gesehen«, sagte er zu Tina.

Tina schien sehr von ihm beeindruckt zu sein, und die Gäste waren begeistert von dem Büfett. Auf dem makellos gepflegten Rasen waren Klappstühle aufgestellt worden. Bougainvilleen und Hibiskus verbreiteten eine farbenfrohe Blütenpracht.

»Ich hätte hier draußen nie mit so einer Idylle gerechnet«, sagte Tina zu Brackenhurst, den sie ausgesprochen attraktiv fand. Courtney hatte ihr zwar kurz geschildert, was sie von ihm wusste, aber Tina kam zu dem Schluss, dass sie ihm nicht gerecht geworden war. »Wie lange leben Sie denn schon hier?«

Brackenhurst überlegte. »Ich habe das Haus 1970 gebaut und bewohne es seitdem.«

»Und warum haben Sie sich ausgerechnet für dieses Fleckchen Erde entschieden? Wie haben Sie es überhaupt gefunden?«

»Das war nicht leicht.« Schmunzelnd füllte er ihr Glas nach. »Ich habe fast ein Jahr lang nach dem richtigen Standort gesucht. Natürlich gab es damals hier noch keinen Park, und ich glaubte mich am Ende der Welt.«

Lachend neigte Tina den Kopf zur Seite. »Waren Sie vor etwas auf der Flucht?«, fragte sie.

Brackenhurst sah sie ernst an. »Mag sein. Allerdings kam es mir eher auf meine persönliche Freiheit an – die Freiheit, zu tun und zu lassen, was ich wollte, ohne Regeln und Vorschriften beachten zu müssen, und das Leben in vollen Zügen zu genießen.«

Vergeblich versuchte Tina seinem Blick etwas zu entnehmen. »Und ist Ihnen das gelungen?«

Er zögerte kurz. »Im Großen und Ganzen schon.«

»Sind Sie hier draußen nie einsam?«

»Ein Drittel des Jahres verbringe ich im Orient.«

Sie schenkte ihm das Lächeln, das sie in den Augen jedes Betrachters für einen Moment zur Schönheit werden ließ. »Das beantwortet meine Frage nicht.«

»Ja«, erwiderte er, »ich bin einsam, aber nicht oft. Ich habe meine Bücher und meine Musik und bin meistens von Menschen umgeben.« Er blickte sich um. »Offen gestanden war ich über die Gründung des Krankenhauses entsetzt. Es gefällt mir gar nicht, dass es hier von Flüchtlingen wimmelt. Hoffentlich hört der Krieg bald auf, damit sie endlich weiterziehen.«

»Apropos Krieg«, hakte Tina nach. »Eigentlich bin ich hier, um etwas darüber zu erfahren, aber ich tappe weiterhin im Dunkeln. Warum wird überhaupt gekämpft? Wer führt die Kriegsparteien an? Gibt es auch Verhandlungen, um die Zwistigkeiten aus der Welt zu schaffen, oder schießen sie einfach nur aufeinander?«

»Da sind Sie bei mir an den Richtigen geraten«, erwiderte Brackenhurst, »auch wenn jetzt nicht der geeignete Zeitpunkt ist. Ich muss mich um meine Gäste kümmern. Allerdings weiß ich wahrscheinlich mehr darüber als die meisten, und Sie können sich später gerne noch einmal an mich wenden.«

Der erste Anhaltspunkt. »Einverstanden.«

»Also bis nachher«, sagte er und ließ Tina stehen, um sich den übrigen Gästen zu widmen. Was tut er, wenn er Sehnsucht nach einer Frau hat?, fragte sie sich. Aber vielleicht steht er ja über diesen Dingen.

Tina ging zu Courtney hinüber, die mit Josh, ihrem Vater und Mara Hufeisen warf. Sie überlegte, ob Andrew und Mara sich wohl ihrer Gefühle füreinander bewusst waren. Hatten sie je darüber gesprochen? Und wie schafften sie es nur, so eng zusammenzuleben und dennoch so zu tun, als wäre nichts?

Nur der Distanz von tausenden von Meilen war es zu verdanken, dass sie Ben ihre Liebe jahrelang hatte verheimlichen können. Und zum Glück hatte ihr bewegtes Leben sie daran gehindert, ständig über ihn nachzugrübeln. Sie war so sehr mit anderen Menschen und mit ihrer Karriere beschäftigt gewesen, dass sie nicht dauernd an Ben hatte denken können.

Nach den gemeinsam verbrachten Tagen wusste sie, dass kein anderer Mann Ben das Wasser reichen konnte. Nicht einmal für einen guten zweiten Platz hätte es gereicht. Tina seufzte auf. Diese Erkenntnis schränkte ihre zukünftigen Alternativen eindeutig ein.

In den Nächten seit ihrem Abschied von Ben hatte sie sich gefragt, ob sie die Tage und Nächte mit ihm auf Santorin bereute. Wäre es nicht besser gewesen, Abstand zu ihm zu wahren? Dann hätte sie heimkehren und ihren anstrengenden Beruf an den Nagel hängen können. Sie hätte zu Hause in Indiana abends auf der Veranda gesessen und den Nachbarn ihrer Mutter zugenickt, wenn sie vorbeischlenderten – aber vielleicht gingen die Leute ja heutzutage gar nicht mehr spazieren, sondern sahen stattdessen fern. Tina träumte davon, Blumen zu züchten und an der dortigen Highschool Englisch zu unterrichten. Sie wollte mit ihren Schülern die Werke von Hawthorne, Melville, Whitman und E. E. Cummings lesen, sie zum Denken anregen, ihren Horizont erweitern und – in zwei oder drei Fällen – ihr Leben ein wenig bereichern. Was konnte man vom Leben mehr erwarten?

Tina wurde klar, dass ihr diese Alternative immer noch offen stand. Sie würde es tun, sobald sie alles über diesen endlosen Krieg auf der anderen Seite der Grenze herausgefunden hatte und dieses Land verlassen konnte. Niemand zwang sie, Ben wiederzusehen. Sicher würde er ihr einen Dankesbrief schreiben. Und während er ihre Vorzüge lobte, würde er die Hand einer anderen Frau halten. Einer schönen, kühlen Frau, so wie es seine zweite Gattin – die einzige, die Tina je kennen gelernt hatte – gewesen war.

Tina blickte sich um. Sie durfte nicht zulassen, dass ihre Gefühle derart die Oberhand gewannen. Obwohl sie hier ständig mit Sterben und Krankheit konfrontiert war und miterlebte, wie (die zentrale historische Frage) Menschen ihren Nächsten grausam behandelten, unterschied sich dieser Auftrag für sie von ihren Einsätzen in Bagdad oder in Kabul. Sie hatte hier eine Art Familie gefunden. Courtney war für sie die Freundin geworden, die ihr auf ihren Reisen rund um den Globus immer gefehlt hatte, und auch Mara hätte sie gern besser kennen gelernt. Allerdings verbrachte Mara die Abende stets in ihrem Garten, meistens in Begleitung von Andrew und hin und wieder auch mit George. Die Gespräche zwischen Courtney und Mara schienen hingegen seltener geworden zu sein.

Tagsüber war Mara ständig auf dem Klinikgelände unterwegs, während Courtney sich meistens im Operationssaal oder im Behandlungszimmer aufhielt. Wenn neue Ärzte und Schwestern eintrafen, nahm Courtney sich viel Zeit, um sie einzuarbeiten, erklärte ihnen, was zu tun war, und zeigte ihnen das Krankenhaus. Manchmal, dachte Tina, ist es einfacher, etwas selbst zu erledigen als es anderen zu erläutern.

Mit Josh hatte Courtney großes Glück gehabt. Sie konnten häufig zusammen sein und interessierten sich für die Arbeit des anderen, auch wenn sie nicht für dasselbe Projekt tätig waren. Ihnen kam es darauf an, Leben zu retten und den Elefanten vor dem Aussterben zu bewahren – zumindest versuchten sie es und gaben beide ihr Bestes.

Außerdem war Josh sehr sympathisch. Zwar nicht unbedingt Tinas Männertyp, doch aufrichtig, leidenschaftlich engagiert, nachdenklich und offensichtlich verliebt in Courtney. Sie hatte den Verdacht, dass Courtney seine Gefühle nicht im gleichen Maße erwiderte. Allerdings hatte sie ihn offenbar gern, denn sie verstrahlte stets ein inneres Leuchten, nachdem sie miteinander allein gewesen waren.

Gelächter riss Tina aus ihren Tagträumen. Als sie aufblickte, sah sie, dass die neuen Ärzte und Schwestern Brackenhurst umringten, der einen seiner Affen Kunststücke vorführen ließ. Sie näherte sich der Gruppe. Wie gerne hätte sie auch ein Haustier besessen. Wenn sie erst wieder zu Hause war, würde sie sich einen Hund anschaffen.

»Na, haben Sie keinen Hunger?«, fragte Brackenhurst, offenbar ohne mit einer Antwort zu rechnen.

Ein Tisch war mit weißem Leinen gedeckt. Die Tonschalen für das Essen und das Porzellan waren, wie es schien, Handarbeit. »Das sieht ja köstlich aus«, sagte Tina.

»Das haben Sie wohl nicht erwartet, was?« Brackenhurst schmunzelte.

»Offen gestanden, nein.« Der Engländer war wirklich sympathisch. Und vielleicht konnte er ihr noch nützlich sein. Schließlich lebte er schon seit mehr als zwanzig Jahren hier und wusste möglicherweise besser Bescheid als die Flüchtlinge.

»Warum greifen Sie nicht zu?«, sagte er. »Jemand muss den Anfang machen. Bedienen Sie sich.«

Tina musterte die verschiedenen Gerichte. »Das meiste kenne ich nicht.«

»Dann macht es noch viel mehr Spaß, finden Sie nicht?« Brackenhurst ging zu den Gästen hinüber, die Hufeisen warfen. »Kommen Sie«, rief er und wies mit einer ausladenden Geste auf das Büfett.

»Wir sind gerade am Gewinnen«, beschwerte sich Josh grinsend.

Wie Brackenhurst gehofft hatte, wurde es ein vergnüglicher Nachmittag. Gegen halb fünf verabschiedeten sich Courtney, Josh und die Ärzte und Schwestern, meinten aber, die anderen könnten sich ruhig Zeit lassen.

»Ich habe gehört, dass Sie Schach spielen«, sagte Tina zu Brackenhurst.

Seine Augen leuchteten auf. »Sie etwa auch?«

»Ich spiele nicht nur Schach«, erwiderte sie. »Ich gewinne sogar.«

Lachend legte er den Kopf in den Nacken. »Wollen Sie mich herausfordern?«

»Genau.«

»Nennen Sie mir einen Termin«, entgegnete er. »Dann schicke ich Ihnen meinen Fahrer.«

»Was halten Sie von heute Abend?«, fragte sie.

»Dann müssen Sie aber über Nacht bleiben.«

»Das macht nichts. Ich fände es sogar sehr nett.«

Er sah sie neugierig an.

»Ist er ein fairer Verlierer?«, erkundigte Tina sich bei Andrew.

»Für ihn ist es nur ein Spiel«, antwortete dieser. »Offenbar glaubt er nicht, dass sein guter Ruf davon abhängt.«
»Ganz im Gegenteil«, protestierte Brackenhurst. »Ich bin ein sehr ehrgeiziger Mensch.«
»Stimmt«, meinte Andrew. »Ich weiß, dass Sie es langweilig finden, immer zu gewinnen. Ihnen ist ein Gegner lieber, der eine Herausforderung darstellt.«
Brackenhurst nickte. »Das ist richtig.«
»Dann also abgemacht«, sagte Tina zu Andrew. »Ich bleibe über Nacht.« Sie wandte sich an Brackenhurst. »Und Ihnen verspreche ich, dass ich eine Herausforderung sein werde.«

37

Wenn Brackenhurst mit Andrew, Dr. Burns oder gelegentlich auch mit Josh Schach spielte, benutzte er seine kostbaren Figuren aus dem Tibet. Heute jedoch griff er in das obere Fach seines handgeschnitzten Teakholzschränkchens und holte seinen ganzen Stolz hervor – ein mit Einlegearbeiten verziertes Schachbrett aus Elfenbein, das er liebevoll befühlte.

Tina stieß einen Pfiff aus. »Wow«, sagte sie.

Brackenhurst sah sie lächelnd an. »Ich freue mich, dass Sie etwas Schönes zu schätzen wissen.« Er legte das Schachbrett auf den Holztisch, den er eigens zum Schachspielen hatte anfertigen lassen. »Ich besitze es schon seit Jahren«, erklärte er.

»Wahrscheinlich bevor der Handel mit Elfenbein verboten wurde.«

Er warf ihr einen Blick zu. »Lange davor.«

»Es sieht aber nagelneu aus.«

»Ich gebrauche es nur selten. Sie sind erst die Zweite, die es zu Gesicht bekommen.«

Tina fragte sich, wer der Erste gewesen war. »Ich fühle mich geschmeichelt.«

»Also«, sagte er schmunzelnd und schob ihr einen Stuhl zurecht. »Wollen wir um etwas wetten?«

Sie überlegte. »Ich weiß noch nicht, was ich von Ihnen will. Lassen Sie mich darüber nachdenken.«

»Sind Sie so sicher, dass Sie gewinnen werden?«

Tina lachte. »Nichts im Leben ist sicher, Lloyd.«

Er fuhr zusammen. »Mich hat schon lange niemand mehr mit Vornamen angesprochen«, meinte er, bedachte sie mit einem unergründlichen Blick und ging hinaus. Kurz darauf kam er zurück, ließ sich ihr gegenüber nieder und holte die Schachfiguren aus ihrem schwarzen Samtbeutel. Jede war einzeln verpackt. Wenig später erschien ein Diener mit einem Tablett, auf dem zwei Gläser und eine Flasche Brandy standen.
Brackenhurst beobachtete, wie sich Tinas Brüste im Lampenlicht hoben und senkten, und er spürte, wie sein Puls schneller wurde.
»Also, beginnen wir das Spiel.«
Brackenhurst schmunzelte. »Sie wissen ja, dass das Leben auch nur ein Spiel ist.«
Tina betrachtete ihn, wie er seinen Brandy trank und sie musterte. Sie dachte an alle Männer, die sie kennen gelernt hatte und mit denen sie ins Bett gegangen war – sie hatten keinen bleibenden Eindruck bei ihr hinterlassen und ihre Gefühle nicht angerührt. Mit Ausnahme von Ben, doch Ben hatte schon seit ihrer ersten Begegnung einen Platz in ihrem Herzen.
»Vielleicht kommen Sie auch auf meine Liste«, murmelte sie.
»Was für eine Liste?«, fragte er.
Tina schüttelte den Kopf und riss sich aus ihrem Tagtraum. »Die Liste der Leute, die ich im Schach geschlagen habe«, antwortete sie.
»Jetzt werfen Sie mir den Fehdehandschuh hin.«
Sie lachten beide.
In den nächsten zwei Stunden fiel kaum ein Wort, so sehr konzentrierten sie sich auf das Spiel. Einmal stand Tina auf, streckte sich und ging im Zimmer umher, während Brackenhurst über seinen nächsten Zug nachdachte.
»Mögen Sie eigentlich Frauen, Lloyd?«, fragte Tina, nachdem sie zwei Stunden lang gespielt hatten.

Irritiert blickte er auf. »Meinen Sie, ob ich homosexuell bin, weil ich ohne eine Frau hier draußen in der Wildnis lebe?«

Sie nickte.

»Ich habe Frauen«, entgegnete er und wusste nicht, warum er ihr etwas so Persönliches anvertraute. »Ich rette sie in Asien vor dem Verhungern, und sie sind mir sehr dankbar dafür. Wenn ich sie satt habe, schicke ich sie zurück und gebe ihnen genug Geld mit, sodass sie viele Jahre lang davon leben können. Ja, ich mag Frauen.«

»Genügen Ihnen Frauen, die Ihnen etwas schuldig sind? Die mit Ihnen ins Bett gehen, weil das zu ihren Pflichten gehört?«

»Tina«, seufzte er. »Ich werde mich nicht von Ihnen vom Spiel ablenken lassen.«

Doch obwohl er sich wieder mit voller Konzentration dem Spiel widmete, gewann Tina die Partie. Brackenhurst lehnte sich zurück, verschränkte die Arme über dem Bauch und musterte sie.

»Sie sind gut.«

»Ja«, erwiderte sie. »Das habe ich Ihnen doch gleich gesagt.«

»Also, was verlangen Sie? Was muss ich Ihnen geben?«

»Ich habe darüber nachgedacht«, meinte sie und streckte die Beine aus. »Zuerst möchte ich einen Kaffee, und wenn es Ihnen nichts ausmacht, hätte ich gerne ein paar Fragen beantwortet.«

»Ach, wieder ein Spiel?«

Sie zuckte mit den Schultern. »Ich bin nicht sicher. Ich kann es nicht leiden, wenn ich einen Menschen kennen lerne, über den ich fast nichts weiß.«

»Zweifellos ein Grund für Ihren Erfolg.« Er stand auf. »Ich sage Kiko, er soll Kaffee machen. Wie ich heute Nachmittag festgestellt habe, trinken Sie ihn schwarz.«

»Sehr aufmerksam.«

Nachdem Brackenhurst in Richtung Küche verschwunden

war, stand Tina auf und schlenderte durch den Raum. Eine Wand wurde vom Boden bis hinauf zur hohen Decke von einem Bücherregal eingenommen. Sie musterte die Titel. »Sie haben ja die *Ilias* und die *Odyssee* auf Griechisch«, sagte sie, als er zurückkam.

»Mein Hauptfach an der Universität«, gab er zu. »Meine Mitmenschen hielten es für Zeitverschwendung, ebenso wie das Arabische. Ich räume ein, dass sie vielleicht Recht hatten, denn ich habe beides nie wieder benutzt. Seit einigen Jahren befasse ich mich mit dem Chinesischen, obwohl es wahrscheinlich sinnvoller wäre, Japanisch zu lernen.«

»Wie lernen Sie Chinesisch, ohne die Hebungen und Senkungen zu hören?«

»Von Tonbändern. Ich beschäftige mich auch mit der chinesischen Schrift. Da ich häufig in Hongkong und Guangzhou bin, habe ich mich für das Mandarin entschieden, obgleich Kantonesisch vermutlich die bessere Wahl gewesen wäre. Meine Familie würde Ihnen bestätigen, dass praktisches Denken noch nie meine Stärke war.«

»Was ist mit Ihrer Familie?«

Er zündete eine lange, dünne Zigarette an. »Sie sind sicher berühmt geworden, indem Sie solche Fragen stellen.«

Tina zuckte mit den Schultern.

Ein Diener erschien mit einem Tablett, auf dem zwei Tassen mit orientalischen Mustern standen. Das hauchzarte Porzellan war wahrscheinlich ursprünglich für Tee gedacht gewesen.

»Das ist Kaffee aus Kenia«, erklärte Brackenhurst. »Sehr stark, wie ich ihn am liebsten habe.«

»Ich habe Gerüchte gehört, Sie wären ein Graf.«

Sein Blick wurde argwöhnisch. »Ich bin ein Nichts. Mein Bruder ist Herzog; der älteste Sohn, Sie wissen schon. Abgesehen von ein wenig Geld habe ich nichts geerbt, und ich habe mich in England nie wohl gefühlt. In Harrow und später in Cambridge war ich ein Außenseiter, was vermutlich auch daran lag, dass ich Altgriechisch und Arabisch studierte – auch wenn die Briten eigentlich für ihr Fernweh berühmt sind. Denken Sie bloß an Lawrence.«

»Lawrence von Arabien?«

»Richtig. Komische Käuze gab es bei uns schon immer. Ich hatte mehr Gemeinsamkeiten mit ihm als mit meinen Kommilitonen. Während meine Zimmergenossen ihr Studium mit Trinken und Vögeln verbrachten, haben die Mädchen mich verspottet.« Er fragte sich, warum er ihr all das erzählte.

»Nach meinem Abschluss wollte ich dieses Leben, in dem ich schon immer ein Fremdkörper gewesen war, unbedingt hinter mir lassen. Mein Onkel, der im Auswärtigen Amt tätig war, besorgte mir eine Stelle in Harare. Damals hieß dieses Land noch Rhodesien und wurde von den Briten regiert. Obwohl die Arbeit schrecklich langweilig war, gefiel es mir auf diesem kleinen Außenposten auf Anhieb. Besonders die Dienstreisen durchs ganze Land bereiteten mir große Freude. Ich lernte Bantu und Suaheli, besuchte einige Male Mosambik und machte Urlaub an der Küste. Natürlich begann ich auch Portugiesisch zu lernen. Die Küste von Mosambik ist ein sehr idyllisches Fleckchen Erde. Der Sand ist fein wie Zucker, riesige Palmen wiegen sich im Wind, und das Meer schillert dunkelblau, lilafarben und marineblau und ist wunderbar warm. Es weht eine milde Brise. Ich spielte sogar mit dem Gedanken, nach Mosambik zu ziehen. Die Portugiesen hatten der Hauptstadt ein charmantes Gesicht gegeben. Alte Häuser im Kolonialstil, eine von Höflichkeit und guten Umgangsformen geprägte Gesellschaft, ganz anders als die britische, in der ich mich erstickt fühlte. Der Großteil der Bevölkerung konnte lesen. Es gab Ärzte, Anwälte und eine Menge weitere Akademiker. Lehrer wurden hoch geachtet, und man hielt sich viel auf seine Weltgewandtheit zugute. Doch schließlich ging alles den Bach runter. Die FRELIMO war sich schon vor der Unabhängigkeit nicht einig gewesen, und dann erschien die RENAMO auf der Bildfläche. Seitdem herrscht Krieg. Mosambik ist das ärmste Land der Welt geworden ...«

»Ich habe gehört, dass jeder Weiße, der sich über die Grenze wagt, so gut wie tot ist.« Tina hätte gern mehr über die RENAMO erfahren, hielt aber den Zeitpunkt für nicht geeignet.

Brackenhurst schmunzelte. »Das hängt davon ab. Ich habe es ein paarmal getan, doch ich war auf der Hut.«

Tina beugte sich vor. »Sie waren in Mosambik?«

»Das letzte Mal vor etwa sieben Monaten.«

»O Gott, Lloyd. Erzählen Sie mir alles, was Sie wissen.«

»Warten Sie bis zum Morgen«, erwiderte er. »Es ist eine lange Geschichte.«

Sie fragte sich, ob er sie wohl über die Grenze bringen konnte. Doch sie durfte ihn nicht drängen und musste sich deshalb bis zum Morgen gedulden.

»So«, fuhr sie fort, als hätten sie seine Ausführungen unberührt gelassen, »und als die Briten sich aus Rhodesien zurückzogen und das Land in Simbabwe umbenannt wurde, sind Sie einfach geblieben.«

»Seit ich hier bin, habe ich meine Familie nicht wiedergesehen.«

Tina vermutete, dass er Geld aus England erhielt. Sonst hätte er sich dieses Haus und die vielen Dienstboten sicher niemals leisten können.

»Hätten Sie Angst vor einer Frau, die Sie nicht bezahlen müssen?«

Er zog die Augenbrauen hoch. »Angst?«

»Würden Sie die Flucht ergreifen, wenn so eine Frau Ihnen ein Angebot macht?«

Im Raum herrschte Totenstille.

»Ich habe das Spiel gewonnen. Und das ist es, was ich von Ihnen will.« Sie sahen einander in die Augen.
Noch immer wurde kein Wort gesprochen.
»Sex ist auch nur ein Spiel«, fuhr Tina unbewegt fort. »Ich hatte seit fast vier Monaten keinen Sex mehr. Das ist eine lange Zeit für mich.«
Er stand da und starrte sie an.
Langsam ging sie auf ihn zu und blieb so dicht vor ihm stehen, dass sie seinen Atem spüren konnte. Sie legte ihm die Arme um den Hals, zog seinen Kopf zu sich herunter, küsste seine vollen Lippen und teilte sie mit der Zunge. Dann schmiegte sie sich an ihn. »Ich habe gewonnen. Du hast mich aufgefordert, dir meinen Preis zu nennen. Du bist es. Ich will dich.«
»Mein Gott«, flüsterte er. Er nahm sie in die Arme, trug sie aus dem Raum und brachte sie den Flur entlang in sein Schlafzimmer. Sie hatte die Arme immer noch um seinen Hals geschlungen.
Am Morgen, dachte sie, wird er mir alles über die RENAMO erzählen.

38

Selbst mit geschlossenen Augen spürte Tina, dass jemand sie anstarrte. Sie blickte auf. Lloyd Brackenhurst betrachtete sie, auf einen Ellbogen gestützt. Tina lächelte.

»Für einen Mann mit deiner Figur bist du ganz schön sportlich«, neckte sie ihn mit heiserer Stimme.

Er strich ihr mit dem Handrücken über die Wange. »Ich bin noch nie neben einer Frau im Bett aufgewacht«, sagte er. »Ich habe noch nie eine Frau über Nacht bleiben lassen.«

»Bist du froh, dass du im Schach verloren hast?«

Er sah sie nur an.

»Und was hättest du dir gewünscht, wenn du gewonnen hättest?«

Er lachte auf. »Dasselbe, was ich fürs Verlieren bekommen habe. Aber ich hätte nie gewagt, dich darum zu bitten.«

»Siehst du, es kann auch gut sein zu verlieren.«

»Das muss ich öfter versuchen.«

Sie wusste, was jetzt geschehen würde. Er würde sie noch einmal lieben wollen. Und wenn er zufrieden war, würde sie ihn endlich nach der RENAMO fragen können.

Er berührte ihre linke Brustwarze.

»Du kannst mich dort auch küssen«, schlug sie vor.

Er blickte ihr in die Augen und strich mit der Zunge darüber.

»Du darfst mich sogar beißen, aber nicht zu fest.«

Sie hörte seinen Atem, nahm seine Hand und führte sie zwischen ihre Beine. Nicht zu schnell, sagte sie sich. Lass ihn noch ein bisschen zappeln, bis er es nicht mehr aushält und dir alles erzählt, was du wissen willst. Bis er alles tut, was du von ihm verlangst.

»Küss mich, Lloyd«, flüsterte sie. »Mach mit mir, was dir gefällt. Komm, wir fliegen zum Mond.« Die Strahlen der Morgensonne fielen auf sie.

Als er an ihr hinunterglitt und ihren Bauch küsste, spürte sie, wie sie zum Leben erwachte. Es war sehr angenehm, und sie stöhnte, als seine Zunge in ihr versank. Seine Finger krallten sich in ihre Oberschenkel. Er schob die Hände unter ihren Po und hob sie hoch. O Gott, dachte sie, er ist wirklich geschickt mit der Zunge. Und sie gab sich einer Sinnlichkeit hin, die rein überhaupt nichts mit Liebe zu tun hatte.

Seit seinem neunzehnten Lebensjahr hatte Lloyd Brackenhurst zum ersten Mal wieder das Gefühl, dass er im Begriff war, sich zu verlieben. Er stürzte in einen Strudel der Leidenschaft, wie er sie noch nie erlebt hatte, und dazu noch mit einer der berühmtesten Frauen der Welt. Sie hatte ihn im Schach geschlagen und ihm ein eindeutiges Angebot gemacht. Sie hatte ihn in der vergangenen Nacht in Höhen entführt, deren Existenz er bislang nicht einmal erahnt hatte.

Nun rollte sie ihn herum, dass sie auf ihn zu liegen kam. Immer schneller wurde ihr Rhythmus der Leidenschaft, und sie schrie auf, als er in ihr den Höhepunkt erreichte.

Tina vermutete, dass er solche Momente nie kennen gelernt hatte.

Reglos und erschöpft lag er da und wollte sich nicht von ihr trennen. Doch sie machte sich los und drehte sich auf den Rücken. Er griff nach ihrer Hand, und sie blieben liegen, bis ihr Atem wieder ruhiger ging. Dann setzte sie sich auf und ließ die Beine über die Bettkante baumeln.

»Und was kriegt eine verhungerte Frau bei dir zu essen?«

Er strich mit dem Finger ihre Wirbelsäule entlang; sie drehte sich um und lächelte ihn an.

»Du bist wirklich recht gut.«

»Recht?«
Sie lächelte weiter. »Komm, ich muss jetzt etwas essen.« Ihre Armbanduhr lag auf dem Tischchen neben dem Bett, ihre Kleider waren auf dem Boden verstreut. Sie warf einen Blick auf die Uhr. Erst acht. »Aber vorher dusche ich in deinem Luxusbad.«
Er lag da und war unfähig, sich zu rühren. Nie hätte er gedacht, dass es so sein könnte. Nun war er fast fünfzig Jahre alt, und keine Frau hatte ihn bis jetzt so begehrt. Noch nie hatte er eine Frau derart erregen können, und keine hatte bis jetzt Gefühle in ihm ausgelöst wie Tina in der vergangenen Nacht. Er fühlte sich wie im Paradies – falls es das überhaupt gab.
Außerdem war er gestern zu dem Schluss gekommen, dass sie eine sehr interessante Gesprächspartnerin war. Sie war nicht nur intelligent und wortgewandt, sondern auch eine gute Zuhörerin und schien neugierig auf das zu sein, was er ihr zu sagen hatte. Sie wirkte anregend auf ihn, und darüber hinaus hatte er es gern, wenn ihn jemand im Schach schlug, was nur sehr selten geschah. Und nun hatte sie sich ihm körperlich hingegeben. Er überlegte, was er tun konnte, damit sie bei ihm blieb. Sie durfte Simbabwe nicht verlassen. Er wollte sie wieder und wieder lieben.
Als sie aus dem Bad kam, hing ihr das tropfnasse Haar über die Schultern. Sie bückte sich, um ihre Kleider einzusammeln.
»Du hast einen wunderschönen Körper.«
»Ach, das sagst du bestimmt zu allen Frauen.« Tina setzte sich auf die Bettkante und schlüpfte in ihr Höschen. Er sah zu, wie sie den BH verkehrt herum anzog und ihn anschließend herumdrehte, um die Arme durch die Träger zu stecken. Dann berührte er sie an der Schulter.
Nachdem sie ihre Bluse angezogen und zugeknöpft hatte, griff sie nach ihren Shorts, steckte die Füße in die Sanda-

len und stand auf. Sie fuhr sich durch das nasse Haar und streckte dann die Hand aus, um ihn hochzuziehen. »Hunger«, sagte sie lächelnd. »Ich brauche jetzt Kaffee und etwas Gutes zu essen. Eier zum Beispiel.«
Er stand auf. »Die Eier werden gleich serviert«, verkündete er und zog sich an.
»Hühner gibt es überall auf der Welt. Also bestimmt auch Eier.«
Lachend genoss er den wunderbaren Anblick, sie, die Hände in die Hüften gestemmt, in seinem Schlafzimmer stehen zu sehen. Die Öffentlichkeit hatte ein ganz anderes Bild von ihr. Er fragte sich, mit wie vielen Männern sie wohl schon geschlafen hatte.
Kiko hatte im Garten im Schatten eines großen Baums mit dicht belaubten Ästen den Tisch gedeckt. Die Temperaturen stiegen bereits.
»Und jetzt erzählst du mir alles über die RENAMO«, sagte Tina.
Ihm schoss durch den Kopf, dass sie wohl nur mit ihm ins Bett gegangen war, weil sie etwas von ihm wollte. Doch er beschloss, weder ihre Gründe noch sie selbst zu hinterfragen, sondern ihr alles zu geben, was sie von ihm verlangte.
Das Frühstück bestand aus einer halben Ananas, gefüllt mit Papayastückchen und Orangenfilets und mit Kokosraspeln dekoriert. Dazu gab es Brot, das Tina köstlich fand, und aromatischen schwarzen Kaffee aus Kenia.
»Ach, ist das schön.« Tina lächelte Lloyd an.
»Warum bist du hier?«
»Hier? Meinst du, warum ich jetzt, in dieser Minute, hier am Tisch sitze?«
»Nein.« Brackenhurst schüttelte den Kopf. »Warum bist du in Afrika, und was willst du? Wahrscheinlich eine Geschichte. Und du hast sie noch nicht, sonst wärst du schon längst wieder weg.«

Tina neigte den Kopf zur Seite. »Du kannst wohl hellsehen.«
Er zuckte mit den Schultern.
»Ich bin hier, um etwas über den Krieg zu erfahren. Mein Chef, Ben Burgess, möchte, dass ich herausfinde, worum es überhaupt geht.«
»Damit steht er ziemlich allein.«
»Ich weiß. Und ich bekomme einfach keine Informationen. Die Menschen, die über die Grenze fliehen, wissen nur, dass sie um ihr Leben laufen. Die meisten haben so viel Schreckliches durchgemacht, dass man nicht einmal darüber nachdenken möchte.«
»Ich habe sie auch gesehen.«
»Weißt du etwas?« Sie wartete seine Antwort nicht ab. »Ich habe gehört, dass etwa siebzig Meilen von hier, nicht weit von der Nordgrenze des Parks, ein General lebt, der mir vielleicht Auskunft geben könnte. Er heißt ...«
»Sergio Howanda. Ich kenne ihn recht gut.«
Tina fuhr herum und starrte ihn an. »Du kennst ihn? Woher?«
»Ich treffe mich einige Male im Jahr mit ihm.«
»Du siehst ihn? Besucht er dich etwa?«
»Nein, nein, ich komme zu ihm.«
»Wie?«
Brackenhursts Lippen verzogen sich zu einem verkniffenen Lächeln, doch sein Blick blieb ernst. »Ich lasse ihn wissen, wann ich eintreffe. Dann holen mich seine Soldaten an einem verabredeten Ort ab und geben mir Geleitschutz.«
»Und warum triffst du dich mit ihm?«
Brackenhurst antwortete nicht und verspeiste stattdessen seine Ananas. »Ich ... äh ... mache Geschäfte mit ihm«, sagte er schließlich. »Das Land steht am Rande des ... tja, sie haben kein Geld mehr. Also greife ich ihnen finanziell ein bisschen unter die Arme.«
An seinem Ton und seinem abgewandten Blick erkannte

Tina, dass es besser war, nicht weiter nachzuhaken. »Wie ist er denn so?«, erkundigte sie sich deshalb.
»Sehr engagiert. Sein größtes Ziel ist es, den Krieg zu gewinnen.«
»Gegen wen kämpft er und warum?«
Zögernd trank Brackenhurst einen Schluck Kaffee. »Wir sprechen nicht über Politik.«
»Mein Gott!«
Ihr ganzer Körper vibrierte, und sie musste sich zwingen, weiterzuessen. Während sie ihre Ananas verzehrte, wurde kein Wort gewechselt.
»Ich will ihn kennen lernen«, sagte sie schließlich, während sie nach ihrer Kaffeetasse griff.
»Das habe ich mir gedacht.«
Sie schenkte ihm ein hinreißendes Lächeln. Er nahm ihre Hand.
»Lloyd, du bist ein sehr einfühlsamer Mann. Du nimmst dir die Zeit, andere Menschen zu beobachten und sie zu verstehen.«
»Du bist letzte Nacht sicherlich nicht deshalb bei mir geblieben, weil du mich so unwiderstehlich findest.«
Tina krampfte sich der Magen zusammen. War es denn derart offensichtlich gewesen? »Das stimmt nicht, Lloyd. Du bist charmant, intelligent, humorvoll ...«
Er lachte laut auf. »Humorvoll hat mich im Leben noch niemand genannt.«
»Aber es stimmt. Außerdem bist du ein ausgezeichneter Gastgeber, und ich finde dich ausgesprochen rücksichtsvoll. Und falls ich es noch nicht gesagt haben sollte, bist du auch noch ein sehr guter Liebhaber. Wirklich ein sehr guter.«
Er beugte sich zu ihr hinüber. »Kommst du wieder?«
»Natürlich, Lloyd«, log sie und fügte dann wahrheitsgemäß hinzu: »Ich fand es sehr schön.«
Er wollte ihr glauben und wünschte sich, dass sie zurück-

kommen und für immer bei ihm bleiben könnte. Doch er wusste, dass sie das nicht tun würde. Das hier war nicht ihre Welt. Aber sie hatte sie zum Leben erweckt wie nie zuvor. In den vergangenen achtzehn Stunden hatte Lloyd Brackenhurst eine Erfahrung gemacht, von der er nie zu träumen gewagt hätte. Einen knappen Tag lang hatte er im Paradies verbracht. Er fragte sich, ob sie bei ihren Recherchen stets auf diese Weise vorging und ob sie sich in sechs Monaten oder in einem Jahr überhaupt noch an seinen Namen und an die letzte Nacht erinnern würde.

»Willst du ihn in seiner Höhle aufsuchen?«

Seiner Höhle. »Meinst du, er verrät mir, warum er kämpft und wer der Feind ist? Würde er wollen, dass die Welt es erfährt?«

Brackenhurst zuckte mit den Schultern. »Das weiß ich nicht. Aber ich kann ihm eine Nachricht zukommen lassen und ihm dein Anliegen erklären. Dann müssen wir abwarten, ob er dich empfängt.«

Tina klatschte in die Hände. »Oh, das wäre wundervoll.«

»Aber es könnte gefährlich werden«, warnte er sie.

»Die Gefahr sorgt erst für den richtigen Nervenkitzel. Ich glaube, ich fürchte mich gerne ein bisschen. Das ist wie beim Kanufahren. Ein wenig Angst ist in Ordnung, solange es nicht zu schlimm wird.«

Was für eine Frau, dachte er. Er verliebte sich von Minute zu Minute mehr in sie.

»Ich gebe ihm Bescheid. Es könnte ein oder zwei Wochen dauern, bis wir eine Antwort kriegen.«

»Und wenn er Ja sagt?«

»Dann bringe ich dich hin, Liebes.«

Lächelnd drückte sie seine Hand.

39

Tina wusste, dass Courtney, Andrew und Mara außer sich sein würden, wenn sie ihnen von ihrem Plan erzählte, die Grenze zu überqueren. Allerdings wusste sie von Brackenhurst, dass schon viele Weiße das vom Krieg gebeutelte Land betreten und unversehrt wieder verlassen hatten, denn die RENAMO konnte schließlich nicht überall zugleich sein.

Niemand vermochte ihr zu sagen, wer die RENAMO war oder weshalb sie kämpfte.

»Sergio erklärt es dir sicher«, hatte Brackenhurst ihr versprochen. »Er war General und hat auf der Seite der FRELIMO ...«

»Und was will die FRELIMO?«

»Mosambik den Mosambikanern, so lautete damals das Motto. Doch da die Portugiesen längst abgezogen sind, habe ich – anders als Sergio – keine Ahnung, worin ihre Meinungsverschiedenheiten mit der RENAMO bestehen. Er ist nicht nur ein ausgezeichneter General, sondern auch ein intelligenter Mann, der einige Jahre in den Vereinigten Staaten studiert hat. Das war in der Zeit, als Eduardo Mondlane UN-Vertreter war. Ich glaube, die FRELIMO wurde gegründet, um das Land von den Kolonialherren zu befreien. Er kann dir die Einzelheiten gewiss besser erläutern als ich.«

»Sag ihm, ich würde der Welt seine Geschichte erzählen, falls er das möchte.«

»Wird gemacht.« Es kostete Brackenhurst Beherrschung, sie nicht zu küssen. Inzwischen waren sie vor dem Krankenhaus angekommen. Tina sprang aus dem Wagen, winkte ihm zu und sagte: »Es war sehr schön, Lloyd. Vielen, vielen Dank.«

Vielen Dank! Er erschauderte vor Stolz. Tina O'Rourke bedankte sich bei ihm! Er wusste, dass er sie nie besitzen würde, aber eine Nacht lang hatte sie – leidenschaftlich und voller Hingabe – ihm gehört. Wenn nötig, wäre er für sie über glühende Kohlen gelaufen. Verglichen damit erschien es ihm ziemlich einfach, ein Treffen mit Sergio Howanda zu arrangieren. Sie hatte gesagt, sie würde dann ewig in seiner Schuld stehen. Und ihm würde es vielleicht gelingen, zwei Fliegen mit einer Klappe zu schlagen.

Tina hüpfte buchstäblich ins Haus und steuerte auf die Küche zu, um sich eine Tasse Kaffee zu holen. Nur der Koch war da, der nach dem Mittagessen sauber machte und vor sich hin murmelte. Als Tina hereingerauscht kam, blickte er auf. Sie war rasch bei allen sehr beliebt geworden.

»Ist noch Kaffee da?«

Es wurde immer eine Kanne auf dem Herd warm gehalten.

»Ich dachte, ich hätte Sie reinkommen hören«, sagte Andrew, der auf der Schwelle stand. »Ich fliege nach Harare. Heute Nachmittag komme ich mit neuen Ärzten und Schwestern wieder. Oder morgen, falls das Flugzeug wie immer Verspätung hat. Brauchen Sie etwas?«

»Können Sie noch eine Viertelstunde warten?«

»Ich wollte sowieso erst in einer halben Stunde los.«

»Okay, dann schreibe ich schnell einen Brief an meinen Chef.«

Sie ging mit der Kaffeetasse in ihr Zimmer und setzte sich an ihren Laptop.

»Lieber Ben,
ich verrate dir jetzt, wo ich bin, aber du musst es noch eine Weile für dich behalten. Versuche nicht, mir ein Telegramm zu schicken

(hier gibt es ohnehin keine Telefone) oder dich sonst mit mir in Verbindung zu setzen. Ich befinde mich in einem Krankenhaus an der Grenze zwischen Simbabwe und Mosambik, wo die verwundeten und kranken Flüchtlinge behandelt werden, die zu Zehntausenden aus Mosambik hereinströmen. Weiter im Norden gibt es noch andere Lager, und ich habe gehört, dass in den letzten fünfzehn Jahren mehr als zwei Millionen Flüchtlinge Mosambik verlassen haben. Doch darauf will ich jetzt nicht näher eingehen. Ich glaube, ich bin einer tollen Geschichte auf der Spur. Aber ich habe auch noch Bänder mit weiteren Berichten über Einzelschicksale für dich. Eine Kassette schicke ich mit diesem Brief mit. Allerdings ist die wichtigste Nachricht, dass ich vielleicht einen Kontaktmann habe, der mir erklären kann, worum es bei diesem furchtbaren Gemetzel überhaupt geht.

Ich habe zwar versprochen, es nicht zu tun, aber vermutlich hast du dir schon gedacht, dass ich es trotzdem versuchen würde – ich werde die Grenze überqueren und mich mit einem General der FRELIMO namens Sergio Howanda treffen. Der Mann, der den Kontakt herstellt, meint, das wäre möglich, solange mich eine Gruppe namens RENAMO nicht in die Finger kriegt. Verlange keine Erklärung von mir, ich verstehe es selbst noch nicht.

Ich werde einen Weg finden, dich anzurufen oder mich sonst irgendwie bei dir zu melden, sobald ich zurück bin. Mich nach Mosambik einzuschleusen, kann eine Woche oder länger dauern, also mach dir keine Sorgen, wenn du nichts von mir hörst. Ich hinterlasse deinen Namen und die Informationen zur Kontaktaufnahme bei Andrew McCloud, dem Verwaltungschef dieses Krankenhauses. Er fliegt regelmäßig nach Harare und kann dir eine Nachricht zukommen lassen. Falls mir etwas zustoßen sollte, wird er dich informieren. Wenn ich mich nicht melde, geh davon aus, dass alles geklappt hat und dass ich die Story kriege, die du wolltest.«

Sie widerstand der Versuchung mit »in Liebe« zu unterzeichnen.

Nachdem sie den Brief zusammengefaltet und in einen Umschlag gesteckt hatte, kramte sie das Videoband hervor, das sie Ben schicken wollte. Dann ging sie den Flur entlang in Andrews Büro. »Ich habe nichts, um dieses Band einzuwickeln. Könnten Sie mir vielleicht in Harare einen Umschlag besorgen? Hier ist die Adresse.«

Zum Abendessen kehrte Andrew mit zwei neuen Ärzten – einem Internisten und einem Kardiologen – zurück. In drei Tagen musste er noch einmal nach Harare, um das neue Schwesternteam abzuholen. Wegen der Zeitverschiebung und weil ihnen morgen ein anstrengender Tag bevorstand, gingen die beiden Ärzte früh zu Bett.

Nach dem Essen saßen Courtney und Tina auf der Veranda und genossen die laue Abendluft.

Jetzt ist der richtige Zeitpunkt, dachte Tina. Ich muss es ihr sagen. »Ich fahre nach Mosambik«, verkündete sie.

»Ich wusste, dass du das tun würdest, wenn du einen Weg findest«, erwiderte Courtney nach einer kleinen Pause.

»Lloyd arrangiert alles für mich. Er kennt einen General, von dem ich auch schon gehört habe. Sein Hauptquartier liegt in der Nähe der Stelle, wo du, Josh und ich im Park übernachtet haben. Er kann mich dorthin bringen.«

Es herrschte beklommenes Schweigen.

»Ich wünschte, du würdest es lassen«, meinte Courtney nach einer Weile.

»Ich weiß. Aber ich muss mich der Gefahr stellen.«

»Nur wegen eines Fernsehberichts?«, fragte Courtney.

»Auch wenn es diesen Anschein hat«, sagte Tina, »steckt mehr dahinter. Was ist, wenn ich den Lauf der Geschichte beeinflussen könnte?«

Sie wusste, dass das eitel klang, so als stünde es in der Macht einer einzelnen Frau, dem Massenmorden Einhalt zu gebieten. Aber vielleicht konnte sie ja wirklich etwas dazu beitragen, dass ein seit fünfzehn Jahren andauernder Bürgerkrieg endlich aufhörte. Außerdem war es schon immer ihr Motto gewesen, dass die scheinbare Aussichtslosigkeit einer Mission noch lange kein Grund war, die Segel zu streichen. Die Angst, sich vielleicht zu übernehmen, war Tina fremd, und diese Einstellung hatte sie schließlich berühmt gemacht – auch wenn die Welt nicht ahnte, welchen Gefahren sie sich aussetzte, um ihre Berichte zu drehen, die Hintergründe ans Licht der Öffentlichkeit zu bringen und die internationale Politik zu beeinflussen. Und deshalb hatte sie in den vergangenen sieben Jahren jeden Morgen ohne Scham in den Spiegel sehen können.

»Wie hast du Brackenhurst dazu überredet?«

Tina grinste. »Was glaubst du? Natürlich bin ich mit ihm ins Bett gegangen.«

Zunächst wirkte Courtney schockiert, dann aber brach sie in Gelächter aus. »O Tina, du schlägst wirklich alles. Ich kann mir nicht vorstellen, dass er überhaupt mit jemandem ins Bett geht. Er ist so ...«

»Eigentlich war er recht gut. Nicht unbedingt überragend, aber auch nicht schlecht. Sehr einfühlsam, wenn auch nicht gerade fantasievoll.«

»Und das schaffst du so einfach? Mit einem Mann zu schlafen, den du nicht liebst? Ich könnte mir das überhaupt nicht vorstellen.«

»Ach komm schon, Courtney. Selbstverständlich. Mögen muss ich denjenigen natürlich schon. Aber auch ich habe Bedürfnisse, und es ist Monate her, seit ... Und außerdem, was hat Liebe mit Sex zu tun?«

Doch noch während sie diese Frage aussprach, beantwortete sie sie im Geiste selbst. Sie dachte an Ben.

»Liebst du Josh?«

Courtney überlegte. »Ich weiß es nicht. Manchmal glaube ich, ich könnte mich in ihn verlieben. Und dann wieder denke ich, es liegt nur daran, dass wir hier zusammen sind und so viel gemeinsam haben und …«

»Aber Herzklopfen hast du nicht? Dir bleibt nicht die Luft weg, wenn er ins Zimmer kommt?«

»Ach, du kennst das also auch?«

»Nur bei einem einzigen Mann.«

»Deinem Chef?«

Tina nickte. »Das war wahrscheinlich nicht schwer zu erraten, was?«

»Du gehst nicht nur wegen einer Reportage über die Grenze, sondern bringst dich in Gefahr, um ihm eine Freude zu machen. Das ist wirklich recht offensichtlich.«

»Eigentlich ist es eine Schande. Wegen eines einzigen Mannes verliert man das Interesse an der übrigen Männerwelt – und zwar für den Rest des Lebens. War es bei dir und diesem jungen Arzt in Kapstadt auch so?«

»Bei ihm und bei …«

»Ach, gibt es da noch jemanden?«

»Ich kannte ihn nur drei Tage lang, und wir haben eine gemeinsame Nacht verbracht. Ich wusste, wenn er noch einen Tag geblieben wäre … Es war ein übermächtiges Gefühl.«

»Geblieben? War er etwa hier?«

»Nein, in der anderen Klinik. Doch er ist schuld daran, dass ich jetzt hier bin.«

»Ach, dieser Coopsoundso. Aha. Aber musst du denjenigen wirklich immer lieben oder ihn wie Josh wenigstens gern haben?«

»Natürlich. Ich kann doch nicht mit jedem x-Beliebigen ins Bett steigen.«

»Seit Anbeginn der Menschheit schlafen Frauen mit Männern, weil sie etwas von ihnen wollen.«

»Das habe ich auch schon gehört, aber ich kann nicht …«

»Das glaube ich dir nicht. Wahrscheinlich hast du bis jetzt

einfach noch nichts so sehr gewollt, was nur ein bestimmter Mann dir geben konnte.«

»Wie das Überqueren der Grenze?«

»Genau.«

Als es dunkel wurde, kam Mara aus dem Garten herein. Die drei saßen gemütlich auf den Stühlen, die Andrew im vergangenen Winter gezimmert hatte.

Tina wandte sich in der Dunkelheit an Mara. »Mara, du hast doch versprochen, du würdest mir erzählen, warum du Nonne geworden bist.«

Mara lachte auf. »Ich habe dir gar nichts versprochen.«

»Natürlich zwingt dich niemand dazu«, meinte Tina. »Ich bin einfach nur neugierig. Ich habe gehört, dass die meisten Nonnen ins Kloster gegangen sind, um vor etwas zu fliehen.«

»Wovor zu fliehen?«, erkundigte sich Courtney.

Tina zuckte mit den Schultern. Es war so dunkel, dass sie einander kaum sehen konnten, und es schien auch kein Mond. »Eine Freundin von mir, eine wundervolle Lehrerin an einer Mädchenschule in Brooklyn, hat mir gesagt, sie sei Nonne geworden, weil sie sich nicht habe vorstellen können, ihr Leben von einem Mann bestimmen zu lassen. Ich fand das seltsam, denn von nun an bestimmte doch Gott ihr Leben. Oder zumindest der Glaube an Gott.

Eine Mutter Oberin sagte einmal zu mir«, fuhr Tina fort, »die meisten Nonnen wollten Männer auf Distanz halten. Sie seien sexuell missbraucht worden und würden nun Schutz vor Männern suchen. Mir erschien das übertrieben, aber sie schwor, ihre These würde sich bewahrheiten, wenn man eine Umfrage veranstalten würde und die Nonnen ehrlich antworten würden. Sie fügte hinzu, es sei nicht ihr persönlicher Beweggrund gewesen, doch ihrer Schätzung nach träten achtzig Prozent aller Schwestern ins Kloster ein, um vor Männern sicher zu sein. Vor gewöhnlichen sterblichen Männern natürlich.«

Mara konnte die Gesichter ihrer Freundinnen nicht erkennen. Sie sagte sich, dass sie ihre Geschichte eines Tages jemandem erzählen musste. Vielleicht war der Zeitpunkt nun gekommen, sich diesen beiden Frauen anzuvertrauen, von denen sie die eine schon so lange kannte, dass sie sie fast als Schwester empfand. Die Freundschaft zu Tina war zwar noch jung, doch Mara fühlte sich beiden Frauen sehr nah. Möglicherweise war nun der Moment für ihre Lebensbeichte da.
»Ich bin in Dublin geboren und aufgewachsen. Mein Vater war Arzt. Wir führten ein angenehmes Leben. Obwohl wir sonntags natürlich zur Kirche gingen, würde ich uns nicht als streng religiöse Familie bezeichnen. Als ich zwölf war, fragte ich mich sogar, ob es Gott wirklich gab, weil er mir zum Geburtstag nicht das Pferd schenkte, für das ich gebetet hatte.«
Andrew, der in seinem Büro die Stimmen der drei Frauen gehört hatte, beschloss, sich zu ihnen zu gesellen. Er schaltete das Licht aus und ging den Flur entlang zur Veranda. Doch an der Tür blieb er stehen und lauschte Maras Worten.
»Meine Mutter, meine Brüder und ich verbrachten die Sommer stets auf dem Bauernhof meines Großvaters an der Atlantikküste. Obwohl meine Mutter es mir immer wieder verbot, kletterte ich die Klippen hinunter, schlenderte den Strand entlang, beobachtete die Möwen, die durch die Luft segelten, und sammelte Muscheln und Steinchen. Einmal fand ich eine Flasche; sie war zwar leer, aber ich wusste, dass sie aus Kanada oder aus Amerika über den Ozean hierher geschwommen war. Ich lebte in einer Traumwelt. Meine Brüder halfen natürlich bei der Landarbeit, molken Kühe und bauten Zäune. Mein Großvater schenkte ihnen zu Weihnachten Flinten und brachte ihnen das Schießen bei. Ich hörte die Schüsse durch das Tal und die Wälder bis hinunter zum Strand hallen. Eines Tages stieß ich unten an den Klippen im seichten Wasser auf ein totes Schaf.

Mein Großvater erzählte uns viel über das Irland aus grauer Vorzeit und seine Geschichte und Legenden, bis wir Märchen und Wahrheit nicht mehr unterscheiden konnten. Abends saßen wir am Kamin, denn in Irland musste man auch an den Sommerabenden oft ein Feuer anzünden. Beim Einschlafen träumten wir von den Sagen und Erzählungen unseres Großvaters. Meine Großmutter brachte mir das Marmeladeeinmachen und das Kochen bei. Von ihr habe ich die Liebe zum Kochen und zum Gemüseanbau. Während meine Mutter Mahlzeiten zubereitete, damit wir nicht verhungerten, kochte meine Großmutter jeden Tag ein Festmahl. So zeigte sie uns ihre Liebe. Wenn im Dorf jemand krank war, brachte meine Großmutter, die alle Lollie nannten, dem Patienten etwas von ihrer Gemüsesuppe oder selbst gebackene Brötchen. Ich weiß noch, dass sie sie in Kaffeedosen buk. Sie gingen auf und dufteten so himmlisch wie sonst nichts auf der Welt. Im Haus meiner Großeltern roch es immer sehr gut, wenn nicht nach Essen, dann nach Rosen oder Basilikum. Ich träume immer noch von den Gerüchen und dieser Küche.

Eines Tages, ich war zwölf, entdeckte ich zu meiner großen Überraschung oben auf einer Klippe eine Steinhütte mit einem Zimmer. Sie schmiegte sich an die Seite des Hangs und hatte nur ein Fenster. Als ich die Tür aufstemmte, stand ich zu meinem Erstaunen in einem Raum voller Gemälde. Es waren wunderschöne Bilder, die Berge, das Meer und Sonnenuntergänge darstellten. Danach ging ich häufig dorthin, und irgendwann hatte ich den Eindruck, dass die Bilder trotz der idyllischen Motive bedrohlich auf mich wirkten. Ich kann es nicht erklären, aber sie hatten etwas Geheimnisvolles an sich, das mir Angst machte. Ich sprach mit niemandem darüber. Wie mir schon damals klar war, hätte man mir sicher von der Hütte erzählt, wenn man gewollt hätte, dass ich es wusste.

Am letzten Tag der Sommerferien in jenem Jahr wachte ich

vor Morgengrauen auf und beschloss, noch ein letztes Mal durch die Felder zu spazieren, denn ich konnte den Gedanken nicht ertragen, in die Stadt zurückzukehren. Ich glaube nicht, dass ich mich bewusst auf den Weg zu der Steinhütte machte, aber jedenfalls stand ich plötzlich davor. Zu meiner Überraschung war die Tür offen; drinnen war alles mit Kerzen erleuchtet. Als ich mich anschlich und durch das Fenster spähte, sah ich meinen Großvater über einen Tisch gebeugt dasitzen. Er hatte einen Pinsel in der Hand, malte mit großen Schwüngen und wirkte völlig in seine Arbeit vertieft.

Er blickte auf, entdeckte mich und runzelte die Stirn.

›O Großvater‹, sagte ich; mir klopfte das Herz vor Aufregung. ›Sie sind wunderschön.‹

›Findest du?‹, erwiderte er.

›Ich komme schon den ganzen Sommer her, um sie mir anzusehen.‹

›Verrate Lollie nichts davon. Oder deiner Mutter. Es ist mein Geheimnis. Und jetzt ist es unseres.‹

Den ganzen Winter dachte ich über die Bilder und meinen Großvater nach. Es war der Winter, in dem ich Brüste bekam, und irgendwie brachte ich das in Zusammenhang mit den Bildern in der Steinhütte. Natürlich ist mir seitdem klar geworden, dass damals meine Sinnlichkeit erwachte und meine Wahrnehmung in allen Dingen schärfer wurde.«

Mara verstummte. Tina und Courtney hörten sie atmen, aber sie sagten beide kein Wort. Courtney fragte sich, warum sie Maras Geschichte trotz ihrer zehnjährigen Freundschaft noch nicht kannte.

»Im nächsten Sommer war ich dreizehn. Mindestens die Hälfte der Zeit verbrachte ich damit, meinem Großvater frühmorgens beim Malen zuzusehen. Wenn ich kurz vor Morgengrauen eintraf, war er schon da. Ich saß auf dem Boden und beobachtete ihn, und jeden Tag erinnerte er mich daran, dass es unser Geheimnis bleiben müsse. Auch wenn

er nicht täglich malte, kam ich immer zur Hütte. Gegen sieben ging er dann, um die Arbeiten auf dem Bauernhof zu erledigen. In Gegenwart anderer sprachen wir nie darüber.
Bald malte er Bilder von mir. Und eines Tages bat er mich, ihm nackt Modell zu stehen. Ich war nicht schüchtern, sondern stolz darauf, dass er mich so malen wollte.«
Mara starrte in die Dunkelheit; ihr Atem ging stoßweise, und das Herz klopfte ihr bis zum Hals.
»Vermutlich ahnt ihr, was jetzt kommt, aber ich schöpfte wirklich nicht den geringsten Verdacht. Drei Vormittage stand ich für ihn Modell, und am vierten sagte er: ›Ich zeige dir jetzt etwas und mache etwas mit dir, das nur Großväter tun dürfen. Es muss immer ein Geheimnis bleiben.‹ Dann fing er an mich überall anzufassen.
Doch als er sich auf mich legte und in mich eindringen wollte, schrie ich. Da hielt er mir den Mund zu, damit mich niemand hörte. Danach ging ich nie wieder zu der Hütte. Aber er verfolgte mich. Wenn ich am Strand herumschlenderte, sprang er plötzlich von den Klippen herab und warf mich in den Sand oder stieß mich gegen die Felsen, um mich zu vergewaltigen. Ich schloss die Augen, stellte mir vor, ich wäre irgendwo anders, und hörte dem Rauschen der Wellen zu.«
Mara begann zu weinen. Weder Courtney noch Tina wagten es, sich von der Stelle zu rühren oder Luft zu holen.
Immer noch schluchzend fuhr Mara fort: »Ich war so erleichtert, als wir am Ende des Sommers abreisten, und schwor, nie wieder zurückzukehren. Aber natürlich fuhren wir im nächsten Sommer wieder hin. Ich konnte mich weder meiner Mutter noch sonst jemandem anvertrauen. Meine Mutter hätte sicher mir die Schuld gegeben. Und inzwischen wusste ich auch, dass Großväter so etwas nicht tun durften.
Als ich im nächsten Sommer darauf verzichtete, am Strand oder in den Wiesen spazieren zu gehen, kam er nachts zu mir

ins Zimmer und vergewaltigte mich dort. Immer hielt er mir dabei den Mund zu, damit niemand mich hörte. Ich bat meine Mutter, bei ihr schlafen zu dürfen, da ich Albträume hätte. Also konnte er nicht mehr an mich heran. Ich blieb immer im Haus und half Lollie dabei, Marmelade einzukochen und Tomaten und anderes Gemüse aus dem Garten einzulegen. In diesem Sommer erklärte sie mir alles über das Kompostieren und über Regenwürmer und brachte mir bei, wie man Kräuter trocknete und Kuchen buk. Alle hielten mich für glücklich, obwohl ich ständig in Angst schwebte.«

Maras Stimme zitterte, als sie sich daran erinnerte.

»Hinter jeder Ecke sah ich meinen Großvater lauern, und ich fürchtete mich schrecklich vor dem Alleinsein. Am Ende des Sommers bemerkte ich, dass ich schwanger war. Inzwischen war ich alt genug, um zu wissen, was es bedeutete, wenn zweimal die Periode ausblieb. Ich erwartete ein Kind von meinem eigenen Großvater! Ich hatte eine Todesangst und war sicher, dass ich nun in die Hölle kommen würde. Wie sollte ich es meinen Eltern beichten?«

Es herrschte Schweigen. Nur Maras Atem und das weit entfernte Heulen einer Hyäne waren zu hören.

»Abends war er immer zu Hause. Am letzten Abend der Sommerferien schlüpfte ich hinaus, lief zu den Klippen und kletterte den Pfad zur Steinhütte hinauf. Ich hatte eine Taschenlampe mitgebracht. Nachdem ich die Tür geöffnet hatte, zündete ich die Kerzen an und begann alle Bilder in der Hütte zu zerschneiden. Ich steigerte mich in eine regelrechte Rage hinein, riss die Gemälde in Stücke und schleuderte die Fetzen die Klippen hinab ins Meer.

Da hörte ich plötzlich einen Wutschrei. Mein Großvater stand in der Tür, seine Augen funkelten. ›O Gott, was tust du da?‹

Er stürmte auf mich zu und versuchte mir die Schere aus der Hand zu reißen. Aber ich stürzte durch die Tür in die Nacht

hinaus. Er folgte mir unter lautem Keuchen und schlug nach mir. Ich hatte immer noch die Schere in der Hand. Er lief direkt hinein, sodass sie in seiner Brust stecken blieb …«
O mein Gott!, dachte Courtney. Mara!
Flüsternd fuhr Mara fort: »… und er taumelte weiter, ins Leere hinein, und fiel mit einem Schrei in die Dunkelheit. Ich hörte, wie er unten gegen die Felsen prallte. Dann noch einen gedämpften Schrei – und schließlich nichts mehr. Nur Stille.«
Schweigend warteten die beiden Frauen darauf, dass Mara weitersprach. Aber sie blieb stumm. Andrew stand in der Tür. Er schluckte; seine Hände waren zu Fäusten geballt.
»Irgendwann«, sagte Mara schließlich, »kehrte ich zum Haus zurück. Es war überhaupt nicht aufgefallen, dass ich weggewesen war. Meine Brüder spielten im Wohnzimmer Dame, meine Mutter und meine Großmutter stickten und plauderten. Ich kroch ins Bett und hörte ständig seinen Schrei. Stundenlang lag ich da wie gelähmt. Erst bei Morgengrauen schlief ich ein. Mein letzter Gedanke war, ob sie mich wohl am Morgen verhaften würden.
Als ich am nächsten Tag aufwachte, war seine Leiche schon gefunden worden. Ein Fischer hatte sie im Wasser liegen sehen. Niemand erwähnte die Schere oder eine Stichwunde, und alle glaubten, dass er von der Klippe gestürzt war. Meine Großmutter war erstaunt, als sie von den zerschnittenen Gemälden und den zerstörten Leinwänden hörte, von denen sie nichts geahnt hatte. Sie hatte gedacht, dass die Hütte seit fünfzig Jahren nicht benutzt worden wäre.«
Maras Stimme klang wie die eines kleinen Mädchens.
»Bei der Beichte sagte ich dem Priester, ich hätte meinen Großvater getötet. Er erwiderte, ich solle zehn Ave-Maria beten, dann würde mir vergeben werden. Ich merkte ihm an, dass er mir nicht glaubte.
Voller Scham und Angst ging ich zu unserem Hausarzt, der

meine Schwangerschaft bestätigte und es für eine Schande hielt, eine Vierzehnjährige zu zwingen, ein Kind zu bekommen. Ich verschwieg ihm, dass es von meinem Großvater war. Eines Samstagmorgens führte er die Abtreibung durch. Meinen Eltern hatte ich gesagt, ich wolle in die Bibliothek; ich hatte mir sogar ein belegtes Brot eingepackt. Um fünf war ich wieder zu Hause, erklärte, ich würde mich nicht wohl fühlen, und ging zu Bett. Meine Mutter brachte mir Hühnerbrühe, und ich blieb auch den ganzen Sonntag im Bett. Am Montag ging ich wieder in die Schule.«

Mara verstummte.

Courtney schloss die Augen; sie hatte das Gefühl zu ersticken.

»Im nächsten Jahr verkaufte meine Großmutter den Bauernhof und zog in die Stadt, nur eine Meile von uns entfernt«, erzählte Mara weiter. »Ich konnte mit dem Bus zu ihr fahren. Mir fiel auf, dass sie immer lebendiger wurde. Sie sprach mehr, sang zu Hause, sah fern, las Bücher und trat einer kirchlichen Frauengruppe bei. Sie schien wirklich glücklich zu sein. Außerdem arbeitete sie immer noch gern im Garten, und in meinem letzten Schuljahr flehte sie meine Eltern an, mich doch bei ihr wohnen zu lassen, weil sie sich so einsam fühle.

Mit den Jungen, die mich umschwärmten, wollte ich nichts zu tun haben. Niemand durfte mich berühren. Ich hatte Angst, dass sie mit mir dasselbe machen könnten wie mein Großvater. Alle nannten mich Eisprinzessin. Ich wusste, dass ich meine Schuld irgendwie abbüßen musste, wenn ich weiterleben wollte. Also habe ich mich für diesen Weg entschieden, der bedeutete, dass Männer mich in Ruhe lassen würden, vor allem, wenn ich in eine Gegend zog, wo es ohnehin kaum weiße Männer gab. Einer Nonne, einer Dienerin Gottes, würde niemand zu nahe treten. Und so würde ich für den Rest meines Lebens meine Sünden bereuen können.«

Maras Stimme klang wieder wie gewöhnlich.
»Inzwischen akzeptiere ich meine Tat. Ich habe sie gebeichtet. Und ich habe mein Leben Gott gewidmet. Ich fühle mich nicht mehr schuldig, und ich habe schon vor vielen Jahren meinen inneren Frieden gefunden.«
Courtney stand auf, kniete sich neben sie und nahm sie in die Arme. Zu ihrer eigenen Überraschung brach Mara in Tränen aus und klammerte sich fest an Courtney. Mit geschlossenen Augen drückte Courtney ihre Freundin an sich.
Andrew, der immer noch auf der dunklen Türschwelle stand, bemerkte, dass er zitterte.

40

Zehn Tage später drehte Tina immer noch Däumchen und wartete ungeduldig auf eine Nachricht von Brackenhurst. Seit ihrer gemeinsamen Nacht hatte er sich nicht mehr gemeldet, und sie hoffte, dass er sich nicht nur ihr gegenüber hatte wichtig machen wollen.
Josh hatte dreimal im Krankenhaus vorbeigeschaut und dabei jedes Mal den Elefantenpferch und dessen Bewohner in Augenschein genommen.
Drei kleine Vögel, die Josh noch nie zuvor gesehen hatte, nisteten im Baum im Nashornpferch und saßen tagsüber auf dem Rücken des Nashorns. Obwohl George das Tor zwischen den beiden Pferchen immer offen ließ, blieben die Elefanten stets in ihrem Bereich. Das Nashorn hingegen schlenderte ab und zu zögernd hinüber, blieb aber meistens nicht lange. Die Vögel ließen sich nie auf den Rücken der Elefanten nieder.
Andrew flog außerplanmäßig nach Harare, um eine zu spät eingetroffene Medikamentenlieferung und außerdem einige Tonnen Reis und eine Ladung Bananen abzuholen. Für Courtney war Post angekommen. Er musterte sie, als er ihr den Brief reichte.
»Ach, von Coop«, murmelte sie, als sie die ihr nur allzu vertrauten großen, geschwungenen Buchstaben sah. Sie öffnete den Brief und setzte sich, um ihn zu lesen. Das Schreiben war drei Wochen alt, obwohl die Post für gewöhnlich nicht länger als zehn Tage hierher brauchte. Seit Coop sie

überredet hatte, die Leitung des Flüchtlingslagers zu übernehmen, war fast ein Jahr vergangen.

»Liebe Courtney,
deine Briefe machen mir große Freude, auch wenn sie von vielen Problemen erzählen. Über die Vögel auf dem kleinen Nashorn habe ich sehr gelacht. Und wenn ich an die Menschen denke, die von Minen verstümmelt werden, habe ich großes Mitleid. Außerdem bin ich froh, dass die Zusammenarbeit mit den Ärzten und Schwestern so gut funktioniert. Eine Schwester, die im März bei euch war, Diane Davis, hat HEAL mitgeteilt, sie wolle gerne in Festanstellung zu euch zurückkehren. Es ist möglich, dass wir sie dauerhaft beschäftigen, anstatt immer wieder neue Schwestern auf Monatsbasis anzuwerben. Von dem Gehalt kann man allerdings kaum leben – zumindest nicht in den Vereinigten Staaten. Hoffentlich war Diane dir sympathisch, damit du dich freust, sie in deinem Team zu haben. In ein paar Wochen, vermutlich kurz nachdem du diesen Brief bekommst, müsste sie bei euch eintreffen. Sie sagt, sie müsse noch ihre Angelegenheiten in Ordnung bringen, aber ihren Job als Betriebskrankenschwester bei einem großen Konzern in Milwaukee hat sie bereits gekündigt. Also ist sie sicher bald da.
Inzwischen genügen unsere Mittel, um euch für einige Jahre die benötigten Medikamente und Impfstoffe zur Verfügung zu stellen. Lass uns hoffen, dass der Krieg bis dahin vorbei ist.«

Courtney fragte sich, woher er bloß das viele Geld hatte.

»Ich denke jeden Tag an dich und wäre lieber bei dir als in Seattle. Der Winter war so feucht wie immer; ich glaube, seit dem vergangenen Sommer habe ich den Mt. Rainier nicht öfter als zwölfmal gesehen.
Das ganze letzte Jahr habe ich hauptsächlich damit verbracht, dafür zu sorgen, dass nicht nur du Ärzte und Schwestern erhältst,

damit auch die anderen Projekte von HEAL nicht zu kurz kommen. Inzwischen investiere ich genauso viel Zeit in meine Arbeit für HEAL wie in meine Praxis, wobei mich letzteres viel mehr befriedigt.
Man hat mir angeboten, den Vorsitz von HEAL zu übernehmen. Früher hätte ich die Gelegenheit sofort beim Schopf gepackt, doch mittlerweile möchte ich mein Leben lieber der Aufgabe widmen, kleine Regionen der Welt zu retten, wie du es tust – so notwendig Verwaltungsarbeit auch sein mag. HEAL bewirkt eine Menge, aber ich würde nach New York umziehen müssen, sofern ich die Organisation nicht dazu überreden kann, ihre Zentrale hierher zu verlegen. Andererseits jedoch möchte ich am liebsten weg aus Seattle. Ob man wohl mit einer Zentrale in Nairobi oder in Harare einverstanden wäre? Aber ich weiß, dass das nicht in Frage kommt, da diese Städte zu weit ab vom Schuss sind. Schließlich schicken wir Hilfskräfte in die ganze Welt, nach Borneo und Sumatra, nach Peru und Bolivien, in das Umland von Kuala Lumpur und in die verschiedenen Länder Afrikas. Ich fürchte, eine Zentrale in Afrika ist einfach nicht möglich, denn so ein Projekt lässt sich nur von einer internationalen Großstadt aus organisieren.
Ich blicke aus dem Fenster und betrachte den Sonnenuntergang über den Olympic Mountains – gewiss eines der Naturwunder von Nordamerika. Wie gerne würde ich es dir zeigen. Der Anblick lässt mich an dich denken und an die Berge, die ich mit dir besteigen möchte.
Coop«

Er schrieb nichts über seinen nächsten Besuch. Wenn er wirklich den Vorsitz von HEAL übernahm, würde er vielleicht nie zurückkommen. Aber das war eigentlich auch besser so. Schließlich war er ja verheiratet. Außerdem war im vergangenen Jahr so viel geschehen, dass die Erinnerung an ihre gemeinsame Nacht zunehmend verblasste. Inzwischen spielte Josh eine wichtige Rolle in Courtneys Leben, und da-

rüber hinaus musste sie sich um dieses gewaltige Krankenhausprojekt kümmern. Wenigstens würde Diane bald wieder hier sein, wie sie es versprochen hatte.
Als Courtney Lärm auf der Veranda hörte, stand sie auf und lief den Flur entlang.
Ein Schwarzer, dessen Hose in der Taille von einem Seil zusammengehalten wurde, fuchtelte aufgeregt mit den Händen: Lobengula brauche Courtneys Hilfe. Ein kleiner Junge leide schon seit Tagen Schmerzen, erbreche sich und habe hohes Fieber. Lobengula hoffe, dass die Medizin der weißen Ärztin ihn retten könne, und bitte Courtney, sofort zu kommen.
Courtney packte ihre Arzttasche und sprang in den Landrover. Der Bote nahm auf dem Rücksitz Platz.
Lobengula erwartete Courtney vor einer Hütte in Mbula. Nachdem er die Ärztin mit einem Nicken begrüßt hatte, erklärte er, die Familie habe den Kranken mit Kräutermedizin behandelt. Auch er habe einige seiner Heiltränke ausprobiert, doch der Zustand des Jungen habe sich die ganze Woche über nicht gebessert. Vielleicht könne sie ja etwas für ihn tun. Er brachte sie zu einer dunklen, fensterlosen Hütte, in der es nach Schweiß und Erbrochenem stank, da keine frische Luft hineinströmen konnte. Courtney befürchtete schon, dass ihr von dem Geruch übel werden könnte.
Auf dem Boden lag ein etwa zwölfjähriger Junge. Sein Bauch war angeschwollen und steinhart. Als Courtney sich neben ihn kniete, bemerkte sie den besorgten Blick seiner Mutter. Sie stellte fest, dass der Junge hohes Fieber hatte. Erbrochenes klebte an seinen Lippen und rann ihm die Wange hinab. Seine Augen waren verdreht, und er schien Courtney gar nicht wahrzunehmen. Als sie ihm links auf den Unterleib drückte, schrie er auf.
»Ich glaube, er hat einen Blinddarmdurchbruch«, erklärte sie Lobengula.

Er wusste nicht, was sie damit meinte.
»Ich muss ihn ins Krankenhaus bringen und operieren«, fuhr sie fort. Sie durfte keine Zeit verlieren. »Vielleicht ist es sogar schon zu spät. Sag der Mutter, sie kann mitkommen. Du auch. Aber wir müssen uns beeilen. Ich weiß nicht, ob wir es schaffen werden, ihn zu retten.«
Lobengula sprach mit der Mutter, obwohl diese Courtney sehr gut verstanden hatte.
Die Frau sah Courtney mit schreckgeweiteten Augen an. »Du wirst ihn aufschneiden?«, fragte sie.
Courtney nickte. »Ich muss die bösen Geister rauslassen.« Und zu Lobengula sagte sie: »Ich fahre den Rover vor die Tür der Hütte. Dann tragen wir ihn zusammen so vorsichtig wie möglich in den Wagen und legen ihn auf den Rücksitz. Die Mutter kann hinten bei ihm sitzen, wenn sie mitmöchte.«
Lobengula nahm vorne neben Courtney Platz, die langsam fuhr, sodass der Junge die Schlaglöcher nicht so sehr spürte. Sie hoffte, dass es noch nicht zu spät war, aber die Chancen standen schlecht.
»Wenn es nicht sein Blinddarm ist, muss ein anderes Organ geplatzt sein. Außerdem ist er so ausgetrocknet, dass ich ihm eine Infusion mit Kochsalzlösung und Zucker legen muss. Anschließend bekommt er ein Antibiotikum«, überlegte sie laut.
Sie wusste nicht, ob sie das Kind würde heilen können.
Die Mutter saß stocksteif da, der Junge rührte sich nicht.
»Es wäre besser«, sagte Courtney zu Lobengula, nachdem sie das Krankenhaus erreicht hatten und Mara den Jungen für die Operation vorbereitete, »wenn die Mutter draußen warten würde. Du kannst mitkommen und zuschauen, wenn du magst.«
»Manchmal«, erwiderte der alte Mann, »ist warten schwieriger als zuschauen.«

»Ich weiß. Aber der Anblick wird ihr Angst machen. Sie wird in Panik geraten, und ich darf nicht zulassen, dass sie die Operation stört. Ich rufe eine Schwester, die sich um sie kümmert. Ich könnte ihr auch etwas zur Beruhigung geben.«

»Ich bin fertig«, rief Mara aus dem Operationssaal.

Der Junge hatte eine Infusion im Arm, was Lobengula sehr verdatterte. Courtney erklärte ihm, das Medikament, das dem Patienten wieder Flüssigkeit zuführte, müsse langsam in seine Venen tropfen, damit sich der Organismus daran gewöhnen könne. Dann forderte sie Lobengula auf, sich die Hände zu waschen, obwohl er das Kind nicht berühren würde. Allerdings verkniff sie es sich, ihn zu bitten, den Federschmuck abzunehmen.

Mara lächelte ihm aufmunternd zu.

»Es wird ziemlich riskant, was?«, fragte sie.

Courtney nickte. Inzwischen lag der Junge in Narkose.

Sie setzte einen Schnitt vom Nabel bis zum Schambein an und durchtrennte einige Muskelschichten und eine etwa sieben Millimeter dicke Fettschicht. Als sie das bläulich durchscheinende Bauchfell erreichte und vorsichtig hineinstach, quoll Eiter aus der Wunde, der so übel roch wie die fensterlose Hütte.

»Puh!«, rief Mara aus.

Selbst Lobengula rümpfte die Nase.

Courtney saugte die stinkende Flüssigkeit ab, vergrößerte den Schnitt, schob die Gedärme nach links und entdeckte einen geplatzten, brandigen Blinddarm. Unaufgefordert reichte ihr Mara einen Seidenfaden zum Abbinden. Courtney band den Blinddarm ab, indem sie den Faden darum wickelte, diesen fest anzog und die Wunde im Darm verschloss. Mit dem scharfen Messer, das Mara ihr gab, trennte sie dann den brandigen Blinddarm ab.

Nachdem sie Mara einen Blick zugeworfen hatte, spülte diese Eiter und Darminhalt mit Salzlösung aus der Bauchhöhle.

Daraufhin vernähte Courtney ordentlich die Muskelschichten und verschloss zu guter Letzt die Bauchwunde.
»Der Kleine muss mindestens eine Woche das Bett hüten«, murmelte Mara.
Courtney nickte und sagte laut, damit Lobengula sie verstehen konnte: »Selbst mit einem Antibiotikum hat er nur eine Überlebenschance von vierzig Prozent.«
Wahrscheinlich wusste der Afrikaner nicht, was vierzig Prozent bedeutete. Eigentlich war ein Blinddarmdurchbruch keine Seltenheit, aber sie hatten zu lange gewartet.
»Er muss mindestens eine Woche hier bleiben«, erklärte sie, zu Lobengula gewandt. »Du und die Mutter könnt ihm gerne Gesellschaft leisten. Wenn ihr wollt, bringen wir euch morgen zurück nach Mbula.« Sie hatte den Verdacht, dass er gegen ein Abendessen nichts einzuwenden haben würde.
»Außerdem habe ich hier zwei oder drei Patienten, denen du vielleicht helfen kannst«, fuhr sie fort, denn sie wusste, dass ein Medizinmann häufig eine aufmunternde Wirkung auf die Patienten hatte.
Lobengula nickte und betrachtete ehrfürchtig die Operationswunde.

41

Mara kauerte auf allen vieren und pflanzte Sprossen ein, die sie aus Samen gezüchtet hatte. Da es schon dämmerte, hatte sie den Hut abgenommen. Sie wollte unbedingt vor Einbruch der Dunkelheit fertig werden und war ganz in ihre Arbeit vertieft.

Deshalb bemerkte sie nicht, dass Andrew hinter ihr stand. Gestern und heute hatten sie kaum ein Wort miteinander gewechselt. Am Vorabend hatten George und Rebecca mit ihr im Garten gearbeitet, doch jetzt war George mit seinen Tieren beschäftigt. Nichts machte Mara glücklicher, als Pflanzen in den Boden zu setzen und in der Erde zu wühlen, um ihnen Leben zu geben. Seit sie Courtney und Tina von ihrem Großvater erzählt hatte, fühlte sie sich unglaublich erleichtert, so als wäre ihr ein gewaltiger Stein vom Herzen gefallen.

Andrew umrundete sie lautlos und blieb vor ihr stehen. Lächelnd blickte sie auf. »Ich habe dich gestern Abend vermisst.«

Er ging in die Knie, nahm einen der Setzlinge und eine Schaufel und begann ein Stück entfernt ein Loch zu graben. Anschließend griff er nach dem nächsten und dem übernächsten Setzling und pflanzte alle in einer geraden Reihe ein.

»Ich habe dich vorgestern Abend belauscht«, sagte er mit leiser Stimme. »Ich habe gehört, was du Tina und Courtney erzählt hast.«

Sie setzte sich auf die Fersen und sah ihm beim Pflanzen zu. »Ich wollte es dir schon seit einiger Zeit gestehen.«
»Aber du hast es nicht gewagt?«
»Ach, Andrew«, erwiderte sie, daran liegt es nicht. Ich bin nur so durcheinander.
Er blickte sie an. »Du weißt ja, dass ich dich liebe, oder? Und dass der Zwischenfall mit deinem Großvater nie etwas daran ändern würde?«
»Oh«, seufzte sie. »Ich habe fast gehofft, dass du es nicht aussprechen würdest, damit wir so weitermachen können wie bisher.«
»Das können wir doch trotzdem. Es verändert nichts. Ich habe schon immer gewusst, dass ich dir eines Tages meine Liebe gestehen würde. Ich liebe dich seit Jahren, und ich habe mir eingeredet, dass es genügt, einfach nur in deiner Nähe zu sein. Es muss reichen. Wir arbeiten zusammen, leben zusammen, was können wir mehr verlangen?«
Eine Träne lief ihr die Wange hinunter. »Jahrelang habe ich geglaubt, dass Courtney, du und ich nur Freunde wären. Aber in deiner Gegenwart war ich immer viel glücklicher als sonst, hier genauso wie in der Klinik. Doch ich habe mir gesagt, dass das bloß Freundschaft ist. Wahre Freundschaft. Schließlich muss jeder Mensch Freunde haben. Und dann, eines Abends, als du dich unbeobachtet glaubtest, habe ich bemerkt, wie du mich angesehen hast. Da fiel es mir wie Schuppen von den Augen.« Sie stieß einen zitternden Seufzer aus. »Und ich wusste, dass ich dich auch liebe.«
Er hatte nie zu hoffen gewagt, die Worte aus ihrem Mund zu hören.
»Seit Monaten ringe ich mit mir. Vielleicht sogar schon länger. Wenn ich ehrlich bin, sind es möglicherweise bereits zehn Jahre. Ich habe nie gedacht, dass ich je einen Mann lieben könnte. Ich hasste Männer. Ich hasste sie für das, was mir angetan worden war. Doch im letzten Jahr, oder wahrschein-

lich schon viel länger, habe ich Gefühle für dich, die bei einer Nonne als sündhaft gelten.«

»Ist es Sünde, dass eine Nonne gleichzeitig auch ein Mensch ist?«

Mara lächelte wehmütig. »Offenbar. Ich habe ein Gelübde gegenüber Gott abgelegt und muss Männer aus meinem Leben verbannen. Ein Mann würde nur dafür sorgen, dass ich meine Pflicht gegen Gott vernachlässige.«

»Glaubst du das wirklich?«

»Ja.« Sie nickte. »Denn in letzter Zeit ertappe ich mich ständig dabei, dass ich häufiger an dich denke als an Gott.«

Ein Schauder lief Andrew den Rücken hinab.

»Ich liege im Bett und frage mich, wie es wäre, jetzt bei dir zu sein, deinen Atem zu hören, dich ...« sie rang nach Worten »... oh, dir einfach so nah zu sein, dass ich dich berühren könnte.«

»Hast du befürchtet, ich würde dich nicht mehr lieben, wenn ich von der Sache mit deinem Großvater wüsste?«

»Nein.« Sie schüttelte den Kopf. »Aber mir war klar, dass ich eine Grenze überschreite, wenn ich es dir sage, und genau das ist auch geschehen. Ich hatte Angst, mich meinen Gefühlen zu stellen.«

»Welchen Gefühlen?«

»Dass ich dich liebe.«

»O mein Liebling.« Er stand auf, ging auf sie zu, zog sie hoch und nahm sie in die Arme. Sie lehnte sich an ihn.

»Ach, Andrew, ich bin so hin und her gerissen zwischen meinem Gelübde und meiner Liebe zu dir.«

Lange drückte er sie an sich. Dann befreite sie sich aus seiner Umarmung und kniete sich hin, um ein weiteres Loch zu graben. Er kauerte sich neben sie und griff nach ihrer Hand.

»Ich sehe keinen Grund, warum du nicht wie in den letzten Jahren Gott dienen und gleichzeitig mein sein solltest, damit ich dich lieben und ehren, berühren und bei dir sein kann.«

Ihre Stimme war so leise, dass er sie kaum hören konnte. »Darüber grüble ich schon so unendlich lange nach.« Sie blickte ihn an. Er sah ihr tief in die Augen, und sein Mund senkte sich auf ihren. Sie schmiegte sich an ihn, öffnete die Lippen und wich dann mit einem Seufzer zurück.

»So etwas wie jetzt für dich habe ich noch nie empfunden, und dabei bin ich fast fünfzig Jahre alt.« Sie brach in Tränen aus. »Ach, Andrew, was ist mit meinem Gelübde?«

»Darauf weiß ich auch keine Antwort, aber wir können darüber reden. Du kannst weiterhin Gottes Werke tun und trotzdem in meinem Bett schlafen. Du kannst ihm ebenso treu sein wie mir. Ich sehne mich schon so lange nach dir, aber ich will nichts von dir verlangen, das du nicht empfindest oder mir zu geben nicht in der Lage bist. Nie hätte ich zu hoffen gewagt, dass wir uns einmal näher kommen würden als in all den Jahren. Wenn du möchtest, dass es so bleibt, können wir trotzdem jeden Tag zusammen sein, in dem Wissen, dass wir uns lieben. Nichts muss sich ändern. Aber vergiss nicht, dass ich dich liebe. Seit ich dich das erste Mal gesehen habe, und das ist inzwischen elf Jahre her, war es mir nicht mehr möglich, einer anderen Frau mein Herz zu öffnen. Und ich begehre dich. Ich will dich küssen. Ich will, dass sich unsere Blicke quer durch den Raum treffen und dass wir dann wissen, dass wir uns lieben. Ich will dich in meinen Armen halten. Ich will das Bett mit dir teilen. Ich will mit dir schlafen.«

»Das weiß ich, Andrew. Seit einigen Jahren schon erwacht mein Körper zum Leben, wenn du einen Raum betrittst. Nachts liege ich im Bett und sehne mich nach dir. Ich will dich und bin erstaunt über die Begierde, die ich für dich empfinde. Ich will, dass du mich berührst, mich küsst ...«

»Du könntest so weiterleben wie bisher, die Kranken und die Verwundeten pflegen, dein Versprechen an Gott halten und trotzdem meine Frau werden.«

Mara fuhr zurück. »Deine Frau?«

Andrew strich ihr durch den prachtvollen immer noch leuchtend roten Lockenschopf, der ihr über die Schultern fiel. »So weit brauchen wir nicht zu gehen, wenn du das nicht möchtest. Wir müssen nichts überstürzen. Das Wissen, dass du mich liebst, und die Chance, dir zu sagen, was ich für dich empfinde, ist fürs Erste ein wunderbarer Anfang.« Er küsste sie sanft und hatte die Arme immer noch um sie gelegt. »Oh, ich liebe dich, Mara. So sehr, dass die Sehnsucht nach dir manchmal wehtut. Seit Jahren wollte ich dir das schon gestehen, aber ich wusste, dass du noch nicht bereit dafür bist. Eigentlich habe ich gar nicht mehr darauf gehofft.«

»Ich brauche Zeit zum Überlegen.«

»Vielleicht können wir das ja zusammen tun«, entgegnete er.

Sie lächelte. »Hört sich gut an. Ich weiß nämlich nicht, ob ich es alleine schaffe.«

»Wir haben alle Zeit der Welt«, sagte er. »Wir können den Rest unseres Lebens darüber nachdenken.«

»Ich kämpfe schon so lange mit meinem Gewissen, aber meine Verwirrung wird nur immer größer.«

»Wir werden uns gemeinsam durch diese Verwirrung durcharbeiten«, versprach er. Seit Jahren war er nicht mehr so glücklich gewesen. »Es ist ein Anfang«, flüsterte er in ihr Haar. »Ein neuer Anfang.«

Am nächsten Morgen erschien Brackenhurst auf seinem großen weißen Pferd.

Tina ging ihm entgegen. »Ist das mein Ritter in schimmernder Rüstung?«, fragte sie. Ihm lief ein Schauder den Rücken hinunter. »Du siehst wirklich beeindruckend aus.«

Er stieg vom Pferd und band den Zügel an die Veranda. »Wenn du meinst«, erwiderte er schmunzelnd. Bei ihrem Anblick schlug sein Herz schneller. »Sergio Howanda ist bereit, dich zu empfangen.«

Erfreut klatschte sie in die Hände. »Wann brechen wir auf?«

»Wir nehmen meinen Jeep; wir werden unterwegs übernachten müssen.« Der bloße Gedanke machte ihn glücklich. »Die Fahrt bis zur Grenze in die Nähe seines Lagers dauert drei oder vier Tage. Dort werden uns seine Männer erwarten und uns zu seinem Hauptquartier bringen. Übrigens spricht er ausgezeichnet Englisch, da er sechs oder sieben Jahre in Amerika verbracht hat.«

Tina wurde von Aufregung ergriffen. »In einer Stunde bin ich fertig«, sagte sie. »Wenn du möchtest, auch in einer halben.«

»Tja, ich aber nicht. Ich muss Lebensmittel und ein Zelt einpacken und ein paar Männer als Waffenträger besorgen.« Außerdem brauchte er Leute, die das Zelt aufbauten und das Essen kochten, denn schließlich war er es gewohnt, bedient zu werden. »Wir lassen meine Männer in Simbabwe zurück, doch vorher werden sie uns die tagelange Fahrt angenehmer machen. Die Straßen sind eine Schande und eigentlich kaum mehr als Fußpfade. Mit Allradantrieb schafft man es zwar, aber nur im Schneckentempo. Soll ich dich morgen früh um neun Uhr abholen?«

»O ja!«, rief sie aus. »Ich kann es kaum noch erwarten. Lloyd, ich danke dir so sehr. Ich hatte schon Angst, du hättest mich vergessen.«

»Wohl kaum.« Als ob er sie je hätte vergessen können, und wenn er hundert Jahre alt werden würde. »Die Vorbereitungen haben eine Weile gedauert. Es ist nicht einfach, sich mit Sergio in Verbindung zu setzen. Außerdem möchte ich dir einschärfen, dass dich nur seine Geschichte und die Hintergründe des Kriegs etwas angehen. Alles, was sonst noch unterwegs passiert, behältst du für dich.«

Tina nickte. Schließlich hatte sie eine Mission, sonst spielte für sie nichts eine Rolle. Grinsend überkreuzte sie die Finger. »Ehrenwort.«

»Das habe ich mir eigentlich auch gedacht.« Am liebsten

hätte er sie geküsst, aber er verkniff es sich und stieg wieder aufs Pferd. »Also bis morgen.« Er machte kehrt und trabte davon.

Tina zitterte vor Aufregung. Als erste ausländische Journalistin seit Jahren würde sie nach Mosambik einreisen. Und sie vermutete, dass sie mit ihrem Leben spielte, falls die RENAMO davon erfuhr. Fast glaubte sie, das Blut durch ihre Venen rasen zu hören. Ihre Schläfen pulsierten, und sie witterte schon die Gefahr – ein Geruch nach Kupfer und getrocknetem Blut, der ihr sehr vertraut war und alle ihre Sinne aufmerken ließ.

42

»Gehen Sie nicht, Tina«, flehte Andrew. »Es ist zu gefährlich.«

»Vermutlich findet der Großteil der Welt, dass das, was Sie hier treiben, ebenfalls zu gefährlich ist«, entgegnete sie. »Ich berichte schon seit Jahren aus Kriegsgebieten, und es gehört zu meinem Beruf, mich Risiken auszusetzen. Aber man hat mir versichert, dass mir nichts zustoßen wird. Ein General der FRELIMO gibt mir freies Geleit.«

Andrew schüttelte den Kopf. »Und wenn Sie einen falschen Schritt machen und auf eine Mine treten ...«

Sie lächelte ihn an. »Ich werde gut aufpassen. Außerdem glaube ich nicht, dass der General mich auf eine Mine treten lässt.«

»Als ob der so genau wüsste, wo welche liegen!«

»Ich gehe, Andrew, also versuchen Sie nicht, es mir auszureden. Wünschen Sie mir lieber Glück.«

Er betrachtete sie. »Wo wollen Sie hin?«

»Ich weiß nicht genau. Als ich mit Josh und Courtney über den Park geflogen bin, zeigte er mit dem Finger und meinte, Mosambik sei irgendwo da drüben. Dort in der Nähe soll auch das Hauptquartier des Generals liegen. Lloyd und ich fahren hin und werden an der Grenze von den Männern des Generals erwartet. Lloyd hat alles vorbereitet und sagt, er habe sich schon einige Male mit dem General getroffen.«

»Warum denn das um alles in der Welt?«

Tina zuckte mit den Schultern.

»Und was dann?«
»Ben meint offenbar, wenn die Welt Bescheid wüsste ...«
»Die Welt interessiert sich nicht für Mosambik, Tina.«
»Das ist mir klar.«
»Dieser Ben muss großen Einfluss haben.«
Tina lachte. »Das ist noch untertrieben. Er hat gute Verbindungen zu den Vereinten Nationen und ist sicher, dass diese etwas gegen den Krieg unternehmen würden, wenn mehr darüber bekannt wäre.«
»Viel Glück.« Sein Ton strafte die aufmunternden Worte Lügen.
»Er ist ein beeindruckender Mann.«
»Muss er wohl sein.«
»Wie lange bleiben Sie weg?«
»Möchten Sie wissen, wann Sie einen Suchtrupp losschicken sollen?«
»Sie aus Mosambik rausholen zu wollen, wäre reiner Selbstmord.«
»Lloyd sagt, die Hin- und die Rückfahrt dauern jeweils zweieinhalb Tage. Es hängt also davon ab, wie lange der General mit mir sprechen will.«
»Oder davon, wie viel er Ihnen zu sagen hat.«
Sie nickte. »Vermutlich eine Woche bis zehn Tage, möglicherweise auch kürzer. Außer meiner Videokamera und dem Recorder nehme ich nur ein bisschen frische Unterwäsche mit.«
Er schmunzelte, wie sie gehofft hatte.
»Sie sind eine mutige Frau, Tina.«
Obwohl sie das nicht zum ersten Mal hörte, machte es sie aus dem Mund eines Mannes wie Andrew besonders stolz.

Zu Courtneys und Maras Freude war einer der beiden neuen Ärzte Augenarzt, denn Courtney hatte in ihrem letzten Schreiben an Coop einen angefordert. Viele Patienten hatten Augenkrankheiten, die dringend behandelt werden mussten. Ein blindes zwölfjähriges Mädchen war vor einigen Monaten aus Mosambik eingetroffen. Kurz nach ihrer Ankunft hatte sie eine schwere Konjunktivitis, eine Bindehautentzündung, entwickelt. Courtney war überzeugt, dass sie sich mit schmutzigem Sumpfwasser angesteckt hatte, wusste aber nicht, was man dagegen tun konnte.

Die Eltern des Mädchens waren weitergezogen, doch der Großvater, selbst sehr gebrechlich, blieb bei ihm. Sie hielt seine Hand, während er herumhinkte und hie und da stehen blieb, um seinen Schicksalsgenossen zu helfen. Er leerte Müllkübel aus, unterhielt sich mit den Schwerkranken und schnitzte mit seinem Messer, das ihm sehr viel bedeutete, Krücken aus Baumästen. Jeden Tag munterte er die anderen Lagerbewohner auf und stand meistens plaudernd vor irgendeinem Zelt. Doch wenn er seine Enkelin betrachtete, brach er in Tränen aus.

Dr. McCollum untersuchte die junge Patientin. »Schauen Sie«, sagte er, obwohl Courtney sich das Kind schon unzählige Male angesehen hatte. »Die Hornhaut ist gewuchert, und deshalb ist das Kind blind. Dagegen lässt sich etwas tun.«

»Wirklich?«, fragte Mara, die wochenlang für das Mädchen gebetet hatte.

»Ein Kinderspiel.« McCollum grinste ihr zu. »Sagen Sie dem Großvater, dass sie bald wieder sehen kann, und bereiten Sie alles vor. Wir brauchen nicht einmal eine Narkose.«

Der alte Mann hatte zwar Zweifel, aber Mara versicherte ihm, dass sie und Courtney bei der Operation helfen und dafür sorgen würden, dass seiner Enkeltochter nichts zustieß.

Das nervöse kleine Mädchen lag auf dem Tisch und starrte blicklos ins Leere. Mara versprach, ihr die Hand zu halten.

»Ich betäube jetzt die Augen mit Novocaintropfen«, verkündete der Arzt. Das Mädchen zwinkerte, aber lächelte, als Mara ihr die Hand drückte und ihr etwas ins Ohr flüsterte.

Mit einem Messer nahm McCollum einen vorsichtigen Einschnitt über dem Augapfel neben der Hornhaut vor. »Ich schäle jetzt das Narbengewebe von der Hornhaut ab«, sagte er.

Courtney und Mara sahen ihm aufmerksam zu. Er hielt das Narbengewebe hoch, damit sie es betrachten konnten.

»Voilà!«

»War es das etwa schon?«

Ein einfacher Eingriff konnte so viel bewirken.

Lächelnd tat der Arzt dem Mädchen ein wenig Salbe in die Augen, legte vorsichtig Gazebandagen darauf und sagte: »Erklären Sie dem Großvater, dass sie den Verband auf gar keinen Fall abnehmen darf. Morgen soll sie wiederkommen. Richten Sie ihm aus, dass sie wieder sehen wird.«

Courtney spürte, wie ihr die Tränen in die Augen stiegen. Das Leben eines Menschen so einschneidend zu verändern war der Grund, warum sie Ärztin geworden war. Ohne medizinische Hilfe hätte das Mädchen nie wieder sehen können. Nie hätte sie einen Sonnenuntergang oder das Gesicht ihres Großvaters erblickt. Sie wäre ihr ganzes Leben auf fremde Hilfe angewiesen gewesen und hätte nie erlebt, was Freiheit und Schönheit bedeuteten. Und durch einen winzigen Eingriff hatte dieser Augenarzt ihr eine Zukunft geschenkt.

»Gott sei Dank haben Sie beschlossen, einen Monat bei uns zu bleiben«, sagte Courtney zu ihm.

»Die Freude ist ganz auf meiner Seite«, erwiderte er lächelnd. »Okay, wer ist der Nächste?«

Er blickte auf, als zwei Afrikaner einen Patienten in den Operationssaal schoben. Courtney hatte ihm erklärt, dass es ein Luxus war, wenn sich nur ein einziger Patient im Operationssaal aufhielt.

»Er hat nichts an den Augen«, meinte sie. »Aber er ist schon lange bei uns, und wir wissen nicht, wie wir ihm helfen können. Zurzeit können wir nur seinen Fuß absaugen.«

McCollum untersuchte den Fuß des Mannes.

»Ach du meine Güte.« Er stieß einen Pfiff aus. »Was fehlt ihm denn?«

Mara redete beruhigend auf das kleine Mädchen ein, setzte es in einen Rollstuhl und schob es hinaus zu seinem Großvater.

»Wundbrand. Bei der Flucht hat ihm eine Stange die Arterie im Oberschenkel durchbohrt. Jetzt bekommt sein Fuß nicht mehr genug Blut. Das Gewebe schmerzt stark. Nach einer Weile haben sich seine Zehen schwarz verfärbt.«

»Aha, Absterben wegen Unterversorgung.«

»Ja.« Also kannte er sich nicht nur mit Augenkrankheiten aus. »Das geht jetzt schon seit Wochen, vielleicht sogar seit Monaten so. Die Zehen fallen ab.«

»Und es wurde nichts unternommen?«

»Wir kennen Wundbrand als Folge von Infektionen. Dann ist alles rot, geschwollen und vereitert mit roten Streifen, die das Bein hinauf verlaufen ...«

»Von der Blutvergiftung.«

»Genau. Aber dieser Fall ist anders. Wir beobachten ihn, doch keiner der Ärzte, die hier waren, wusste eine Lösung. Durch die Stichwunde sind Erreger tief in die Fußsohle eingedrungen. Hin und wieder schneiden wir alles auf, saugen den Eiter ab und verabreichen Penicillin. Das hält die Krankheit eine Weile in Schach, aber dann fängt es wieder von vorne an, und eine weitere Zehe fällt ab.«

»Bei Ihnen muss man wohl Universalgenie sein, was?«

»Manchmal hat man den Eindruck«, gab Courtney zu.

»Wie lange machen Sie das jetzt schon?«

»Etwa zwölf Jahre. Ich könnte nie in einer Stadt praktizieren, wo es Fachärzte und moderne Geräte gibt.«

»Und ein Stadtarzt mit seinen modernen Geräten und seinem begrenzten Fachwissen hätte hier nicht die geringste Chance.«
»Ich kriege die verschiedensten Krankheiten zu Gesicht, das steht fest. Jetzt weiß ich wenigstens, wie ich Blindheit durch Bindehautentzündung kurieren kann.«
»Lassen Sie mich zuschauen, wenn Sie diese ... Krankheit, was immer es auch sein mag, behandeln. Außerdem würde ich gerne Ihre übrigen Patienten sehen, auch die, die nichts an den Augen haben. Das hier ist eine völlig neue Welt für mich.«
Er beobachtete, wie Courtney den Eiter aus einer der verbliebenen Zehen des Mannes absaugte.
»Jetzt werde ich das tun, was man in einem normalen Krankenhaus die Visite nennt«, verkündete sie dann. »Kommen Sie. Der erste Patient, den wir besuchen, stirbt an AIDS. Wir bringen die AIDS-Kranken in einem eigenen Bereich unter, damit sich niemand anstecken kann. Es ist traurig. Ich muss Sie warnen, die Leute sehen aus wie die Insassen eines Konzentrationslagers.«
Courtney sprach mit jedem der auf Matratzen liegenden Patienten. Einige hatten sich zusammengekrümmt. Ihre Augen waren glanzlos, ihre Körper ausgemergelt und so mager, dass ihre Knochen die Haut zu durchbohren schienen. Es war ein fürchterlicher Anblick.
»Mein Gott«, flüsterte McCollum. »Der hier erinnert an ein Gemälde von El Greco, so abgezehrt ist er.« Der Mann war apathisch. Seine Wangenknochen traten so stark hervor, dass sein Kopf einem Totenschädel ähnelte. Sein Atem ging stoßweise, und er schien kaum noch Luft zu bekommen. Er war zu schwach, um die Fliegen zu verscheuchen, und seine offenen Augen blickten ins Leere.
»Er wird nicht mehr lange leben.«
Courtney nickte. »Eigentlich sollten wir ihn verlegen, damit

die anderen ihn nicht sterben sehen, aber wir wissen nicht, wohin.«

Sie würde sich nie daran gewöhnen. Das Herz wurde ihr schwer.

»Wie ertragen Sie das jeden Tag?«

»Wenn ich nicht für diese Menschen da wäre, wer würde es dann tun?«

McCollum schüttelte den Kopf. »Sie haben viel mehr Mut als ich.«

Er fragte sich, wie sie das nur durchhielt. Noch nie hatte er eine Frau wie sie kennen gelernt – offen gestanden auch keinen Mann. Anfangs war er ausgesprochen stolz auf sich gewesen, weil er sich freiwillig und ohne Bezahlung zum Dienst in dieser Einöde gemeldet hatte und auf ein Monatsgehalt verzichtete. Und zu seiner Freude hörte er inzwischen allmählich auf, alles nach finanziellen Maßstäben zu beurteilen. Doch verglichen mit Courtney McCloud fühlte er sich plötzlich sehr klein und unbedeutend, denn sie und Mara widmeten schließlich ihr ganzes Leben bedürftigen Menschen.

Außerdem strahlte Courtney Charme und Lebenslust aus – und abgesehen davon hatte sie die schönsten Beine, die ihm seit langem untergekommen waren.

43

Da nun immer zwei Ärzte und drei Schwestern gleichzeitig ihren monatlichen Einsatz ableisteten und für Diane eine feste Stelle geschaffen worden war, besorgte Andrew in Harare eine Ladung Bauholz. Er trommelte ein paar Männer zusammen, versprach ihnen Lebensmittel für ihre Familien und begann mit dem Anbau zum Wohnhaus. Er wollte vier zusätzliche Zimmer hinzufügen, denn er fand, dass auch die Mitarbeiter, die nur einen Monat hier blieben, sich bestimmt wohler fühlen würden, wenn sie ein gemütliches eigenes Zimmer hatten. Für ihn selbst jedenfalls war ein eigenes Zimmer unabdingbar, weil er viel Zeit brauchte, um sich zurückzuziehen und wieder Kraft zu tanken – auch wenn er inzwischen der Ansicht war, dass sein Vorrat an allein verbrachter Zeit mindestens für ein paar Jahrhunderte ausreichte. Er sehnte sich danach, die Nächte mit Mara zu teilen, neben ihr im Bett zu liegen, die tanzenden Strahlen des Mondes an der Zimmerdecke zu beobachten und ihren Atem zu hören. Beim Aufwachen wollte er sehen, wie ihr rotes Haar über das Kissen fiel. Und mehr als alles auf der Welt wünschte er sich, sie zu lieben.

Kopfschüttelnd griff er nach der Säge.

Schon aus einer halben Meile Entfernung hörte Brackenhurst das Sägen und Hämmern. Er war früh aufgestanden und hatte die Männer angewiesen, das Zelt und die Lebensmittel einzupacken und für genügend Benzin zu sorgen. Er hatte zwei Fahrer. Albert, der ihn immer chauffierte, wenn es zum

Reiten zu weit war, sollte den Landrover mit ihm und Tina steuern. Den mit ausreichend Vorräten beladenen Jeep sollte Kaputo lenken. Drei weitere Männer, welche die Aufgabe hatten, ihn zu bewachen und das Lager aufzuschlagen, würden auf der Ladung sitzen. Albert war außerdem für das Kochen zuständig.

Voller Vorfreude rieb Brackenhurst sich die Hände. Fünf oder sechs Tage und Nächte lang würde Tina ihm ganz allein gehören. Natürlich war auch genug Gin im Gepäck. Mit ihr zusammen zu sein, ihre Stimme zu hören und seine Gedanken mit ihr zu teilen, machte ihn glücklicher, als er es je für möglich gehalten hätte. Und er war sehr stolz und froh darüber, dass es ihm gelungen war, das Treffen mit Sergio zu arrangieren.

Langsam rumpelten die Fahrzeuge über die holprige Straße. Brackenhurst fragte sich, was am Krankenhaus wohl schon wieder gebaut wurde. Eigentlich hatte er gehofft, dass die vielen Fremden bald verschwinden würden, damit wieder normale Verhältnisse einkehrten. Obwohl er die Gesellschaft der Neuankömmlinge genoss, erschwerten sie ihm doch ziemlich das Leben.

Als das Krankenhaus in Sicht kam, wurde ihm sofort klar, dass Andrew weitere Schlafräume anbaute. Offenbar wurden zusätzliche Menschen erwartet, die anscheinend länger bleiben wollten.

»Guten Morgen«, versuchte Brackenhurst den Lärm zu überbrüllen. »Ist Tina fertig?«

Er hörte das Trappeln von Stiefeln auf dem Flur. Dann rief sie: »Da bin ich. Fertig und sehr aufgeregt. Guten Morgen, Lloyd.« Sie umfasste seine Hand mit beiden Händen. Ihr Lächeln ließ sein Herz höher schlagen.

Andrew hörte auf zu arbeiten und ging auf Brackenhurst zu, um ihm die Hand zu schütteln. »Wann kommen Sie wieder?«, fragte er.

»Hoffentlich innerhalb von zehn Tagen. Vermutlich schon früher, aber es ist schwer zu sagen. Es hängt vom Zustand der Straßen ab. Meine Männer meinen, sie müssten verhältnismäßig gut sein, weil es seit ein paar Monaten nicht geregnet hat. In zweieinhalb Tagen werden wir wohl die Stelle erreichen, wo wir die Grenze überqueren sollen. Dann heißt es abwarten, wie lange die Gespräche zwischen Tina und Sergio dauern.«

»Wie sollen wir Kontakt mit Ihnen aufnehmen, wenn Sie in zwei Wochen nicht zurück sind?« Andrew fühlte sich wie ein besorgter Vater.

»Machen Sie sich darüber keine Gedanken«, antwortete Brackenhurst. Er nickte Albert zu, der aus dem Wagen sprang, nach Tinas Reisetasche griff und sie hinten in den Kofferraum warf.

Dann hielt Brackenhurst Tina die Tür auf. Sie nahm anmutig Platz, während er um das Fahrzeug herumging und auf der anderen Seite einstieg.

Auf sein Zeichen ließ Albert den Motor an und fuhr los. Der Jeep folgte. Sandfliegen schwebten durch die Luft und kreisten noch, als die beiden Autos längst verschwunden waren. Andrew wusste, dass er sich Sorgen machen würde, bis Tina wieder da war. Es erstaunte ihn, dass Brackenhurst für einen anderen Menschen ein derartiges Risiko einging. Schließlich war es kein Kinderspiel, die Grenze zu überqueren.

Später am Vormittag traf Josh ein. Er war ausgezeichneter Laune.

»Ich bin hier, um Ihre Tochter zu entführen«, sagte er zu Andrew.

Andrew schüttelte ihm die Hand. »Da wir jetzt jede Menge Mitarbeiter haben, stehen Ihre Chancen ziemlich gut.«

»Ich habe eine Woche Urlaub. Später werde ich vielleicht für ein paar Tage nach Nairobi fliegen, aber zuerst wollte ich ein bisschen durch den Park fahren, ohne an die Arbeit zu denken. Einige Stunden nördlich von hier gibt es einen hübschen See, in dem man sogar schwimmen kann. In der Ebene dort wimmelt es von Tieren. Ich dachte, wir nehmen die Videokamera mit und haben einfach ein bisschen Spaß, anstatt ständig etwas erledigen zu müssen.«

»Spannen Sie mal so richtig aus«, erwiderte Andrew und begleitete Josh auf die Veranda.

In diesem Augenblick trat der Koch aus dem Haus und läutete die Glocke, die alle zum Mittagessen rief.

Bald kamen die Ärzte und Schwestern aus den verschiedenen Gebäuden herbei. Courtney und Mara mitgerechnet, waren es inzwischen drei Ärzte und vier Schwestern – eine deutliche Verbesserung, verglichen mit der Situation vor elf Monaten. Die Besucher genossen die exotischen Speisen, deren Zutaten entweder hier angebaut oder aus Harare eingeflogen wurden. Die Grundlage bestand stets aus Reis oder Mais, doch der Koch hatte gelernt, ihn auf die verschiedensten Methoden zuzubereiten. Selbst Mara war seit einiger Zeit mit dem Essen zufrieden.

Bei Joshs Anblick leuchteten Courtneys Augen vor Freude auf.

»Welchem Umstand verdanken wir diese Ehre?«

»Ich habe vor, dich zu entführen.«

Sie blickte sich um. »Ich glaube, da wirst du auf wenig Widerstand stoßen. Gehen wir wieder auf die Jagd nach Wilderern?«

Er schüttelte den Kopf. »Hoffentlich besitzt du einen Badeanzug. Wir machen nämlich richtig Urlaub. Nimm ein Buch, eine Kamera, ein Fernglas und vielleicht ein Kissen mit. Und sei fest entschlossen, dich zu erholen.«

»Klingt himmlisch. Fliegen wir auf eine griechische Insel oder auf die Seychellen?«

Er lachte. »Weder noch. Es gibt einen hübschen See, der noch keinen Namen hat. Das Schwimmen dort ist völlig ungefährlich. Wenn du nichts zu tun hast, könnten wir hinfahren, uns ein paar Tage Zeit nehmen und ausspannen. Ich glaube, wir können beide Ferien gebrauchen. Und wenn ich meinen Urlaub jetzt nicht nehme, verfällt er.«

»Wann geht es los?«

»Kannst du heute Nachmittag fertig sein, wenn ich auf dich warte?«

»Das ist aber ziemlich kurzfristig.«

»Dein Vater sagt, es sind genug Mitarbeiter da, die sich um alles kümmern. Wir könnten heute bei mir übernachten, packen, alles vorbereiten und morgen früh aufbrechen.«

Sie sah ihren Vater an, der lächelte. Wenn sie länger darüber nachdachte, lächelte er in letzter Zeit ziemlich häufig. Sie wusste, dass er sich über ihr Glück freute, weil sie einen Mann gefunden hatte, den sie liebte. Vermutlich wünschte er sich ein Enkelkind, aber das kam bei dem Leben, das sie führte, nicht in Frage. Sie trug zu viel Verantwortung, um ihre Zeit einem einzigen Menschen, einem Kind, zu widmen. Ihr zukünftiger Lebenspartner musste Verständnis dafür haben, dass sie diese Pflichten nun einmal übernommen hatte und sie nicht um einer Familie willen vernachlässigen durfte. Wahrscheinlich habe ich diese Einstellung von Lili geerbt, dachte sie. So war meine Großmutter auch.

Allerdings bedeutete das nicht, dass sie auf die schönen Seiten des Lebens verzichten musste. Josh schien das einzusehen. Bei David war es genauso gewesen, auch wenn er sich geweigert hatte, sie in die Wildnis zu begleiten, da er es ohne helle Lichter, Musik und Zerstreuungen nicht aushielt. Aber was war mit Josh? Nun, zuerst einmal freute sie sich darauf, heute Nacht und auch in der nächsten Woche mit ihm ins Bett zu gehen. Vielleicht sogar mitten am Tag. Ein richtiger Urlaub. Keine Suche nach Wilderern. Keine Gedanken an andere Menschen. Nur Erholung, Freizeit, Muße. Es klang himmlisch.

»Brauchst du denn nie Urlaub, Daddy?«, fragte sie.
»Ich habe jeden Tag Urlaub«, antwortete er – und dabei hatte er noch nie schwerer gearbeitet.
»Okay, Josh«, sagte Courtney. »Aber du wirst dich ein paar Stunden gedulden müssen. Ich habe noch einiges zu erledigen.«
»Einverstanden«, erwiderte er. »Währenddessen kann ich ja deinem Vater helfen.«
Courtney betrachtete die beiden. Ein Glück, dass sie einander mochten.
»Essen wir zuerst zu Mittag«, schlug sie vor und folgte den anderen ins Esszimmer. »Anschließend bringe ich die Arbeit hinter mich.« Sie fragte sich, wo wohl ihr alter Badeanzug stecken mochte. Hatte sie ihn eingepackt, als sie die Klinik verlassen hatte? Seit Kapstadt hatte sie ihn nicht mehr benutzt, und das war schon sehr lange her. Ob er ihr überhaupt noch passte? Aber da sie ohnehin mit Josh allein sein würde, brauchte sie ihn eigentlich gar nicht.

44

Brackenhurst war ausgezeichneter Stimmung. Während sie durch die mit merkwürdigen, scheinbar auf dem Kopf stehenden Affenbrotbäumen bewachsene Landschaft fuhren, plauderte er unablässig.

In der Ferne sahen sie ein Löwenrudel, das unter einer Akazie Schutz vor der Mittagssonne suchte. Am Nachmittag hörten sie ein Geräusch wie Donnergrollen, und der Boden erzitterte, als eine Zebraherde in Sicht kam. Albert stoppte den Landrover, und Brackenhurst reichte Tina ein Fernglas. Sie stand auf, um besser sehen zu können.

»Du heiliger Strohsack!«, rief sie aus. »Es müssen tausende sein.«

Doch das Getöse übertönte ihre Stimme. Aus dem hohen Gras schlichen drei Löwenmännchen heran und pirschten tief geduckt und in Windeseile durch den Busch. Der erste stürzte sich auf ein vorbeigaloppierendes Zebra, schlug die Zähne in den Nacken seines Opfers und trennte es von der Herde. Dann tötete er seine Beute mit einem kräftigen Biss.

»Mein Gott!«, keuchte Tina, die den Blick nicht abwenden konnte.

Der zweite Löwe griff ebenfalls ein Zebra an. Er schloss die Kiefer um das Hinterbein des Tiers und wurde eine Weile mitgeschleppt. Schließlich jedoch stürzte das verwundete Zebra, und der Löwe zerrte es aus der Herde. Mit seiner gewaltigen Tatze drückte er es zu Boden und schlug die Zähne

in seinen Kopf. Durch das Fernglas sah Tina das Blut emporspritzen.
Der dritte Löwe betrachtete seinen Artgenossen, und Tina hätte schwören können, dass er Schwierigkeiten witterte. Anstatt weiter die anderen Zebras zu verfolgen, sprang er das Opfer des zweiten Löwen an, und sie brachten die Beute gemeinsam zur Strecke.
Die Nachhut der Zebras stürmte vorbei, ihre gestreiften Hinterteile verschwanden in der Ferne.
»Was passiert jetzt mit den Kadavern?«, fragte Tina.
»Die Löwen fressen sich satt, rufen anschließend die Weibchen, und die schleppen die Beute dann zum Rudel. Den Rest erledigen die Geier.«
»Mein Gott, sind das majestätische Tiere«, sagte Tina.
»Die Löwen oder die Zebras?«
»Beide«, antwortete sie und gab ihm das Fernglas zurück. Die Löwen und ihre Beute waren im Gras nicht mehr zu sehen.
Albert ließ den Motor wieder an, und der Wagen setzte sich langsam in Bewegung.
»Das Leben hier ist sehr gewalttätig«, murmelte Tina.
»Ist es bei dir zu Hause etwa anders?«, entgegnete Brackenhurst. »Sei ehrlich.«
»Wo ich herkomme, brauchten wir nachts die Türen nicht abzuschließen«, erwiderte Tina. »Aber meine Mutter schreibt, sie würde inzwischen nicht nur tagsüber abschließen, sondern hätte sogar Angst, nachts auf die Straße zu gehen.« Sie lächelte Brackenhurst zu. »Weißt du, eigentlich habe ich mich nur in China und in Singapur nachts auf der Straße sicher gefühlt. Diese Länder mögen einige Fehler haben, aber man braucht wenigstens nicht um sein Leben zu fürchten. Die schnelle und harte Bestrafung schreckt Verbrecher ab.«
»Autoritäre Regime haben offenbar auch ihre Vorzüge«, meinte Brackenhurst.

»Nicht wirklich«, sagte Tina.
Am ersten Abend aßen sie Fisch, den Brackenhursts »Jungs« in dem am Lagerplatz vorbeiströmenden Fluss gefangen hatten. Tina gefiel, dass Brackenhurst sein Personal respektvoll behandelte. Er forderte die Männer zwar nicht auf, sich zu ihnen an den mit weißem Leinen und Silberbesteck gedeckten Tisch zu gesellen, doch sie hatten einen eigenen Tisch, und Tina hörte sie lachen, als sie nach dem Essen mit Brackenhurst am Lagerfeuer saß und Cointreau trank.
»Du solltest ein Unternehmen für Luxussafaris gründen, Lloyd. Du hast eindeutig ein Händchen fürs angenehme Leben.«
»Das wäre mir viel zu anstrengend«, murmelte er und griff nach ihrer Hand. »Woher nimmst du nur die viele Energie?«
Tina betrachtete die Sterne. »Ich war schon immer sehr ehrgeizig.«
»Jetzt nicht mehr?«, fragte Brackenhurst.
Als sie den Kopf schüttelte, sah er, wie im Schein des Feuers Schatten auf ihrem Gesicht tanzten.
»Nein. Ich bin viel weiter gekommen, als ich es mir je erträumt hatte. Die meiste Zeit über spüre ich, dass ich am Leben bin, und das ist mehr, als der überwiegende Teil der Menschen von sich behaupten kann. Was ist mit dir? Wodurch fühlst du dich lebendig?«
»Im Moment liegt es an dir.«
Es herrschte eine Weile Schweigen, nur das Trompeten eines Elefanten in der Ferne und das Knistern des Feuers waren zu hören. »Schau dir die Sterne an«, sagte Brackenhurst schließlich. »Weißt du, wo das Kreuz des Südens ist?«
»Auf dem College glaubte ich, ich wäre in einen jungen Mann verliebt, der fand, wir sollten unseren eigenen Stern haben. Er zeigte mir den Nordstern und sagte, ich solle immer an ihn denken, wenn ich ihn sehe. Das ist der einzige

Stern, den ich erkennen kann. Aber manchmal fällt mir sogar das schwer.«

»Und denkst du dann immer noch an ihn?«

»Ja.« Tina lachte. »Allerdings nicht mit Sehnsucht. Ich weiß nicht einmal mehr seinen Namen.« Vermutlich hatte er sie ebenfalls vergessen. »Und um deine Frage zu beantworten, ich habe keine Ahnung, wo das Kreuz des Südens ist. Ich war noch nie auf der südlichen Erdhalbkugel.«

»Das Kreuz des Südens sieht man natürlich nur südlich des Äquators. Schau dir die vier Sterne genau über uns an. Sie stehen nicht immer an dieser Stelle, aber sie sind immer zu viert, sodass sie an einen Drachen erinnern. Einer ist so blass, dass man ihn kaum erkennt. Stell dir vor, du ziehst eine Linie durch die Mitte dieses Drachens und dann durch die Mitte der beiden Sterne, die du links davon siehst. Das ist das Kreuz des Südens.«

»Es sieht wirklich aus wie ein Kreuz«, rief Tina aus. »So oft schaue ich mir die Sterne an, aber ich weiß nichts über sie.«

»So geht es vermutlich den meisten Menschen«, erwiderte Brackenhurst. »Sie gehören zum Himmel, zum großen Unbekannten, auf das wir keinen Einfluss haben und das wir nicht einmal richtig verstehen können.« Er hielt inne. »Wie das Leben.«

»Es ist rätselhaft, findest du nicht?« Tina hatte großen Spaß an dem Gespräch. »Und es kommt so häufig anders, als man denkt. Es ist seltsam, diese Ruhe und diesen Frieden zu empfinden und gleichzeitig zu wissen, dass ein paar Meilen östlich von uns Menschen leiden, Angst haben, verhungern und verwundet werden.«

Brackenhurst genoss jede Minute dieses Ausflugs. Er liebte es, Tinas Stimme zu lauschen und ihren Gedanken zuzuhören. Es machte ihm Freude, ihr den Nachthimmel zu erklären. Und er war froh, dass er ihr das Abenteuer hatte bieten können, mitzuerleben, wie ein Löwe seine Beute erlegte. Elefanten trompeteten in der Nacht, Löwen brüllten, Hyänen kreischten. Morgen würde es Gänseleberpastete aus der Dose geben. Wenn sie ihn verließ, würde sie ihn nie vergessen. Vor vielen Jahren hatte sie ein Junge auf den Nordstern hingewiesen, und sie hatte sogar seinen Namen vergessen. Doch er, Lloyd, hatte ihr das Kreuz des Südens gezeigt, und er schwor sich, dass er ihr für immer im Gedächtnis bleiben würde. Sie würde sich an den Mann erinnern, der ihr Leben verändert und sogar die Geschichte der Welt in neue Bahnen gelenkt hatte – sofern das Gespräch mit Howanda verlief wie erhofft.

45

Offenbar hatte es Josh eilig, aufzubrechen. Sie tranken in seiner gemütlichen Küche die zweite Tasse Kaffee. Seit Courtney vor so vielen Jahren aus Lilis Haus in Kapstadt ausgezogen war, hatte sie sich nicht mehr so heimisch gefühlt wie bei Josh.

»Ich habe noch nie mit einem Affen in einem Bett geschlafen.«

Grinsend streichelte Josh Jimmy.

»Oder besser gesagt mit zwei Affen.«

»Stimmt, stimmt, wir haben ziemlich herumgealbert«, meinte Josh.

Courtney lachte. »Und mir ist es noch nie passiert, dass ein Affe am Fußende des Bettes sitzt und dabei zuschaut.«

»Echt pervers, was?«, sagte Josh kichernd.

Courtney leerte ihre Tasse und ging zum Becken, um sie auszuspülen.

»Nimm sie mit. Schließlich brauchst du ein Trinkgefäß. Und behandle sie zärtlich und liebevoll.«

Sie küsste ihn aufs Ohr. »So wie du mich behandelst?«

»Aha, also ist es richtig angekommen. Denn genau das empfinde ich für dich. Ich liebe dich so sehr. Ich wünschte, du wärst jede Nacht hier.«

»Aber du bist doch sowieso meistens unterwegs.«

»Du weißt genau, was ich meine.«

»Ich wohne nicht weit weg.«

»Aber ich befürchte ständig, du könntest wieder fortgehen.«

»Es sieht nicht aus, als wäre dieser Krieg so bald zu Ende. Du brauchst dir zurzeit also keine Sorgen zu machen.«
Er hakte nicht weiter nach.
Das Auto stand fertig gepackt vor dem Haus. Trotz ihrer mangelnden hausfraulichen Fähigkeiten hatte Courtney am Vorabend einen Picknickkorb vorbereitet. Nun freuten sich beide auf eine gemächliche Fahrt durch den Park.
Fünf Stunden später bog Josh von der Hauptstraße in einen holprigen Trampelpfad ab, der nach einer weiteren Stunde Fahrt von zwei Flüssen gesäumt wurde.
»Ich suche die Stelle, wo sie zusammentreffen«, sagte Josh. »Ich dachte, wir könnten dort unser Lager aufschlagen.« Langsam rollte der Wagen durch das hohe Gras. Courtney stand aufrecht im Auto, um besser sehen zu können. Es war heiß. In der Ferne bemerkte sie ein paar Strohdächer. Reiher flogen über sie hinweg.
Eine Stunde später teilte sich das Gras, und sie befanden sich an der Gabelung, wo sich die beiden Flüsse trafen. Zurzeit waren sie eher als Bächlein zu bezeichnen, doch in der Regenzeit verwandelten sie sich in reißende Ströme, die durch ihre Springfluten große Verheerung anrichten konnten.
»Ich fahre durchs Wasser zum anderen Ufer«, verkündete Josh.
Auf der linken Seite des Wassers erhob sich eine steile Klippe, und Courtney glaubte nicht, dass es möglich war, dort hinaufzufahren. Doch rechts von ihnen stieg das Ufer nicht so stark an. Als sie Josh ansah, wies er mit dem Kopf darauf. Courtney hoffte, dass der Motor im Wasser nicht seinen Geist aufgeben würde, und wischte sich den Schweiß aus den Augen.
Als sie das andere sanft ansteigende Ufer erreicht hatten, stellte Josh den Motor ab. »Mit oder ohne Kleider?«
Courtney lachte. »Was ist mit Krokodilen?«
»Vergiss die Krokodile.«

Das Wasser war klar und seicht. Courtney riss sich die Bluse vom Leib, schlüpfte aus den Stiefeln und war fest entschlossen, es vor ihm ins Wasser zu schaffen. Allerdings trug sie kompliziertere Kleidung als Josh, sodass er sich als erster ins schenkelhohe Wasser warf. Er bückte sich, tauchte mit dem Kopf unter und plantschte ausgelassen herum. Nachdem Courtney das Höschen ausgezogen hatte, lief sie ihm nach und bespritzte ihn, als sie sich ins Wasser stürzte.
»Großartig!«, rief sie. Sie setzte sich, tauchte mit dem Kopf unter und wünschte, dass es tief genug zum Schwimmen gewesen wäre.
Wie zwei Kinder tollten sie herum und liebten sich dann im weißen Sand am Ufer. Die Füße noch im Wasser hängend, erreichten sie gemeinsam den Höhepunkt. Danach lag Courtney zufrieden und mit ausgebreiteten Armen und Beinen in der Sonne.
»Du bist das Schönste, was ich je gesehen habe«, sagte Josh.
»Ach, du bist nur voreingenommen«, murmelte sie schläfrig.
»Stimmt«, erwiderte er. »Ich habe eine Idee.«
Sie schlug die Augen auf und sah ihn an.
»Offen gestanden ist sie mir schon vor einiger Zeit gekommen: Warum heiraten wir nicht einfach?«
Courtney war mit einem Mal hellwach. »Ich finde es wunderbar, so wie es ist.«
»Doch es wird nicht so bleiben. Irgendwann ist der Krieg zu Ende, und du wirst in deine Klinik zurückkehren. Ich kann den Gedanken nicht ertragen, dich zu verlieren. Ich will noch viel öfter mit dir zusammen sein als jetzt. So haben wir keine Chance auf eine gemeinsame Zukunft.« Als sie nichts erwiderte, fügte er hinzu: »Ich will den Rest meines Lebens mit dir verbringen.« Und als sie immer noch nichts sagte, fragte er: »Möchtest du denn keine Kinder?«
»Ich bin fast siebenunddreißig«, antwortete sie.

»Na und? Das ist doch nicht zu spät.«
»Und mein Leben lässt sich nur schwer mit der Mutterschaft vereinbaren«, ergänzte sie.
»Das könnten wir ändern.«
Sie dachte an ihre Mutter, die Lili fort aus dem Dschungel und in die Schule geschickt hatte. Lili selbst jedoch war geblieben. Sie hatte ihre Tochter ohne Mutter aufwachsen lassen, und diese hatte sich deshalb ihr Leben lang zurückgesetzt gefühlt.
»Was? Sollen wir etwa in der Stadt wohnen? Du hättest einen Schreibtischjob, und ich müsste zu Hause bleiben und auf ein Kind aufpassen?«
»Bei dir klingt es ziemlich abschreckend.«
»Ich glaube, ich eigne mich nicht zur Mutter, Josh. Ich habe ganz andere Pläne mit meinem Leben.« Als er schwieg, meinte sie: »Als Mutter könnte ich mich nur um einen oder zwei andere Menschen kümmern. Jetzt helfe ich hunderten. Ich rette hunderten von Menschen das Leben, Josh.«
»Vermutlich tausenden. Ich muss nicht unbedingt Vater werden«, fügte er nach einer Weile hinzu. »Aber ohne dich kann ich nicht weiterleben.«
Courtney griff nach seiner Hand. Während sie einen Schwarm Rotsichler beobachtete, der über sie hinwegflog, musterte er sie.
»Ich liebe dich, Courtney. Ich liebe dich über alles. Noch nie habe ich so etwas für einen anderen Menschen empfunden. Mein Gott, wir passen doch so gut zusammen, Courtney.«
Sie lächelte ihn an. »Das brauchst du nicht eigens zu betonen.«
»Hast du denn nie daran gedacht, dass wir heiraten und zusammenleben könnten?«
»Schon«, gab sie zu, drehte sich zu ihm um und strich ihm mit dem Finger über den Arm. »Selbst mein Vater hält es für eine gute Idee.«

»Oh.« Er setzte sich auf. »Also hast du mit ihm darüber gesprochen.«
»Doch für mich ist es nur schwer vorstellbar, meine Freiheit aufzugeben«, ergänzte Courtney.
»Du wirst mehr zurückbekommen, als du aufgibst, das verspreche ich dir.« Er konnte der Versuchung nicht widerstehen, ihre linke Brust zu berühren.
»Ich könnte nicht zu dir ziehen«, sagte sie. »Ich werde im Krankenhaus gebraucht.«
»Wenn der Krieg vorbei ist …«
»Wenn.« Sie küsste ihn auf die Nasenspitze. »Lass mich darüber nachdenken, Josh.«
»Und was empfindest du für mich? Sag mir, dass du mich liebst, Courtney. Sag es mir.«
»Ich liebe dich«, erwiderte sie, ohne zu zögern. »Ich liebe dich, Josh.« Allerdings wusste sie nicht, ob sie ihn auf die Weise liebte, die er sich wünschte. Es war wie bei David. Ihn hatte sie nicht genug geliebt, um für ihn ihren Lebenstraum aufzugeben. Natürlich verlangte Josh keine solchen Opfer von ihr. Er wollte hier bleiben und seinen Posten im Park behalten. Und er hatte nichts dagegen einzuwenden, dass sie weiter ihren Beruf ausübte. Er wollte nur mit ihr zusammenleben.
Wenn sie Josh heiratete, würde sie nicht mehr so viel Zeit mit Mara und mit ihrem Vater verbringen können. War sie wirklich dazu bereit? Eigentlich konnte sie es sich nicht vorstellen, einem anderen Menschen zuliebe diese Beziehungen zu gefährden.
»Lieb mich noch einmal«, sagte sie zu Josh. Er sollte sie überzeugen, dass es das Richtige war, ihn zu heiraten.
»Und dann noch einmal und noch einmal«, murmelte er. Seine Lippen senkten sich auf ihre, und ihre Körper pressten sich in wilder Leidenschaft aneinander.

46

Sergio Howanda kippte seinen Stuhl zurück, streckte die Beine aus und legte die Füße auf den zerkratzten Tisch, der ihm als Schreibtisch diente. »Wie ich annehme, brauchen Sie eine Geschichtsstunde.«

»Ich fürchte, ja.« Tina war beeindruckt von dem Rebellenführer. Er hatte eine pechschwarze schimmernde Haut, war etwa einssiebzig groß und kräftig gebaut und trug eine schlecht sitzende ausgewaschene Khakiuniform. Auf seinem wackligen Schreibtisch lag eine Baskenmütze. Der General strahlte Machtbewusstsein aus, schien aber dennoch nicht herzlos zu sein. Wie Tina stark vermutete, hatten Männer, die über das Schicksal von Ländern bestimmten, viele Gesichter und waren weder schlichte Gemüter noch leicht zu verstehen.

»Seltsam, dass der Rest der Welt keine Ahnung von den Zusammenhängen hat, um die sich hier unser ganzes Leben dreht.«

»Ich hoffe, etwas daran ändern zu können.«

Er kaute an seiner Zigarre. »Wenn Sie meinen.«

»Sie hatten doch früher mal mit den Vereinten Nationen zu tun.«

»So könnte man es ausdrücken.«

»Natürlich kann ich Ihnen keine festen Zusagen machen, aber ich habe mit hunderten von Flüchtlingen gesprochen. Offenbar hat niemand eine Erklärung dafür, weshalb eigentlich gekämpft wird. Die Menschen tappen völlig im Dunklen, warum ihre Großeltern, Kinder oder Freunde sterben mussten. Keiner begreift, aus welchem Grund es Bürgerkrieg gibt und so viele Grausamkeiten begangen werden. Wenn wir und der Rest der Welt herausfinden, was los ist, können wir vielleicht etwas unternehmen.«

»Bürgerkrieg?« Er lachte höhnisch. »Es ist genauso wenig ein Bürgerkrieg wie ...«

»Kein Bürgerkrieg? Wie soll man es dann nennen, wenn zwei Gruppierungen in einem Land um die Macht kämpfen?«

Sergio zündete seine Zigarre an. Tina musste sich beherrschen, um angesichts des üblen Geruchs nicht die Nase zu rümpfen. Er sah sie an. »Was wissen Sie über die FRELIMO?«

»Ich habe gehört, dass die FRELIMO und die RENAMO zwei miteinander verfeindete Gruppierungen sind, die sich bekriegen.«

»Ist Ihnen klar, dass die RENAMO sowohl von den christlichen Kirchen als auch von der Regierung Ihres Landes unterstützt wird?«

Tina schüttelte den Kopf. »Ich habe, was Mosambik betrifft, keinen blassen Schimmer.«

»Als Amerikanerin geben Sie sich gerade mit den falschen Leuten ab.«

»Erklären Sie mir den Grund.«

»Nein. Ich werde Ihnen sagen, warum Ihr Land irrt.«

»Gut, dann tun Sie das. Es wäre schließlich nicht das erste Mal.«

»Nur allzu wahr. Die USA haben wegen ihrer Angst vor dem Kommunismus schon so manchem rechtsgerichteten, faschistischen Regime an die Macht verholfen. Auch wenn die Menschenrechte verletzt und die Bevölkerung gefoltert und ermordet wird, unterstützen die Vereinigten Staaten die fragliche Regierung, solange sie nur nicht kommunistisch ist.«

»Trifft das auch in diesem Fall zu?«

Er schüttelte den Kopf. »Das behauptet nur die Propaganda der RENAMO. Doch die RENAMO stammt nicht einmal aus Mosambik. Sie ist eine von außen gesteuerte Armee, die erreichen will, dass wir uns niemals selbst regieren können.« Deshalb behauptete er also, dass es sich nicht um einen Bürgerkrieg handelte.

»Warum beginnen Sie nicht ganz am Anfang?«

Er lachte erneut auf, und seine dunkelbraunen Augen funkelten. »So weit möchte ich nicht zurückgehen. Betrachten wir lieber die Zeit, als die Kolonialherrschaft endete, also die sechziger Jahre, als die Macht der Portugiesen allmählich schwand.«

»Und Ihr Land unabhängig wurde?«

»Nicht ganz. Dazu kam es erst 1975.«

»Ich weiß so wenig über Mosambik.«

»Fangen wir doch damit an, was Sie überhaupt wissen.«

»Nur, dass Sie für die FRELIMO kämpfen und dass die FRELIMO die Befreiungsfront von Mosambik ist.«

»Als die FRELIMO in den sechziger Jahren gegründet wurde, war ich knapp zwanzig Jahre alt.«

Tina wartete. Sie erkannte an seinem veränderten Blick, dass er sich an jene Zeit erinnerte.

»Eduardo Mondlane war mein Onkel.«

Der Name sagte ihr nichts.

»In den vierziger Jahren war er Mitglied einer radikalen Studentenorganisation in der Hauptstadt von Mosambik, und während seines Graduiertenstudiums in Lissabon engagierte er sich weiter politisch. Da bei uns mehr oder weniger ein Polizeistaat herrschte, konnten nur Mosambikaner im Exil für die Unabhängigkeit kämpfen. Im Jahre 1960 bat eine Gruppierung den Gouverneur um einen Anhörungstermin, bei dem es um übertrieben hohe Steuern gehen sollte. Der Gouverneur erklärte sich zu einem Treffen bereit, empfing die Bürger aber mit Soldaten und Maschinengewehren. Sechshundert Menschen wurden niedergemetzelt. Man braucht nicht eigens zu erwähnen, dass das dem politischen Engagement in diesem Land einen argen Dämpfer aufgesetzt hat.

1962 versammelte sich eine Gruppe Exilmosambikaner in Daressalam und gründete die FRELIMO.« Er sah Tina an. »Wissen Sie, wo das ist?«

Sie nickte. »Das ist die Hauptstadt von Tansania.«

»Mein Onkel, Eduardo Mondlane, war schon seit zehn Jahren im Ausland. Er war Beamter bei den Vereinten Nationen und lud mich ein, bei ihm in New York zu leben und dort zu studieren. Ich besuchte das City College in New York und arbeitete trotz meiner Jugend gelegentlich als sein Sekretär. Unter seiner Führung entwickelte sich die FRELIMO zu einer einflussreichen Rebellenbewegung. Dennoch mussten einige Fragen geklärt werden. Wollte die FRELIMO nur die Unabhängigkeit von Portugal erkämpfen oder auch die Zukunft Mosambiks planen? Wenn ja, für welche politische Richtung sollte sich das Land entscheiden? Für den Sozialismus? Aufgrund seiner Erfahrungen in Amerika plädierte mein Onkel für die Demokratie. Sollte das Land Menschen aller Herkunft offen stehen? Sollte man seine Ziele durch zivilen Ungehorsam oder durch Krieg verteidigen?

Viele innerhalb der Partei wollten die Unabhängigkeit auf diplomatischem Weg erreichen. Andere hingegen befürworteten den bewaffneten Widerstand. Als 1975 die Unabhängigkeit erklärt wurde, dauerte der Guerillakampf zwischen der FRELIMO und Portugal seit dreizehn Jahren an. Mein Onkel war in der Zwischenzeit ermordet worden.

Als Mosambik unabhängig wurde und die Portugiesen abzogen, blieben wir – wie so viele afrikanische Nationen – führerlos zurück. Wir wussten nicht, wie man Wasserkraftwerke betrieb, ein Land regierte, Geschäfte machte, Gesetze erließ und diese auch durchsetzte. Wir waren völlig hilflos.

Der Kampf um die Unabhängigkeit hatte uns so beschäftigt, dass wir nicht an unsere Zukunft gedacht hatten.«
Er hielt inne, drückte seine Zigarre aus und nahm die Füße vom Tisch.
»Trinken wir einen Kaffee«, schlug Sergio vor und erhob sich.
Tina stand ebenfalls auf. Er führte sie am Ellbogen einen Flur entlang in ein spartanisch eingerichtetes Esszimmer. In einer Ecke stand eine Kaffeekanne. »Da meine Schwäche für Kaffee bekannt ist, steht immer welcher für mich bereit. Kaffee aus Kenia ist mein einziger Luxus.«
Er suchte zwei unbeschädigte Tassen und schenkte ihr eine Tasse voll ein. »Gehen wir nach draußen«, sagte er dann. »Ich finde die Atmosphäre abends um diese Zeit besonders schön.«
Tina hörte in den Bäumen das Kreischen von Affen. Von der Veranda aus waren rosafarbene Reiher und heilige Ibisse zu sehen, die in die Baumwipfel flogen.
»Es ist so friedlich hier. Kaum zu glauben, dass es sich um das Hauptquartier eines Generals handelt.«
»Ich bin in den letzten Jahren viel herumgekommen. Doch hier halte ich mich schon seit zwei Jahren auf, so lange bin ich bis jetzt noch nie an einem Ort gewesen. Ich beteilige mich nicht mehr aktiv an den Kämpfen, sondern plane die Strategie. Mein Gebiet ist hunderte von Meilen groß. Wir wissen nur selten, wo die RENAMO als Nächstes zuschlagen wird.«
»Und wer regiert das Land?«
»Niemand. Deshalb herrscht hier ja so ein Chaos. Nach unserer Unabhängigkeit erhielten wir hauptsächlich Unterstützung von der Sowjetunion. Damals befürworteten unsere Anführer den Marxismus. Wir hatten es satt, von reichen und korrupten Politikern beherrscht zu werden, und fanden die Vorstellung, dass alle gleich sein sollten, sehr reizvoll.

Setzen wir uns doch.« Er wies auf einen Holztisch am Rande des Wäldchens, das rings um das Hauptquartier wuchs. »In Mosambik«, fuhr er fort, »ging es nach dem Abzug der Portugiesen drunter und drüber. Die FRELIMO wollte die Gesellschaft radikal verändern und sämtliche Überreste der kolonialen Vergangenheit beseitigen. Und als die Sowjetunion und die DDR Hilfskräfte schickten, waren wir sehr froh, weil wir sie brauchten.

In Südafrika herrschte damals noch Apartheid; das Land betrachtete sich als Afrikas Bollwerk gegen den Kommunismus und letzte Bastion weißer Macht und war strikt dagegen, das Joch des Kolonialismus abzuwerfen. Der Gedanke, von unabhängigen schwarzen Nationen umringt zu sein, gefiel den Südafrikanern gar nicht. Deshalb konnte dort die RENAMO entstehen. Wir in Mosambik siechten fünf Jahre lang dahin. Die Kooperativen florierten nicht so, wie die Marxisten es gehofft hatten. Es gab Dürreperioden und Hungersnöte. Akademiker und Fachkräfte waren ausgewandert. Wir hatten weder Ärzte noch Anwälte oder Geschäftsleute und nur wenige Lehrer. Außerdem hatte ohnehin niemand Zeit, zur Schule zu gehen, da alle ständig mit der Nahrungssuche beschäftigt waren. Bauern wurden getötet, um ihnen die Ernte zu stehlen. Ausländische Investoren wandten sich ab.

Inzwischen hatte Rhodesien die Kolonialherren verjagt und nannte sich Simbabwe. Allerdings waren die Weißen dort weiterhin wohlhabend und wurden nicht für ihre Hautfarbe bestraft. Simbabwe erlaubte es den Weißen, Elektrizitätswerke, Müllverbrennungsanlagen, Konzerne und Hotels zu betreiben. Und deshalb kam es in Simbabwe auch nicht zum vorhergesagten Zusammenbruch. Das versetzte die rechtsgerichteten Weißen dort in Panik. Sie hatten Angst vor den Schwarzen in Mosambik und befürchteten, wir könnten mit unserem neuen Land Erfolg haben. Deshalb begannen sie

Söldner anzuheuern. Außerdem kündigten die Südafrikaner den einhundertzwanzigtausend Mosambikanern, die in den dortigen Diamanten- und Goldminen gearbeitet hatten, und schickten sie nach Hause, um das Heer der Hungernden auf den Straßen von Mosambik zu vermehren. Der Druck auf den Arbeitsmarkt wuchs, und außerdem fehlte das Geld, das diese Männer bislang an ihre Familien geschickt hatten. Während wir versuchten das Land zu regieren und unsere Bevölkerung vor dem Hungertod zu retten, hetzten Südafrika und Simbabwe uns Soldaten – die RENAMO – auf den Hals, um unsere Bemühungen zu unterlaufen. Sie brannten Dörfer nieder, entführten und versklavten Frauen und Kinder und griffen überall im Land ohne Vorwarnung an. Wie Sie vermutlich wissen, verübten sie Gräueltaten mit dem Ziel, das Chaos im Land zu schüren. Wer die FRELIMO unterstützte, dem wurden die Augen ausgestochen, die Genitalien verstümmelt, die Brüste abgeschnitten oder die Beine amputiert. Die RENAMO war sich für keine Grausamkeit zu schade.

Doch da sie angeblich den Kommunismus bekämpfte, wurde in amerikanischen Kirchen für sie gesammelt. Das Geld wurde nach Südafrika geschickt, das ganz offen auf ihrer Seite stand. Ein endloser Strom von Söldnern verpflichtete sich, für Geld zu kämpfen, und war gerne bereit, die gerade erwähnten Verbrechen gegen die Menschlichkeit zu verüben. Und so geht es bis heute. Meine Aufgabe ist es, die RENAMO aufzuspüren, aus ihren Löchern zu jagen und zu liquidieren. Sie infiltrieren Dörfer, und ich bin sicher, dass sogar einige unserer Männer für die RENAMO spionieren.

Wir sind keine Marxisten mehr. Das haben wir schon vor Jahren aufgegeben, als uns klar wurde, dass dieses System nicht funktionieren kann.«

»Sie klingen aber immer noch wie ein Marxist.«

»Ich war nie einer. Auf Grund meiner Jahre in Amerika strebte ich eine Demokratie nach westlichem Muster an. Doch ein Volk muss reif für die Freiheit sein. Es muss zu ihr hingeführt werden oder über genügend Bildung verfügen, und das fehlt uns hier beides. Allerdings hatten wir nie die Chance, ein neues System zu erproben, da wir tagtäglich angegriffen, getötet und bedroht werden, von Nord nach Süd, von den Bergen bis zum Meer. Da die RENAMO keine anerkannten Anführer hat, können wir mit niemandem verhandeln, um uns um eine diplomatische Lösung zu bemühen, damit dieser Krieg endlich aufhört.
Deshalb wissen die Menschen, mit denen Sie gesprochen haben, auch nicht, wer der Feind ist. Er ist unsichtbar, man kann nicht mit ihm sprechen. Unterstützt wird er aus Südafrika und Simbabwe, und zwar von weißen rechtsgerichteten Fanatikern, die Angst vor uns Schwarzen haben und glauben, dass wir die Kirche und die Zivilisation als solches abschaffen wollen, um sie zu unterdrücken. Sie zwingen uns lieber einen ewigen Krieg auf, als uns die Chance zu geben zu beweisen, dass wir vielleicht, ja, nur vielleicht ein selbstständiges Land mit Idealen werden könnten. Mehr verlangen wir nicht.«
»Mehr nicht?«
»Nein. Wir würden uns über Hilfe aus dem Ausland freuen, damit wir lernen, unsere Bodenschätze zu nutzen, Elektrizität zu erzeugen und moderne Landwirtschaft zu betreiben. Wir hätten nichts gegen ausländische Investoren einzuwenden. Wir brauchen Lehrer oder Menschen, die unsere Lehrer ausbilden, und außerdem Bücher und Computer und Kontakt zur Außenwelt.«
»Sie verlangen ziemlich viel.«
Sergio schmunzelte. »Nur das, was Sie auch haben. Und wir sind ebenso wie Sie bereit, dafür zu arbeiten.«
»Also ist es meine Aufgabe«, überlegte Tina laut, »herauszu-

finden, wer hinter der RENAMO steckt, und sie an den Konferenztisch zu locken.«

»Unmöglich«, erwiderte er. »Unmöglich.«

»Es ist häufig erfolgreich, wenn die Weltöffentlichkeit Druck auf die Personen ausübt, die gegen die Menschenrechte verstoßen. Wenn Sie mir die Wahrheit gesagt haben, hat die RENAMO kein Recht, sich in Ihre politischen Angelegenheiten einzumischen.«

»Meinen Sie wirklich, die Vereinten Nationen könnten da etwas unternehmen?«, fragte er, doch Tina erkannte an seinem Ton, dass er nicht daran glaubte.

47

Als sie um eine Flussbiegung kamen, schoss Joshs Hand unwillkürlich nach vorne, um Courtney zurückzuhalten und sie zu beschützen.

Etwa dreißig Meter vor ihnen kämpften ein Löwe und ein Krokodil um eine tote Gazelle. Sie hatten sich in ihr Opfer verbissen, dessen blutige Eingeweide in der Sonne glänzten. Die Muskeln des Löwen spielten. Der Schwanz des Krokodils war eingerollt, als wollte er gleich vorschnellen. Selbst aus der Entfernung sahen Courtney und Josh, dass die beiden Raubtiere einander mit Blicken fixierten.

Courtney packte Josh am Arm. Auf einem nahe gelegenen Hügel hatten sich die Mitglieder des Rudels versammelt – zwei Weibchen, drei Junge und, ziemlich ungewöhnlich, ein weiteres Männchen. Sie standen reglos und mit angelegten Ohren da.

Weder der Löwe noch das Krokodil rührte sich von der Stelle. Spannung knisterte in der Luft.

»So etwas habe ich noch nie erlebt«, flüsterte Josh. Er machte keine Anstalten, zurückzuweichen.

Das Krokodil schlug mit dem Schwanz, dessen Schuppen funkelten wie der Leib eines Drachen. Seine Kiefer schnappten zu. Die restlichen Gedärme der Gazelle quollen ins träge dahinfließende Wasser und färbten es rot. Es war so seicht, dass Courtney die Steine auf dem Grund sehen konnte.

Die Löwen hatten unter einer Akazie Schatten gesucht. Die

Jungen tollten miteinander. Offenbar interessierten sie sich nicht mehr für die Szene, die sich ganz in ihrer Nähe abspielte, denn sie hatten wahrscheinlich ihren Anteil an der Beute bereits gehabt. Zweifellos hatten die Weibchen der Gazelle im hohen Gras aufgelauert und sie durch das flache Wasser zur Sandbank geschleppt. Nachdem sie sich satt gefressen hatten, hatten sich die Jungen die Bäuche vollgeschlagen, bevor sie von den Männchen verjagt worden waren. Dann, ehe das Männchen fertig gewesen war, war das Krokodil auf der Bildfläche erschienen. Courtney stellte sich vor, wie es mit seinen eiskalten, schmalen Reptilienaugen aus dem Wasser aufgestiegen war.

»Das andere Männchen«, sagte Josh leise, »scheint sich keine Sorgen zu machen. Wenn es glauben würde, dass sein Freund in Gefahr schwebt, würde es sich einmischen. Es würde nie untätig zusehen, wie ein Krokodil einen Artgenossen verletzt.«

Courtney griff nach Joshs Hand. Sie fand, dass es ratsam war, sich zu verdrücken, aber er blieb wie angewurzelt stehen. Auch sie beobachtete gebannt die Szene, obwohl ihr ein Schauder den Rücken hinunterlief. Sie bemerkte, dass Josh nicht einmal die Pistole gezogen hatte.

Das Krokodil ließ den Kopf der Gazelle los und schnappte nach den Eingeweiden. Daraufhin schleppte der Löwe die Beute, begleitet von lauten Schleifgeräuschen, das sandige Ufer hinauf. Das Krokodil schlug noch einmal mit seinem todbringenden Schwanz und verschwand im seichten Wasser.

»Hier ist das Wasser so flach, dass es wahrscheinlich nicht einmal Fische fangen kann«, sagte Josh.

Der Löwe stand am Ufer, leckte sich die Lefzen und knurrte laut und genüsslich.

Courtney spürte, wie ihr der Schweiß zwischen den Brüsten hinunterlief. »Können wir nicht endlich gehen?«, fragte sie.

Josh sah sie an und lachte. »Klar, aber ich wollte das auf keinen Fall verpassen.«
»Eigentlich hast du Recht.«
»So etwas habe ich noch nie erlebt«, erwiderte er, als er, seine Hand immer noch um ihre, kehrtmachte und den Rückweg antrat. Auf dem Weg zum Lager entdeckte Josh einen Pfad. »Komm, lass uns schauen, wo er hinführt«, schlug er vor.
»Nach Osten«, entgegnete Courtney. »Woran erkennen wir, wo die Grenze ist?«
»Keine Sorge«, sagte Josh. »Wir gehen nicht weit. Ich bin nur neugierig, wo er endet.«
Nachdem sie eine halbe Stunde lang auf dem von Tieren ausgetretenen Pfad weitergegangen waren, rief Josh: »Da zwischen den Klippen ist etwas.«
Im nächsten Moment blieb er wie erstarrt stehen. Courtney, die ihm gefolgt war, fragte sich nach dem Grund.
»O mein Gott!«, stöhnte er auf.
»O Gott!«, rief auch Courtney, nachdem sie ihn eingeholt hatte.
Vor ihnen erhoben sich etwa drei Meter hohe Stapel aus Elefantenstoßzähnen. Es mussten hunderte sein. Wegen des Blätterdachs der Bäume waren sie aus der Luft nicht zu sehen gewesen.
»Das könnte ein gewaltiger Elefantenfriedhof sein«, sagte Josh und trat zögernd vor.
Courtney hatte von den geheimen Plätzen gehört, an die sich Elefanten zum Sterben zurückzogen, so wie Lachse kurz vor ihrem Tod an ihren Geburtsort zurückkehrten. Die Elefanten hingegen waren nicht auf diesen Lichtungen geboren, und niemand wusste, welcher Instinkt sie dazu trieb, sie zum Sterben aufzusuchen.
»Allerdings liegen hier nirgends Kadaver«, dachte Josh laut weiter. Außerdem waren die Stoßzähne so ordent-

lich aufgestapelt, dass es sich um Menschenwerk handeln musste. »Das ist kein Friedhof, sondern ein Lagerplatz. O nein!«

»Offenbar haben Wilderer das Elfenbein hierher geschafft«, stellte Courtney fest.

»Und sie bewahren es auf, bis es jemand abholt.«

»Natürlich. Aber der Weg ist für einen Wagen, der groß genug für den Abtransport wäre, doch gar nicht befahrbar.«

Sie näherten sich den aufgetürmten Stoßzähnen, für die unzählige Elefanten auf grausame Weise ihr Leben hatten lassen müssen. Courtney hatte Mühe, die Tränen zu unterdrücken.

»Die Stoßzähne sind bestimmt einige Millionen Dollar wert«, sagte Josh.

In diesem Moment hörten sie Motorengeräusche von der anderen Seite des Tals. Sie waren zuerst nur gedämpft zu vernehmen, wurden aber rasch lauter. »Klingt wie mindestens ein Dutzend großer Lastwagen«, murmelte Josh. Er packte Courtneys Hand und blickte sich nach einem Versteck um; sie suchten Schutz in einer Höhle.

»Lass uns verschwinden«, flüsterte sie.

»Seit fünf Jahren bin ich jetzt schon auf der Suche nach den Leuten, die hinter der Wilderei stecken«, entgegnete Josh. »Nun will ich auch sehen, was sie hier treiben.«

Inzwischen war das Dröhnen der herannahenden Lastwagen ohrenbetäubend. Doch das andere Ende der Schlucht war weit entfernt, sodass sie die Fahrzeuge noch nicht sehen konnten.

»Ganz gleich, was passiert, du steckst den Kopf nicht aus der Höhle«, warnte Josh.

»Heißt das etwa, du willst rausgehen?«

»Nun, schließlich muss ich feststellen, was sie da treiben.«

»Das weißt du doch ganz genau. Sie werden so viel Elfenbein

wie möglich auf die Laster laden und abtransportieren. Lass uns gehen, Josh. Diese Leute sind gefährlich. Oder willst du das abstreiten?«

Mittlerweile waren die Lastwagen in Sicht gekommen. Die Motoren wurden abgeschaltet. Es wurde still. Dann hallten Männerstimmen durch den Wald.

Josh stand im Höhleneingang.

»Komm«, sagte sie. »Wir können immer noch unbemerkt abhauen.« Als Josh sich nicht von der Stelle rührte, fragte sie: »Gibt es südlich von hier nur eine einzige Straße?«

Er nickte.

»Dann lass uns loslaufen. Wir könnten ihnen zuvorkommen. Wir kehren um und holen deine Männer. Dann schaffst du es vielleicht, sie ein paar Meilen südlich von hier abzufangen. Die Hintermänner tauchen sicher nicht hier auf. Es sind nur Lastwagen mit bezahlten Fahrern. Los, Josh. Trommle deine Männer zusammen und stell ihnen auf der Straße in der Nähe deines Stützpunkts eine Falle.«

»Wahrscheinlich biegen sie an der Weggabelung nördlich meines Stützpunkts nach Westen ab und schleichen sich auf Staubstraßen durch die menschenleere Savanne aus dem Park.«

»Okay, dann schnappen wir sie dort. Komm, Josh. Es ist zu gefährlich. Wir brauchen ein paar bewaffnete Männer als Verstärkung.«

Er sah sie zwar an, doch seine Aufmerksamkeit galt dem Geschrei hinter ihnen.

»Ich heirate dich«, sagte sie. »Wenn wir jetzt sofort gehen, heirate ich dich. Wenn wir auf der Stelle verschwinden, werde ich deine Frau. Schon morgen oder nächste Woche. Wann immer du möchtest.«

Er legte ihr den Arm um die Schulter und zog sie an sich. »Weißt du, wie komisch du bist?«

»Ich meine es ernst, so todernst, dass ich es gar nicht in

Worte fassen kann.« Ihre Knie zitterten. »Sie werden nicht zögern, auf uns zu schießen.«
Aber Josh war neunundzwanzig und hielt sich für unsterblich. Schließlich stand er auf der Seite des Guten. Die Gerechtigkeit würde triumphieren. Außerdem war er auf der Jagd nach den Hintermännern der Wilderei, seit er den Posten hier übernommen hatte – seit fünf unerträglich frustrierenden Jahren!
Er lehnte die Flinte an die Felswand, zog die Pistole aus dem Halfter und reichte sie Courtney. »Du weißt, wie man damit umgeht. Sie ist geladen. Wenn du siehst, dass ich in Gefahr schwebe, drück ab, ohne zu zögern.« Er nahm die Munition vom Gürtel und gab sie ihr ebenfalls. Sie steckte die Patronen in die Hemdtasche. »Du hast zwölf Schuss, das sollte genügen.«
Dann spähte er aus dem Höhleneingang. »Komm«, sagte er. »Sie können uns noch nicht sehen. Wenn wir die Klippe hinaufklettern, haben wir einen besseren Beobachtungsposten. Hinter dem Gebüsch da oben können wir uns gut verstecken.«
Er packte seine Flinte, schlich aus der Höhle und wandte sich nach links, weg von dem Lärm, den die Wilderer veranstalteten. Durch das Gestrüpp pirschte er zum Berghang und kroch, hinter große Felsen geduckt, weiter, bis er die Laster im Blick hatte. Es handelte sich um große olivgrüne Fahrzeuge mit militärischem Tarnmuster, zwölf an der Zahl, wie er es vermutet hatte. Damit konnte man fast die Hälfte der Stoßzähne wegschaffen.
Etwa fünfzig Männer waren damit beschäftigt, die Stoßzähne von den Stapeln zu den Lastwagen zu tragen, wo sie sie vorsichtig in Reihen aufeinander legten. Offenbar hatten sie das schon öfter getan, denn sie stellten sich dabei sehr geschickt an.
»Spiel bloß nicht den Helden«, zischte Courtney und fragte

sich dabei, was Josh bloß gegen diese Übermacht ausrichten wollte.

Hinter Schlingpflanzen und großen grauen Felsen verborgen, beobachteten sie etwa eine halbe Stunde lang das Treiben. Ein hoch gewachsener, magerer Schwarzer, der Shorts und Turnschuhe trug, führte offenbar das Kommando. Er beteiligte sich nicht an der Arbeit, sondern gab den Männern Anweisungen und sah sich, die Flinte im Anschlag, ständig in alle Richtungen um.

»Es ist mir rätselhaft, wie sie es geschafft haben, so viele Laster in dieser Einöde zusammenzubringen«, meinte Josh.

»Vermutlich findet der Transport einmal jährlich statt. Das Elfenbein wird sicher bereits seit einem Jahr, wenn nicht schon länger, hier gesammelt.«

In diesem Moment erschien ein Landrover und stoppte hinter den Lastern. Eine hoch gewachsene, in Weiß gekleidete Gestalt stieg aus und kam langsam näher.

»O mein Gott!«, rief Josh.

»Es ist Lloyd Brackenhurst.« Courtney schnappte nach Luft.

48

Am Fuß des Hügels sprach Brackenhurst mit dem Vorarbeiter und schlenderte anschließend zu den aufgestapelten Stoßzähnen hinüber, um sie in Augenschein zu nehmen. Courtney und Josh sahen, dass er nickte. Dann richtete sich Brackenhurst auf und schaute, die Hände in den Hosentaschen, den Männern beim Beladen der Lastwagen zu. Courtney kauerte hinter einem Felsen und ließ ihn nicht aus den Augen.

Nach einer Weile hob Brackenhurst den Kopf und suchte mit Blicken die Klippen ab, als würde er mit ungebetenen Gästen rechnen. Danach wandte er sich an den Vorarbeiter, um einige Worte mit ihm zu wechseln. Dieser winkte daraufhin zwei Arbeiter zu sich, die aufmerksam zuhörten und zwei Flinten aus dem Führerhaus eines Lasters holten.

»Lass uns abhauen«, zischte Courtney.

»Weißt du, wo unser Auto steht?«

Sie schüttelte den Kopf. »Nicht genau.«

»Ich will ihn auf frischer Tat ertappen und ihn zur Rede stellen.«

»Komm schon, Josh. Jetzt schickt er Kundschafter los, um sicherzugehen, dass es keine Zeugen gibt. Wir müssen verschwinden.«

Josh schüttelte den Kopf. »Courtney, ich habe zu lange auf diesen Moment gewartet. Ich muss ihn erwischen.«

»Er wird von einer ganzen Armee beschützt. Du hast keine Chance.«

Schweigend betrachtete Josh weiter die Szene.
»Willst du, dass ich schon vor der Hochzeit Witwe werde?«
Er überlegte eine Weile. »Okay, machen wir uns aus dem Staub.« Er nahm sie bei der Hand und schlich in geduckter Haltung die Klippe entlang. Doch Courtney stolperte beim Abstieg und rutschte etwa drei Meter nach unten. Josh packte sie, zog sie hoch und rannte mit ihr zur Höhle. »Wir warten hier, bis sein Suchtrupp zurück ist.«
»Du darfst nicht rausgehen und ihn zur Rede stellen, solange er so viele Männer bei sich hat.«
»Ich weiß. Aber er wird sicher bleiben, bis sie fertig sind, um festzustellen, wie viel Elfenbein sie verladen konnten und wie viel sie zurücklassen mussten. Vermutlich stammt der Großteil dieser Stoßzähne aus Mosambik, denn wir sind hier sehr nah an der Grenze. Das Elfenbein wurde hergeschafft, damit Brackenhurst es abholen kann. Wahrscheinlich versorgt er die Wilderer mit Waffen und mit Geld, um ihnen ihr Treiben zu ermöglichen.«
»Du meinst, dass das Elfenbein ausschließlich aus Mosambik kommt?«
»Vielleicht nicht alles. Immerhin haben wir einige Stunden entfernt von hier Elefantenleichen gefunden. Aber da Mosambik so nah ist, wurde der Großteil der Elefanten sicher dort getötet. Gewiss, um den Krieg zu finanzieren.«
Josh stand im Höhleneingang.
»Ich möchte, dass du auf diesem Pfad hier zurückgehst. Wenn er auf den breiteren Weg trifft, biegst du nach links ab. Dann kommst du direkt in unser Lager.«
»Und was soll ich tun, wenn ich dort bin?«
»Auf mich warten.«
»Spinnst du? Wie lange denn? Und wenn drei Tage vorbei sind, soll ich mich wohl damit abfinden, dass du tot in einem Haufen von Stoßzähnen liegst. Bis dahin sind diese Männer längst weg, und Brackenhurst ist wieder zu Hause. O mein

Gott, eigentlich müsste er doch mit Tina zusammen sein. Wo ist sie?«

»Zerbrich dir darüber nicht den Kopf. Gehst du jetzt endlich?«

»Kommt nicht in Frage. Ich bleibe bei dir.«

Josh seufzte. »Ich werde abwarten, bis die Kundschafter die Suche aufgeben. Keine Ahnung, was ich dann mache. Ich brauche genug Beweise, um Brackenhurst vor Gericht zu stellen.«

»Vor Gericht stellen? Glaubst du, die Regierung würde einen Mann wie ihn einsperren?«

»Wildhüter dürfen auch töten, wenn sie jemanden beim Wildern erwischen.«

»Dann erschieß ihn lieber«, sagte Courtney. »Der Richter brummt ihm nur eine Geldstrafe auf, und danach macht er einfach weiter wie gehabt.«

»Nicht, wenn ich es verhindern kann.« Josh schob Courtney zurück in die Höhle. »Versteck dich da drin, und zwar so weit hinten, dass dich wirklich niemand findet.«

»Dann kriege ich Platzangst.«

»Du kannst auch ins Lager zurückkehren.«

»He«, sie küsste ihn, »es wird bestimmt nicht einfach, mit dir verheiratet zu sein.«

Er grinste. »Da kannst du Gift drauf nehmen.«

Sie befolgte seine Anweisung und tastete sich durch die Dunkelheit in den hinteren Teil der Höhle. Als sie gegen eine Wand stieß, erschauderte sie, denn Spinnweben streiften ihr Gesicht.

Nachdem sie eine Weile stehend verharrt hatte, testete sie mit den Füßen den Boden und ließ sich schließlich vorsichtig nieder. Sie hoffte, dass es hier keine Schlangen gab. Und sie betete, dass Josh keine Dummheiten machen würde. Sie wagte nicht, nach ihm zu rufen, und wünschte, sie hätte wenigstens das Zifferblatt ihrer Uhr ablesen können. Da es bei

ihrem Aufbruch noch so früh gewesen war, hatten sie keine Taschenlampen mitgenommen.
Courtney rieb sich die Beine, um einen Krampf im linken Fuß zu lösen. Dann stand sie widerstrebend auf, tänzelte hin und her und lehnte sich schließlich an die Felswand. Bitte, Josh, schickte sie ein Stoßgebet zum Himmel, bitte pass auf. Sei bloß vorsichtig.
Was war, wenn ihnen etwas zustieß? Wenn sie es nicht schaffen würde, diese Höhle zu verlassen? Wie sollte Andrew sie jemals finden? Und wenn sie hier starb? Wenn Brackenhurst sie entdeckte und erschoss? Würde sie dann auch zu den vielen Menschen gehören, die im finstersten Afrika verschwunden und von der Wildnis verschluckt worden waren?
Wo mochte Tina sein? Wo hatte Brackenhurst sie zurückgelassen? Wie sollten sie sie aufspüren?
Nach ihrer Schätzung waren schon einige Stunden vergangen. Warum hatte Josh sie nicht gerufen oder war zurückgekommen, um sich zu vergewissern, dass ihr nichts fehlte?
An der Wand entlang tastete sich Courtney zum vorderen Teil der Höhle. Sie war noch nicht weit gekommen, als sie gedämpftes Tageslicht schimmern sah. Vorsichtig und auf Zehenspitzen schlich sie weiter. Es war totenstill. Sie wagte nicht, nach Josh zu rufen oder irgendein Geräusch zu machen.
Versteckte er sich in den Schatten? Sie konnte ihn nicht erkennen. Als ein Lichtstrahl sie zu sich zu winken schien, ging sie schneller. Keine Spur von ihm. Sie hatte den Höhleneingang erreicht und spähte ängstlich hinaus. Kein Josh. Etwa eine Viertelstunde lang blieb sie stehen und dachte zunächst, er sei nur kurz hinausgeschlüpft, um sich umzuschauen. In der Ferne hörte sie Männerstimmen und dann Motorengeräusche: Die Wilderer ließen die Wagen an und fuhren ab. Erleichtert atmete Courtney auf. Jetzt waren sie in Sicherheit.

Aber wo steckte Josh? War er oben auf der Klippe und beobachtete alles?
Wenn die Männer abfuhren, suchte sicher niemand mehr nach unliebsamen Zeugen. Courtney trat aus der Höhle. Im dichten Dschungel fand sie den Pfad, der nach oben zu ihrem Ausguck hinter den Felsen führte. In geduckter Haltung lief sie los. Als sie den großen Felsen oben am Hügel erreicht hatte, rechnete sie schon damit, Josh dort anzutreffen. Aber er war nicht da. Also ging sie in die Hocke und spähte nach unten. Der letzte Lastwagen setzte sich in Bewegung.
Doch Brackenhursts Landrover stand noch da – und darin saß Josh mit auf dem Rücken gefesselten Händen. O mein Gott!
Dann war der Lastwagen fort, und es herrschte Stille, sodass Courtney jedes von Brackenhursts Worten verstehen konnte.
»Tja, Josh, was soll ich jetzt mit Ihnen machen?«
Keine Antwort.
»Sie wissen, dass ich Sie nicht gehen lassen kann. Sie würden mir alles verderben, richtig?«
Schweigen.
Langsam kam Brackenhurst auf Josh zu und zog dabei einen Revolver.
»O nein, er wird ihn erschießen«, sagte Courtney zu sich.
So leise wie möglich eilte sie den Pfad entlang zurück. Dann lief sie unbemerkt von Brackenhurst weiter und umklammerte keuchend die Pistole, die Josh ihr gegeben hatte. Sie vergewisserte sich, dass die Waffe auch entsichert war.
Hände hoch!, wollte sie rufen. Umdrehen! Josh würde es trotz seiner gefesselten Hände bestimmt schaffen, Brackenhurst die Waffe abzunehmen. Dann würden sie den Engländer zum Krankenhaus bringen und ihn dort einsperren, bis Josh die Behörden verständigt hatte. Zuvor würde sie ihn jedoch zwingen, ihr zu verraten, wo Tina steckte und was er mit ihr gemacht hatte.

Am Ende des Pfads bog Courtney um die Kurve. Sie rannte so schnell, dass alles um sie herum verschwamm. Als sie an den Elfenbeinstapeln vorbeikam, die sich um etwa die Hälfte verringert hatten, hörte sie einen Schuss. Einen einzigen Schuss.

»Um Himmels willen, nicht Josh«, schluchzte sie und stürmte weiter. Als sie die Lichtung erreichte, sah sie Brackenhurst neben seinem Landrover stehen. Er bückte sich gerade, um Josh an den Beinen aus dem Wagen zu ziehen.

»Stopp!«, rief sie so laut, dass ihre Stimme durch den Wald hallte.

Brackenhurst ließ Joshs Bein los und wirbelte herum.

Er verzog das Gesicht. »Ach, Courtney. Ich hätte mir denken können, dass er nicht allein war. Was für ein Jammer.« Wieder wollte er die Pistole zücken, doch bevor er auf sie zielen konnte, legte Courtney an und drückte ab. Ein Blutfleck erschien auf Brackenhursts weißem Anzug, und Erstaunen zeigte sich auf seinem Gesicht, als er zu Boden sank. Wegen seiner Beleibtheit wölbte sich sein Bauch nach oben wie ein Hügel, ein weißer Berg, aus dessen Tiefen Blut hervorsprudelte, die Hänge hinabrann und in der Erde versickerte.

Courtney war nur kurz stehen geblieben, um zu schießen. Nun lief sie zu Josh, dessen Bein schlaff aus dem Wagen hing und den Boden berührte.

»Josh!«, rief sie und nahm ihn in die Arme.

Sie drückte ihn an sich, überprüfte, ob er noch atmete, und tastete nach seinem Puls. Doch seine Augen standen offen und starrten ihr blicklos entgegen. »O Josh«, schluchzte sie. Tränen traten ihr in die Augen, und sie weinte bitterlich. Als sie ihn festhielt, wurde sie von seinem Blut benetzt. »O Josh«, flüsterte sie, küsste sein Gesicht und presste ihn an ihre Brust. »O Josh.«

49

Tina verbrachte noch zwei Tage in Gesprächen mit Sergio Howanda. Eigentlich hätte Brackenhurst schon vor einem Tag zurück sein müssen. »Wann kommt Mr. Brackenhurst voraussichtlich wieder?«, fragte sie Howanda am dritten Morgen, obwohl der Rebellenführer vermutlich auch nicht mehr wusste als sie.

Sergio bedachte sie mit einem merkwürdigen Blick und zuckte dann mit den Schultern. »Vielleicht irgendwann heute. Bitte haben Sie Verständnis dafür, dass ich ein schlechter Gastgeber sein muss, während Sie auf ihn warten. Ich habe eine Menge zu tun.« Er hatte Brackenhurst mitgeteilt, er könne zwei Tage für Tina erübrigen. Und jetzt waren schon drei daraus geworden.

Auch Tina hatte die erhofften Antworten erhalten und war bereit, abzureisen. Sie brannte darauf, Ben ein Telegramm zu schicken und dann nach Hause zu fliegen, um ihm die ganze Geschichte zu erzählen. Anschließend wollte sie zurück nach Indiana. Sie würde Courtney, Mara und Andrew vermissen und war neugierig, wie es mit ihrem selbstlosen Engagement weitergehen würde.

Außerdem fragte sie sich, ob Ben etwas mit ihren Rechercheergebnissen würde anfangen können. Sie seufzte auf.

»Was machen denn die Kinder da?«, erkundigte sie sich, als sie eine Gruppe kleiner Jungen über ein Feld marschieren sah.

»Wir bilden sie aus«, antwortete Sergio.

»Zum Töten?«, hakte Tina nach.
Sergio nickte. »Wir brauchen unbedingt Soldaten. Waffen haben wir genug.«
Tina überlegte, ob wohl Brackenhurst seine Bezugsquelle war.
»Wo kommen die Kinder her?«, fragte sie. »Sind sie Waisen?«
»Ja.« Sergio blickte sie an. »Tausende im Stich gelassener Kinder streunen in Mosambik herum und rauben und plündern, wo sie können, weil es ihre einzige Chance ist, etwas zu essen zu bekommen. Sie stellen eine öffentliche Gefahr dar. Wir werben sie an.«
»Wenn Sie welche finden, bringen Sie sie her und geben ihnen Verpflegung und Schießunterricht«, sagte Tina nach einer Weile.
»Sie würden als Erwachsene ohnehin töten. Sie kennen keine Mitmenschlichkeit.«
»Einige sind erst fünf oder sechs Jahre alt.«
»Richtig«, stimmte Sergio zu. »Sie rotten sich mit anderen Waisenjungen zusammen, die im Land umherziehen. Also schützen wir auf diese Art auch die Bevölkerung vor ihnen.«
»Können sie denn keine Ausbildung bekommen?«
»Das ist in Mosambik schon seit fast zehn Jahren nicht mehr möglich«, entgegnete Sergio. »Es gibt weder Schulen noch Bücher oder Lehrer.«
»Wie soll ein Land mit einer ungebildeten Bevölkerung überhaupt regierbar sein?«
»Das ist wirklich eine schwierige Frage.«
»Sie haben keine politischen Führer für die Zukunft.«
»Die meisten Menschen hier glauben sowieso nicht daran, dass es eine Zukunft gibt.«
»Die Gesetze der Menschlichkeit werden diesen Kindern wohl nie etwas bedeuten«, sagte Tina.

»Ich fürchte, sie werden auch nie erfahren, was Liebe ist«, erwiderte Sergio und sah sie an.

»O Gott«, flüsterte Tina. Dann warf sie ihm einen Blick zu. »Wissen Sie, wo Mr. Brackenhurst steckt?«

»Vermutlich nicht weit weg von hier. Er versorgt uns mit ... Dingen, die wir brauchen. Wenn alles erledigt ist, kommt er zurück.«

Mit Dingen, die wir brauchen? Wahrscheinlich mit Waffen, dachte Tina. Offenbar handelte Lloyd mit Gewehren.

Aber wenigstens stand er auf der richtigen Seite. Denn Tina hatte keinen Zweifel daran, dass die FRELIMO für eine gerechte Sache kämpfte. Die Kirchen und die Regierung ihres Landes hatten die ganze Zeit über die Schurken unterstützt, in dem Irrglauben, dass man dem Kommunismus unter allen Umständen einen Riegel vorschieben müsse. Nach ihrer Rückkehr zum Krankenhaus würde sie einen Bericht mit diesem Inhalt auf Band aufnehmen und ihn an Ben schicken, damit er möglichst bald gesendet wurde. Anschließend würde sie nach Harare fliegen und Ben entweder am Telefon oder per Telegramm erklären, was sie erfahren hatte. Ein Telegramm war vermutlich besser, denn so würde sie nicht gezwungen sein, ein persönliches Gespräch mit ihm zu führen.

Nachdem Tina noch zwei Tage gewartet hatte, wuchs ihre Ungeduld.

»Mr. Brackenhurst ist immer noch nicht zurück«, sagte Sergio an diesem Abend zu ihr. »Vielleicht ist ihm etwas zugestoßen. Ich schlage vor, dass Sie allein auf ihre Seite der Grenze zurückkehren.«

»Die Fahrt hat mit dem Auto mehr als zwei Tage gedauert. Zu Fuß würde ich es niemals schaffen.«

Sergio schüttelte den Kopf. »Meine Männer werden Sie zu einem näher gelegenen Übergang bringen«, erwiderte er. »Sie werden auf Sie aufpassen. Natürlich gibt es in diesem Land keine absolute Sicherheit. Bei Morgengrauen brechen Sie auf.«

Am nächsten Tag fuhr Tina in einem zerschrammten grauen Lastwagen los, der sicher an die fünfzehn Jahre alt war. Bei jedem Schalten kreischte das Getriebe. Tina versteckte sich auf der Ladefläche unter einer Ladung Zuckerrohr. Sergio hatte ihr eine Plastikflasche mit Wasser mitgegeben.

Der Lastwagen zuckelte dahin, und Tina wurde von dem ständigen Schwanken und dem süßlichen Geruch des Zuckerrohrs allmählich übel. »Das ist der längste Tag meines Lebens«, sagte sie zu sich.

Doch sie sollte sich irren.

Am dritten Morgen hielt der Lastwagen nach nur zwei Stunden Fahrt an. Der Fahrer half Tina von der Ladefläche, zeigte auf einen Pfad und bedeutete ihr, diesem zu folgen. Allerdings verstand sie nicht genau, was er zu ihr sagte.

Tina war so erleichtert, wieder festen Boden unter den Füßen zu haben, dass sie nicht protestierte, obwohl sie keine Ahnung hatte, wie weit es bis zum Krankenhaus war. Sie hoffte nur, dass kein wildes Tier sich aus dem Wald auf sie stürzen würde. »Ich hasse Lloyd Brackenhurst«, verkündete sie, an die Bäume gewandt.

Fast eine Stunde lang folgte sie dem Pfad, bis sie ein Schild sah, das an einen hohen Baum genagelt war. »Simbabwe« stand in kindlicher Krakelschrift darauf.

»Oh, Gott sei Dank«, seufzte sie und betrachtete die friedliche Umgebung. Allerdings wusste sie, dass sie sich nicht zu früh freuen durfte. Vorsichtig balancierte sie von Stein zu Stein und suchte auf dem Boden nach Anzeichen dafür, dass hier etwas vergraben worden war. Doch das war nicht festzustellen. Vielleicht war ihre Besorgnis ja überflüssig, denn schließlich konnte nicht die ganze Grenze vermint sein.

Mit zerzaustem Haar und zerkratzten Armen und Beinen, die Kleider zerknittert und schmutzig und mit Tasche, Kamera und Videorecorder bepackt, atmete sie erleichtert auf, denn der Baum war nur noch drei Schritte entfernt. Sie streckte den Arm aus, um das Schild zu berühren, das sie in Simbabwe willkommen hieß. Doch während sie noch lächelte, ging die Mine los, sodass ihr linkes Bein hoch in die Luft geschleudert wurde. Tina stürzte zu Boden; das Blut spritzte in alle Richtungen.

50

Von heftigem Schluchzen erschüttert, schob Courtney Joshs Bein vorsichtig zurück in den Landrover. Dann betrachtete sie den Toten, der vor kurzem noch Lloyd Brackenhurst gewesen war.

Beim bloßen Gedanken, ihn berühren zu müssen, erschauderte sie. Sie hatte den Engländer noch nie leiden können, und auch Josh war der Mann nie ganz geheuer gewesen. Mit gutem Grund, wie sie jetzt wusste.

Seine blicklosen Augen starrten sie an. Sie bückte sich und schloss sie.

»Ich habe einen Menschen getötet«, sagte sie sich. Doch sie bereute es nicht im Mindesten. Und obwohl sie wegen Joshs Tod trauerte, durfte sie nicht länger weinend hier herumsitzen. Die beiden Leichen konnten nicht in der Hitze liegen bleiben.

Also packte sie Brackenhursts rechtes Bein und begann zu ziehen. Aber er rührte sich nicht von der Stelle. Dann versuchte sie seine Schulter anzuheben, doch auch das war vergeblich. Also baute sie sich, die Hände in die Hüften gestemmt, vor ihm auf.

»Gut, Lloyd«, sagte sie – sie hatte ihn zu Lebzeiten nie Lloyd genannt –, »dann muss ich dich eben hier lassen.« Dass die Geier vermutlich über ihn herfallen würden, kümmerte sie nicht.

Courtney kehrte zu Joshs Leiche und dem Landrover zurück. Sie hatte keine Ahnung, in welcher Richtung sich ihr

Lager befand, und fragte sich, ob sie wohl den Weg zum Krankenhaus finden würde. Allerdings wirkte die Straße dorthin stärker befahren, und die Reifenspuren der Militärlaster waren noch zu erkennen.

Wo mochte Tina stecken?

Als Courtney den Wagen anließ, kippte Joshs Leiche nach vorne. Sie hielt an, stieg aus, öffnete die Beifahrertür, zog Josh aus dem Wagen und legte ihn auf den Rücksitz. Dann küsste sie ihn auf die Stirn. »O Josh«, flüsterte sie und brach erneut in Tränen aus.

Mit tränenüberströmtem Gesicht setzte Courtney sich wieder ans Steuer, schloss die Tür und fuhr langsam los. Die Laster hatten das Gras zerdrückt, das zwischen den Spurrillen wuchs. Courtney drosselte ihr Tempo, denn sie wollte die Wagenkolonne auf keinen Fall einholen. Sie würde mindestens zwei oder drei Tage brauchen. In welchem Zustand würde sich Joshs Leiche bis dahin befinden? Sie musste anhalten, weil sie vor lauter Tränen nichts sehen konnte.

Sie weinte und weinte. Dann aber wischte sie sich die Augen trocken. »Ich muss hier raus«, sagte sie zu den Bäumen.

Andrew sah den Landrover als Erster und spürte, wie ihm ein Stein vom Herzen fiel, denn er machte sich stets Sorgen, wenn Courtney im Busch unterwegs war.

Ein Lächeln auf den Lippen, trat er von der Veranda, um seiner Tochter entgegenzugehen.

Offenbar hatte sie Josh schon abgesetzt, weil sie allein im Auto saß. Doch als sich der Wagen näherte, erkannte er, dass es sich um den von Brackenhurst handelte, nicht um Joshs. Was um alles in der Welt …

Dann riss Courtney die Wagentür auf und fiel ihrem Vater in die Arme. Er drückte sie an sich und fragte sich, was wohl geschehen war … und im nächsten Moment sah er

Joshs Leiche auf dem Rücksitz. Getrocknetes Blut bedeckte sein Hemd.

Courtney klammerte sich an ihren Vater. »O Daddy, Josh«, sagte sie immer wieder.

Endlich gelang es ihm, sich loszumachen, und er ging zu Joshs Leiche hinüber.

»Brackenhurst war es«, stammelte sie. »Er hat Josh erschossen, und dann habe ich ihn getötet.«

Andrew starrte sie an. »Wir müssen ihn begraben.« Er würde später mehr von ihr erfahren. »Komm, Courtney, ich hole ein paar Männer, damit sie ihn beerdigen. Dann besorge ich dir einen Drink, und du erzählst mir alles.«

»Ich war bei Joshs Haus und habe seine Wildhüter gebeten, Brackenhursts Leiche zu holen oder ihn an Ort und Stelle zu begraben. Außerdem muss man etwas wegen der Stoßzähne unternehmen.«

»Stoßzähne?«

Courtney wischte sich mit dem Hemdsärmel die Nase ab.

»Wo ist Tina?«, fiel Andrew plötzlich ein. »Sie war doch mit Brackenhurst zusammen.«

»Ich weiß es nicht. Hat er sie irgendwo zurückgelassen und ihr versprochen, sie später abzuholen? Hat er sie beseitigt? Oder hat er sie einfach in Mosambik ausgesetzt? Ich habe keine Ahnung, wo sie hinwollten. O Daddy, ich mache mir solche Sorgen um sie.«

In diesem Moment erschien ein Helikopter über ihnen. Gleichzeitig trat Mara aus dem Haus.

Als sie sah, was geschehen war, griff sie sich an die Brust.

»Wink den Helikopter heran«, sagte Andrew zu ihr. »Er soll auf der Piste im Park landen.« Das war nur zehn Minuten entfernt.

Sie folgte seiner Anweisung, ohne nachzufragen, und lief los.

Andrew drehte sich um, nahm seine Tochter an der Hand und führte sie zur Veranda. »Setz dich. Ich trommle rasch ein paar Männer zusammen und bin gleich zurück. Rühr dich nicht von der Stelle.«

Courtney fand diesen Befehl reichlich überflüssig. Sie sank in einen Sessel.

Drei Minuten später kam er mit einem Glas Scotch wieder, den er sonst für besondere Anlässe aufsparte. Courtney kippte den Alkohol hinunter und verzog das Gesicht.

»Also, Liebes«, sagte Andrew, ließ sich neben ihr nieder und griff nach ihrer Hand. »Du musst mir jetzt alles erzählen.«

In wenigen Worten schilderte sie ihm, was vorgefallen war. Andrew wusste, dass er sich, was die Einzelheiten anging, würde gedulden müssen.

»Ich habe den Wildhütern erklärt, Joshs Jeep sei ganz in der Nähe des Elfenbeinlagers geparkt. Es seien nur ein paar Meilen, aber ich weiß nicht, ob sie die Stoßzähne finden werden. Sie waren gut getarnt, und die Straße wird sicher nur selten benutzt. Sonst wäre bestimmt schon früher jemand auf das Elfenbein gestoßen. Josh meinte, es liege gewiss seit über einem Jahr dort. Es waren Tonnen.«

Courtney trank noch einen Schluck Scotch.

»Er war so ein netter junger Mann«, sagte Andrew, der fand, dass Josh einen grausamen und sinnlosen Tod gestorben war.

»Er hat mich gefragt, ob ich seine Frau werden will.«

»Das überrascht mich nicht. Alle haben gemerkt, dass er schon lange in dich verliebt war.«

»Ich habe ihm versprochen, ihn morgen zu heiraten, wenn wir jetzt endlich verschwinden würden. Aber er hat sich geweigert. Brackenhurst war ein mieses Schwein.«

Andrew hatte Courtney einen Platz angewiesen, von dem aus sie den Landrover nicht sehen konnte. Während sie miteinander sprachen, hatten drei Männer Joshs Leiche abgeholt. Sie hatten auch nicht bemerkt, dass Mara in Begleitung eines gut gekleideten Mannes eingetroffen war.

Mara sprang aus dem Wagen und eilte nach einem Blick auf den inzwischen leeren Rover auf die Veranda zu. »O Liebes«, rief sie und nahm Courtney in die Arme. »Was um Himmels willen ist denn passiert?«

Der Mann war ihr die Stufen hinauf gefolgt und blieb reglos stehen.

Andrew erhob sich, um den Gast zu begrüßen. »Ich bin Andrew McCloud«, stellte er sich vor.

»Benjamin Burgess«, erwiderte der Fremde.

Courtney fuhr herum. »Tinas Chef?«

Er lächelte sie an. »Also bin ich offenbar am richtigen Ort gelandet – wenn auch zum falschen Zeitpunkt.«

Mara konnte sich nicht mehr zurückhalten. Sie ließ sich auf Andrews Stuhl nieder. »Erzähl mir, was geschehen ist«, forderte sie Courtney auf.

Andrew zog zwei Stühle heran und bedeutete dem Besucher, sich zu setzen.

Nachdem Ben den Hut abgenommen hatte, tat er dies, um sich die Geschichte anzuhören. Dabei fragte er sich, wo Tina wohl steckte.

Courtney wiederholte ihren Bericht und schilderte diesmal auch, wie sie den Hügel hinaufgeklettert waren und sich dann in der Höhle versteckt hatten. Als sie beschrieb, wie sie Brackenhurst erschossen hatte, zitterte ihre Stimme.

»Brackenhurst wollte mit Tina die Grenze überqueren«, sagte sie dann zu Ben. »Sie hatte vor, sich mit irgendeinem General zu treffen, der ihr die Hintergründe des Kriegs erklären sollte. Ich habe keine Ahnung, wo sie ist.«

Ben erstarrte. »Wirklich nicht?«

»Offenbar ist Brackenhurst mit ihr nach Mosambik gefahren. Ob sie noch dort ist oder ob er sie irgendwo im Wald zurückgelassen hat, kann ich nicht sagen. Wir sollten einen Suchtrupp losschicken und die ganze Gegend durchkämmen, doch mit dem Auto braucht man über zwei Tage dorthin. Außerdem können wir die Grenze nicht überqueren …«

»Das gilt vielleicht für Sie«, erwiderte er. »Aber ich bin hier, um Tina zu finden, und niemand wird mich daran hindern.«

»Wenn wir nur wüssten, wer dieser General ist. Dann könnten wir ihm eine Nachricht zukommen lassen und herausfinden, ob sie je bei ihm eingetroffen ist oder ob sie sich noch dort aufhält. Möglicherweise haben sie und Brackenhurst in Simbabwe ihr Lager aufgeschlagen und sind mit dem Auto hinübergefahren …«

»Wer kennt sich dort aus?«

»Joshs Wildhüter«, antwortete Andrew. »Andere Parkverwaltungen würden uns vielleicht Hubschrauber für eine Suchaktion zur Verfügung stellen. Allerdings ist das Gelände so dicht bewaldet, dass man vermutlich aus der Luft nichts erkennen kann.«

»Ich habe Tina streng verboten, über die Grenze zu gehen«, sagte Ben zu Andrew.

Andrew nickte. »Als Brackenhurst ihr anbot, sie hinzubringen, hielt sie es für ihre Pflicht.«

»Verdammt«, murmelte Burgess mit funkelnden Augen. »Sie hätte vorsichtiger sein müssen.«

»Wahrscheinlich liegt es an ihrer Furchtlosigkeit, dass so viele Menschen sie bewundern.« Er fügte nicht hinzu, dass er sie angefleht hatte, die Finger davon zu lassen. »Brackenhurst hat ihr versichert, dass ihr nichts geschehen könne.«

»Ja, und jetzt sitzt Tina vielleicht irgendwo allein im Wald. Offenbar hat er sie ohne Fahrzeug zurückgelassen, denn Sie sind ja mit seinem Wagen gekommen.« Er wies auf den Rover, in dem Joshs Leiche gelegen hatte. »Würden Sie den Rückweg finden?«, fragte er Courtney.

Courtneys Atem ging schwer, aber sie nickte. »Wahrscheinlich schon.«

In diesem Augenblick kam ein Afrikaner, der nur mit zer-

lumpten Shorts bekleidet war, aus dem Wald gestürmt. Er trug kein Hemd, und seine Arme und Beine waren völlig zerkratzt. »Doktor«, rief er. »Doktor.«
Courtney sprang auf und lief auf ihn zu. Die anderen starrten ihn entgeistert an.
Nachdem sie ihn angehört hatte, übersetzte sie. »Eine Frau liegt verwundet in einem Minenfeld. Ich glaube, es handelt sich um das ganz bei uns in der Nähe am Ende des Pfads. Wahrscheinlich ist es Tina.«
Ben war Courtney gefolgt. Er bemerkte, dass der Mann blutunterlaufene Augen hatte und vor Todesangst am ganzen Leib zitterte.
»Wo kriege ich ein Auto her?«, fragte Ben.
»Sie können dort nicht mit dem Auto hinfahren. Es ist nur ein Fußpfad.«
»Und worauf zum Teufel warten wir noch?«
»Ich hole rasch meine Arzttasche.«
Courtney lief zum Krankenhaus und war wenige Sekunden später zurück. »Ich komme auch mit«, rief Mara.
Ben nahm Courtneys Hand, und die beiden rannten los.
Die Aufregung verlieh Ben Burgess ungeahnte Kräfte. Er lief so schnell, dass Courtney kaum mit ihm Schritt halten konnte. Doch trotz ihres Seitenstechens stürmte sie weiter.
Der Pfad war ziemlich gerade und von vielen Füßen festgestampft worden.
Ben erreichte die Lichtung als Erster. In der Mitte des Minenfelds lag eine bewusstlose Tina. Ihr linkes Bein, das immer noch blutete, befand sich einige Meter entfernt von ihr. Obwohl sie weiterhin Blut verlor, begann die Lache um sie herum bereits zu trocknen. Allerdings hatte der Blutverlust genügt, um ihr die Besinnung zu rauben.
Ben rannte auf sie zu.
»Vorsicht, Minen!«, warnte Courtney.
Doch Ben eilte über das Minenfeld. Niemand würde ihn zu-

rückhalten. Er hob Tina vom Boden auf und hielt das Bein hoch, das vom Knie abwärts abgetrennt war. Nachdem er sie zu Courtney hinübergetragen hatte, legte er sie auf den Boden und bettete ihren Kopf auf seinen Schoß. Dann betrachtete er Courtney.

Courtney konnte es kaum ertragen, ihre Freundin so zu sehen.

»Können Sie sie retten?«, fragte Ben.

»Ich weiß nicht. Wie sollen wir sie zurück ins Krankenhaus schaffen?«

In diesem Moment kamen Mara und Andrew in Sicht. Nach einem kurzen Blick auf Tina musterte Andrew seine Tochter zweifelnd.

»Ein Glück, dass ihr da seid.«

Mit seinem Schweizer Messer schnitt Andrew ein paar tief hängende Zweige ab. »Wir bauen eine Trage«, sagte er zu Ben. »Dann können wir sie so vorsichtig wie möglich zurücktransportieren.«

»Aber wir dürfen keine Zeit verlieren«, wandte Courtney ein.

Ben brach kleinere Zweige mit den Händen ab. Dann beugte er sich vor, um die immer noch bewusstlose Tina zu küssen. Courtney gab ihr eine Morphiumspritze. Ihr fiel ein, dass Minenfelder das waren, was Tina an Kriegen stets am meisten geängstigt hatte.

51

Ben sah zu, wie Courtney die Nerven durchtrennte und das Bein unterhalb der Kniescheibe vernähte, und hielt dabei Tinas Hand. Er legte eine Matratze neben ihr Bett auf den Boden, um dort zu schlafen, und hörte ihr zu, wenn sie vor sich hin murmelte. Als sie aufwachte, sah sie als Erstes Bens Gesicht. Tina schloss wieder die Augen. Offenbar träumte sie. Sie lebte zwar, aber …

Eine Hand umfasste die ihre. Eine warme, lebendige Hand. Erneut schlug sie die Augen auf und erblickte einen unrasierten Ben mit blutunterlaufenen Augen, der sich über sie beugte. Als sie ihn betrachtete, lächelte er. Sie hätte schwören können, dass ihm eine Träne über die Wange lief. Dann küsste er sie auf die Stirn.

Tina fielen die Augen zu. Sie war so müde.

Tief atmend lag sie da, und es dauerte einige Stunden, bis sie die Augen wieder aufmachte, nur ein kleines Stück, um sich zu vergewissern, dass er noch da war. Jemand hielt ihre Hand.

»O Liebling«, sagte Ben.

Liebling?

Sie riss die Augen auf. Obwohl er ziemlich zerrauft aussah, war er der schönste Anblick ihres Lebens. Erneut verlor sie das Bewusstsein, aber als sie zum dritten Mal aufwachte, fragte sie ihn: »Was machst du denn hier?«

Sie war nicht sicher, wo sie sich befand.

»Ich hatte schon so lange nichts von dir gehört, dass ich es nicht mehr ertragen konnte. Also habe ich mich auf die Suche gemacht. Es war nicht gerade einfach, dich zu finden.«

In diesem Moment kam Courtney herein. Die Erleichterung stand ihr ins Gesicht geschrieben, als sie feststellte, dass die beiden miteinander sprachen. »Dem Himmel sei Dank.«

Also bin ich im Krankenhaus, dachte Tina. Als sie sich umsah, bemerkte sie, dass sie in ihrem Zimmer lag, doch sie wusste nicht, wer sie hergebracht hatte. Nur noch, dass sie …«

»Wie bin ich hergekommen?«

Ben und Courtney wechselten Blicke. Dann setzte Courtney sich auf die Bettkante und nahm Tinas Hand.

»Woran erinnerst du dich noch?«

Tina überlegte angestrengt. »Ich habe Durst«, sagte sie.

Ben lief los, um ihr ein Glas Wasser zu holen. Als er mit einem Glas und einem Strohhalm zurückkam, half Courtney Tina, sich aufzusetzen, und Ben steckte ihr den Strohhalm in den Mund.

»Mir tut das Bein weh«, murmelte Tina, nachdem sie getrunken hatte. »Mein linkes Bein tut weh.«

Wieder sahen Ben und Courtney einander an. »Dein linkes Bein, Liebes …«, begann Courtney. »Du hast es verloren. Unterhalb des Knies.«

Es herrschte Schweigen.

Tinas Brust hob und senkte sich ruckartig, und sie presste die Lippen zusammen. Ben umfasste ihre Hand. Dann sah Tina Courtney an. »Was ist passiert?«

»Eine Mine hat dir das Bein abgerissen.«

Wortlos blickte Tina zwischen Courtney und Ben hin und her. »Wo ist mein Bein?«

Courtney wusste nicht, was sie ihr antworten sollte. »Immer noch in Mosambik.«

Tina schloss die Augen.

»Es ist nicht so schlimm, Tina. Es ist wirklich kein Weltuntergang. Es gibt heutzutage wunderbare Prothesen. Du wirst wieder gehen können, das verspreche ich dir. Du kannst dich bald wieder frei bewegen, und ich werde dich auf Schritt und Tritt begleiten«, sagte Ben.

Tränen liefen Tina die Wangen hinunter.

»Du wolltest doch sowieso aussteigen«, fügte Ben hinzu.

»Aber vielleicht werde ich mich in Indiana langweilen. Vor allem als Einbeinige.«

Er lachte auf. »Indiana? Da brauchst du nicht mehr hin. Nachdem du behandelt worden bist, fahren wir auf meine Ranch in Wyoming. Dort kannst du das Gehen üben und dich in den Bergen so richtig erholen.«

Courtney musste sich zum Fenster abwenden, damit die anderen ihre Tränen nicht sahen.

»Ich bringe diesen Mistkerl Brackenhurst um«, sagte Tina, anstatt etwas Liebevolles auf Bens Angebot zu erwidern oder ihn zu küssen. »Er ist nicht zurückgekommen, um mich abzuholen.«

»Das konnte er nicht«, entgegnete Courtney. »Er ist tot. Ich habe ihn erschossen.«

»Tot? Lloyd ist tot? Du hast ihn erschossen?«

»Er hat Josh getötet«, sagte Courtney tonlos.

»Er hat Josh getötet? O mein Gott. Josh ist auch tot?« Tina brach in Tränen aus, und sie weinte auch über den Verlust ihres Beins. Sie würde lange brauchen, um sich damit abzufinden.

Courtney stand auf und ging nach einem Blick auf Ben hinaus. »Ich lasse ihr etwas Brühe bringen.«

Während Tina sich ausweinte, hielt Ben ihre Hand. Nachdem sie sich die Tränen von den Wangen gewischt hatte, gab er ihr noch einen Schluck Wasser und sagte: »Es hat mich in den Wahnsinn getrieben, nichts von dir zu hören. Seit unserem Abschied in Rom habe ich kaum an etwas anderes gedacht. Ich habe mir schreckliche Vorwürfe gemacht, weil ich dich gebeten hatte, diesen Auftrag zu übernehmen. Ich wollte nicht, dass du nach Afrika fährst, ich wollte dich in meiner Nähe haben.«

»Und jetzt habe ich nur noch ein Bein.«

»Was hat denn das verdammte Bein damit zu tun? Du bist die Frau, die ich liebe. Du wirst wieder gehen können und auf der Ranch auf einem Pferd reiten. Du wirst Sonnenaufgänge und Sonnenuntergänge erleben, wie du sie noch nie zuvor gesehen hast, und du wirst ... Die Welt steht dir immer noch offen, Tina.«

»Hast du gesagt, dass du mich liebst?«

»Seit wir uns zuletzt gesehen haben, habe ich viel darüber nachgedacht. Ich glaube, ich habe mich in dich verliebt, als du zum ersten Mal in mein Büro gekommen bist. Du hast mir den Verstand geraubt. Ich habe dich von Anfang an begehrt. Mein Gott, war ich scharf auf dich. Ich wollte mit dir schlafen. Erinnerst du dich noch an die Monate, in denen wir zusammen durch Europa gereist sind? Junge, hatte ich einen Respekt vor dir. Wie du andere Leute innerhalb weniger Minuten um den Finger wickeln konntest ... Ich habe einfach nur dagesessen und dich beobachtet, und ich war stolz auf dich. Dazu dein rasiermesserscharfer Verstand, wie du die Dinge analysierst und in Worte fasst, sodass sie die ganze Welt versteht. Als ich von dieser Reise nach Hause kam, erschien mir meine Frau noch langweiliger als sonst. Von diesem Tag an war meine Welt ohne dich weniger bunt. Und wenn wir uns in Hongkong, London oder Rom trafen, fühlte ich mich so unglaublich lebendig.«

»Davon hast du mir nie etwas erzählt«, meinte Tina verdattert.

Er beugte sich vor und küsste sie – zum ersten Mal seit über vier Monaten – auf den Mund.

»Und jetzt«, sagte Tina, »erzähle ich dir alles über die FRELIMO und die RENAMO.«

»Dazu hast du noch Zeit genug«, erwiderte Ben, obwohl er mit diesen Begriffen nicht viel anfangen konnte.
»Das glaube ich nicht«, entgegnete sie. »Jede Minute, die wir warten, stirbt jemand oder« – sie schloss die Augen – »verliert ein Bein.«

52

»Ich würde Tina gern mit nach New York nehmen, aber sie möchte hier bei Ihnen bleiben. Sie sagt, sie braucht Sie.«

»Wahrscheinlich habe ich genauso viel – wenn nicht noch mehr – Erfahrung mit Amputationen wie die meisten Chirurgen in New York«, erwiderte Courtney. »Mir wäre es auch lieber, wenn Tina mit dem Reisen noch einen Monat wartet. Bei Ihnen sind die Rehabilitationseinrichtungen natürlich viel besser als hier, aber ich würde mich gern selbst vergewissern, dass das Knie richtig heilt.« Sie konnte sich ein Leben ohne Tina inzwischen kaum noch vorstellen.

Tina wollte Courtney noch eine Weile Gesellschaft leisten. Sie war zwar mit einer Kur einverstanden, aber zuerst musste das Bein heilen. Mit der Prothese würde sie sich ohnehin noch einige Monate gedulden müssen.

»Aber ich muss abreisen«, sagte Ben. Es wäre ihm lieber gewesen, wenn Tina ihn begleitet hätte. »Ich leite Tinas Bericht an die richtigen Leute weiter.«

Courtney lächelte. »Ich glaube, bei Ihnen ist sie schon an den Richtigen geraten.« Ben mochte Courtney, weil sie eine gute Freundin von Tina war. Außerdem war er beeindruckt davon, wie sie unter Stress die Ruhe bewahrte. Tina hatte ihm gestanden, dass sie sich noch nie einer anderen Frau so nahe gefühlt hatte. Eigentlich einem anderen Menschen überhaupt, aber das hatte sie ihm verschwiegen.

Er stand auf. »Also gut. Ich breche jetzt auf und komme in zwei, drei Wochen wieder. Einverstanden?«

»Ja.« Courtney mochte Amerikaner, denn sie waren so geradeheraus, nahmen kein Blatt vor den Mund und verkomplizierten die Dinge nicht unnötig.
Ben wollte mit dem Helikopter nach Harare fliegen und dort ein Flugzeug nach London und nach New York nehmen. Am Mittwoch konnte er bei den Vereinten Nationen sein. Er plante, während des Flugs alles aufzuschreiben, was Tina ihm erzählt hatte.
Bald breche ich zusammen, dachte Courtney, als sie am Mittag seinem Hubschrauber nachblickte. Sie fuhr zurück zum Krankenhaus und ging in Tinas Zimmer, wo sie sich auf den Stuhl neben ihr Bett setzte – den Stuhl, auf dem Ben die letzten beiden Wochen verbracht hatte. Tina griff nach ihrer Hand.
»Mara war eben hier, um mein Kissen aufzuschütteln. Ich bin es gar nicht gewohnt, bedient zu werden.«
»Ich habe mich gerade von Ben verabschiedet. Ein beeindruckender Mann.«
Tina lächelte. »Stimmt.« Sie trank von dem Kaffee, den Mara ihr gebracht hatte. »Ich fasse es immer noch nicht, dass er mich liebt.« Sie schüttelte den Kopf. »Er will wirklich mit einer Einbeinigen zusammenleben.«
Courtney war erstaunt, wie gleichmütig Tina die Amputation hinnahm.
»Weißt du was?«, fragte Tina.
Jetzt schüttelte Courtney den Kopf.
»Ich versuche mir einzureden, dass es eine Art Tausch ist. Ben anstelle meines Beins. Und da habe ich klare Prioritäten. Wenn die Informationen, die ich gesammelt habe, dazu beitragen, diesen Krieg zu beenden, bin ich letztlich die Gewinnerin.«
»Mit einem Bein kann man immer noch Ski fahren, reiten, joggen.«
»Und Sex haben!«

Courtney schmunzelte.
»Ich wollte ohnehin aussteigen, denn ich hatte genug von den Kriegen. Jetzt kann mich niemand mehr in ein Kriegsgebiet schicken. Ich wäre gar nicht mehr in der Lage, einen solchen Auftrag zu übernehmen. Also ist endgültig Schluss. Und damit basta.«
Tränen traten Courtney in die Augen.
»Fang jetzt bloß nicht an zu heulen.«
»Ich kann nicht anders. Ich hatte noch gar keine Zeit, um Josh zu weinen, um dich und um alles, was sonst noch geschehen ist.« Und zu ihrer beider Überraschung begann Courtney bitterlich zu weinen. Sie war machtlos dagegen. Als Tina die Arme ausbreitete, schmiegte Courtney sich hinein und weinte und weinte, bis sie keine Tränen mehr hatte.

Zwei Wochen – und auch drei Wochen – später war Ben immer noch nicht zurück.
Als Andrew in Harare das neue Ärzteteam abholte, las er in der *London Times*, die beiden Kriegsparteien aus Mosambik planten, Vertreter nach Rom zu schicken, um über einen Waffenstillstand zu verhandeln. Die Nachricht wurde am Mittagstisch laut bejubelt.
Tina wusste, dass das nur Bens Bemühungen zu verdanken war. Doch da sie nichts von ihm gehört hatten, fragte sie sich, ob er wirklich wiederkommen würde.
Währenddessen grübelte Courtney darüber nach, warum Quentin Coopersmith sich nicht mehr meldete. Er schickte zwar weiterhin Ärzte und Schwestern, aber seine Briefe waren kurz und rein geschäftlich. Er schrieb, er habe den Vorsitz von HEAL nicht übernommen und beabsichtige, der Organisation den Rücken zu kehren. Allerdings habe er zuvor noch einiges zu erledigen.
HEAL verlassen? Courtney war erschüttert. Er hatte doch versprochen, zurückzukehren. Während er sich in der Zen-

trale von HEAL in New York aufhielt, bekam sie eine Nachricht von ihm: Auch wenn er nicht mehr für den Nachschub von Ärzten, Schwestern, Medikamenten und anderen Ausrüstungsgegenständen verantwortlich sei, versichere er ihr, dass HEAL ihre Arbeit unbegrenzt unterstützen werde. Aus Stockholm schrieb er ihr eine Postkarte, er sei beeindruckt vom selbstlosen Engagement schwedischer Mediziner. Courtney wusste das, drei ihrer Ärzte waren Schweden gewesen.

Dann traf eine Karte aus London ein. »Die Theater hier sind spitze« stand darauf.

Danach hörte sie eine Weile nichts mehr, bis eine Postkarte aus Frankfurt ankam. »Halleluja! Offenbar ist dein Krieg bald vorbei.«

Mein Krieg?, dachte sie.

Inzwischen hatte sie erfahren, dass zumindest ein Waffenstillstand vereinbart worden war. Die Einzelheiten eines Friedensvertrags mussten noch ausgehandelt werden.

Andrew kehrte aus Harare zurück. Er meldete, er habe mit Ben telefoniert, da er ein Telegramm von ihm erhalten habe. »Ich bin auf einem Kreuzzug«, hatte Ben gesagt. »Ein Sklavenschiff – ja, im Jahre 1992 gibt es tatsächlich noch Sklaverei – hat versucht an der Küste von Nigeria anzulegen. Doch ihm wurde die Erlaubnis verweigert. Nun vagabundiert es vor Westafrika durch die Meere und bekommt nirgendwo eine Landegenehmigung. Es ist voller Kinder. Da Wasser und Lebensmittel knapp wurden, hat die Mannschaft das Schiff verlassen. Hunderte von Kindern sind mit nur wenigen Seeleuten allein. Der Kapitän ist noch an Bord, aber kein Land will ihn anlegen lassen.

Ich werde diesen Menschen selbst mit dem Hubschrauber Lebensmittel und Wasser bringen. Dem Kapitän werde ich vorschlagen, das Kap der Guten Hoffnung zu umfahren und Kurs auf Ostafrika zu nehmen, wo er in See gestochen

ist. Er soll in der Rinne zwischen Mosambik und Madagaskar Anker werfen. Dann werde ich die Kinder zu euch bringen. Wenn der Krieg vorbei ist, was immer wahrscheinlicher wird, könnte man das Krankenhaus in ein Waisenhaus umwandeln. Sonst kriegt das Schiff nirgendwo in der Welt eine Landeerlaubnis. Was haltet ihr davon?«
Andrew hatte Maras und Courtneys Einverständnis vorausgesetzt.
»Der Krieg wird bald aufhören«, verkündete er schmunzelnd beim Mittagessen, »aber wir bleiben. Hunderte von Kindern, die in die Sklaverei verkauft worden sind, sollen hier ein neues Zuhause finden.«
Mara lächelte ihm zu, und der Blick, den sie ihm zuwarf, war nicht zu übersehen.
»Du hast dir Sorgen gemacht, richtig?«, sagte Courtney zu Tina.
»Irgendwie hat es mich schon belastet. Ich dachte, wenn er mich wirklich liebt, würde es für ihn nichts Wichtigeres geben als wiederzukommen, um festzustellen, wie es mir geht. Aber nun weiß ich, dass er einfach zu beschäftigt war.«
Courtney glaubte fast, Tina vor Zufriedenheit schnurren zu hören.
In diesem Moment kam Andrew in Tinas Zimmer. »Ich soll Ihnen noch etwas ausrichten. Er sagt, er liebt Sie, aber er möchte sich zuerst um das Schiff kümmern, bevor er wiederkommt. Er trifft gemeinsam mit den Kindern im Hubschrauber ein.«
Tina seufzte glücklich auf. »Dieser Mann ist zu allem fähig.«
»Außerdem hat er einen Job für Sie. Walt Davis, der Moderator der Abendnachrichten, möchte sich Ende des Jahres zur Ruhe setzen. Ben sagt, er wolle nicht, dass Sie sich langweilen. Wozu sei man schließlich Besitzer eines Fernsehsenders, wenn man nicht ein bisschen Vetternwirtschaft praktizieren und seiner Frau eine Stelle beschaffen kann?«

Tinas Augen leuchteten auf. »Ich als Moderatorin?« Und dann wurde ihr bewusst, welches andere Wort Ben benutzt hatte: *seine Frau. Mrs. Benjamin Burgess.* Die dritte und letzte, sagte sie sich. *Mrs. Ben Burgess.*

Trotz des Waffenstillstands strömten weiterhin Flüchtlinge über die Grenze. Entweder hatten sie nichts davon gehört, oder sie glaubten es nicht. Jedenfalls wurde die Arbeit eher mehr als weniger.

Andrew begann Schlafsäle für die erwarteten Kinder zu bauen.

»Ein Sklavenschiff voller Kinder«, sagte er. »Und kein Land der Welt will sie aufnehmen. Was ist nur mit den Menschen los?«

Courtney fragte sich, ob sich wohl einige der Waisen darunter befanden, die aus dem Flüchtlingslager verschwunden waren. War Brackenhurst womöglich auch am Sklavenhandel beteiligt gewesen?

»Jetzt müssen wir zusätzlich noch die Verantwortung für hunderte von Kindern übernehmen«, sagte sie zu ihrem Vater. Würde es sich um zweihundert oder siebenhundert handeln? »Wovon sollen wir sie ernähren?«

»Ben meinte, er werde sich darum kümmern.«

Courtney ging in die Küche, um sich eine Tasse Kaffee zu holen. Während sie im Esszimmer saß und darüber nachdachte, was alles für die Waisenkinder vorbereitet werden musste, hörte sie Schritte auf der Veranda. Stiefel polterten durch den Flur. Und als sie zur Tür blickte, stand Quentin Coopersmith vor ihr.

Sie griff sich an die Kehle. Dann ließ sie die Tasse fallen, sodass sich Kaffee über ihre Kleider ergoss. Fassungslos starrte sie ihn an.

»Oh, ausgezeichnet«, sagte er. »Ich hatte gehofft, dass es eine Überraschung wird.«

Sie öffnete den Mund, brachte aber keinen Ton heraus.

»Bevor du anfängst, möchte ich dir mitteilen, dass ich meine Praxis verkauft habe und inzwischen geschieden bin.«
Courtney war immer noch sprachlos.
»Ich bin hier, um bei dir zu bleiben, wenn du mich brauchen kannst.«
»O Coop, ich habe nicht geglaubt, dass du zurückkommst«, flüsterte sie.
Als er auf sie zutrat und die Arme ausbreitete, warf sie sich hinein. Er küsste ihr Haar, ihre Augenlider und schließlich ihren Mund. Dann legte er ihr die Hände auf die Schultern und wich einen Schritt zurück. »Du siehst noch genauso aus, wie ich dich in Erinnerung habe.« Dann zog er sie wieder an sich. »Hoffentlich habt ihr am Tisch noch einen Platz für mich frei.«
Sie fing an zu lachen.

Später führte sie ihn herum. Vor vierzehn Monaten war hier nur eine menschenleere Wiese gewesen, und er schüttelte erstaunt den Kopf.
Beim Essen lernte er die Ärzte und Schwestern kennen, die er hergeschickt hatte. »Ich habe mich hier sofort wohl gefühlt«, meinte Diane, die Schwester, die inzwischen eine feste Stelle hatte. »Doch als ich wieder zu Hause war und im Supermarkt die vollen Regale sah, all die Sonderangebote, die kein Mensch braucht und die vermutlich auch niemand haben will, aber trotzdem kauft, habe ich einen Kulturschock gekriegt.«
»Sie mögen sich rasch eingewöhnt haben, aber bei mir war es nicht so«, entgegnete einer der Ärzte. »Ich denke, dass sich niemand zu Hause für unsere Erfahrungen hier interessieren wird. Jetzt bin ich erst seit drei Wochen in Afrika, und ich weiß nicht, wie ich zu Hause ganz normal weiterleben soll.«
»Es sieht aus, als würde die Klinik bald geschlossen«, sagte Coop. »Es herrscht Waffenstillstand, und man verhandelt

über einen Friedensvertrag, auch wenn das noch einige Monate dauern kann.«
Courtney erklärte ihm, welche Rolle Tina und Ben dabei gespielt hatten, und Andrew erzählte ihm von dem Sklavenschiff voller Kinder.
»Also schließen wir nicht«, meinte Mara. »Nur unsere Kundschaft wird eine andere.«
Coop schwieg.
Nach dem Essen begleitete er Courtney bei der Abendvisite.
»Da wir jeden Monat neue Ärzte bekommen, kann ich nachts ruhig schlafen. Sie kümmern sich um die Notfälle. Die meisten von ihnen« – sie erinnerte sich an Brennan Burns, der eine Ausnahme gewesen war – »waren einfach großartig. Allein hätten wir das nie geschafft.«
»Ich glaube nicht, dass HEAL ein Waisenhaus finanzieren kann«, erwiderte Coop bedauernd.
»Das müssen sie auch nicht. Ben Burgess übernimmt das.«
»Ganz allein?«
»Natürlich machen wir hier weiter. Ein paar hundert Kinder könnten wir sicher betreuen.«
Als Coop sie an der Schulter berührte, drehte sie sich zu ihm um. »Seit ich das letzte Mal hier war, habe ich die ganze Zeit an dich gedacht. Ich wollte nur noch mit dir zusammen sein. Nachts lag ich im Bett und träumte davon, zu dir zurückzukehren, Seite an Seite mit dir zu arbeiten, dazuzugehören.«
Sie legte die Arme um ihn und stellte sich auf die Zehenspitzen, um ihn zu küssen. »Ich muss dir gestehen, dass wir nicht einmal mehr ein Zimmer für dich frei haben. Also musst du entweder im Krankenhaus übernachten oder ...« sie grinste ihn an »... zusammen mit mir in einem sehr schmalen Bett.«
»Hm.« Er küsste sie aufs Ohr. »Das muss ich mir noch überlegen. Die Möglichkeiten hören sich beide sehr verlockend an.«

Viel später, nachdem sie, während sie sich liebten, beinahe von dem schmalen Feldbett gefallen waren, sagte er: »Möchtest du wirklich in Zukunft Waisen betreuen?«
»Im Augenblick ist es notwendig.«
»War es denn nicht dein Traum, Menschen zu helfen, die dich brauchen?«
»Selbstverständlich«, erwiderte sie und schmiegte den Kopf an seinen Hals. »Schließlich sind diese Kinder Afrikaner, und jemand muss sie retten, um ihnen eine Zukunft zu geben.«
»Das könnte doch Mara tun. Mara und dein Vater. Und Ben.«
Sie rollte sich auf die Seite und versuchte in der Dunkelheit sein Gesicht zu betrachten.
»Seit einem Jahr träume ich schon davon, hier mit dir zusammenzuleben und zu arbeiten. Aber in den vergangenen Wochen hat sich dieser Traum geändert. Natürlich wusste ich nichts von den Sklavenkindern. Und ich glaubte, die Flüchtlinge würden nach Unterzeichnung des Friedensvertrags sofort zurückkehren.«
»Worauf willst du hinaus?«, fragte Courtney.
»Vielleicht können wir einen neuen Traum wahr werden lassen.« Er zog sie an sich. »Warum gehen wir nicht als erste Ärzte nach Mosambik? Weißt du, wie viele Menschen uns dort brauchen? Welche Herausforderung uns dort erwartet?«
Sie machte sich von ihm los und setzte sich auf. »Mosambik?«
»Noch nicht. Erst wenn offiziell Friede herrscht und uns keine Gefahr mehr droht. Nachdem die Kinder eingetroffen sind und alles in dieser Einrichtung hier reibungslos läuft. HEAL wird gewiss Mittel zur Verfügung stellen, bis die Flüchtlinge abgezogen sind. Bis dahin werden sie auch Ärzte und Schwestern schicken. Doch dein Vater könnte das Krankenhaus genauso gut leiten. Und Mara könnte das me-

dizinische Personal einweisen. Da draußen jedoch« – er wies in die Nacht hinaus – »ist ein Land, in dem zehn Millionen Menschen leben und wo es keinen einzigen Arzt gibt. Komm, Courtney, lass uns die ersten Ärzte in Mosambik werden. Wir könnten die Bevölkerung einer ganzen Nation retten.«

Als sie Coop ansah, wusste sie, dass sie ihm an jeden Ort der Welt folgen würde, überallhin, wo sie wirklich gebraucht wurden.

»Die ersten Ärzte in einem Land, das genesen muss.« Ihr gefiel diese Vorstellung.

»Es wird die größte Herausforderung unseres Lebens sein. Wir bringen Licht in ihre Dunkelheit. Apropos Dunkelheit«, sagte er und lächelte sie an. »Nur bei dir zu sein, ganz egal, wo, erhellt mein Leben.«

»O Coop.« Sie schlang die Arme um ihn.

»Heißt das ja?«

»Ja. Ja. Ja. Ja.«

Licht in der Dunkelheit. Hatte sie das nicht ihr Leben lang gewollt? Und diesmal würde sie dabei nicht allein sein.

Nachwort

Einige Szenen, die die Wilderei und das Verhalten von Tieren in freier Wildbahn behandeln, habe ich einem wunderbaren Buch mit dem Titel *The Eye of the Elephant* entnommen und in Romanform gebracht. Es stammt aus der Feder zweier erfahrener Afrikaexperten: Delia und Mark Owens.

Weitere hilfreiche Quellen waren *Across the Footsteps of Africa, the Experiences of an Ecuadorian Doctor in Malawi and Mozambique* von Dr. Benjamin Puertas Donoso und *My Four-Footed Family* von Dr. Daphne Sheldrick.

Ulrike Schweikert

Die Herrin der Burg

Roman

Zwei Frauen, die ihre gesellschaftliche Stellung zu trennen scheint: Tilia, Tochter des Ritters von Wehrstein, und Gret, ihre Magd, die am selben Tag wie sie geboren wurde und denselben Vater hat wie Tilia. In der Fremde, weit weg von der väterlichen Burg, muss sich ihre Freundschaft bewähren …

Nach »Die Tochter des Salzsieders« und »Die Hexe und die Heilige« der neue große Roman der Erfolgsautorin!

Knaur

Maiken Nielsen

Das Haus des Kapitäns

Aline ist eine ungewöhnliche junge Frau. Als ihr Vater, Kapitän der Handelsmarine in Hamburg, im Ersten Weltkrieg verwundet wird, pflegt sie ihn gesund und hat fortan nur einen Wunsch: Sie will Ärztin werden, ein für Frauen dieser Zeit unerhörtes Unterfangen! Doch Aline ist nicht nur schön, sondern auch sehr eigenwillig, und als sich herausstellt, dass ihre Eltern bereits einen reichen Ehemann für sie ausgesucht haben, setzt sie alles daran, deren Pläne zu vereiteln – und verliebt sich in einen höchst unpassenden jungen Herrn ...

Die Geschichte einer jungen Frau, die nicht nur weiß,
was sie will, sondern auch den Mut hat, dafür zu kämpfen.

Knaur